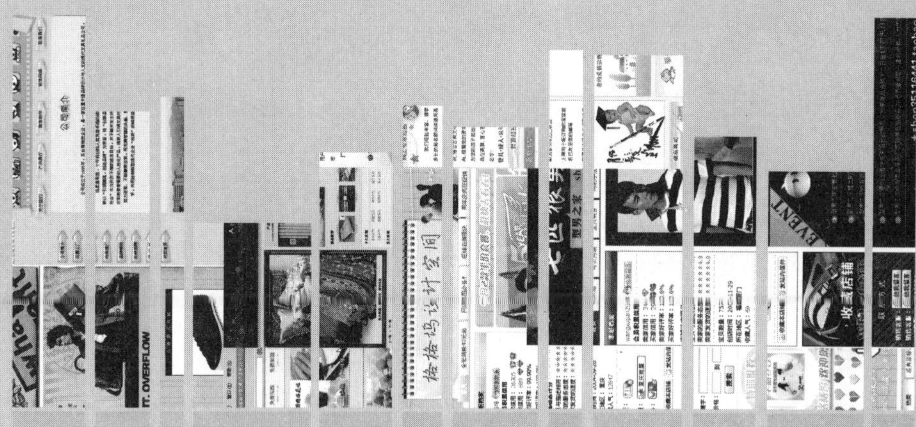

Dreamweaver+ASP.NET案例教程

沈大林 张晓蕾 主编
张　轮 杨　旭 王爱赪 魏雪英 等编著

電子工業出版社
Publishing House of Electronics Industry
北京•BEIJING

内 容 简 介

本书采用知识点与实例配合的方法进行讲解。全书共分 10 章，包括了 73 个实例和 100 多道思考与练习题。每个实例均由实例制作过程和相关知识两部分组成。读者可以在完成实例的过程中学习相关的知识点，也可以先了解相关的知识点，然后跟着实例进行操作。本书内容浅显易懂，涉及面广，使读者可以快速入门，掌握 Dreamweaver 软件的使用方法，制作网页，初步掌握 ASP.NET 程序设计方法，制作动态网页。

本书适应了社会的需求、企业的需求、人才的需求和学校的需求，可以作为中职中专和高职高专的教材，培训学校的培训教材，还可以作为网页制作爱好者的自学用书。

图书在版编目（CIP）数据

Dreamweaver+ASP.NET 案例教程 / 沈大林，张晓蕾主编. —北京：电子工业出版社，2010.4
ISBN 978-7-121-08182-8

I. D… II. ①沈…②张… III. ①主页制作－图形软件，Dreamweaver－教材②主页制作－程序设计－教材 IV. TP393.092

中国版本图书馆 CIP 数据核字（2009）第 010517 号

责任编辑：高洪霞
印　　刷：北京智力达印刷有限公司
装　　订：三河市鹏成印业有限公司
出版发行：电子工业出版社
　　　　　北京市海淀区万寿路 173 信箱　邮编 100036
开　　本：787×1092　1/16　印张：22　字数：228 千字
印　　次：2010 年 4 月第 1 次印刷
印　　数：3500 册　定价：35.00 元

凡所购买电子工业出版社图书有缺损问题，请向购买书店调换。若书店售缺，请与本社发行部联系，联系及邮购电话：（010）88254888。

质量投诉请发邮件至 zlts@phei.com.cn，盗版侵权举报请发邮件至 dbqq@phei.com.cn。

服务热线：（010）88258888。

前　言

Dreamweaver 是用于网页制作和网站管理的软件。利用该软件，能够快速创建格式规范的网页文档。该软件集成程度非常高，开发环境精简而高效，适合各个阶段、各个水平的用户使用。Dreamweaver 是一种“所见即所得”的网页编辑器。它操作简便，可进行多个站点的管理，设置了 HTML 语言编辑器，支持 DHTML 和 CSS，分类提供了页面对象，可净化 Microsoft Word 生成的 HTML 文件，可导入 Microsoft Access 等软件建立的数据文件，导入和编辑 Fireworks 制作的 HTML 源代码和图像，以及导入 Flash 动画、按钮和文字，编辑动态页面等，同时它可以用来编辑交互式的动态网页，支持使用 ASP、ASP.NET、JSP 等动态网站开发技术。

ASP.NET 是对广泛使用的微软 ASP 的升级，但 ASP.NET 不是 ASP 的简单升级，而是微软发展的新的体系结构.NET 的一部分，其全新的技术架构让 Web 网络应用开发者可以更方便地实现动态网站。ASP.NET 提供稳定的性能，优秀的升级性，更快速更简便的开发，更简便的管理，全新的语言以及网络服务，功能更为强大而全面，还具有简单易学等优点。

本书采用知识点与实例配合的方法进行讲解。全书共分 10 章，包括了 73 个实例和 100 多道思考与练习题。每个实例均由实例制作过程和相关知识两部分组成。读者可以在完成实例的过程中学习相关的知识点，也可以先了解相关的知识点，然后跟着实例进行操作。本书内容浅显易懂，涉及面广，使读者可以快速入门，掌握 Dreamweaver 软件的使用方法，制作网页，初步掌握 ASP.NET 程序设计方法，制作动态网页。在 ASP.NET 部分，花了大量的章节来叙述 ASP.NET 提供的新工具和新技术，包括 VB.NET 语法、Web 服务器控件、数据验证、ADO.NET 数据组件对象等。通过对实例的学习和解析，可以快速地掌握 ASP.NET 动态网站的开发技术。

本书主编：沈大林、张晓蕾。参加本书编写工作的主要人员有：杨旭、魏雪英、曲彭生、郭政、于建海、杜金、郭海、张磊、朱学亮、王爱赪、曾昊、沈昕、肖柠朴、刘璐、王浩轩、张轮、马广月、关点、关山、董鑫、赵亚辉、李瑞梅、姜树昕、赵艳霞、李稚平、李明哲、周建勤、陈志娟、张伦、崔元如、季明辉、李征、郝侠、马开颜、郭鸿博、杨旭、张铮、刘宇昕、毕凌云、赵亚辉、胡野红等，参加其他编写工作的还有新昕教学工作室的人员。

本书适应了社会的需求、企业的需求、人才的需求和学校的需求，可以作为中职中专和高职高专的教材，培训学校的培训教材，还可以作为网页制作爱好者的自学用书。

由于技术的不断变化以及操作过程中的疏漏，书中难免有偏漏和不妥之处，恳请广大读者批评指正。

编　者

目　录

第 1 章　Dreamweaver 8 基础

1.1　Dreamweaver 8 工作区简介

1.1.1　Dreamweaver 8 工作区设置

1．初次设置 Dreamweaver 8 工作区

第一次运行 Dreamweaver 8 时，会调出“工作区设置”对话框，如图 1-1 所示。可以看出，Dreamweaver 8 提供了两种工作区布局（即工作界面）。选中某一种工作区名称的单选按钮，再单击“确定”按钮，进入相应的工作区。单击选中“设计器”单选项，再单击“确定”按钮，即可进入“Macromedia Dreamweaver 8”对话框，如图 1-2 所示。单击“创建新项目”栏内的“HTML”选项，即可进入采用“设计器”风格的 Dreamweaver 8 的工作区，如图 1-3 所示。

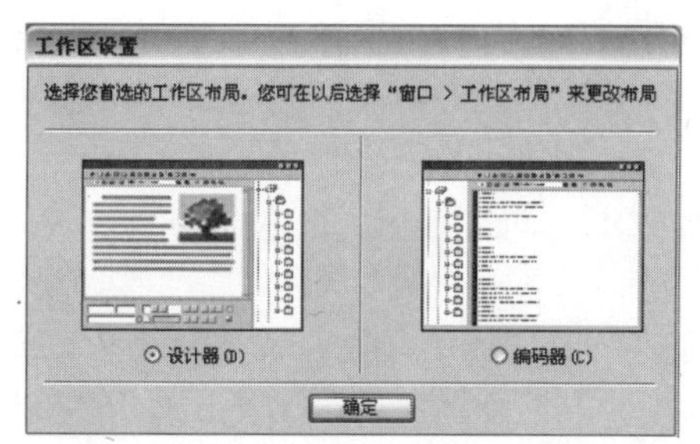

图 1-1　Dreamweaver 8 的“工作区设置”对话框

图 1-2　“Macromedia Dreamweaver 8”对话框

由图 1-3 可以看出，Dreamweaver 8 的工作区主要由标题栏、菜单栏、文档窗口、状态栏、“插入”栏（“对象”栏或“对象”面板）、“标准工具”栏、“文档工具”栏、“属性”栏（“属性”面板或属性检查器）和“隐藏面板”按钮等组成。单击“查看”→“工具栏”→“××”菜单命令，可打开或关闭“插入”栏、“标准工具”栏、“文档工具”栏或“样式呈现”栏。单击“窗口”→“属性”菜单命令，可打开或关闭“属性”栏。单击“窗口”→“插入”菜单命令，可打开或关闭“插入”栏。单击“查看”→“隐藏面板”按钮，可隐藏面板组和“属性”栏，单击“查看”→“显示面板”按钮，可显示面板组和“属性”栏。

2．更换 Dreamweaver 8 工作区和默认文档类型

（1）单击“窗口”→“工作区布局”→“编辑器”菜单命令，即可进入采用“编辑器”风格的 Dreamweaver 8 的工作区，如图 1-4 所示。

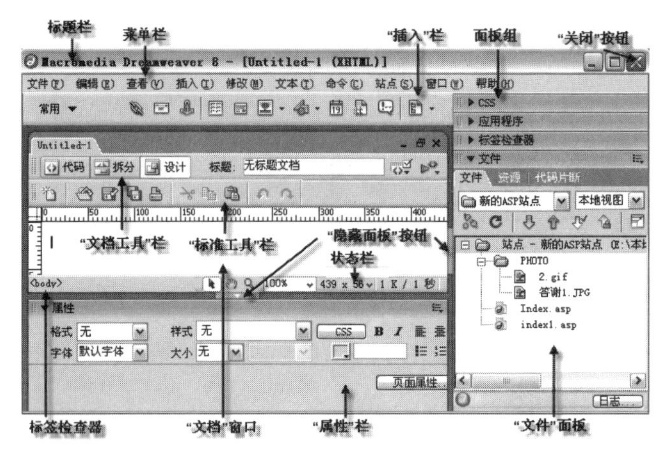

图 1-3 采用“设计器”风格的 Dreamweaver 8 工作区

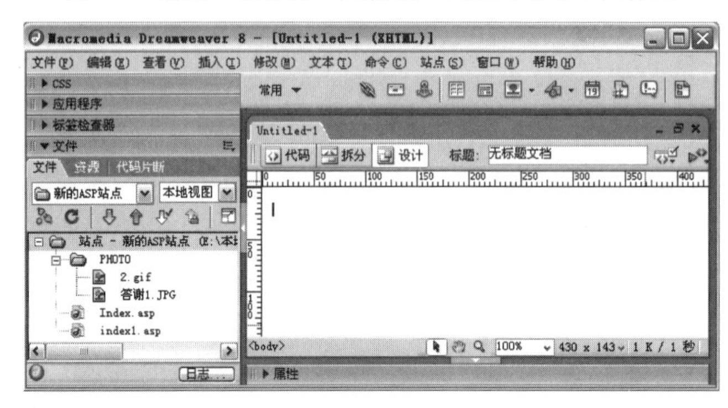

图 1-4 “编辑器”风格的 Dreamweaver 8 的工作区

（2）调整工作区布局后，单击“窗口”→“工作区布局”→“保存当前”菜单命令，可调出“保存工作区布局”对话框，在“名称”文本框内输入名称，例如输入“shendalin”，如图 1-5 所示，再单击“确定”按钮，即可将当前工作区布局保存。以后只要单击“窗口”→“工作区布局”→“××××”菜单命令（例如，单击“shendalin”菜单命令），即可进入相应风格的 Dreamweaver 8 的工作区。

（3）改变默认文档类型：单击“编辑”→“首选参数”菜单命令，调出“首选参数”对话框（Dreamweaver 8 的许多设置需要使用该对话框，后续内容会继续介绍该对话框的使用）。单击该对话框左边“分类”栏中的“新建文档”选项。此时的“首选参数”对话框如图 1-6 所示。在“默认文档类型”下拉列表框内可以选择默认的文档类型。

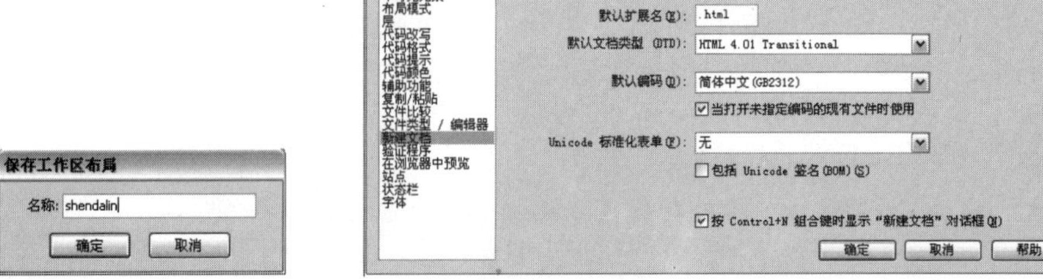

图 1-5 “保存工作区布局”对话框　　　　图 1-6 “首选参数”（新建文档）对话框

1.1.2　文档窗口

文档窗口用来显示和编辑当前的文档页面。在文档窗口最大化时，其标签顶部显示文档的名称，“文档工具”栏和“标准工具”栏在文档窗口内；如果文档窗口处于还原状态，则“文档工具”栏和“标准工具”栏在文档窗口外，其标题栏内显示网页的标题、网页文档所在的文件夹的名称和网页文档的名称。文档窗口的底部有状态栏，可以提供多种信息。

在调整网页中一些对象的位置和大小时，利用 Dreamweaver 8 提供的标尺和网格工具，可以使操作更准确。标尺和网格只在网页文档窗口内显示，在浏览器中不会显示出来。

1．标尺

（1）显示标尺：单击“查看”→“标尺”→“显示”菜单命令，可在文档窗口内的左边和上边显示标尺。单击“查看”→“标尺”菜单命令的下一级菜单中的“像素”、“英寸”或“厘米”菜单命令，可以更改标尺的单位。

（2）重设原点：用鼠标拖曳标尺左上角处小正方形，此时鼠标指针呈十字线状。拖曳鼠标到文档窗口内合适的位置后松开左键，即可将原点位置改变。如果要将标尺的原点位置还原，可单击“查看”→“标尺”→“重设原点”菜单命令。

2．网格

（1）显示与不显示网格线：单击“查看”→“网格”→“显示网格”菜单命令，可以在显示网格（选中，其菜单命令左边有对勾）和不显示网格（没选中，其菜单命令左边没有对勾）之间切换。显示网格和标尺后的“文档”窗口如图 1-7 所示。

（2）靠齐功能：如果没选中“查看”→“网格”→“靠齐到网格”菜单命令，移动层或改变层的大小时，最小的单位是一个像素，在移动层时不容易与网格对齐。如果选中“查看”→“网格”→“靠齐到网格”菜单命令，移动层或改变层的大小时，最小的单位是 5 个像素，在移动层时可以自动与网格对齐。

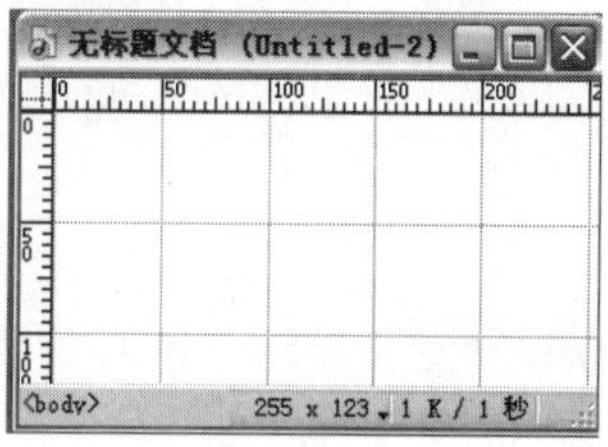

图 1-7　标尺和网格

（3）网格的参数设置：单击“查看”→“网格”→“网格设置”菜单命令，可以调出“网格设置”对话框，如图 1-8 所示。利用该对话框，可进行网格间隔、颜色、形状，以及是否显示网格和是否靠齐网格等进行设置。

3．状态栏

Dreamweaver 8 的状态栏位于文档窗口的底部，如图 1-9 所示。

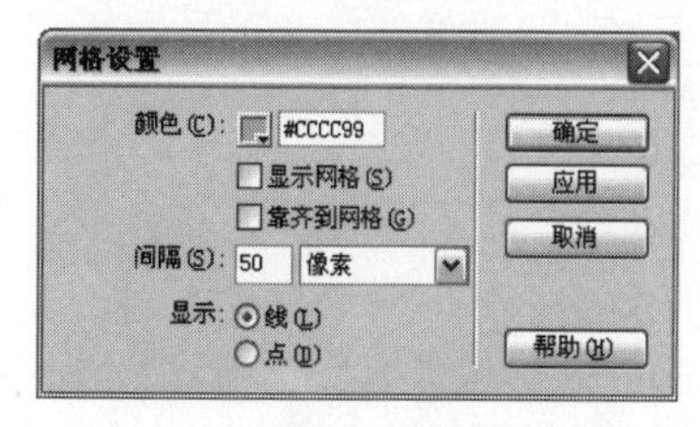

图 1-8　“网格设置”对话框

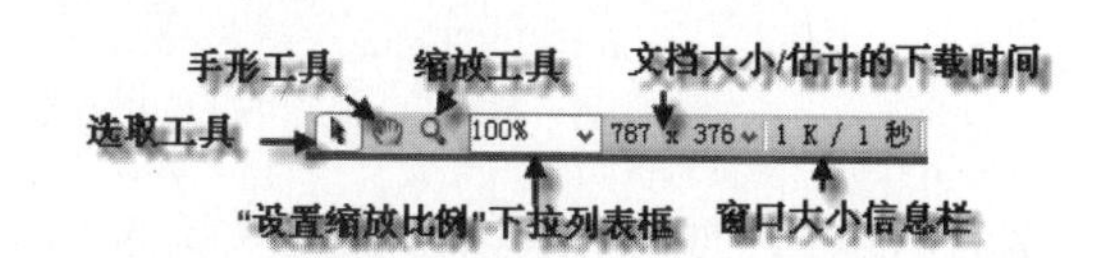

图 1-9　Dreamweaver 8 的状态栏（没给出左边的标签检查器）

（1）HTML 标签选择器：HTML 标签选择器在状态栏的最左边，它以 HTML 标记显示方式来表示光标当前位置处的网页对象信息。一般光标当前位置处有多种信息，则可显示出多个 HTML 标记。不同的 HTML 标记表示不同的 HTML 元素信息。例如，<body>表示文档主体，<img>表示图像，<table>表示表格，<font>表示字体，<tr>表示行，<object>表示插入对象等。

单击某个 HTML 标记，Dreamweaver 8 会自动选取与该标记相对应的网页对象，用户可对该对象进行编辑。

（2）选取工具：用来选取“文档”窗口内的对象。

（3）手形工具：在对象大于“文档”窗口时，用来移动对象的位置。

（4）缩放工具：选取该工具后，单击“文档”窗口，可增加“文档”窗口的显示比例；按住 Alt 键，同时单击“文档”窗口（此时放大镜内显示的“+”号会自动变为“-”），可减小“文档”窗口的显示比例。

（5）“设置缩放比例”下拉列表框：用来选择“文档”窗口的显示比例。

（6）窗口大小信息栏：它用来显示与调整窗口大小。单击它会调出一个快捷菜单，在还原状态下，单击该快捷菜单上边一栏中的一个菜单命令，可按照选定的大小改变窗口的大小。

（7）文档大小/估计的下载时间：它给出了文档的字节数和网页预计下载的时间。

1.1.3 “属性”栏和“插入”栏

1.“属性”栏

“属性”栏也称作属性检查器或“属性”面板。利用“属性”栏可以显示并精确调整网页中选定对象的属性。“属性”栏具有智能化的特点，选中网页中的不同对象，其“属性”栏的内容会随之发生变化。单击“属性”栏右下角的按钮，可以展开“属性”栏；单击“属性”栏右下角的按钮，可收缩“属性”栏。

没有选中任何对象时单击“属性”栏右边的按钮，可在光标当前位置添加 HTML 代码；选中一个对象时单击按钮，可以编辑相应标签的 HTML 代码。

2.“插入”栏

在 Dreamweaver 8 中，“插入”栏可以显示为制表符和菜单两种外观效果，菜单状态如图 1-2 所示。如果要将“插入”栏由菜单状态切换到制表符状态，可单击“插入”栏左边的黑色箭头，弹出它的快捷菜单，再单击该菜单中的“显示为制表符”菜单命令。如果要将“插入”由制表符状态切换到菜单状态，可右键单击“插入”栏右边的按钮，弹出它的快捷菜单，再单击该菜单中的“显示为菜单”菜单命令。“插入”栏包括了“常用”、“布局”等 8 个标签（制表符状态）或 8 个与标签名称相同的按钮（菜单状态），单击各自的按钮，可以调出相应的菜单。当“插入”栏为制表符状态时，可以使用鼠标拖曳“插入”栏左边的图标，将“插入”栏变为浮动面板，如图 1-10 所示。一般人们习惯使用制表符状态的“插入”栏。

图 1-10　Dreamweaver 8 的“插入”栏（制表符状态）

在制表符状态下，每一个标签内有多个用于插入对象的按钮。单击标签可以切换标签项，单击标签内的对象按钮或将相应的按钮图标拖曳到文档窗口中，可将相应的对象插入到网页中。对于有些对象，在单击按钮或拖曳按钮后，会调出一个相应的设置对话框，进行完设置后，单击“确定”按钮才可以真正在文档窗口（网页）中插入对象。

如果在插入对象的同时按住 Ctrl 键，就可以避免出现设置对话框，直接插入一个相应类型的空对象。如果要给该空对象赋予相应内容，可以双击该对象。

1.1.4　面板的基本操作

除了前面提到的“属性”栏和“插入”栏外，Dreamweaver 8 还有一些功能强大的面板，这些面板可以折叠与展开。将鼠标指针移到面板左上角 图标处时，鼠标指针变为十字锚状，可将面板拖曳离开原来的位置，即可使面板成为一个可以用鼠标拖曳的浮动面板，如图 1-11 所示。将鼠标指针移到面板的图标之上时，会显示图标的名称提示。单击面板左上角的 ▼ 按钮，可以将面板折叠，如图 1-12 所示；单击面板左上角的 ▶ 按钮，可以将面板展开，如图 1-11 所示。

1．面板的拆分与组合

（1）面板的拆分：如果要将组合面板中的面板（例如，图 1-11 所示的“历史记录”组合面板中的“历史记录”面板和“框架”面板）拆分成独立的面板，可单击组合面板中的标签（例如“历史记录”标签），使它成为当前面板，再单击面板右上角的 图标，弹出面板菜单。单击该菜单中的“将历史记录组合至”→“新组合面板”菜单命令，如图 1-13 所示，即可将当前面板（例如“历史记录”面板）拆分出来，组成独立的新组合面板。

图 1-11　浮动面板

图 1-12　折叠面板

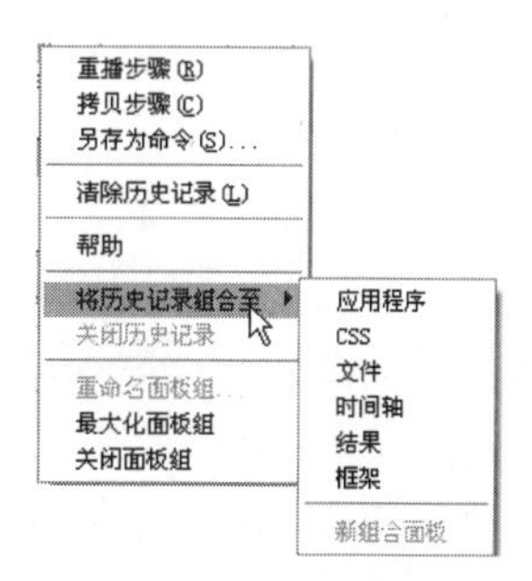

图 1-13　面板菜单

（2）面板的组合：单击面板（例如“文件”面板）右上角的 图标，弹出面板菜单，单击该菜单中的“将历史记录组合至”→“框架”菜单命令，即可将当前面板（例如“历史记录”面板）与“框架”面板组合在一起。而且将可以看到，组合面板内标签左右次序对调了（“框架”标签在左，“历史记录”标签在右），组合面板的名称也改变为“框架”。

2．面板的大小调整和打开与关闭

（1）调整面板的大小：将鼠标指针移到面板的边缘，当鼠标指针变成双向箭头时，单击鼠标左键并拖曳面板的边框，达到所需的大小后松开左键即可。

（2）打开面板：单击“窗口”→“×××”（面板名称）菜单命令，使该菜单命令左边出现对勾。例如，单击“窗口”→“历史记录”菜单命令，即可打开“历史记录”面板。

（3）关闭面板：单击面板（组）标题栏右上角的 按钮。另外，在面板标题栏单击鼠标右键，调出其快捷菜单，再单击该快捷菜单中的“关闭”菜单命令，也可以关闭该面板。

单击“窗口”→“×××”（面板名称）菜单命令，使该菜单命令左边的对钩消失，也可以关闭指定的面板。

3．隐藏面板

（1）方法 1：当所有面板均组合在一起排列在屏幕右边时（如图 1-3 所示），单击面板组与文档窗口间的“隐藏面板”按钮，可以将所有面板隐藏。该按钮如图 1-14 所示。

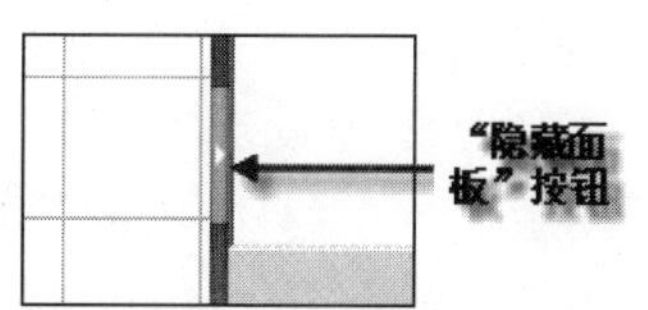

图 1-14　“隐藏面板”按钮

（2）方法 2：单击“查看”→“隐藏面板”菜单命令或按 F4

键，即可隐藏所有打开的面板。再进行相同的操作，又可以将隐藏的面板（原来打开的面板）显示出来。

1.2 网页文档的基本操作

1.2.1 “Macromedia Dreamweaver 8”对话框

通常在没有任何文档打开时，会自动弹出“Macromedia Dreamweaver 8”对话框，如图 1-2 所示。该对话框由 4 部分组成，分别为“打开最近项目”、“创建新项目”、“从范例创建”、“Dreamweaver 帮助”。另外，如果选中“不再显示此对话框”复选框，则下次启动 Dreamweaver 8 时就不会再出现此对话框。

1. “打开最近项目”栏和“创建新项目”栏

（1）“打开最近项目”栏：此栏中列出了 Dreamweaver 8 最近打开过的文档名称，单击其中的项目可以快速调出已经编辑过的文档。单击“打开”按钮 打开...，可以调出“打开”对话框，利用该对话框可以选择要编辑的网页文档，再单击“打开”按钮，即可打开选定的文档。

（2）“创建新项目”栏：此栏中列出了“新建文档”对话框中的大部分可以创建的项目，利用它可以快速创建一个新的文档或一个站点。例如，单击“HTML”选项，可以进入 HTML 网页设计状态；单击“ASP VBScript”选项，可以进入 ASP VBScript 编辑状态。

2. “从范例创建”栏和“Dreamweaver 帮助”栏

（1）“从范例创建”栏：单击其中的文件夹按钮，可调出不同的“新建文档”对话框，利用该对话框可以新建一个相应的文档。在它的底部有一个“Dreamweaver Exchange”按钮，单击此按钮后，将链接到 Dreamweaver Exchange 网站。

（2）“Dreamweaver 帮助”栏内有“进入 Dreamweaver 快速指南”、“了解 Dreamweaver 文档资源”和“查找授权培训”三个链接文字。单击这三个链接文字，可以进入相应的 macromedia.com 网站，用户可在网站中查找相关信息。

1.2.2 网页的新建、打开、关闭和保存

1. 新建和打开网页文档

（1）新建网页文档：单击“文件”→“新建”菜单命令，即可调出“新建文档”对话框，如图 1-15 所示。

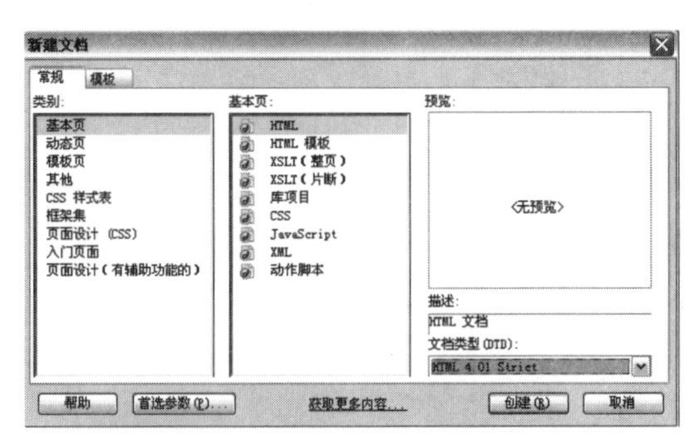

图 1-15 “新建文档”（常规）对话框

从该对话框可以看出，利用它可以建立各种类型的文件。从“类别”列表框中选择“基本页”选项，然后选择“基本页”列表框中的“HTML”选项，再单击“创建”按钮，即可新建一个空

白的 HTML 网页文档。

另外，在“文档类型”下拉列表框中可以选择文件类型，单击“首选参数”按钮可以调出如图 1-6 所示的“首选参数”对话框。

（2）打开网页文档：单击“文件”→“打开”菜单命令，调出“打开”对话框。在该对话框内选中要打开的 HTML 文档，单击“打开”按钮，即可将选定的 HTML 文档打开。

另外，在如图 1-2 所示“Macromedia Dreamweaver 8”对话框状态下，单击“打开”按钮 打开...，也可以调出“打开”对话框。

2．保存文档和关闭文档

（1）单击“文档”→“保存”菜单命令，可以以原名保存当前的文档。

（2）单击“文档”→“另存为”菜单命令，即可调出“另存为”对话框。利用该对话框可以将当前的文档以其他名字保存。

（3）单击“文档”→“保存全部”菜单命令，即可将当前正在编辑的所有文档以原名保存。

（4）单击“文档”→“关闭”菜单命令，即可关闭打开的当前文档。如果当前文档在修改后没有存盘，则会弹出一个提示框，提示用户是否需要保存文档。

（5）单击“文档”→“全部关闭”菜单命令，即可关闭所有打开的文档。

1.2.3　文档的三种视图窗口

文档窗口有“设计”、“代码”和“代码和设计”三种视图窗口，它们适用于不同的网页编辑要求。下面简要介绍三种视图窗口的特点和使用方法。

1．使用“设计”视图窗口

单击“文档工具”栏内的“显示设计视图”按钮 设计，即可进入“设计”视图窗口。“设计”视图窗口是一种用于可视化页面布局、可视化编辑和快速开发的设计环境。在该视图中，网页的显示效果与在浏览器中浏览时非常相似，可以直接进行编辑，如图 1-16 所示。

2．使用“代码”视图窗口

单击“文档工具”栏中的“显示代码视图”按钮 代码，切换到“代码”视图窗口，如图 1-17 所示。“代码”视图窗口是一种用于编写 HTML、JavaScript、服务器语言代码（如 ASP 或 ColdFusion 标记语言）以及任何其他类型代码的手动编码环境。

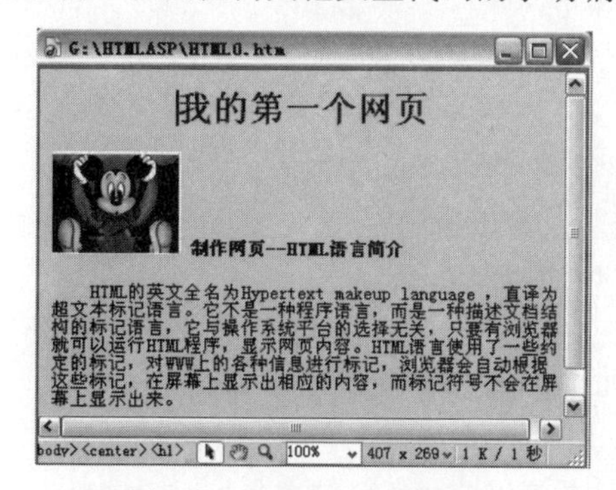

图 1-16　“设计”视图窗口

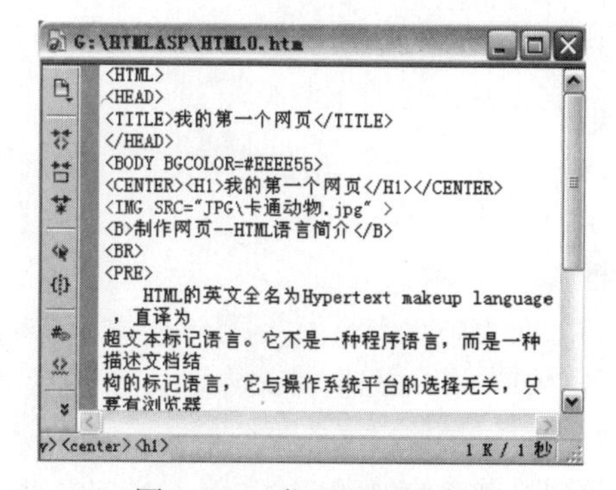

图 1-17　“代码”视图窗口

用户可以在“代码窗口”内，输入网页的 HTML 代码，再保存该网页，然后按 F12 键，用浏览器浏览它的内容；还可以在“代码”窗口内修改源代码，同时观察页面的变化。在修改代码后，单击“查看”→“刷新设计视图”菜单命令，可刷新设计视图状态下显示的网页效果。

3．使用“代码和设计”视图窗口

单击“文档工具”栏内的“显示代码视图和设计视图”按钮 拆分，即可进入“代码和设计”视图窗口。“代码和设计”视图窗口可以使用户在单个窗口中同时看到同一文档的“代码”视图和“设计”视图，如图 1-18 所示。而且在单击选中“设计”窗口中的对象时，“代码”窗口内的光标也会定位在相应的代码处；如果在设计窗口内移动光标位置，则“代码”窗口内的内容也会随之变化；如果用鼠标拖曳选中“设计”窗口内的内容，则“代码”窗口内也会选中相应的代码。反之也会获得相应的效果。总之，这两个窗口内代码与设计对象之间的对应性非常好，这有利于开发人员修改 HTML 代码。

如果要切换文档窗口的视图，可单击“查看”→“代码”（或“设计”、“代码和设计”）菜单命令或按 Ctrl+-键。

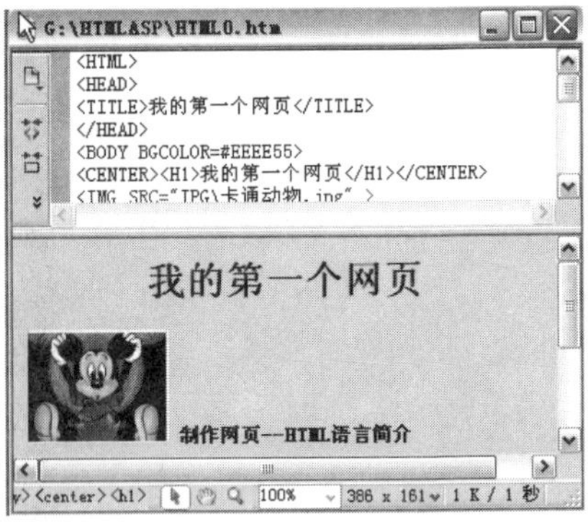

图 1-18 “代码和设计”视图窗口

1.2.4 建立本地站点和页面属性设置

1．建立本地站点

建立本地站点就是将本地主机磁盘中的一个文件夹定义为站点，然后将所有文档都存放在该文件夹中，以便于管理。通常在设计网页前，应先建立本地站点。建立本地站点的方法如下：

（1）在“文件”面板中的第一个下拉列表框中单击“管理站点”列表项目，调出“管理站点”对话框，如图 1-19 所示。单击“站点”→“管理站点”菜单命令，也可以调出“管理站点”对话框。

（2）单击该对话框中的“新建”按钮，调出它的“新建”快捷菜单，如图 1-20 所示。

图 1-19 “管理站点”对话框

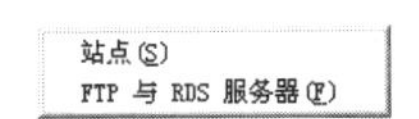

图 1-20 “新建”快捷菜单

（3）单击“新建”快捷菜单中的“站点”菜单命令，可调出“站点定义为”（基本）对话框，如图 1-21 所示。单击“站点”→“新建站点”菜单命令，可以直接调出“站点定义为”（基本）对话框。

（4）在“站点定义为”（基本）对话框内的文本框中输入站点的名称（例如“我的站点”）。再单击“下一步”按钮，“站点定义为”（基本）对话框的内容变为如图 1-22 所示。

（5）如果要使用服务器技术（例如 ASP.NET 等），可单击选中第二个单选项，然后从它下面的下拉列表框（选中第二个单选项后才会出现）中选择要使用的服务器技术名称；否则单击选中第一个单选项。此处单击选中第一个单选项。

（6）单击“下一步”按钮，“站点定义为”（基本）对话框的内容变为如图 1-23 所示（还没有选择文件夹）。如果在本地编辑网页，编辑好后再上传到服务器，可单击选中第一个单选项，通常选中该单选项。选中第二个单选项，可以直接对服务器上的文件进行编辑。

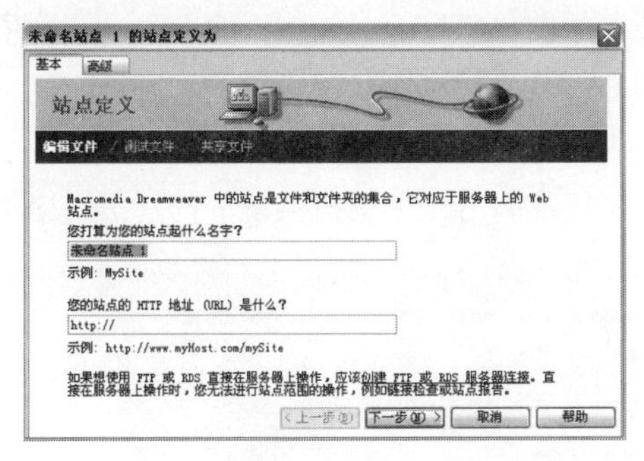

图 1-21　“站点定义为”（基本）对话框一

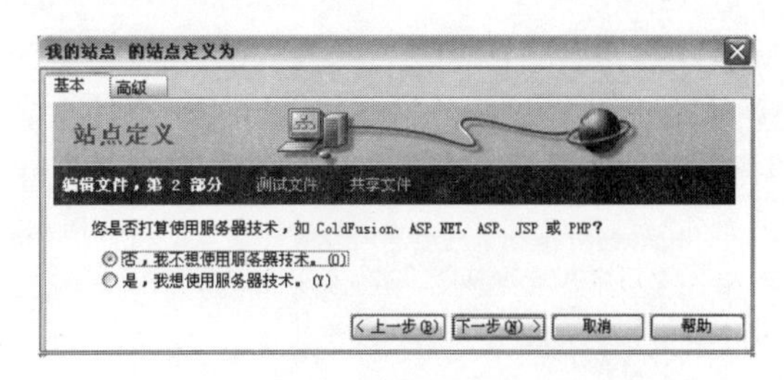

图 1-22　“站点定义为”（基本）对话框二

单击 按钮，调出一个对话框，用来选择一个文件夹作为站点的根目录。要求该文件夹必须在此之前已经建立。此处选择第一个单选项，选择的文件夹路径为 G:\HTMLASP\，直接将 G:\HTMLASP\文件夹作为本地站点文件夹。

（7）单击“下一步”按钮，“站点定义为”（基本）对话框变为如图 1-24 所示。在第一个列表框中选择“无”选项，设置不连接远程服务器。

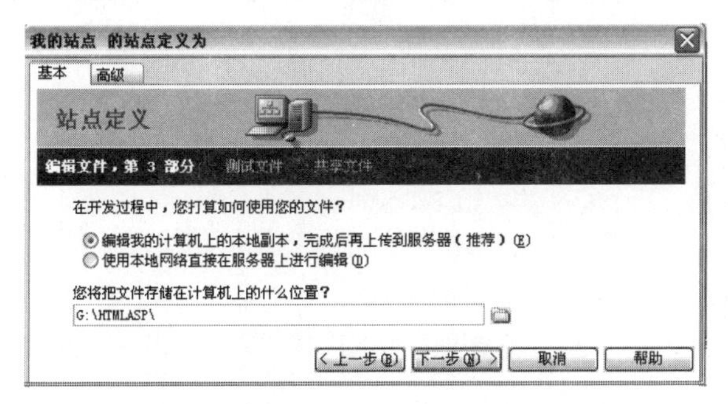

图 1-23　“站点定义为”（基本）对话框三

图 1-24　“站点定义为”（基本）对话框四

（8）单击“下一步”按钮，调出“站点定义为”（基本）对话框中新的内容。此时对话框中将显示出“站点”设置的基本信息，最后单击“站点定义为”对话框中的“完成”按钮，回到“管理站点”对话框，如图 1-25 所示。

（9）单击“管理站点”对话框中的“完成”按钮，完成站点的设置。此时“文件”面板如图 1-26 所示，在第一个下拉列表框中将显示出“我的站点”列表项目。

图 1-25　“管理站点”对话框

图 1-26　“文件”面板

（10）如果要重新进行站点设置，可单击“站点”→“管理站点”菜单命令，重新调出“管理站点”对话框。单击选中站点名称，再单击“编辑”按钮即可。

将鼠标指针移到“文件”窗口的空白处，单击鼠标右键，调出一个快捷菜单。再单击快捷菜单内的“新建文件”菜单命令，可以新建一个网页文档，如图 1-27 所示。然后输入主页的名字 INDEX.html。双击该文档名字，进入该网页的编辑窗口。

2. 页面属性设置

将鼠标指针移到网页文档窗口的空白处，单击鼠标右键，调出一个快捷菜单，再单击快捷菜单内的“页面属性”菜单命令，调出“页面属性”对话框，如图 1-28 所示。

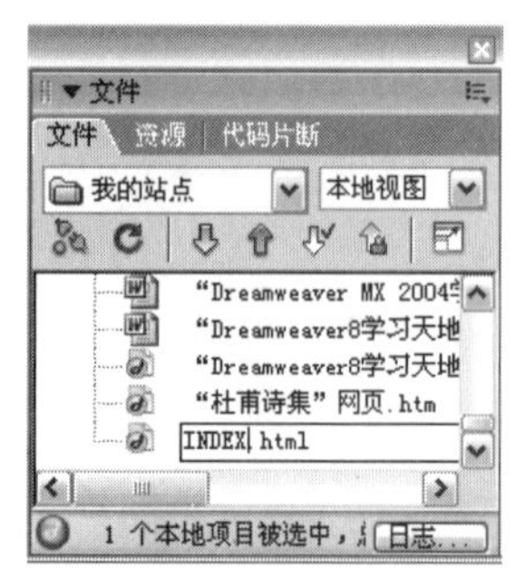

图 1-27　建立新网页文档

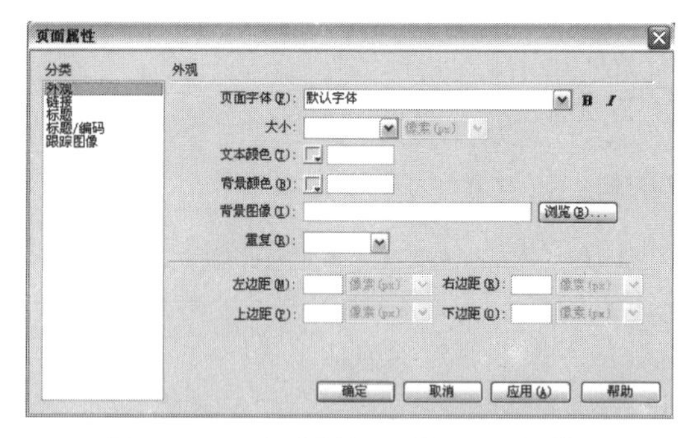

图 1-28　“页面属性”（外观）对话框

利用“页面属性”对话框，可以设置页面的标题文本、页面字体、页面背景色或图像、页面大小与位置、背景图像的透明度等。单击网页文档窗口的空白处，再单击“属性”栏内的“页面属性”按钮，也可以调出“页面属性”对话框。

（1）背景颜色设置：单击“背景颜色”按钮，会调出一个颜色面板，如图 1-29 所示。利用鼠标（此时鼠标指针为吸管状）单击某一个色块，即可以设定网页页面的背景色。也可以在右边的文本框内输入颜色的代码。当选择背景图像后，此项设置会无效。

如果在颜色面板中没有找到合适的颜色，可以单击颜色面板右上角的图标，调出 Windows 的“颜色”面板，如图 1-30 所示。

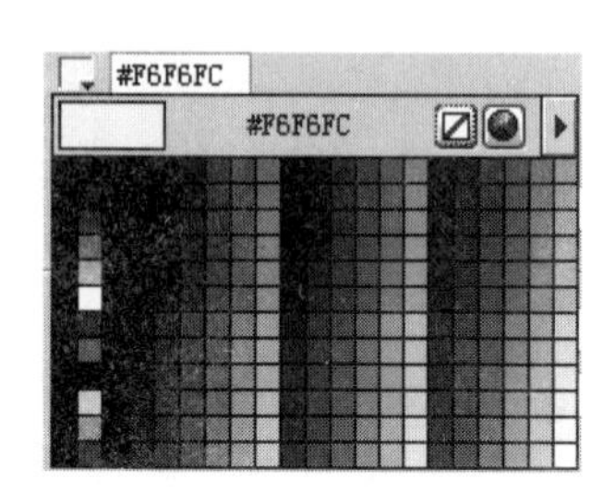

图 1-29　颜色面板

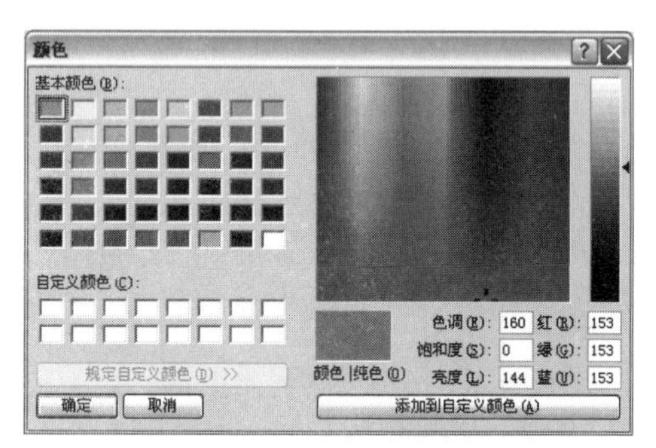

图 1-30　Windows 的“颜色”面板

利用该调色板，可以选择所需要的颜色。单击颜色面板中按钮，可设置为无背景色。单击按钮，会弹出一个面板菜单，单击其中的菜单命令，可以更换颜色面板中色块的颜色。

（2）背景图像设置：单击“页面属性”（外观）对话框中“背景图像”文本框右边的“浏览”按钮，调出“选择图像源文件”对话框，如图 1-31 所示。利用该对话框选择网页背景图像，再单击“确定”按钮，即可给网页背景填充选中的图像。如果图像文档不在本地站点的文档夹内，则在单击“确定”按钮后，会提示用户将该图像文档复制到本地站点的图像文件夹内。

（3）文本颜色设置：单击“文本颜色”按钮，会调出一个颜色面板，如图 1-29 所示。利用它可以设置文本颜色，其方法与设置背景颜色的方法一样。

（4）页面 4 个方向的边距设置：通过 4 个文本框可以设置页面的边距，单位为像素。

（5）页面文本的字体和大小设置：利用该对话框中的“页面字体”和“大小”下拉列表框可以设置页面中文本的字体和文本大小。

（6）页面文字设置：单击选中“分类”列表框中的“标题/编码”选项，此时的“页面属性”对话框，如图 1-32 所示。在“标题”文本框中输入“我的第一个网页”文本。“编码”下拉列表框用来设置网页的编码，默认为“简体中文（GB2312）”；对话框底部显示“站点文件夹”的位置等信息。此时的“页面属性”（标题/编码）对话框如图 1-32 所示。

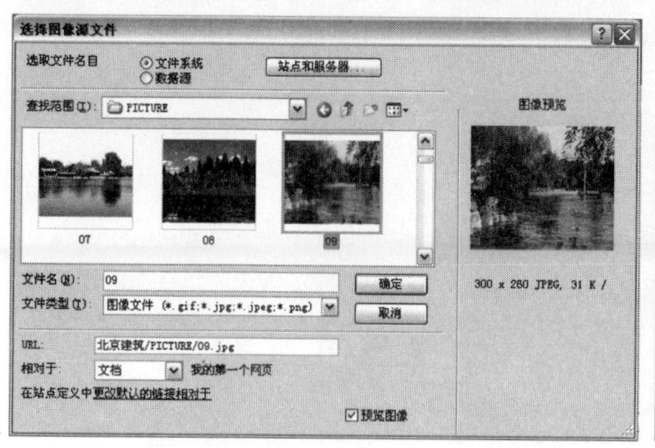

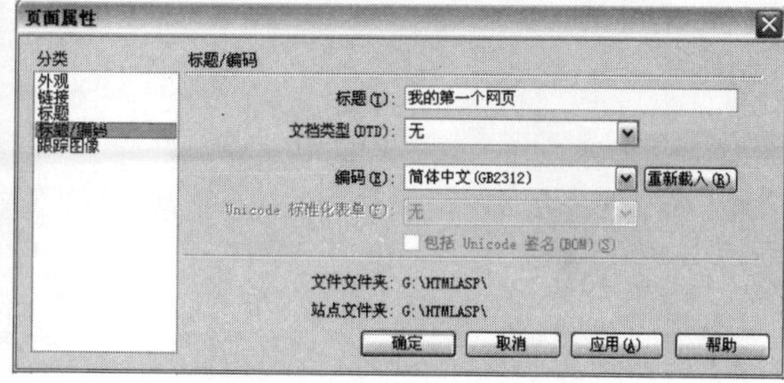

图 1-31　“选择图像源文件”对话框　　　　图 1-32　“页面属性”（标题/编码）对话框

（7）标题大小和颜色设置：单击选择“页面属性”对话框中“分类”栏中的“标题”选项，此时“页面属性”（标题）对话框如图 1-33 所示。在“标题字体”下拉列表框中选择一种标题的字体（此处选择“同页面字体”选项），在“标题 1”到“标题 6”栏可以设置标题的大小和颜色。

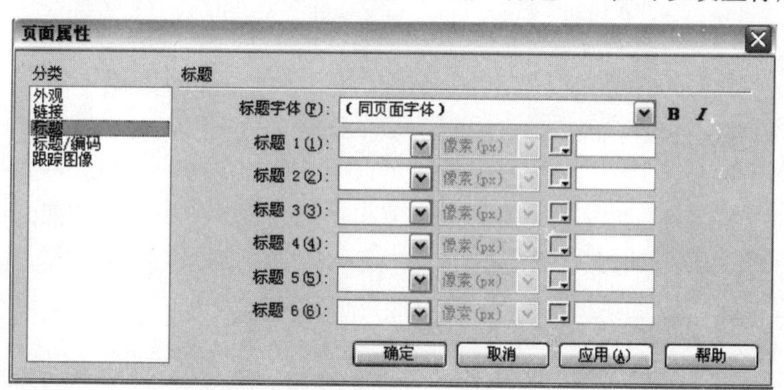

图 1-33　“页面属性”（标题）对话框

（8）链接字属性的设置：单击选择“页面属性”对话框中“分类”栏中的“链接”选项，此时切换到“页面属性”（链接）对话框。可以利用该对话框内的“链接字体”和“链接颜色”栏来设置链接字（热字）的字体、大小、风格、颜色等。“变换图像链接”栏的作用是当图像不能显示时，将显示为该栏设置的颜色。“已访问链接”栏的作用是设置单击过的链接字的颜色。“活动链接”栏的作用是设置获得焦点的链接字的颜色。“下画线样式”栏的作用是设置链接字的下画线样式。

（9）跟踪图像属性设置：单击选择“页面属性”对话框中“分类”栏中的“跟踪图像”选项，此时切换到“页面属性”（跟踪图像）对话框。利用该对话框可以设置跟踪图像的属性，跟踪图像也叫描图。“跟踪图像”文本框用来设置在页面编辑过程中使用的描图图像的地址和名称。“透明度”栏的作用是调整描图的透明度。

1.2.5 获取帮助

1. Dreamweaver 帮助

单击中文 Dreamweaver 8 工作区内的“帮助”→“Dreamweaver 帮助”菜单命令，可调出“Dreamweaver 8 帮助”对话框，如图 1-34 所示。利用该对话框可以获得学习 Dreamweaver 8 的有关信息。在该对话框内，左边是目录导航栏，右边列表框中显示相关的帮助信息。单击目录导航栏内的 图标，可以展开目录；单击 图标，可以收缩目录。

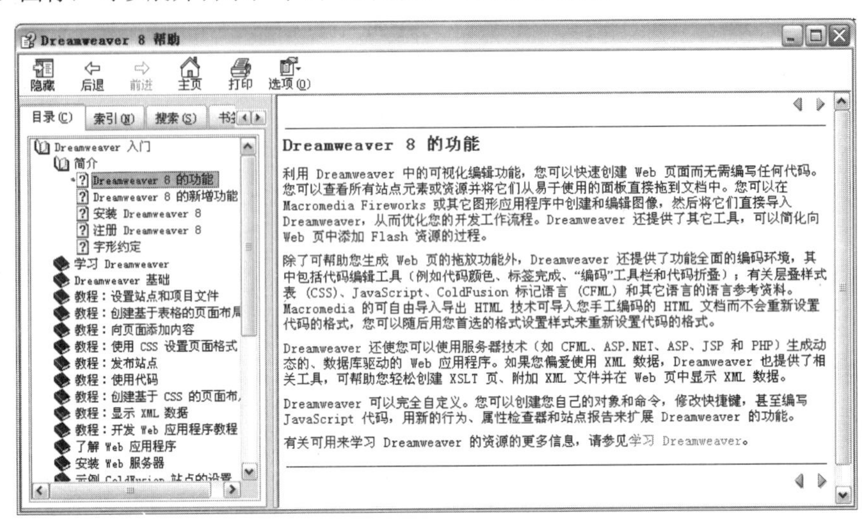

图 1-34 “Dreamweaver 8 帮助”对话框之一

单击“帮助”→“Dreamweaver 入门”菜单命令，也可以调出“Dreamweaver 8 帮助”对话框。只是该对话框内右边直接显示 Dreamweaver 教程的目录。

2. 搜索帮助信息

单击“Dreamweaver 8 帮助”对话框目录导航栏内的“搜索”标签，切换到“Dreamweaver 8 帮助”对话框的搜索状态，如图 1-35 所示。在“输入要查找的单词”文本框中输入要查找的词，再单击“列出主题”按钮，即可在目录导航栏内显示出查找到的相关的目录标题，例如图 1-35 中所示的“插入 Flash 元素”标题。双击目录导航栏内的一个标题名称，或者在选中标题的情况下，单击“显示”按钮，都可以在“Dreamweaver 8 帮助”对话框内右边列表框中显示出相应的帮助信息，如图 1-35 所示。

1.3 在网页中插入文本和编辑文本

1.3.1 【实例 1】“Dreamweaver 8 学习天地”网页

“Dreamweaver 8 学习天地”网页是一组网页，它们用来介绍学习中文 Dreamweaver 8 的一系列问题，各网页的制作方法基本一样，下面以其中的“Dreamweaver 8 学习天地 1”为例（如图 1-36 所示），介绍如何制作这种以文字为主的网页。

通过该网页的制作，读者可以掌握文本的输入和导入方法，文本属性的设置方法，以及有关含有文本的网页的一些基本操作方法。

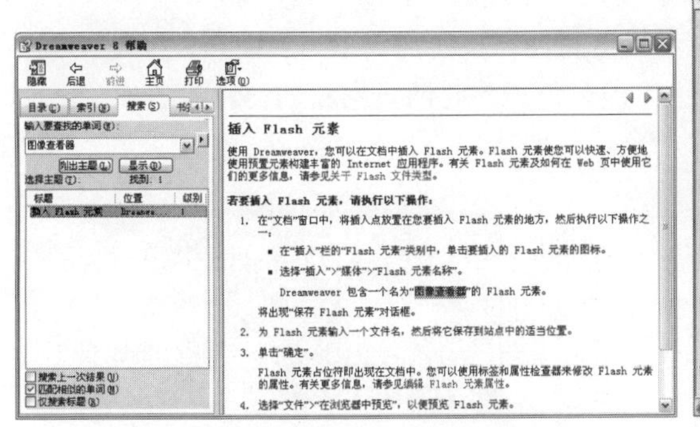

图 1-35　“Dreamweaver 8 帮助”对话框之二

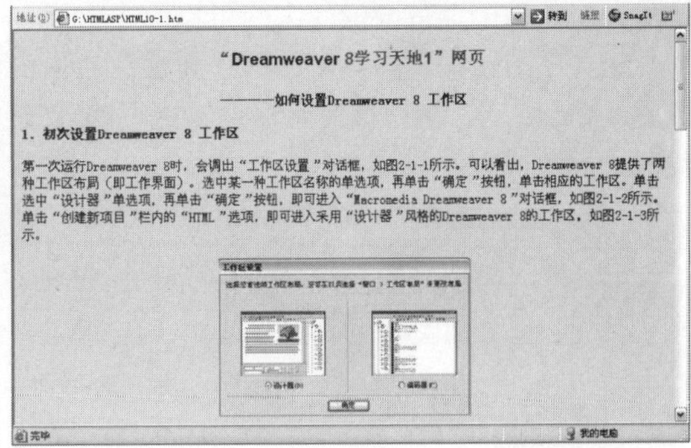

图 1-36　“Dreamweaver 8 学习天地 1”网页

1．网页制作过程

（1）打开 Microsoft Word，在 Word 中加工制作一个图文并茂的标题为“如何设置 Dreamweaver 8 工作区”的文章，如图 1-37 所示。

（2）打开要转换的 Word 文档，然后单击“文件”→“另存为”菜单命令，调出“另存为”对话框。在该对话框的“保存类型”下拉列表框中，如果选择“筛选过的 Web 页”选项，在“文件名”文本框中输入“HTML10-1.htm”，然后单击“保存”按钮，则会调出一个提示信息框，如图 1-38 所示。该提示框提示，这样生成的 HTML 格式文件会删除 Office 特定的标记。单击该提示框中的“是”按钮，即可将 Word 文档保存为 HTML 格式文件。

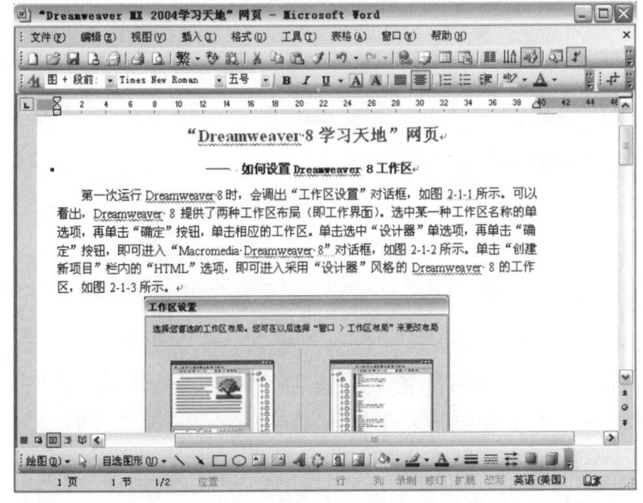

图 1-37　Word 中制作的“如何设置 Dreamweaver 8 工作区”文章

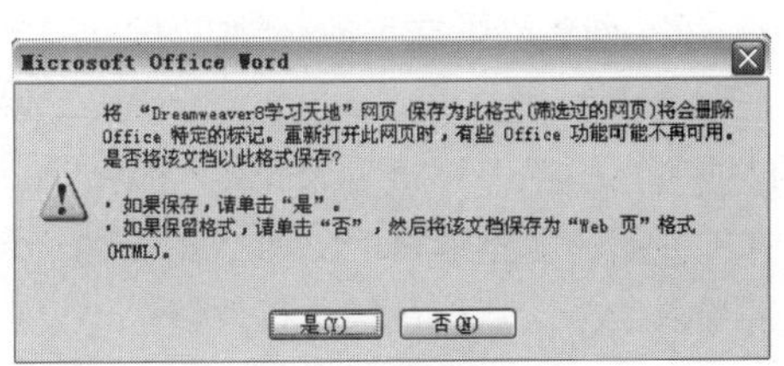

图 1-38　提示信息框

（3）如果在该对话框的“保存类型”下拉列表框中选择“网页”选项，则可以直接将打开的 Word 文档保存为网页 HTML 格式文件。

注意： 步骤（2）和步骤（3）创建的这两种 HTML 格式文件的图标是不一样的。

（4）在 Dreamweaver 8 中打开用 Word 编辑的网页文件 HTML10-1.htm。单击“命令”→“清理 Word 生成的 HTML”菜单命令，调出“清理 Word 生成的 HTML”对话框，如图 1-39 所示。

（5）单击“确定”按钮后，系统自动对 Word 生成的 HTML 格式文件进行清理和优化。然后弹出一个如图 1-40 所示的信息对话框。单击“确定”按钮，完成文件清理和优化任务。这样可以使网页文件的字节数减少（大约可以减少一半）。

（6）单击网页页面，单击其“属性”栏内的“页面属性”按钮，调出“页面属性”对话框，如图 1-28 所示。利用该对话框设置网页的背景色为浅黄色。此时网页文档的设计窗口如图 1-41 所示。

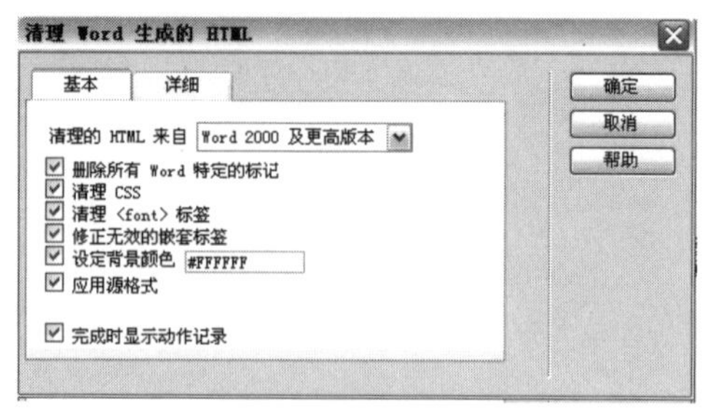

图 1-39 “清理 Word 生成的 HTML”对话框

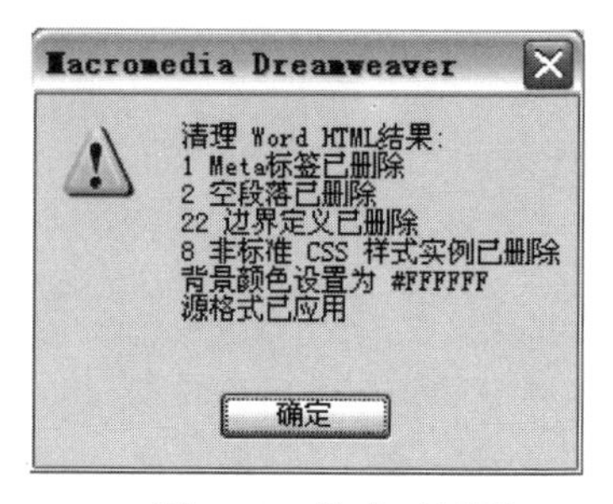

图 1-40 信息对话框

图 1-41 HTML10-1.htm 网页文档的设计窗口

（7）根据需要，可利用下面介绍的文本属性设置方法等内容，再对文本内容进行修改。然后，保存文件，完成网页的制作。

2．创建网页文字的其他方法

（1）键盘输入和复制粘贴文字：最简单和最直接的输入方法是键盘输入，也可以在其他的程序或窗口中选中一些文本，按 Ctrl+C 键，将文字复制到剪贴板上；然后回到 Dreamweaver 8“设计”视图的文档窗口中，按 Ctrl+V 键，将其粘贴到光标所在位置。在 Dreamweaver 8 中，对从外部导入数据的功能已经进行改善，不仅可以保留文字，还可以保留段落的格式和文字的样式。

在“设计”视图文档窗口中，直接按 Enter 键的效果相当于插入代码标记<p>（从状态栏的左边可以看出），除了换行外，还会多空一行，这表示将开始一个新的段落。如果觉得这样换行后间距过大，可在输入文字后，按 Shift+Enter 键，这相当于插入代码标记
，表示一个新行将产生在当前行的下面，但仍属于当前段落，并使用该段落的现有格式。

在 Dreamweaver 8“设计”视图文档窗口中，对文本的许多操作与在 Word 中的操作基本一样。例如，选取文字、删除文字和复制文字等。

（2）使用“插入”（文本）面板：单击“插入”面板上的“文本”标签，如图 1-42 所示。

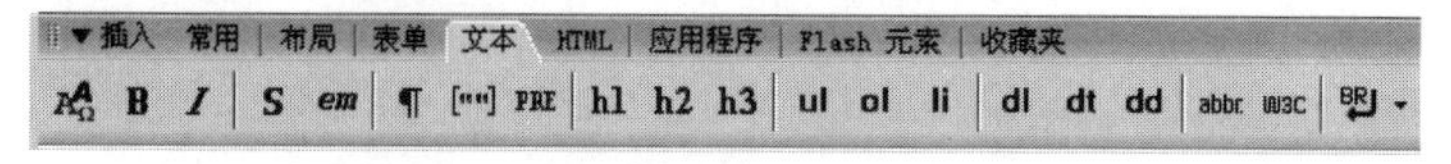

图 1-42 “插入”（文本）面板

面板中有许多文本格式控制按钮，通过这些按钮可以方便地设置文本的格式。单击面板中的“字体标签编辑器”按钮 ，可以调出“标签编辑器”对话框，如图 1-43 所示。利用该对话框可以设置文字的字体、大小、颜色等，还可以编辑文字字体列表。

图 1-43　“标签编辑器”对话框

3. 文字属性的设置

文字的属性（标题格式、字体、字号、大小、颜色和对齐格式等）可由如图 1-44 所示的文本“属性”栏和“文本”菜单来设定。

图 1-44　文本的“属性”栏

（1）文字标题格式的设置：根据 HTML 代码规定，页面的文本有 6 种标题格式，它们所对应的字号大小和段落对齐方式都是设定好的。在“格式”下拉列表框内，可以选择各种格式，其中各选项的含义如下。

- “无”选项：无特殊格式的规定，仅决定于文本本身。
- “段落”选项：正文段落，在文字的开始与结尾处有换行，各行的文字间距较小。
- “标题 1”至“标题 6”选项：在标题 1 至标题 6 间选择标题样式，其大小约与 1 至 6 号字相同。
- “预先格式化的”选项：预定义的格式。

（2）创建字体组合：Dreamweaver 8 使用了字体组合的方法，取代了简单地给文本指定一种字体的方法。字体组合就是多个不同字体依次排列的组合。在设计网页时，可给文本指定一种字体组合。在网页浏览器中浏览该网页时，系统会按照字体组合中指定的字体顺序自动寻找用户计算机中安装的字体。采用这种方法可以照顾各种浏览器和安装不同操作系统的计算机。

- 单击“字体”下拉列表框的 按钮，可以调出 Dreamweaver 8 提供的各种字体组合选项，如图 1-45 所示。单击某一个字体组合的名称，即可设置该字体组合。
- 单击图 1-45 所示的字体组合列表项中的“编辑字体列表”选项，调出“编辑字体列表”对话框，如图 1-46 所示。单击选中“编辑字体列表”对话框中“字体列表”列表框内的“在以下列表中添加字体”选项。
- 在“可用字体”列表框内选中字体。然后双击该字体名称，即可在“选择的字体”列表框内显示出相应的字体名字；也可以单击选中某一个字体名字，再单击 按钮，将选中的字体加到“选择的字体”列表框内。

按照上述方法，依次往“选择的字体”列表框内加入字体组合中的各个字体。同时，会看到在“字体列表”列表框内最下边随之显示出新的字体组合。单击“确定”按钮，即可完成字体组合的创建。

默认字体
Arial, Helvetica, sans-serif
Times New Roman, Times, serif
Courier New, Courier, mono
Georgia, Times New Roman, Times, serif
Verdana, Arial, Helvetica, sans-serif
Geneva, Arial, Helvetica, sans-serif
Arial
Times New Roman
编辑字体列表...

图 1-45　字体组合列表项

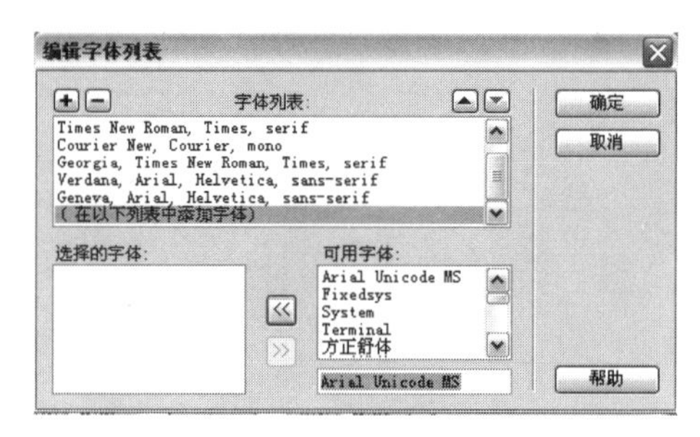

图 1-46　“编辑字体列表”对话框

- 如果要删除字体组合中的一种字体，单击选中“选择的字体”列表框内该字体的名称，再单击 » 按钮，如果要删除一个字体组合，可在“字体列表”列表框内单击选中该字体组合，再单击“编辑字体列表”对话框中的 − 按钮。
- 如果还要增加字体组合，可以单击“编辑字体列表”对话框中的 + 按钮，以使“字体列表”列表框内增加“在以下列表中添加字体”选项。

（3）文字其他属性的设置：利用属性面板和菜单命令，设置文字的大小、颜色、对齐方式、缩进和风格等属性的方法如下：

- 文字大小设置：字号的数字越大，文字也越大。默认的字号是 13。单击选中文字“属性”栏内的“大小”下拉列表框中的一种字号数字，即可完成字号的设定。在“大小”下拉列表框内还可以通过选择“极小”到“极大”以及“较小”和“较大”列表项目的方法设置文字的大小。
- 文字颜色的设置：单击文字“属性”栏内的“文本颜色”按钮，调出颜色面板，利用它可以设置文字的颜色。
- 文字的对齐设置：文字的对齐是指一行或多行文字在水平方向的位置，它有左对齐、居中对齐和右对齐三种。对齐可以在选中页面内的文字后，单击文字“属性”栏内的（左对齐）、（居中对齐）和（右对齐）按钮来实现。如果文字是直接输入到页面中，则会以浏览器的边界线进行对齐。
- 文字的缩进设置：要改变段落文字的缩进量，可以选中文字，再单击文字“属性”栏内的（减少缩进，向左移两个单位）按钮或（增加缩进，向右移两个单位）按钮。
- 文字风格的设置：选中网页中的文字，单击按下“粗体”按钮 **B**，即可将选中的文字设置为粗体；单击按下“斜体”按钮 *I*，即可将选中的文字设置为斜体。

利用菜单命令也可以改变文字风格。在“文本”→“样式”菜单的子菜单中，单击其中的某一个菜单命令，可以将选中的文字样式作相应的改变。

- 文字样式设置：在“样式”下拉列表框中单击“管理样式”项目，可以调出“编辑样式表”对话框。单击“新建”按钮就可以为文字添加样式设置。

1.3.2　【实例 2】“秦始皇——嬴政”网页

“秦始皇——嬴政”网页是“秦始皇兵马俑”网站中的一个网页，该网页内除了有一张秦始皇的图片外，都是文字，文字量较大。这些文字可以直接在 Dreamweaver 8 内通过键盘直接输入，也可以通过复制粘贴的方式来获得，然后，再进行文字属性设置和修改。除了设置颜色、文字大小和字体等属性外，还需要修改标题。另外，文字中的同类错误需要查找与替换，一些文字需要移动和复制等。通过制作该网页，读者可以掌握文本的标题设置、文字的移动和复制、文字的查找与替换等基本操作方法。“秦始皇——嬴政”网页的显示效果如图 1-47 所示，下面介绍其制作方法和相关知识。

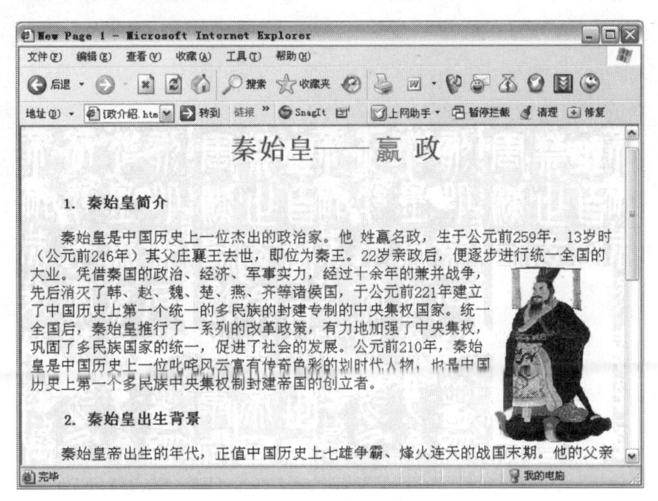

图 1-47　“秦始皇—嬴政”网页显示效果

1．网页制作过程

（1）在 Dreamweaver 8 文档的“设计”视图窗口内，单击窗口内部，单击“属性”栏内的“页面属性”按钮，调出“页面属性”对话框，如图 1-28 所示。利用该对话框导入一幅纹理图像 Back2.jpg，作为网页的背景图像。Back2.jpg 图像与该网页在同一个文件夹“秦始皇兵马俑网页”内，本网页用到的其他图像也在该文件夹内。

（2）在 Dreamweaver 8 文档的“设计”视图窗口内，单击窗口内部，输入“秦始皇—嬴政”文字，然后用鼠标拖曳选中这些文字，如图 1-48 所示。

（3）在文字的“属性”栏内进行文字属性的设置。在“格式”下拉列表框中选择“标题 1”选项，使文字为标题 1 格式；单击“文本颜色”按钮，调出颜色面板，利用它设置文字的颜色为红色；单击“居中对齐”按钮，使文字居中排列；单击 **B** 按钮，使文字加粗。此时的“属性”栏设置如图 1-49 所示。

图 1-48　鼠标拖曳选中文字

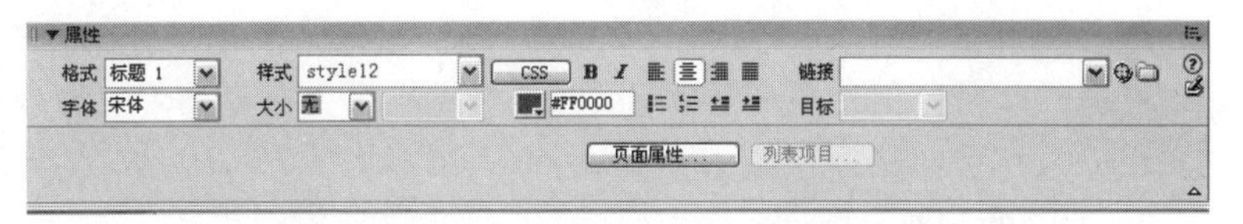

图 1-49　“秦始皇—嬴政”文字的“属性”栏设置

（4）按回车键，输入文字“1．秦始皇简介”，用鼠标拖曳选中这些文字，在文字的“属性”栏内进行文字属性的设置。在“格式”下拉列表框中选择“标题 5”选项，使文字为标题 5 格式；单击“文本颜色”按钮，调出颜色面板，利用它设置文字的颜色为蓝色；单击“文本缩进”按钮，使文字缩进。此时的“属性”栏设置如图 1-50 所示。

图 1-50　“1．秦始皇简介”文字的“属性”栏设置

（5）按回车键，将 Word 文档中关于“秦始皇简介”的文字复制粘贴到网页文档窗口的光标处，用鼠标拖曳选中这些文字，在文字的“属性”栏内进行文字属性的设置。在“格式”下拉列表框中选择“段落”选项，使文字为段落格式；单击“文本颜色”按钮，调出颜色面板，利用它设置文字的颜色为黑色；在“大小”下拉列表框中选择“18”选项，使文字大小为 18 磅。此时的“属性”栏如图 1-51 所示。

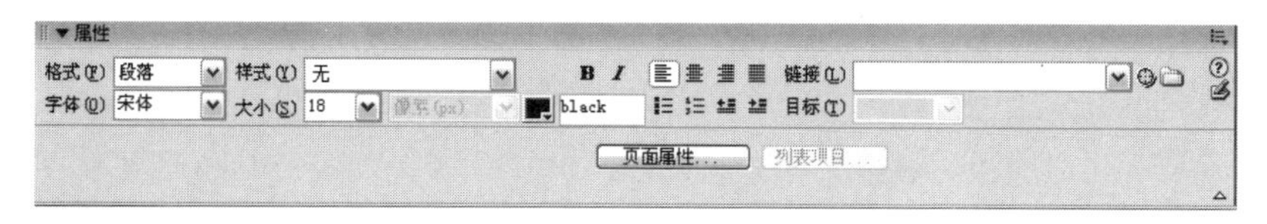

图 1-51　段落文字的“属性”栏设置

按照上述方法，继续创建其他文字，并进行这些文字的属性设置。

（6）用鼠标拖曳“插入”（常用）面板内的按钮到网页内，可以调出“选择图像源文件”对话框。在“选择图像源文件”对话框选中图像文件 QSH.jpg，在“选择图像源文件”对话框内的“相对于”下拉列表框内选择“文档”选项，在“URL”文本框内会给出该图像文件的相对于当前网页文档的路径和文件名 QSH.jpg，然后单击“确定”按钮，即可将选定的图像加入到页面的光标处。

（7）用鼠标拖曳图像四周的黑色方形控制柄，调整它的大小。用鼠标拖曳图像，调整它的位置。此时，插入的图像如图 1-52 所示。

（8）单击选中插入的图像，在其“属性”栏的“对齐”下拉列表框中选择“右对齐”选项，此时的图像和文字关系如图 1-53 所示。

图 1-52　插入图像

图 1-53　右对齐后的图像

将该网页保存在文件夹“秦始皇兵马俑网页”内，命名为“嬴政介绍”。至此，整个网页制作完毕。

2．文字的列表设置

（1）设置列表

- 设置无序列表和有序列表：选中要排列的文字段，再单击文字“属性”栏内的按钮，可设置无序列表；选中要排列的文字段，再单击文字“属性”栏内的按钮，可设置有序列表。
- 定义列表方式：选中要排列的文字段，再单击“文本”→“列表”→“定义列表”菜单命令。采用这种列表方式的效果是奇数行靠左，偶数行向右缩进，如图 1-54 所示。

（2）修改列表属性

- 首先将列表的文字按照无序或有序列表方式进行列表。然后将光标移到列表文字中，再单击“文本”→“列表”→“属性”菜单命令，调出“列表属性”对话框，如图 1-55 所示。

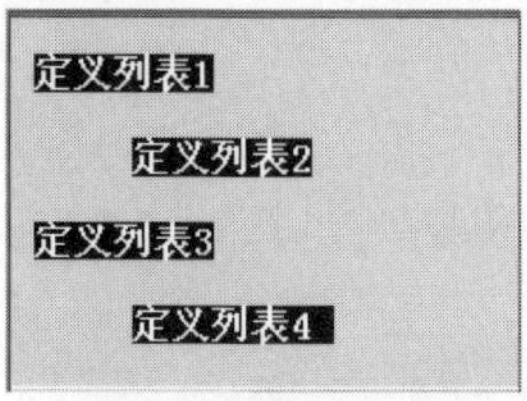

定义列表1

定义列表2

定义列表3

定义列表4

图 1-54　奇数行靠左，偶数行向右缩进

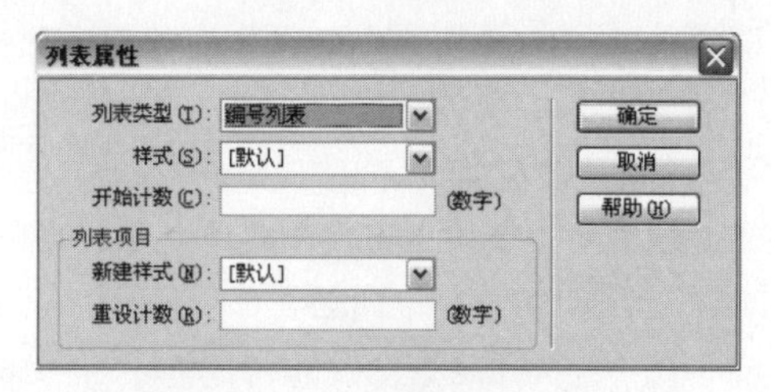

图 1-55　“列表属性”对话框

- “列表类型”下拉列表框用来选择列表类型，其类型有项目列表、编号列表、目录列表和菜单列表 4 种。项目列表的段首为图案标志符号，是无序列表；编号列表的段首是数字，是有序列表。选择“编号列表”选项后，“列表属性”对话框中的隐藏选项会变为有效。
- 在“列表属性”（项目列表）对话框的“样式”下拉列表框内可以选择列表的风格，其中各选项的含义如下：

　　“[默认]”选项是默认方式，段首标记为实心圆点；“项目符号”选项是段首标记为项目的符号；“正方形”选项是段首标记为实心方块。
- 在“列表属性”（项目列表）对话框的“新建样式”下拉列表框内也有上述 4 个选项，用来设置光标所在段和以下各段的列表属性。
- 在“列表类型”下拉列表框中选择“编号列表”列表项目后，“列表属性”对话框如图 1-56 所示。在“样式”列表框内可以选择列表的风格。选择“[默认]”选项和“数字”选项，段首标记为阿拉伯数字；选择“小写罗马数字”选项，段首标记为小写罗马数字；选择“大写罗马数字”选项，段首标记为大写罗马数字；选择“小写字母”选项，段首标记为英文小写字母；选择“大写字母”选项，段首标记为英文大写字母。

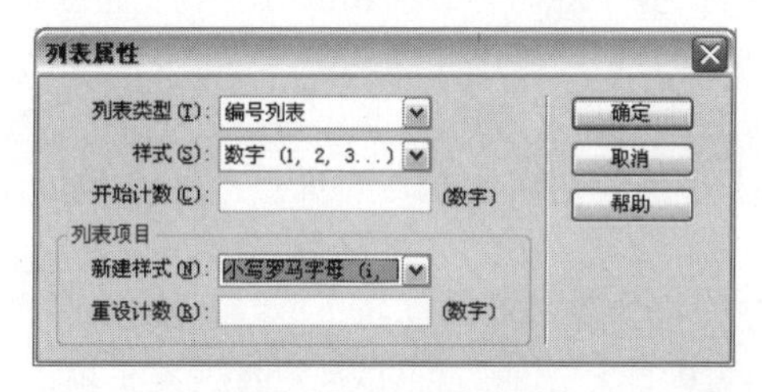

图 1-56　有序列表的“列表属性”对话框

- 在“列表属性”（编号列表）对话框的“开始计数”文本框内可以输入起始的数字或字母，以后各段的编号将根据起始数字或字母自动排列。
- 在“列表属性”（编号列表）对话框的“列表项目”栏内，“新建样式”下拉列表框内也有上述 6 个选项，用来设置光标所在段和以下各段的列表为另一种新属性。在“重设计数”文本框内输入光标所在段和以下各段的列表的起始数字或字母。

3. 文字的复制与移动、拼写检查

（1）文字的复制与移动：在网页文档的“显示设计视图”和“显示代码视图”状态的文档窗口内，可以进行文字的复制与移动操作，其方法与 Word 中的方法基本一样。按住 Ctrl 键的同时用鼠标拖曳选中的文字，可以复制文字；用鼠标拖曳选中的文字，可以移动文字。还可以采用剪贴板进行复制与移动。

（2）文字的拼写检查：单击“文本”→“检查拼写”菜单命令，Dreamweaver 8 会检查网页内所有英文单词的拼写是否正常，如果全部正常，则弹出检查完毕的提示框；如果有不正确的英

文单词，则将弹出“检查拼写”对话框。该对话框中会列出错误的英文文字并推荐更改的英文单词，供用户修改错误的单词。

4．文字的查找与替换

单击“编辑”→“查找和替换”菜单命令，可以调出“查找和替换”对话框，如图 1-57 所示。该对话框内各选项的作用如下所述。

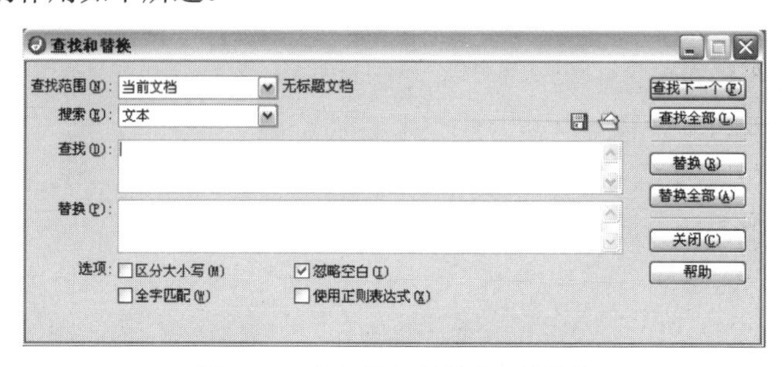

图 1-57 “查找和替换”对话框

（1）“查找范围”下拉列表框用来选择查找的范围。

（2）“搜索”下拉列表框：用来选择查找内容的类型。

（3）“查找”文本框：用来输入要查找的内容。

（4）“替换”文本框：可输入要替换的字符或选择要替换的字符。

（5）4 个选项复选框：4 个复选框的含义如下所述。

- “区分大小写”：选中它后，可以区分大小写。
- “忽略空白”：选中它后，可以忽略文本中的空格。
- “全字匹配”：选中它后，查找的内容必须和被查内容完全匹配。
- “使用正则表达式”：选中它后，可以使用规定的表达式。

（6）6 个按钮：6 个按钮的作用如下所述。

- “查找下一个”按钮：查找从光标处开始的第一个要查找的字符，光标会移至查到的字符处。
- “查找全部”按钮：在指定的范围内，查找全部符合要求的字符，并在“查找和替换”对话框下边延伸出的列表内显示出来。双击列表内的某一项，可立即定位到页面的相应字符处。
- “替换”按钮：替换从光标处开始的第一个查找到的字符。
- “替换全部”按钮：在指定的范围内，替换全部查找到的字符。
- （保存）按钮：单击该按钮，会调出一个保存查找内容的对话框，输入文件名字，单击按钮，即可将要查找的文字保存到文件中。
- （打开）按钮：单击该按钮，会调出一个装载查找内容文件的对话框，输入文件名字，单击按钮，即可将文件中的查找文字加载到“替换”文本框内。

5．图文混排

当网页内有文字和图像混排时，系统默认的状态是图像的下沿和它所在的文字行的下沿对齐。如果图像较大，则页面内的文字与图像的布局会很不协调，因此需要调整它们的布局。调整图像与文字混排的布局需要使用图像“属性”栏。

（1）图像与文字相对位置的调整：图像“属性”栏内的“对齐”下拉列表框内有 10 个选项，用来进行图像与文字相对位置的调整。下面说明这些选项的含义。文字的上沿、文字的中线、文字的基线、文字的下沿、文字的左边缘和文字的右边缘之间的关系如图 1-58 所示。

- “默认值”：使用浏览器默认的对齐方式，不同的浏览器会有不同。
- “基线”：图像的下沿与文字的基线水平对齐。
- “顶端”：图像的顶端与当前行中最高对象（图像或文本）的顶端对齐。
- “中间”：图像的中线与文字的基线水平对齐。
- “底部”：图像的下沿与文字的基线水平对齐。
- “文本上方”：图像的顶端与文本行中最高字符的顶端对齐。
- “绝对中间”：图像的中线与文字的中线水平对齐。
- “绝对底部”：图像的下沿与文字的下沿水平对齐。
- “左对齐”：图像在文字的左边缘，文字从右侧环绕图像。
- “右对齐”：图像在文字的右边缘，文字从左侧环绕图像。

（2）图像与文字的间距的调整：是指图像与文字水平方向和垂直方向的间距。这可以通过改变“水平边距”和“垂直边距”文本框内的数值来实现，数值的单位是像素。如果在“对齐”下拉列表框内选择“左对齐”选项，在“水平边距”文本框内输入 30，“垂直边距”文本框内输入 20，则图文混排的效果如图 1-59 所示。

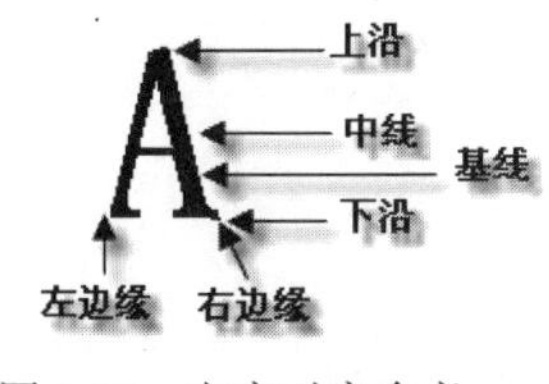

图 1-58 文字对齐含义

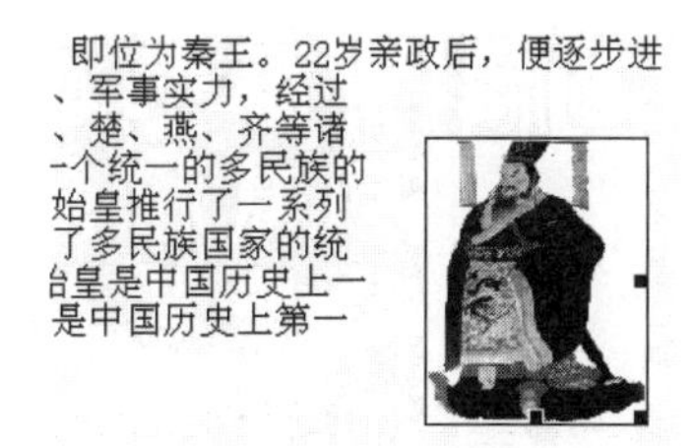

即位为秦王。22岁亲政后，便逐步进
、军事实力，经过
、楚、燕、齐等诸
-个统一的多民族的
始皇推行了一系列
了多民族国家的统
台皇是中国历史上一
是中国历史上第一

图 1-59 设置图文间距后的图文混排效果

1.4 在网页中插入图像和编辑图像

1.4.1 【实例 3】“将军俑”网页

“将军俑”网页是“秦始皇兵马俑”网站中的一个网页，该网页内有大量的将军俑图片和相应的文字说明。通过制作该网页，读者可以掌握图像加载、移动、复制、删除和属性设置等基本操作方法。“将军俑”网页的显示效果如图 1-60 所示。下面介绍其制作方法和相关知识。

图 1-60 “将军俑”网页显示效果

1．网页制作过程

（1）在 Dreamweaver 8 文档的“设计”视图窗口内，单击窗口内部，单击“属性”栏内的“页面属性”按钮，调出“页面属性”对话框，如图 1-28 所示。利用该对话框导入一幅纹理图像 Back2.jpg，作为网页的背景图像。

（2）按照制作“秦始皇—嬴政”网页中文字的方法，在“将军俑”网页中输入文字“将军俑”及各小标题和各段落文字。“将军俑”文字采用标题 5 格式、红色、居中，各小标题采用标题 3 格式、蓝色、居左，段落文字采用段落格式、黑色。

（3）将光标定位在第一段文字的下边，单击“插入”（常用）面板内的 按钮，调出“选择图像源文件”对话框。在“选择图像源文件”对话框选中图像文件 jzy1.jpg，在“选择图像源文件”对话框内的“相对于”下拉列表框内选择“文档”选项，在“URL”文本框内会给出该图像文件的相对于当前网页文档的路径和文件名 jzy1.jpg，如图 1-61 所示。然后，单击“确定”按钮，即可将选定的图像加入到页面的光标处。

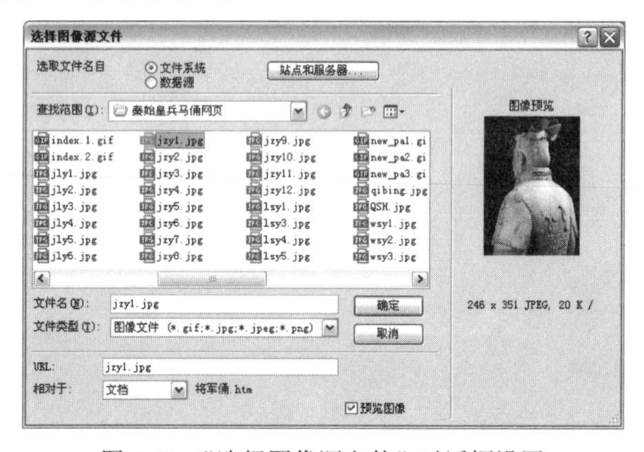

图 1-61 “选择图像源文件”对话框设置

（4）按照上述方法再加载 jzy2.jpg、jzy3.jpg、jzy4.jpg 和 jzy5.jpg 4 幅图像。单击选中第一幅图像，在其“属性”栏内的“高”文本框中输入“200”，在“宽”文本框中输入“100”，将选中的图像调整为高 200 像素，宽 100 像素。

（5）按照上述方法，也将其他 4 幅图像调整为高 200 像素，宽 100 像素。此时网页中的图像如图 1-62 所示。

（6）将光标定位在第一幅图像的右边，加载一幅 Back2.jpg 图像（即背景图像），在其“属性”栏内的“高”文本框中输入“200”，在“宽”文本框中输入“30”，将选中的背景图像调整为高 200 像素，宽 30 像素。其目的是在第一幅和第二幅图像之间插入一些空，使两幅图像有一定的间隔。此时的图像如图 1-63 所示。

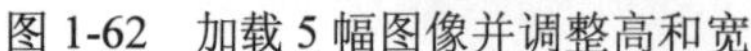

图 1-62 加载 5 幅图像并调整高和宽

图 1-63 使图像间有间隔

（7）按住 Ctrl 键并用鼠标拖曳背景图像到第二幅图像和第三幅图像之间，或者复制一幅背景图像到第二幅图像和第三幅图像之间。按照相同的方法，在第三幅图像和第 4 幅图像之间，第 4

幅图像和第 5 幅图像之间，分别复制一幅背景图像。最后效果如图 1-60 所示。

（8）在 5 幅图像的下边，输入文字“将军俑背视（局部）”和“将军俑（一号俑坑出土）”，它们采用段落格式、褐色、居左、11 磅大小。然后，按住 Ctrl 键，同时用鼠标拖曳背景图像到“将军俑背视（局部）”的左边和右边，其高度调整为 20 个像素，再用鼠标拖曳调整这两幅背景图像，使文字的位置合适，如图 1-60 所示。

按照上述方法，再制作该网页中的其他内容。将该网页保存在文件夹“秦始皇兵马俑网页”文件夹内，名称为“将军俑”。至此，整个网页制作完毕。

2. 在网页中加载图像的方法

（1）用鼠标拖曳图像：在 Windows 的“我的电脑”或“资源管理器”中，单击选中一个图像文件的图标，再用鼠标拖曳该图标到网页文档窗口内，即可将图像加入到页面内的指定位置。双击页面内的图像，可以调出“选择图像源文件”对话框，供用户更换图像。

（2）利用“插入图像”工具插入图像：单击“插入”（常用）面板内的“插入图像”按钮，或者用鼠标拖曳按钮到网页内，可以调出“选择图像源文件”对话框。如果“图像”按钮处显示的不是“插入图像”按钮，可以单击旁边的倒三角，在弹出的快捷菜单中选择“插入图像”按钮。

在“选择图像源文件”对话框选中图像文件后，单击“确定”按钮，即可将选定的图像加入到页面的光标处。通常所选图像应放在站点文件夹下的图像文件夹内。

在“选择图像源文件”对话框内，“URL”文本框内会给出该图像的路径。在“相对于”下拉列表框内，如果选择“文档”选项，则“URL”文本框内会给出该图像文件的相对于当前网页文档的路径和文件名，例如 JPG/L1.jpg。如果选择“站点根目录”选项，则“URL”文本框内会给出以站点目录为根目录的路径，例如/JPG/L1.jpg。

3. 图像的移动、复制、删除和调整大小

（1）移动和复制图像：单击选中要编辑的图像，这时图像周围会出现几个黑色方形的小控制柄。如果要移动或复制图像，可以像移动文字那样，用鼠标拖曳图像到目标点，即可移动图像；按住 Ctrl 键并用鼠标拖曳图像到目标点，即可复制图像。

（2）删除图像：先选中要删除的图像，再按删除键即可，还可以将它剪切到剪贴板中。

（3）简单调整图像大小：单击选中要调整的图像，用鼠标拖曳其控制柄。按住 Shift 键，同时用鼠标拖曳图像周围的小控制柄，可以在保证图像长宽比不变的情况下调整图像大小。

4. 利用图像“属性”栏编辑图像

在页面中加入图像后，如果要精确调整图像的大小和图像的位置，必须使用图像“属性”栏。在选中图像后，图像“属性”栏如图 1-64 所示。

图 1-64　图像“属性”栏

（1）图像命名：在图像“属性”栏的左上角会显示选中图像的缩略图，图像的右边会显示它的字节数。可以在图像右边的文本框内输入图像的名字，以后可以使用脚本语言（JavaScript、VBScript 等）对它进行引用。

（2）调整图像的位置：单击选中要调整位置的图像后，或者将光标移到图像所在行处后，单击（居左）、（居中）或（居右）按钮，即可将该行的图像位置进行调整。

（3）精确调整图像的大小：在“宽”文本框内输入图像的宽度，系统默认的单位是像素（pixels），如果要使用其他单位，则必须在输入数字后再输入单位名称，例如 in（英寸，1in=96 pixels）、mm（毫米，1mm=3.8 pixels）、pt（磅，1pt=4 / 3 pixels），pc（派卡，1pc=16 pixels）等。用同样的方法可在“高”文本框内输入图像的高度。“%”表示图像占文档窗口的宽度和长度百分比，设置后，图像的大小会跟随文档窗口的大小自动进行调整。若不管页面大小，只想占页面宽度的 30%，可在“宽”文本框中输入“30%”。

如果要还原图像大小的初始值，可单击 宽 和 高 标签或删除“宽”和“高”文本框中的数值；要想将宽度和长度全部还原，则可单击“重设大小”按钮 。

（4）图像的路径：“源文件”文本框内给出了图像文件的路径。文件路径可以是绝对路径（例如，file:///F|/WEB1/JPG/2-1.jpg，图像文件不在站点文件夹内），也可以是相对路径（例如，JPG/L1.jpg 或/JPG/L1.jpg，图像文件在站点文件夹内）。单击“源文件”文本框右边的 按钮，即可调出“选择图像源文件”对话框，利用它可以更换图像。

（5）链接：“链接”文本框内给出了被链接文件的路径。超级链接所指向的对象可以是一个网页，也可以是一个具体的文件。设置图像链接后，用户在浏览网页时只要单击该图像，即可打开相关的网页或文件。建立超级链接有以下三种方法。

- 直接输入链接地址 URL；
- 拖曳指向文件图标 到“站点”窗口中的链接文件上；
- 单击该文本框右边的按钮 ，调出“选择文件”对话框，利用它可以选定文件。

（6）给图像加文字提示说明：选中要加文字提示说明的图像，再在图像“属性”栏内的“替代”下拉列表框内输入图像的文字提示说明。用浏览器调出图像页面后，将鼠标移到加文字提示说明的图像上，或者在发生断链现象时，即可出现相应的文字提示，如图 1-65 所示。

图 1-65 显示图像的文字提示说明

1.4.2 【实例 4】“将军俑”网页修改

将“将军俑”网页进行修改，当鼠标移到中间图像之上时，中间的图像会反转为另外一幅图像，同时显示“这是秦始皇兵马俑中的将军俑”文字，如图 1-66 所示。

另外，单击该图像，可以调出“秦陵”网页，如图 1-67 所示。“秦陵”网页是一个纯文字网页，可由读者自己完成。通过制作该网页，可以掌握翻转图、拼图和描图等基本操作。

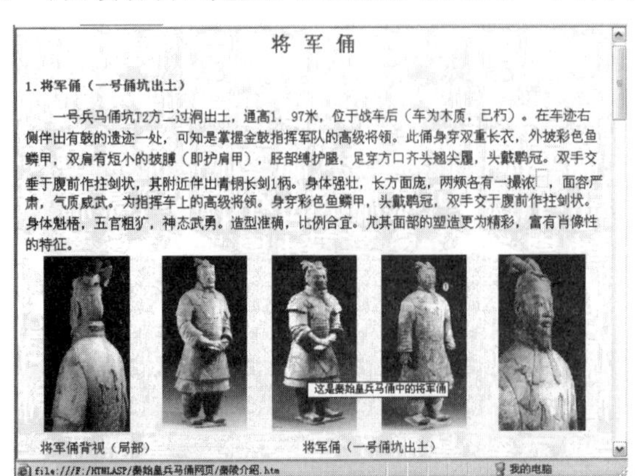

图 1-66 修改后的“将军俑”网页显示效果

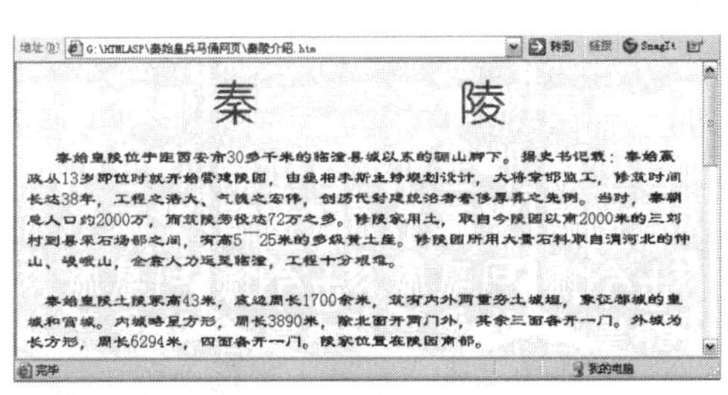

图 1-67 “秦陵”网页显示效果

1．网页制作过程

（1）调出“将军俑”网页，单击选中中间的图像。

（2）单击“插入”（常用）栏中的“图像”快捷菜单中的“鼠标经过图像”按钮，调出“插入鼠标经过图像”对话框，如图 1-68 所示。

（3）单击“插入鼠标经过图像”对话框中“原始图像”栏右边的“浏览”按钮，调出“导入图像”对话框，利用该对话框选择图像文件 jzy3.jpg，即加载了原始图像。

（4）单击“插入鼠标经过图像”对话框中“鼠标经过图像”栏右边的“浏览”按钮，调出“导入图像”对话框，利用该对话框选择图像文件 jzy10.jpg，即加载了翻转图像。

（5）在“插入鼠标经过图像”对话框中“替换文本”文本框中输入“这是秦始皇兵马俑中的将军俑”文字。

（6）单击“插入鼠标经过图像”对话框中“按下时，前往的 URL”右边的“浏览”按钮，调出“按下时，前往的 URL”对话框，利用它选择“秦陵介绍”网页文件，设置该网页为与翻转图像链接的网页。

设置好的“插入鼠标经过图像”对话框如图 1-68 所示。单击“确定”按钮，翻转图像即制作完成。

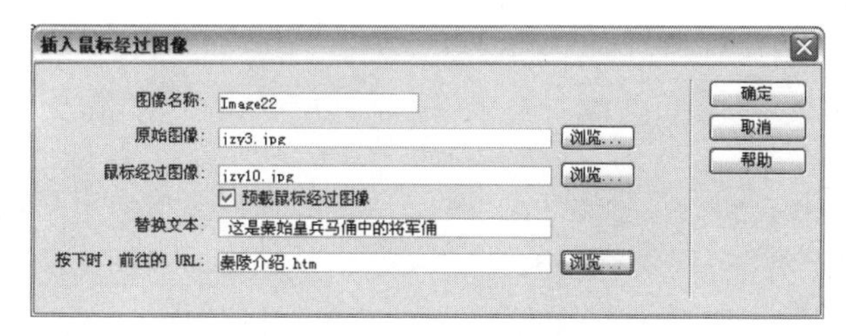

图 1-68 “插入鼠标经过图像”对话框

（7）单击选中网页中原来的第三幅图像，按删除键删除它。再单击选中新创建的翻转图像，在其“属性”栏内的“高”文本框中输入“200”，在“宽”文本框中输入“100”，将选中的背景图像调整为高 200 像素，宽 100 像素。此时翻转图像的“属性”栏如图 1-69 所示。

2．鼠标经过图像

鼠标经过图像即翻转图，它是一种最简单的、有趣的动态网页效果。当浏览器调入有翻转图的网页页面时，页面显示的是翻转图的初始图像，当鼠标指针移到该图像上边时，该图像会迅速变为另一幅图像，当鼠标指针移出图像时，图像又会恢复为初始图像。图 1-70 中左图给出了翻转图的初始图像，右图给出了翻转图变化后的图像。创建翻转图的方法如下所述。

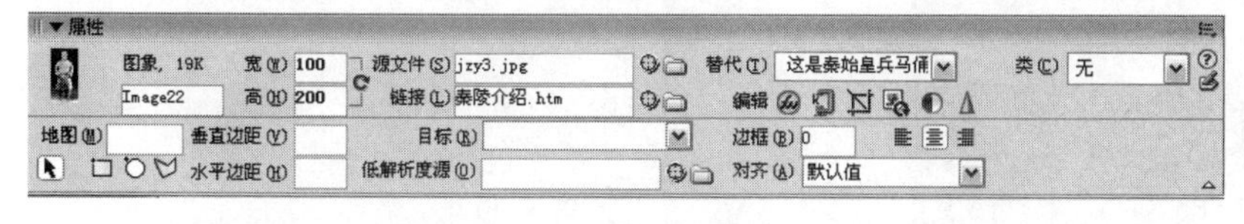

图 1-69 翻转图像的“属性”栏

图 1-70 翻转图像

（1）准备两幅最好一样大小的图像，而且有一定的含义和联系，如图 1-70 所示。单击“插入”（常用）栏中的“图像”快捷菜单中的“鼠标经过图像”按钮，调出“插入鼠标经过图像”对话框，如图 1-68 所示。

（2）“插入鼠标经过图像”对话框中各选项的作用说明如下。

- “图像名称”：在它右边的文本框内输入图像的名字后，可以使用脚本语言（JavaScript、

VBScript 等）对它进行引用。

- “原始图像”：单击它右边的“浏览”按钮，可以调出“原始图像”对话框，利用“原始图像”对话框可以加载初始图像。
- “鼠标经过图像”：单击它右边的“浏览”按钮，可以调出“鼠标经过图像”对话框，利用“鼠标经过图像”对话框可以加载翻转图。
- “预载鼠标经过图像”复选框：选中它（默认状态）后，当页面载入浏览器时，会将翻转图预先载入，而不必等到鼠标指针移到图像上边时才下载翻转图，这样可使翻转图变化连贯。
- “按下时，前往的 URL”：单击它右边的“浏览”按钮，可以调出“按下时，前往的 URL”对话框，利用它可以建立与翻转图像链接的网页文件。

3．拼图

如果网页中有较大的图像，则浏览器通常是在将图像文件的内容全部下载完后，才在网页中显示该图像。这样会使网页的浏览者等待较长的时间，造成不愉快的用户体验。为此，可采用拼接图像的方法，来解决长时间等待的问题。拼接图像的制作方法就是用图像处理软件（例如照片编辑器、Fireworks 和 Photoshop 等）将一幅较大的图像切割成几部分，每部分图像分别以不同的名字存成文件。在网页中再将它们分别调出，并“无缝”拼接在一起，形成一个完整的图像。采用这种方法，并不能使整幅图像的下载时间减少，但它可以让浏览者看到图像部分的下载过程，减少了等待的枯燥。

此处以微软中文 Office 的照片编辑器软件为例，介绍图像的切割和在 Dreamweaver 8 中进行拼图的方法。操作步骤如下所述。

（1）运行照片编辑器软件，单击“文件”→“打开”菜单命令，调出“打开”对话框。选中所需的图像文件，单击“打开”按钮，即可将图像调出。为了切割准确，可单击“视图”→“标尺”菜单命令，调出图形左边与上边的标尺，如图 1-71 所示。

（2）单击“常用工具”栏内的 按钮，再在图像左上角单击鼠标并向右边拖曳，拖曳出一个占图像 1/4 大小的虚线矩形，如图 1-72 所示，表示选中了虚线矩形内的图像。

（3）然后单击“编辑”→“剪切”菜单命令，将选中的图像剪切到剪贴板中，原来选中虚线矩形区域中的图像将消失。

（4）单击“编辑”→“贴为新图像”菜单命令，即可将剪贴板内的图像粘贴成一个新图像。

图 1-71　打开的图像

图 1-72　占图像 1/4 大小的虚线矩形

（5）单击“文件”→“另存为”菜单命令，将切割出的图像以另外的名字存储到磁盘中，例如名字为 P1.jpg，存放在站点的 JPG 文件夹内。

（6）按照上述方法，依次从上到下切割出另外三幅图像，如图 1-73 所示。分别将它们以名字

P2.jpg、P3.jpg、P4.jpg 存入相同的文件夹内。

图 1-73　切割出的 4 个 1/4 大小的图像

切割图像时一定要认真和严格，不要出现选出的虚线矩形中有白边或少选的现象。

（7）启动 Dreamweaver 8，将光标移到 Dreamweaver 8 的页面编辑窗口内新一行的左边。然后在光标处插入第一幅切割的图像，例如 P1.jpg 图像。

（8）单击“插入”（字符）面板中的“换行符”按钮，在第一行的图像末尾插入一个行中断标记
，即回车符。

（9）将光标移到下一行，然后插入第二幅切割的图像 P2.jpg。照上述方法再插入第 3、4 幅切割的图像 P3.jpg 和 P4.jpg。

1.4.3　【实例 5】“风景绣画”网页

“风景绣画”网页是一个以图像为主的网页。“风景绣画”网页在浏览器中的显示效果如图 1-74 中左图所示。页面最上端显示相册标题和副标题文字，标题下边是原图的缩图。单击“风景图 3”小图可以浏览原图，如图 1-74 中右图所示。单击如图 1-74 中右图所示网页中的“前一个”热字，可以浏览前一个原图。单击“下一个”热字，可以浏览下一幅图片；单击“首页”热字，可以回到如图 1-74 中左图所示的主页。通过该网页的制作，读者可以掌握以浏览图像为主题的网页的制作方法，以及设置附属图像处理软件的方法和编辑网页中图像的方法等。

图 1-74　“风景绣画”网页显示效果

下面介绍“风景绣画”网页的制作方法和相关知识。

1．网页制作过程

（1）单击“命令”→“创建网站相册”菜单命令，调出“创建网站相册”对话框，如图 1-75

所示（实际操作时还没有进行相关的设置）。

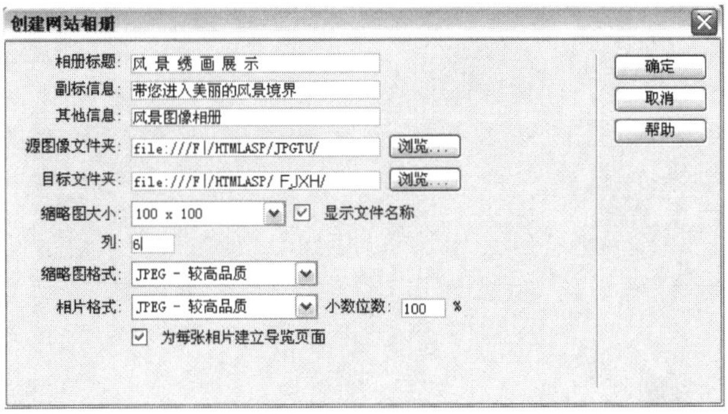

图 1-75 “创建网站相册”对话框

（2）“创建网站相册”对话框中的各选项的设置如下。

- “相册标题”文本框：输入相册的标题“风 景 绣 画 展 示”，该标题是必须填入的。
- “副标信息”文本框：输入相册的副标题“带您进入美丽的风景境界”。
- “其他信息”文本框：输入相册的其他说明文字“风景图像相册”，此处可以不输入文字。
- “源图像文件夹”栏：选择源图像文件所在的文件夹（名称为英文）。单击它右边的“浏览”按钮，调出“请选择一个文件夹”对话框，利用该对话框选择一个存放图像的文件夹，此处选择“HTMLASP/JPGTU”。单击选中该文件夹，单击“打开”按钮，再单击“选择”按钮。
- “目标文件夹”栏：选择创建的相册放置的目录（名称为英文），此处选择“HTMLASP/FJXH”文件夹。单击它右边的“浏览”按钮，调出“请选择一个文件夹”对话框，以后操作同上。
- “缩略图大小”下拉列表框：用来设置缩略图的大小，此处采用默认值。
- “显示文件名”复选框：选中它后，将会在缩略图下方显示每个图片的文件名。利用这一功能，可以将图片文件名设为对该图片的简单说明，这样最后生成的页面就会包含图片说明了。不过该软件对中文说明的支持不是很好，最好使用英文说明。
- “列”文本框：输入图像的列数。此处输入“6”，即每行显示 6 张缩略图。
- “缩略图格式”下拉列表框：用来选择缩略图的格式。系统会自动产生选定格式的缩略图。
- “相片格式”下拉列表框：用来选择源图像显示的格式。源图像可能是各种格式的，Dreamweaver 8 可以将它们转化为统一的格式。
- “小数位数”文本框：用来输入图像缩放的百分比，此处选择“100%”。
- “为每张相片建立导览页面”：选中该复选框后，Dreamweaver 8 将为每个图像生成单独的导航页。

（3）单击“确定”按钮完成设置，Dreamweaver 8 就开始自动生成相册。在自动生成相册中，会自动调出 Fireworks 8，进行图像处理，同时显示“批处理”提示框，如图 1-76 所示。自动生成相册工作完毕后，会显示一个提示框，提示相册已经建立。单击该提示框内的“确定”按钮，即可完成相册网页的制作，生成的相册页面如图 1-77 所示。

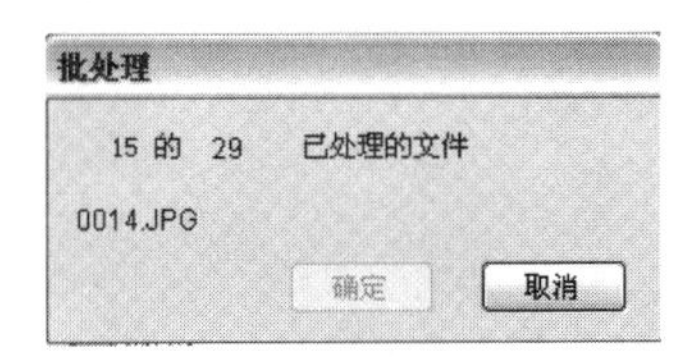

图 1-76 “创建网站相册”对话框

（4）设置“风景绣画展示”和“带您进入美丽的风景境界”文字的颜色为红色，背景色为绿色。设置“风景图像相册”文字的颜色为蓝色，背景色为绿色。

（5）将缩略图下边的文字进行修改，改为“风景图 1”、……、“风景图 19”，可以采用复制粘贴后再修改的方法。选中全部小图像和相应的文字，将所有小图的文字颜色改为蓝色。还可以对文字的其他属性进行重新设置。

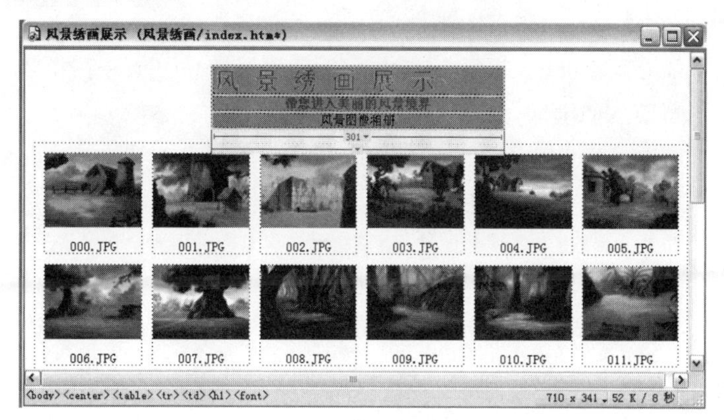

图 1-77　自动生成的相册网页

（6）单击网页页面，单击其“属性”栏内的“页面属性”按钮，调出“页面属性”对话框。利用该对话框设置网页的背景色为浅黄色。

2. 设置附属图像处理软件

设置外部图像处理软件为 Dreamweaver 8 附属图像处理软件的方法说明如下：

（1）单击“编辑”→“首选参数”菜单命令，调出“首选参数”对话框。再单击“分类”栏内的“文件类型/编辑器”选项，此时的“首选参数”对话框如图 1-78 所示。

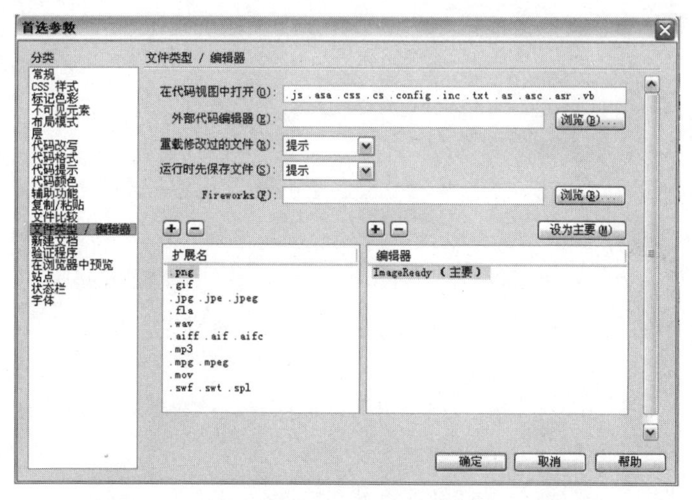

图 1-78　“首选参数”（文件类型/编辑器）对话框

（2）单击选中“扩展名”列表框内的一个列表项，再单击选中“编辑器”列表框内的原来链接的外部文件名字，然后单击“编辑器”列表框上边的 − 按钮，删除原来链接的外部文件。

（3）单击“编辑器”列表框上边的 + 按钮，调出“选择外部编辑器”对话框，利用该对话框，选择外部图像处理软件的执行程序，再单击“打开”按钮，将该外部图像处理软件设置成

Dreamweaver 8 的附属图像处理软件编辑器。还可以设置多个外部图像处理软件。

（4）设置多个外部图像处理软件后，单击选中“编辑器”列表框内的一个图像处理软件的名字，再单击“编辑器”列表框上边的“设为主要”按钮，设置选中的图像处理软件为默认的 Dreamweaver 8 的附属图像处理软件编辑器。

（5）单击该对话框内的“确定”按钮，即可完成外部图像处理软件编辑器的设置。

3．用外部图像处理软件编辑网页图像

在设置了外部图像处理软件编辑器后，要用它编辑网页图像，可采用下述方法。

- 按住 Ctrl 键，双击页面中的图像。
- 单击选中网页图像，再单击图像“属性”栏内的“编辑”按钮 。
- 单击图像的快捷菜单中的“在 Fireworks 中优化”菜单命令。

利用外部图像处理软件编辑器编辑完图像后，存盘退出，即可返回 Dreamweaver 8 的网页文档窗口。

4．使用“编辑”栏中的编辑工具对网页图像进行编辑

利用网页中图像“属性”栏内的图像编辑工具，如图 1-79 所示，可以对图像进行编辑。图像编辑工具中各工具的作用说明如下：

编辑

图 1-79 “编辑”栏中的图像编辑工具

（1）使用 Fireworks 进行图像的最优化：选中图像后，单击“使用 Fireworks 最优化”按钮 ，可以调出“查找源”对话框。单击“使用 PNG”按钮，调出“打开”对话框，选择图像源文件；单击“使用此文件”按钮，将调出“Optimize”对话框，利用该对话框可以直接编辑网页中选中的图像，对它进行优化处理。

（2）裁切图像：单击“裁切”按钮 ，会弹出一个提示框，单击“确定”按钮后，选中的图像四周会显示 8 个黑色控制柄。用鼠标拖曳这些控制柄，按回车键即可裁切图像。

（3）调整图像的亮度和对比度：单击“亮度和对比度”按钮 ，会弹出“亮度和对比度”对话框，利用该对话框可以调整选中图像的亮度和对比度。

（4）调整图像的锐度：单击“锐度”按钮 ，会弹出“锐度”对话框，利用该对话框可以调整选中图像的锐度。

（5）重新取样：在网页图像进行调整后，“重新取样”按钮 变为有效，单击它可使图像重新取样。

思考与练习 1

1．填空题

（1）调出调出“工作区设置”对话框的方法有____________和____________。

（2）单击________→________→________菜单命令，可显示标尺。单击选中________→________菜单命令的下一级菜单中的“像素”、“英寸”或“厘米”菜单命令，可以更改标尺的单位。

（3）单击______→______→______菜单命令，可以在显示网格和不显示网格之间切换。

（4）单击面板左上角的 按钮，可以将面板______，单击面板左上角的 按钮，可以将面板________。

（5）文档窗口有_______、_______和_______三种视图窗口，它们适用于不同的网页编辑要求。

2．仿照实例 1“Dreamweaver 8 学习天地”网页的制作方法，制作一个关于网页文档基本操作的“Dreamweaver 8 学习天地”网页。

3．使用 Dreamweaver 8，制作一个“跟我学 Dreamweaver”网页。这个网页具有图文混排的特点。

4．仿照实例 5“风景绣画”网页的制作方法，制作一个相册网页，单击其中的任意一个相片缩略图，都可以调出相应的高清晰度图像。

第 2 章　在网页中插入对象

2.1　插入表格

2.1.1　【实例 6】“值班表”网页

“值班表”网页如图 2-1 所示。标题的左边是建筑图像，图像的右边是星球动画（GIF 格式），它们与标题之间有间隙。下面介绍“值班表”网页的制作方法和相关知识。

值 班 表

		教学一楼	教学二楼	教学三楼	教学四楼	教学五楼
星期一	上午	王丽	徐佳	王峰	黎明	赵洪
	下午	胡秀明	赵小花	李支援	申宝	李示明
星期二	上午	李示明	王丽	赵小花	李支援	申宝华
	下午	赵洪	胡秀明	徐佳	王峰	黎明
星期三	上午	赵小花	黎明	王丽	申宝华	李支援
	下午	赵洪	胡秀明	李示明	李支援	王峰
星期四	上午	徐佳	赵洪	申宝华	王峰	胡秀明
	下午	李示明	李支援	赵小花	王丽	黎明
星期五	上午	王峰	徐佳	黎明	申宝华	赵洪
	下午	李支援	申宝华	胡秀明	赵小花	王丽
星期六	上午	黎明	赵洪	李示明	胡秀明	赵小花
	下午	徐佳	李支援	王峰	王丽	申宝华

图 2-1 “值班表”网页实例的效果

1．“值班表”网页制作方法

（1）输入表的标题“值班表”，文字居左、宋体、7 号字、红色和加粗。

（2）将光标定位在“值班表”文字的左边，单击“插入”（常用）面板内的按钮，调出“选择图像源”对话框。在“选择图像源”对话框选中 HTMLASP/GIF 目录下的一幅小建筑图像文件 XJZ.gif，在“选择图像源”对话框内的“相对于”下拉列表框内选择“文档”选项。然后，单击“确定”按钮，即可将选定的小建筑图像加入到页面的光标处。再适当调整小建筑图像的大小。

（3）制作一幅小的空白图像（图像文件内只有白色背景，没有任何图像），以名字 KB.jpg 保存在 HTMLASP/GIF 目录下。将光标定位在第一幅图像的右边，加载一幅 KB.jpg 图像（即空白图像），在其“属性”栏内的“高”文本框中输入“160”，在“宽”文本框中输入“30”，将选中的空白图像调整为高 160 像素，宽 30 像素。其目的是在第一幅图像和标题文字之间插入一些空。利用空白图像的“属性”栏，调整空白图像的宽度和高度，使图像与表标题文字之间有一定的间隔，如图 2-1 所示。

（4）按住 Ctrl 键，同时用鼠标拖曳空白图像到标题文字的右边，复制一幅空白图像。按住 Ctrl 键，同时用鼠标拖曳小建筑图像到右边空白图像的右边。最后效果如图 2-1 所示。

（5）按回车键，将光标移到下一行。单击“插入”（常用）栏内的“表格”按钮，调出“表格”对话框进行设置，如图 2-2 所示，再单击“确定”按钮，即可制作出一个 13 行、7 列、边框粗为 8 个像素、表格宽为 200 像素的表格，如图 2-3 所示。

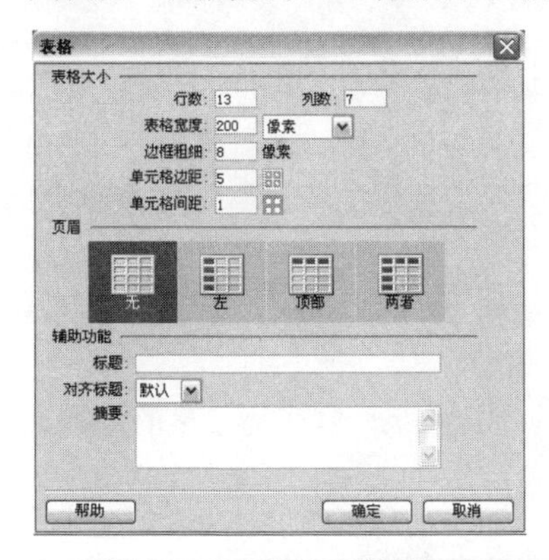

图 2-2　“表格”对话框

图 2-3　制作的第一个表格

（6）用鼠标拖曳选中第二行和第三行第一列两个单元格，如图 2-4 所示。鼠标指针移到选中的两个单元格之上，单击鼠标右键，调出表格的快捷菜单，再单击该菜单中的“表格”→“合并单元格”菜单命令，即可将选中的两个单元格合并成一个单元格，如图 2-5 所示。

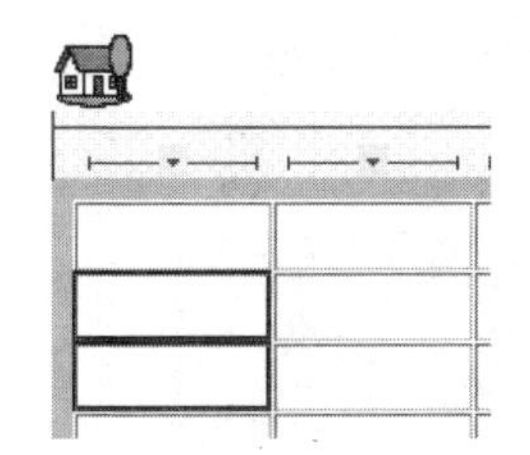

图 2-4　选中连个单元格

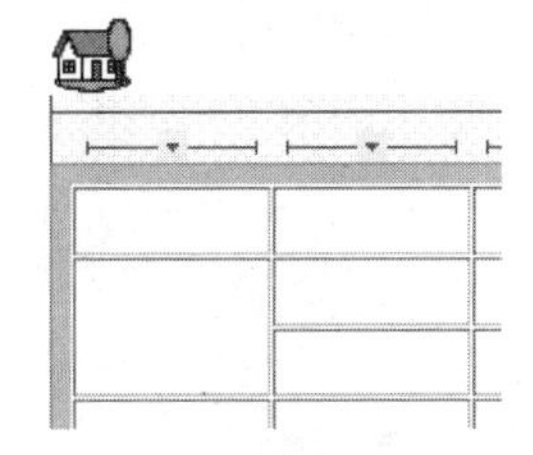

图 2-5　合并单元格

按照上述方法，将第一列的第 4 个和第 5 个单元格合并，将第一列的第 6 个和第 7 个、第 8 个和第 9 个、第 10 个和第 11 个、第 12 个和第 13 个单元格合并，最后效果如图 2-1 所示。

（7）用鼠标拖曳选中第一行的所有单元格。在表格的“属性”栏内“背景颜色”文本框中输入“#6633CC”，按回车键后，即可将第一行的所有单元格背景色设置为暗紫色。使用同样的方法，给第一列的第二行到第 13 行单元格设置浅棕色背景色，给其他单元格中的偶数行单元格设置浅黄色背景色，给其他单元格中的奇数行单元格设置浅绿色背景色。

（8）在表格的各单元格中输入不同颜色的文字，如图 2-1 所示。第一行单元格的文字颜色为白色，其他单元格中文字的颜色为黑色。

（9）将鼠标指针移到表格线之上，当鼠标指针呈双箭头状时，按照箭头指示的方向，拖曳鼠标，可以调整一行或一列单元格的宽度和高度。调整表格中的单元格宽度和高度，最终效果如图 2-1 所示。

2．“表格”对话框内各选项的作用

单击“插入”（常用）栏内的“表格”按钮，调出“表格”对话框，如图 2-2 所示。“表格”对话框内各选项的作用如下：

（1）“行数”和“列数”文本框：输入表格的行数和列数。

（2）“表格宽度”文本框：输入表格宽度值，其单位为像素或百分数。如果选择“百分比”，则表示表格占页面或它的母体容量宽度的百分比。

（3）“边框粗细”文本框：输入表格边框的宽度数值，其单位为像素。当它的值为 0 时，表示没有表格线。

（4）“单元格边距”文本框：输入的数表示单元格之间两个相邻边框线（左与右、上和下边框线）间的距离。

（5）“单元格间距”文本框：输入单元格内的内容与单元格边框间的空白数值，其单位为像素。这种空白存在于单元格内容的四周。

（6）“页眉”栏：用来设置表格的页眉单元格。被设置为页眉的单元格，其中的字体将被设置成居中和黑体格式。

（7）“辅助功能”栏：“辅助功能”栏中各选项的作用如下：

- “标题”文本框：用来输入表格的标题。
- “对齐标题”下拉列表框：用来设置标题与表格的位置关系，默认为表格的顶部。
- “摘要”文本框：用来输入表格的摘要。

通过上述设置后，单击“确定”按钮，即可插入符合要求的表格。按照如图 2-2 所示进行设置后创建的表格如图 2-3 所示。

3．表格和单元格标签

（1）表格标签：选中表格后，在表格的上边或下边会用绿色显示出了表格的宽度，如图 2-6 所示。单击上边的黑三角按钮，可以调出“表格”快捷菜单。利用“表格”快捷菜单可以对表格进行选择表格、清除表格列的宽度、左侧插入列和右侧插入列等操作。

值 班 表

553

60 | 66 | 69 | 75 | 77 | 73 | 81

		教学一楼	教学二楼	教学三楼	教学四楼	教学五楼
星期一	上午	王丽	徐佳	王峰	黎明	赵洪
	下午	胡秀明	赵小花	李支援	申宝	李示明
星期二	上午	李示明	王丽	赵小花	李支援	申宝华
	下午	赵洪	胡秀明	徐佳	王峰	黎明
星期三	上午	赵小花	黎明	王丽	申宝华	李支援
	下午	赵洪	胡秀明	李示明	李支援	王峰
星期四	上午	徐佳	赵洪	申宝华	王峰	胡秀明
	下午	李示明	李支援	赵小花	王丽	黎明
星期五	上午	王峰	徐佳	黎明	申宝华	赵洪
	下午	李支援	申宝华	胡秀明	赵小花	王丽
星期六	上午	黎明	赵洪	李示明	胡秀明	赵小花
	下午	徐佳	李支援	王峰	王丽	申宝华

图 2-6　表格和单元格标签

（2）单元格标签：选中表格后，在表格标签的上面会显示出每一列单元格的标签，如图 2-6 所示。单击第二行的任意一个标签的黑色三角按钮，可以调出“单元格”快捷菜单，利用该菜单中的菜单命令，可以对表格的单元格进行选择、清除和插入操作。

4．选择表格和调整表格

（1）选择表格：选择表格和表格中的单元格有以下几种方法。

- 选择整个表格：单击表格的外边框，可选中整个表格，此时表格右边、下边和右下角会出现三个方形黑色控制柄。
- 选择多个表格单元格：按住 Ctrl 键，同时依次单击所有要选择的表格单元格。
- 选择表格的一行或一列单元格：将鼠标移到一行的最左边或移到一列的最上边，当鼠标指针呈黑色箭头时单击鼠标，即可选中一行或一列。
- 选择表格的多行或多列单元格：按住 Ctrl 键，将鼠标依次移到要选择的各行或各列，当鼠标指针呈黑色箭头时单击鼠标，即可选中多行或多列；还可以将鼠标移到要选择的多行或多列的起始处，当鼠标指针呈黑色箭头时，拖曳鼠标也可选择多行或多列单元格。

（2）调整整个表格的大小：单击表格的边框，选中该表格，此时表格右边、下边和右下角会出现三个方形的黑色控制柄；再用鼠标拖曳控制柄，即可调整整个表格的大小。

（3）调整表格中行或列的大小：将鼠标指针移到表格线处，当鼠标指针变为双箭头横线或双箭头竖线时，拖曳鼠标，即可调整表格线的位置，从而调整了表格行或列的大小。

5．设置整个表格的属性

单击表格的外边框，选中整个表格，此时表格的“属性”栏如图 2-7 所示。表格“属性”栏内各选项的作用如下：

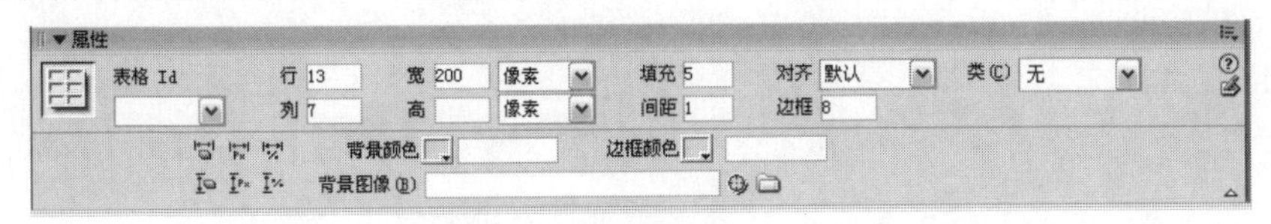

图 2-7　表格的“属性”栏

（1）“表格 Id”下拉列表框：用来输入表格的名字。

（2）“行”和“列”文本框：用来输入表格的行数与列数。

（3）“宽”和“高”文本框：用来输入表格的宽度与高度数。它们的单位可利用其右边的下拉列表框来选择，其中的选项有“%”（百分数）和“像素”。

（4）“填充”文本框：用来输入单元格内的内容与单元格边框间的空白数，单位为像素。

（5）“间距”文本框：用来输入单元格之间两个相邻边框线间的距离。

（6）“对齐”下拉列表框：用来设置表格的对齐方式。该下拉列表框内有“默认”、“左对齐”、“居中对齐”和“右对齐”4 个选项。

（7）“边框”文本框：用来输入表格边框宽度，单位为像素点。

（8）“类”下拉列表框：用于设置表格的样式。

（9）6 个按钮：按钮用来清除行高，按钮用来清除列宽，按钮用来将表格宽度的单位转换为像素，按钮用来将表格高度的单位改为百分比，按钮用来将表格高度的单位转换为像素，按钮用来将表格宽度的单位改为百分比。

（10）“背景颜色”栏：用来设置表格的背景色。

（11）“背景图像”栏：用来设置表格的背景图像。

（12）“边框颜色”矩形按钮与文本框：用来设置表格的边框线颜色。

6．设置表格单元格的属性

选中几个单元格。此时“属性”栏变为表格单元格“属性”栏，如图 2-8 所示。

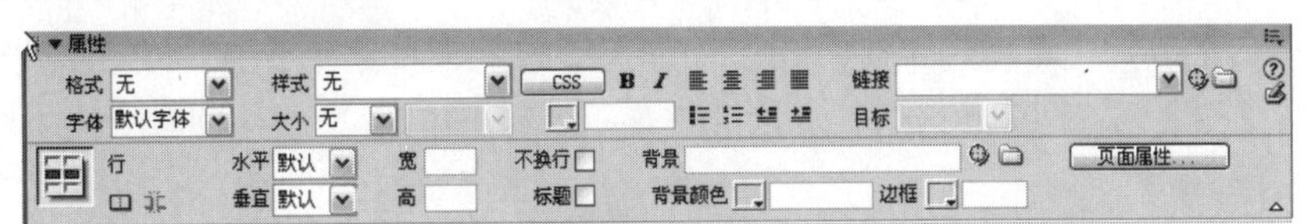

图 2-8　表格单元格“属性”栏

表格单元格“属性”栏中，上半部分用来设置单元格内文本的属性，它与文本“属性”栏的选项基本一样。下半部分用来设置单元格的属性，各选项的作用如下：

（1）“合并所选单元格”按钮：选中要合并的单元格，再单击按钮，即可将选中的单元格合并（将表格左上角的三行三列单元格合并），其效果如图 2-9 所示。

（2）“拆分单元格”按钮：单击选中一个单元格，再单击按钮，调出“拆分单元格”

对话框，如图 2-10 所示。单击选中“行”单选项，表示要拆分为几行；单击选中“列”单选项，表示要拆分为几列。在“行数”数字框内选择行或列的个数。再单击“确定”按钮即可。将如图 2-9 所示的表格中左上角的单元格拆分为两行，其效果如图 2-11 所示。

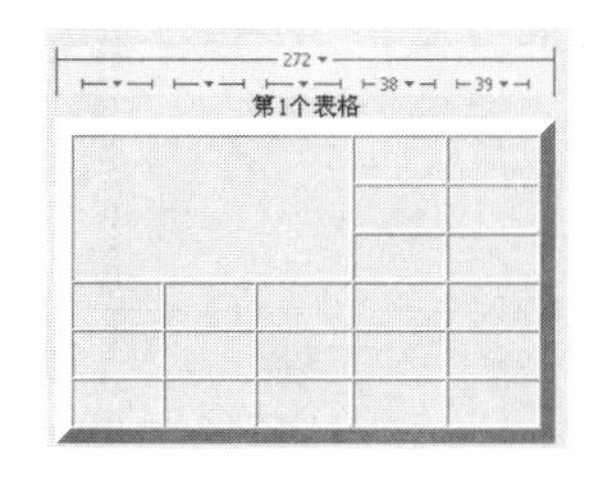

图 2-9　合并单元格后的效果

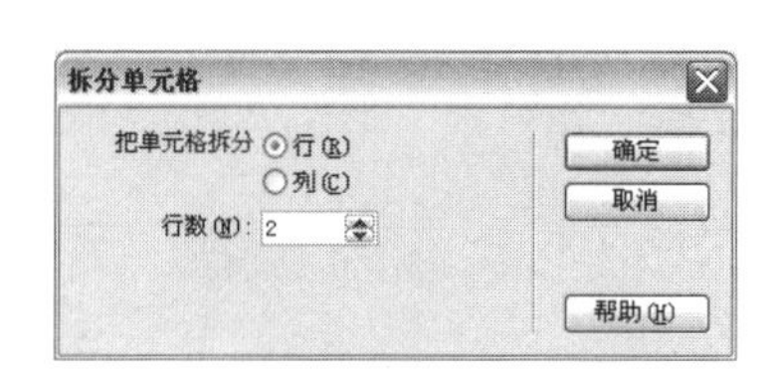

图 2-10　“拆分单元格”对话框

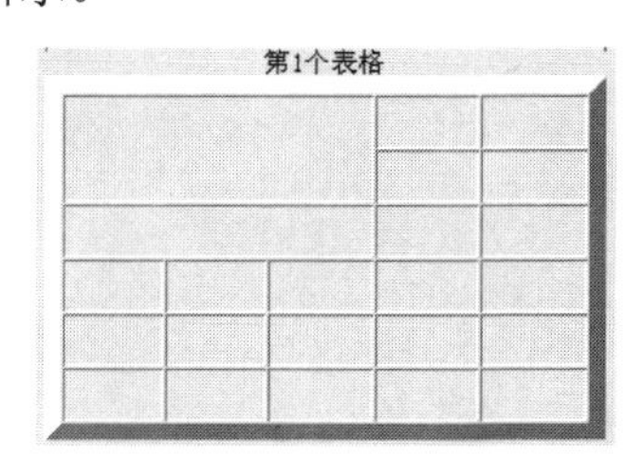

图 2-11　拆分单元格

（3）“水平”和“垂直”下拉列表框：用来选择水平对齐方式和垂直对齐方式。

（4）“宽”和“高”文本框：设置单元格宽度与高度。

（5）“不换行”复选框：选中该复选框，则当单元格内的文字超过单元格的宽度时，不换行，自动将单元格的宽度加大到刚刚可以放下文字；没选中该复选框，则当单元格内的文字超过单元格的宽度时，自动换行。

（6）“标题”复选框：如果选中该复选框，则单元格中的文字以标题的格式显示（粗体、居中）；如果没选中该复选框，则单元格中的文字不以标题的格式显示。

（7）“背景”按钮与文本框：单击上边的“背景”文件夹图标，可以调出“选择图像源”对话框，利用它可以给表格单元格加背景图像。下边的“背景颜色”矩形按钮与文本框用来设置表格单元格的背景色。当该文本框是空的时候，其设置与表格的“背景”设置一样。

（8）“边框”按钮与文本框：用来设置表格单元格的双线条边框线的颜色，双线条的颜色一样。当该文本框中未输入任何内容时，其设置与表格的“边框”颜色一样。

2.1.2　【实例 7】“值班表”网页修改

对于实例 6 中制作的“值班表”网页可以进一步修改，改变表格单元格的背景色，添加或删除表格中的行或列，移动或复制表格中的单元格等。如图 2-12 所示的“值班表”网页是经过表格格式化处理、表格列添加和行添加等修改后制作出的，下面介绍其具体制作方法和相关知识。

1．格式化表格

Dreamweaver 8 为制作各种表格提供了大量的预定义格式，可供用户使用，以使操作更方便。利用预定义的格式化表格，修改表格的方法如下所述。

（1）选中整个表格（注意，这个表格不可以输入标题），单击“命令”→“格式化表格”菜单命令，调出“格式化表格”对话框，如图 2-13 所示。利用该对话框可以设置表格的样式、背景色、文字风格等。

（2）在“格式化表格”对话框左上角的下拉列表框内，单击选择一种格式化表格，同时其右边会显示出该格式化表格的样子。

（3）“行颜色”栏的“第一种”文本框用来输入交错变化中第一种颜色代码，此处设置为浅黄色；“第二种”文本框用来输入交错变化中第二种颜色代码，此处设置为浅蓝色；“交错”下拉列表框用来确定各行颜色的变化规律，此处选择“每一行”选项，表示每经过一行颜色即发生变化。

颜色代码可以直接输入，也可以单击 按钮，调出颜色面板，选择一种颜色。

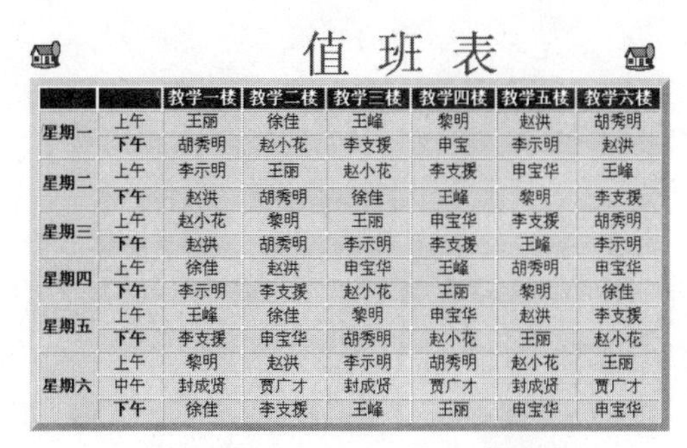

		教学一楼	教学二楼	教学三楼	教学四楼	教学五楼	教学六楼
星期一	上午	王丽	徐佳	王峰	黎明	赵洪	胡秀明
	下午	胡秀明	赵小花	李支援	申宝	李示明	赵洪
星期二	上午	李示明	王丽	赵小花	李支援	申宝华	王峰
	下午	赵洪	胡秀明	徐佳	王峰	黎明	李支援
星期三	上午	赵小花	黎明	王丽	申宝华	李支援	胡秀明
	下午	赵洪	胡秀明	李示明	李支援	王峰	李示明
星期四	上午	徐佳	赵洪	申宝华	王峰	胡秀明	申宝华
	下午	李示明	李支援	赵小花	王丽	黎明	徐佳
星期五	上午	王峰	徐佳	黎明	申宝华	赵洪	李支援
	下午	李支援	申宝华	胡秀明	赵小花	王丽	赵小花
星期六	上午	黎明	赵洪	李示明	胡秀明	赵小花	王丽
	中午	封成贤	贾广才	封成贤	贾广才	封成贤	贾广才
	下午	徐佳	李支援	王峰	王丽	申宝华	申宝华

图 2-12 “值班表”网页修改后的效果

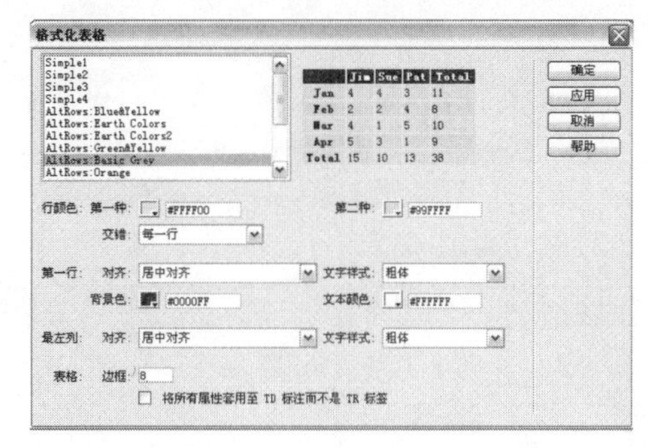

图 2-13 “格式化表格”对话框

（4）“第一行”栏的“对齐”下拉列表框用来确定首行单元格内文字的排列方式，此处选择“居中对齐”选项；“文字样式”下拉列表框用来确定文字的风格，此处选择“粗体”选项；“背景色”文本框用来输入首行的背景色代码，此处选择蓝色；“文本颜色”文本框用来输入文字的颜色代码，此处选择白色。

（5）“最左列”栏中的“对齐”下拉列表框用来确定左边列单元格内文字的排列方式，此处选择“居中对齐”选项；“文字样式”下拉列表框用来确定文字的风格，此处选择“粗体”选项。

（6）“边框”文本框用来输入表格边框的宽度，此处在“边框”文本框内输入“8”。选择“边框”文本框下边的复选框后，可将所定义的全部属性赋予 TD 标记而不赋予 TR 标记。

单击“确定”按钮，关闭此对话框。然后，将第一列的背景色改为前红色（除了第一行外），使如图 2-1 所示表格变为如图 2-14 所示表格（注意，还没有添加列和行）。

		教学一楼	教学二楼	教学三楼	教学四楼	教学五楼	教学六楼
星期一	上午	王丽	徐佳	王峰	黎明	赵洪	胡秀明
	下午	胡秀明	赵小花	李支援	申宝	李示明	赵洪
星期二	上午	李示明	王丽	赵小花	李支援	申宝华	王峰
	下午	赵洪	胡秀明	徐佳	王峰	黎明	李支援
星期三	上午	赵小花	黎明	王丽	申宝华	李支援	胡秀明
	下午	赵洪	胡秀明	李示明	李支援	王峰	李示明
星期四	上午	徐佳	赵洪	申宝华	王峰	胡秀明	申宝华
	下午	李示明	李支援	赵小花	王丽	黎明	徐佳
星期五	上午	王峰	徐佳	黎明	申宝华	赵洪	李支援
	下午	李支援	申宝华	胡秀明	赵小花	王丽	赵小花
星期六	上午	黎明	赵洪	李示明	胡秀明	赵小花	王丽
	中午	封成贤	贾广才	封成贤	贾广才	封成贤	贾广才
	下午	徐佳	李支援	王峰	王丽	申宝华	申宝华

图 2-14 用“格式化表格”对话框加工后的表格

2．表格快捷菜单

将鼠标指针移到表格内，单击鼠标右键，调出其快捷菜单，如图 2-15 中左图所示。再单击快捷菜单内的“表格”菜单命令，调出它的下一级菜单，如图 2-15 中右图所示。利用该快捷菜单，可对表格进行多种编辑操作。

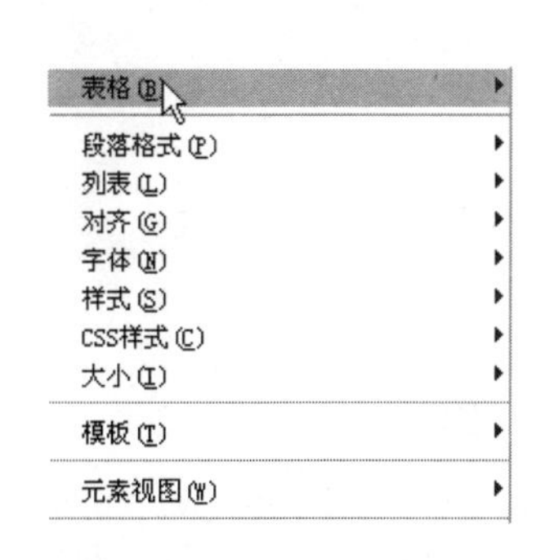

图 2-15 表格的快捷菜单

3．在表格中插入行或列

（1）在表格中插入一行或一列：用鼠标拖曳选中一行或一列单元格，此处选中倒数第一行（不包括第一列的单元格）。再单击如图 2-15 所示菜单中的“插入行”（或“插入列”）菜单命令，即可在选中行的上边插入一行（或在选中列的左边插入一列）。此处是在倒数第一行的上边插入一行。然后，在插入的空行中输入文字，如图 2-14 所示。

另外，按 Tab 键可以在表格单元格内移动光标，当光标在最后一个单元格时，再按 Tab 键，即可在表格的下边增加一行。

（2）在表格中插入多行或多列：选中一行或一列。单击图 2-15 中右图所示菜单中的“插入行或列”菜单命令，即可调出“插入行或列”对话框，如图 2-16 所示。该对话框内各选项的作用如下所述。

- “插入”栏：选择“行”单选项，表示插入行；选择“列”单选项，表示插入列。“行数”数字框或“列数”数字框内的数字表示插入的行数或列数。
- “位置”栏：选择“所选之上”单选项，表示在选定行的上边或选定列的左边插入行或列；选择“所选之下”单选项，表示在选定行的下边或选定列的右边插入行或列。

进行设置后，单击“确定”按钮，即可在选中的一行的上边或下边插入多行，或者在选中的一列的左边或右边插入多列。此处是在第 7 列的右边插入一列，在输入相应的文字，如图 2-14 所示。

4．删除表格中的行或列

（1）利用表格的快捷菜单删除表格中的行与列：选中要删除的行（或列）；再单击如图 2-15 中右图所示菜单中的“删除行”（或“删除列”）菜单命令，即可删除选定的行或列。例如，选中如图 2-11 所示表格中最下边的一行，再删除该行，其效果如图 2-17 所示。

（2）利用清除命令删除表格中的行与列：选中要删除的行或列；再单击“编辑”→“清除”菜单命令，即可删除选定的行或列。

5．复制和移动表格的单元格

（1）选中要复制或移动的表格的单元格，它们应构成一个矩形。

（2）单击“编辑”→“复制”或单击“编辑”→“剪切”菜单命令。

（3）将光标移到要复制或移动处，再单击“编辑”→“粘贴”菜单命令。

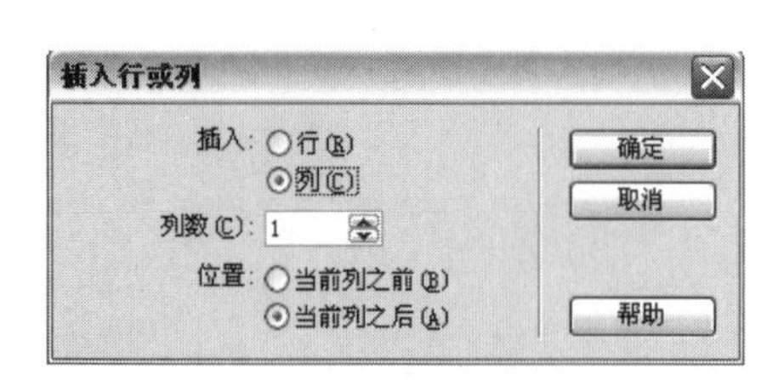

图 2-16 “插入行或列”对话框

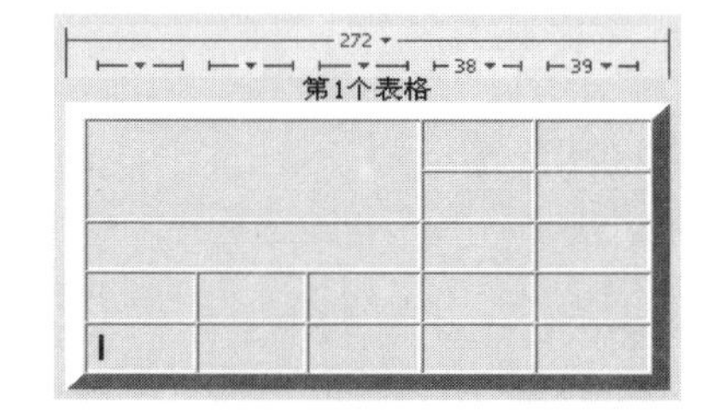

图 2-17 删除图 2-11 所示表格下边一行

2.1.3 【实例 8】“跪射俑”网页——用表格编排的网页

利用表格来编排网页可使页面更紧凑、丰富和多彩。“跪射俑”网页就是利用表格编排的网页，它在浏览器中的显示效果如图 2-18 所示。利用表格编排的“跪射俑”网页的制作过程如下。

1．“用表格编排的网页”网页制作方法

（1）新建一个网页文档，将该网页文档以名称“跪射俑”保存到“秦始皇兵马俑网页”文件夹内。利用插入表格的方法，插入一个 5 行 5 列的表格，然后进行表格的合并和调整。在表格的“属性”栏内设置“填充”和“间距”均为 2 像素，“边框”为 1 像素。最终效果如图 2-19 所示。

（2）选中第一行中间的单元格，单击“属性”栏中的“背景颜色”按钮 ，将单元格的背景颜色设置成绿色，利用同样方法将第 4 行的单元格设置成黄色。然后，在第一行中间的单元格内输入红色、宋体、36 号、居中对齐的文字“跪 射 俑”单元格中输入文字。

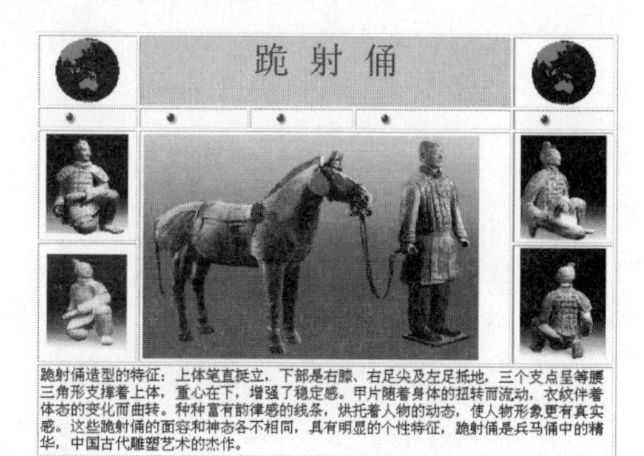

图 2-18 “跪射俑”网页的显示效果

（3）在 Word 编辑窗口内选中一段文字，将它复制到剪贴板内。再回到 Dreamweaver 8 的网页文档窗口，在第 4 行单元格内单击，再按 Ctrl+V 键，将剪贴板内的文字粘贴到第 4 行单元格内，此时网页中的文字如图 2-18 所示。

（4）选中第一行左边的单元格，单击“插入”（常用）面板内的 按钮，调出“选择图像源”对话框。在“选择图像源”对话框选中“HTMLASP/秦始皇兵马俑网页”目录下的一幅小自传地球动画文件“地球.gif”，在“选择图像源”对话框内的“相对于”下拉列表框内选择“文档”选项。然后，单击“确定”按钮，即可将选定的小自传地球动画加入到光标所处的单元格中。然后，在该图像的“属性”栏“宽（W）”和“高（H）”文本框内分别输入“50”，调整图像的宽和高均为 50 像素。

在插入图像后，会使单元格变大，再调整图像大小后，需要调整表格单元格大小。然后，再按住 Ctrl 键，将图像拖曳复制到第一行右边的单元格内。

（5）按照上述方法，在第二行左边的单元格内插入“小球.gif”动画图像（一个小球水平来回移动），适当调整它的大小以及表格线。再单击选中“小球.gif”小球动画。然后，按住 Ctrl 键，同时用鼠标拖曳它复制到第二行的其他单元格内。

（6）按照上述方法，在第三行左边的单元格内插入 gsy9.jpg 图像，调整它的大小和表格线，再在第三行右边的单元格内插入 gsy8.jpg 图像，调整它的大小和单元格表线。在第 4 行左边的单元格内插入 gsy5.jpg 图像，调整它的大小和表格线，再在第三行右边的单元格内插入 gsy7.jpg 图像，调整它的大小和单元格表线。在第三行中间的单元格内插入 qibing.jpg 图像，调整它的大小和表格线。最后效果如图 2-20 所示。

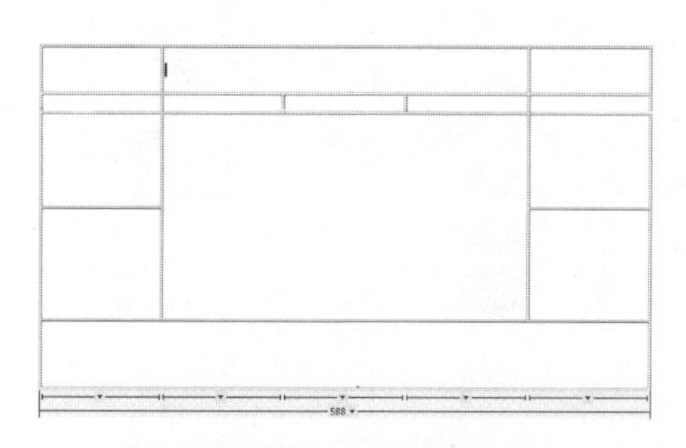

图 2-19　制作表格进行网页布局

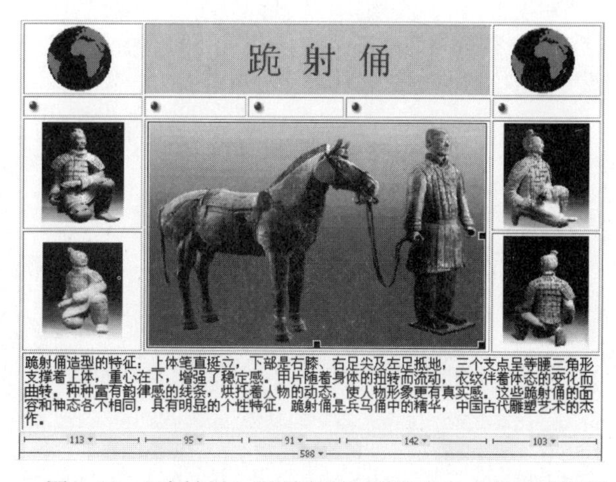

图 2-20 “跪射俑”网页在网页设计窗口中的显示效果

（7）单击表格的边框，选中整个表格，在表格属性栏内的“边框”文本框内输入“0”，取消表格线。单击“文件”→“保存”菜单命令，保存网页文档。按 F12 键，可以在浏览器中浏览“跪射俑”网页的显示效果。

2．在表格中插入对象

（1）在表格中插入表格：单击要插入表格的一个单元格内部。再按照上述创建表格的方法建立一个新的4行、4列表格，如图2-21所示。

（2）在表格中插入图像或文字：单击要插入对象的一个单元格内部，再按照以前所述方法在单元格内输入文字或粘贴文字。也可以在单元格内插入图像或动画，如图2-22所示。

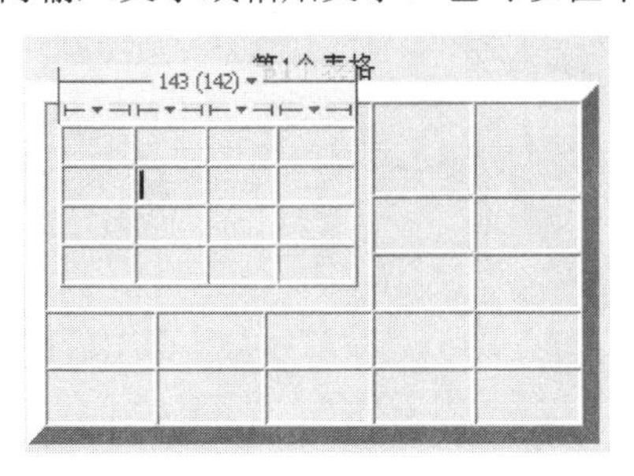

图2-21　在表格单元格内插入表格

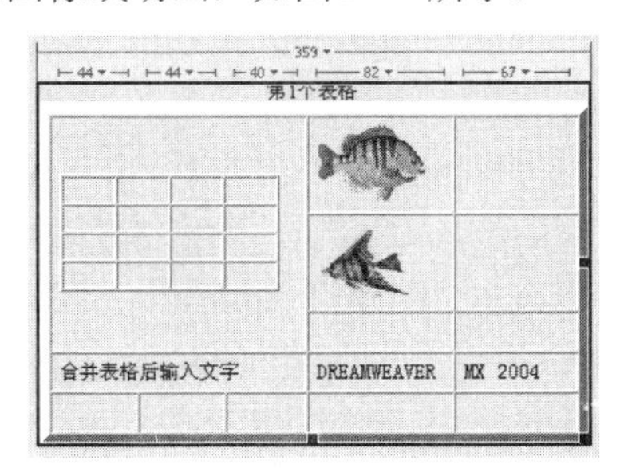

图2-22　在表格单元格内插入文字和图像

3．表格数据的排序

（1）对表格单元格中数据排序的要求：对表格单元格中数据的排序，要求表格的行列是整齐的，而且没有合并和拆分过。单击“命令”→“排序表格”菜单命令，可调出“排序表格”对话框，如图2-23所示，利用该对话框可以对表格中的数据进行排序。

（2）“排序表格”对话框选项的含义

- “排序按”下拉列表框：选择对第几列排序。列号为“列1”、“列2”等。
- “顺序”下拉列表框：在左边的下拉列表框内选择按字母或数字排序；在右边的下拉列表框内选择按升序或降序排序。字母排序不分大小写。
- “选项”栏：选中“排序包含第一行”复选框后，表格的第一行也参加排序，否则不参加排序。选中“排序的行保留TR属性”复选框后，保持排序后的单元格的行结构。
- “应用”按钮：单击该按钮，可以完成排序，再单击该按钮还可以还原。

如图2-24中左图所示表格按照如图2-23所示进行排序后的结果如图2-24中右图所示。从图2-24可以看出，首先按照左起第一列的数值进行升序排序，在数值相同的情况下，再按左起第二列的字母降序排序，第一行也参加排序。

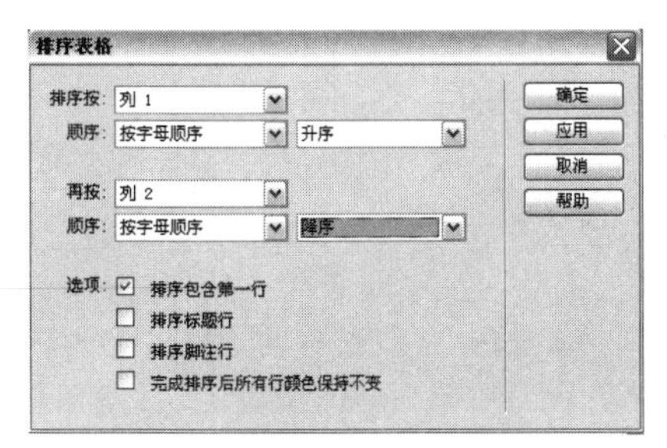

图2-23　“排序表格”对话框

1	A	语文
1	B	数学
2	C	外语
1	D	政治
2	E	生物
1	F	体育
2	G	地理
3	AB	计算机
3	AC	美术
3	JAD	音乐

1	F	体育
1	D	政治
1	B	数学
1	A	语文
2	G	地理
2	E	生物
2	C	外语
3	JAD	音乐
3	AC	美术
3	AB	计算机

图2-24　待排序的表格和排序后的表格

2.2　插入其他对象

2.2.1　【实例9】“图像世界”网页

“图像世界”网页的显示效果如图2-25所示。页面的背景是一幅风景图像的水印画，第一行是网页的标题“图像世界”，在标题的下面有一个导航栏，显示 5 幅图像，将鼠标移到相应的导航图像上时，图像会发生变化，单击图像后可链接到相应的页面。

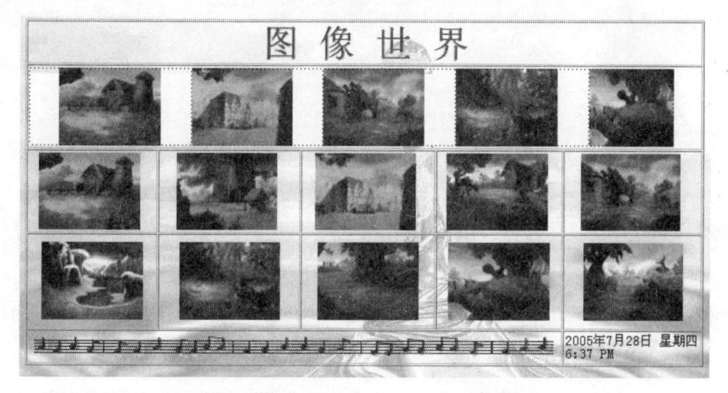

图 2-25　“图像世界”网页实例的效果

导航栏的下面是 10 幅小图像，单击其中的一幅图像后，可弹出一个相应的网页，其中显示该图像的高清晰图。在页面的底部的左边显示一个 GIF 动画，右边显示网页制作的时间。下面介绍该网页的制作过程和相关知识。

1．“图像世界”网页制作过程

（1）在“G:\HTMLASP\图像世界\”文件夹内放置 10 幅高清晰度图像 XH1.jpg、……、XH10.jpg、一个名称为“五线谱”的 GIF 动画、一幅名称为“背景图像.jpg”的图像文件和一幅名称为“KB.JPG”的空白图像文件。另外，在该文件夹内创建一个名称为 XT 的文件夹，其内放置 10 幅与高清晰度图像一样的小图像 XT1.jpg、……、XT10.jpg。

（2）新建一个网页文档，将该网页文档以名称“图像世界”保存到“G:\HTMLASP\图像世界\”文件夹内。利用插入表格的方法，插入一个 5 行 5 列的表格，然后进行表格的合并和调整。在表格的“属性”栏内设置“填充”和“间距”均为一像素，“边框”为一像素。最终效果如图 2-26 所示。

（3）单击网页文档的空白处，再单击其“属性”栏内的“页面属性”按钮，调出“页面属性”对话框，利用该对话框给页面插入一幅很淡的风景图像，作为背景水印图像。网页背景图像为“G:\HTMLASP\图像世界\”文件夹内的“背景图像.jpg”的图像文件。

（4）在第一行中间的单元格内，使用“宋体”字体、36 号字、黑色和“粗体”格式，输入文字“图像世界”，并使它居中对齐。

（5）在第 3 行和第 4 行的 10 个表格单元格内插入 10 幅风景图像 XT1.jpg、……、XT10.jpg。单击选中插入的第一幅图像 XT1.jpg，单击其“属性”栏内“链接”文本框右边的按钮，调出“选择文件”对话框。在“选择文件”对话框中，选择“G:\HTMLASP\图像世界\”文件夹，选择 XH1.jpg 图像文件，在“相对于”下拉列表框中选择“文档”选项，如图 2-27 所示。

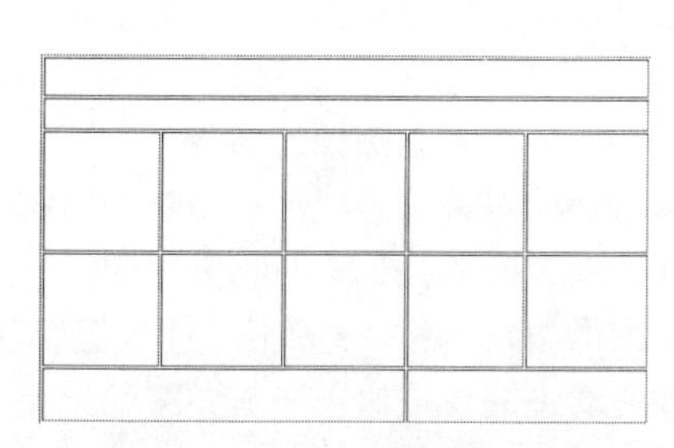

图 2-26　制作表格进行网页布局

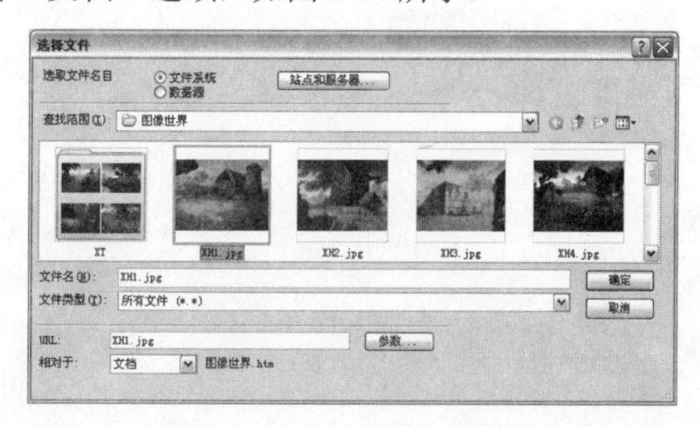

图 2-27　“选择文件”对话框

然后，单击“确定”按钮，即可建立网页中的 XT1.jpg 小图像与高清晰度图像 XH1.jpg 的链接。此时的 XT1.jpg 图像的“属性”栏如图 2-28 所示。

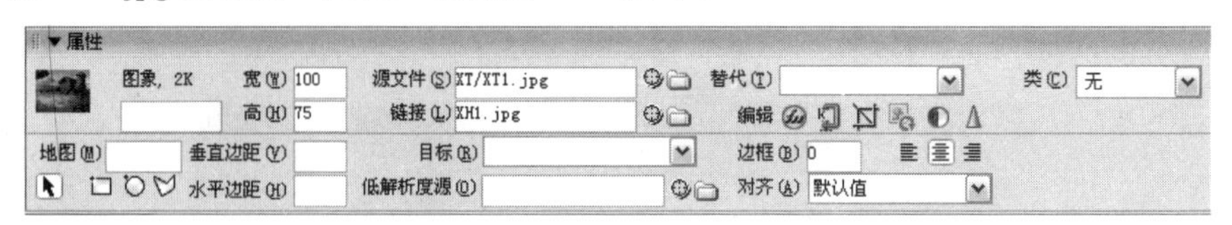

图 2-28　图像的“属性”栏

（6）将光标移到最下边一行中左边的单元格中，插入“G:\HTMLASP\图像世界\”文件夹内名称为“五线谱”的 GIF 动画，再调整该动画图像的大小。

（7）将光标移到最下边一行中右边的单元格中，单击“插入”（常用）栏中的“日期”按钮，调出“插入日期”对话框，“插入日期”对话框的设置如图 2-29 所示。然后，单击“确定”按钮，即可在单元格中插入当前日期、星期和时间。此时“图像世界”网页的设计效果如图 2-30 所示。

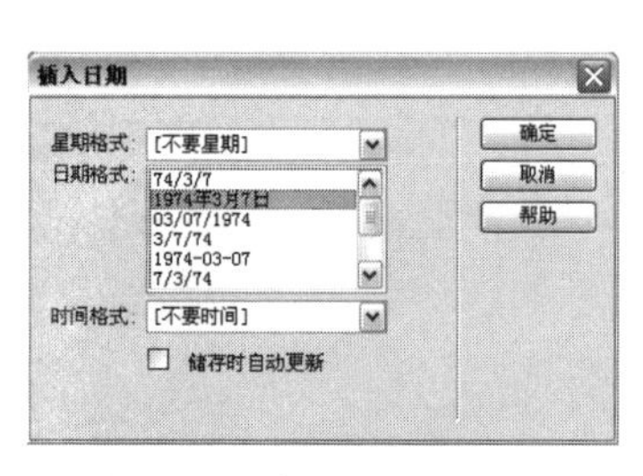

图 2-29　“插入日期”对话框

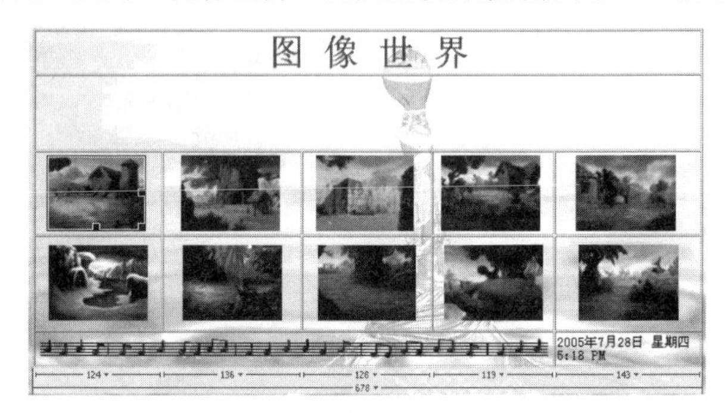

图 2-30　“图像世界”网页设计效果

（8）在第二行插入导航条，水平分布。具体操作参看下面的内容。

（9）单击表格的边框，选中整个表格，在表格属性栏内的“边框”文本框内输入“0”，取消表格线。单击“文件”→“保存”菜单命令，保存网页文档。按 F12 键，可以在浏览器中浏览“跪射俑”网页的显示效果。

2. 插入导航条

导航条实际上是一组动态图像按钮，单击它后，可在浏览器中调出 HTML 文件和其他（如图像）文件。插入导航条的方法如下所述。

（1）将光标定位到要插入导航条的位置，此处定位到表格的第二行。

（2）单击“插入”（常规）面板中的“图像”快捷菜单中的“导航条”按钮，即可调出“插入导航条”对话框，如图 2-31 所示（文本框和列表框中还没有进行设置）。

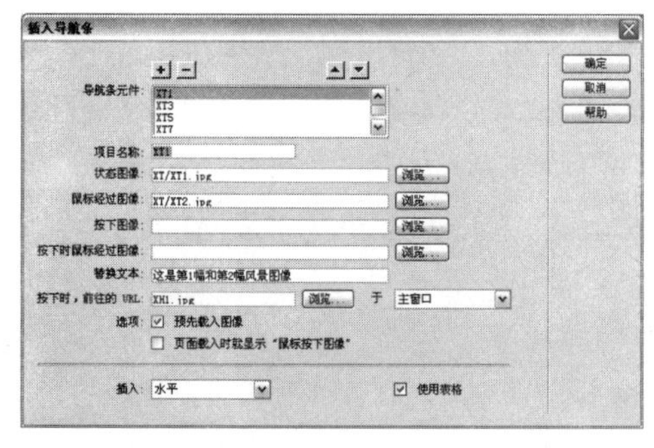

图 2-31　“插入导航条”对话框

（3）在“插入导航条”对话框中进行各选项的设置，其中各选项的作用和设置说明如下：

- “导航条元件”列表框：给出导航条中各个动态图像按钮的名称（默认是图像的名称）。单击按钮，可以增加动态图像按钮；单击选中动态图像按钮名称，再单击按钮，可删除该按钮；单击选中动态图像按钮名称，再单击按钮或按钮，可改变动态图像按钮在导航条中的位置。
- “项目名称”文本框：用来输入各动态图像按钮的

名称。此处可以先不输入，设置好状态图像后，它会自动认定图像名称为项目名称。

- 4 个文本框与“浏览”按钮：定义鼠标 4 种状态时的图像。“状态图像”是图像按钮弹起状态，“鼠标经过图像”是鼠标移到图像之上时的图像，“按下图像”是鼠标按下时的图像，“按下时鼠标经过图像”是鼠标按下过程中的图像。

单击“状态图像”栏右边的“浏览”按钮，调出“选择图像源文件”对话框，利用该对话框，导入“G:\HTMLASP\图像世界\XT”文件夹内的 XT1.jpg 图像；单击“鼠标经过图像”栏右边的“浏览”按钮，调出“选择图像源文件”对话框，利用该对话框，导入“G:\HTMLASP\图像世界\”文件夹内的 XT2.jpg 图像。

- “按下时，前往的 URL”栏：用来输入与动态按钮链接的文件目录和名字，单击“浏览”按钮，可以调出“选择图像源文件”对话框，利用该对话框，可以选择链接的文件（网页文件或图像文件），此处选择“G:\HTMLASP\图像世界”文件夹内的 XH1.jpg 图像。在其右边的列表框内可选择显示链接的页面的框架名字，此处选择默认选项。
- “选项”栏：第一个复选框用来确定是否要预先载入各个图像，此处选择该复选框；第二个复选框用来确定是否要在页面载入的初始状态时显示鼠标按下状态的图像。
- “插入”下拉列表框：用来选择按钮放置的方式。选择“水平”选项，表示水平放置；选择“垂直”选项，表示垂直放置。此处选择“水平”选项。
- “使用表格”复选框：选中它后，表示使用表格将动态按钮框起来。此处选择该复选框。

（4）完成上述设置后，单击“确定”按钮，即可在网页中插入导航条。接着在导航栏内各图像之间插入空白图像，并调整它的大小，使间隔合适。

3. 插入时间

（1）单击“插入”（常用）栏中的“日期”按钮 ，调出“插入日期”对话框，如图 2-29 所示，利用该对话框可以插入日期和时间。

（2）在“插入日期”对话框的“星期格式”下拉列表框中选择是否显示星期和以什么格式显示星期，在“日期格式”下拉列表框中选择以什么格式显示日期，在“时间格式”下拉列表框中选择显示时间格式。

（3）选中“存储时自动更新”复选框，则可以在保存网页文档时自动更新日期和时间。

4. 插入 Fireworks HTML

（1）单击“插入”（常用）栏的“图像”快捷菜单中的“Fireworks HTML”按钮 ，调出“插入 Fireworks HTML”对话框，如图 2-32 所示。

图 2-32 “插入 Fireworks HTML”对话框

（2）在“Fireworks HTML 文件”文本框内输入 Fireworks 文件目录与文件名或单击“浏览”按钮，调出“选择 Fireworks HTML 文件”对话框，利用该对话框选择 Fireworks 生成的 HTML 格式文件名，再单击“确定”按钮，即可插入 Fireworks 图像或动画。

（3）Fireworks HTML 对象的“属性”栏如图 2-33 所示。由图 2-33 可以看出，它与图 2-28 所示的图像“属性”栏基本一样。

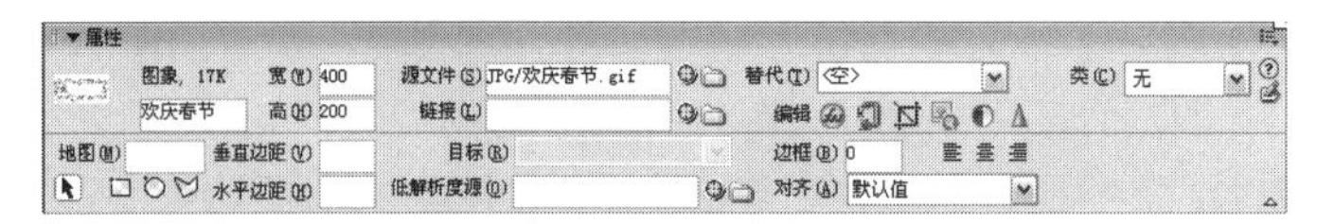

图 2-33 Fireworks HTML 对象的“属性”栏

2.2.2 【实例 10】“多媒体播放器”网页

“多媒体播放器”网页显示如图 2-34 所示。它给出了 4 个多媒体播放器，可以分别播放 MP3、AVI、WAV 和 MIDI 文件。这个网页使用了插件，分别导入 MP3、AVI、WAV 和 MIDI 文件。利用浏览器内 4 个多媒体播放器可以控制 4 个对象的播放状态，音乐和视频可以同时播放。下面介绍“多媒体播放器”网页的制作方法和相关知识。

图 2-34 “多媒体播放器”网页显示效果

1. 插入插件

插件可以是各种格式的音乐（MP3、MIDI、WAV、AIF、RA、RAM 和 Real Audio 等）、Director 的 Shockwave 影片、Authorware 的 Shockwave 和 Flash 电影等。插入插件的方法如下所述。

（1）单击“插入”（常用）栏中的“媒体”快捷菜单中的“插件”按钮，调出“选择文件”对话框，利用该对话框来选择一个要插入的文件。

（2）插入文件后，网页文档窗口内会显示一个插件图标。单击选中它后，可用鼠标拖曳插件图标的黑色控制柄，以调整它的大小，其大小决定了浏览器窗口中显示的大小。

（3）如果插入声音，在浏览器中可以播放。同时，浏览器内会显示出一个播放器。如果要取消播放器，可将插件图标调至很小。

2. 插入 Shockwave 影片

Shockwave 影片是 Macromedia 公司的 Director 软件创建的，其插入的方法如下所述。

（1）单击“插入”（常用）栏中的“媒体”快捷菜单中的“Shockwave”按钮，调出“选择文件”对话框。利用该对话框可以调入 Shockwave 影片文件（它的扩展名为 dcr）。

（2）插入 Shockwave 影片文件后，网页文档窗口内会显示一个 Shockwave 影片图标，如图 2-35 中左图所示。用鼠标拖曳 Shockwave 影片图标右下角的黑色控制柄，可调整它的大小。

图 2-35 Shockwave 影片对象的图标和“属性”栏

（3）播放 Shockwave 影片的条件是在“Macromedia\Dreamweaver 8\Configuration”目录下有播放 Shockwave 影片的插件。如果没有相应的插件，则单击该按钮后，会弹出一个提示框。该插件可以从网上免费下载，网址是 http://www.macromedia.com /shockwave。

（4）Shockwave 影片对象的“属性”栏

图 2-35 中右图给出了 Shockwave 影片对象的“属性”栏，其中各选项的作用如下所述。

- “Shockwave”文本框：用来输入 Shockwave 影片对象的名字。
- “宽”与“高”文本框：用来输入 Shockwave 影片对象的宽与高。
- “文件”文本框与文件夹按钮：用来选择 Shockwave 影片文件。
- “对齐”列表框：用来设置 Shockwave 影片的定位方式。
- “背景颜色”文本框与按钮：用来设置 Shockwave 影片的背景颜色。
- “播放”按钮：单击它可播放 Shockwave 影片。
- “ID”文本框：用来设置 Active ID 参数。
- “垂直边距”文本框：用来设置 Shockwave 影片与边框间垂直方向的空白量。
- “水平边距”文本框：用来设置 Shockwave 影片与边框间水平方向的空白量。
- “参数”按钮：单击它可调出一个对话框，利用它可以输入附加参数，用于传递 Shockwave 影片。

3. 插入特殊字符和水平条

（1）插入特殊字符：单击“插入”（文本）栏内的字符按钮，可插入一些特殊字符。依次单击“插入”（文本）栏的字符按钮（不含最下边的“其他字符”按钮），会在页面编辑窗口内显示“©®”等代码，在浏览器内会显示“©®”等字符。

单击“其他字符”按钮，可调出“插入其他字符”对话框，如图 2-36 所示。单击该对话框中的一个按钮，即可在“插入”文本框内显示相应的代码，再单击“确定”按钮，即可在页面内插入一个特殊字符的代码。

图 2-36 “插入其他字符”对话框

（2）插入水平条：在页面内可以利用水平分隔线将标题与文字或图像等对象分隔，使页面的信息分布清晰。当然用线条图像来分隔，效果会更好些，但会使文件变大。加入水平条的方法如下所述。

单击“插入”（HTML）栏中的“水平线”按钮，即可在光标所在的行插入一条水平条，并调出水平条“属性”栏，如图 2-37 所示。

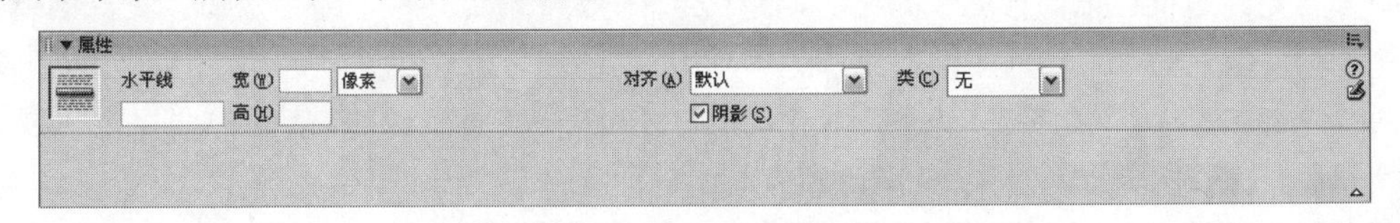

图 2-37 水平条的“属性”栏

在水平条“属性”栏内，“宽”文本框用来输入水平线的水平长度数值，“高”文本框用来输入水平线的垂直宽度数值，单位有“像素”和“百分数”（%）两种选择。在“对齐”下拉列表框内可以选择“默认”、“左对齐”、“居中对齐”或“右对齐”选项。

选择“阴影”复选框，则水平线是中空的；不选择“阴影”复选框，则水平线是亮实心的线。

在标准“插入”栏中还有一些按钮，利用它们还可以在网页中插入日期、换行符和电子邮件地址等。因为使用方法比较简单，不再叙述。

2.2.3 【实例 11】“Flash 播放器”网页

“Flash 播放器”网页的显示效果如图 2-38 所示。页面的背景是黄色，第一行是网页的标题文字“Flash 播放器”，在标题两边各有一个按钮，在标题下面有两行图像，第一行有 4 幅图像，第二行有两幅图像，第二行图像两边各有一个 Flash 动画。两行图像和两个 Flash 动画的下边是相应的文字。6 幅图像是 6 个 Flash 动画播放中的一幅画面。单击其中任何一幅图像或 Flash 动画后，即可打开另一个网页窗口，播放相应的 Flash 动画。标题文字“Flash 播放器”两边各有一个按钮，单击按钮，可以打开另一个网页窗口，播放相应的 Flash 动画。例如，单击“自转地球”图像后显示的页面如图 2-39 所示。

网页的制作过程和相关知识介绍如下。

图 2-38 “Flash 播放器”网页显示的效果

图 2-39 “自转地球”Flash 动画

1.“Flash 播放器”网页制作过程

（1）在“G:\HTMLASP\Flashweb1\”文件夹内放置 10 个 SWF 格式的 Flash 动画文件，分别为过山车.swf、图像切换.swf、小孩翻页.swf、旋转木马.swf、指针钟.swf、自转地球.swf、汽车行驶.swf、卷轴图像.swf、小球碰撞.swf 和字母猜猜.swf，还有 6 幅图像，分别为过山车.jpg、图像切换.jpg、小孩翻页.jpg、旋转木马.jpg、指针钟.jpg 和自转地球.jpg。

（2）新建一个网页文档，将该网页文档以名称“Flash 播放器.htm”保存到“G:\HTMLASP\Flashweb1\”文件夹内。利用“页面属性”对话框设置网页的背景颜色为黄色，网页标题为“Flash 播放器”。

（3）分两行插入过山车.jpg、图像切换.jpg、小孩翻页.jpg、旋转木马.jpg、指针钟.jpg 和自转地球.jpg 6 幅图像，将图像的高度都调整为 95 像素，宽度作适当调整，使图像宽高比合适。

（4）将光标定位在第二行图像的左边，单击“插入”（常用）栏中的“媒体”快捷菜单中的“Flash”按钮，调出“选择文件”对话框。利用该对话框将“G:\HTMLASP\Flashweb1\”文件夹内的“小球碰撞.swf”文件导入，再按照相同的方法，在第二行图像的右边导入“字母猜猜.swf”文件。然后，调整两个导入的 Flash 动画的大小，如图 2-40 所示。

（5）在两行图像的下边各创建一个有 4 个单元格的表格，各单元格中分别输入红色、18 号字大小、居中对齐的文字，如图 2-40 所示。

（6）单击选中第一行第一幅图像，再在其“属性”栏内的“链接”文本框中输入“过山车.swf”，将该图像与同一个目录下的“过山车.swf”Flash 文件进行链接。按照相同的方法，将其他 5 幅图像和两个 Flash 动画分别与相应的 Flash 文件进行链接。

（7）将光标定位在第一行的左边，单击“插入”（常用）栏中的“媒体”快捷菜单中的“Flash 按钮”按钮，调出“插入 Flash 按钮”对话框，如图 2-41 所示。在“插入 Flash 按钮”对话框中进行设置，如图 2-41 所示。然后单击“确定”按钮，即可在网页光标处插入一个 Flash 按钮，同时也建立了它与“汽车行驶.swf”Flash 文件的链接。

按照相同的方法，在标题的右边创建一个 Flash 按钮，建立它与“滚轴图像.swf”Flash 文件的链接。注意：两个 Flash 按钮与 Flash 文件的链接是在“插入 Flash 按钮”对话框中设置的。

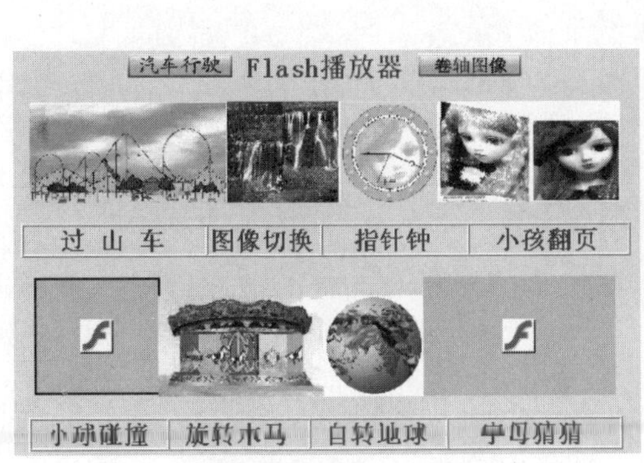

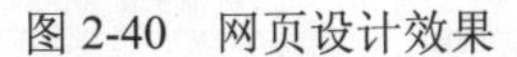
图 2-40　网页设计效果

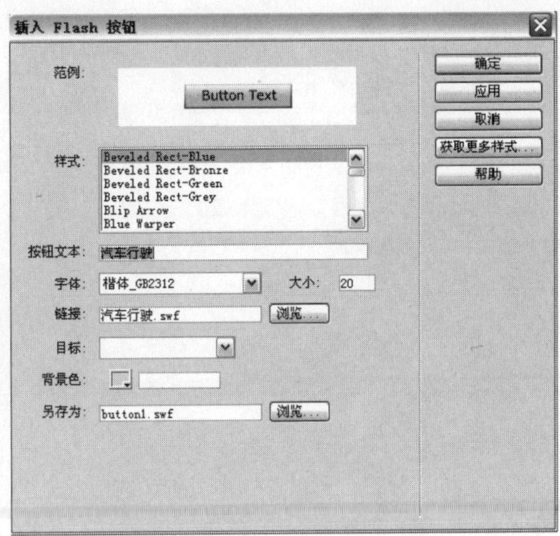

图 2-41　“插入 Flash 按钮”对话框

2．插入 Flash 按钮

单击“插入”（常用）栏中的“媒体”快捷菜单中的“Flash 按钮”按钮，调出“插入 Flash 按钮”对话框，如图 2-41 所示。在“插入 Flash 按钮”对话框中进行设置，然后单击“确定”按钮，即可在网页中插入 Flash 按钮。

“插入 Flash 按钮”对话框中各选项的含义如下。

（1）“范例”显示框：用来显示所选的 Flash 按钮的效果，这里的显示效果和在浏览器中的显示效果相同，并且可以用鼠标测试单击时的显示效果。

（2）“样式”列表框：该列表框中列出所有可以使用的 Flash 按钮的样式，可以从里面选择相应的样式进行编辑。

（3）“字体”下拉列表框：选择要显示文字的字体。

（4）“大小”文本框：设置显示文本的大小。

（5）“链接”文本框：在文本框中输入需要链接的文件目录和文件名，也可以单击“浏览”按钮，调出“选择文件”对话框，在该对话框中选择需要链接的文件，设置链接。

（6）“目标”下拉列表框：用来设置链接的网页的打开方式，其中各选项作用如下。

_blank：在一个新的浏览器窗口中打开链接的文档。

_parent：在框架的父框架或父窗口打开链接的文档。

_self：默认打开方式，将链接的文档载入链接所在的同一框架或窗口。

_top：将链接的文档载入整个浏览器窗口，从而删除所有框架。

（7）“背景色”按钮：用来设置 Flash 按钮的背景颜色。

（8）“另存为”文本框：用来输入要保存到的目录及文件名，或者单击“浏览”按钮，调出“选择文件”对话框，利用它选择要保存的路径和文件名，默认目录为网页文档所在的目录。

3．插入 Flash 动画

（1）单击“插入”（常用）栏中的“媒体”快捷菜单中的“Flash”按钮，调出“选择文件”对话框，如图 2-42 所示。

（2）在“选择文件”对话框中选择要导入的 SWF 文件，单击“确定”按钮，导入 Flash 文件。Flash 动画在网页文档中的显示效果如图 2-43 所示。

图 2-42 “选择文件”对话框

图 2-43 网页编辑状态下的 Flash 动画

（3）Flash 对象“属性”栏中各选项的含义。图 2-44 给出了 Flash 对象“属性”栏的显示效果。“属性”栏中前面没有介绍的各选项的作用如下。

图 2-44 Flash 对象的“属性”栏

- “源文件”文本框与文件夹按钮：用来选择 FLA 格式的 Flash 影片源文件。
- “编辑”按钮：单击它，可调出 Flash MX 2004，并对 Flash 文件进行编辑。
- “重设大小”按钮：单击它，可使 Flash 影片恢复原大小。
- “循环”复选框：选中它后，可循环播放。
- “自动播放”复选框：选中它后，可自动播放。
- “品质”下拉列表框：设置图像的质量。
- “比例”下拉列表框：选择缩放参数。

4. 插入 Flash 文本

单击“插入”（常用）栏中的“媒体”快捷菜单中的“Flash 文本”按钮，调出“插入 Flash 文本”对话框，如图 2-45 所示。

在“插入 Flash 文本”对话框中进行文字各种属性的设置后，在“文本”文本框中输入文字；在“目标”文本框中输入要链接的文件，在“另存为”文本框中输入存储的文件名称。然后单击“确定”按钮，即可在网页中将插入 Flash 文本。

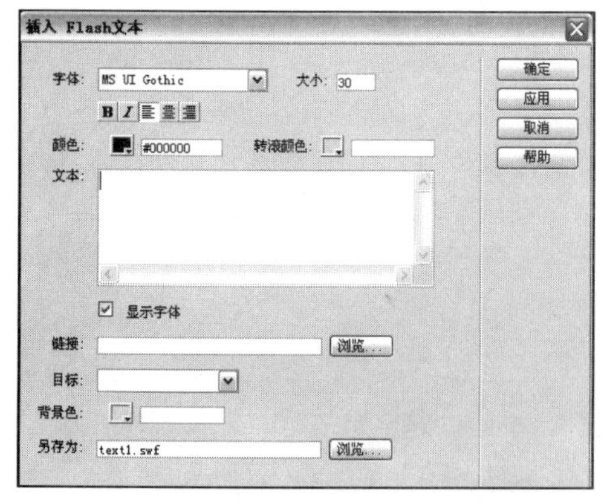

图 2-45 “插入 Flash 文本”对话框

5. 插入 Flash 视频

Dreamweaver 8 可以快速便捷地将 Flash 视频文件插入 Web 页。从而使 Dreamweaver 8 可以方便地导入各种 Flash 构件（文本、按钮、动画、视频等）。

单击“插入”（常用）栏中的“媒体”快捷菜单中的“Flash Video”按钮，调出“插入 Flash 视频”对话框，如图 2-46 中左图所示。该对话框内各选项的作用如下。

（1）“视频类型”下拉列表框：在其内可以选择一种下载视频的类型。选择“累进式下载视频”选项后的“插入 Flash 视频”对话框如图 2-46 中左图所示。选择“流视频”选项后的“插入 Flash 视频”对话框如图 2-46 中右图所示。

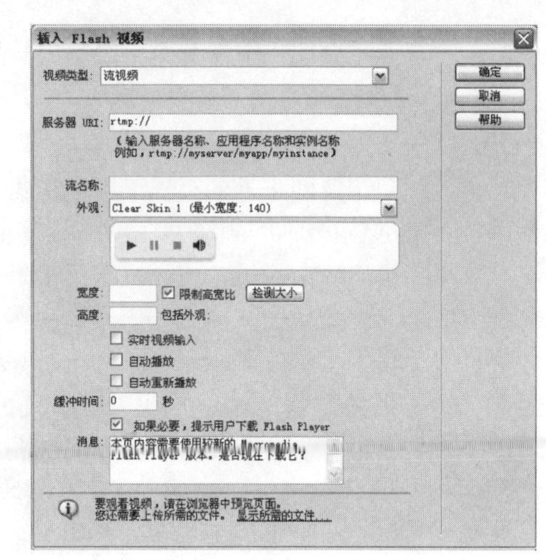

图 2-46 “插入 Flash 视频”对话框设置

（2）“URL”栏：可以在该栏文本框中输入要插入的 Flash 视频文件（扩展名为.flv）的路径和文件名称。单击在该“浏览”按钮，可调出“选择文件”对话框，如图 2-47 所示。利用该对话框选择一个 Flash 视频文件，单击“确定”按钮，即可在 Dreamweaver 8 的网页设计窗口内当前光标处插入 Flash 视频，插入后如图 2-48 所示。

图 2-47 “选择文件”对话框　　　图 2-48 编辑状态下的视频　图 2-49 网页中的视频

（3）“外观”下拉列表框：利用该下拉列表框可以选择一种播放器的样式。在它下边的显示框内可以看到选中的播放器的外观图像。浏览网页时，看到的 Flash 视频如图 2-49 所示，当鼠标指针移到视频画面之上时，会在视频图像之上显示出一个透明的视频播放器。利用该播放器，可以控制视频播放暂停、视频继续播放、声音暂停和声音继续播放，以及调整到视频的任何一帧画面。

（4）“宽度”文本框：用来输入视频的宽度，单位为像素。

（5）“高度”文本框：用来输入视频的高度，单位为像素。

（6）“限制宽高比”复选框：选中它后，再调整视频的宽度或高度时，它的宽高比不变。

（7）“自动播放”复选框：选中它后，在浏览网页时，Flash 视频会自动播放。

（8）“自动重新播放”复选框：选中它后，在浏览网页时，Flash 视频会自动反复播放。

2.2.4 【实例 12】"宠物和 FLASH 动画浏览"网页

1. "宠物和 FLASH 动画浏览"网页制作过程

"宠物和 Flash 动画浏览"网页的主页在浏览器中的显示效果如图 2-50 所示。该网页中插入了 Java Applet 程序，可以交替显示 5 幅图像。网页中下边还有 5 幅小图像。单击页面底部的小图像，可以链接到相应的子页面，其中第 4 个子页的显示效果如图 2-51 所示，第 5 个子页的显示效果如图 2-52 所示。网页的制作过程如下。

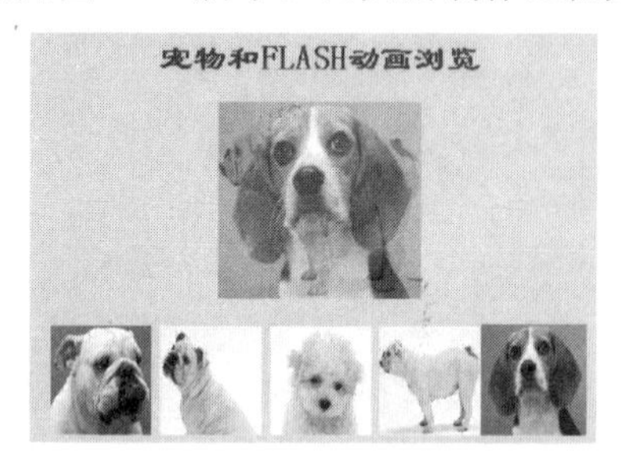

图 2-50 网页的主页　　图 2-51 网页的第 4 个子页　　图 2-52 网页的第 5 个子页

（1）在"G:\HTMLASP\Flashweb2\"文件夹内再放置 5 个 SWF 格式的 Flash 动画文件，分别为 01.swf、02.swf、03.swf、04.swf 和 05.swf，还有 10 幅图像还有 15 幅图像，分别为 11.jpg、12.jpg、13.jpg、14.jpg、15.jpg、F1.jpg、F2.jpg、F3.jpg、F4.jpg 和 F5.jpg。另外，在该文件夹内还有 Flash1.htm、Flash2.htm、Flash3.htm 和 Flash4.htm 和 Flash5.htm 5 个网页，其内分别导入 01.swf、02.swf、03.swf、04.swf 和 05.swf　5 个 SWF 格式的 Flash 动画。

（2）新建一个网页文档，将该网页文档以"FlashIndex.htm"为名称保存到"G:\HTMLASP\Flashweb2\"文件夹内。利用"页面属性"对话框设置网页的背景颜色为黄色，网页标题为"宠物和 FLASH 动画浏览"。

（3）在网页的第一行，设置文字"居中对齐"，字体为"宋体"，采用"标题 1"格式，然后输入"宠物和 FLASH 动画浏览"文字，再按回车键，将光标移到第二行。

（4）单击"插入"（常用）栏中的"媒体"快捷菜单中的"Applet"按钮，调出"选择文件"对话框，选择"E:\DRAWTD\Flashweb21\"文件夹内的 Efficient.class 文件，单击"确定"按钮，在页面中插入一个 Java Applet 对象。

（5）单击选中 Java Applet 对象，它的"属性"栏中的"代码"文本框内已经输入 Applet 程序的路径和名称 Efficient.class，也可以单击其右边的按钮，调出"选择 Java Applet 文件"对话框，利用该对话框可以更换 Applet 程序。

（6）单击"属性"栏中的"参数"按钮，调出"参数"对话框。在该对话框中输入 Applet 程序需要使用的参数，如图 2-53 所示。此处插入的 Applet 程序的作用是使设置的几幅图像交替显示，并且产生渐变效果。其中，delay 参数的作用是设置图像切换速度。

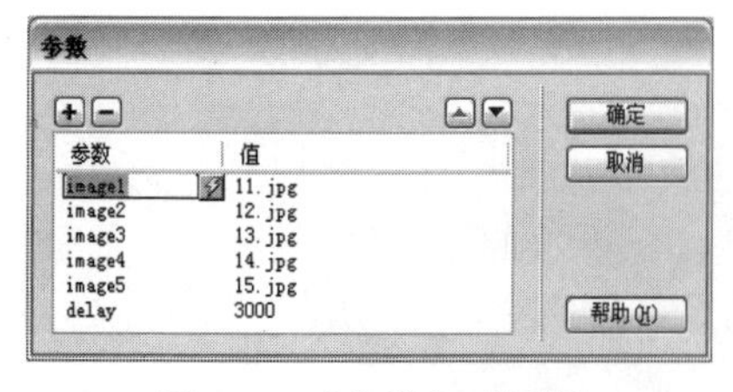

图 2-53 "参数"对话框

（7）按回车键，将光标移到下一行。设置文字为"居中对齐"格式，依次插入 5 幅图像。选中第一幅图像后，单击"属性"栏中的"链接"文本框右边的"浏览文件"按钮，调出"选择文件"对话框，利用该对话框为该图像建立链接，链接的网页是 Flash1.htm。使用相同的方法分别为另外 4 幅图像建立链接，链接的网页分别是

Flash2.htm、Flash3.htm、Flash4.htm 和 Flash5.htm。

（8）新建一个名称为 Flash5.htm 的网页，利用“页面设置”对话框进行页面属性的设置，内容和前面的网页相同。将光标移到第一行，设置“居中对齐”格式，然后单击“插入”（Flash 元素）栏中的“图像查看器”按钮，调出“保存 Flash 元素”对话框。在该对话框中设置保存文件的路径和名称（05.swf），再单击“确定”按钮，保存 Flash 元素。

最后，单击“文件”→“保存”菜单命令，保存制作好的网页文档。

2．插入“图像查看器”

利用“图像查看器”可以将创建一个 Flash 格式的图像浏览器，如图 2-54 所示。在浏览器中可以依次浏览插入的图像，在图像切换时使用随机的动态切换效果。建立“图像查看器”的操作过程如下：

（1）将光标移到要插入“图像查看器”的位置，再单击“插入”→“媒体”→“图像查看器”菜单命令，调出“保存 Flash 元素”对话框。在“文件名”文本框中输入 SWF 格式的文件名后，单击“确定”按钮，即可在网页中插入一个 Flash 对象。

（2）单击“窗口”→“标签检查器”菜单命令，调出“标签”面板，如图 2-55 所示。选中其中的“imageURLs”选项，单击右边的按钮，调出“编辑‘imageURLs’数组”对话框，如图 2-56 所示。

（3）选中“img1.jpg”选项，单击后面的按钮，调出“选择文件”对话框，选择要插入的图像后单击“确定”按钮，插入图像。然后，使用同样的方法插入其他图像。

（4）单击按钮可以插入一个新选项，单击按钮可以删除选中的选项。单击“确定”按钮，即可完成“图像查看器”的设置。

图 2-54　图像浏览器

图 2-55　“标签”面板　图 2-56　“编辑‘imageURLs’数组”对话框

3．插入 Applet

Applet 是 Java 的小型应用程序。Java 是一种可以在 Internet 网上应用的语言，用它可以编写许多动人的动画。Java Applet 可以嵌入 HTML 文档中，通过主页发布到 Internet。可以从网上下载 Java Applet 程序文件及有关文件，存放在本地站点的一个子目录下。

（1）单击“插入”（常用）栏中的“媒体”快捷菜单中的“Applet”按钮，即可弹出“选择文件”对话框。利用该对话框可以调入扩展名为.class 的 Java Applet 程序文件。

使用 Java Applet 程序时应看 Java Applet 程序作者给出的说明，再按照说明进行操作。

（2）插入文件后，网页文档窗口内会显示一个 Java Applet 图标。单击选中它后，可以用鼠标拖曳插件图标的黑色控制柄，来调整它的大小，如图 2-57 中左图所示。

（3）Java Applet 对象的“属性”栏如图 2-57 中右图所示，其中主要选项的作用如下所述。

- “代码”文本框与文件夹按钮：文本框用来输入 Java Applet 程序文件的路径和名字。单击文件夹按钮，可调出“选择 Java Applet 文件”对话框，利用该对话框可调入 Applet 程序。

图 2-57　Java Applet 对象的“属性”栏

- “基址”文本框：用来输入 Java Applet 程序文件的名字。
- “替代”文本框与文件夹按钮：输入 Java Applet 说明文件的路径与名字。单击文件夹按钮可选择 Java Applet 说明文件。
- “参数”按钮：单击该按钮，可以调出“参数”对话框，利用该对话框可以设置 Java Applet 程序中所使用的参数。

4．插入 ActiveX

ActiveX 控件是 Microsoft 对浏览器的功能扩展，其作用与插件基本一样。所不同的是，如果浏览器不支持网页中的 ActiveX 控件，浏览器会自动安装所需的软件。如果是插件，则需要用户自己安装所需的软件。

（1）单击“插入”（常用）栏中的“媒体”快捷菜单中的 ActiveX 按钮，即可在网页文档窗口内显示一个 ActiveX 图标。单击选中它后，可以用鼠标拖曳插件图标的黑色控制柄，来调整它的大小。调整大小后的 ActiveX 图标如图 2-58 中左图所示，ActiveX 对象的“属性”栏如图 2-58 中右图所示。

图 2-58　ActiveX 图标和 ActiveX 对象的“属性”栏

（2）单击 ActiveX“属性”栏中的“源文件”文件夹按钮，即可调出“选择 Netscape 的插入文件”对话框。利用该对话框可以选择要加载的文件。

（3）ActiveX 对象的“属性”栏中其他选项的作用

- “ClassID”列表框：它给出了三个类型代码，标明了 ActiveX 类型，其中一个用于 Shockwave 影片，一个用于 Flash 电影和一个用于 Real Audio；如果要使用其他控件，需要自己输入相应的代码。选择不同类型代码后，“属性”栏会产生相应的变化。
- “源文件”文件夹按钮：单击该文件夹按钮，即可调出“选择 Netscape 的插入文件”对话框，利用该对话框可以选择要加载的文件。
- “编号”文本框：用来输入 ActiveX 的 ID 参数。
- “数据”文本框：用来输入加载的数据文件名字。
- “基址”文本框：用来输入加载的 ActiveX 控件的 URL。
- “嵌入”复选框：选中它后，可以设置文件的嵌入状态。

思考与练习 2

1．如何进行文字位置的任意调整？如何调整文字的字体和大小？

2．如何进行图像位置的任意调整？如何调整图像的大小？

3．“课程表”网页如习题图 2-1 所示。标题的两边各有一个星球动画和一个小人动画，动画与动画之间，动画与标题文字之间有间隙。

4．“建筑设计”网页显示效果如习题图 2-2 所示。页面背景是一幅建筑物水印图像，象征着美好未来。在页面中，第一行的中间是华文琥珀字体、36 号字、红色的“建筑设计欣赏”标题。标题的左边是一个用 Flash 制作的动画，动画是建筑物图像逐渐由亮变暗，再由暗变亮，反复变化。标题的右边是一个由两幅建筑物图像组成的翻转图。用鼠标单击翻转图，即可调出此次全体参加建筑物设计展览的全部作品（建筑物图像）名称、设计者姓名和单位名称。

课 程 表

北京市第一职业学院02计算机网络班2005年到2006年第1学期课程表							
		星期一	星期二	星期三	星期四	星期五	星期六
上午	1	VB程序设计	英语	JAVA语言	网页制作	高等数学	Flash
	2	VB程序设计	英语	JAVA语言	网页制作	高等数学	Flash
	3	高等数学	英语	JAVA语言	网页制作	VB程序设计	Flash
	4	高等数学	英语	JAVA语言	网页制作	VB程序设计	Flash
中 午 休 息							
下午	5	自习	体育	政治	自习	数字电路	
	6	自习	体育	政治	自习	数字电路	

习题图 2-1　“课程表”网页实例的效果

标题下边是导航条，导航条有 5 个动态图像按钮，按钮是文字图像，文字是建筑物设计人员的名字，鼠标移到动态图像按钮之上时，会显示该作者设计的建筑物图像名称，单击后会显示作者的单位名称，同时调出他设计的高清晰度建筑物图像。

再下边是两行 10 幅小建筑物图像。单击某一个图像，即可调出与该图像一样，但尺寸大、清晰度高的图像。两行建筑物图像的下边是一个用 Flash 制作的一行蓝色的“欢迎您光临指导”文字不断地水平来回移动。在该动画的右边显示的是一个黑底白字的数字钟。

5．制作一个有“图像查看器”的网页，在“图像查看器”中可以查看 10 幅图像。

6．创建三个简单的网页，其中一个是主页，主页内有一个导航条，导航条中的图像分别与其他两个网页建立链接。两个子网页中分别有翻转图像，它们均与主页建立链接。网页中有图像、文字、表格、水平条、翻转图像、Flash 按钮和 Flash 动画等对象。

7．制作一个“随身听世界”网页，它的显示效果如习题图 2-3 所示。页面的背景是一幅随身听的水印画，第一行是网页的标题，在标题的下面有一个导航栏，显示了各种类型的名称，将鼠标移到相应的导航图像上时，图像发生反转效果，单击后可链接到相应的页面。导航栏的下面是几幅随身听的图像，单击其中一幅图像后，可在弹出的网页中显示该图像的大图。在页面的底部是一个用 Flash 制作的蓝色的“欢迎光临指导”文字不断移动的动画，在该动画的右边显示了网页制作的时间。

习题图 2-2　“建筑设计”网页的显示效果

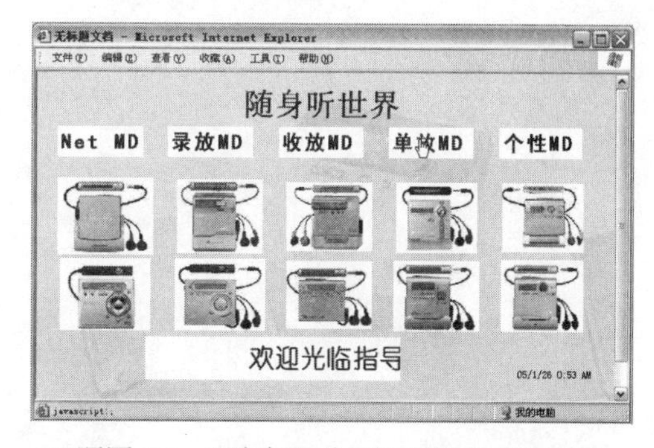

习题图 2-3　“随身听世界”网页的显示效果

8．制作一个“版画图像和 Flash 动画浏览”网页，它主页的显示效果如习题图 2-4 所示。在该网页中，两处插入了 Java Applet 程序，分别可以交替显示 5 幅图像。网页中下边还有 5 幅小图像，单击页面底部的小图像，可以链接到相应的子页面或 SWF 动画。单击两个交替显示图像间的空白处，可调出两个“图像查看器”，分别显示 5 幅图像，显示效果如习题图 2-5 所示。

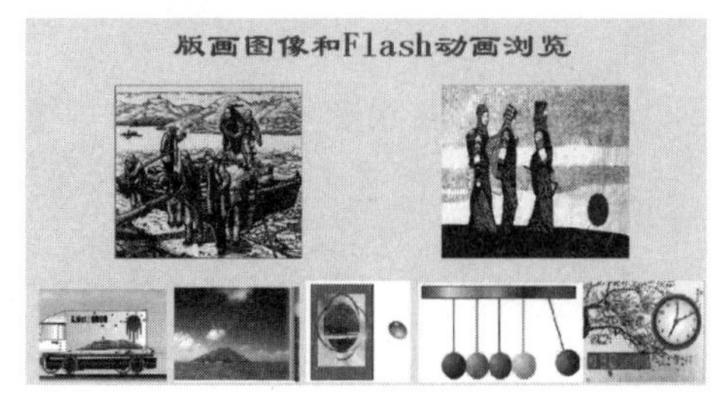

习题图 2-4 “版画图像和 Flash 动画浏览”网页显示效果

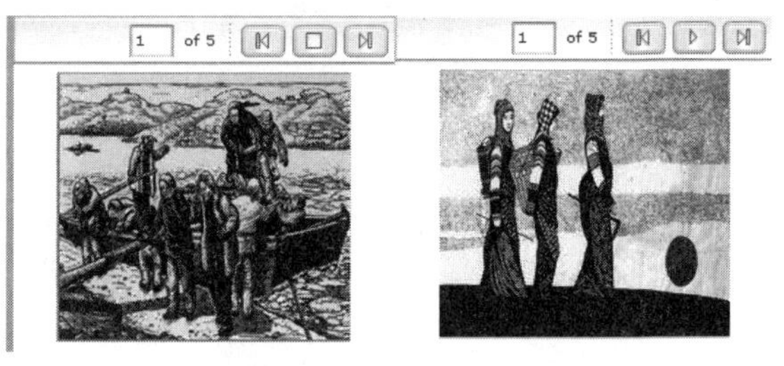

习题图 2-5 两个“图像查看器”

第 3 章　框架、层与网页布局

3.1　框架

框架就是把一个网页页面分成几个单独的区域（即窗口），每个区域就像一个独立的网页，可以是一个独立的 HTML 文件。因此，框架可以实现在一个网页内显示多个 HTML 文件。对于一个有 *n* 个区域的框架网页来说，每个区域有一个 HTML 文件，整个框架结构也是一个 HTML 文件，因此该框架网页是一个 HTML 文件的集合，它有 *n*+1 个 HTML 文件。

3.1.1　【实例 13】“秦陵兵马俑”网页

“秦陵兵马俑”网页是整个“秦陵兵马俑”网站的主页，它的显示效果如图 3-1 所示。该网页上边是标题框架窗口，左边是目录框架窗口，右边用来显示中心内容。单击左边框架窗口内的文字图像，可以在右边的框架窗口中显示相应的内容。例如，单击“嬴政介绍”图像文字后，显示的效果如图 3-2 所示。

图 3-1　“秦陵兵马俑”网页的显示效果

图 3-2　单击“嬴政介绍”文字图像后的显示效果

下面介绍“秦陵兵马俑”网页制作过程和相关知识。

1．“秦陵兵马俑”网页制作过程

（1）在“G:\HTMLASP\秦始皇兵马俑网页”目录下放置了所有与网页有关的图像文件和网页文件，该目录下的所有网页的背景均插有名称为 Back2.jpg 的纹理图像。

（2）在该目录下，创建一个名称为 LEFT.htm 的网页，其内，从上到下一次插入多个文字图像，如图 3-3 中左图所示。单击选中“秦陵介绍”图像，在其“属性”栏内设置“宽”为 140 像素，“高”为 40 像素；“源文件”文本框内的“秦陵介绍.gif”文字，表示该图像的名称，插入该图像时，在“选择图像源文件”对话框中的“相对于”下拉列表框中选择了“文档”选项；在“链接”文本框内输入“秦陵介绍.htm”，表示该图像与网页“秦陵介绍.htm”链接，而且是相对于“文档”的链接；在“目标”下拉列表框中选择“main”选项，表示链接的网页“秦陵介绍.htm”在名称为 main 的框架栏内显示。该“属性”栏设置如图 3-3 中右图所示。建立其他图像文字与相应网页文件的链接方法与上述方法基本一样。

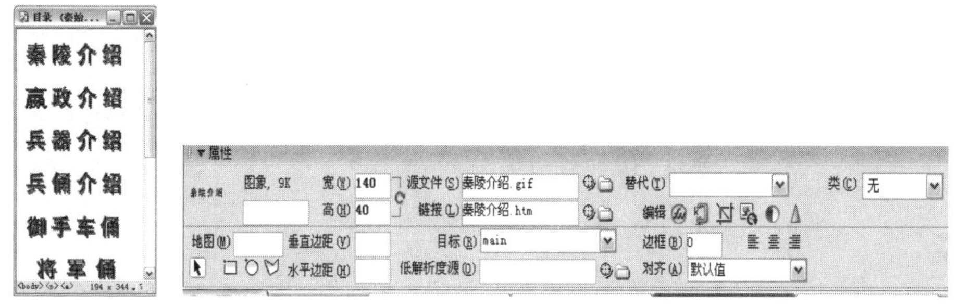

图 3-3　LEFT.htm 网页和“秦陵介绍”图像的“属性”栏设置

（3）在“G:\HTMLASP\秦始皇兵马俑网页”目录下创建一个名称为 TOP.htm 的网页，它的显示效果如图 3-4 所示。其内插入了一幅文字图像“秦陵兵马俑.gif”，居中对齐。

（4）单击“文件”→“新建”菜单命令，调出“新建文档”对话框。单击该对话框左边“类别”栏中的“框架集”选项，再单击选中该对话框右边“框架集”栏内的一种框架选项，如图 3-5 所示。然后单击“创建”按钮，即可创建有框架的网页，如图 3-6 所示。可以看出，它是由三个分栏框架窗口组成的，上边一个，下边左右分布两个。上边的分栏框架默认名称为 topFrame，左边的分栏框架默认名称为 leftFrame，右边的分栏框架默认名称为 mainFrame。

图 3-4　TOP.htm 网页的现实效果

图 3-5　“新建文档”对话框

（5）将鼠标指针移到框架的框架线上，拖曳鼠标，可以调整各分栏框架的大小。按住 Alt 键，单击右边的分栏框架窗口内部，可以调出右边分栏框架的“属性”栏。在该“属性”栏内的“框架名称”文本框中输入“main”，将右边分栏框架的默认名称 mainFrame 改为 main。此时的“属性”栏设置如图 3-7 所示。

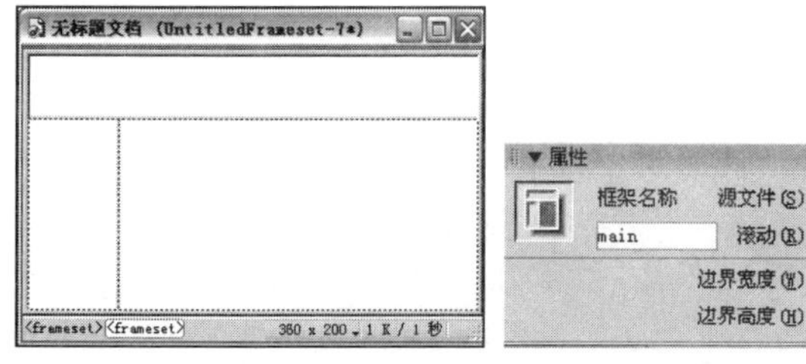

图 3-6　在页面内创建的框架

图 3-7　右边分栏框架的“属性”栏设置

（6）单击如图 3-7 所示的“属性”栏内“源文件”栏的 按钮，调出“选择图像源文件”对话框，在该对话框中选择“G:\HTMLASP\秦始皇兵马俑网页”目录下的“秦陵介绍.htm”网页文件，在“相对于”下拉列表框中选择“文档”选项，再单击“确定”按钮，将“秦陵介绍.htm”网页加载到右边分栏框架中。然后，将“源文件”文本框的内容改为“秦陵介绍.htm”文字，此时的“属性”栏如图 3-7 所示。

（7）按住 Alt 键，单击左边的分栏框架窗口内部，调出左边分栏框架的“属性”栏。在该“属性”栏内的“框架名称”文本框中输入“LEFT”。在“源文件”文本框内输入“LEFT.htm”，将“G:\HTMLASP\秦始皇兵马俑网页”目录下的 LEFT.htm 网页文件加载到左边分栏框架中。此时的“属性”栏如图 3-8 所示。

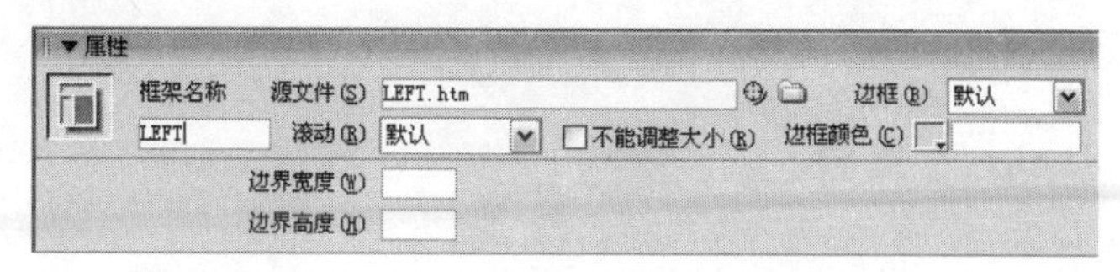

图 3-8　左边分栏框架的“属性”栏设置

（8）按住 Alt 键，单击上边的分栏框架窗口内部，调出上边分栏框架的“属性”栏。在该“属性”栏内的“框架名称”文本框中输入“TOP”。在“源文件”文本框内输入“TOP.htm”，将“G:\HTMLASP\秦始皇兵马俑网页”目录下的 TOP.htm 网页文件加载到上边分栏框架中。此时的“属性”栏如图 3-9 所示。

（9）单击框架内部的框架线，选中整个框架，此时的“属性”栏切换到框架集的“属性”栏，在“边框”下拉列表框中选择“默认”选项，保证各分栏框架之间有边框。框架集的“属性”栏设置如图 3-10 所示。

（10）单击“文件”→“保存框架页”菜单命令，可调出“另存为”对话框。利用该对话框可输入文件名“INDEX.htm”，再单击“保存”按钮，完成框架集文件的保存。

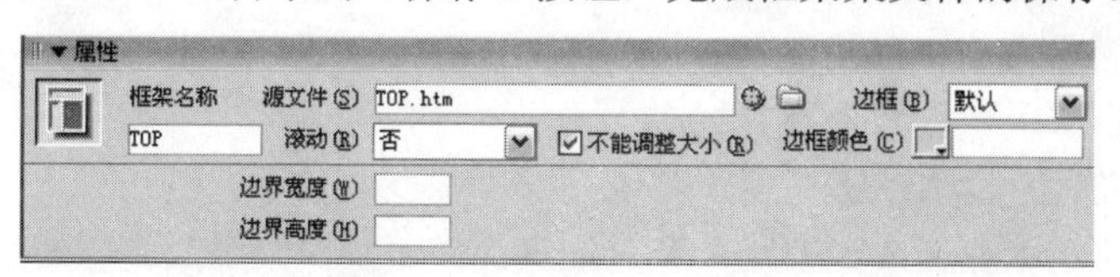

图 3-9　上边分栏框架的“属性”栏设置

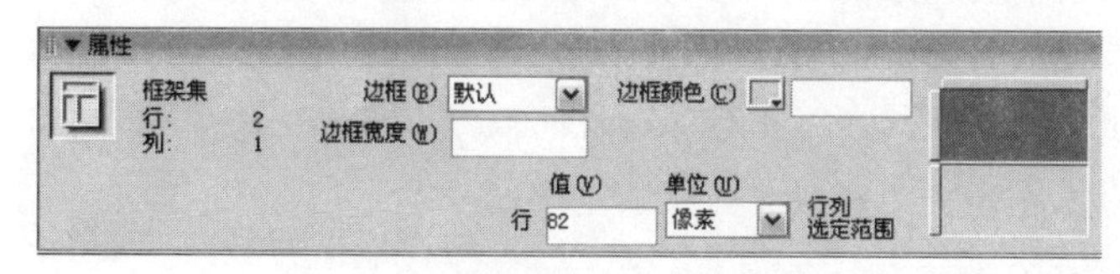

图 3-10　框架集的“属性”栏设置

2．创建框架

在网页中创建框架的常用方法有以下三种。

（1）单击“文件”→“新建”菜单命令，调出“新建文档”对话框，如图 3-5 所示。单击该对话框左边“类别”栏中的“框架集”选项，再单击选中该对话框右边“框架集”栏内的一种框架选项，然后单击“创建”按钮，即可创建有框架的网页。

（2）单击“插入”（布局）栏内“框架”快捷菜单中的一个菜单命令，如图 3-11 所示，即可在页面内设置出相应的框架。

（3）单击“修改”→“框架集”→“×××”菜单命令或单击“插入”→“HTML”→“框架”→“×××”菜单命令，也可以创建框架。

3．框架观察器

单击“窗口”→“框架”菜单命令，调出“框架”面板，也叫框架观察器，如图 3-12 所示。如果光标在框架内，则框架观察器中对应框架内的文字变为黑色，如图 3-12 所示。

框架观察器的作用是显示出框架网页的框架结构（也叫分栏结构）。单击某一个分栏框架（选中的框架边框呈黑色），即可选中该分栏框架，同时“属性”栏变为该分栏框架“属性”栏。如果单击框架的外框线，可以选中整个框架（即框架集），如图 3-13 所示，同时“属性”栏变为框架集“属性”栏。

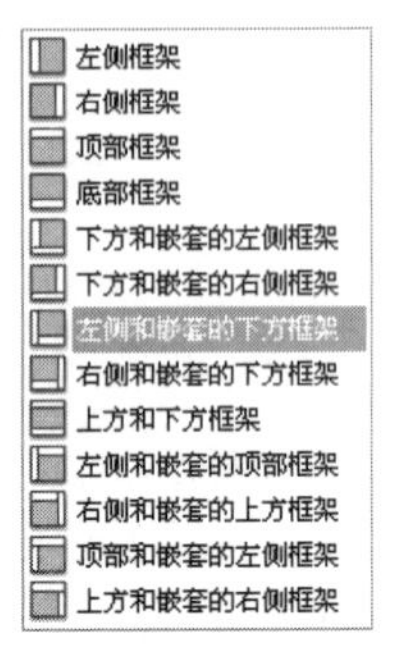

图 3-11 “框架”快捷菜单

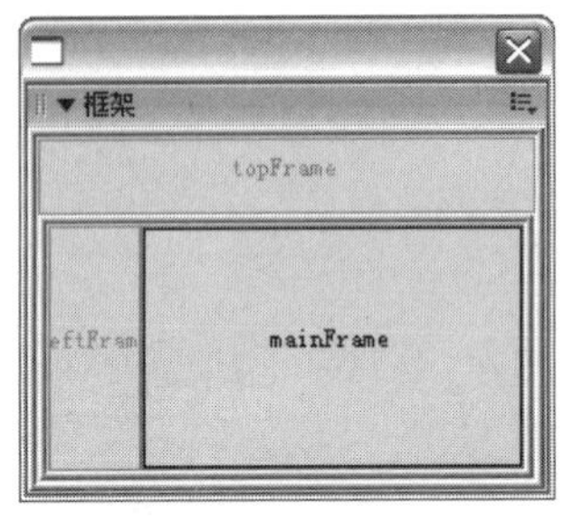

图 3-12 “框架”面板

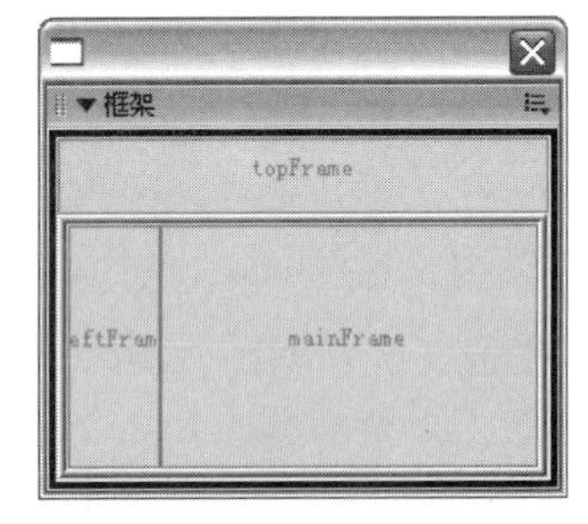

图 3-13 选中整个框架后的观察器

4．增减框架个数

在创建框架后，要增加或删除框架的个数，首先应单击框架内部，再单击“查看”→“可视化助理”→“框架边框”菜单选项，使该菜单选项左边有✔，然后可采用如下方法进行操作。

（1）增加新框架：将鼠标指针移到框架的四周边缘处，当鼠标指针为“↔”或“↕”形状时，向鼠标指针箭头指示的方向向内拖曳鼠标，即可在水平或垂直方向增加一个框架。

（2）在框架区域内增加新框架：单击某一个框架区域内部，使光标在此区域内出现，然后按照上述方法即可在框架区域内增加新框架。

（3）调整框架的大小：用鼠标拖曳框架线，即可调整框架的大小。

（4）删除框架：用鼠标拖曳框架线，一直拖曳到另一条框架线或边框处，即可删除框架。

5．在框架内插入 HTML 文件

（1）单击网页分栏框架的某一个分栏框架窗口内部，使光标在该分栏框架窗口内出现；再按照在没有框架的网页页面内输入文字和导入对象的操作方法，在选中的分栏框架窗口内输入文字和导入对象；然后将该分栏框架中的内容保存为网页文件。

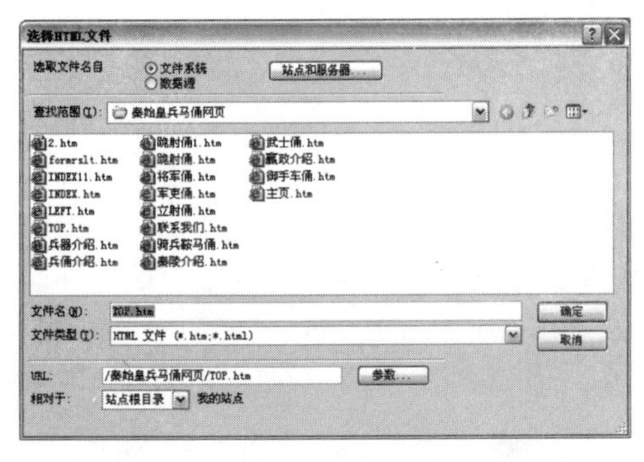

图 3-14 “选择 HTML 文件”对话框

（2）按住 Alt 键，单击一个框架分栏内部，使光标出现在该分栏框架窗口内，或者单击“框架”面板中的分栏框架内部，选中相应的分栏框架。然后，单击其“属性”栏中“源文件”按钮，调出“选择 HTML 文件”对话框，如图 3-14 所示。

利用该对话框，选择文件夹、要加载的文件，在“相对于”下拉列表框中选择“站点根目录”选项后，“URL”文本框中会给出选中文件相对于站点文件夹的相对路径和文件名称；选择“文档”选项后，“URL”

文本框中会给出选中文件的名称。然后，单击“确定”按钮，即可完成在分栏框架内插入 HTML 文件的任务。

（3）也可以单击“文件”→“在框架中打开”菜单命令，调出“选择 HTML 文件”对话框。利用它可将外部的 HTML 文件加载到选定的分栏框架窗口内。

3.1.2 【实例 14】“建筑设计浏览”网页

“建筑设计浏览”网页的显示效果如图 3-15 所示。页面由三个分栏的框架组成，框架的边框是蓝色的，宽为 3 像素。

页面中，上边一行分栏内，底色是黄色，有一行华文彩云字体、6 号字、蓝色的“建筑设计浏览”标题，居中分布；左边的分栏内，底色是白色，其上边是一个小鸭动画，下边有几十幅小建筑图像；标题右下边的分栏内，背景是白色，该分栏内显示的是大幅建筑图像。

图 3-15 “建筑设计浏览”网页的显示效果

单击左边分栏内任一小幅小建筑图像，则右边分栏内会显示出相应的大幅建筑图像。例如，单击第二幅小建筑图像后，右边分栏内会显示出如图 3-16 所示图像；单击左边分栏内小鸭动画，则右边分栏内会显示出建筑图像的文字说明与作者名字，如图 3-17 所示。

图 3-16 单击第二幅图像后网页的显示效果

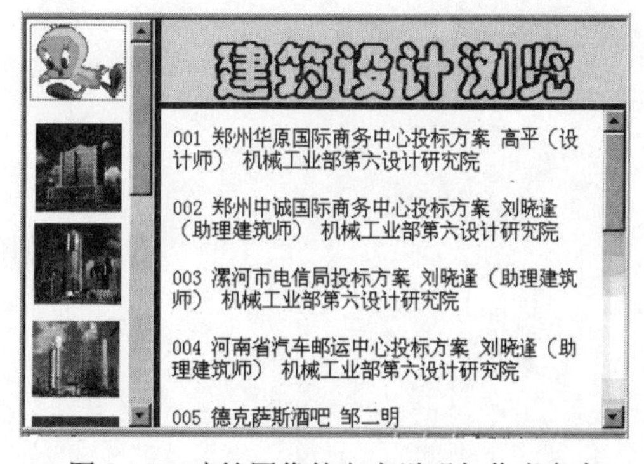

图 3-17 建筑图像的文字说明与作者名字

1．“建筑设计浏览”网页的制作过程

（1）单击“文件”→“新建”菜单命令，建立一个新的有框架的网页，如图 3-18 所示。单击选中框架线，调出框架集“属性”栏，选择框架集“属性”栏内“边框”下拉列表框内的“是”选项，显示框架线；单击“边框颜色”按钮，调出颜色面板，利用该面板确定边框的颜色为蓝色；在“边框宽度”文本框内输入边框的宽度数值“3”。再用鼠标适当调整各个分栏框架的大小。

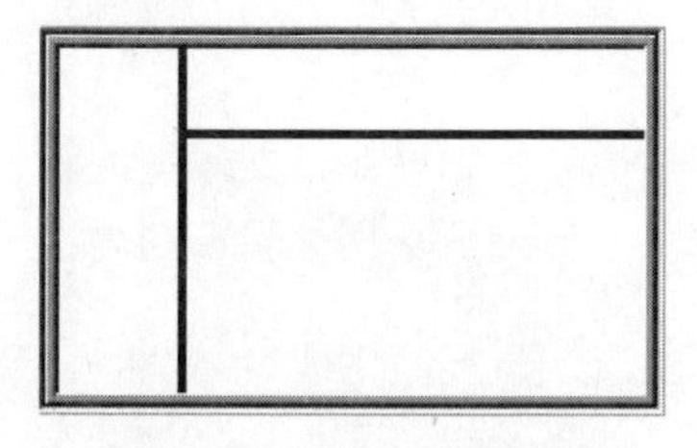
图 3-18 页面的框架结构

（2）按住 Alt 键，单击分栏框架，调出相应的“属性”栏。在“属性”栏内定义分栏框架的名字，左分栏框架的名字为 Frame-L，右下分栏框架的名字为 Frame-R，右上分栏框架的名字为 Frame-T。同时，在右下和左分栏框架内的“滚动”列表框中选择“是”选项。

（3）单击图 3-18 所示页面内右上边的分栏框架内部，使光标在该栏内出现，再单击鼠标右键，调出其快捷菜单，单击快捷菜单内的“页面属性”菜单命令，调出“页面属性”对话框。在“页面属性”对话框内的“背景颜色”文本框内输入“#FFFF00”（表示背景色为黄色）。最后，单击“确定”按钮退出。

（4）在网页右上分栏框架内输入一行华文彩云字体、36 号字、蓝色、加粗的“建筑设计浏览”标题，居中分布。然后，在网页右下分栏内插入一幅建筑图像。

（5）在网页左边的分栏框架内，从上到下插入十几幅小建筑图像，并调整它们的大小与位置。此时的网页如图 3-15 所示。在第一幅图像的上边，插入一个名称为小鸭.gif 的 GIF 动画，并调整其大小。

（6）制作一个名字为 TSM.htm 的网页文件，其内容为建筑图的名称与作者的名字和单位。存放在站点目录下。

（7）在框架左分栏框架内，用鼠标单击选中小鸭.gif 动画图像。然后，单击文字“属性”栏内的“链接”右边的文件夹按钮，调出“选择文件”对话框。在该对话框内，选择站点内的 TSM.htm 的网页文件，再单击“确定”按钮退出。

（8）在框架左分栏内，用鼠标分别单击选中的一个小建筑图像（0002.JPG）。然后，在“链接”右边的文本框内输入“0012.JPG”，在“目标”下拉列表框内选择显示链接图像的分栏名字为 Frame-R，即在右下分栏内显示链接的图像。

注意：所有建筑图像均存放在站点目录下的 PICTURE 目录中，目录与图像的名字不要用中文。

此时，图像的“属性”栏如图 3-19 所示。

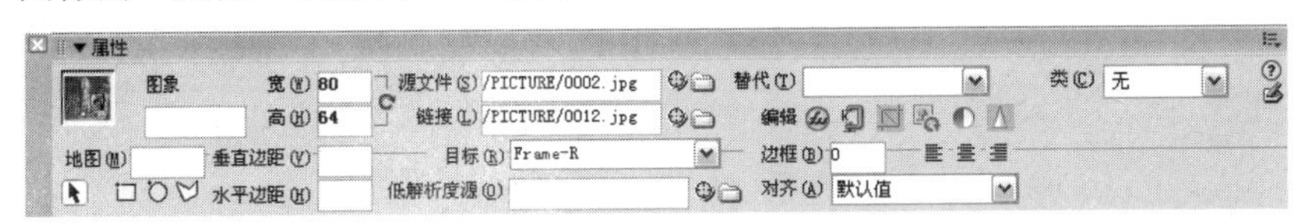

图 3-19　图像的“属性”栏

（9）按照上述方法，分别将左分栏框架内的小建筑图像与大建筑图像建立链接，均设为在右下分栏框架内显示。

单击“文件”→“保存全部”菜单命令。依次将框架分栏内各个框架中的内容保存成 HTML 文件，将整个框架集以名称 INDEX.htm 保存为 HTML 文件。按 F12 键，即可在浏览器中看到网页的显示效果。

2．框架集的“属性”栏

单击框架的外边框后，可使“属性”栏变为框架集“属性”栏。改变框架集属性需要通过框架集“属性”栏（如图 3-20 所示）来完成。

（1）“边框”列表框：用来确定是否要边框。选“是”选项是保留边框；选“否”选项是不保留边框；选“默认”选项是采用默认状态，通常是要边框。

（2）“边框颜色”栏：用来确定边框的颜色。单击 按钮，可调出颜色板，利用它可确定边框的颜色，也可在文本框中直接输入颜色数据。

（3）“边框宽度”文本框：用来输入边框的宽度数值，其单位是像素。如果在该文本框内输入“0”，则没有边框。如果“查看”→“框架边框”菜单选项被选中，则网页页面编辑窗口内会显示辅助的边框线（它不会在浏览器中显示出来）。

（4）“值”文本框：用来确定网页左边分栏的宽度或上边分栏的高度。

（5）“单位”下拉列表框：用来选择“值”文本框内数据的单位，单位有“像素”等。

3．分栏框架“属性”栏

按住 Alt 键，单击分栏框架的内部后，可使“属性”栏变为分栏框架“属性”栏，如图 3-21 所示。分栏框架属性的改变需要通过分栏框架“属性”栏来完成。分栏框架的框架“属性”栏中各选项的作用如下所述。

（1）“框架名称”文本框：用来输入分栏的名字。

（2）“源文件”文本框：用来设置该分栏内 HTML 文件的路径和文件的名字。

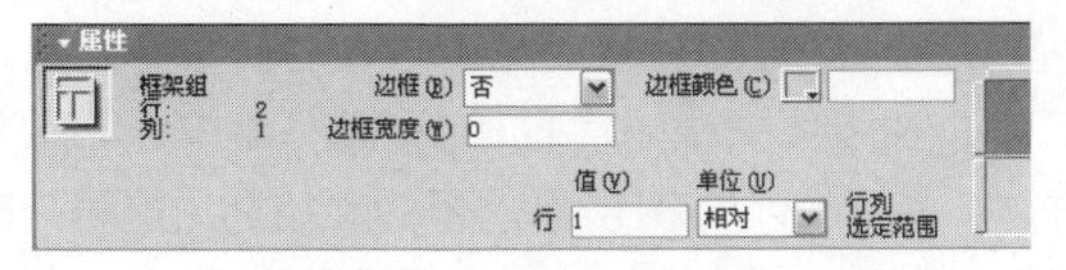

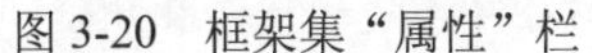
图 3-20　框架集“属性”栏

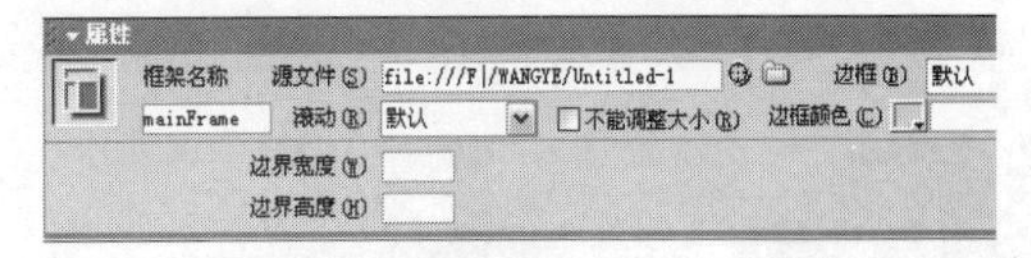

图 3-21　分栏框架“属性”栏

（3）“滚动”下拉列表框：用来选择分栏是否要滚动条。选择“是”选项，表示要滚动条；选择“否”选项，表示不要滚动条；选择“自动”选项，表示根据分栏内是否能够完全显示出其中的内容来自动选择是否要滚动条；选择“默认”选项，表示采用默认状态。

（4）“不能调整大小”复选框：如果选择它，则不能用鼠标拖曳框架的边框线，调整分栏大小；如果没选择它，则可以用鼠标拖曳框架的边框线，调整分栏大小。

（5）“边框”下拉列表框：用来确定是否要边框。当此处的设置与框架集“属性”栏的设置矛盾时，以此处设置为准。

（6）“边框颜色”栏：用来确定边框的颜色。

4．保存框架文件

在文件菜单内有许多菜单命令用来保存框架集和框架分栏内的网页，而且具有智能化，可以针对需要保存的内容显示可以使用的相应的菜单命令。

（1）如果网页中的框架集是新建的或是进行过修改的，则单击“文件”→“保存全部”菜单命令，调出“另存为”对话框，同时整个框架会被虚线围住。利用该对话框可输入文件名，再单击“保存”按钮，完成整个框架（框架集）文件的存储。然后，会自动再弹出“另存为”对话框，来依次保存框架分栏中的网页文件。保存的是哪个分栏中的网页文件，则该分栏会被虚线围住。依次将框架分栏内各个框架中的内容保存成 HTML 文件，将整个框架保存为 HTML 文件。

（2）如果网页中的框架集是新建的或修改后的，则单击“文件”→“框架集另存为”菜单命令，或者单击“文件”→“保存框架页”菜单命令，可调出“另存为”对话框。利用该对话框可输入文件名，再单击“保存”按钮，完成框架集文件的保存。

（3）单击一个框架分栏内部，使光标出现在该框架窗口内。单击“文件”→“保存框架”菜单命令，调出“另存为”对话框。输入网页的名字，单击“保存”按钮，即可将该框架分栏中的网页存储。

（4）修改后单击“文件”→“关闭”菜单命令关闭框架文件时，会弹出一个提示框，提示是否存储各个 HTML 文件。几次单击“是”按钮即可依次保存各框架（先保存光标所在的框架，最后保存整个框架）。保存的是哪个分栏中的网页文件，则该分栏会被虚线围住。

3.2　层和网页布局

目前，Web 网页已经普遍采用了动态超文本标记语言 DHTML 技术，它可以实现网页的多层化、立体化和动态化等，使网页更生动活泼。Internet Explorer 4.0 及以上的版本使用层的实现方法是 CSS（层叠样式表）层，它使用标记<DIV>和<SPAN>来创建层和定位层。

层可以视为一种可以插入各种网页对象、可以自由定位、精确定位和容易控制的容器，它实际上就是一个网页的子页面。在层中可以嵌套其他的层，层可以重叠，可以控制对象的位置和内容，从而实现网页对象的重叠和立体化等特效，还可以实现网页动画和交互效果。

3.2.1 【实例 15】“秦始皇兵马俑——兵器介绍”网页

图 3-22 “秦始皇兵马俑——兵器介绍”网页的显示效果

“秦始皇兵马俑——兵器介绍”网页是利用层编排的网页，它在浏览器中的显示效果如图 3-22 所示。下面介绍利用层编排的“秦始皇兵马俑——兵器介绍”网页的制作过程和相关知识。

1.“兵器介绍”网页的制作过程

（1）新建一个页面，设置网页的背景为一个纹理图像 Back2.jpg。

（2）单击“插入”（布局）面板内的“描绘层”按钮，鼠标指针变为十字形状态，使用拖曳方法在页面顶部居中位置创建一个层，将该层选中后在“层属性”栏中单击“背景颜色”按钮，将层的背景颜色设置成浅黄色。在层中单击鼠标，将光标定位在层内，用 36 号字、宋体、红色居中对齐格式输入“秦始皇兵马俑——兵器介绍”文字。

（3）在第一个层的下边创建第二个层，将光标定位到层内后插入在“G:\HTMLASP\秦始皇兵马俑网页”目录下的 bq1_small.jpg 图像，然后调整层和层内图像的大小，使它们的大小合适，层内图像大小与层大小一样。

（4）在第二个层的右边创建第三个层，并适当调整大小。然后，在该层内输入如图 3-23 所示的文字。此时的网页如图 3-23 所示。

（5）在第三个层的右边创建第 4 个层，然后在层内插入 bq2_small.jpg 图像，适当调整图像和层的大小。在第 4 个层的右边创建第 5 个层，并适当调整大小。然后，在该层内输入如图 3-22 所示的文字。

按照上述方法，继续创建其他层，在层内插入图像或输入文字。

（6）单击“文件”→“保存”菜单命令，将网页文档保存为“秦始皇兵马俑——兵器介绍”。然后，按 F12 键，在浏览器中观察该网页的显示效果。

2. 设置层的默认属性

单击“编辑”→“首选参数”菜单命令，调出“首选参数”对话框，再单击选中该对话框内“分类”列表框中的“层”选项，这时“首选选择”对话框如图 3-24 所示。“首选参数”对话框内各个选项的作用如下所述。

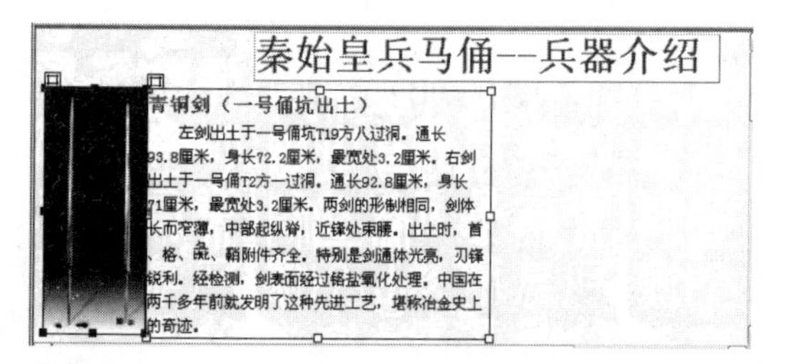

图 3-23 “秦始皇兵马俑——兵器介绍”网页的初步设计

图 3-24 “参数选择”（层）对话框

（1）“显示”下拉列表框：用来设置默认状态下层的可视度。可以选择“default”（浏览器的默认状态）、“inherit”（继承母体的可视度）、“visible”（可视）和“hidden”（隐藏）。

（2）“宽”和“高”文本框：用来设置默认状态下插入层的宽度和高度，单位为像素。

（3）“背景颜色”按钮与文本框：用来设置默认状态下插入层的背景颜色，默认值为透明。单击 按钮可以调出颜色板，利用它来选定颜色；也可以在文本框内输入颜色的代码。

（4）“背景图像”文本框与“浏览”按钮：用来设置默认状态下插入层的背景图像。单击“浏览”按钮，可以调出“选择图像源”对话框，利用它可以设定层的背景图像。

（5）“嵌套”复选框：选择它后，可以在将层拖曳到其他层时实现嵌套。

（6）“Netscape 4 兼容性”复选框：选择它后，Dreamweaver 8 会向 HTML 文件的<HEAD>标记中加入 JavaScript 函数，用来实现在 Netscape 4.0 浏览器中添加嵌入 CSS 层时可自动调整层的尺寸，避免异常问题的产生。

3．在页面中创建层

（1）单击“插入”栏“布局”栏内的“描绘层”按钮 ，将鼠标指针移到文档窗口之中，这时鼠标指针变为十字形状态。再在页面内拖曳鼠标来创建层，如图 3-25 所示。用鼠标将“描绘层”按钮 拖曳到网页页面中，也可在页面光标处插入一个默认属性的层。

（2）将光标移到要插入层的位置。单击“插入”→“布局对象”→“层”菜单命令。

4．层的基本操作

（1）选定层：在改变层的属性前应先选定层，选中的层会在层矩形的左上角产生一个双矩形状控制柄图标 ，同时在层矩形的四周产生 8 个黑色的方形控制柄。选中一个层的情况如图 3-26 所示。选定层的方法可以有多种，操作方法如下所述。

- 单击层的边框线，即可选定该层。
- 单击层的内部，会在层矩形的左上角产生一个双矩形状控制柄图标 ，单击该控制柄图标 ，即可选定与它相应的层。
- 按住 Shift 按键，分别单击要选择的各个层的内部或边框线，可以选中多个层。

如果选定的是多个层，则只有一个层的方形控制柄是黑色实心的，其他选定的层的方形控制柄是空心的，如图 3-27 所示。

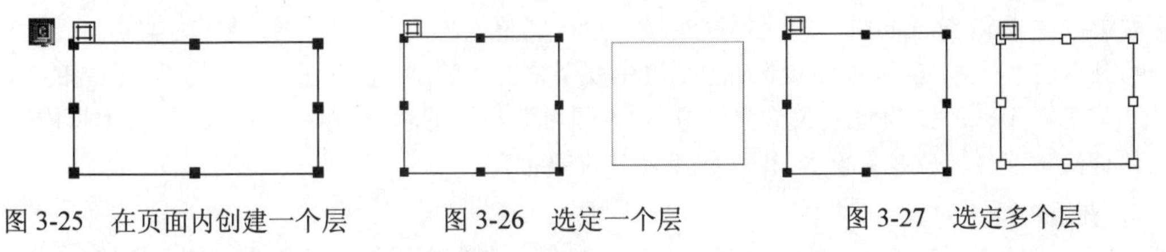

图 3-25　在页面内创建一个层　　图 3-26　选定一个层　　图 3-27　选定多个层

（2）调整一个层的大小：选中要调整大小的层，改变这个层的大小有如下三种方法。

- 鼠标拖曳调整的方法：将鼠标移到层的方形控制柄处，当鼠标指针变为双箭头状时，拖曳鼠标，即可调整层的大小。
- 按键调整的方法：按住 Ctrl 键，同时按“→”或“←”键，可使层在水平方向增加或减少一个像素；每按“↓”或“↑”按键，可使层在垂直方向增加或减少一个像素。

按住 Ctrl+Shift 键的同时，按光标移动键，可每次增加或减少 5 个像素。

- 利用层“属性”栏进行设置的方法：在其“属性”栏内的“宽”和“高”文本框内分别输入修改数值（单位是像素），即可调整层的宽度和高度。

（3）调整多个层的大小：选中要调整大小的多个层，改变这些层的大小有如下两种方法。

- 用菜单命令的方法：单击“修改”→“排列顺序”→“设成宽度相同”菜单命令（参看图3-28），即可使选中的层宽度相等，其宽度与最后选中的层（它的方形控制柄是黑色实心的）的宽度一样。
- 利用层“属性”栏进行设置的方法：选中多个层后，其“属性”栏变为多层“属性”栏。在其多层“属性”栏内的“宽”和“高”文本框内分别输入修改数值（单位是像素），即可调整选中的多个层的宽度和高度（单位是像素）。

（4）多个层排列顺序：可采用菜单命令、按键和鼠标操作结合、“属性”栏设置的方法。

- 用菜单命令的方法：选中多个层，单击“修改”→“排列顺序”菜单命令，可调出它的下一级菜单，如图3-28所示。单击其中的一个菜单命令，即可获得相应的对齐效果。

例如，选中多个层，单击“修改”→“排列顺序”→“对齐上缘”菜单命令，即可将各层以最后选中的层（它的方形控制柄是黑色实心的）的上边线为基准对齐，如图3-29所示。

- 用按键的方法：按住Ctrl键，同时按光标移动键，即可将选中的多个层对齐。按“→”键可右对齐，按“←”键可左对齐，按“↓”键可下对齐，按“↑”键可上对齐。
- 利用层“属性”栏进行设置的方法：选中多个层后，在其多层“属性”栏内的“左”或“上”文本框内输入修改数值，即可使多个层的左边线或上边线以修改的数值对齐。

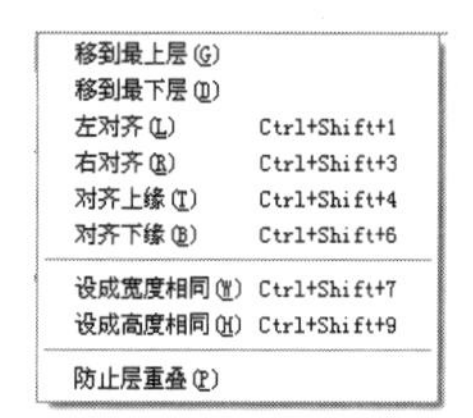

图3-28 “对齐”的下一级菜单

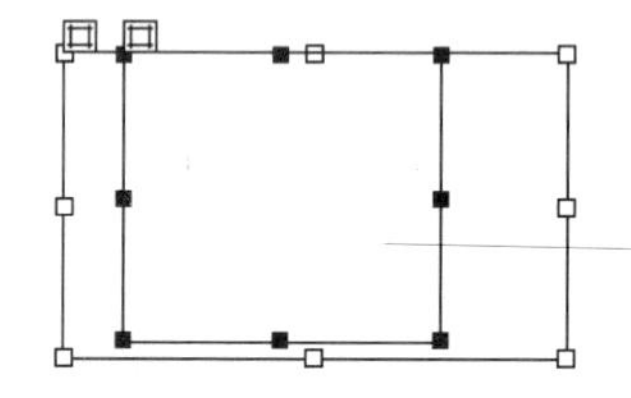

图3-29 对齐上缘后的多个层

（5）调整层的位置：可以采用菜单命令、按键和鼠标操作结合、“属性”栏设置的方法。

- 鼠标拖曳调整的方法：选中要调整位置的一个或多个层，将鼠标移到层的方形轮廓线处或双矩形状控制柄图标处，当鼠标指针变为状时，拖曳鼠标，即可调整层的位置。
- 按键调整的方法：每按一次“→”或“←”键，可使层向右或向左移动一个像素；每按一次“↓”或“↑”键，可使层向下或向上移动一个像素。

如果按住Shift键的同时，按光标移动键，也可调整层的位置，每次移动5个像素。

- 利用层“属性”栏进行设置的方法：选中要调整大小的层，在其单个层“属性”栏内的“左”文本框中输入修改数值（单位是像素），即可调整层的水平位置；在“上”文本框内输入修改数值（单位是像素），即可调整层的垂直位置。

5. 在层中插入对象

在层内部可以插入能够在页面内插入的所有对象。在层中插入对象的方法如下所述。

（1）单击要插入对象的层的内部，使该层中出现光标。

（2）就像在页面内插入对象的方法那样，在选中的层内插入网页对象。

在层内插入文字、图像和GIF动画（插入了4个）后的页面如图3-30所示。

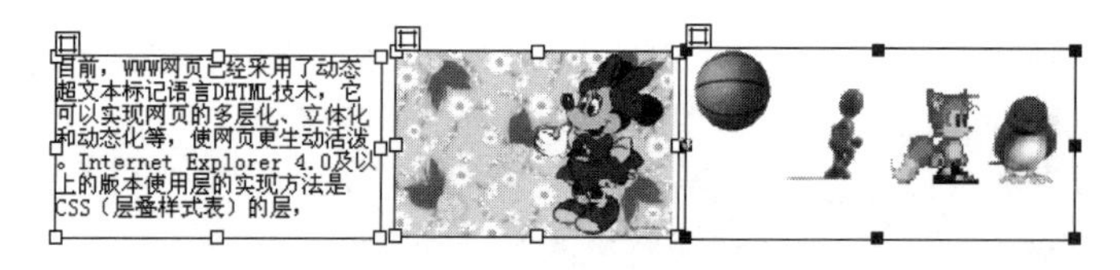

图3-30 在层内插入文字和图像后的页面

3.2.2　【实例 16】“不同亮度的一串图像”网页

“不同亮度的一串图像”网页显示效果如图 3-31 所示。可以看出，有 4 幅不同亮度的机械龟图像排成一排，较暗的图像在上边，较亮的图像在下边。下面介绍该网页的制作过程和相关知识。

1．“不同亮度的一串图像”网页制作过程

（1）新建一个页面。单击“插入”（布局）面板内的“描绘层”按钮，鼠标指针变为十字形状态，使用拖曳方法在页面内左边创建一个层，它的名称自动设置为 Layer1。

（2）将光标定位到层内，插入在“HTMLASP\GIF”目录下的机器龟 1.gif 图像（最暗的图像），然后调整层和层内图像的大小，使它们的大小合适，层内图像大小与层大小一样。

（3）在第一个层的右边创建第二个层，它的名称自动设置为 Layer2。将光标定位到层内，插入在“HTMLASP\GIF”目录下的机器龟 2.gif 图像（较暗的图像），然后调整层和层内图像的大小，使它们的大小合适，层内图像大小与层大小一样。

然后，按照上述方法，依次创建两个层，名称分别为 Layer3 和 Layer4。

（4）用鼠标将 4 个层和其中的对象的大小和位置进行调整，使它们的大小一样，位置依次向右下方错开一些，如图 3-31 所示。

图 3-31　“不同亮度的一串图像”网页显示效果

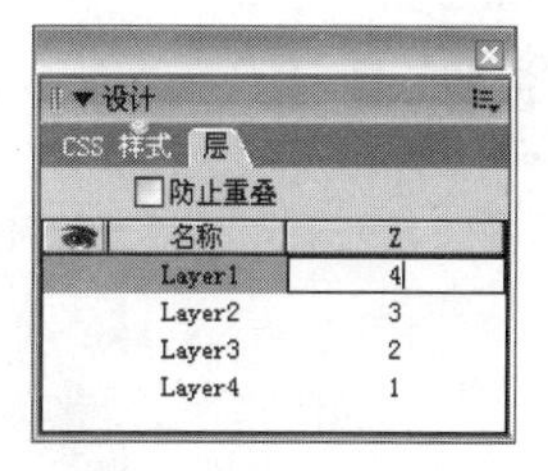

图 3-32　“层”面板设置

（5）单击“窗口”→“层”菜单命令，调出“层”面板（即层监视器），如图 3-32 所示。在该面板内，可以用鼠标上下拖曳层的名称，调整它们的相对位置。使 Layer1 层在最上边，其次是 Layer2 层、Layer3 层和 Layer4 层。

（6）单击 Layer1 层 Z 栏，使光标出现，输入 Z 值为“4”，然后按照相同的方法设置其他层的 Z 值，Z 值越大，相应的层越在上边。设置好的“层”面板如图 3-32 所示。

2．利用层的“属性”栏设置层的属性

层“属性”栏有两种，一种是单层“属性”栏，这是在选中一个层时出现的；另一个是多层“属性”栏，这是在选中多个层时出现的。单层“属性”栏如图 3-33 所示，多层“属性”栏如图 3-34 所示。可以看出，多层“属性”栏内除了基本的属性设置选项外，增加了关于文本属性的设置选项。“属性”栏中各个选项的作用如下所述。

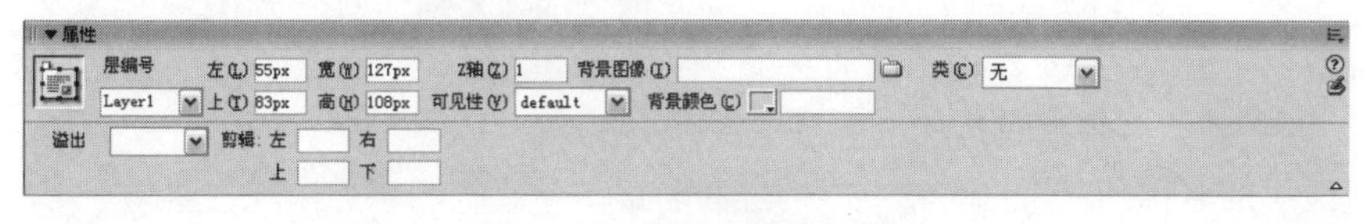

图 3-33　单层“属性”栏

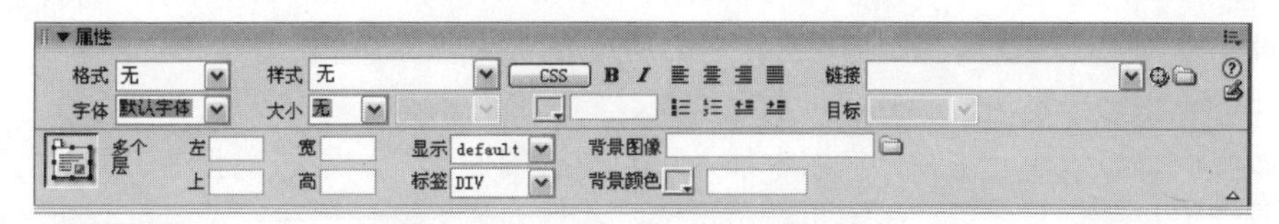

图 3-34　多层“属性”栏

（1）“层编号”下拉列表框：用来输入层的名称，它会在“层”面板中显示出来。

（2）“左”和“上”文本框用来确定层在页面中的位置，单位为像素。“左”文本框内的数据是层左边线与页面左边缘的间距，“上”文本框内的数据是层顶边线与页面顶边缘的间距。对于嵌套中的子层，是相对于父层的位置。

（3）“宽”和“高”文本框：用来确定层的大小，单位为像素。

（4）“Z 轴”文本框：用来确定层的显示顺序，数值越大，显示越靠上。

（5）“显示”下拉列表框：用来确定层的可视性。它有：“默认”、“可见”、“隐藏”和“与父层的可视性相同”4 个选项。

（6）“背景图像”文本框与 按钮：用来确定层的背景图案。

（7）“背景颜色”按钮与文本框：用来确定层的背景颜色。

（8）“标签”下拉列表框用来确定标记方式。

（9）“溢出”下拉列表框：它决定了当层中的内容超出层的边界时的处理方法。它有 “Visible”（可见，即根据层中的内容自动调整层的大小，为系统默认）、“Hidden”（隐藏）、“Scroll”（加滚动条）和“Auto”（自动，为根据层中的内容能否在层中放得下，决定是否加滚动条）4 个选项。选择前三个不同选项后，浏览器中的效果如图 3-35 所示。

注意：在网页页面设计视图窗口内显示的都与图 3-35 中左图一样。

图 3-35　在“溢出”下拉列表框中选择“Visible”、“Hidden”和“Scroll”后的不同效果

（10）“剪辑”栏：用来确定层的可见区域，即确定层中的对象与层边线的间距。“左”、“上”、“右”和“下”4 个文本框分别用来输入层中的对象与层的左边线、顶部边线、右边线和底部边线的间距，单位为像素。

3．利用“层”面板设置层的属性

利用“层”面板可以对层的可视性、嵌套关系、显示顺序和相互覆盖性等属性进行设置。单击“窗口”→“层”菜单命令，即可调出“层”面板，即层监视器，如图 3-36 所示。

（1）显示层的信息：在图 3-36 所示的“层”面板中有两个层，“名称”栏给出了各个层的名字，分别为 Layer1、Layer2，“Z”栏内的数据给出了各层的显示顺序，Z 值越高，显示越靠上。Z 值可以是负数，表示在网页下边，即隐藏起来，网页的“Z 轴”数值为 0。

（2）选定层：单击“层”面板中层的名字，即可选中相应的层。按住 Shift 键，同时依次单击“层”面板中各个层的名字，即可选中多个层。

（3）更改层的名称：双击“名称”栏内层的名字，使此行名字处出现白色的矩形，如图 3-37 所示。此时即可输入层的新名字。

（4）设定是否允许层重叠：如果不选中“防止重叠”复选框，则表示允许层之间有重叠关系；如果选中“防止重叠”复选框，则表示不允许层之间有重叠关系。

（5）改变层之间的嵌套关系：在层中插入层叫做层的嵌套。在层的嵌套中，子层的属性决定于其父层属性。在选定父层后，子层也会被选定；在移动或复制父层时，子层也会随之被移动或复制。

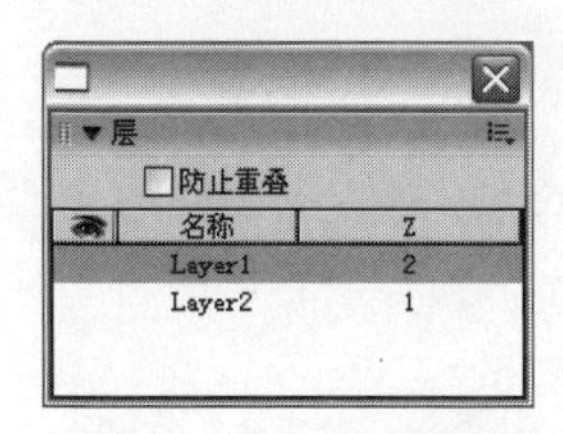

图 3-36 “层”面板

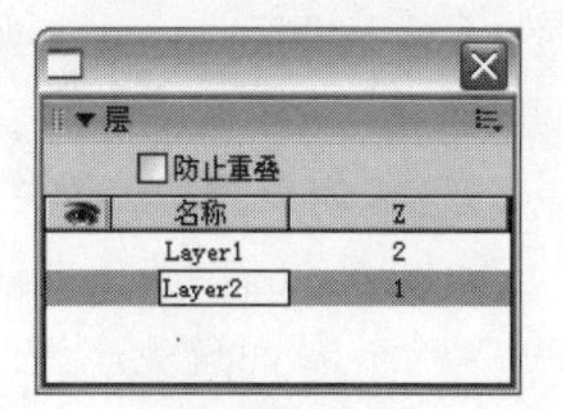

图 3-37　更改层的名称

按住 Ctrl 键，同时用鼠标拖曳选中的层名字（例如 Layer3）到另一个层名字上（例如 Layer1，可称为目标层），当该层名字四周出现矩形框时松开鼠标左键，即可使选中的层成为目标层的子层。再按住 Ctrl 键，将 Layer2 层拖曳到 Layer3 之上，然后松开鼠标左键，此时的“层”面板如图 3-38 所示。

由图 3-38 可以看出，Layer3 层是 Layer1 层的子层，Layer2 层是 Layer3 层的子层。父层名字的左边有一个 图标，单击它，可以使它的子层名字收缩消失， 图标变为 图标；再单击 图标，又可使父层的子层展开显示， 图标变为 图标。

（6）改变层的显示顺序：单击要更改显示顺序的层的 Z 值（例如 Layer2），使它周围出现矩形框，如图 3-39 所示，再输入新的 Z 值。

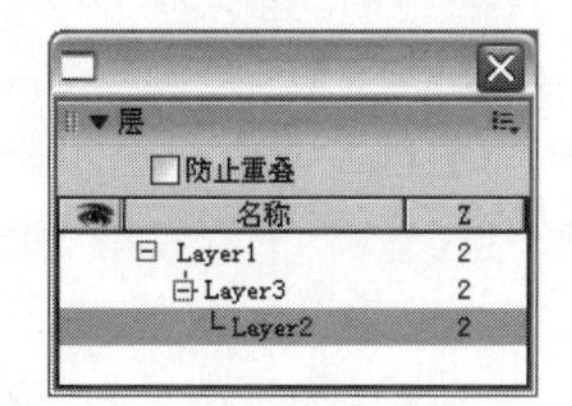

图 3-38　改变层之间的嵌套关系

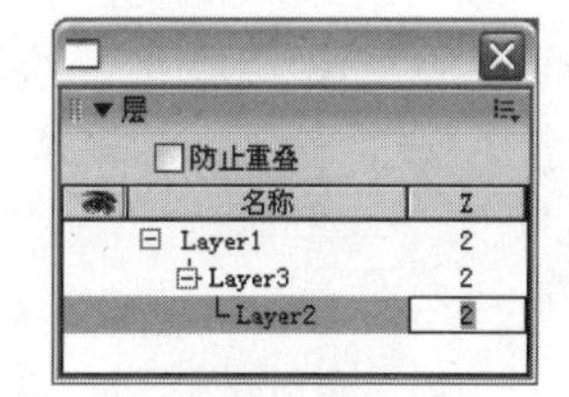

图 3-39　选中层的 Z 值再修改 Z 值

（7）设置层的可视性：单击“层”面板内 按钮，使 按钮列出现许多人眼图像，如图 3-40 所示。“层”面板内的 按钮列显示的 图像（睁开的人眼图像），表示此行的层是可视的（即可见的）。默认状态下，所有层都是可视的。

单击 图像，可使 图像消失，再单击原 图像处，会出现 图像，表示此行的层是不可视的。如果再单击 图像，可使它变为 图像，表示此行的层又变为可视的。

将 Layer3 层变为不可视后，“层”面板内的显示情况如图 3-41 所示。

4．转换层为表格

单击“修改”→“转换”→“层到表格”菜单命令，调出“转换层为表格”对话框，如图 3-42 所示。该对话框内各选项的作用如下所述。

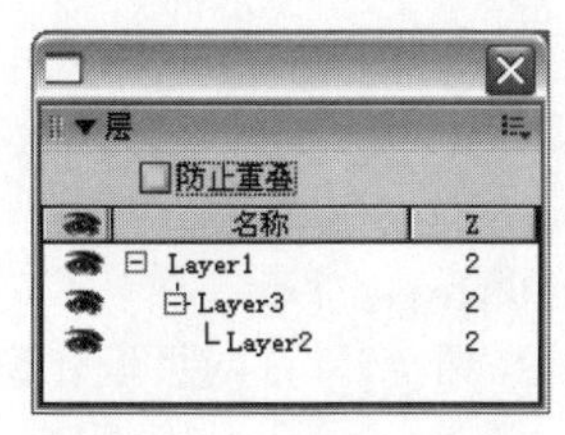

图 3-40　“层”面板

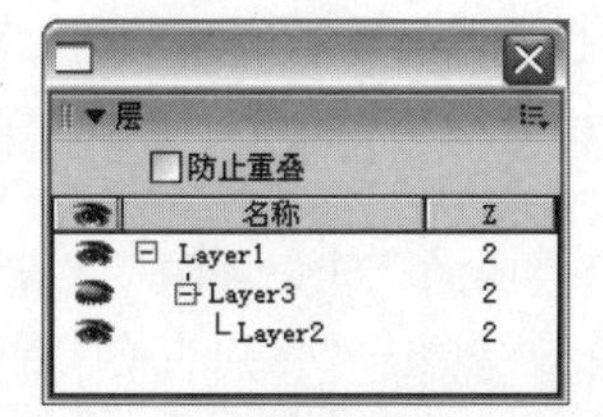

图 3-41　将 Layer3 层变为不可视

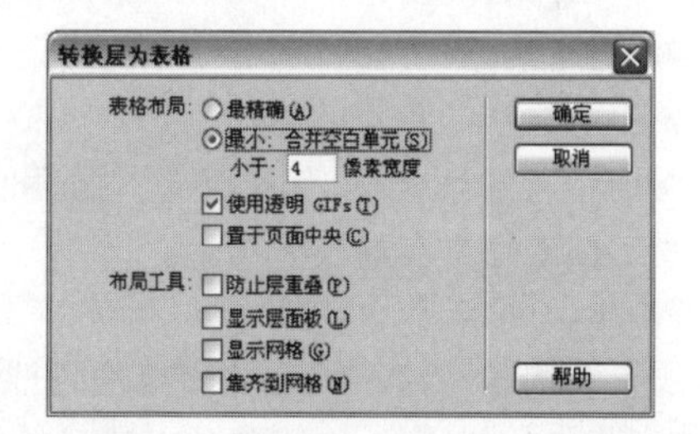

图 3-42　“转换层为表格”对话框

（1）“表格布局”栏内各选项的含义如下。

- “最精确”单选项：表示使用最高的精度转换。转换后的单元格位置基本不变，空白处会产生空的单元格。

- “最小：”单选项：选中它后，会合并空白单元格。
- 小于: 4 像素宽度 文本框：选中“最小：”单选项后，该文本框会变为有效，其内可输入数值，单位为像素。当层与层的间距小于此值时，转换为表格后会自动对齐，而不是以空白单元格去补充，从而避免产生过多的表格和单元格。
- “使用透明 GIFs”复选框：选择它后，转换后的表格空白单元格内用透明的 GIF 图像填充。从而保证在任何浏览器中都能正常显示。
- “置于页面中央”复选框：选择它后，转换后的表格在页面内居中显示。不选择它时，转换后的表格居页面内左上角显示。

（2）“布局工具”栏内各选项的含义如下：

- “防止层重叠”复选框：选中它后，可防止层重叠。
- “显示层面板”复选框：选中它后，可显示“层”面板。
- “显示网格”复选框：选中它后，可显示网格。
- “靠齐到网格”复选框：选中它后，可使吸附（捕捉）功能有效。

5. 转换表格为层

由于层的功能比表格的功能要强的多，所以将表格转换为层以后，可以利用层的操作，使网页更丰富多彩。将表格转换成层的方法如下所述。

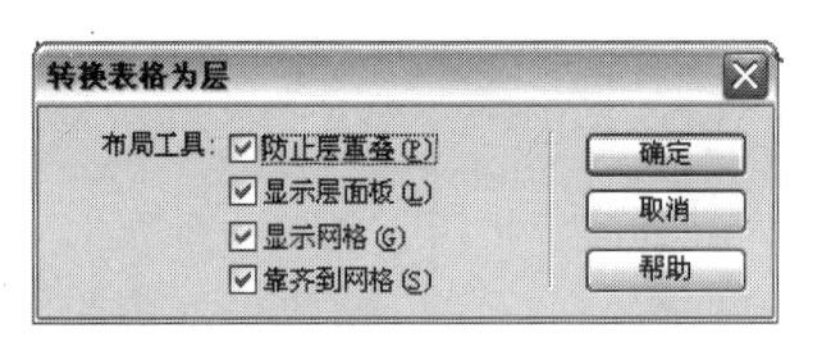

图 3-43 “转换表格为层”对话框

单击“修改”→“转换”→“表格到层”菜单命令，调出“转换表格为层”对话框，如图 3-43 所示。该对话框内各复选框的作用与“转换层为表格”对话框内“布局工具”栏中各选项的含义一样。

3.2.3 【实例 17】“求职—自我简介”网页

“求职—自我简介”网页显示效果如图 3-44 所示。在标题栏的下边是导航栏，导航栏中有一些文字，单击这些文字可以调出相应的网页。导航栏下边给出了当前的日期和时间，以及当前的网页位置。单击网页中其中有蓝颜色的文字，也可以调出相应的网页。标题栏中的小人头图像和左边的人物图像都是 GIF 动画。

下面简要介绍该网页的制作方法和相关知识。

1. “求职—我的简历”网页制作方法

在网页的设计中，非常重要的一点是网页的布局，也就是网页中的文字、图像与动画等对象如何安排。通常在插入对象以前先进行区域分隔。区域的分隔可以使用框架、层或表格，使用最多的是表格。常规的方法是插入表格，但是需要进行表格的合并和拆分等调整。Dreamweaver 8 “布局”栏提供了“布局表格”和“绘制布局单元格”两个布局工具。使用它们可以方便地制作出网页布局的表格。

（1）单击按下“插入”（布局）工具栏中的“布局视图”按钮 布局，即可进入网页的“布局视图”状态，“布局”栏中的按钮变为有效。单击“布局表格”工具按钮，在网页设计窗口内拖曳鼠标，创建一个围住整个网页的绿色矩形的布局表格。

（2）单击“绘制布局单元格”工具按钮，在矩形的布局表格内拖曳鼠标，创建一个布局单元格，再单击“绘制布局单元格”工具按钮，再拖曳鼠标，创建第二个布局单元格。按照这种方法，依次创建多个创建布局单元格，如图3-45所示。编辑网页布局表格和调整网页布局表格的方法可参看下面介绍的内容。

图3-44　“求职—我的简历”网页显示效果

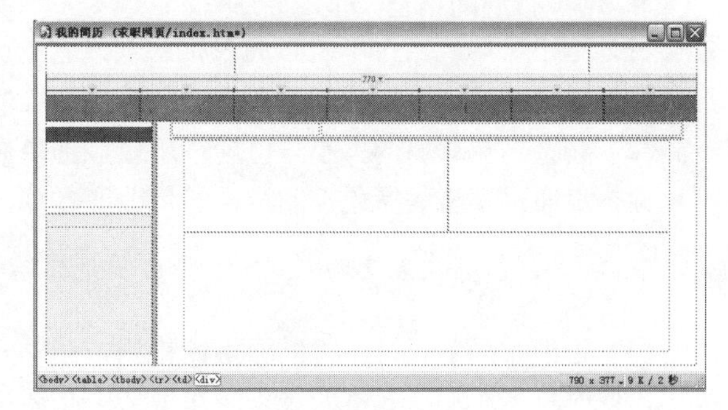

图3-45　布局设计

（3）使用以前介绍的各种方法，在各单元格中插入图像或输入文字。然后，建立一些文字与其他网页的链接。

2．“布局”栏中按钮的作用

Dreamweaver 8的“插入”（布局）栏如图3-46所示（上边是按下“标准”按钮，下边是按下“布局”按钮）。利用它可以完成网页的布局操作，这对于网页设计来说是非常重要的。“插入”（布局）栏中布局部分从左到右分别是“表格”、“插入Div标签”、“描绘层”、“标准模式”、“扩展表格模式”、“布局模式”、“布局表格”和“绘制布局单元格”工具按钮等。利用“布局表格”工具按钮 和“绘制布局单元格”工具按钮 ，可以方便地制作出网页布局的表格。这两个按钮的作用介绍如下所述。

（1）“绘制布局表格”按钮的作用如下：

- 单击按下“布局视图”按钮 布局 ，即可进入网页的“布局视图”状态（以前是“标准模式”状态）。同时，“布局”栏中的按钮变为有效。

图3-46　“插入”（布局）栏

- 单击选中“布局”栏中的“布局表格”按钮 ，再用鼠标在设计窗口内拖曳，即可绘制出一个绿色线条的表格，如图3-47所示。

（2）“绘制布局单元格”按钮的作用如下：

- 在绘制表格后，单击选中“布局”栏中的“绘制布局单元格”按钮 ，再用鼠标在设计窗口内拖曳，即可绘制出一个单元格。重复上述过程，最终效果如图3-48所示。

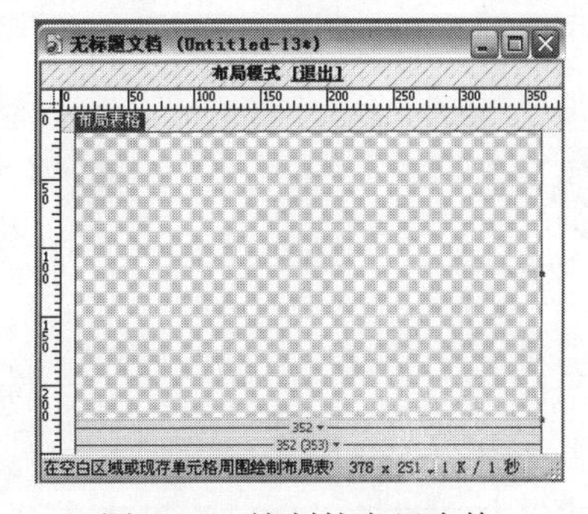

图3-47　绘制的布局表格

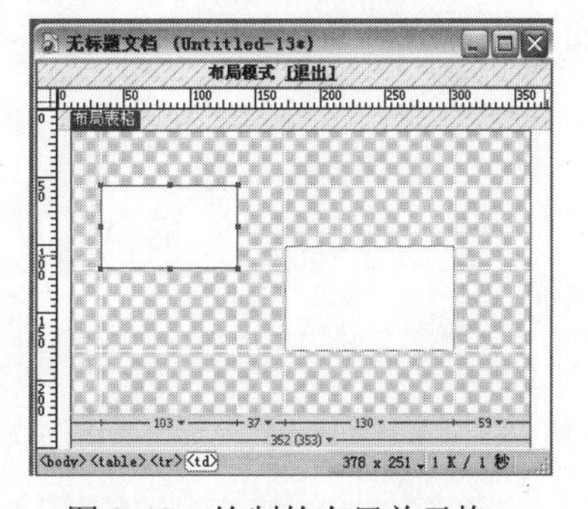

图3-48　绘制的布局单元格

- 如果没有绘制布局表格就绘制布局单元格，则会自动产生一个布局表格。

注意： 不可以在布局单元格内绘制布局表格和布局单元格。

3．网页布局的调整

（1）选中布局表格：单击布局表格内部或它的标签 布局表格，即可选中布局表格。选中的布局表格的四周会出现三个控制柄和布局表格宽度标注，如图 3-47 所示。

（2）调整布局表格的大小与位置：用鼠标拖曳布局表格的标签，即可改变布局表格的位置；用鼠标拖曳布局表格的绿色控制柄，即可改变布局表格的大小。

注意： 不能将布局表格调整到比其中的单元格还小，也不能将布局表格移到其他布局表格之上。

（3）选中布局单元格：将鼠标指针移到布局单元格的蓝色线条处，布局单元格的线条会变为红色，此时单击布局单元格的线条，即可选中布局单元格。选中的布局单元格四周会有 8 个控制柄，如图 3-48 所示。

（4）调整单元格的大小与位置：选中单元格后，用鼠标拖曳单元格线条，即可改变单元格的位置；用鼠标拖曳单元格的控制柄，即可改变单元格的大小。

注意： 不能将单元格移出所在的布局表格，也不能将单元格移到其他单元格之上。

4．布局表格

（1）布局表格的“属性”栏：单击选中布局表格后，即可调出布局表格的“属性”栏，它与表格的“属性”栏不一样，如图 3-49 所示。布局表格“属性”栏内各选项的作用如下所述。

图 3-49　网页布局表格“属性”栏

- “宽”栏：它有两个单选项，“固定”和“自动伸展”。选择“固定”单选项后，还需要在其文本框内输入布局表格的宽度数值（单位为像素）。
- “高”文本框：用来输入布局表格的高度数值（单位为像素）。
- “背景颜色”按钮与文本框：用来确定布局表格的背景颜色。
- “填充”文本框：用来输入布局表格内布局单元格中插入的对象距边线的距离数值（单位为像素）。该值为 0 时，如图 3-50 所示；该值为 10 时，如图 3-51 所示。
- “间距”文本框：用来输入布局表格内各布局单元格与空图像之间的间距数值（单位为像素）。该值为 0 时，如图 3-50 所示；该值为 10、填充值为 5 时，如图 3-52 所示。

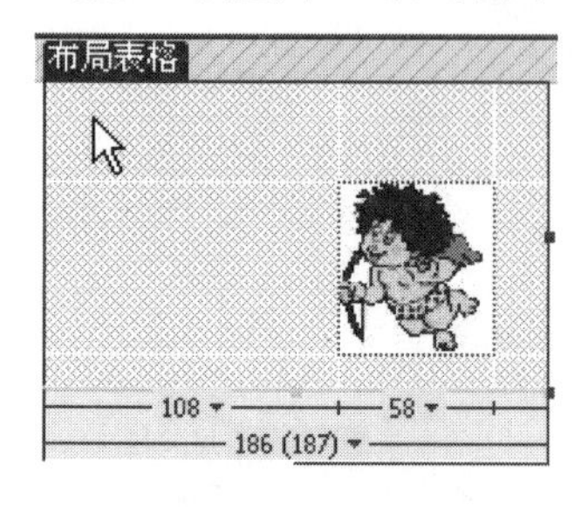

图 3-50　“填充”值为 0

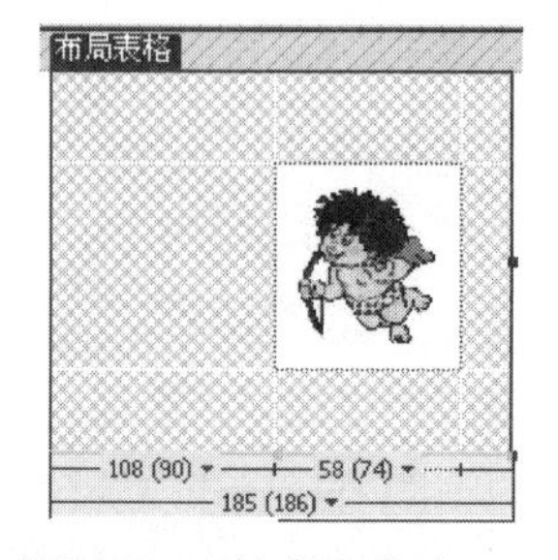

图 3-51　“填充”值为 10

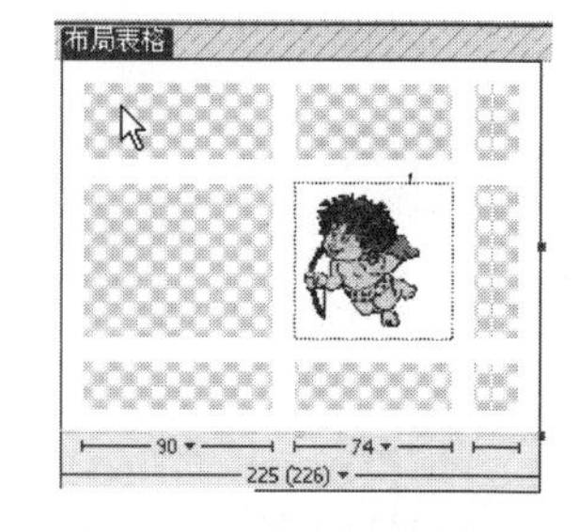

图 3-52　“间距”值为 10

- “清除行高”按钮 ：单击它，可清除行高。
- “宽度一致”按钮 ：单击它，可使单元格宽度一致，创建宽度相同的单元格。

- “删除间隔图像”按钮：单击它，可删除所有的间隔图像。它在添加间隔图像后才会有效。
- “删除嵌套”按钮：单击它，可删除嵌套在布局表格内的选中的布局表格。

（2）布局单元格的“属性”栏：单击选中布局单元格后，即可调出布局单元格的“属性”栏，如图3-53所示。布局单元格“属性”栏内前面没有提到的各选项的作用如下所述。

图3-53 布局单元格的“属性”栏

- “水平”下拉列表框：用来确定布局单元格内对象在水平方向的对齐方式。它有4个选项，分别为“默认”（一般为左对齐）、“左对齐”、“居中对齐”和“右对齐”。
- “垂直”下拉列表框：用来确定布局单元格内对象在垂直方向的对齐方式。它有5个选项，分别为“默认”（一般为居中）、“顶端”、“中间”、“底部”和“基线”。
- “不换行”复选框：单击选中它后，可取消外框线。

5. 布局表格和布局单元格菜单

单击选中布局表格，再单击总宽度标注右边的箭头，可调出布局表格菜单，如图3-54所示。单击单元格宽度标注右边的箭头，可调出单元格菜单，如图3-55所示。单击该菜单中的各菜单命令后，所产生的作用如下所述。

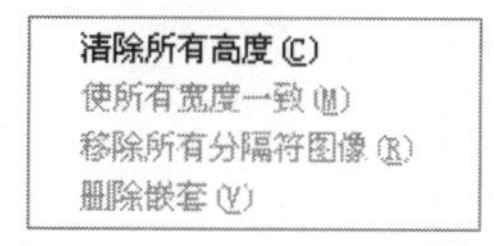

图3-54 布局表格菜单

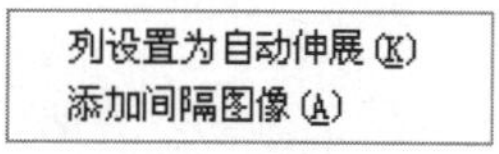

列设置为自动伸展(K)
添加间隔图像(A)

图3-55 单元格菜单

（1）“清除所有高度”：可以将布局表格内的单元格的高（即单元格顶部与布局表格顶端的间距）清除。如果布局表格内没有单元格，则自动建立充满布局表格的单元格。

（2）“使所有宽度一致”：使所有布局单元格的宽度一样。

（3）“移除所有分隔符图像”：删除所有的间隔图像。

（4）“删除嵌套”：删除选中的布局表格中的间隔图像。

（5）“列设置为自动伸展”：使选中的布局单元格的列自动适应布局表格的宽度。

（6）“添加间隔图像”：在选中的布局单元格内添加间隔图像。间隔图像是透明图，在浏览器中是看不见的，但它可以用来控制自动伸展表的间隔。间隔图像会维持页面上已经设置的表格和单元格的宽度。

6. 自动伸展和间隔图像

（1）自动伸展：布局视图给网页设计者提供了两种表的宽度，即指定宽度和自动伸展。每个表的宽度都会显示在表顶部的页眉显示区中。指定宽度是一个明确的数字（例如160像素），设置指定宽度会影响同一列的其他单元格或表。自动伸展是根据窗口的大小调整宽度。如果使用自动伸展的话，不论浏览器的窗口设置为多大，设计的版面都会充满整个浏览器的窗口。在一个版面中只有一列可以自动伸展。

- 设置自动伸展宽度：单击需要设置自动伸展的表顶部的下三角箭头，再单击布局表格菜单中的“列设置为自动伸展”。另外，也可以选择要操作的列，再选中“属性”栏中的“自动伸展”单选项。

当某一列被设置为自动伸展后，Dreamweaver 8会插入间隔图到指定宽度的列以控制版面。

在浏览器里是看不到间隔图的，但它可以用来控制间距。

- 设置指定宽度：并不是所有的列都适合于自动伸展宽度，有时需要精确指定列的宽度，可单击选中“属性”栏中的“固定”单选项，再在其文本框中输入宽度数值。如果输入的数值小于对象的宽度，Dreamweaver 8 会自动设置宽度到正确的大小。

（2）间隔图像：间隔图像是透明图，在浏览器中是看不见的，但它可以用来控制自动伸展表的间隔。间隔图像会维持页面上已经设置的表和单元格的宽度。用户可以在每一列中插入或删除间隔图像，可以在创建自动伸展列的同时让 Dreamweaver 8 自动增加间隔图像。插入间隔图像后，列会有些微小的移动，并且在列的顶部会出现两条横线。在某一列中创建间隔图像可采用如下方法。

- 单击单元格菜单（见图 3-55）中的“添加间隔图像”菜单命令，会弹出“选择占位图像”（应称为“选择间隔图像”）对话框。

另外，单击单元格菜单中的“列设置为自动伸展”菜单命令，也可以调出“选择占位图像”对话框（增加了一个“对于自动伸展表格不要使用间隔图像”单选项）。

思考与练习 3

1．填空

（1）框架就是把一个网页页面分成几个单独的区域，每个区域就像一个独立的_____。

（2）对于一个有 n 个区域的框架网页来说，每个区域有一个________文件，整个框架结构是一个________文件，因此该框架网页是一个________文件集，它有个__________文件。

（3）层是一种可以____________、可以______、______和________的容器。

（4）层是一个网页的______。在层中可以_____其他的层，层可以_____，可以控制对象的________，从而实现网页对象的__________特效，还可以实现网页____________效果。

（5）Dreamweaver 8 “布局”栏提供了___________和________两个工具布局。

2．使用框架的方法，参考第 3 章实例 21“宠物和 FLASH 动画浏览”网页，制作一个新的“宠物和 FLASH 动画浏览”制作。

4．制作一个“HTML 标示符的含义”网页，如习题图 3-1 中左图所示。单击网页左边框架内的“BODY”热字后，网页显示如习题图 3-1 中右图所示，即在网页右边框架内显示关于“BODY”标示符的含义解释，单击网页左边框架内的“A”热字后，网页显示又回到如习题图 3-1 中左图所示状态。

5．使用网页布局的方法，制作“剧照欣赏”网页。“剧照欣赏”网页如习题图 3-2 所示。单击其中的图像后，会显示相应的高清晰图像和图像说明文字。

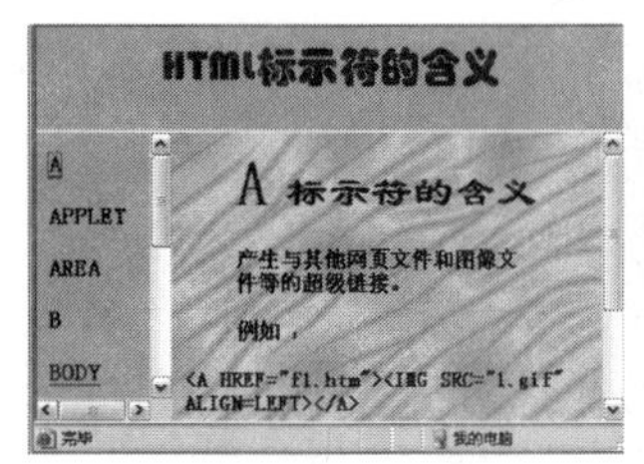

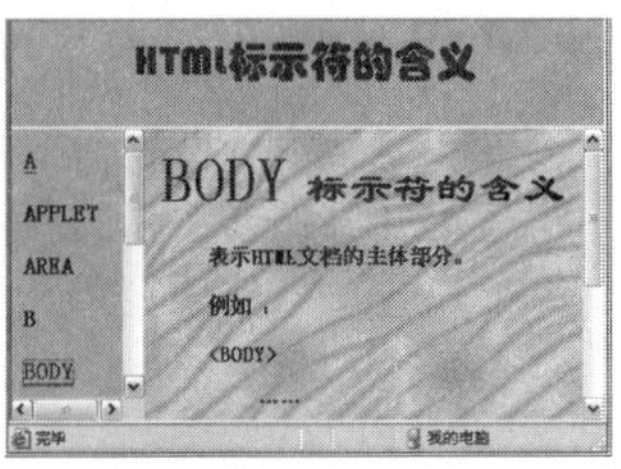

习题图 3-1 “HTML 标示符的含义”网页

习题图 3-2 “剧照欣赏”网页

第4章　表单、样式表和命令

4.1　表单

表单是用户利用浏览器对 Web 站点网络数据库进行查询的一种界面，用户利用表单可以输入信息或选择选项等，然后将这些信息提交给服务器进行处理。这种查询方式叫做交互式或双向式。这些表单对象包括文本域、下拉列表框、复选框和单选按钮等。

表单对象是让用户输入信息的地方，表单域是放置表单对象的区域，只有表单域内的表单对象，才可以将它的信息传送出去，才可以接收外来的信息。

既然表单的操作是用户与服务器交互的操作，这就涉及服务器方面的操作，而服务器方面的操作通过服务器的程序来实现。要实现服务器的操作有多种方式，其中有 ASP、Java Server Page（JSP）或 PHP 等方式。

4.1.1　【实例 18】“计算机职教研究协会会员登记表”网页

“计算机职教研究协会会员登记表”网页在浏览器中的显示效果如图 4-1 所示。下面介绍“计算机职教研究协会会员登记表”网页的制作过程和相关知识。

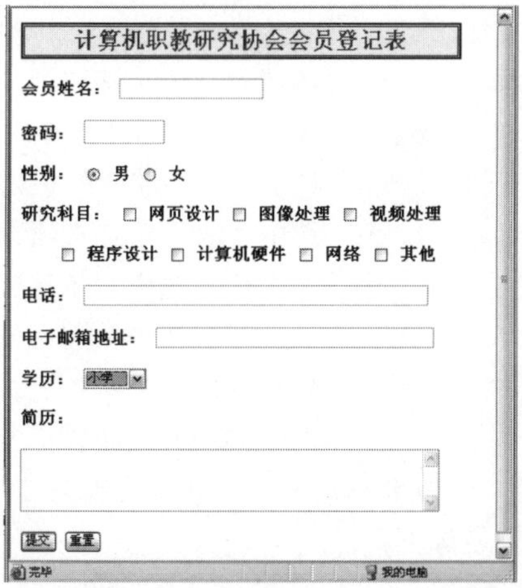

图 4-1　“计算机职教研究协会会员登记表”网页显示效果

1.“计算机职教研究协会会员登记表”网页的制作过程

（1）单击按下“插入”（布局）栏中的“布局视图”按钮 布局，即可进入网页的“布局视图”状态，“布局”栏中的按钮变为有效。单击“布局表格”工具按钮，在网页设计窗口内拖曳鼠标，创建一个围宽条的绿色矩形的布局表格。然后，单击选中布局表格，在其“属性”栏内的“背景颜色”栏设置背景色为浅黄色。

（2）单击“绘制布局单元格”工具按钮，在矩形的布局表格内拖曳鼠标，创建一个布局单元格，如图 4-2 所示（还没有输入文字）。然后，单击表格内，使光标出现。在单元格内输入红色、宋体 6 号字、居中分布的文字“计算机职教研究协会会员登记表”，如图 4-2 所示。

（3）单击按下“插入”（布局）栏中的“标准视图”按钮 标准，即可进入网页的“标准模式”状态，按回车键，使光标定位到下一行。单击“插入”（表单）栏内的“表单”按钮，即可在网页设计窗口内光标处创建一个表单域，如图 4-3 所示。

图 4-2　表单网页实例的显示效果

图 4-3　创建一个表单域

（4）单击表单域内部，使光标出现。再输入加粗的文字“会员姓名：”文字。然后，单击“插入”（表单）栏内的“文本字段”按钮，在该文字的右边加入一个文本字段（文本域）表单对象。在它的“属性”栏内的“字符宽度”文本框中输入的文本框宽度为 20，在“最多字符数”文本框中输入允许用户输入的字符个数为 20，单击选中“类型”单选按钮栏中的“单行”单选按钮。

（5）按回车键，使光标移到下一行。输入宋体、加粗、黑色、4 号字的文字“密码：”。然后，单击“插入”（表单）栏内的“文本字段”按钮，在该文字的右边加入一个文本字段表单对象。在它的“属性”栏内的“字符宽度”文本框中输入的文本框宽度为 10，在“最多字符数”文本框中输入允许用户输入的字符个数为 8，单击选中“类型”单选按钮栏中的“密码”单选按钮。

（6）按回车键，使光标移到下一行。输入宋体、加粗、黑色、4 号字的文字“性别：”，然后，单击“插入”（表单）栏内的“单选按钮组”按钮，调出“单选按钮组”对话框，如图 4-4 所示（还没有进行设置）。在该对话框内列表框中的“Label”列的第 2 行输入“男”，在第 3 行输入“女”；在“Value”列的第 2 行输入“1”，在第 3 行输入“0”。然后，单击该对话框中的“确定”按钮，在网页中创建了一个单选按钮组。

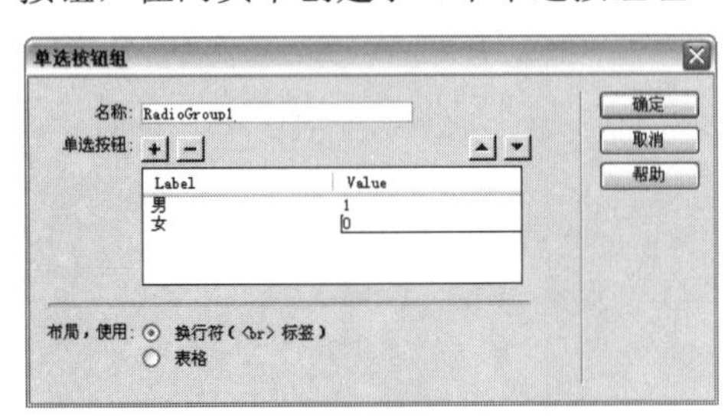

图 4-4　“单选按钮组”对话框

调整单选按钮组中两个单选按钮的位置、文字字体和大小。单击选中“男”单选按钮，在它的“属性”栏的“初始状态”栏内选中“已勾选”单选项。单击选中“女”单选按钮，在它的“属性”栏的“初始状态”栏内选中“未选中”单选按钮。

（7）按回车键，使光标移到下一行。输入宋体、加粗、黑色、4 号字的文字“研究科目：”。单击“插入”（表单）栏内的“复选框”按钮，在网页中文字“研究科目：”的右边创建了一个复选框。然后，在复选框右边输入文字“网页设计”。

按照相同的方法，加入其他复选框。

注意： 可以采用复制粘贴后进行修改的方法。另外，在输入完文字 “视频处理”后，按回车键，再两次单击“属性”栏内的“文本缩进”按钮，使光标右移。

（8）按回车键，使光标移到下一行。输入宋体、加粗、黑色、4 号字的文字“电话：”。然后在该文字的右边创建一个文本字段表单对象。在它的“属性”栏内的“字符宽度”文本框中输入的文本框宽度为 50，在“最多字符数”文本框中输入允许用户输入的字符个数为 50，单击选中“类型”单选按钮栏中的“单行”单选按钮。

（9）按回车键，使光标移到下一行。输入宋体、加粗、黑色、4 号字的文字“电子邮箱地址：”。然后在该文字的右边加入一个文本框表单对象。在它的“属性”栏内的“字符宽度”文本框内输入的文本框宽度为 40，在“最多字符数”文本框输入允许用户输入的字符个数为 40，单击选中“类型”单选按钮栏中的“单行”单选按钮。

（10）按回车键，使光标移到下一行。输入宋体、加粗、黑色、4 号字的文字“学历：”，然后单击“插入”（表单）栏内的“列表/菜单”按钮，在该文字的右边加入一个列表/菜单表单对象。利用它的“属性”栏，在“类型”栏内选择“菜单”单选按钮；单击“列表值”按钮，调出“列表值”对话框，输入菜单的选项内容和此选项提交后的返回值，如图 4-5 所示。然后，单击“确定”按钮。

（11）按回车键，使光标移到下一行。输入加粗的文字“简历：”。然后，按回车键，使光标移到下一行。单击“插入”（表单）栏内的“文本字段”按钮，在“简历：”文字的下边加入一个文本字段表单对象。在它的“属性”栏内“类型”栏中选择“多行”单选按钮；在“字符宽度”文本框中输入的文本框宽度为 60，在“行数”文本框输入 4，允许用户输入的字符个数为 4，在“换行”列表框中选择“实体”。

（12）按回车键后，加入两个按钮表单对象。利用它的“属性”栏，分别设置按钮的名字为“AN1”和“AN2”。对于第一个按钮，在“标签”文本框内输入按钮上的文字“提交”，在“动作”栏单击选中“提交表单”单选项；对于第二个按钮，在“标签”文本框内输入按钮上的文字“重置”，在“动作”栏单击选中“重设表单”单选项。

至此，“计算机职教研究协会会员登记表”网页制作完毕，设计好的网页如图 4-6 所示。

2．表单域和插入表单对象

（1）创建与删除表单域。

- 创建表单域：将光标移到要插入表单域的位置。单击“插入”（表单）栏内的“表单”按钮，或用鼠标将“插入”（表单）栏内的表单图标拖曳到网页文档窗口内，即可在网页设计窗口内创建一个表单域，如图 4-7 所示。

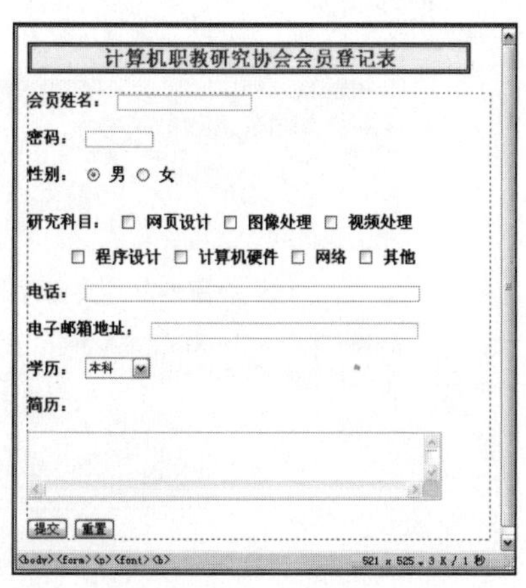

图 4-6　设计好的网页

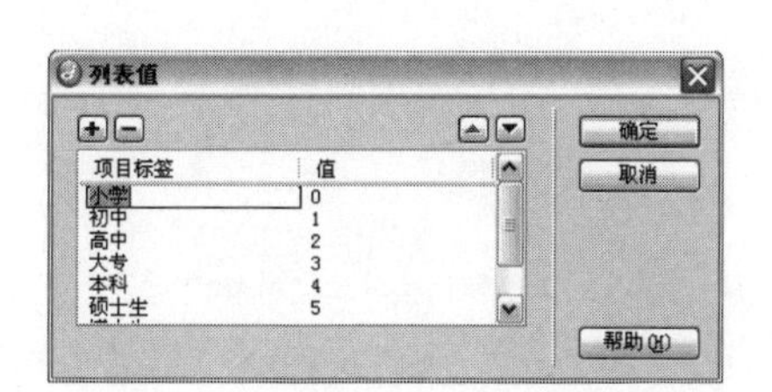

图 4-5　“列表值”对话框

单击表单域内部，将光标移到表单域内，按回车键即可将表单域调大。按 Backspace 键，可使表单域缩小。表单域在浏览器内是看不到的。

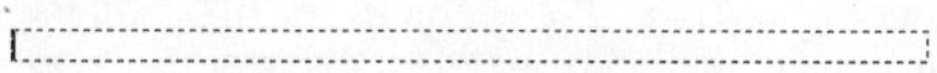

图 4-7　创建的表单域

- 显示表单域：在表单域创建后，若看不到表单域的矩形红线，可以单击选中“查看”→“可视化助理”→“不可见元素”菜单命令，即可将表单域的矩形红线显示出来。
- 删除表单域：单击表单域的边线处，选中表单域，按 Delete 按键，可删除表单域。

（2）设置表单域的属性。单击选中表单域，此时表单域“属性”栏如图 4-8 所示。

图 4-8　表单域“属性”栏

- “表单名称”文本框：在该文本框内输入表单域的名字。表单域的名字可用于 JavaScript 和 VBScript 等脚本语言中，这些脚本语言可控制表单域的属性。
- “动作”文本框和按钮：利用它们可以输入脚本程序或含有脚本程序的 HTML 文件。
- “方法”下拉列表框：用来选择客户端与服务器之间传送数据采用的方式。三个选项是“默认”、“GET”（获得，即追加表单值到 URL，并发送服务器 GET 请求）和“POST”（传递，在消息正文中发送表单的值，并发送服务器 POST 请求）。
- “类”下拉列表框：其中有“重命名”、“管理样式”和创建的 CSS 样式名称等多个选项，可以用来选择 CSS 样式、给 CSS 样式更名和创建新的 CSS 样式等。

（3）插入表单对象：将光标移到要插入表单对象的位置，然后单击“插入”（表单）栏中的相应按钮，即可在光标处插入一个相应的表单对象。另外，单击“插入”→“表单”菜单命令，调出它的下一级菜单。根据要插入的表单对象类别，单击菜单内的菜单命令也可插入表单对象。表单对象的“属性”栏中都有一个名称文本框，用来输入表单对象的名称，该名称可在程序中使用，以指定表单对象。

3. 设置文本字段的属性

文本字段也叫文本域。表单中经常使用文本字段。它可以是单行，也可以是多行，它用于接收文本、数字和字符。文本字段 的“属性”栏如图 4-9 所示。如果选中了“类型”栏板内的“多行”单选按钮，则“属性”栏如图 4-10 所示。各选项的作用如下所述。

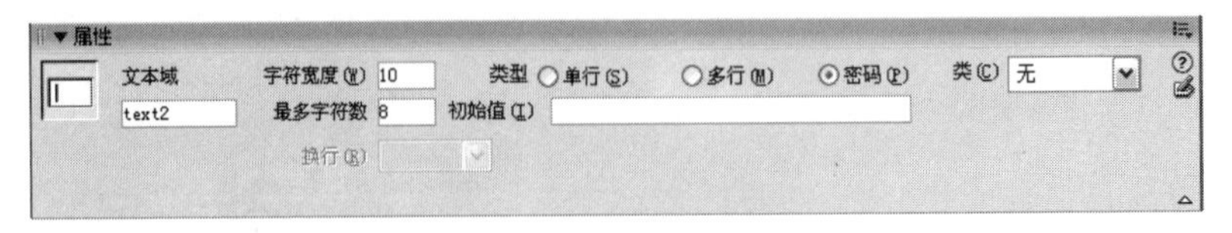

图 4-9　文本字段（即文本域） 的“属性”栏

图 4-10　文本字段（即文本域） 的“属性”（多行）栏

（1）“字符宽度”文本框：文本域的宽度，即可显示字符的最多个数。

（2）“类型”栏：该栏有三个单选项，用来选择“单行”、“多行”或“密码”文本域。密码文本域的特点是当用户输入文字时，密码文本域内显示的不是这些文字，而是一行“*”。选择“多行”单选项时，其“属性”栏会发生变化，“初始值”文本框变为带滚动条的多行文本框，同时“换行”下拉列表框变为有效，“字符宽度”文本框变为“行数”文本框，用来输入文本框的行数。

（3）“最多字符数”文本框：允许输入的字符个数，可以比文本框宽度大。

（4）“初始值”文本框：用来输入文本框的初始内容。

（5）“换行”下拉列表框：只有在选择了“多行”类型后它才有效。“换行”下拉列表框内有 4 个选项，它们的含义如下：

- “默认”：采用浏览器的默认值。
- “关”：当输入的文字超过文本框的宽度时，不换行，会出现滚动条。
- “虚拟”：当输入的文字超过文本框的宽度时，会自动换行，但向服务器传输数据时无回车符。
- “实体”：当输入的文字超过文本框的宽度时，会自动加入回车符，换行。

4．设置复选框和单选按钮的属性

（1）设置复选框的属性：复选框 有选中和未选中两种状态，多个复选框允许多选。它的“属性”栏如图 4-11 所示，各选项的作用如下所述。

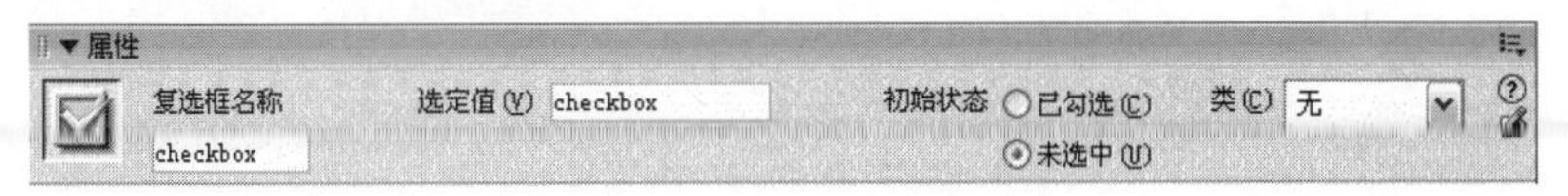

图 4-11　复选框的“属性”栏

- “选定值”文本框：用来输入复选框选中时的数值，通常为 1 或 0。
- “初始状态”栏：它有两个单选项，用来设置复选框的初始状态。

（2）设置单选按钮的属性：单选按钮 也叫单选项，一组单选按钮中只允许选中一个。它的“属性”栏如图 4-12 所示。该“属性”栏内的选项与复选框“属性”栏相应选项的作用一样。

图 4-12　单选按钮的“属性”栏

（3）设置单选按钮组的属性：单选按钮组 也叫单选项组。单击“插入”（表单）栏中的“单选按钮组”按钮 ，可调出“单选按钮组”对话框，如图 4-4 所示。利用该对话框可以设置单选按钮组中单选按钮的个数、名称和初始值。如果要增加选项，可单击 + 按钮；如果要删除选项，可单击选中要删除的选项，再单击 − 按钮。如果要调整选项的显示次序，可选中要移动的选项，再单击 或 按钮。它的“属性”栏如图 4-13 所示。

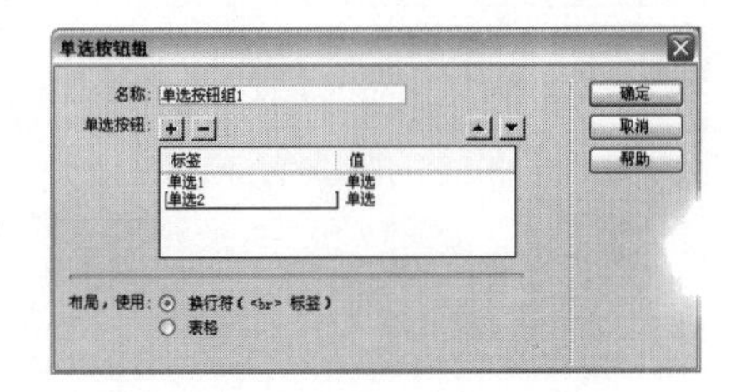

图 4-13　“单选按钮组”对话框

5．设置按钮的属性

按钮 用来制作“提交”和“重置”按钮，还可以调用函数。它的“属性”栏如图 4-14 所示，各选项的作用如下所述。

图 4-14　按钮的“属性”栏

（1）“标签”文本框：用来输入按钮上的文字。

（2）“动作”栏：它有三个单选项，用来选择单击该选项后引起的动作类型。

- “提交表单”：选中它后，可以向服务器提交整个表单。
- “重设表单”：选中它后，可以取消前面的输入，复位表单。

- “无”：选中它后，表示是一般按钮，可用来调用脚本程序。

6．设置列表/菜单和文件域的属性

（1）设置列表/菜单的属性：列表/菜单 的作用是将一些选项放在一个带滚动条的列表框内。它的“属性”栏如图 4-15 所示，其中各选项的作用如下所述。

- “类型”栏：它有两个单选项，用来选择“菜单”或“列表”。“菜单”就是下拉列表框；选择“列表”选项后，其右边的各选项会变为可选项，此时的列表框右边会产生滚动条。

图 4-15　列表/菜单的“属性”栏

图 4-16　文件域的“属性”栏

- “高度”文本框：用来输入列表的高度值，即可以显示的行数。
- “选定范围”复选框：选中它后，表示列表中的各选项可以同时选择多项。
- “初始化时选定”列表框：用来设置第一次调出该菜单时，菜单中默认的选中项。
- “列表值”按钮：单击该按钮，可以调出一个“列表值”对话框，它如图 4-5 所示，使用方法与前面所述基本相同。利用该对话框可以输入菜单或列表内显示的选项内容（在“标签”栏内），以及输入此选项提交后的返回值（在“值”栏内）。

（2）设置文件域的属性：文件域（也叫文件字段） 用来让用户从中选择磁盘、路径和文件，并将该文件上传到服务器中。它的“属性”栏如图 4-16 所示，其中各选项的作用如下所述。

- “字符宽度”文本框：用来输入文件域的宽度，即可显示字符的最多个数。
- “最多字符数”文本框：用来输入允许用户输入的字符个数，它可以比文件域的宽度值大。

4.1.2　【实例 19】“学习制作表单”网页 1

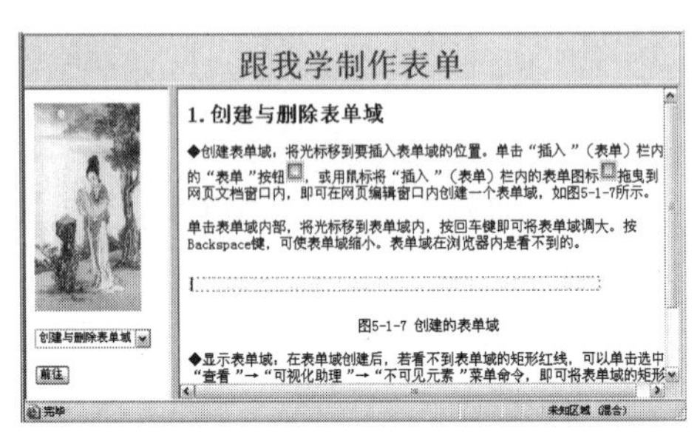

图 4-17　“学习制作表单”网页的显示效果

“学习制作表单”网页的显示效果如图 4-17 所示。

这是一个可以用来学习 Dreamweaver 8 的表单制作方法的网页。它是一个框架结构的网页，上边分栏框架内是“跟我学制作表单”红色文字，左边分栏框架内有一个下拉列表框和一幅图像，下拉列表框内有“创建与删除表单域”、“插入表单对象”、“创建文本字段”、“创建复选框”、“创建单选按钮”、“创建单选按钮组”、“创建按钮”、“创建列表/菜单”、“创建图像域”、“创建隐藏域”和“创建条砖菜单”选项。选择其中一个选项后，即可在右边的分栏框架内显示相应的网页。

下面介绍“学习制作表单”网页的制作过程和相关知识。

1．“学习制作表单”网页的制作过程

（1）在 E:\HTMLTD\目录下创建一个名称为“学习制作表单”的文件夹，在该文件夹内创建一个名称为 TOP.htm 的网页文件，其内输入红色、36 号、加粗、居中对齐的文字“跟我学制作表单”；创建 BD1.htm 网页文件，其内是学习“创建与删除表单域”的网页内容，可以将 Word 文档中的相关内容复制到剪贴板中，再粘贴到 Dreamweaver 8 网页文档的设计窗口中；还创建 BD2.htm、……、BD10.htm 网页文件，其内是学习相应的制作表单的网页内容。

（2）在“学习制作表单”的文件夹内创建一个名称为 TOP.htm 网页文件。在该网页的设计窗口中插入两幅图像和一个跳转菜单。再在“学习制作表单”的文件夹内创建一个名称为 LEFT.htm 的网页文件。单击“插入”（表单）栏内的“表单”按钮 ，即可在网页设计窗口内光标处创建一个表单域。单击表单域内部，定位光标在表单域内部。

（3）单击“插入”（表单）栏内的“图像域”按钮 ，调出“选择图像源文件”对话框。利用该对话框选择要导入的图像，单击“确定”按钮，将选中的图像导入到表单域内部。然后，选中导入的图像，在其“属性”面板内“宽”文本框中输入“100”，在“高”文本框中输入“180”，如图 4-18 所示。可以看到网页设计窗口中的图像缩小了。

（4）新建一个有框架的网页文档，保存在“学习制作表单”文件夹内，名称为 HTML28-1.htm。网页的框架特点如图 4-6 所示。按住 Alt 键，单击右边的分栏框架区域内部，调出右边分栏框架的“属性”栏，在该“属性”栏内的“框架名称”文本框中输入“MAIN”。在按照相同的方法，给左边分栏框架命名为 LEFT，给上边分栏框架命名为 TOP。

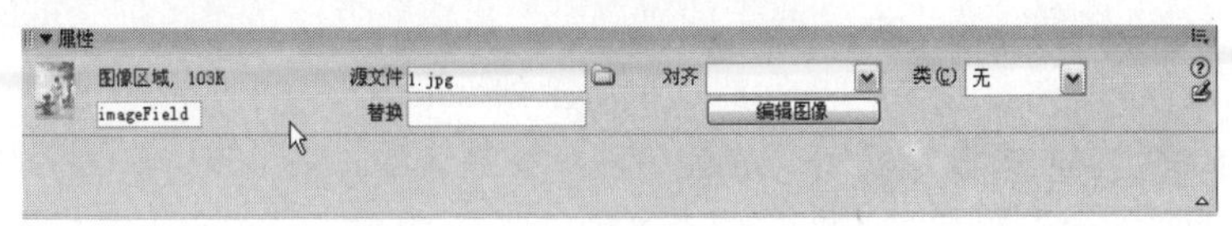

图 4-18　图像域的“属性”栏

（5）单击按住 Alt 键，单击上边的分栏框架内部，单击“属性”栏内“源文件”栏的 按钮，调出“选择图像源文件”对话框，在该对话框中选择“E:\HTMLTD\学习制作表单”目录下的 TOP.htm 网页文件，在“相对于”下拉列表框中选择“文档”选项，再单击“确定”按钮，将 TOP.htm 网页加载到上边分栏框架中。

按照相同的方法，在左边的分栏框架内部加载 LEFT.htm 网页文件，在右边的分栏框架内部加载 BD1.htm 网页文件。

单击框架内部的框架线，选中整个框架，此时的“属性”栏切换到框架集的“属性”栏，在“边框”下拉列表框中选择“默认”选项，保证各分栏框架之间有边框，设置边框颜色为蓝色。按住 Alt 键，单击分栏框架内部，调出它的“属性”栏。在分栏框架“属性”栏内的“边框”下拉列表框中选择“是”选项，选择边框颜色为蓝色；在“滚动”下拉列表框中选择“自动”（对于上边的分栏框架可设置为“否”）。

此时的网页如图 4-19 所示。然后，将该框架集网页文件保存。

（6）在网页世纪窗口内左边的分栏框架内（也就是在 LEFT.htm 网页文档内）再创建一个表单域，将光标定位在表单域内部。单击“插入”（表单）栏内的“跳转菜单”按钮 ，弹出一个“插入跳转菜单”对话框，如图 4-20 所示。

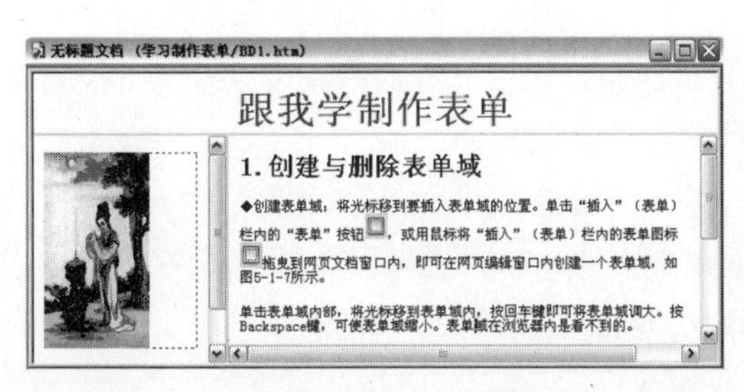

图 4-19　“学习制作表单”网页的初步制作效果

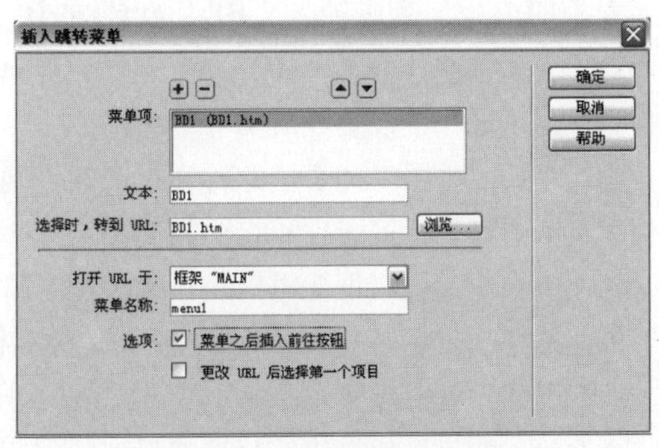

图 4-20　“插入跳转菜单”对话框

（7）在“插入跳转菜单”对话框内的“选择时，转到 URL”文本框内输入要跳转的文件路径与文件字。也可以单击“浏览”按钮，调出“选择文件”对话框，利用该对话框选择链接的文件。将“文本”文本框中文字删除。

（8）在“插入跳转菜单”对话框内的“打开 URL 于”下拉列表框内选择“框架‘MAIN’”选项，表示链接的网页文件在名称为 MAIN 的分栏框架内显示。选中“菜单之后插入前往按钮”复选框，可以在跳转菜单的右边会增加一个“前往”按钮。选中“更改 URL 后选择第一个项目”复选框。此时的“插入跳转菜单”对话框如图 4-20 所示。

（9）单击“插入跳转菜单”对话框内的 + 按钮，添加一个菜单项目标签，链接到 BD2.htm 网页文件。以后再按照上述方法添加其他 8 个菜单，分别与 BD3.htm、……、BD10.htm 网页文件建立链接。最后设置好的“插入跳转菜单”对话框如图 4-21 所示。

（10）单击“插入跳转菜单”对话框中的“确定”按钮，关闭该对话框。可以看到网页中添加了一个下拉列表框和一个“前往”按钮。如果下拉列表框旁边有菜单名称文字可删除。

（11）如果下拉列表框内没有所需要的菜单项目标签选项，则单击选中下拉列表框，调出它的“属性”栏，再单击“列表值”按钮，调出“列表值”对话框。然后依次在该对话框内列表框的“项目标签”列中输入“创建与删除表单域”、“插入表单对象”、“创建文本字段”、“创建复选框”、“创建单选按钮”、“创建单选按钮组”、“创建按钮”、“创建列表/菜单”、“创建图像域”、“创建隐藏域”和“创建条砖菜单”菜单选项名称，如图 4-22 所示。每输入完一个菜单选项名称后，应单击一次 + 按钮。

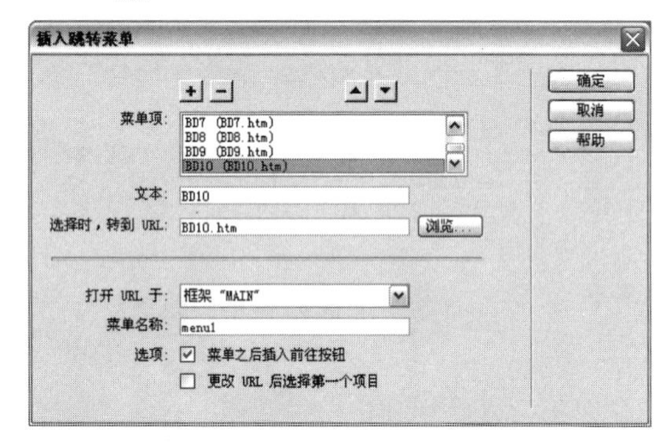

图 4-21 最后设置好的“插入跳转菜单”对话框

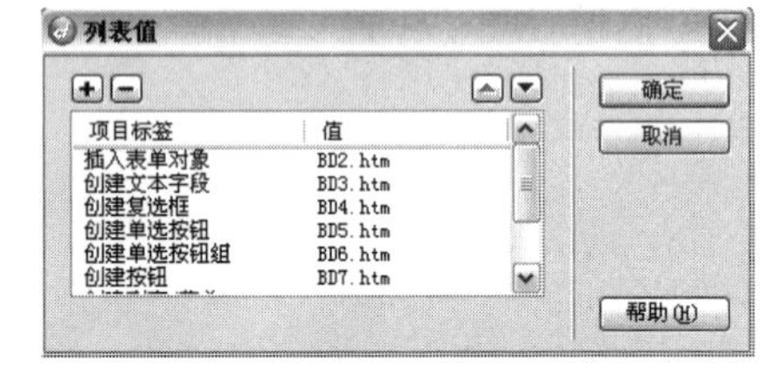

图 4-22 最后设置好的“列表值”对话框

（12）如果下拉列表框内没有所需要的菜单项目标签选项的值，则应该在“列表值”对话框内列表框的“值”列中输入“BD1.htm”、“BD2.htm”、“BD3.htm”、“BD4.htm”、“BD5.htm”、“BD6.htm”、“BD7.htm”、“BD8.htm”、“BD9.htm”和“BD10.htm”。这些菜单项目标签选项的值就是与菜单选项链接的网页文件的名称。

输入完后，单击“列表值”对话框中的“确定”按钮，退出该对话框。可以看到下拉列表框中有了菜单的项目标签选项和它们的值。

单击选中左边分栏框架内的跳转列表框，调出它的“属性”栏，在该“属性”栏内的选择“菜单”单选按钮。然后保存 LEFT.htm 网页文件和框架集文件。该网页显示效果如图 4-17 所示。如果在该“属性”栏内选择“列表”单选按钮，则该网页显示效果如图 4-23 所示。单击列表中的任何一个选项，均可以使右边的分栏框架中显示相应的网页。

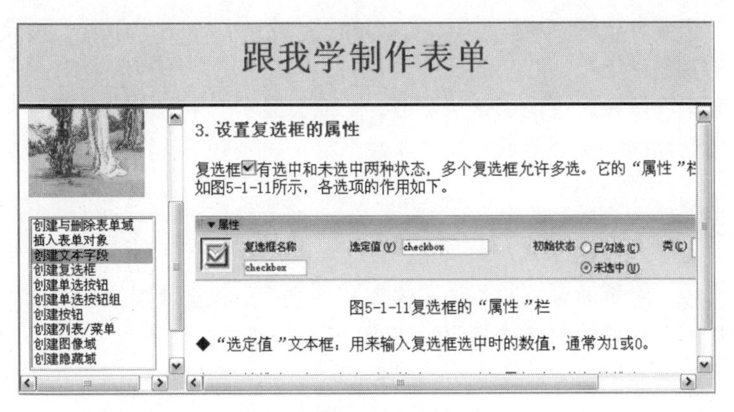

图 4-23　“学习制作表单”网页的另一个显示效果

2．设置图像域的属性

图像域 用来设置图像域内的图像。它的“属性”栏如图 4-18 所示。

（1）“宽”和“高”文本框：用来输入图像的宽度和高度，单位为像素。

（2）“源文件”文本框与文件夹按钮：单击该按钮，可以调出一个对话框，用来选择图像文件。也可以在文本框内直接输入图像的路径与文件名。

（3）“替代”文本框：其内输入的文字会在鼠标指针移到图像上面时显示出来。

（4）“对齐”下拉列表框：用来选定图像在浏览器中的对齐方式。

（5）“编辑图像”按钮：单击它，可以调出设定的图像编辑器，对图像进行加工。

3．设置隐藏域的属性

隐藏域 提供了一个可以存储表单主题、数据等的容器。在浏览器中看不到它，但处理表单的脚本程序时可以调用它的内容。其“属性”栏如图 4-24 所示，各选项的作用如下所述。

（1）“隐藏区域”文本框：用来输入隐藏域的名称，以便于在程序中引用。

（2）“值”文本框：用来输入隐藏域的数值。

图 4-24　隐藏域的“属性”栏

如果在加入隐藏域时，没有显示 图标，可单击“编辑”→“首选参数”菜单命令，调出“首选参数”对话框，再在“分类”栏中选择“不可见元素”选项。然后单击选中“表单隐藏区域”复选框，再单击“确定”按钮退出。

4．设置跳转菜单的属性

跳转菜单 采用下拉列表框的方式来实现链接跳转，其外观与列表/菜单 一样，是菜单的另外一种形式。用户单击该菜单的某一个选项时，当前页面或框架会跳转到其他的页面。创建跳转菜单的操作方法如下所述。

（1）单击“跳转菜单”按钮 ，屏幕会弹出一个“插入跳转菜单”对话框，如图 4-20 所示。在“文本”文本框内输入菜单选项的说明文字，在“菜单项”列表框内会显示出来。

（2） 、 、 和 按钮的作用与图 4-13 所示的“单选按钮组”对话框中的按钮作用一样。

（3）在“选择时，转到 URL”文本框内输入要跳转的文件路径与文件字。也可以单击“浏览”按钮，调出“选择文件”对话框，选择链接的文件。

（4）在“打开 URL 于”下拉列表框内选择在何处打开文件。

（5）在“菜单名称”文本框内输入跳转菜单的名称。

（6）“选项”栏有两个复选框。选中“菜单之后插入前往按钮”复选框后，在菜单的右边会增加一个“前往”按钮。选中“更改 URL 后选择第一个项目”复选框后，可设置跳转后重新定义菜单第一个选项为默认选项。

（7）单击“确定”按钮，可退出该对话框，页面会显示一个跳转菜单。

（8）单击选中创建的跳转菜单后，其“属性”栏与图 4-15 所示基本一样。

4.2 样式表

在前面各章节中，对页面对象的各种属性都是一个一个独立设置的。例如“计算机职教研究协会会员登记表”网页标题的 HTML 标识语句如下：

```
<font face="宋体" size="6" color="#FF0000"><b>计算机职教研究协会会员登记表</b></font>
```

可以看出，对于文字“计算机职教研究协会会员登记表”的字体、大小、颜色等属性在该 HTML 语句中进行了定义。如果网页中有许多处的文字都采用同样的属性设置，那么每处文字也都需要进行相同的属性设置，这无疑会给网页制作和更新带来许多重复性的工作，也会使网页字节数过大。

样式表正是针对上述问题而提出的。利用样式表，可以对页面中经常出现的相同（或相近）属性的对象进行整体属性的设置，即建立样式表。

4.2.1 【实例 20】“CSS 样式表范例”网页

“CSS 样式表范例”网页的显示效果如图 4-25 所示。图 4-25 中，第一行文字是标题 3 文字，黄色背景、蓝色字、字大小为 20 号字。第二行文字是标题 3 文字，黄色背景、红色字、字大小为 20 号斜体字。第三行文字是标题 3 文字，红色背景、黄色字、字大小为 20 号斜体字。第一段正文文字是黄色背景、蓝色字、字风格保持原文件风格、首行缩进 1cm。第二段正文文字是黄色背景、红色字、字风格保持原文件风格、首行缩进 1cm。

这个网页是使用 CSS 样式表制作的，下面介绍它的制作方法和相关知识。

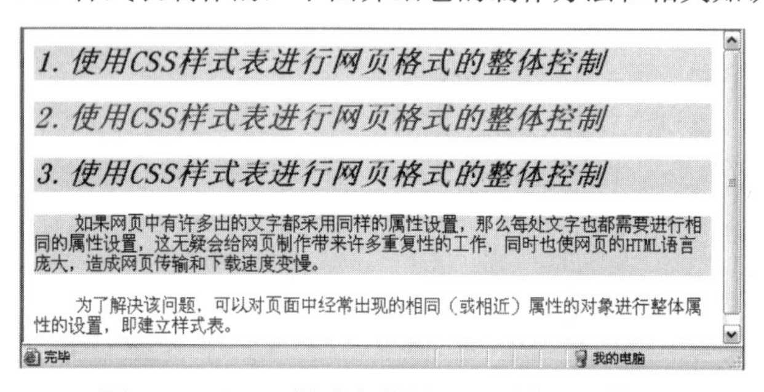

图 4-25 “CSS 样式表范例”网页的显示效果

1．“CSS 样式表范例”网页的制作 1

在“代码”视图窗口内，输入“CSS 样式表范例”网页的源代码，如下面代码所示。网页设计到此已完成。以名称 HTML29-1.htm 保存该网页文档。按 F12 键，即可显示如图 4-25 所示效果。

```
<HTML>
<HEAD>
<TITLE>CSS 样式表范例</TITLE>
<STYLE TYPE="text/css">
<!--
P{color:red;text-indent:1cm;background:#FFFFCC}
```

```
.PTEXT{color:#0000FF;background:yellow}
H3{color:#0000FF;font-size:20pt;font-style:italic;background:yellow}
H3.RED{color :red}
.YELLOWRED{background-color:#FF0000;color:yellow}
-->
</STYLE>
</HEAD>
</BODY>
<H3>1.使用 CSS 样式表进行网页格式的整体控制</H3>
<H3 class="RED">2.使用 CSS 样式表进行网页格式的整体控制</H3>
<H3 class="YELLOWREDBACK">3.使用 CSS 样式表进行网页格式的整体控制</H3>
<P class="PTEXT">如果网页中有许多出的文字都采用同样的属性设置，那么每处文字也都需要进行相同的属性设置，这无疑会给网页制作带来许多重复性的工作，同时也使网页的 HTML 语言庞大，造成网页传输和下载速度变慢。</P>
<P>为了解决该问题，可以对页面中经常出现的相同（或相近）属性的对象进行整体属性的设置，即建立样式表。</P>
</BODY>
</HTML>
```

上述“CSS 样式表范例”网页的源代码使用的样式表属于“内嵌式”样式表，即样式的设置是镶嵌在 HTML 程序中的。“CSS 样式表范例”网页的源代码解释如下：

（1）样式表的定义是在<STYLE>…</STYLE>标识符内完成的，<STYLE>…</STYLE>应置于<HEAD>…</HEAD>标识符内。

（2）<STYLE TYPE="text/css">：用来设置 STYLE 的类型，text/css 类型指示了示文本 CSS 样式表类型，可使不支持样式表的浏览器忽略样式表。

（3）<!--……--> ：可使不支持<STYLE>…</STYLE>标记符的浏览器忽略样式表。

（4）P{color:red;text-indent:1cm;background:#FFFFCC}：P 是段落标识符，大括号内的内容用来设置段落内容的属性为红色字、首行缩进 1cm、黄色背景。各项属性设置间用“;”分隔。

（5）H3{color:#0000FF;font-size:30pt;font-style:italic;background:yellow}：H3 是标题 3 标识符，大括号内的内容用来设置标题内容的属性为蓝色字、文字大小为 20 号字、字风格是斜体、背景为黄色。

（6）H3.RED{color :red}：H3.RED 是用于标题 3 标识符的一种样式名称，大括号内的内容用来设置标题内容的属性为红色字，其他属性不变。注意，H3 与 RED 之间有一个“.”。

（7）.YELLOWRED{background-color:#FF0000;color:yellow}：YELLOWRED 是一种样式名称，大括号内的内容用来设置该样式的属性为红色背景，黄色字，其他属性不变。注意，在样式名称左边要有一个“.”。

（8）在使用样式时，如果使用定义了样式名称的样式，其格式中应加入“class="样式名称"”，例如，<H3 class="RED">、<P class="PTEXT">等。

2．“CSS 样式表范例”网页的制作 2

下面介绍的“CSS 样式表范例”网页的源代码使用的样式表属于“链接式”样式表，“链接式”样式表是把样式表的定义存成一个扩展名为.css 的文本文件，然后在网页 HTML 文件中调用它。

（1）创建链接式样式表：将前面 HTML 程序源代码中有关样式表定义的内容选出来，构成一个名字为 style.css 的 CSS 样式文件（可以在新建文件时，在“新建文档”对话框的“基本页”栏内选择“CSS”选项；也可以在记事本中完成代码的输入），存入与网页 HTML 文件同一个文件夹内。style.css CSS 样式文件的内容如下：

```
p{color:red;text-indent:1cm;background:#FFFFCC}
.PTEXT{color:#0000FF;background:yellow}
H3{color:#0000FF;font-size:20pt;font-style:italic;background:yellow}
```

```
H3.RED{color:red}
.YELLOWREDBACK{background-color:#FF0000;color:yellow}
```

（2）在网页 HTML 文件中使用 style.css CSS 样式文件的网页 HTML 文件如下：

```
<HTML>
<HEAD>
<TITLE> CSS 样式表范例</TITLE>
<LINK REL="stylesheet" href="style.css" TYPE="text/css">
</HEAD>
</BODY>
<H3>1. 使用 CSS 样式表进行网页格式的整体控制</H3>
<H3 class="RED">2. 使用 CSS 样式表进行网页格式的整体控制</H3>
<H3 class="YELLOWREDBACK">3. 使用 CSS 样式表进行网页格式的整体控制</H3>
<P class="PTEXT"> 如果网页中有许多出的文字都采用同样的属性设置，那么每处文字也都需要进行相同的属性设置，这无疑会给网页制作带来许多重复性的工作，同时也使网页的 HTML 语言庞大，造成网页传输和下载速度变慢。</P>
<P>为了解决该问题，可以对页面中经常出现的相同（或相近）属性的对象进行整体属性的设置，即建立样式表。</P>
</BODY>
</HTML>
```

由上述 HTML 程序可以看出，其关键语句是<LINK REL="stylesheet" href="style.css" TYPE="text/css">，它用来指示 CSS 样式文件的名字和样式表的类型。

将制作的该网页以名字 HTML29-2.htm 保存为 HTML 文件，该网页在浏览器中的显示效果与图 4-25 所示一样。

3. CSS 样式表编辑器

CSS（Cascading Style Sheet，即层叠式样式表，简称 CSS）样式表可以对页面布局、背景、字体大小、颜色、表格等属性进行统一的设置，然后再应用于页面各个相应的对象。

单击“窗口”→“CSS 样式”菜单命令，调出“CSS 样式”面板（也叫 CSS 样式表编辑器），如图 4-26 所示，其中各选项的作用如下所述。

（1）显示窗口：显示所有样式表的名称，“未定义样式”选项表示没有定义 CSS 样式。

（2）“附加样式表”按钮：单击它，可以调出一个“链接外部样式表”对话框，如图 4-27 所示。再单击“浏览”按钮，可调出“选择样式表文件”对话框，用来链接或导入外部的样式表（文件的扩展名为.css）。在“媒体”下拉列表框内可以选择媒体类型。单击“范例样式表”热字，可以调出“范例样式表”对话框，该对话框给出一些样式表范例。

图 4-26 “CSS 样式”面板

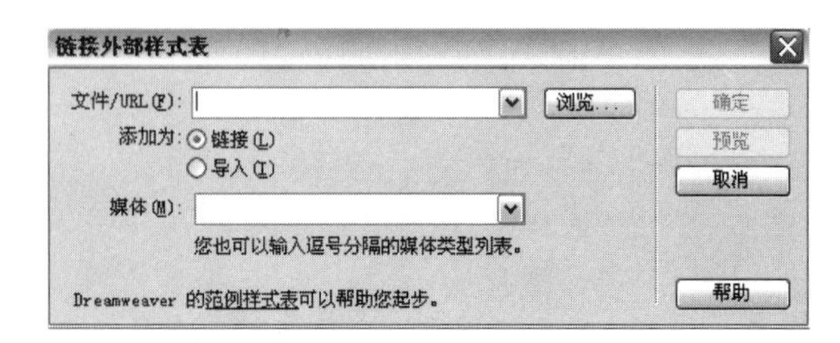

图 4-27 “链接外部样式表”对话框

（3）“新建 CSS 规则”（即“新建 CSS 样式”）按钮：单击它，可以调出一个“新建 CSS 规则”（即“新建 CSS 样式”）对话框，如图 4-28 所示，利用它可建立新的 CSS 样式。

（4）“编辑样式”按钮：在“CSS 样式”面板中选中一种样式，单击该按钮，可调出一个能进行样式表编辑的对话框（例如，“.CSS1 的 CSS 规则定义”对话框，如图 4-29 所示），利用该对话框可以对 CSS 样式表进行编辑。

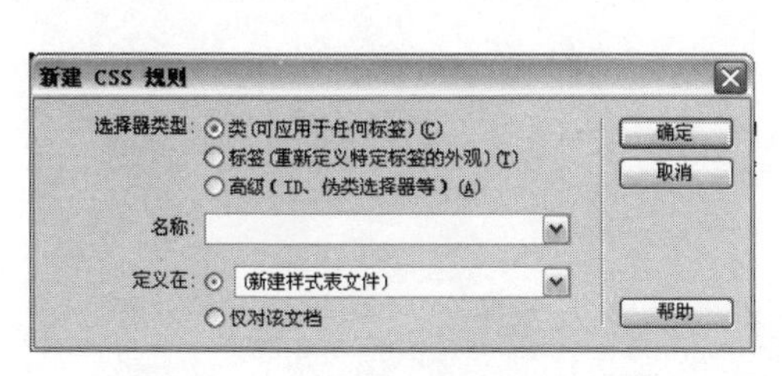

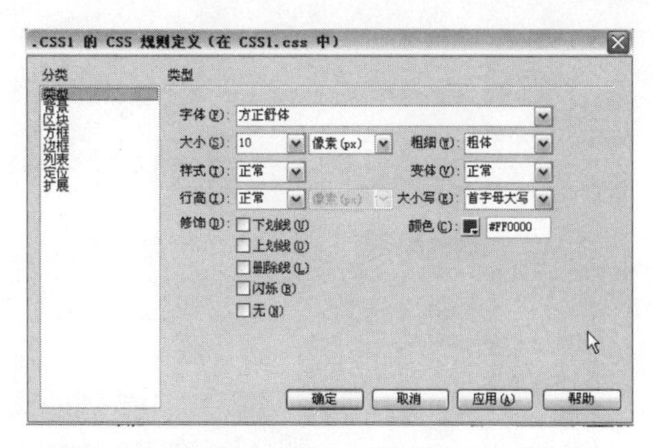

图 4-28 “新建 CSS 规则”对话框　　　　图 4-29 “.CSS1 的 CSS 规则定义”对话框

（5）“删除 CSS 样式”按钮 🗑：单击它，将删除选中的样式。

4. 创建 CSS 样式表

（1）调出如图 4-28 所示的“新建 CSS 规则”对话框。选中“选择器类型”栏内的第一个单选项，在“名称”下拉列表框内输入一个样式表的名字，名字必须以“.”开始，例如“.CSS1”。

（2）单击该对话框中的“确定”按钮，即可退出该对话框，调出“.CSS1 的 CSS 规则定义”对话框，如图 4-29 所示。

（3）利用该对话框可以进行样式表内各个对象属性的定义。在该对话框内左边“分类”栏中选择不同的类别，其右边会显示不同的选项，可以进行不同类型的属性设置。

例如，单击选中图 4-29 所示的“.CSS1 的 CSS 规则定义”对话框左边“分类”栏内的“类型”选项，此时的对话框如图 4-29 所示。利用该对话框可以设置 CSS 样式的字体、大小、样式和颜色等。

（4）定义完后，单击“应用”按钮，可将设置的样式应用到页面中。单击“确定”按钮，可以完成样式表的定义。此时，在“CSS 样式”面板的显示窗口内，会显示出新创建的样式表的名称。

5.“新建 CSS 样式”对话框中其他各选项的含义

（1）“标签”单选项：选中它后，上边的“名称”下拉列表框变为“标签”下拉列表框，它提供了各种 HTML 语言的标记，可利用它对 HTML 标记重新定制，改变它们的属性。

（2）“高级”单选项：单击选中它后，上边的“名称”下拉列表框变为“选择器”下拉列表框。“选择器”下拉列表框有 4 个选项，都是针对链接字的，分别为 link（一般链接）、visited（访问过的链接字）、hover（当前的链接字）和 active（被激活的链接字）。针对这 4 种状态，可设置它们的属性，使链接字在各种状态下有不同特性。

（3）“定义在”栏：用来确定 CSS 样式定义在文件（.css）还是定义在当前文档中。

6. 应用 CSS 样式

定义了 CSS 样式后，可以将这些 CSS 样式应用于网页中的文本、图像、Flash 等对象。具体的方法介绍如下所述。

（1）利用“CSS 样式”面板：利用“CSS 样式”面板将 CSS 样式应用于网页中对象的方法如下：

- 文字对象：选中要应用 CSS 样式的对象，可以是文本、图像、Flash 等对象。
- 图像或 Flash 对象：鼠标右键单击“CSS 样式”面板中相应的样式名称，调出它的快捷菜单，再单击该菜单中的“套用”菜单命令。

（2）利用“属性”栏：利用“属性”栏将 CSS 样式应用于网页中对象的方法如下：

- 选中要应用 CSS 样式的文本对象，在其“属性”栏的“样式”下拉列表框中选择需要的 CSS 样式名称，即可将选中的 CSS 样式应用于选中的文本对象。

- 选中要应用 CSS 样式的图像或 Flash 等对象，在其“属性”栏的“类”下拉列表框中选择需要的 CSS 样式名称，即可将选中的 CSS 样式应用于选中的图像或 Flash 等对象。

4.2.2 【实例 21】“特效值班表”网页

“特效值班表”网页在浏览器中的显示效果如图 4-30 所示。“特效值班表”网页的制作过程如下所述。

值 班 表

		教学一楼	教学二楼	教学三楼	教学四楼	教学五楼
星期一	上午	王丽	徐佳	王峰	黎明	赵洪
	下午	胡秀明	赵小花	李支援	申宝华	李示明
星期二	上午	李示明	王丽	赵小花	李支援	申宝华
	下午	赵洪	胡秀明	徐佳	王峰	黎明
星期三	上午	赵小花	黎明	王丽	申宝华	李支援
	下午	赵洪	胡秀明	李示明	李支援	王峰
星期四	上午	徐佳	赵洪	申宝华	王峰	胡秀明
	下午	李示明	李支援	赵小花	王丽	黎明
星期五	上午	王峰	徐佳	黎明	申宝华	赵洪
	下午	李支援	申宝华	胡秀明	赵小花	王丽
星期六	上午	黎明	赵洪	李示明	胡秀明	赵小花
	下午	徐佳	李支援	王峰	王丽	申宝华

图 4-30 “特效值班表”网页的显示效果

1．“展期时间安排表”网页的制作过程

（1）首先制作一个普通的展期时间安排表，如图 4-31 所示。

（2）在表格的上面创建一个层，其内导入一幅图像。使层和图像将表格整个覆盖，如图 4-32 所示。

值 班 表

		教学一楼	教学二楼	教学三楼	教学四楼	教学五楼
星期一	上午	王丽	徐佳	王峰	黎明	赵洪
	下午	胡秀明	赵小花	李支援	申宝华	李示明
星期二	上午	李示明	王丽	赵小花	李支援	申宝华
	下午	赵洪	胡秀明	徐佳	王峰	黎明
星期三	上午	赵小花	黎明	王丽	申宝华	李支援
	下午	赵洪	胡秀明	李示明	李支援	王峰
星期四	上午	徐佳	赵洪	申宝华	王峰	胡秀明
	下午	李示明	李支援	赵小花	王丽	黎明
星期五	上午	王峰	徐佳	黎明	申宝华	赵洪
	下午	李支援	申宝华	胡秀明	赵小花	王丽
星期六	上午	黎明	赵洪	李示明	胡秀明	赵小花
	下午	徐佳	李支援	王峰	王丽	申宝华

图 4-31 普通的值班表

图 4-32 图像将表格完全覆盖

（3）选中“新建 CSS 样式”对话框中的第一个单选项，再在“名称”列表框内输入样式表的名字“.CSS1”，然后单击“确定”按钮，调出“.CSS1 的 CSS 规则定义”对话框。

（4）单击“.CSS1 的 CSS 规则定义”对话框左边“分类”栏内的“定位”选项；然后进行边框的各项属性的设置，单击“应用”按钮，观察图像与表格的相对位置，如果图像没有将表格完全遮盖住，则再重新调整“.CSS1 的 CSS 规则定义”对话框中的各项数据，直到网页设计窗口内的图像完全将表格遮盖住为止。“.CSS1 的 CSS 规则定义”（定位）对话框设置结果如图 4-33 所示。

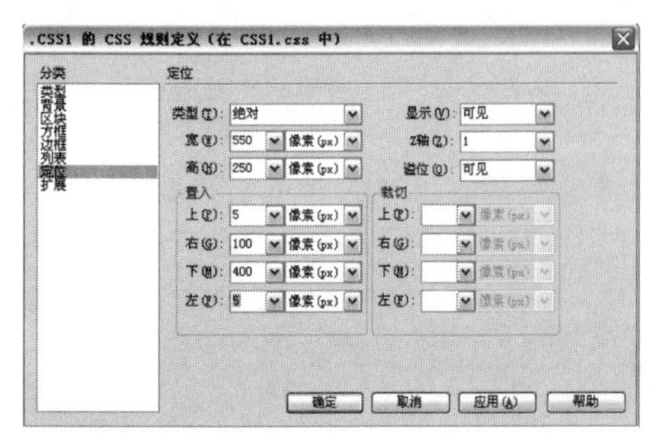

图 4-33 进行“定位”属性设置

（5）单击“.CSS1 的 CSS 规则定义”对话框左边“分类”栏内的“扩展”选项。然后，选择“滤镜”下拉列表框内的“Alpha”选项，选项内容为“Alpha(Opacity=?, FinishOpacity=?, Style=?, StartX=?, StartY=?, FinishX=?,

FinishY=?)”，该选项可以使图像和文字呈透明或半透明效果。有关参数的含义如下所述。

- “Opacity”：决定初始的不透明度，其取值为 0 到 100。0 是不透明，100 是完全透明。
- “FinishOpacity”：决定终止的透明度，其取值为 0 到 100。
- “Style”：决定了透明的风格，其取值为 0 到 3。0 表示均匀渐变，1 表示线性渐变，2 表示放射渐变，3 表示直角渐变。
- “StartX”：渐变效果的起始坐标 *X* 值。
- “StartY”：渐变效果的起始坐标 *Y* 值。
- “FinishX”：渐变效果的终止坐标 *X* 值。
- “FinishY”：渐变效果的终止坐标 *Y* 值。

上述坐标值取值范围由终止的透明度数值来决定。此处“Alpha”选项的设置如下：

```
Alpha(Opacity=80,FinishOpacity=70,Style=0,StartX=10,StartY=70,FinishX=500,FinishY=800)
```

（6）单击“样式定义”对话框中的“确定”按钮，返回“新建 CSS 样式”对话框。再单击“确定”按钮，完成 CSS 样式的定义。然后应用“.DT”样式于图像。

保存网页文件，这时还看不到有什么变化。按 F12 按键，即可在浏览器中观看到表格的特殊显示效果，如图 4-30 所示。

2．定义 CSS 样式表的背景属性

单击如图 4-33 所示对话框内左边“分类”栏内的“背景”选项，此时的“.CSS1 的 CSS 规则定义”对话框内的“背景”栏如图 4-34 所示。其中各选项的作用如下：

（1）“背景颜色”按钮与文本框：用来给选中的对象加背景色。

（2）“背景图像”下拉列表框与“浏览”按钮：用来设置选中对象的背景图像。下拉列表框内有两个选项。

- “无”选项：它是默认选项，表示不使用背景图像。
- “URL”选项：选择该选项或单击“浏览”按钮，可以调出“选择图像源”对话框，利用该对话框，可以选择背景图像。

（3）“重复”下拉列表框：用来设置背景图像的重复方式。它有 4 个选项，分别为“不重复”（只在左上角显示一幅图像）、“重复”（沿水平与垂直方向重复）、“横向重复”（沿水平方向重复）和“纵向重复”（沿垂直方向重复）。

（4）“附件”下拉列表框：设置图像是否随内容的滚动而滚动。

（5）“水平位置”下拉列表框：用来设置图像与选定对象的水平相对位置。

（6）“垂直位置”下拉列表框：用来设置图像与选定对象的垂直相对位置。

对于“水平位置”和“垂直位置”下拉列表框，如果选择了“值”选项，则其右边的下拉列表框变为有效，可用来选择单位。

3．定义 CSS 样式表的区块属性

单击如图 4-33 所示对话框内左边“分类”栏内的“区块”选项，此时对话框内的“区块”栏如图 4-35 所示。其中各选项的作用如下所述。

（1）“单词间距”下拉列表框：用来设定单词间距。选择“值”选项后，可以输入数值，然后在其右边的下拉列表框内选择数值的单位。此处可以用负值。

（2）“字母间距”下拉列表框：用来设定字母间距。选择“(值)”选项后，可以输入数值，然后在其右边的下拉列表框内选择数值的单位。此处可以用负值。

（3）“垂直对齐”下拉列表框：用它可以设置选中的对象相对于上级对象或相对所在行，在垂直方向的对齐方式。

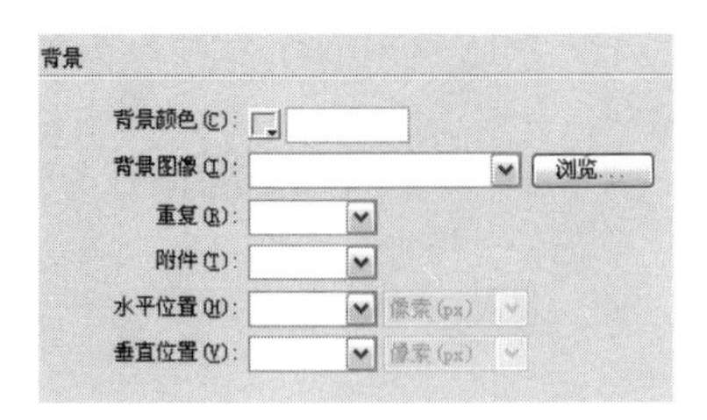

图 4-34 “背景”栏

图 4-35 “区块”栏

（4）“文本对齐”下拉列表框：用来设置首行文字在对象中的对齐方式。

（5）“文字缩进”文本框：用来输入文字的缩进量。

（6）“空格”下拉列表框：用来设置文本空白的使用方式。“正常”选项表示将所有的空白均填满，“保留”选项表示由用户输入时控制，“不换行”选项表示只有加入标记
时才换行。

4．定义 CSS 样式表的方块属性

单击如图 4-33 所示对话框内左边“分类”栏内的“方框”选项，此时的对话框内右边的“方框”栏如图 4-36 所示。其中各选项的作用如下所述。

（1）“宽”下拉列表框：用来设置对象的宽度。它的两个选项为“自动”（由对象自身大小决定）和“值”（由输入的数值决定）。在其右边的下拉列表框内选择数值的单位。

（2）“高”下拉列表框：用来设置对象的高度。它也有“自动”和“值”两个选项。

（3）“浮动”下拉列表框：用来设置是否允许文字环绕在选中对象的周围。

（4）“清除”下拉列表框：用来设定其他对象是否可以在选定对象的左右。

（5）“填充”栏：用来设置边框与其中的内容之间填充的空白间距，下拉列表框内应输入数值，在其右边的下拉列表框内选择数值的单位。

（6）“边界”栏：用来设置边缘的空白宽度，下拉列表框内可输入数值或选择“自动”。

5．定义 CSS 样式表的边框属性

单击如图 4-33 所示对话框内左边“分类”栏内的“边框”选项，此时对话框内右边的“边框”栏如图 4-37 所示。它用来对围绕所有对象的边框属性进行设置。

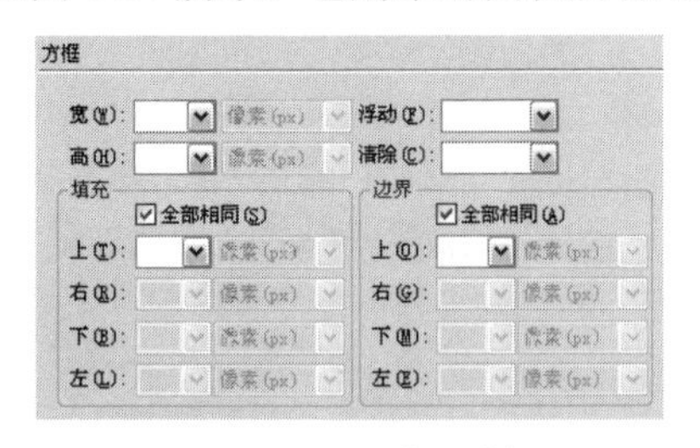

图 4-36 “方框”栏

图 4-37 “边框”栏

（1）设置边框的宽度与颜色：该对话框内有 4 行选项，分别为“上”、“右”、“下”和“左”边框。每行有三个下拉列表框和一个按钮与文本框。第一列的下拉列表框用来设置边框的样式，第二列的下拉列表框用来设置边框的宽度，第三列下拉列表框用来选择数值的单位，按钮和后面的文本框用来设置边框的颜色。边框的宽度下拉列表框内的选项有 4 个。选择“细”，用来设置细边框；选择“中”，用来设置中等粗细的边框；“粗”，用来设置粗边框；选择“值”，用来可以输入边框粗细的数值，此时其右边的下拉列表框变为有效，可以选择单位。

（2）“样式”下拉列表框：在此下拉列表框中有 9 个选项。其中，“无”选项是取消边框，其他选项对应着一种不同的边框。边框的最终显示效果还与浏览器有关。

6．定义 CSS 样式表的列表属性

单击如图 4-33 所示对话框内左边“分类”栏内的“列表”选项，此时该对话框右边的“列表”栏如图 4-38 所示。其中各选项的作用如下所述。

（1）“类型”下拉列表框：用来设置列表的标记。选择标记是序号（有序列表）或符号（无序列表）。该下拉列表框内有 9 个选项，包括“圆点”、“圆圈”等。

（2）“项目符号图像”下拉列表框和按钮：该下拉列表框内的两个选项为“无”和“(URL)”。选择“无”选项后，不加图像标记；选择“(URL)”选项后，单击“浏览”按钮，打开“选择图像源”对话框，利用它可选择图像，在列表行加入小的图标图案作为列表标记。

（3）“位置”下拉列表框：用来设置列表标记的缩进方式。

7．定义 CSS 样式表的定位属性

单击如图 4-33 所示对话框内左边“分类”栏中的“定位”选项，此时该对话框内右边的“定位”栏如图 4-39 所示。其中各选项的作用如下所述。

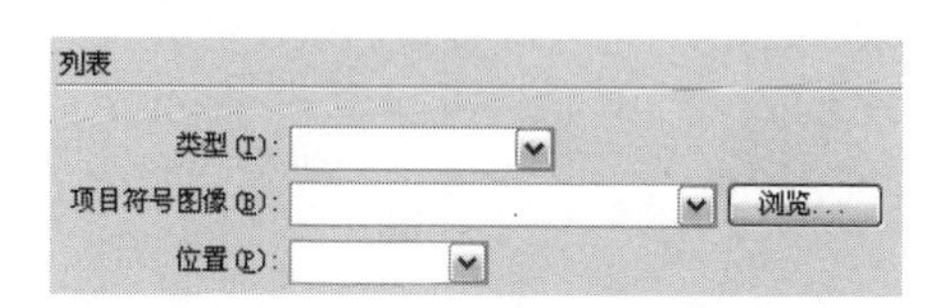

图 4-38 “列表”栏

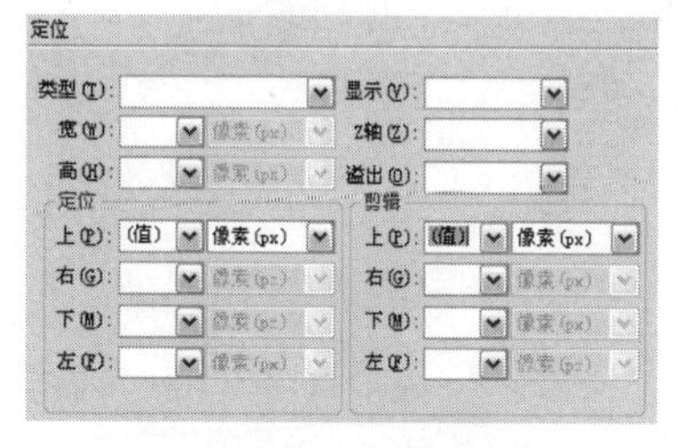

图 4-39 “定位”栏

（1）“类型”下拉列表框：用来设置对象的位置。各选项的作用如下所述。

- “绝对”：以页面左上角的坐标为基点。
- “相对”：以母体左上角的坐标为基点。
- “静态”：按文本正常顺序定位，一般与“相对”定位一样。

（2）“显示”下拉列表框：用来设置对象的可视性。各选项的作用如下所述。

- “继承”：选中的对象继承其母体的可视性。
- “可见”：选中的对象是可视的。
- “隐藏”：选中的对象是隐藏的。

（3）“Z 轴”下拉列表框：用来设置不同层的对象的显示次序。它的两个选项为“自动”（按原显示次序）和“值”。选择后一项后，可输入数值，其数值越大，越在上边显示。

（4）“溢出”下拉列表框：用来设置当文字超出其容器时的处理方式。

- “可见”：当文字超出其容器时仍然可以显示。
- “隐藏”：当文字超出其容器时，超出的内容不能显示。
- “滚动”：在母体加一个滚动条，可利用滚动条滚动显示母体中的文字。
- “自动”：当文本超出容器时自动加入一个滚动条。

（5）“定位”栏：用来设置放置对象的容器的大小和位置。

（6）“剪辑”栏：用来设定对象溢出母体容器部分的剪切方式。

8．定义 CSS 样式表的扩展属性

单击如图 4-33 所示对话框内左边“分类”栏内的“扩展”选项，此时该对话框内右边的“扩展”栏如图 4-40 所示。该对话框中各选项的作用如下所述。

（1）“分页”栏：用来在选定的对象的前面或后面强制加入分页符。一般浏览器均不支持此项功能。该栏有“之前”和“之后”两个下拉列表框，其内的选项是“自动”、“总是”、“左对齐”和“右对齐”，它们用来确定分页符的位置。

（2）“视觉效果”栏：利用该栏内的下拉列表框的选项，可使页面的显示效果更动人。

- “光标”（即鼠标指针）下拉列表框：可以利用该下拉列表框中的选项，设置各种鼠标的形状。对于低版本的浏览器，不支持此项功能。
- “过滤器”下拉列表框：用来对图像进行滤镜处理，获得各种特殊的效果。

（3）过滤器中几个常用滤镜的显示效果如下：

- “Blur”（模糊）效果：选择该选项后，其选项内容为“Blur（Add=?, Direction=?, Strength=?）”，需要用户用数值取代其中的“？”，即给三个参数赋值。Add 用来确定是否在模糊移动时使用原有对象，取值“1”表示“是”，取值“0”表示“否”，对于图像一般选“1”。Direction 决定了模糊移动的角度，可在 0 到 360 之间取值，表示 0 到 360 度。Strength 决定了模糊移动的力度。如果设置为 Blur（Add=1，Direction=60，Strength=90），则如图 4-41 所示图像在浏览器中看到的是如图 4-42 所示的样子。

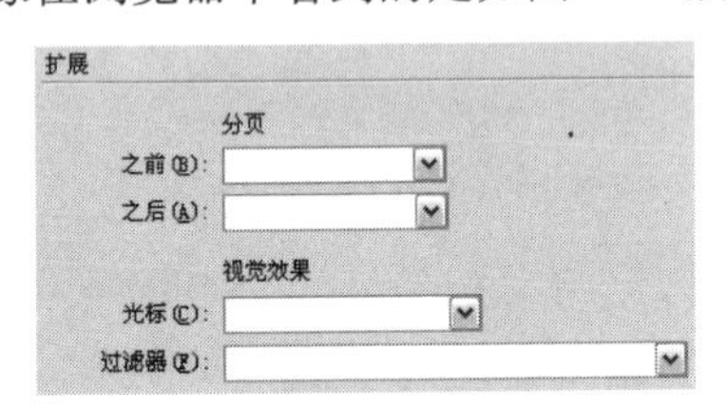

图 4-40 “扩展”栏

图 4-41 原图

图 4-42 “Blur”滤镜处理

- “翻转图像”（FlipH/FlipV）效果：选择“FlipV”（垂直翻转图像）选项后，如图 4-41 所示图像在浏览器中看到的是如图 4-43 所示的样子。选择“FlipH”（水平翻转图像）选项后，如图 4-41 所示图像在浏览器中看到的是如图 4-44 所示样子。
- “波浪”（Wave）效果：选择“波浪”（Wave）选项后，其选项内容为“Wave（Add=?, Freq=?, LightStrength=?, Phase=?, Strength=?）”，用数值取代其中的“？”后的结果为“Wave（Add=0，Freq=2，LightStrength=4，Phase=6，Strength=12）”。如图 4-41 所示图像在浏览器中看到的是如图 4-45 示的样子。
- “X 光透视效果”（Xray）效果：选择“X 光透视效果”（Xray）选项后，如图 4-41 所示图像在浏览器中看到的是如图 4-46 所示的样子。

图 4-43 垂直翻转

图 4-44 水平翻转

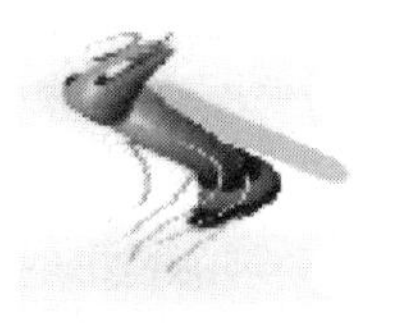

图 4-45 滤镜处理

图 4-46 滤镜处理

思考与练习 4

1．填空

（1）表单是________________________，用户利用表单可以输入信息或选择选项等，然后将这些信息提交给________________进行处理。

（2）服务器方面的操作是通过____________来实现的，要实现服务器的操作有多种方式，其中有__________、__________或__________等方式。

（3）文本字段也叫________，它可以是________或______，它用于接收____________。

（4）利用__________可以对页面中经常出现的相同（或相近）属性的对象进行整体属性的设置。

（5）利用____________________对话框可以进行样式表内各个对象属性的定义。

（6）“历史”面板记录了______________，利用该面板可以______________，还可以通过“历史”面板____________。

2．什么是表单？什么是表单域？什么是表单对象？如何创建一个表单对象？

3．创建一个CSS样式表，并将它用于网页中的表格、文字和图像对象。

4．参看本章实例，制作一个有“通讯录”表单的网页。要求可以在“通讯录”表单中输入姓名，选择性别、职称、爱好、学历，输入家庭地址、电话号码、身份证号码、邮编、E-mal、手机号码等。

5．参看本章实例，制作一个“课程表”网页，该网页在浏览器中的显示效果如习题图4-1中左图所示；定义一个CSS样式，将它应用丁 幅图像后，网页显示如习题图4-1中右图所示。

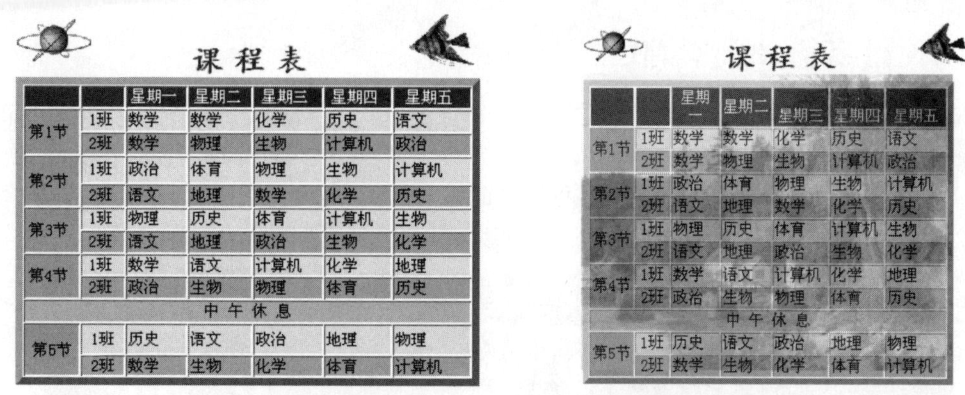

课程表

		星期一	星期二	星期三	星期四	星期五
第1节	1班	数学	数学	化学	历史	语文
	2班	数学	物理	生物	计算机	政治
第2节	1班	政治	体育	物理	生物	计算机
	2班	语文	地理	数学	化学	历史
第3节	1班	物理	历史	体育	计算机	生物
	2班	语文	地理	政治	生物	化学
第4节	1班	数学	语文	计算机	化学	地理
	2班	政治	生物	物理	体育	历史
中午休息						
第5节	1班	历史	语文	政治	地理	物理
	2班	数学	生物	化学	体育	计算机

课程表

		星期一	星期二	星期三	星期四	星期五
第1节	1班	数学	数学	化学	历史	语文
	2班	数学	物理	生物	计算机	政治
第2节	1班	政治	体育	物理	生物	计算机
	2班	语文	地理	数学	化学	历史
第3节	1班	物理	历史	体育	计算机	生物
	2班	语文	地理	政治	生物	化学
第4节	1班	数学	语文	计算机	化学	地理
	2班	政治	生物	物理	体育	历史
中午休息						
第5节	1班	历史	语文	政治	地理	物理
	2班	数学	生物	化学	体育	计算机

习题图4-1　“课程表”网页在浏览器中的显示效果

第5章 时间轴和行为

5.1 “时间轴”面板与动画制作

“时间轴”面板是一种用来控制网页中层的属性随时间变化而改变的工具，利用它可以产生动画效果。注意，在 Dreamweaver MX 2004 的最初版本中，将原来 Dreamweaver MX 的时间轴功能取消了，但在 Dreamweaver 8 版本中又将该功能恢复了。

5.1.1 【实例 23】“体育世界”网页

“体育世界”网页的显示效果如图 5-1 所示。可以看出，它主要由图像组成，其中上边第一行左起第一幅图像是网页标题；第二幅是一个 GIF 动画，显示的内容是不断切换的各幅长城画面；其他图像是北京名胜。第一行下边的是各种体育图像。在第一行背景图像之上，有一个“运动员”不断从左向右跑向“天安门广场”。这个动画的制作是下面重点要介绍的。

图 5-1 “体育世界”网页的显示效果

下面介绍“体育世界”网页的制作方法和相关知识。

1. “体育世界”网页的制作过程

（1）单击并按下“插入”（布局）工具栏中的“布局视图”按钮 布局 ，即可进入网页的“布局视图”状态，“布局”栏中的按钮变为有效。单击“布局表格”工具按钮，在网页设计窗口内拖曳鼠标，创建一个围住整个网页的绿色矩形的布局表格。

（2）单击“绘制布局单元格”工具按钮，在矩形的布局表格内拖曳鼠标，创建一个布局单元格，按照这种方法，依次创建多个布局单元格，如图 5-2 所示。

（3）使用以前介绍的各种方法，在布局表格的各个单元格内插入不同的图像或 GIF 动画，如图 5-1 所示。

（4）如果插入的图像比单元格大，则会将单元格撑大，这时可以先调整图像达到合适的大小，再单击布局表格边线上的正方形黑色控制柄，即可自动将单元格缩小为原来的大小。

（5）单击“插入”（布局）面板内的“描绘层”按钮，鼠标指针变为十字形状态，使用拖曳的方法在页面内左上角创建一个层，将它的名称自动设置为 Layer1；然后，在该层内插入名称为“人跑”的 GIF 动画，该动画显示一个原地跑步的运动员，其中的几幅画面如图 5-3 所示。

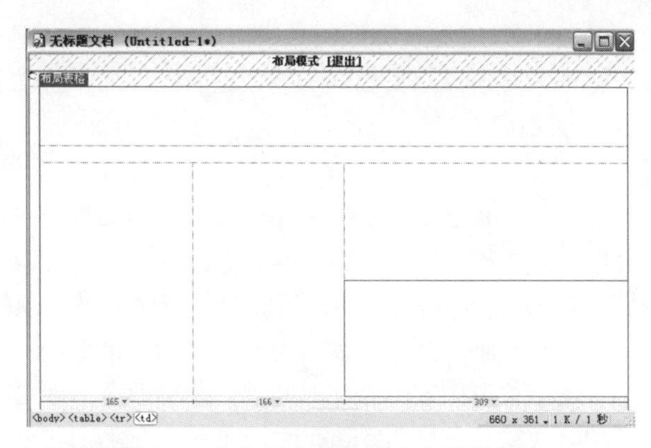

图 5-2　在布局表格中创建布局单元格

图 5-3　“人跑”GIF 动画的几幅画面

（6）单击“窗口”→“时间轴”菜单命令，调出“时间轴”面板，如图 5-4 所示。

（7）用鼠标将“人跑”的 GIF 动画所在的层拖曳到时间轴内，此时的“时间轴”面板的第一图层会产生一个如图 5-4 所示的动画条，表示动画制作成功。

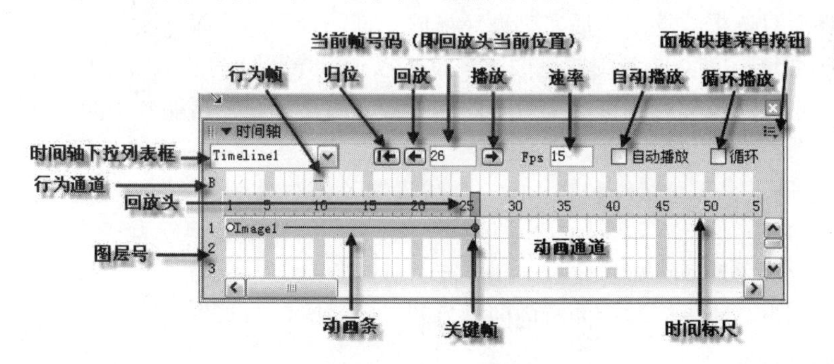

图 5-4　“时间轴”面板

（8）单击选中动画条中的第 25 帧，再用鼠标水平拖曳层和“人跑”的 GIF 动画到页面左边天安门图像处。然后，用鼠标水平拖曳“时间轴”面板内动画条中的第 25 帧到第 100 帧，如图 5-5 所示。这样可以使动画播放慢一些。

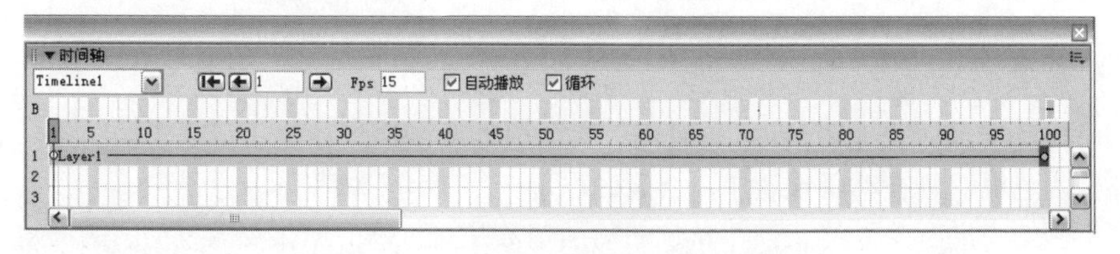

图 5-5　“时间轴”面板内的动画条调整

（9）选中“时间轴”面板中的“循环”和“自动播放”复选框，如图 5-5 所示。

至此，整个网页制作完毕。要使该网页更好一些，还应该添加一些文字和动画，制作一些与其他网页的链接。

2．“时间轴”面板

单击“窗口”→“时间轴”菜单命令，或者按 Alt+F9 组合键，即可调出“时间轴”面板，如图 5-4 所示。该面板中的各个工具及其他选项的作用说明如下。

（1）“时间轴”下拉列表框：其内列出了当前页面内所有时间轴动画的名字，选中其中一个选项后，相应的动画就会在“时间轴”面板中显示出来。鼠标右键单击“时间轴”面板内部，调出“时间轴”快捷菜单，单击该菜单中的“添加时间轴”菜单命令，即可在“时间轴”下拉列表框内添加一个新的时间轴动画（默认名称为 Timeline2+序号）。

（2）回放头：播放动画时，它在时间标尺上移动，好像放像机的磁头一样。用鼠标拖曳它在时间标尺上移动，当它移到某一时间单位处时，相应帧的动画画面就会出现在网页窗口内。

（3）“播放”按钮：单击它可以使动画前进一个帧。按住该按钮不放，可以向正常方向播放动画。

（4）“回放”按钮：单击它可以使动画回退一帧。按下该按钮不放，可以向相反方向播放动画。

（5）“归位”按钮：将动画图像移到起始位置，同时回放头也移动到该位置处。

（6）“回放头位置”（也是当前帧号码）文本框：用来输入显示和设置“回放头”所处的时间轴位置号，即当前帧号码。

（7）“速率”文本框：用来输入每秒钟播放的帧数。

（8）“自动播放”复选框：选中它后，则在网上下载后会自动播放。不选中它时，需要在使用行为事件时才可以播放。

（9）“循环”复选框：选中它后，则循环播放动画，否则只播放一次动画。

（10）动画通道：它由许多图层组成，表示可以在一个页面内加入多个时间轴动画，但最多可以加 32 个。它的左边标有图层的编号，图层编号大的动画在图层编号小的动画之上。

（11）动画条：表示一个动画所占的帧数，上面标有该动画所在层的名字。它的起始处和终止处各有一个小圆，表示起始帧和终止帧。如果设置了关键帧，则关键帧也会有一个小圆。

（12）行为通道左边标有字母“B”，可以在该通道的特定帧使用行为。

（13）行为帧：加入了行为的帧，它在“行为通道”内。

（14）时间标尺：给出了与时间对应的帧号码。

3．直线移动动画的制作

下面使用“时间轴”面板制作一个简单的、沿直线移动的动画。该动画的制作方法如下所述。

（1）在页面内插入一个层，给该层起一个名字，例如“Layer1”；然后在层内插入一个图像、动画或输入一些文字等。此处层中插入的是 GIF 动画，如图 5-6 所示。

（2）将插有图像或文字的层移到动画的起始位置。

（3）单击“窗口”→“时间轴”菜单命令，调出“时间轴”面板。

（4）用鼠标将层拖曳到“时间轴”面板的动画通道内，或者单击“修改”→“时间轴”→“增加对象到时间轴”菜单命令。这时，“时间轴”面板的动画通道内会出现一个动画条。如果选中了“循环”复选框，则在动画通道中，会同时出现一个“动作帧”。

（5）单击选中动画条的终止帧。默认的动画帧数是 15 帧，如果要调整动画的帧数，可用鼠标拖曳动画条终止帧的小圆。在改变了终止帧的位置之后，如果此时选中了“循环”复选框，还应用鼠标拖曳行为通道的行为帧到终止帧的下一个位置处。用鼠标向右拖曳第 15 帧小圆到第 30 帧处，如图 5-7 所示。

图 5-6　层中插入 GIF 动画

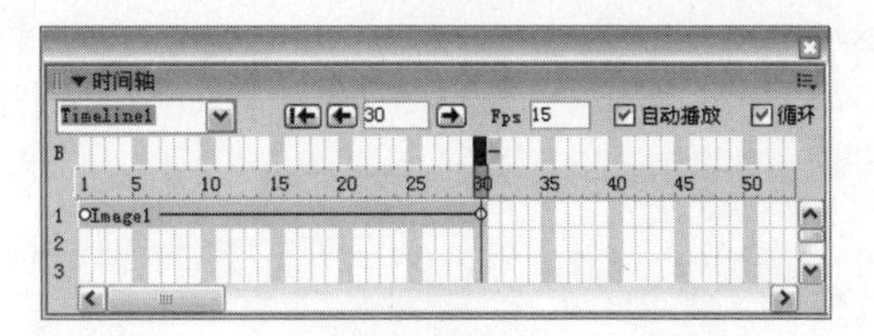

图 5-7　动画通道内出现一个动画条

（6）用鼠标拖曳动画层到目标处。当松开鼠标左键时，会看到一条直线，表示图像移动的路径，如图 5-8 所示。

在选中“循环”复选框的情况下，如果先用鼠标拖曳动画层到目标处，再调整“时间轴”面板中终止帧的位置，则还需要用鼠标拖曳调整“动作帧” 到终止帧的下一帧位置处。

（7）按住“播放”按钮 不放，即可在网页设计窗口内看到动画。

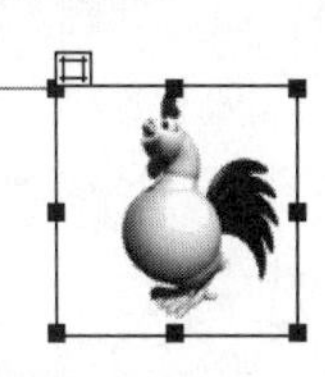

图 5-8　表示图像移动路径的一条直线

5.1.2　【实例 24】添加游动广告的“体育世界”网页

添加游动广告的“体育世界”网页的显示效果如图 5-9 和图 5-10 所示。

图 5-9　“体育世界”网页的显示效果之一

图 5-10　“体育世界”网页的显示效果之二

添加游动广告的“体育世界”网页就是在“体育世界”网页中添加了两个可以在整个网页画面之上沿不同曲线路径不断移动的图像、动画或文字（这些可以是广告内容）。可以使用 Flash 来制作 SWF 格式的动画，然后插入到网页中。另外，可以使用 Dreamweaver 8 中的时间轴来制作这种动画。本实例是在“体育世界”网页的基础之上，添加了两幅沿曲线不断移动的图像（其中一个是 GIF 动画）制作而成的。下面介绍给“体育世界”网页添加两个游动广告的制作方法和相关知识。

1．“网页游动广告”网页的制作过程

（1）打开本章实例 23 中制作的“体育世界”网页（HTML33-1.htm），再将它以名称 HTML34-1.htm 保存为网页文件。

（2）单击“插入”（布局）面板内的“描绘层”按钮，鼠标指针变为十字形状态，使用拖曳方法在页面内左上角创建一个层，它的名称自动设置为 Layer2。然后，在该层内插入一幅卡通米老鼠图像。

（3）单击“窗口”→“时间轴”菜单命令，调出“时间轴”面板，如图 5-4 所示。用鼠标将卡通米老鼠图像所在的层拖曳到时间轴内，此时“时间轴”面板内的第二图层会产生一个新的动画条，表示动画制作成功。

（4）单击选中动画条中的第 15 帧，再用鼠标水平拖曳层和卡通米老鼠图像到页面右边处。然后，用鼠标水平拖曳“时间轴”面板内动画条中的第 15 帧到第 121 帧。这样可以使动画播放得慢一些。

（5）按住 Ctrl 键，单击“时间轴”面板图层 2 中动画条，添加一些关键帧。用鼠标拖曳关键帧上的小圆，可以改变关键帧的位置。

（6）单击选中“时间轴”面板内图层 2 中的动画条中的第一个关键帧，用鼠标将卡通米老鼠图像所在的层拖曳到页面的一处（会看到移动路径的线条发生了变化）；再单击选中第二个关键帧，用鼠标将卡通米老鼠图像所在的层拖曳到页面的另一处。按此操作方法，将各关键帧的卡通米老鼠图像拖曳到不同的位置。

（7）按照制作卡通米老鼠图像在网页内沿曲线移动动画的制作方法，再制作一个公鸡 GIF 图像在网页内沿曲线移动的动画。

制作完网页中的两个游动广告动画后的“时间轴”面板如图 5-11 所示。

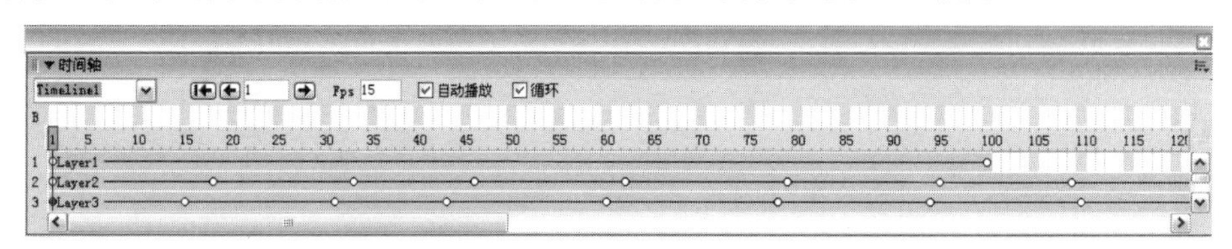

图 5-11 制作完网页中的两个游动广告动画后的“时间轴”面板

2. 添加关键帧

“时间轴”面板可以在用户给出起始帧和终止帧后自动产生中间过程的各帧。如果动画的移动路径不是直线，中间有转折点，则转折点处的画面就是关键帧。加入关键帧，可以使沿直线路径移动的动画变为沿曲线或折线路径移动的动画，添加关键帧的方法如下：

（1）单击选中动画条内要加入关键帧的位置，回放头会随之移到此时间位置，同时回放头回移到此帧处，用来指示选中的位置。例如，选择第 15 帧（将终止帧移到第 30 帧处）。

（2）在动画条内，单击鼠标右键，弹出时间轴快捷菜单；再单击该菜单内的“增加关键帧”菜单命令，即可在选中的位置处插入一个关键帧，如图 5-12 所示。按住 Ctrl 键，单击要加入关键帧的位置，也可以添加关键帧。

如果对关键帧的位置不满意，可以用鼠标拖曳关键帧上的小圆。

如果要删除关键帧，可以单击选中要删除的关键帧，单击鼠标右键，弹出时间轴快捷菜单，再单击该菜单中的“移除关键帧”菜单命令即可。

3. 制作沿曲线路径移动的动画

（1）方法一：单击选中关键帧，用鼠标拖曳动画层到新的位置，即可确定关键帧图像的位置。此时，动画移动的路径线会变为一条曲线，如图 5-13 所示。可以看出，路径线的起始位置与终止位置不变。如果要改变关键帧图像的位置，可以再用鼠标拖曳动画层到新的位置。

按住“播放”按钮 ➡ 不放，即可在网页设计窗口内看到沿曲线路径移动的动画了。

（2）方法二：可以用鼠标拖曳的方法来制作沿曲线路径移动的动画，操作方法如下所述。

- 在页面内插入一个层，并给该层起一个名字。然后，在层内插入一个图像或输入一些文字等，再将插有图像或文字的层移到动画的起始位置。此处，层中插入的是图像。

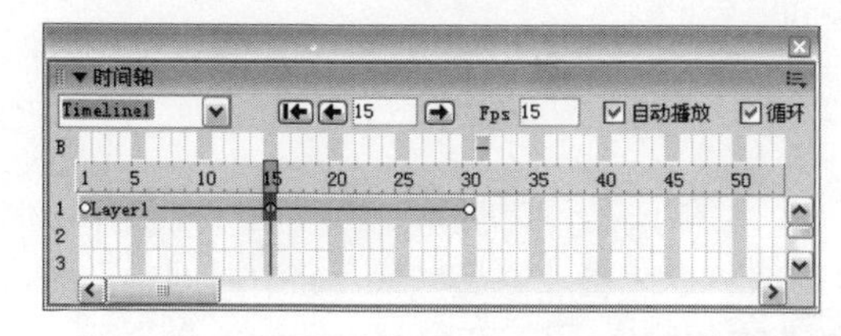

图 5-12 加入关键帧后的“时间轴”面板

图 5-13 调整关键帧动画层的位置后产生的曲线路径线

- 单击选中该层，再单击“修改”→“时间轴”→“录制层路径”菜单命令，或者单击时间轴快捷菜单中的“录制层路径”菜单命令。
- 在网页设计窗口内，按照希望的曲线路径，用鼠标拖曳层。随着鼠标拖曳的进行，会产生一条曲线路径线，如图 5-14 所示。
- 松开鼠标左键，即可生成复杂曲线路径。此时，“时间轴”面板会自动产生动画条，如图 5-15 所示。由产生的动画条可以看出，用鼠标拖曳所用的时间越长，组成动画的帧数也越多。鼠标拖曳时的转折点越多，自动产生的关键帧也越多。

图 5-14 用鼠标拖曳层产生一条曲线路径线

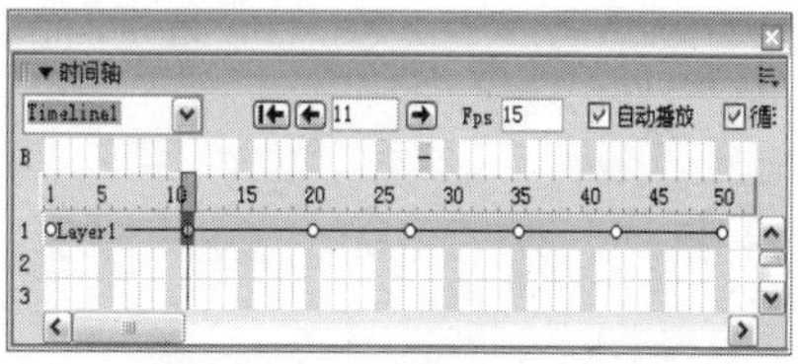

图 5-15 “时间轴”面板内自动产生的动画条

- 按住“播放”按钮 不放，即可在网页设计窗口内看到沿曲线路径移动的动画。

4．动画的更名、删除、复制和移动

（1）动画的更名：可以直接在“时间轴”面板的列表框内更改动画的名字。

另外，可以单击时间轴菜单中的“重命名时间轴”菜单命令，调出“重命名时间轴”对话框，如图 5-16 所示。在该对话框的“时间轴名称”文本框内输入新的名字，再单击“确定”按钮即可。

图 5-16 “重命名时间轴”对话框

（2）动画的删除：动画的删除方法如下所述。

- 删除动画条：单击选中要删除的动画条，按 Delete 键或单击“编辑”→“剪切”菜单命令。
- 删除所有动画条：单击时间轴菜单中的“移除时间轴”菜单命令。

（3）动画的复制：动画的复制方法如下所述。

- 单击选中要复制的动画条，再单击时间轴菜单中的“拷贝”菜单命令。
- 调整回放头的位置，再单击时间轴菜单中的“粘贴”菜单命令，即可在选中的动画条的右边复制一个动画条；而且可以将其粘贴到其他页面的“时间轴”面板中。

（4）动画的移动：动画的移动方法如下所述。

- 方法一：单击选中要移动的动画条，再单击时间轴菜单中的“剪切”菜单命令；调整回放头的位置，再单击时间轴菜单中的“粘贴”菜单命令，即可将动画条移到回放头所处的位置处，而且可以将其移动到其他页面的“时间轴”面板中。
- 方法二：可以用鼠标拖曳一个动画条在整个动画通道内移动。按住 Shift 键，单击要移动的动画条，选中多个动画条，鼠标拖曳一个动画条即可同时移动多个动画条。

5.2 “行为”面板与行为设置

行为是动作（Actions）和事件（Events）的组合。动作就是计算机系统执行的一个操作，例如，弹出一个提示框、执行一段程序或一个函数、播放声音或影片、启动或停止“时间轴”面板中的动画等。动作通常是由预先编写好的 JavaScript 脚本程序实现的，Dreamweaver 8 自带了一些动作的 JavaScript 脚本程序，可供用户直接调用。用户也可以自己用 JavaScript 语言编写 JavaScript 脚本程序，创建新的行为。

事件是指引发动作产生的事情，例如，鼠标移到某对象之上、鼠标单击某对象、“时间轴”面板中的回放头播放到某一帧等。要创建一个行为，就是要指定一个动作，再确定触发该动作的事件。有时，某几个动作可以被相同的事件触发，则须要指定动作发生的顺序。

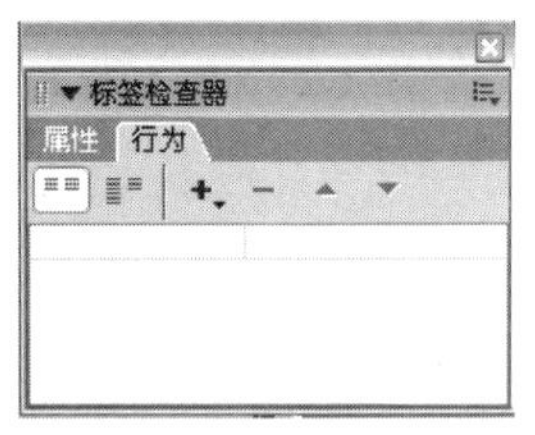

图 5-17 “行为”面板

Dreamweaver 8 中使用“行为”面板（也叫“行为控制器”）来完成行为中动作和事件的设置，从而实现动态交互效果。

单击“窗口”→“行为”菜单命令或按 Shift+F3 组合键，即可调出“标签检查器”面板组，其中包括“行为”面板，如图 5-17 所示。

5.2.1 【实例 25】“跟我学计算机”网页——弹出式菜单

“跟我学计算机”网页在浏览器中的显示效果如图 5-18 所示。页面的导航栏中有“多媒体”、“程序设计”、“电子游戏”、“电子商务”和“网络技术”菜单。

多媒体 程序设计 电子商务 电子游戏 网络技术

图 5-18 “跟我学计算机”网页的显示效果

当鼠标移到导航栏中的“多媒体”文字图像之上时，会弹出含有“多媒体技术基础”、“平面图像设计”、“三维动画设计”、“多媒体程序设计”、“网页界面设计”、“印刷品设计”和“广告艺术设计”链接的下拉菜单，如图 5-19 所示，单击该菜单中的菜单命令，可链接到相应的网页。下面介绍“跟我学计算机”网页的制作方法和相关知识。

1.“跟我学计算机”网页的制作过程

（1）新建一个网页文档，在网页的适当位置插入导航条，在导航栏内插入已经制作好的“多媒体”文字图像。

（2）在“多媒体”文字图像下方，紧贴导航栏的下边插入一个层，将该层命名为 DMT1，如图 5-20 所示。将层设置成“灰色”背景，在层中输入“多媒体技术基础”、“平面图像设计”、“三维动画设计”、“多媒体程序设计”、“网页界面设计”、“印刷品设计”和“广告艺术设计”文字。每输入完一组文字，按一次回车键。

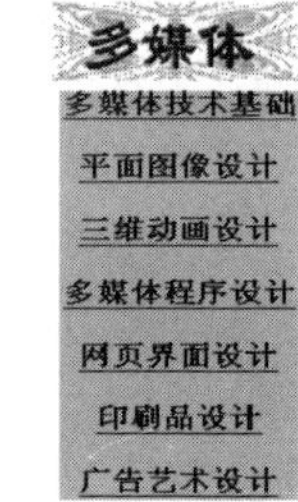

图 5-19 弹出式下拉菜单

（3）用鼠标拖曳选中“多媒体技术基础”文字，将该文字的颜色设置为蓝色，字大小为 18 像素。然后，单击“链接”栏中的按钮，调出“选择文件”对话框，在该对话框中选择要链接的网页，选中“相对于”下拉列表框中的“文档”选项，最后单击“确定”按钮，即可设置好要链接的网页文件。也可以直接在“链接”下拉列表框中输入要链接的网页文件的名称（这个网页与“跟我学计算机”网页文件，名称为 HTML36-1.htm，在相同的文件夹“G:\HTMLASP”内）。

按照相同的方法分别建立其他文字与相应网页的链接，完成后的效果如图 5-21 所示。

（4）单击选中“多媒体”文字图像，单击“行为”面板内“事件”栏下拉列表框右边的 按钮，调出“事件名称”菜单。在“事件名称”菜单中选择“OnMouseOver”事件选项，将事件设置成“当鼠标指针经过对象”，如图 5-22 所示。

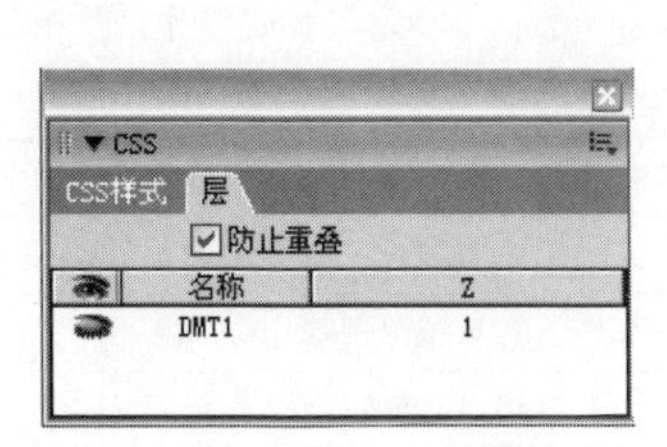

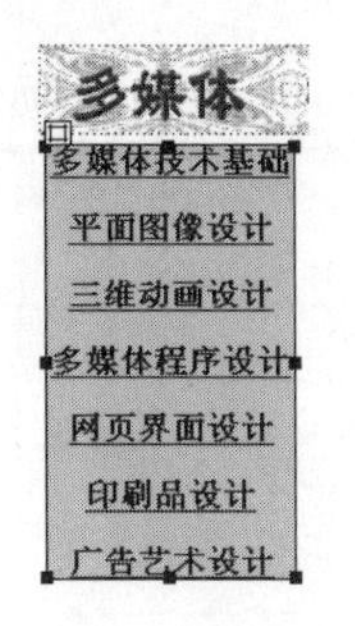

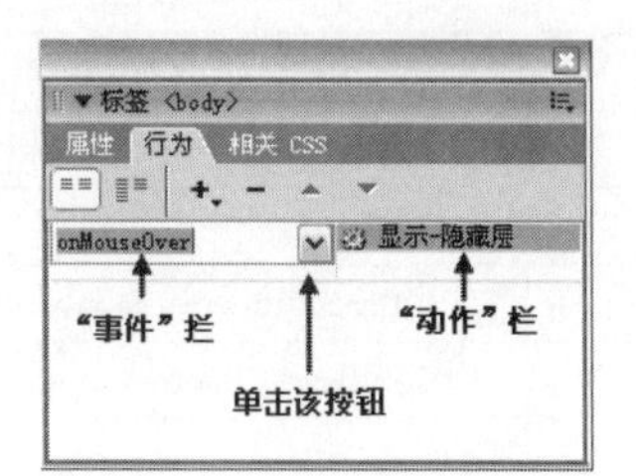

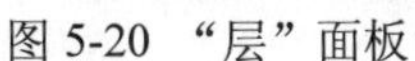
图 5-20　“层”面板

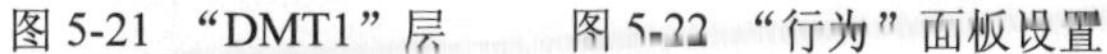
图 5-21　“DMT1”层　　图 5-22　“行为”面板设置

（5）选中“多媒体”文字图像，单击“行为”面板内的 按钮，弹出“动作名称”菜单，单击该菜单中的“显示—隐藏层”动作菜单命令，调出“显示—隐藏层”对话框，如图 5-23 所示（此时“命名的层”文本框中还没有其中的“（显示）”文字）。单击该对话框中的“显示”按钮，使“显示—隐藏层”对话框的“命名的层”文本框中出现“（显示）”文字，再单击“确定”按钮，即可设置好鼠标指针经过“多媒体”文字图像时产生使 DMT1 层显示的动作。

（6）单击选中“层”面板中的 DMT1 层，单击“行为”面板内“事件”栏右边的 按钮，调出“事件名称”菜单，在“事件名称”菜单中选择“OnMouseOver”事件选项。再按照上述方法，设置鼠标经过 DMT1 层图像时产生使 DMT1 层显示的动作。

（7）单击选中“层”面板中的 DMT1 层。单击“行为”面板内“事件”栏右边的 按钮，调出“事件名称”菜单。在“事件名称”菜单中选择“onMouseOut”事件选项，将事件设置成“当鼠标指针离开对象”。

（8）单击“行为”面板内的 按钮，弹出“动作名称”菜单，单击该菜单中的“显示—隐藏层”动作菜单命令，调出“显示—隐藏层”对话框，如图 5-23 所示。单击该对话框中的“隐藏”按钮，使“显示—隐藏层”对话框内的“命名的层”文本框中出现“（隐藏）”文字，如图 5-24 所示。单击“确定”按钮，即可设置好鼠标指针离开 DMT1 层后产生使 DMT1 层隐藏的动作。

（9）在“层”面板中选中 DMT1 层，在其“属性”栏中的“可见性”下拉列表框中选择“hidden”（隐藏）选项，将该层设置成“初始状态下隐藏”。以后如果要显示该层，可单击选中“层”面板（如图 5-20 所示）中的“DMT1”层的 图标，使该图标变为 图标。

此时，DMT1 层的“行为”面板设置如图 5-25 所示。由图 5-25 所示的“行为”面板可以看出，进行完动作的设置后，在“行为”面板内会显示出动作的名称，在“事件”栏中事件名称的左边会有一个 按钮，双击该按钮，可以调出“显示—隐藏层”对话框，重新进行设置。

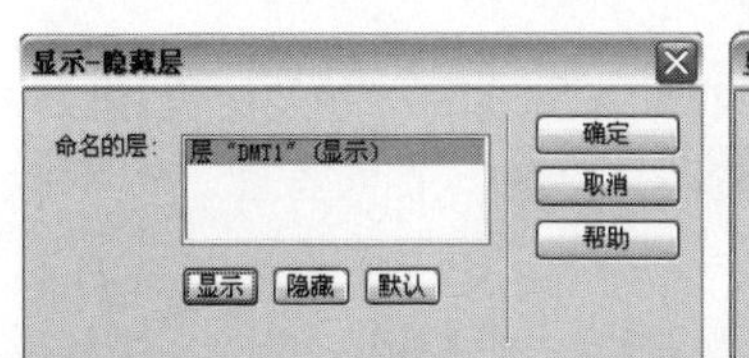

图 5-23　“行为”面板设置

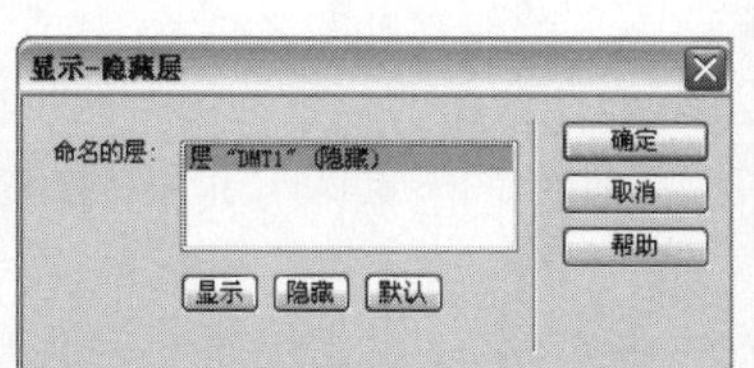

图 5-24　“行为”面板设置

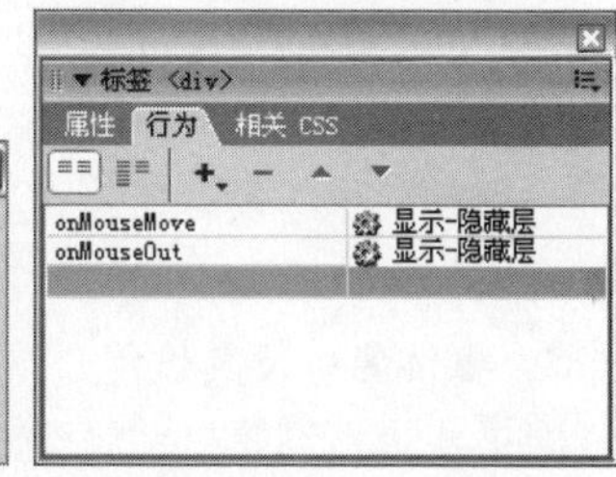

图 5-25　“行为”面板设置

（10）按照上述方法，继续完成导航栏中其他按钮的弹出菜单设置。

2．动作名称及其作用

单击“行为”面板中的“添加行为” 按钮，弹出“动作名称”菜单，其作用如表 5-1 所示，再单击某一个动作名称，即可进行相应的动作设置。

表 5-1　动作名称及动作的作用

序　　号	动作的英文名称	动作的中文名称	动作的作用
1	Swap Image	交换图像	交换图像
2	Popup Message	弹出信息	弹出消息栏
3	Swap Image Restore	恢复交换图像	恢复交换图像
4	Open Browser Window	打开浏览器窗口	打开新的浏览器窗口
5	Drag Layer	拖动层	拖曳层到目标位置
6	Control Shockwave or Flash	控制 Shockwave 或 Flash	控制 Shockwave 或 Flash 影像
7	Play Sound	播放声音	播放声音
8	Change Property	改变属性	改变对象的属性
9-1	Play Timeline	时间轴（播放时间轴）	播放时间轴上的动画
9-2	Stop Timeline	时间轴（停止时间轴）	停止时间轴上动画的播放
9-3	Go To Timeline Frame	时间轴（转到时间轴帧）	跳转到时间轴上的某一帧
10	Show-Hide Layers	显示—隐藏层	显示或隐藏层
11	Show-Menu	显示弹出菜单	为图像添加弹出菜单
12	Check Plugin	检查插件	检查浏览器中已安装插件的功能
13	Check Browser	检查浏览器	检查浏览器的类型和型号，以确定显示的页面
14	Validate Form	检查表单	检查指定的表单内容的数据类型是否正确
15	Set Nav Bar Image	设置导航栏图像	设置引导链接的动态导航条图像按钮
16-1	Set Text of Layer	设置文本（设置层文本）	设置层中的文本
16-2	Set Text of Frame	设置文本（设置框架文本）	设置框架中的文本
16-3	Set Text of　Text Field	设置文本（设置文本域文字）	设置表单域内文字框中的文字
16-4	Set Text of　Status Bar	设置文本（设置状态条文本）	设置状态栏中的文本
17	Call JavaScript	调用 JavaScript	调用 JavaScript 函数
18	Jump Menu	跳转菜单	选择菜单实现跳转
19	Jump Menu Go	跳转菜单开始	选择菜单后，单击“Go”按钮实现跳转
20	Go To URL	转到 URL	跳转到 URL 指定的网页
21	Preload Images	预先载入图像	预装载图像，以改善显示效果
22	Get More Behaviors…	获得更多行为	连接网络，获得更多行为（不属于动作）

注意：对于选择不同的浏览器，可以使用的动作也不一样，版本低的浏览器可以使用的动作较少。当选定的对象不一样时，动作名称菜单中可以使用的动作也不一样。

进行完动作的设置后，在“行为”面板的列表框内会显示出动作的名称与默认的事件名称。可以看出，在选中动作名称后，“事件”栏中默认的事件名称右边会出现一个 按钮。

3．事件名称及其作用

如果要重新设置事件，可单击“事件”栏中默认的事件名称右边的 按钮，调出事件名称菜单。菜单中列出了该对象可以使用的所有事件。

各个事件的名称及其作用如表 5-2 所示。

表 5-2 事件名称及其作用

序 号	事件名称	事件可以作用的对象	事件的作用
1	OnAbort	图像、页面等	中断对象载入操作时
2	onAfterUpdate	图像、页面等	对象更新之后
3	onBeforeUpdate	图像、页面等	对象更新之前
4	onFocus	按钮、链接和文本框等	当前对象得到输入焦点时
5	onBlur	按钮、链接和文本框等	焦点从当前对象移开时
6	onClick	所有对象	单击对象时
7	onDblClick	所有对象	双击对象时
8	onError	图像、页面等	载入图像等当中产生错误时
9	onHelp	图像等	调用帮助时
10	onLoad	图像、页面等	载入对象时
11	onMouseDown	链接图像和文字等	在热字或图像处按下鼠标左键时
12	onMouseUp	链接图像和文字等	在热字或图像处松开鼠标左键时
13	onMouseOver	链接图像和文字等	鼠标指针移入热字或图像区域时
14	onMouseOut	链接图像和文字等	鼠标指针移出热字或图像区域时
15	onMouseMove	链接图像和文字等	鼠标指针在热字或图像上移动时
16	onReadyStateChange	图像等	对象状态改变时
17	onKeyDown	链接图像和文字等	当焦点在对象上，按键处于按下状态时
18	onKeyPress	链接图像和文字等	当焦点在对象上，按键按下时
19	onKeyUp	链接图像和文字等	当焦点在对象上，按键抬起时
20	onSubmit	表单等	表单提交时
21	onReset	表单等	表单重置时
22	onSelect	文字段落、选择框等	选定文字段落或选择框内某项时
23	onUnload	主页面等	当离开此页时
24	onResize	主窗口、帧窗口等	当浏览器内的窗口大小改变时
25	onScroll	主窗口、帧窗口、多行输入文本框等	当拖曳浏览器窗口的滚动条时
26	onRowEnter	Shockwave 等	以行进入时
27	OnRowExit	Shockwave 等	以行退出时

注意：如果出现带括号的事件，则该事件是链接对象的。使用它们时，系统会自动在行为控制器下拉列表框内显示的事件名称前面增加一个“#”号，表示空链接。

4．设置行为的其他操作

（1）选择行为的目标对象：要设置行为，必须先选中事件作用的对象。单击选中图像、用鼠标拖曳选中文字等，都可以选择行为的目标对象。另外，也可以单击网页设计窗口左下角状态栏上的标记，来选中行为的目标对象。例如，要选中整个页面窗口，可单击<body>标记。还可以单击页面空白处，再按 Ctrl+A 组合键。

选中不同的对象后，“标签”面板的标题栏名称会随之发生变化。“标签”面板的标题栏的名称中将显示行为的对象名称，例如，选择整个页面窗口后，“标签”面板的名称为“标签<body>”。

（2）显示所有事件：单击“行为”面板中的“显示所有事件”按钮，在“行为”面板中会显示出选中对象所能使用的所有事件，如图 5-26 所示。单击“显示设置事件”按钮后，在“行为”面板中只显示已经使用的事件，如图 5-27 所示。

（3）单击选中“行为”面板内的某一个行为项（即动作和事件）时，再单击按钮，即可删除选中的行为项。

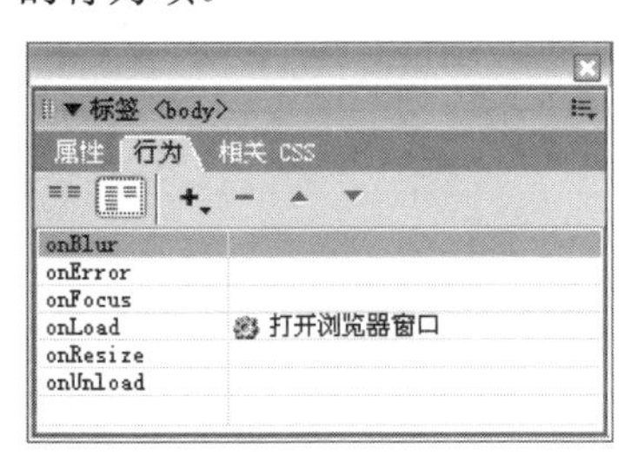

图 5-26　显示所有事件的“行为”面板

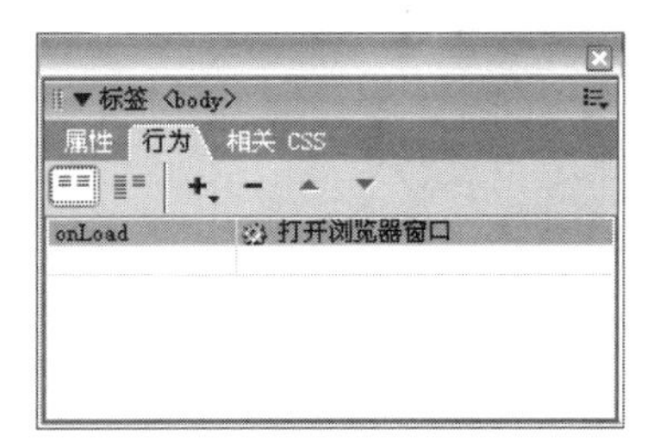

图 5-27　只显示已经使用的事件

（4）单击选中“行为”面板内的某一个行为项后，再单击按钮，可以使选中的行为的执行次序提前，单击选中行为项后，再单击按钮，可以使选中的行为，执行次序下降。

5．“显示—隐藏层”动作

选中层以后，在“行为”面板中选择“显示—隐藏层”菜单命令，可以调出“显示—隐藏层”对话框，如图 5-23 和图 5-24 所示。

（1）如果要设置层为显示状态，则单击选中“命名的层”列表框内层的名称，再单击“显示”按钮，此时“命名的层”列表框内选中的层名称右边会出现“(显示)”文字。

（2）如果要设置层为不显示状态，则单击选中“命名的层”列表框内层的名称，再单击“隐藏”按钮，此时“命名的层”列表框内选中的层名称右边会出现“(隐藏)”文字。

（3）单击“默认值”按钮后，可将层的显示与否设置为默认状态。

5.2.2　【实例 26】“北京名胜”网页——交替变化图像

“北京名胜 1”网页的打开后，在同一位置处，会交替显示 10 幅图像，它们周而复始地循环切换。这 10 幅图像如图 5-28（没有下边的文件名）所示。

将鼠标指针移到交替显示的图像之上时，会在浏览器的状态栏显示“交替显示的图像是用时间轴动画技术制作的”提示信息。当鼠标指针移出该文字时，状态栏显示的提示信息会自动还原。当单击交替显示的图像时，屏幕会弹出一个提示框，如图 5-29 所示。此时动画停止，单击“确定”按钮后，提示框消失，动画继续。

图 5-28　交替显示的 10 幅图像

图 5-29　单击图像后显示事先输入的信息

下面介绍“北京名胜 1”网页的制作过程和相关知识。

1．“交替变化图像”网页的制作过程

（1）在“G:\HTMLASP\BJJZ”文件夹内放置 10 幅图像，在 Photoshop 中将这些图像的大小调整一致，均为宽 240 像素，高 160 像素。图像的名称分别为 BJJZ1.jpg、……、BJJZ10.jpg。

（2）在网页数计窗口左边插入图像 BJJZ1.jpg，在网页设计窗口右边创建一个层，调整图像的大小，如图 5-30 所示。

（3）用鼠标分别将它们（层和图像）拖曳到“时间轴”面板内，形成两条动画条（层的 Layer1 和图像的 Image1），并将它们均调到 81 帧，选中“循环”和“自动播放”两个复选框，用来保证网页在浏览器中可以自动播放和循环播放。此时的“时间轴”面板如图 5-31 所示。

（4）制作层的直线移动动画，注意层在移动中不要遮盖住图像，如图 5-32 所示。在图像动画条（Image1）上的合适位置（每间隔 9 帧），加入 8 个关键帧，如图 5-31 所示。

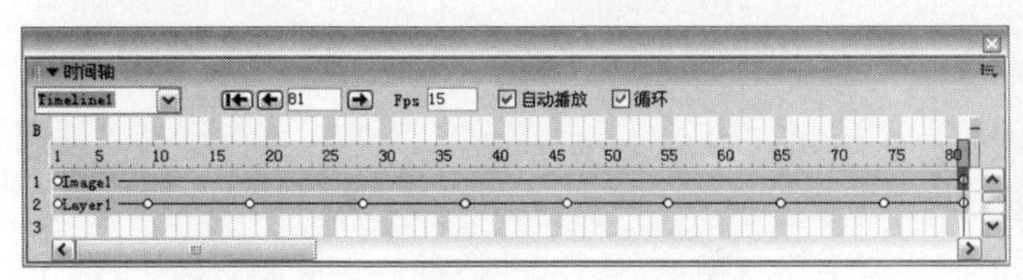

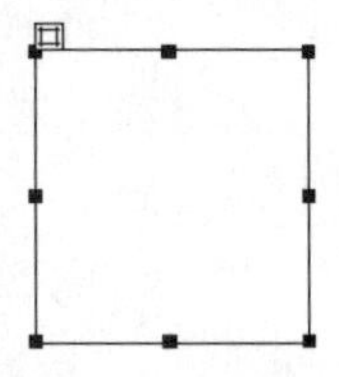

图 5-30　在页面内插入一幅图像和一个层　　　图 5-31　“时间轴”面板内的两条动画条

（5）单击选中图像动画条上的第二个关键帧，同时也选中了相应的图像。在该图像“属性”栏内的“源文件”文本框中输入“BJJZ2.jpg”，即可更换一幅图像。

再依次单击选中图像动画条上的各个关键帧，同时也选中了图像。分别在图像“属性”栏内的“源文件”文本框中输入“BJJZ3.jpg”……“BJJZ10.jpg”，更换为 10 幅图像。如果加载的图像大小不一样，可适当调整图像大小，系统会自动将图像按照后加载图像的尺寸进行调整，使所有加载的图像尺寸一样。

（6）单击选中图像，再单击“窗口”→“行为”菜单命令或按 Shift+F3 键，调出“行为”面板，如图 5-17 所示。单击“行为”面板中按钮 +. 的右下角箭头，弹出“动作名称”菜单。单击选择“弹出信息”菜单命令，调出“弹出信息”对话框。在“信息”列表框内输入弹出的对话框内要显示的文字，如图 5-33 所示。然后，单击“确定”按钮。

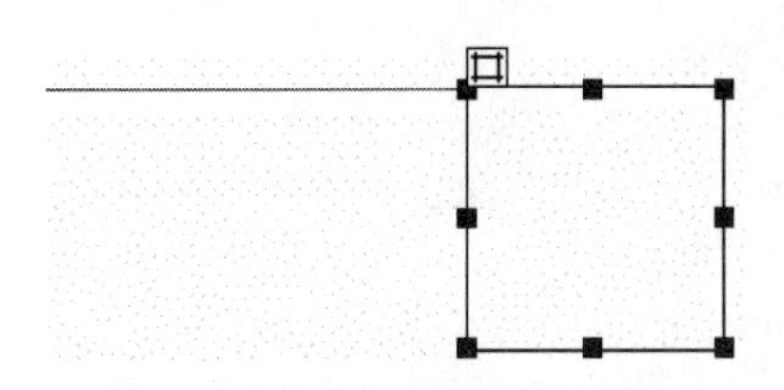

图 5-32　制作层的直线移动动画　　　图 5-33　“弹出信息”对话框和输入的信息

（7）单击“行为”面板中的 +. 按钮，调出“动作名称”菜单，单击选择该菜单中的“设置文本”→“设置状态栏文本”菜单命令，调出“设置状态条文本”对话框；然后在“信息”文本框内输入要在状态栏中显示的文字“交替显示的图像是用时间轴动画技术制作的”提示信息，如图 5-34 所示。然后，单击“确定”按钮。

（8）单击“行为”面板中的 +. 按钮，调出“动作名称”菜单，单击选择该菜单中的“设置文本”→“设置状态栏文本”菜单命令，调出“设置状态条文本”对话框；然后在“信息”文本框内输入要在状态栏中显示的文字“在同一位置处 10 幅交替显示的图像，是不是很有意思!”提示信息，如图 5-35 所示。然后，单击“确定”按钮。

（9）在与“弹出信息”动作同一行的“事件”栏中，单击事件名称右边的 按钮，调出事件名称菜单，单击选中“onClick”（用鼠标单击对象）事件。

按照相同的方法，在与第一个“设置状态栏文本”动作同一行的“事件”栏中，将它的的事件改为“onMouseOut”（鼠标移出对象）。在与第一个“设置状态栏文本”动作同一行的“事件”

栏中，将它的事件应是“onMouseOver”（鼠标移到对象之上）。设置事件后的“行为”面板（即行为控制器）如图 5-36 所示。

图 5-34 “设置状态栏文本”对话框和输入的信息

图 5-35 “设置状态栏文本”对话框和输入的信息

2．“弹出信息”动作

选择整个页面，单击“行为”面板中的 ＋ 按钮，调出“动作名称”菜单，单击选择“弹出信息”菜单命令，调出“弹出信息”对话框，如图 5-33 所示。在“消息”文本框内输入弹出的对话框内要显示的文字，单击“确定”按钮，即可完成动作设置。

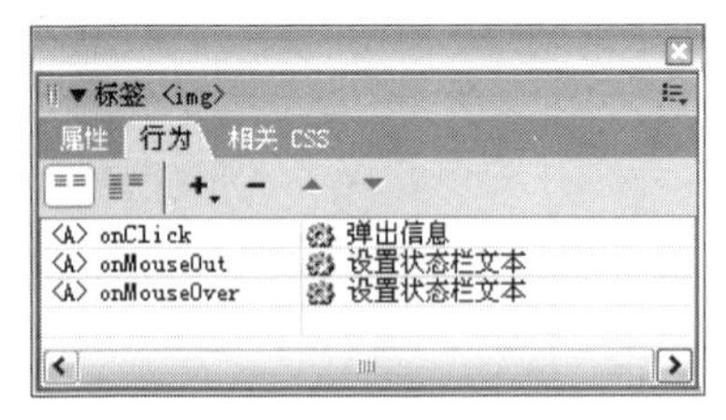

图 5-36 设置事件后的行为控制器

3．“设置文本”动作

选择一个页面对象，单击“行为”面板中的 ＋ 按钮，调出“动作名称”菜单，单击选择“设置文本”菜单命令，调出它的子菜单，各子菜单命令的作用如下所述。

（1）设置状态条文本：选择整个页面，单击“行为”面板中的 ＋ 按钮，再单击选择“设置文本”→“设置状态栏文本”菜单命令，会调出“设置状态栏文本”对话框，如图 5-34 所示。在“消息”文本框内输入要在状态栏中显示的文字，然后单击“确定”按钮。

（2）设置层文本：选择一个层，单击“行为”面板中的 ＋ 按钮，单击选择“设置文本”→“设置状态栏文本”菜单命令，调出“设置层文本”对话框，如图 5-37 所示。利用该对话框，可以在指定的层中建立一个文本域。该对话框中各选项的作用如下所述。

- “层”下拉列表框：选择层的名称。
- “新建 HTML”文本框：可以输入发生事件后，在选定层内显示的文字内容。

（3）设置框架文本：在创建框架后，选中一个对象，单击“行为”面板中的 ＋ 按钮，再单击选择“设置文本”→“设置框架文本”菜单命令，调出“设置框架文本”对话框，如图 5-38 所示。利用该对话框，可以在指定的框架中建立一个文本域。该对话框中各选项的作用如下所述。

图 5-37 “设置层文本”对话框

图 5-38 “设置框架文本”对话框

- “框架”下拉列表框：用来选择分栏框架窗口的名称。
- “新建 HTML”文本框：可以在此文本框内输入发生事件后，在选定的分栏框架窗口内显示的文字内容，不可以输入中文，否则会以乱码显示。
- “获得当前 HTML”按钮：单击它后，在“新建 HTML”文本框内会显示出选择的分栏框架窗口内网页的 HTML 地址。
- “保留背景颜色”复选框：选择它后，可以保存背景色。

（4）设置文本域文字：先创建表单域内的文本框，并命名，单击“行为”面板中的 ＋ 按钮，再单击选择“设置文本”→“设置文本域文字”菜单命令，调出“设置文本域文字”对话框，如图 5-39 所示。

在该对话框的“文本域”下拉列表框内选择文本域，再在“新建文本”文本框内输入文本。然后，单击“确定”按钮，退出“设置文本域文字”对话框。

5.2.4 【实例 27】“图像链接翻转”网页

“图像链接翻转”网页在浏览器中显示的效果如图 5-43 所示。页面上有三幅图像和一个 GIF 动画（摆动的卡通动物）。当鼠标指针移到左边的图像时，三幅图像会变为另外三幅图像，如图 5-44 所示。当单击左边的图像时，三幅图像又会变为另外三幅图像，如图 5-45 所示。当鼠标指针移到或单击右边的卡通动物动画时，动画会改变，三幅图像恢复到原始状态，如图 5-46 所示。单击卡通动物动画后，动画也会改变，三幅图像恢复到原始状态，如图 5-47 所示。

图 5-39 “设置文本域文字”对话框

图 5-43 “图像链接翻转”网页的显示效果之一

图 5-44 “图像链接翻转”网页的显示效果之二

图 5-45 “图像链接翻转”网页的显示效果之三

图 5-46 “图像链接翻转”网页的显示效果之四

图 5-47 “图像链接翻转”网页的显示效果之五

另外，单击第一幅图像或单击卡通动物动画后，会调出相应的 GIF 动画（还可以是网页）。下面介绍“图像链接翻转”网页的制作过程和相关知识。

1．“图像链接翻转”网页的制作过程

（1）在“G:\HTMLASP\JPG”文件夹内放置 PA1.jpg、PA2.jpg、PA3.jpg（左起第一个位置所对应的三幅图像），PB1.jpg、PB2.jpg、PB3.jpg（左起第二个位置所对应的三幅图像），PC1.jpg、PC2.jpg、PC3.jpg（左起第三个位置所对应的三幅图像）图像文件，在“G:\HTMLASP\GIF”文件夹内放置 PTD1.jpg、PTD2.jpg、PTD3.jpg（左起第 4 个位置所对应的 GIF 动画），SAONV 和 AS.gif GIF 动画文件。在 Photoshop 中将这些图像的大小调整一致。

（2）在页面内插入三幅图像 PA1.jpg、PB1.jpg、PC1.jpg 和 PTD1.gif，如图 5-44 所示。在图像的“属性”栏内分别给从左到右的图像分别命名为 PHOTO1、PHOTO2、PHOTO3 和 PTD1。

（3）单击选中左边第一幅图像（即行为对象），单击“行为”面板中按钮 +, 右下角的箭头，弹出“动作名称”菜单。单击选择“设置导航栏图像”菜单命令，调出“设置导航栏图像”对话框，如图 5-48 所示（还没有进行设置）。

在“设置导航栏图像”对话框内进行设置，即在正常状态（静态）下的状态图像文件为 JPG/PA1.jpg，鼠标指针移到对象上时显示的图像文件为 JPG/PA2.jpg，鼠标单击该图像对象时显示的图像文件为 JPG/PA3.jpg，单击该图像还可以调出 GIF/SAONV.gif GIF 动画。“设置导航栏图像”对话框最终的设置结果如图 5-48 所示。

（4）单击“设置导航栏图像”对话框内的“高级”标签。在该对话框的“当项目‘PHOTO1’正在显示”下拉列表框中选择“鼠标经过图像或点击鼠标经过图像”选项。单击选中“同时设定图像”显示框内的“图像‘PHOTO2’”选项，再在“变成图像文件”文本框内输入“JPG /PB2.JPG”（可通过单击该文本框右边的“浏览”按钮导入该图像），如图 5-49 所示。

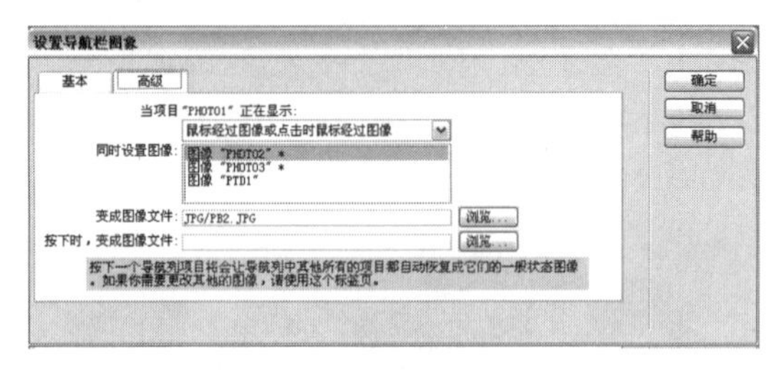

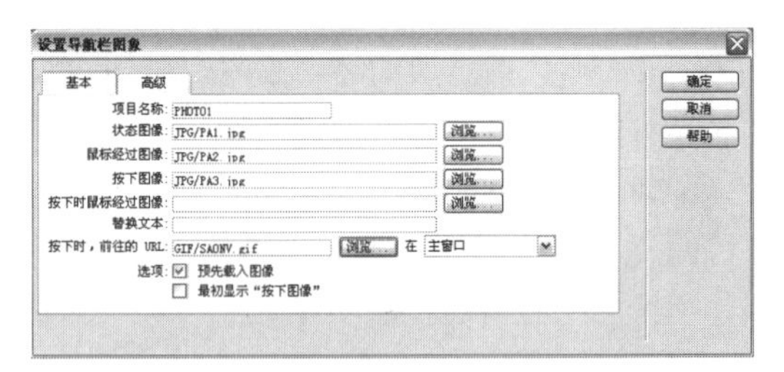

图 5-48 “设置导航栏图像”（基本）对话框设置　　图 5-49 进行设置后的“设置导航栏图像”（高级）对话框之一

（5）然后，单击选中“同时设定图像”显示框内的“图像‘PHOTO3’”选项，再在“变成图像文件”文本框内输入“JPG/PC2.jpg”，如图 5-50 所示。

（6）在“当项目‘PHOTO1’正在显示”下拉列表框中选择“点击图像”选项。单击选中“同时设定图像”显示框内的“图像‘PHOTO2’”选项，然后在“变成图像文件”文本框内输入“JPG/PB3.jpg”，如图 5-51 所示。

图 5-50 进行设置后的“设置导航栏图像”（高级）对话框之二　　图 5-51 进行设置后的“设置导航栏图像”对话框之三

（7）然后，单击选中“同时设定图像”显示框内的“图像‘PHOTO3’”选项，然后在“变成图像文件”文本框内输入“JPG/PC3.jpg”，如图 5-52 所示。

（8）单击选中右边的动画图像（即行为对象），单击“行为”面板中按钮 +. 右下角的箭头，弹出“动作名称”菜单。单击选择“设置导航栏图像”菜单命令，调出“设置导航栏图像”对话框。在“设置导航栏图像”对话框内进行如图 5-53 所示的设置，即正常状态（静态）下显示的图像文件为 GIF/PTD1.gif，鼠标指针移到对象上时显示的图像文件为 GIF/PTD2.gif，鼠标单击对象时显示的图像文件为 GIF/PTD3.gif。单击该动画后调出 GIF/AS.GIF 动画。

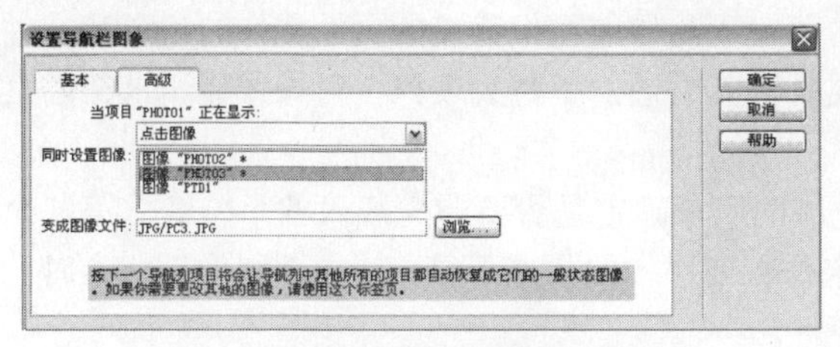

图 5-52　进行设置后的“设置导航栏图像”对话框之四

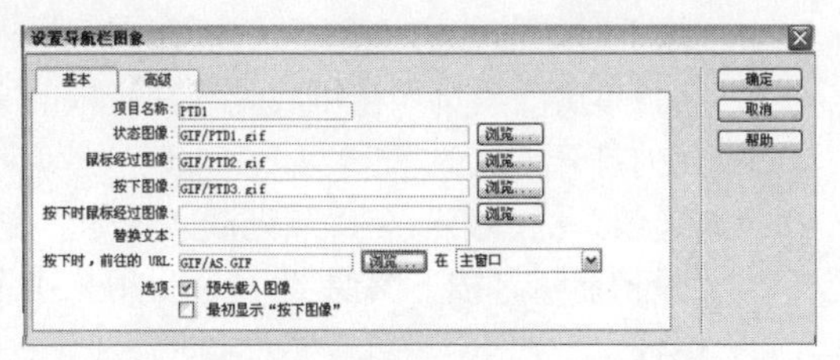

图 5-53　进行设置后的“设置导航栏图像”对话框之五

（9）单击“设置导航栏图像”对话框内的“高级”标签，在该对话框的“当项目‘PTD1’正在显示”下拉列表框中选择“鼠标经过图像或点击时鼠标经过图像”选项。单击选中“同时设定图像”显示框内的“图像‘PHOTO1’”选项，再在“变成图像文件”文本框内输入“JPG/PA1.jpg”，在“按下时，变成图像文件”文本框内输入“JPG/PA1.jpg”，如图 5-54 所示。表示鼠标指针经过右边的动画或单击该动画时，第一幅图像还原。

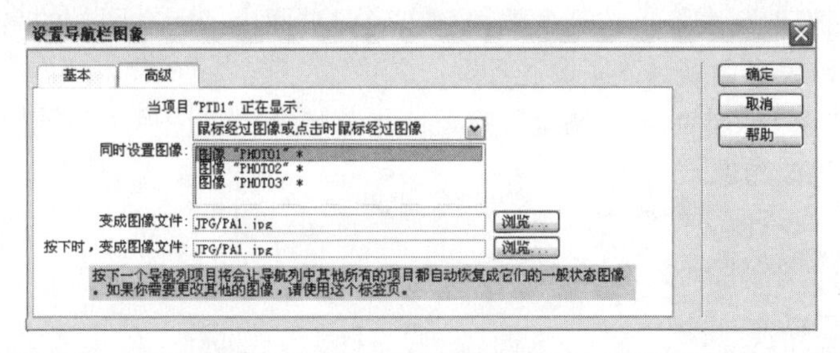

图 5-54　进行设置后的“设置导航栏图像”（高级）对话框之六

（10）单击选中“同时设定图像”显示框内的“图像‘PTD1’”选项，然后在“变成图像文件”文本框内输入“JPG/PB1jpg”，在“按下时，变成图像文件”文本框内输入“JPG/PB1.jpg”。表示鼠标指针经过右边的动画或单击该动画时，第二幅图像还原。此时的“设置导航栏图像”（高级）对话框与图 5-54 基本一样。

（11）单击选中“同时设定图像”显示框内的“图像‘PTD1’”选项，然后在“变成图像文件”文本框内输入“JPG/PC1.jpg”，在“按下时，变成图像文件”文本框内输入“JPG/PC1.jpg”。表示鼠标指针经过右边的动画或单击该动画时，第三幅图像还原。

关于第一幅图像和 GIF 动画的其他事件（onMouseOut 和 onMouseOver 事件）设置与 onClick 事件的设置方法一样，读者可自行完成。

2．“设置导航栏图像”动作

在页面中插入导航栏或图像，单击“行为”面板中按钮 +. 的右下角箭头，弹出“动作名称”菜单。单击选择“设置导航栏图像”菜单命令，调出“设置导航栏图像”对话框，如图 5-53 所示。

（1）选择“基本”标签后的“设置导航栏图像”对话框如图 5-53 所示，其中各选项的作用如下所述。

- “项目名称”文本框：输入此动态图像按钮的名称。
- 4 个文本框与“浏览”按钮：定义鼠标 4 种状态时的图像。“状态图像”是正常状态（静态）下显示的图像，“鼠标经过图像”是鼠标移到图像之上时显示的图像，“按下图像”是鼠标单击图像时显示的图像，“按下时鼠标经过图像”是鼠标按下并拖曳鼠标指针经过图像的过程中显示的图像。

- “按下时，前往的 URL”栏：在文本框内可输入与导航图像链接的页面文件的目录和文件名，单击“浏览”按钮后可选择链接的文件，其右边的下拉列表框内可选择显示链接的页面的打开方式。
- “选项”栏：第一个“预先载入图像”复选框用来确定是否要预先载入各个图像，第二个“最初显示‘按下图像’”复选框用来确定是否要在初始状态下显示“按下图像”状态时的图像。

（2）单击“高级”标签后的“设置导航栏图像”对话框如图 5-54 所示。它用来进行改变其他图像内容的设置。该对话框内各选项的作用如下所述。

- 最上边的下拉列表框：用来选择鼠标动作的状态。选择“鼠标经过图像或点击时鼠标经过图像”选项，表示鼠标处于移到图像之上或鼠标按下的过程中；选择“点击图像”选项，表示鼠标处于按下的状态。选择第二个选项时，其下边的“按下时，变成图像文件”文本框与“浏览”按钮消失。列表框名字中的“PHOTO1”表示动态图像按钮初始状态（即静态）时的图像名字，即动态图像按钮的名字。
- “同时设置图像”列表框：该列表框内列出当前页面内的所有图像的名字。单击选择一个图像名字后，表示可以对该图像进行图像转换。
- “变成图像文件”文本框与“浏览”按钮：用来选择一幅图像，当鼠标经过动态图像时，图像将转变为该图像。
- “按下时，变成图像文件”文本框与“浏览”按钮：用来选择一幅图像，当鼠标在动态图像上按下时，图像将转变为该图像。

3. “交换图像”动作

单击选择“交换图像”菜单命令，调出“交换图像”对话框，如图 5-55 所示。其中，各选项的作用如下所述。

（1）“图像”列表框：用来选择图像的名称。

（2）“设置原始档为”文本框与“浏览”按钮：输入或选择要更换的图像。

（3）“预先载入图像”复选框：选择它后，可以预先载入图像，使网页的显示更流畅。

（4）“鼠标滑开时恢复图像”复选框：选择它后，可以在鼠标指针离开时恢复图像。

如果要更换多幅图像，可重复进行上述的设置。

4. “恢复交换图像”动作

它的作用是恢复交换的图像。单击选择“恢复交换图像”菜单命令后，会调出“恢复交换图像”提示框。再单击“确定”按钮，即可完成恢复图像动作的设置。通常它与交换图像动作配合使用，“恢复交换图像”提示框的显示效果如图 5-56 所示。

图 5-55 “交换图像”对话框

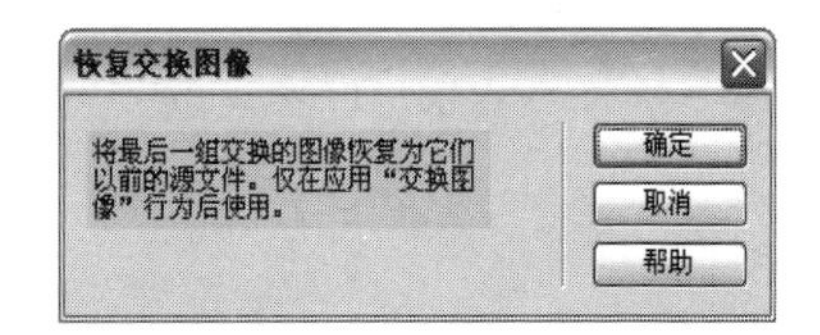

图 5-56 “恢复交换图像”提示框

5.2.5 【实例 28】“控制播放 Flash 动画和 MIDI 音乐”网页

“控制播放 Flash 动画和 MIDI 音乐”网页在浏览器中播放后的两幅画面如图 5-57 所示。一开始，“自转地球”Flash 动画是静止的；单击文字“Flash 播放”上边的图像后，“自转地球”Flash 动画开始播放；单击文字“Flash 暂停”上边的图像后，“自转地球”Flash 动画停止播放；单击文字“Flash 后退”上边的图像后，“自转地球”Flash 动画后退播放的帧；单击文字“到第 5 帧”上边的图像后，“自转地球”Flash 动画后转到第 5 帧播放；单击文字“播放 MIDI 音乐”上边的图像后，开始播放 MIDI 音乐。下面介绍“控制播放 Flash 动画和 MIDI 音乐”网页的制作方法和相关知识。

1. “控制播放 Flash 动画和 MIDI 音乐”网页的制作过程

（1）将光标定位在第一行，单击“插入”（常用）栏中的“媒体”快捷菜单中的“Flash”按钮，调出“选择文件”对话框。利用该对话框将“G:\HTMLASP\FLASH”文件夹内的 ZZTMDQ.swf 文件导入，然后，适当调整它的大小。

（2）在 Flash 动画的右边创建 5 个层，各个层内导入不同的图像，调整这些图像的大小，输入不同的文字，如图 5-57 所示。

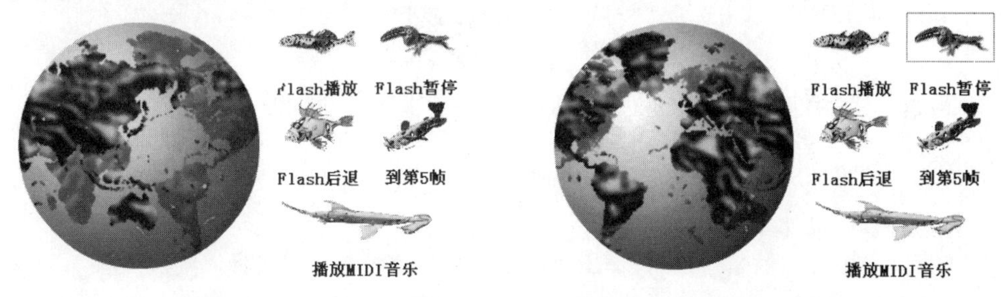

图 5-57 “控制播放 Flash 动画和 MIDI 音乐”网页的显示效果

（3）单击选中 Flash 动画，在其“属性”栏内左边的“名称”文本框内输入“FLASH”，这是 Flash 动画的名称。

（4）单击选中文字“Flash 播放”上边的图像，单击“行为”面板中按钮 +. 右下角的箭头，弹出“动作名称”菜单。单击选择“控制 Shockwave 或 Flash”菜单命令，调出“控制 Shockwave 或 Flash”对话框，选择该对话框中的“播放”单选按钮，如图 5-58 所示，再单击“确定”按钮。然后，在“行为”面板中设置它的事件为“onClick”（单击）。

（5）按照上述方法再设置一个行为，在“控制 Shockwave 或 Flash”对话框中选中“停止”单选按钮，在“行为”面板中设置它的事件为“onLoad”（加载网页）。此时的“行为”面板设置如图 5-59 所示。

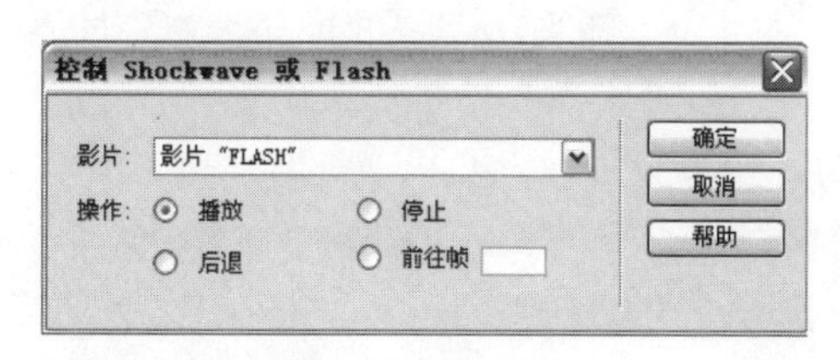

图 5-58 “控制 Shockwave 或 Flash”对话框

图 5-59 “行为”面板设置

（6）单击选中文字“Flash 暂停”上边的图像，按照上边所述方法，设置“控制 Shockwave 或 Flash”动作，在“控制 Shockwave 或 Flash”对话框中选择“停止”单选按钮，在“行为”面板中设置它的事件为“onClick”（单击）。

（7）单击选中文字“Flash 后退”上边的图像，按照上边所述方法，设置“控制 Shockwave

或 Flash”动作，在“控制 Shockwave 或 Flash”对话框中选择“后退”单选按钮，在“行为”面板中设置它的事件为“onClick”（单击）。

（8）单击选中文字“到第 5 帧”上边的图像，按照上边所述方法，设置“控制 Shockwave 或 Flash”动作，在“控制 Shockwave 或 Flash”对话框中选择“前往帧”单选按钮，在“前往帧”单选按钮右边的文本框中输入“5”，在“行为”面板中设置它的事件为“onClick”（单击）。

（9）单击选中文字“播放 MIDI 音乐”上边的图像，单击选择“播放声音”菜单命令，调出“播放声音”对话框，利用该对话框选择“MIDI/MIDI0.MID” MIDI 文件，如图 5-60 所示进行设置，再单击“确定”按钮。在“行为”面板中设置它的事件为“onClick”（单击）。

（10）单击选中文字“播放 MIDI 音乐”上边的图像，在其“属性”栏内的“链接”文本框中输入“MIDI/MIDI0.MID”，MIDI0.MID 保存在“G:\HTMLASP\MIDI”目录下。

2. “控制 Shockwave 或 Flash”动作

在页面内插入 Shockwave 或 Flash 动画（文件格式是 SWF，发布设置是播放器的版本应该是 Flash Player 6）的情况下，单击选择“控制 Shockwave 或 Flash”菜单命令，调出“控制 Shockwave 或 Flash”对话框，如图 5-58 所示。

（1）“影片”下拉列表框：用来选择 Shockwave 或 Flash 影片的名字。

（2）“动作”栏：该栏有 4 个单选按钮，分别是“播放”、“停止”、“后退”和“前往帧”（即转到影片的某一帧播放）。选择“前往帧”单选按钮后，还应在其右边的文本框内输入帧的编号。

3. “播放声音”动作

单击“行为”面板中的 + 按钮，调出“动作名称”菜单，单击选择“播放声音”菜单命令，调出“播放声音”对话框，如图 5-60 所示。在“播放声音”文本框内输入声音文件的名字，或者单击“浏览”按钮后选择声音文件。再单击“确定”按钮，即可完成动作设置。MIDI 音乐是在加载网页后自动进行播放的。

4. “调用 JavaScript”动作

单击选择该动作名称后，会调出“调用 JavaScript”对话框，如图 5-61 所示。在该对话框的“JavaScript”文本框内输入 JavaScript 函数，再单击“确定”按钮，即可完成动作设置。JavaScript 函数可以是系统自带的，也可以是自己编写的。

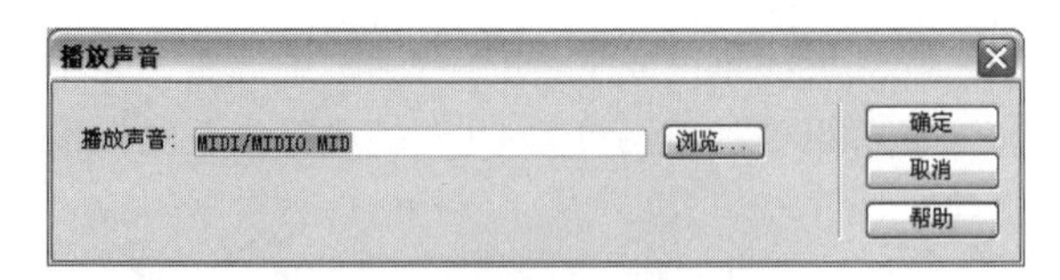

图 5-60 “播放声音”对话框

图 5-61 “调用 JavaScript”对话框

5.2.7 【实例 29】“活动菜单”网页

“活动菜单”网页在浏览器中的显示效果如图 5-62 所示。当鼠标指针移到“活动菜单”文字上时，会从浏览器左框外边慢慢移入一个菜单，同时会发出“咔”的声音。完全移入后的菜单如图 5-63 所示；移动过程中的一个画面如图 5-64 所示。下面介绍“活动菜单”网页的制作过程和相关知识。

1. “活动菜单”网页的制作过程

（1）在页面中创建一个名字为 Layer1 的层，其内插入一个一列 5 行的表格，适当调整它们的大小和位置，再将背景填充为黄色。

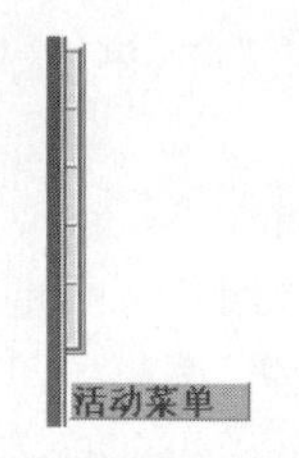

图 5-62 “活动菜单”网页效果

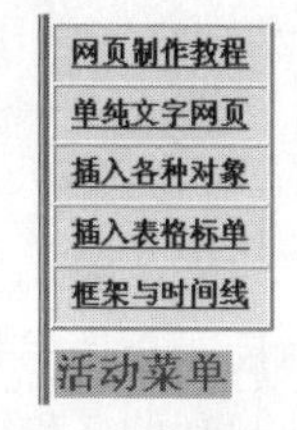

图 5-63 移入后的菜单

图 5-64 移动中的菜单

（2）选中表格，利用表格的“属性”栏，在“宽”文本框内输入“130”，将表格的宽度调为 175 像素；在“左”文本框内输入“–110”，将表格移到浏览器左框外边，只露出一个表格的右边框。

（3）在各个表格单元中输入菜单文字“网页制作教程”、“单纯文字网页”等 5 行文字。然后分别选中它们，再在它们的文字“属性”栏内的“链接”文本框中，输入与文字链接的网页文件的名字。这些网页与“活动菜单”网页在相同的目录“G:\HTMLASP”下。

（4）在菜单表格的下面，创建一个名字为 Layer2 的层，其内输入文字“活动菜单”，其背景色为绿色，如图 5-65 所示。

（5）单击“窗口”→“时间轴”菜单命令，调出“时间轴”面板。然后，选中表格所在的 Layer1 层，单击“时间轴”面板右上角的 按钮，再单击弹出的菜单中的“添加对象”菜单命令，即可将选定的层插入到名字为 Timeline1 的“时间轴”面板的动画通道中，如图 5-66 所示。

（6）单击时间轴动画条的起始帧，设置层的起始位置在浏览器左边框的外边，只露出一个表格的右边框（在表格“属性”栏内“左”文本框中输入“–110”），这在前面已经设定了。

（7）单击选中表格的层，单击“时间轴”面板内动画条的终止帧，调整层的“属性”栏内“左”文本框的数据为 0，表示表格层全部移出。再将时间轴面板内“Fps”文本框内的数值调整为 10，不选择“自动播放”和“循环”复选框，如图 5-66 所示。

图 5-65 页面内容

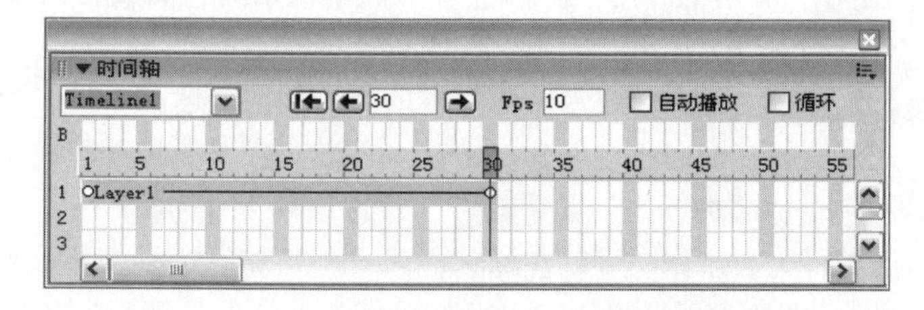

图 5-66 形成名字为“Timeline1”的时间轴动画条

（8）单击选中“活动菜单”文字所在的层。单击行为控制器中的 按钮，再单击弹出的“行为名称”菜单中的“时间轴”→“转到时间轴帧”菜单命令，调出“转到时间轴帧”对话框，如图 5-67 所示。在“时间轴”列表框内选择“Timeline1”选项，在“前往帧”文本框内输入“1”，表示跳转到 Timeline1 时间轴动画的第一帧，单击“确定”按钮退出。

（9）单击行为控制器中的 按钮，再单击弹出的“行为名称”菜单中的“播放时间轴”选项，调出“播放时间轴”对话框，如图 5-68 所示。在“播放时间轴”列表框内选择时间轴动画的名称 Timeline1，再单击“确定”按钮，完成时间轴 Timeline1 动画播放的设置。

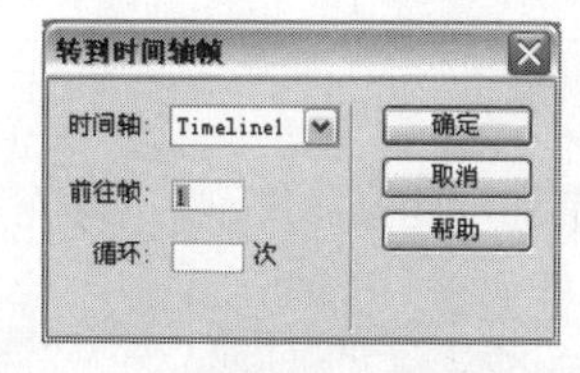

图 5-67 “转到时间轴帧”对话框

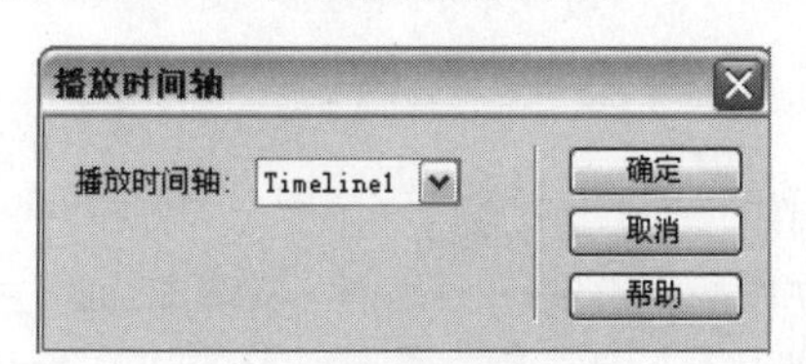

图 5-68 “播放时间轴”对话框

（10）设置“播放时间轴”和“转到时间轴帧”动作的相应事件均为“onClick”（单击），设置完成的“行为”面板如图 5-69 所示。

2．“时间轴”动作

单击“时间轴”菜单命令，可以调出它的子菜单，各子菜单命令的作用如下所述。

（1）播放时间轴：单击选择该动作名称后，会调出“播放时间轴”对话框，如图 5-68 所示。在“播放时间轴”下拉列表框内选择时间轴动画的名称，再单击“确定”按钮，即可完成使指定时间轴动画播放的动作设置。如图 5-69 所示。

（2）停止时间轴：单击选择该动作名称后，会调出“停止时间轴”对话框，如图 5-70 所示。在“停止时间轴”下拉列表框内选择时间轴动画的名称，再单击“确定”按钮，即可完成使指定时间轴动画停止播放的动作设置。

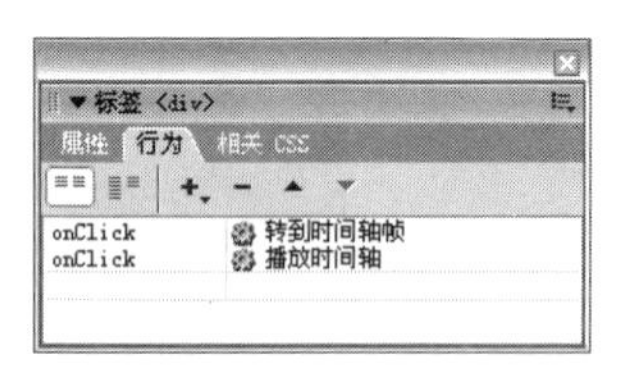

图 5-69　设置完成的行为控制器

图 5-70　“停止时间轴”对话框

（3）转到时间轴帧：单击选择该动作名称后，会调出“转到时间轴帧”对话框，如图 5-71 所示。

- “时间轴”列表框：用来选择要控制的时间轴名称。
- “前往帧”文本框：输入要跳转的帧号码。事件发生后，时间轴内的回放头会自动移到该帧，然后继续往下播放。
- “循环”文本框：用来输入循环播放的次数。它的设置只有在时间轴上的某一帧为引发事件的对象时才有效。

（4）设置在动画的一段中循环播放的方法如下所述。

- 在时间轴控制面板中创建一个动画，然后在某一帧处单击鼠标右键，调出它的快捷菜单，再单击“添加行为”菜单命令，设置该帧为行为帧。
- 回到行为控制器，可以在标题栏内看到当前的对象就是该时间轴动画。单击行为控制器内的 按钮，再调出“转到时间轴帧”对话框，进行循环次数的设置和跳转的帧号码的设置。最后，单击“确定”按钮，即可完成动作设置。

3．“转到 URL”动作

在设置框架后，单击选择该动作名称，调出“转到 URL”对话框，如图 5-71 所示。利用该对话框，可以指定要跳转到的 URL 网页。该对话框中各选项的作用如下所述。

（1）“打开在”显示框：显示出框架的名称，用来选择显示跳转页面的框架。

（2）“URL”文本框与“浏览”按钮：在文本框内输入链接的网页的 URL，也可以单击“浏览”按钮，选择链接的网页文件。

思考与练习 5

1．制作一个卡通动物从左向右，再从右向左奔跑的动画（卡通动物是原地跑的 GIF 格式动画）。

2．制作两个卡通动物相对奔跑的动画，同时有背景音乐。

3．制作一个网页广告动画，动画不断循环播放几种产品的图像和文字说明。

4．制作一个“计算机设计竞赛参赛人员登记表”网页，如习题图 5-1 所示。网页中，有一幅广告在整个网页中缓慢游动，单击它后，会调出另一个网页，该网页是该产品的大图像和详细的文字介绍。另外，在网页的下边有一行文字来回移动。

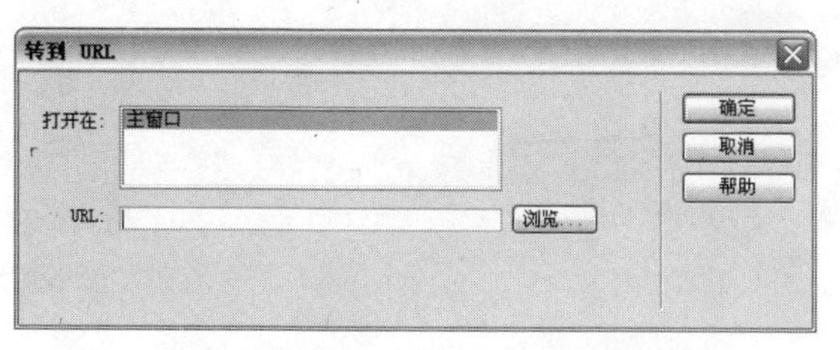

图 5-71“转到 URL”对话框习题

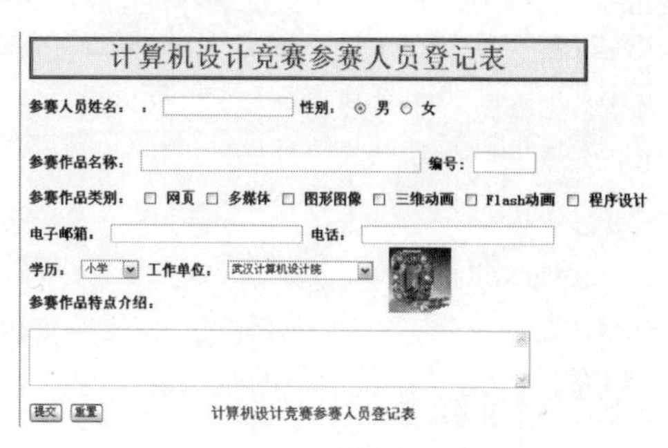

图 5-1　下拉菜单隐藏时的效果

6．制作一个可以通过单击一个按钮控制一个动画播放，通过单击另一个按钮控制该动画停止播放的网页。

7．制作一个可以通过单击一个按钮控制一个图像隐藏，通过单击另一个按钮控制该图像再显示的网页。

8．制作一个网页，网页中有一幅图像。当鼠标指针移到该图像之上时，这幅图像会显示出来；当鼠标指针移出该图像之上时，这幅图像会又隐藏起来。

9．制作一个如习题图 5-2 所示的网页，该网页中的图像不断自动循环切换。将鼠标指针移到“单击此处看说明”按钮后，会在状态栏内看到相应的文字提示信息。单击该按钮后，网页上会调出一个如习题图 5-3 所示的提示框，同时自动循环切换的画面停止切换。单击该提示框中的“确定”按钮，又可以使图像继续自动循环切换。

单击此处看说明

习题图 5-2　制作的网页画面

习题图 5-3　提示框

10．在网页中插入弹出式菜单后，网页在浏览器中的显示效果如习题图 5-4 所示。当鼠标移到“物理”文字上面时，出现有“机械力学”、“流体力学”、“物理光学”、“几何光学”、“强电电学”和“无线电学”等包含链接的下拉菜单，如习题图 5-5 所示。单击菜单中的菜单命令，可调出链接到的相应网页。

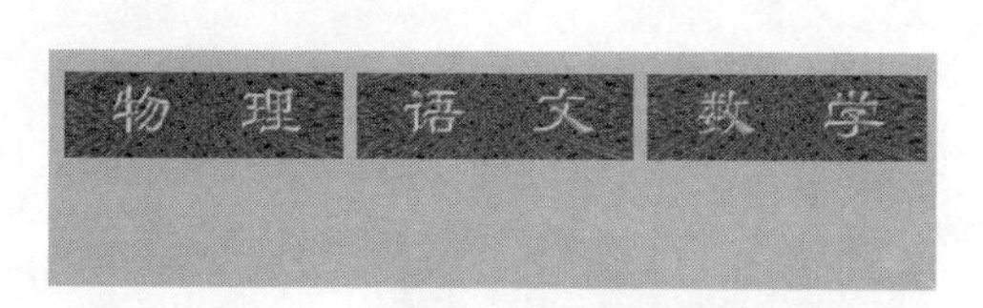

习题图 5-4　下拉菜单隐藏时的效果

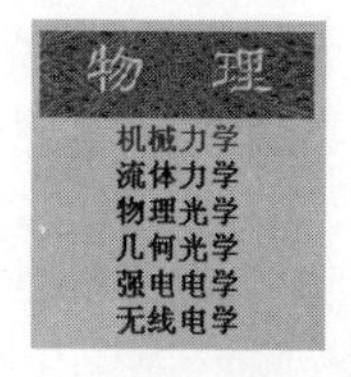

习题图 5-5　下拉菜单显示时的效果

第6章 站点管理、模板和库

前面的各章中已经对站点和链接有过一些介绍，例如，站点的建立，文字、图像、动画与HTML文件或图像文件的链接。本章将更详细地介绍站点的管理与各种链接；此外，还将介绍模板和库，在制作网页较多的网站时，经常需要使用模板和库。

6.1 站点管理和文件的链接

6.1.1 【实例30】新建站点和站点视图

1. 新建站点

首先，在互联网上申请一个收费的FTP空间（服务器地址为210.192.99.14，FTP用户名为webmaster@djly.com，FTP用户密码保密）和域名（网址为www.djly.com或djly.com），具体的申请过程在6.3节介绍。下面介绍怎样定义站点。

（1）在自己的计算机硬盘中建立一个存放网站所有文件的空文件夹（例如，在G盘中建立一个名字为HTMLASP的空文件夹），再在该文件夹内建立一些存放网页各种对象的文件夹，其中要有一个文件夹用来存放网页中的图像（例如，一个名为JPG的文件夹）。

（2）单击“站点”→“管理站点”菜单命令，调出“管理站点”对话框，如图6-1所示。如果是第一次创建站点，则其列表框中没有站点的名字。

（3）单击“管理站点”对话框中的“新建”按钮，调出“新建”菜单。单击该菜单中的“站点”菜单命令，单击“高级”标签，调出“站点定义为”（高级）对话框。如果单击“站点”→“新建站点”菜单命令，可直接调出“站点定义为”（高级）对话框。

（4）单击“站点定义为”（高级）对话框内“分类”栏中的“本地信息”选项，如图6-2所示。

（5）在“站点名称”文本框内输入站点的名称“我的站点”。在“本地根文件夹”文本框内输入站点在本主机硬盘上的存储位置，即路径和文件夹名称（这里为G:\HTMLASP\）。

（6）在“默认图像文件夹”文本框内输入保存网页中图像的默认文件夹的路径和文件夹名称（这里为G:\HTMLASP\JPG）。

（7）在“HTTP地址”文本框内输入上传站点地址的URL，即http://www.djly.com或http://djly.com。

（8）选中“启用缓存”复选框后，可加速链接的更新速度。当硬盘容量足够大时可选中它。

（9）选中“自动刷新本地文件列表”复选框。

（10）单击“确定”按钮后，返回“管理站点”对话框。在对话框的左边的列表框中会列出刚创建的站点名称，如图6-1所示。单击“完成”按钮，返回Dreamweaver 8主窗口。在“文件”面板中的第一个下拉列表框中选择“管理站点”列表项，可以再次调出“管理站点”对话框，如图6-1所示。利用它可以删除、编辑、复制、新建、导入和导出站点。单击选中“文件”面板内第一个下拉列表框中的其他站点名称，可以显示其他站点的结构和文件。

图6-1 “管理站点”窗口

2．站点地图属性设置

单击“管理站点”对话框中的“编辑”按钮，调出“站点定义为”对话框，如图 6-2 所示。单击选中该对话框内“分类”列表框中的“站点地图布局”选项，此时“站点定义为”对话框如图 6-3 所示。其右边是“站点地图布局”栏，其中各选项的作用如下所述。

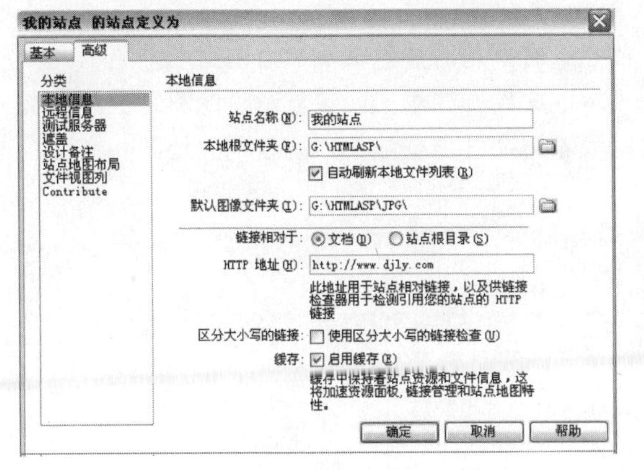

图 6-2 “站点定义为”（高级）对话框

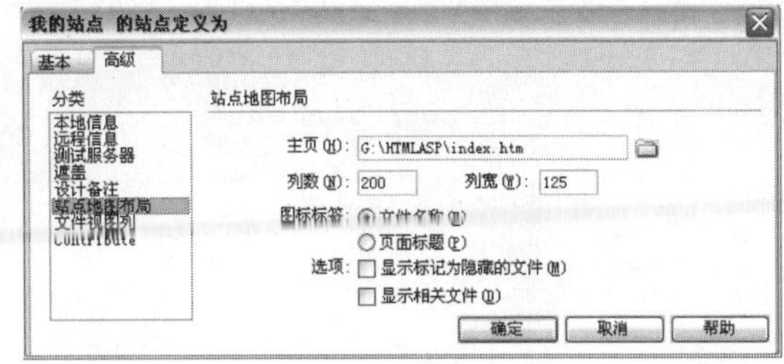

图 6-3 “站点定义为”（站点地图布局）对话框

（1）“主页”文本框和文件夹按钮：单击文件夹按钮，调出“选择首页”对话框。利用它可以选择主页，再单击“打开”按钮，即可完成主页的设置。此时，“主页”文本框内会显示出主页的路径与文件的名字。如果没有设置主页，则不可以显示“站点地图”视图。

（2）“列数”文本框和“列宽”文本框：分别输入站点地图的列数目和列宽度。

（3）“图标标签”栏：它有两个单选项，选择“文件名称”单选项时，用文件名作为地图中文件图标的名字；选择“页面标题”单选项时，用页面标题作为地图中文件图标的名字。

（4）“选项”栏：它有两个复选框，“显示标记为隐藏的文件”复选框用来选择是否显示隐藏文件，“显示相关的文件”复选框用来选择是否显示相关联的文件。

单击“站点定义为”对话框中的“确定”按钮，即可完成站点地图属性的设置。

3．打开“站点”窗口

单击“文件”面板（如图 6-4 所示）的标准工具栏内的“展开以显示本地和远端站点”按钮，即可调出“站点”窗口，如图 6-5 所示。这时，“站点”窗口中会显示出新建站点的结构，站点内的文件夹和文件的名字、大小、修改日期等。再单击“站点”窗口标准工具栏内的“折叠以只显示本地或远端站点”按钮，关闭“站点”窗口，回到“文件”面板。

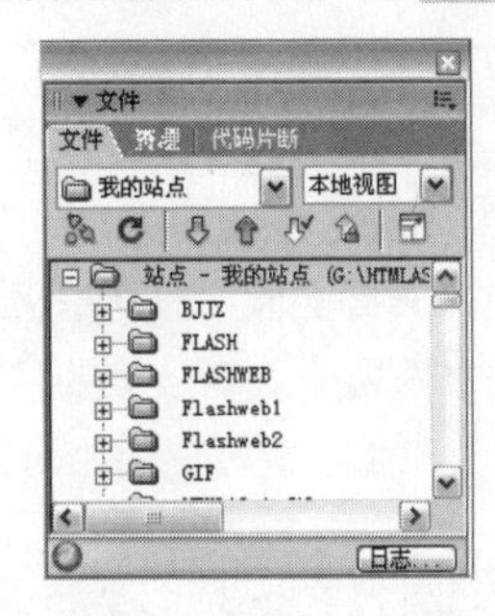

图 6-4 “文件”面板

图 6-5 “站点”窗口

4．“文件”面板和“站点”窗口的特点

（1）“站点”窗口内有两栏，左边是“地图”视图栏，右边是“本地文件”栏。用鼠标拖曳

两栏之间的分隔条，可以调整两栏的大小比例，甚至取消其中一个栏。

（2）在“文件”面板和“站点”窗口内可以执行标准的文件操作。将鼠标指针移到“文件”面板内或“站点”窗口的“本地文件”栏内，单击鼠标右键，可以弹出它的快捷菜单，利用该菜单可以创建新文件夹、创建新文件、选择文件、编辑文件、移动文件、删除文件、打开文件和文件重命名等。

（3）单击“站点”窗口内的“站点地图”按钮 右下角的黑色箭头，可调出一个菜单。单击该菜单中的“仅地图”菜单命令，可使右边的“本地文件”栏消失，只显示“地图”栏。单击该菜单中的“地图和文件”菜单命令，可使右边的“本地文件”栏显示，切换到“地图和文件”状态，如图 6-6 所示。

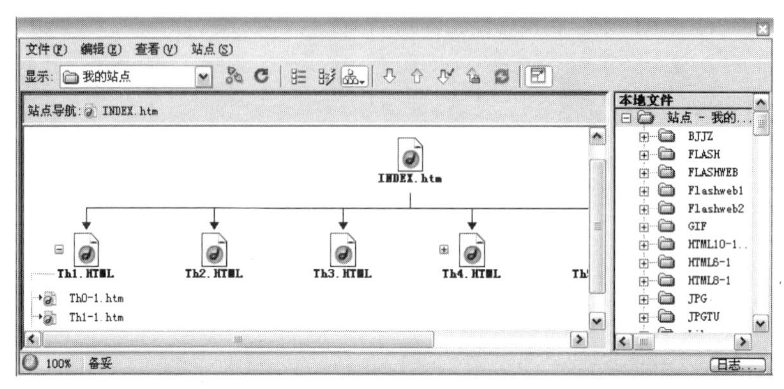

图 6-6 “站点”窗口（“地图和文件”状态）

（4）单击“站点”窗口内的“站点文件”按钮 ，可使“站点”窗口左边栏切换到“远端站点”栏，“站点”窗口右边仍然显示“本地文件”栏。

（5）单击“站点”窗口内的“测试服务器”按钮 ，可使“站点”窗口左边栏切换到“测试服务器”栏，“站点”窗口右边仍然显示“本地文件”栏。

6.1.2 【实例 31】创建与外部文件链接的方法

链接的作用是用鼠标单击 HTML 网页文件（叫源文件）中的一些文字（叫热字）或图像等对象时，即可用浏览器显示相应的 HTML 网页、图像、Flash 等文件或播放 MIDI、MP3 等文件（这些文件叫目标文件）。可见，这些源文件的文字或其他对象与相应的目标文件建立了链接。建立链接的方法很多，前面介绍的主要是利用“属性”栏内“链接”栏的文本框和 按钮创建链接，下面首先复习一下这种创建链接的方法，再介绍一些其他创建链接的方法。

1．利用“属性”栏内“链接”栏的文本框和 按钮创建链接

（1）用鼠标拖曳选中源文件中要链接的文字或单击选中要链接的图像等源文件。

（2）单击“属性”面板中的“链接”栏中的文件夹按钮 ，调出“选择文件”对话框，利用该对话框选择要链接的 HTML 文件或图像等目标文件。也可以直接在文本框内输入要链接的目标文件的路径与文件名。使用路径时一定注意相对路径与绝对路径的使用方法，通常最好使用相对路径。

2．利用“属性”栏内“链接”栏的指向图标 创建链接

（1）在网页编辑窗口内，同时打开要建立链接的源文件和要链接的目标文件，如图 6-7 所示。

（2）选中建立链接的源文件中的文字或图像等对象。例如，用鼠标拖曳选中图 6-7 中左边网页中的文字。

（3）用鼠标拖曳文字或图像“属性”栏内“链接”栏的指向图标 ，到图 6-7 中右边网页编辑窗口内。这时会产生一个从图标 指向目标文件的箭头，如图 6-7 所示；然后松开鼠标左键，即可完成链接的建立。

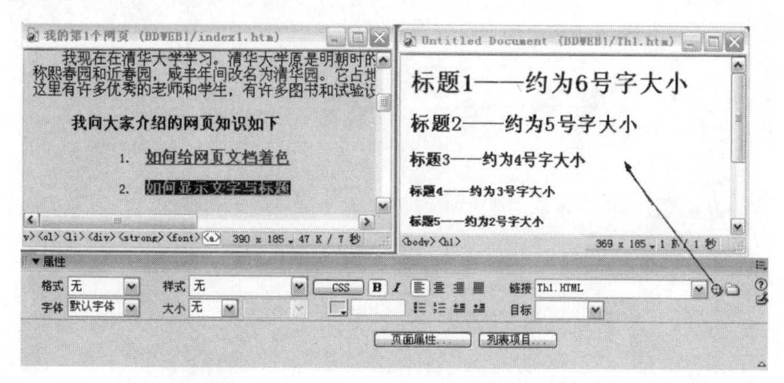

图 6-7　利用“属性”栏内“链接”栏的指向图标 建立链接的方法

3．利用“文件”面板创建链接

（1）调出“文件”面板，使要链接的目标文件名字出现在“文件”面板内。同时在网页编辑窗口内打开建立链接的源文件。

（2）选中网页编辑窗口内建立链接的源文件中的文字或图像等对象。例如，用鼠标拖曳选中网页编辑窗口内的文字，如图 6-8 所示。

（3）用鼠标拖曳文字或图像“属性”栏内“链接”栏的指向图标 ，移到图 6-8 中“文件”面板内要链接的目标文件（Th2.htm）。这时会产生一个从图标 指向目标文件的箭头。当目标文件名字周围出现矩形框时，松开鼠标左键，即可完成链接的建立。

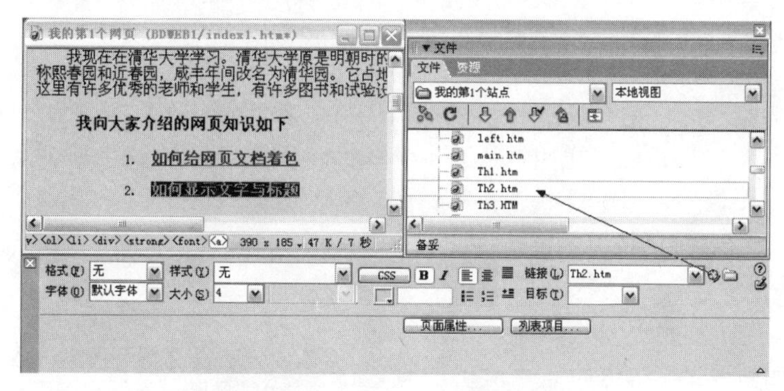

图 6-8　利用“站点”面板的链接方法

4．利用“站点”窗口的指向图标 创建链接

（1）调出“站点”窗口，使要链接的目标文件名字出现在“站点”窗口右边的“站点文件”栏内，使源文件出现在“站点”窗口左边的“地图”栏内。

（2）单击选中“站点”窗口左边“地图”栏内建立链接的源文件图标。此时源文件图标右上方会出现一个指向图标 ，如图 6-9 所示。

如果没有出现指向图标 ，可在源文件图标上单击鼠标右键，调出其快捷菜单，再单击菜单中的“显示/隐藏链接”菜单选项，即可使指向图标 显示出来。

（3）用鼠标拖曳“站点”窗口左边“地图视图”栏内的指向图标 ，到图 6-9 中“站点”窗口右边“站点文件”栏内要链接的目标文件。这时会产生一个从图标 指向目标文件的箭头。当目标文件名字周围出现矩形虚线框时，松开鼠标左键，即可完成链接的建立。

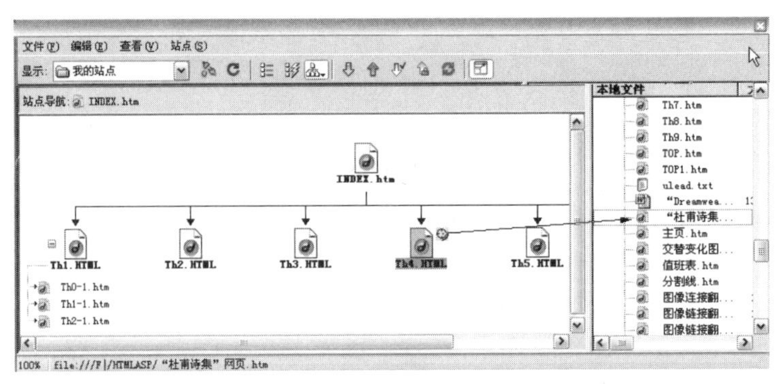

图 6-9　利用“站点”窗口的链接方法

5．利用“站点”窗口的快捷菜单命令创建链接

（1）鼠标右键单击“地图”栏内的源文件图标，调出它的快捷菜单，单击该菜单中的“链接到已有文件”菜单命令，调出“选择 HTML 文件”对话框，在该对话框中可以选择要链接的目标文件。

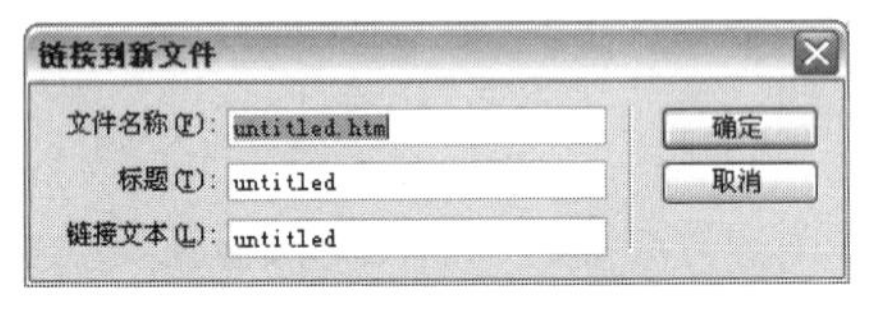

图 6-10　“链接到新文件”对话框

（2）如果单击“地图”视图栏内的源文件图标快捷菜单中的“链接到新文件”菜单命令，会调出“链接到新文件”对话框，如图 6-10 所示。在该对话框中输入要链接的 HTML 文件名字、标题和链接文本，单击“确定”按钮，即可建立一个新的已链接的 HTML 文件。

利用“站点”窗口的链接方法产生的链接，会在源文件内自动产生一个热字和标题字，热字的内容就是目标文件的名字或“链接到新文件”对话框中输入的文件文字。可以编辑、修改热字的内容，但要先输入新的内容，然后再删除原内容。

6.1.3　【实例 32】创建对象与 HTML 文件锚点的链接

当页面的内容很长时，在浏览器中查看某一部分的内容会很麻烦，这时可以在要查看内容的地方加一个定位标记，即锚点（也叫锚记）。这样，可以建立页面内文字或图像与锚点的链接，单击页面内文字或图像后，浏览器中会迅速显示锚点处的内容。也可以建立页面内文字或图像等对象与其他 HTML 文件中的锚点的链接。

1．设置锚点的方法

在页面内设置锚点的方法如下所述。

（1）单击页面内要设置锚点的地方，将光标移至此处。再单击“插入”（常用）面板内的“命名锚记”按钮，弹出“命名锚记”对话框，如图 6-11 所示。

图 6-11　“命名锚记”对话框

（2）在“锚记名称”文本框内输入锚点的标记名称（例如 MD1）。再单击“确定”按钮，退出该对话框。同时，在页面光标处会产生一个锚点标记。如果看不到该标记，可单击选中“查看”→“可视化助理”→“不可见元素”（或“隐藏所有”）菜单选项。在浏览器中浏览页面时不会显示锚点标记。

2．建立对象与锚点的链接

选中页面内的文字或图像等对象，再按照下述方法中的一种建立它们与锚点的链接。

（1）在“属性”栏内的“链接”文本框内输入“#”和锚点的名字。例如，输入“#MD1”，即可完成选中的文字或图像等对象与锚点的链接。

（2）用鼠标拖曳“链接”栏的指向图标到目标锚点上，如图 6-12 所示，再松开鼠标左键，即可创建选中的文字或图像与锚点的链接。

（3）如果选中的是文字，则按住 Shift 键，同时将鼠标指针移到选中的文字上，按下鼠标左键，再拖曳，此时鼠标指针会变得类似于指向图标；接着拖曳指向图标与锚点图标重合，如图 6-13 所示，最后松开鼠标左键，即可创建选中的文字与锚点的链接。

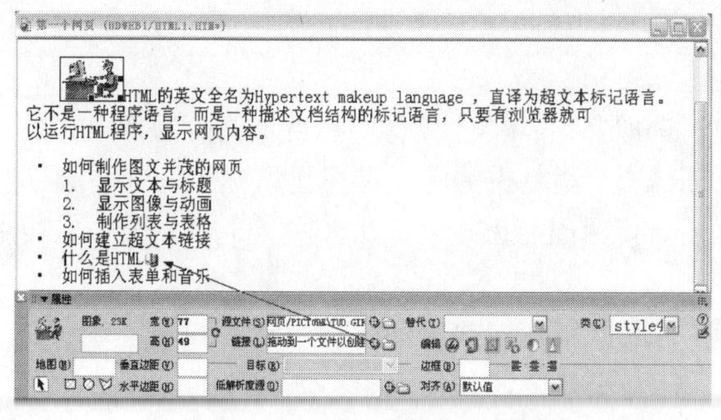

图 6-12　用鼠标拖曳指向图标与锚点建立链接

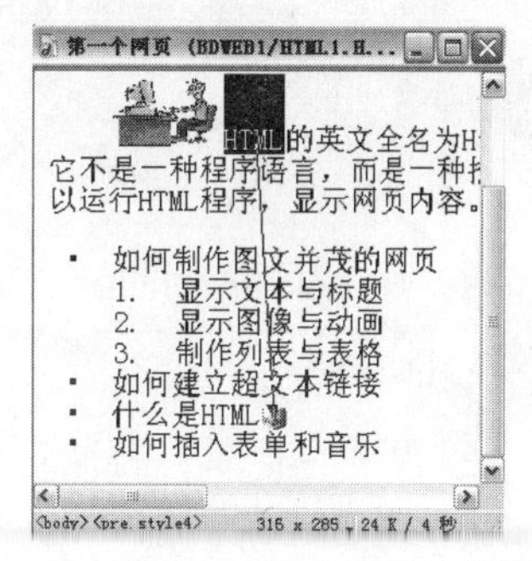

图 6-13　拖曳鼠标建立与锚点的链接

6.1.4　【实例 33】创建映射图与外部文件的链接

映射图也叫图像热区，即在源文件内的图像中划定一个区域，并创建该区域与目标 HTML 文件的链接。

1. 创建图像热区的方法

图像热区可以是矩形、圆形或多边形。创建图像热区应首先选中要建立图像热区的图像，再利用“插入”（常用）面板的“图像”菜单中的绘制热点工具或图像的“属性”栏（如图 6-14 所示）内的“地图”栏的绘制热点工具来建立图像热区。下面以如图 6-15 所示的“宝石”图像为例，介绍创建图像热区的方法。

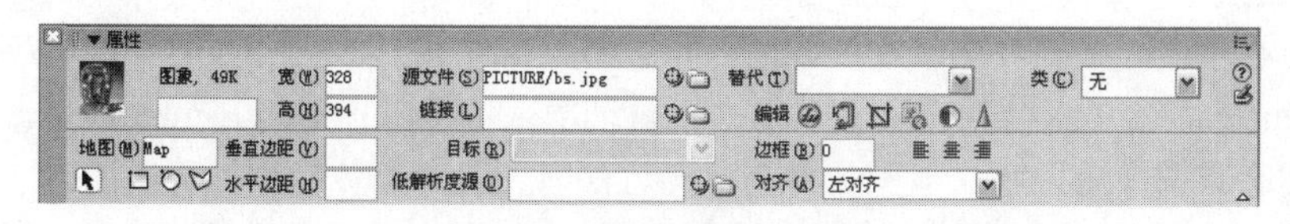

图 6-14　图像的“属性”栏

图 6-15　“宝石”图像

（1）使用“插入”（常用）面板创建热区的方法如下所述。

- 创建矩形或圆形热区：单击“插入”（常用）面板中“图像”菜单中的“绘制矩形热点”按钮或“绘制椭圆热点”按钮，然后在图像上使用拖曳的方法绘制矩形或圆形热区。
- 创建多边形热区：单击“插入”（常用）面板中“图像”菜单中的“绘制多边形热点”按钮，然后将鼠标指针移到图像上，鼠标指针会变为十字形，用鼠标单击多边形上的一点，再依次单击多边形的各个转折点，最后双击起点，即可形成图像的多边形热区。

（2）使用“属性”面板创建热区的方法如下所述。

- 创建矩形或圆形热区：单击图像“属性”栏内的“矩形热点工具”按钮或“椭圆热点工具”按钮，然后将鼠标指针移到图像上，鼠标指针会变为十字形。用鼠标从要选择区域的左上角向右下角拖曳，即可创建矩形或椭圆形热区。
- 创建多边形热区：单击图像“属性”栏内的“多边形热点工具”按钮，然后将鼠标指针移到图像上，鼠标指针会变为十字形，用鼠标单击多边形上的一点，再依次单击多边形

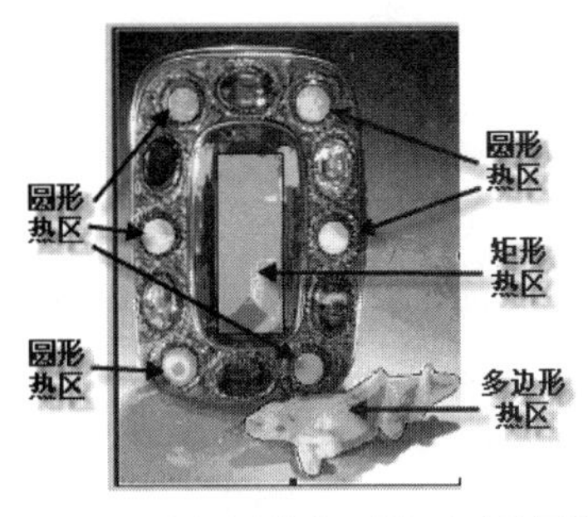

图 6-16 进行图像热区设置后的图像

的各个转折点，最后双击起点，即可形成图像的多边形热区。

创建热区的图像上会蒙上一层半透明的蓝色矩形、圆形或多边形，如图 6-16 所示。

2. 图像热区的编辑

图像热区的编辑就是改变图像热区的大小与位置，以及删除热区。

（1）选取热区：单击图像“属性”栏内的“指针热点工具”按钮，再单击热区，即可选取热区。选中圆形或矩形热区后，其四周会出现 4 个方形的控制柄。选中多边形热区后，其四周会出现许多方形的控制柄。

（2）调整热区的大小与形状：选中热区，再用鼠标拖曳热区的方形控制柄。

（3）调整热区的位置：选中热区，再用鼠标拖曳热区，即可调整热区的位置。

（4）删除热区：选中热区，然后按 Delete 键，即可删除选中的热区。

3. 给热区指定链接的文件

（1）选中热区。这时“属性”栏变为图像热区“属性”栏，如图 6-17 所示。

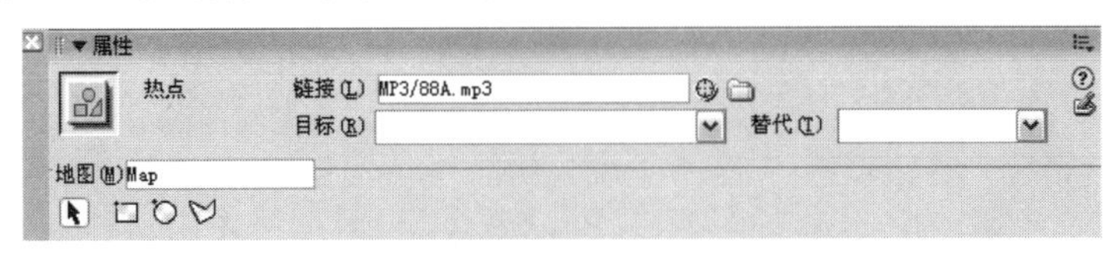

图 6-17 图像热区“属性”栏

（2）利用其中的“链接”栏，可以将热区与外部文件或锚点建立链接。

6.1.5 【实例 34】创建电子邮件和无址链接

1. 创建电子邮件链接

电子邮件链接是指在单击电子邮件热字或图像时，可以打开邮件窗口。在打开的邮件程序窗口（默认是 Outlook Express）中的“收件人”文本框内会自动填入链接时指定的 E-mail 地址。在选定源文件页面内的文字或图像后，建立电子邮件链接的方法有两种，具体操作如下所述。

（1）在其“属性”栏内“链接”文本框内输入“mailto:”和指定的 E-mail 地址，例如“mailto:shendalin@sina.com”，如图 6-18 所示。

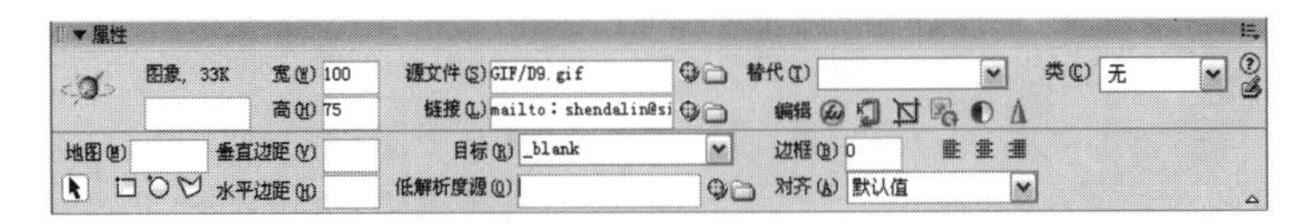

图 6-18 在“属性”栏内“链接”文本框内输入：mailto:和指定的 E-mail 地址

（2）单击“插入”（常用）面板内的“电子邮件链接”图标按钮，调出“电子邮件链接”对话框，如图 6-19 所示。

图 6-19 “电子邮件链接”对话框

然后，在“电子邮件链接”对话框内的“文本”文本框中输入链接的热字，“E-mail”文本框中输入要链接的 E-mail 地址，例如“mailto：shendalin@sina.com”。单击“确定”按钮，即可完成插入电子邮件链接的操作。

2．创建无址链接

无址链接是指不会跳转到其他任何地方的链接。它并不一定是针对文本或图像等对象，而且也不需要用户离开当前页面，只是使页面产生一些变化效果，即产生动感。

这种链接只是链接到一个用 JavaScript 定义的事件。例如，对于大多数浏览器，鼠标指针经过图像或文字等对象时，图像或文字等对象不会发生变化（能发生变化的现象叫 OnMouseOver 事件），为此必须建立无址链接才能实现 OnMouseOver 事件。在 Dreamweaver 8 中的翻转图像行为就是通过自动调用无址链接来实现的。

要建立无址链接，首先应单击选择页面内的文字或图像等对象，然后在其“属性”栏的“链接”文本框内输入“#”号。

3．创建脚本链接和远程登录

（1）创建脚本链接：脚本链接与无址链接类似，也是指产生不会跳转到其他任何地方的链接，它执行 JavaScript 或 VBScript 代码或调用 JavaScript 或 VBScript 函数。这样，可以在不离开页面的情况下，为用户提供更多的信息。建立脚本链接的操作方法如下所述。

选择页面内的文字或图像等对象。然后，在其“属性”栏的“链接”文本框内输入“javascript:”加 JavaScript 或 VBScript 的代码或函数的调用。例如，选中“脚本链接”文字，然后在“链接”文本框内输入“javascript：alert（'脚本链接的显示效果'）”，如图 6-20 所示。

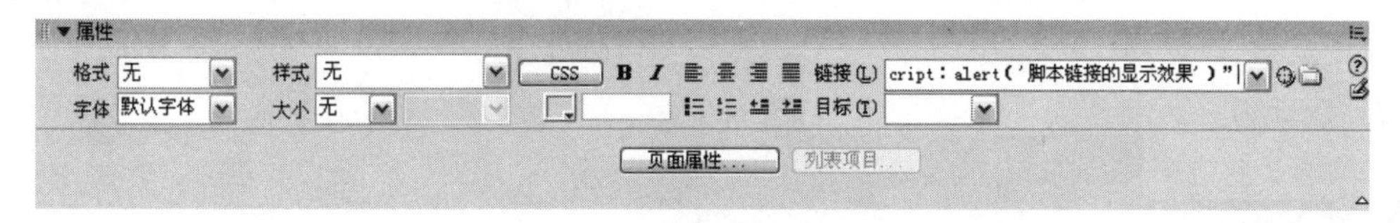

图 6-20　在“属性”栏中建立脚本链接

保存后按 F12 键，在浏览器中会显示“脚本链接”热字，单击热字后，屏幕显示一个有文字“脚本链接的显示效果”的提示框。

（2）远程登录：远程登录是指单击页面内的文字或图像等对象，即可链接到 Internet 的一些网络站点上。创建远程登录的方法是首先选择页面内的文字或图像等对象，再在其“属性”栏的“链接”文本框内输入“telnet://”加网站站点的地址。

6.2　检查与修改站点

6.2.1　【实例 35】设置浏览器预览功能和检查浏览器错误

1．设置预览功能

在 Dreamweaver 8 中可以设置 20 种浏览器的预览功能，但前提是本地计算机内应安装了这些浏览器。浏览器预览功能的设置步骤如下所述。

（1）单击“编辑”→“首选参数”菜单命令，调出“首选参数”对话框。在该对话框的“分类”栏内选择“在浏览器中预览”选项，此时该对话框右边部分如图 6-21 所示。

（2）在“浏览器”栏的显示框内列出了当前可以使用的浏览器。单击 [-] 按钮，可以删除选中的浏览器。单击 [+] 按钮，可以增加浏览器。

（3）单击按钮，可调出“添加浏览器”对话框，如图 6-22 所示。在“名称”文本框内输入要增加的浏览器的名称，在“应用程序”文本框内输入要增加的浏览器的程序路径。然后可设置默认浏览器，再单击“确定”按钮完成设置。

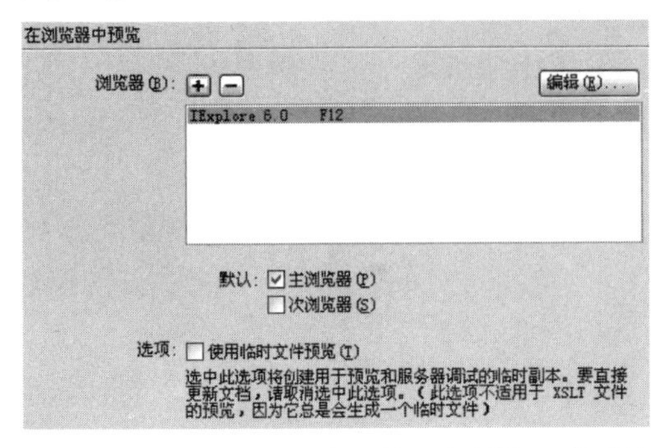

图 6-21 “首选参数”（在浏览器中预览）对话框

图 6-22 “添加浏览器”对话框

（4）完成设置后，单击“参数选择”对话框中的“确定”按钮，退出“参数选择”对话框。

（5）单击“查看”→“工具栏”→“文档”菜单命令，调出“文档工具”栏，单击“文档工具”栏中的“在浏览器中预览/调试”按钮，可以看到菜单中增加了新的浏览器名称。

（6）选中“首选参数”对话框中的“使用临时文件预览”复选框（见图 6-21），可为预览和服务器调试创建临时拷贝。如果要直接更新文档，可撤销对此复选框的选择。

在网页编辑窗口状态下，按 F12 键，可以启动第一浏览器显示网页，按 Ctrl+F12 键可以启动第二个浏览器显示网页。

2．检查浏览器错误

（1）将鼠标指针移到“文档工具”栏中的“浏览器检查错误”按钮之上，会显示在浏览器中找到的错误个数，例如找到 77 浏览器检查错误。单击“文档工具”栏中的“浏览器检查错误”按钮，调出它的菜单。单击该菜单中的“检查浏览器支持”菜单命令，会显示在浏览器中找到的错误个数。如果浏览器检查没有错误，则“浏览器检查错误”按钮变为，当鼠标指针移到该按钮之上时，会显示“没有浏览器检查错误”文字。

（2）单击“文档工具”栏中的“浏览器检查错误”按钮，调出它的菜单。单击该菜单中的“显示所有错误”菜单命令，会打开“结果”面板，并显示在浏览器中找到的错误个数和错误位置及原因，如图 6-23 所示。

（3）单击“浏览器检查错误”菜单中的“设置”菜单命令，打开“目标浏览器”对话框，如图 6-24 所示。在“浏览器最低版本”列表框中选择目标浏览器名称，并在其右边的下拉列表框中选择该浏览器的最低版本。然后，单击“确定”按钮，完成“目标浏览器”设置。

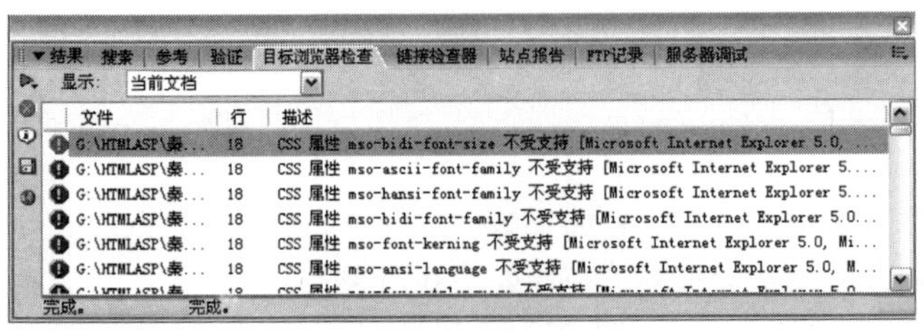

图 6-23 “结果”面板

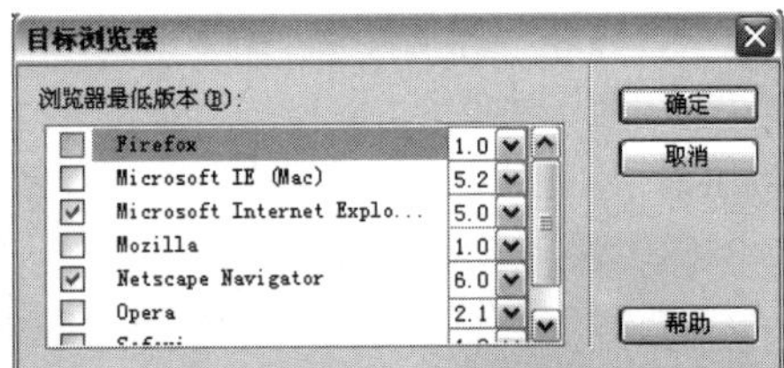

图 6-24 “目标浏览器”对话框

6.2.2　【实例 36】查找与替换

Dreamweaver 8 提供了很强的查找与替换功能。它可以在站点、目录或文件内查找与替换页面中的文字、HTML 程序中的文字和标记，以及链接等。

单击“站点”窗口内的“编辑”→“查找和替换”菜单命令，调出“查找和替换”对话框。下面介绍其功能。

1. 用高级方式查找文本

在“查找和替换”对话框中的“搜索”下拉列表框内选择“文本（高级）”选项后，对话框中会增加一些选项，如图 6-25 所示。增加的各选项的含义如下所述。

（1）在 [+] [−] 按钮右边的第一个列表框：用来指定查找的文本是否在指定的标记内。它有“在标签中”和“不在标签中”两个选项。

（2）在 [+] [−] 按钮右边的第二个列表框：用来选择标记。

（3）[+] 按钮：当标记的限定条件大于一个时，单击该按钮可增加新的下拉列表框，用来设置更多的限定条件。

（4）[−] 按钮：单击该按钮可以取消刚增加的下拉列表框，同时也减少了限定的条件。

2.“指定标签”方式的 HTML 标记查找

在“查找和替换”对话框中的“搜索”下拉列表框内选择了“指定标签”选项后，对话框中会增加一些选项，如图 6-26 所示。增加的选项的含义如下所述。

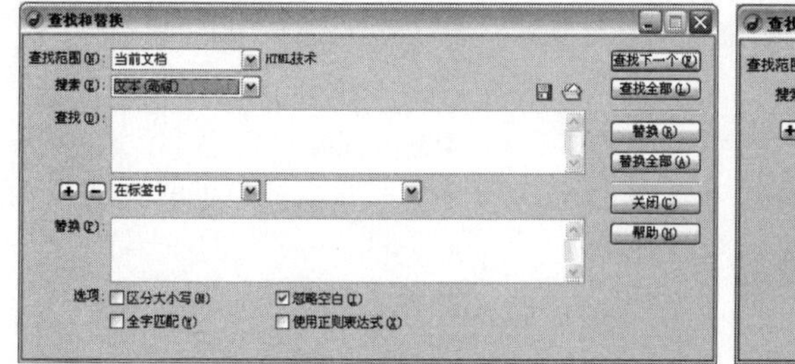

图 6-25　高级方式下的“查找和替换”对话框

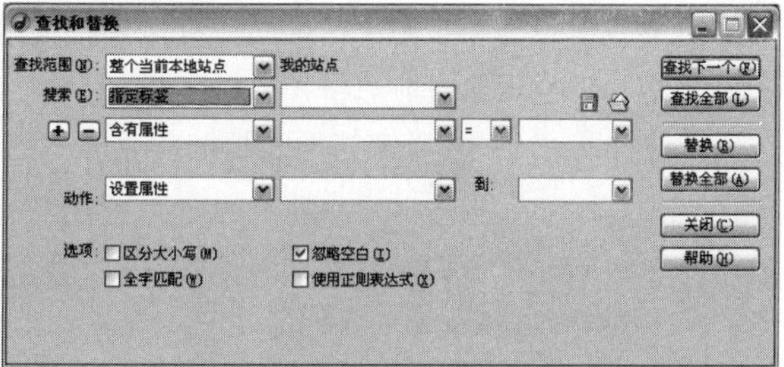

图 6-26　“指定标签”搜寻方式下的“查找与替换”对话框

（1）在 [+] [−] 按钮右边新增的下拉列表框：用来增加查找的条件。

（2）“动作”栏：该栏的三个下拉列表框用来指定对查找到的标记进行何种操作。

6.2.3　【实例 37】链接的检查与修复

1. 自动检查链接

当用户在“站点”窗口的“站点文件”栏内将一个文件移到其他文件夹内时，会自动弹出一个“更新文件”对话框，如图 6-27 所示。该对话框内会显示出与移动文件有链接的文件的路径与文件名，并询问是否更新对这个文件的链接。单击“更新”按钮，表示更新链接；单击“不更新”按钮，表示保持原来的链接。

2. 人工检查链接

检查链接的操作方法如下：

（1）单击选中“站点”窗口的“站点文件”栏内的文件夹或文件的图标。

（2）单击“站点”窗口内的“站点”→“检查站点范围的链接”菜单命令，系统开始自动对选定的文件进行链接检查，检查后会弹出一个“结果”（链接检查器）对话框，如图 6-28 所示。

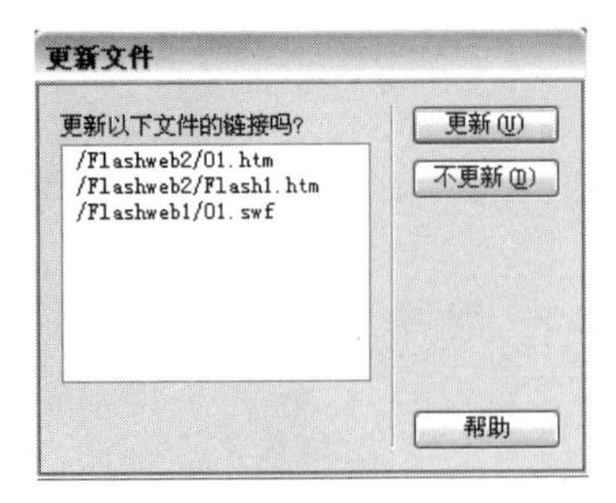

图 6-27 “更新文件”对话框

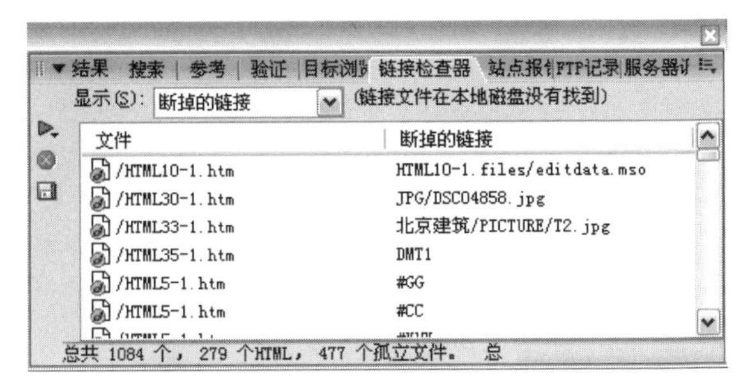

图 6-28 “结果”（链接检查器）对话框

（3）对话框中“显示”下拉列表框内有三个选项，选择不同选项时，其下面的显示框内显示的文件内容会不一样。三个选项的含义如下所述。

- “断掉的链接”选项：选择该选项后，显示框内将显示链接失效的文件名与目标文件。
- “外部链接”选项：选择该选项后，显示框内将显示包含外部链接的文件名字与它的路径，但不能对它们进行检查。
- “孤立文件”选项：选择该选项后，显示框内将显示孤立的文件名字与它的路径。所谓孤立的文件就是没有与其他文件链接的文件。

（4）“结果”（链接检查器）对话框的底部给出了文件总数和 HTML 文件个数的提示。

3. 链接的修复

在检查完链接后，可在“结果”（链接检查器）对话框中进行链接的修复。其操作方法如下。

（1）双击“文件”面板内的源文件图标，调出网页编辑器并打开该文件，利用其“属性”栏内的“链接”栏可重新建立链接。

（2）单击“结果”（链接检查器）对话框内“断掉的链接”栏内的目标文件的名字，使它周围出现虚线框和一个文件夹按钮，如图 6-29 所示。此时可以修改文件的名字与路径，也可以单击文件夹按钮，寻找新的目标文件。

4. 链接的批量替换

当站点的许多文件与一个文件（如一个外部文件）的链接失效时，不必一个一个地进行修改，可以使用“站点”面板中的批量替换链接功能。这种链接替换不但对站内目标文件有效，而且对站点外部目标文件也有效。批量替换链接的操作方法如下所述。

（1）单击“站点”窗口中的“站点”→“改变站点范围的链接”菜单命令，调出“更改整个站点链接”对话框，如图 6-30 所示（此时还没有其中的设置）。

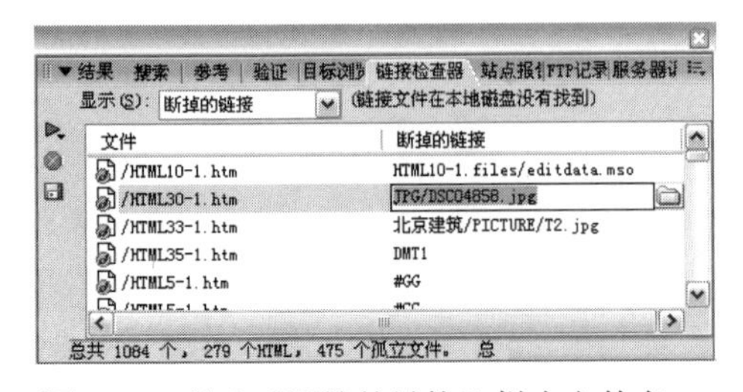

图 6-29 单击“断掉的链接”栏内文件名

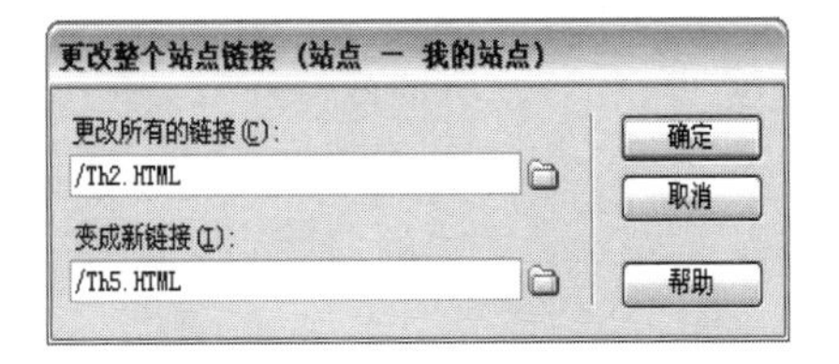

图 6-30 “更改整个站点链接”对话框

（2）在“将所有链接更改为”文本框内输入要修改的原链接目标文件名字，在“新链接”文本框内输入新的链接目标文件名字。例如，在“将所有链接更改为”文本框内输入“/Th2.HTML”，在“新链接”文本框内输入“/Th5.HTML”，再单击“确定”按钮，可调出“更新文件”对话框，如图 6-31 所示。

（3）“更新文件”对话框列出了所有与/INDEX.htm 文件有链接的文件名字。单击“更新”按钮，表示更新链接；单击“不更新”按钮，表示保持原来的链接。更新链接后的目标文件是/INDEX10.htm。

5．设置链接速度

（1）单击“编辑”→“首选参数”菜单命令，调出“首选参数”对话框，再选中“分类”栏中的“状态栏”选项。此时的“参数选择”对话框（右边部分）如图 6-32 所示。

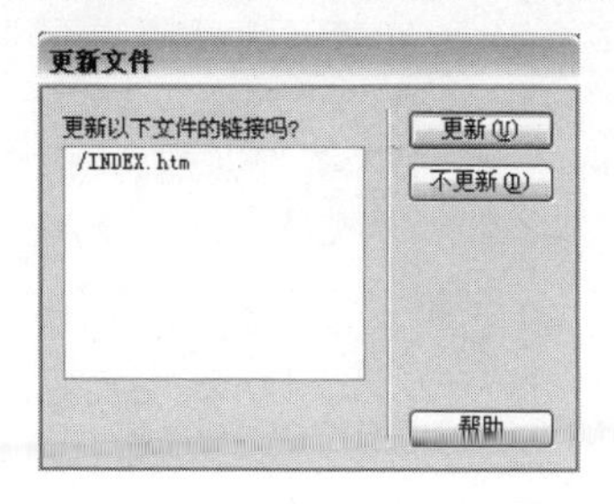

图 6-31　“更新文件”对话框

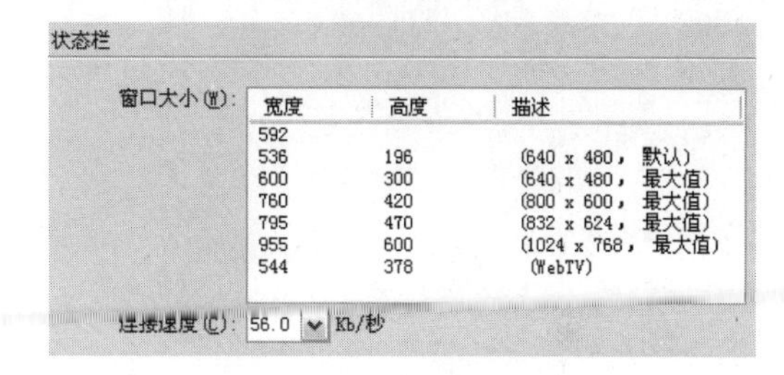

图 6-32　选中“状态栏”选项后的“参数选择”对话框

（2）在“参数选择”对话框“状态栏”栏内选择连接速度为 56kb/s，系统将以这个速度来估计当前的下载时间。还可以利用它选择窗口的大小。

6.3　设置服务器与发布站点

当在本地计算机中创建了本地站点后，需要将本地站点传输到远程服务器上，即发布站点。在发布站点以前，需要进行站点服务器的设置。

6.3.1　【实例 38】创建站点网页和站点服务器设置

1．创建站点网页

（1）规划站点布局：实际上，站点的整体布局设计是应该最先考虑的。这包括站点的主题、站点的内容、站点的结构等。在规划站点的整体布局时，一定要注意，应当在“站点”窗口的“本地文件”栏中的本地根目录下，建立首页，并重新命名（该文档名称的最后确定，应当由提供给你主页空间的服务商要求来决定，一般采用 index.htm），再建立其他的网页和文件夹（注意不要用中文名称）。这里，给出“我的站点”的大致导航图，如图 6-33 所示。

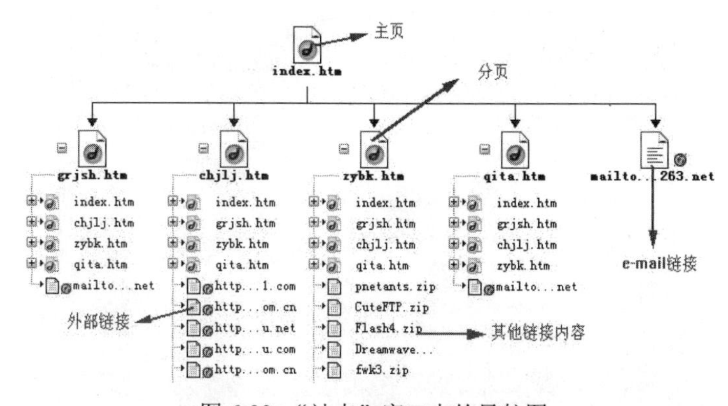

图 6-33　“站点”窗口中的导航图

（2）编辑页面：站点规划完成后，就可以在 Dreamweaver 8 中对各个网页进行编辑了。这些内容在前面的章节中已经做过详细介绍，这里不再细说。网站的主页和一个子页如图 6-34 和图 6-35 所示。

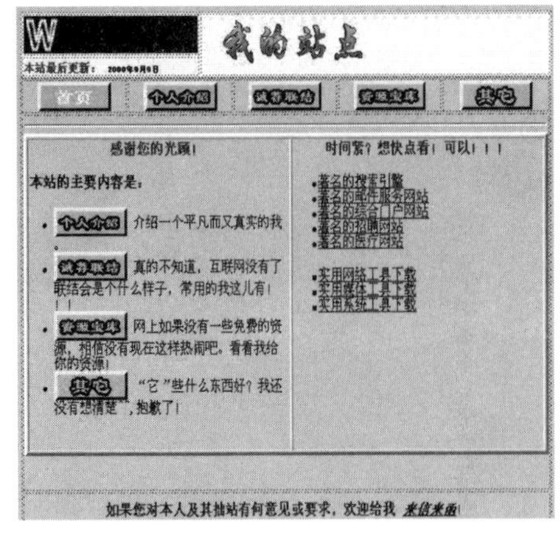

图 6-34　首页 index.htm

图 6-35　子页 grjsh.htm

2．申请主页空间

要在互联网上发布站点，有两个前提，一是能接入互联网，二是有一个放置站点的网上空间。接入互联网，这里就不多说了；至于网上空间，可以在网上申请一个。免费的个人主页空间现在已经很难申请到，即使有，一般服务也较差（不稳定，速度慢还要加入广告，……，反正不好用），所以这里简单介绍一下怎样申请一个付费的空间（以下内容仅供参考）。

（1）搜索提供空间服务的站点。登录搜索引擎（如中文雅虎 http://cn.yahoo.com 或百度 http://www.baidu.com 等）网站，通过关键词（如“主页空间”、“网站空间”）进行搜索，便可以找到很多提供网站空间服务的相关站点，这里以北京欧科动力数码科技有限公司互联网服务提供商（实际上第一主机 www.5778.com 也很不错）为例进行介绍，它的网址为 http://www.chianok.com.cn，主页如图 6-36 所示。

（2）可能是为了便于统计和进行联系，欧科动力的网站要求必须注册成为会员才能申请它的相关业务。单击如图 6-36 所示主页中左侧靠上位置处的“注册”按钮，便会出现注册页面，注册成为会员，然后登录便可以申请相关业务了。

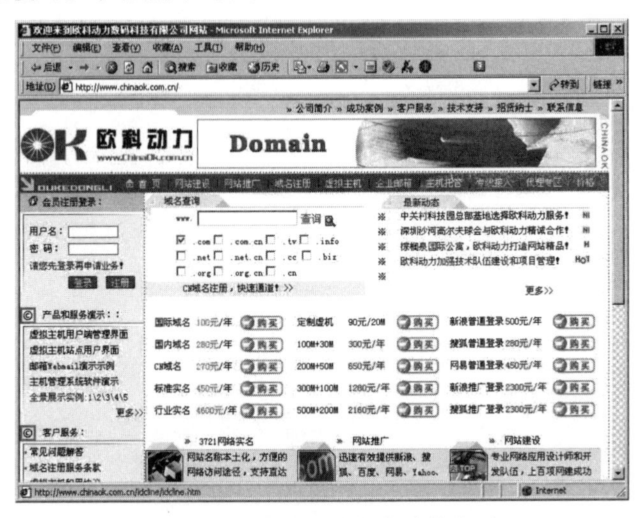

图 6-36　互联网服务提供商的主页

（3）登录成功后的页面如图 6-37 所示（圈住的内容便是登录成功的信息），在这个页面中用户可以修改个人信息，查询付款方式和寻求相关帮助。

（4）单击如图 6-37 所示页面中导航栏上的“虚拟主机”链接文字，可以打开如图 6-38 所示的页面，这里可以购买虚拟主机（也就是站点空间或主页空间）服务了。作为个人主页使用，选择一个便宜一点的就可以了，所以定购“定制型虚拟机”。

（5）单击图 6-38 中的“现在定购”按钮，打开如图 6-39 所示页面，下面介绍相关内容。

图 6-37　会员登录成功

图 6-38　选择空间的类型

- 域名：必须填写。这里需要提示一下，可以在该网站的主页面上查询希望申请的域名是否已经被注册了，如果没有被注册，填写的才有效。
- 主机详细信息：这里可以定制主机的操作系统、Web 空间大小、是否需要数据库以及是否支持动态网页（ASP、CGI、PHP、JSP 等），定制完毕后便可以得知定制的主机需要支付多少费用（注意，这里不包括域名费用）。

（6）单击“下一步”按钮，接着一步步按照提示便可以完成空间的申请了。当用户按照该网站的要求将费用交到欧科动力的时候，他们便会开通用户的主页空间，一般两天内便会完成互动。届时欧科动力公司会通过电子邮件或电话告诉用户所购买的服务的详细情况。如图 6-40 所示内容便是通过电子邮件所收到的虚拟主机（即站点空间）的信息，这些信息在设置站点服务器时使用。

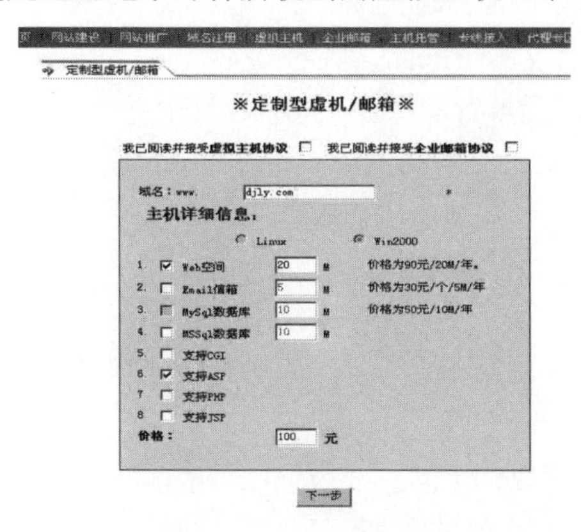

图 6-39　详细定制页面

图 6-40　通过邮件收到了站点信息

3．站点服务器的设置

（1）单击网页编辑窗口内的“站点”→“管理站点”菜单命令，调出“管理站点”对话框，单击选中要发布的站点名称，单击该对话框内的“编辑”按钮，调出“站点定义为”对话框。

（2）单击选中该对话框内“分类”列表框中的“远程信息”选项，此时“站点定义为”对话框如图 6-41 所示。

（3）在如图 6-41 所示的对话框中的“远程信息”栏内，选择“访问”下拉列表框内的选项，可以设置本地站点的服务器访问方式。其中三个选项的含义如下所述。

- “无”：仅用于本地站点，与服务器没有连接。
- “FTP”选项：通过 FTP 连接到服务器上，这是通常采用的方式。
- “本地/网络”：通过局域网连接到服务器上。

（4）选择“FTP”选项后，该对话框如图 6-42 所示。其中各选项的含义如下所述。

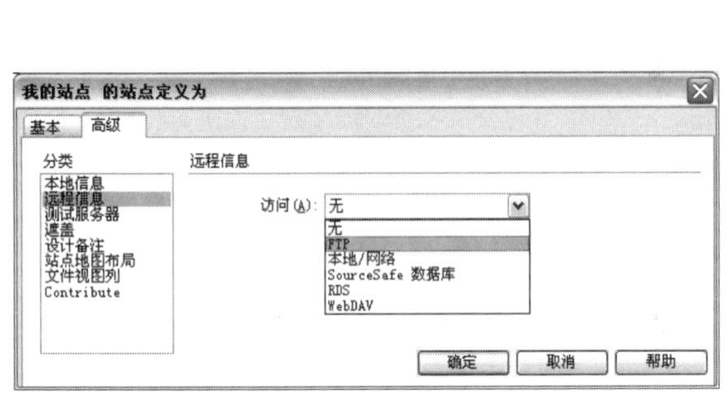

图 6-41 选择“远程信息”选项后的“网站定义为”对话框

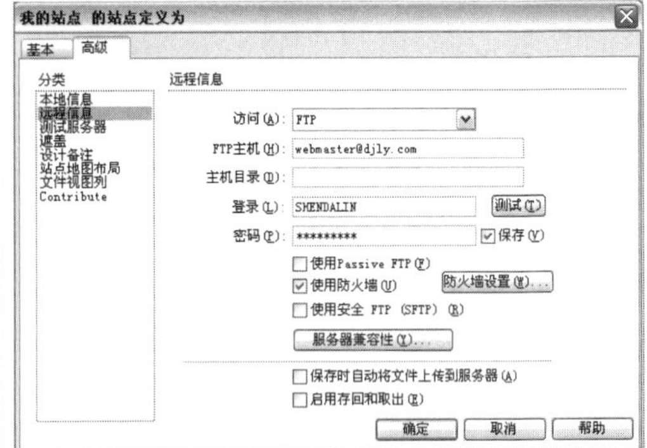

图 6-42 选择了“FTP”选项后的“站点定义为”对话框

- “FTP 主机”文本框：输入网站上传的 FTP 主机地址，一般是服务器的 IP 或域名地址。注意前面不要加“ftp://”字符。这里输入的是域名地址“webmaster@djly.com”。也可以输入服务器的 IP 地址“210.192.99.14”。
- “主机目录”文本框：输入上传文件存入服务器的目录。对于不同的服务器，该目录可能是公开的可视文档的存放处，也可能是登录目录，具体内容与所申请的 FTP 空间要求有关。这里不输入任何内容。
- “登录”文本框：输入登录的用户名称，此处输入“SHENDALIN”。
- “密码”文本框：输入登录密码。输入的密码不会显示出来，只显示一些星号。
- “保存”复选框：选择它后，登录名称和登录密码会被自动保存。此处均选中。
- “使用 Passive FTP”（使用被动式 FTP）复选框：选择它后，使用 FTP 被动方式。
- “使用防火墙”复选框：选择它后，使用防火墙，通常在连接的服务器有防火墙保护时才选中它。此处没有选中它。

4. 防火墙参数的设置

如果前面选中了“使用防火墙”复选框，则在连接远程服务器以前，应进行防火墙参数的设置。防火墙参数的设置方法如下所述。

（1）单击“编辑”→“首选参数”菜单命令，调出“首选参数”对话框，再单击选中该对话框内“分类”列表框中的“站点”选项，此时该对话框如图 6-43 所示。

（2）在该对话框右边的“防火墙主机”文本框内输入服务器的地址。

完成上述设置后，单击界面上的“测试”按钮，如果设置正确，则会弹出一个提示框，提示连接 FTP 服务器成功；如果出错，则再根据出错提示进行相关设置的更改，直至能够成功连接到 Web 服务器为止。单击“确认”按钮，返回“管理站点”对话框。再单击“完成”按钮，返回“站点”窗口。在上述设置完成后，即可向远程服务器发布站点。

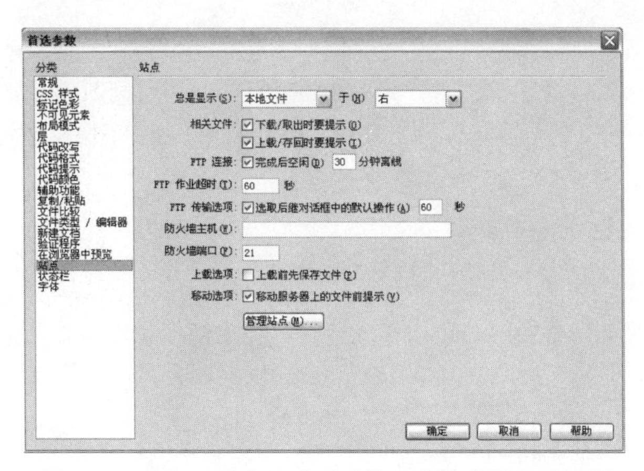

图 6-43　选择“站点”选项后的“参数选择”对话框

6.3.2　【实例 30】发布站点

1. 发布个人站点

有了站点的存放空间，就可以将本地的站点发布到 Internet 网上去（也叫本地站点上传），让全世界的人都看到你的作品了！下面就介绍发布站点的整个过程。

（1）单击“站点”窗口中的“连接到远端主机”按钮 ，与远端服务器建立连接，开始连接远程服务器（当然在此之前应与 Internet 网接通）并将本地站点上传。

（2）连接远程服务器成功后，按钮 变成按钮 （注意此时如果单击该按钮，则会终止同远端服务器的连接）。同时，“站点”窗口右边的列表框内会显示出服务器上的站点名称和文件列表。在底部的信息栏上出现了连接服务器的信息。

（3）在本地文件夹中选择要上传的文件和文件夹（这里选择了全部的文件和文件夹）。单击“上传文件”按钮 ，便开始上传。经过一段时间之后，上传结束，在远端服站点中便出现了上传过的文件及文件夹。如图 6-44 所示即是将本地文件全部上传到远端站点后的情况。

（4）在你的机器上看看你在互联网上的个人主页到底是个什么样子。打开 Web 浏览器（如 IE），在地址栏中输入你的网址（即域名），便出现了你的首页，如图 6-45 所示。

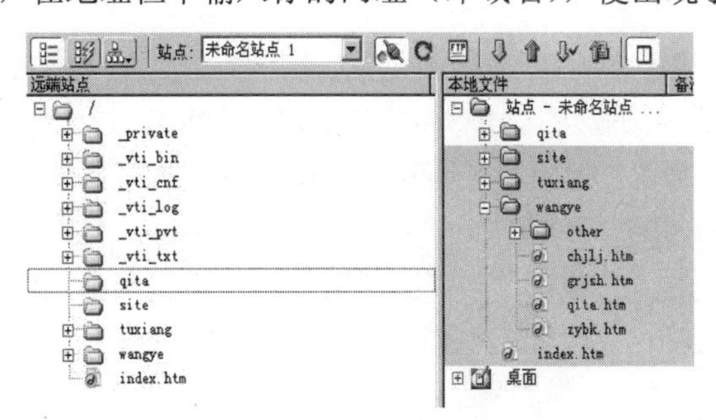

图 6-44　将本地文件全部上传到远端站点

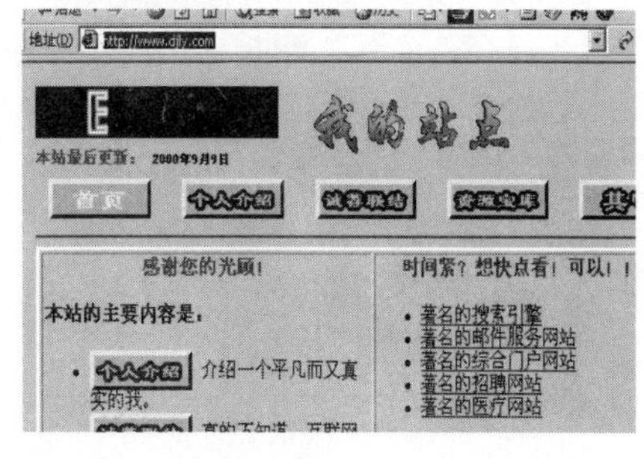

图 6-45　互联网上的“我的站点”

2. 文件下载和刷新

（1）文件下载：如果本地站点丢失了文件或文件夹，可将服务器中的文件下载到本地站点。方法如下所述。

在“站点”窗口左边的列表框内，选中要下载的文件和文件夹。然后，单击“站点”窗口工具栏内的“获取文件”按钮 ，或者用鼠标将选中的文件和文件夹拖曳到“站点”窗口右边列表框内。这时屏幕会显示一个提示框，询问是否将文件的附属文件一起下载，一般单击“是”按钮。

（2）文件刷新：当本地站点中的一些文件进行了编辑和修改（只要双击要编辑的文件即可打开一个新的网页编辑窗口并显示该文件，以供编辑），可以利用刷新操作将更新后的文件上传到服务器中，使服务器中的文件与本地站点的文件一样。文件刷新的操作方法是在“站点”窗口中，单击“刷新”按钮 C 。

6.4 模板

当网站中的各个网页具有相同的结构和风格时，使用模板和库可以带来极大的方便，有利于创建网页和更新网页。但是，必须在建立了站点后，才可以使用模板和库。

6.4.1 【实例 40】创建模板

1. 什么是模板

模板（Template）就是网页的样板，它有可编辑区域和不可编辑区域。不可编辑区域的内容是不可以改变的，通常为标题栏、网页图标、LOGO 图像、框架结构、链接文字和导航栏等。可编辑区域的内容可以改变，通常为具体的文字、图像、动画等对象，其内容可以是每日新闻、最新软件介绍、每日一图、趣谈、新闻人物等。

通常在一个网站中有成百上千的页面，而且每个页面的布局也常常相同，尤其是同一层次的页面，只有具体文字或图片内容不同。将这样的网页定义为模板后，相同的部分都被锁定，只有一部分内容可以编辑，避免了对无须改动部分的误操作。例如，某个网站中的文章页面，其基本格式相同，只是具体内容不同，这就可以使用模板来实现。

当创建新的网页时，只需将模板调出，在可编辑区插入内容即可。更新网页时，只需在可编辑区更换新内容即可。在对网站进行改版时，因为网站的页面非常多，如果分别修改每一页，工作量无疑非常大，但如果使用了模板，只要修改模板，所有应用模板的页面都可以自动更新。

修改已有的 HTML 文件，可使之成为模板。模板可以自动保存在本地站点根目录下的 Template 目录内，如果没有该目录，系统可自动创建此目录。模板文件的扩展名字为.dwt。

2. 创建新模板

创建新模板可以采用如下两种方法。

（1）方法一：单击“文件”→“新建”菜单命令，调出“新建文档”对话框，如图 6-46 所示。在“常规”标签的“类别”列表框中选择“基本页”，在右边的“基本页”列表框中选择“HTML 模板”。单击“创建”按钮，新建一个 HTML 模板。以后可以在模板中进行网页编辑，并将它保存为模板。

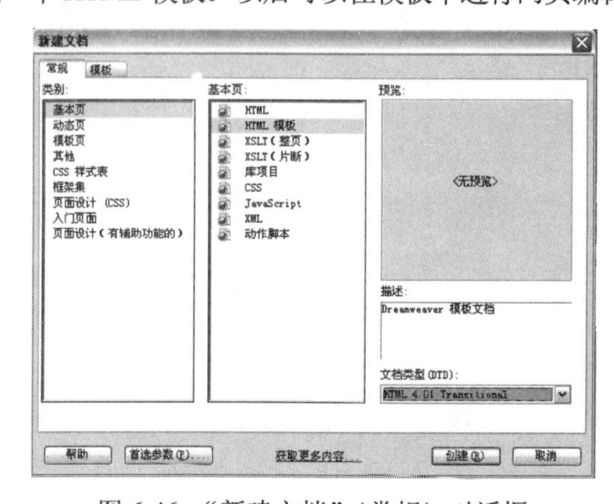

图 6-46 “新建文档”（常规）对话框

（2）方法二：首先创建一个网页。然后，单击“插入”（常用）栏中的“模板”菜单（如图 6-47 所示）中的“创建模板”按钮，或者单击“文件”→“另存为模板”菜单命令，调出“另存模板”对话框。

接着在“另存为模板”对话框的“站点”下拉列表框内选择本地站点的名字，在“另存为”文本框内输入模板的名字（例如“网页图像标题”），如图 6-48 所示。最后单击“保存”按钮，即可完成模板的保存。如果本机还没有创建站点，则会在调出“另存为模板”对话框之前，提示用户先创建本机站点。

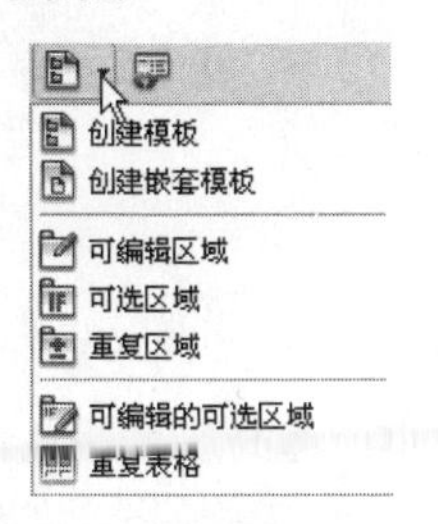

图 6-47　“模板”菜单

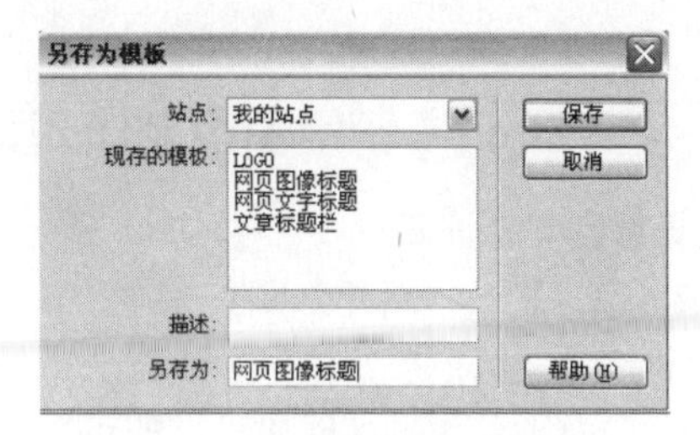

图 6-48　“另存为模板”对话框

3．设置模板网页的可编辑区域

模板网页的编辑主要是设置可编辑区域，其方法是单击“插入”→“模板对象”→“可编辑区域”菜单命令，或单击如图 6-47 所示的“模板”菜单中的“可编辑区域”菜单命令，调出“新建可编辑区域”对话框，如图 6-49 所示。在“名称”文本框中输入可编辑区域的名称（例如“文章标题栏”）。单击“确定”按钮，即可插入一个可编辑区域。将光标定位在黑色“文章标题栏”文字的左边，按回车键，即可形成一个区域。

按照上述方法，在建立名称为“图像栏”和“文字栏”两个可编辑区域，如图 6-50 所示。可以看出，在模板网页内，上边是不可编辑区域，下边是三个可编辑区域，它们的名称分别为“文章标题栏”、“图像栏”和“文字栏”。

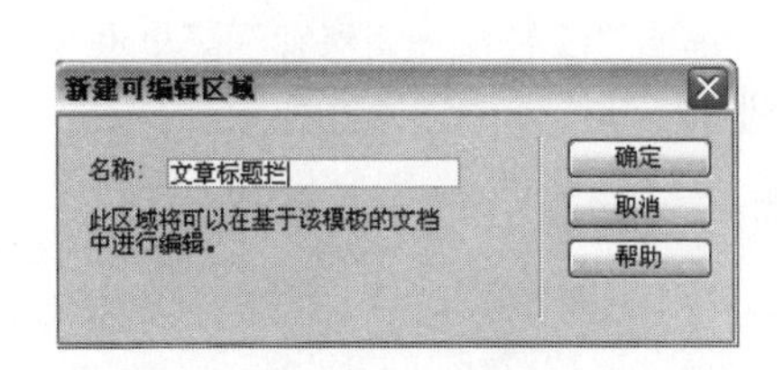

图 6-49　“新建可编辑区域”对话框

图 6-50　有三个可编辑区域的模板

4．将已有的 HTML 文件创建为模板

（1）在 Dreamweaver 8 中打开一个如图 6-51 中左图所示的网页。

（2）定义可编辑区域：将光标定位在需要增加可编辑区的地方（右下部分），单击“插入”（常用）栏中的“模板”菜单中的“可编辑区域”按钮，弹出 Dreamweaver 8。提示信息框（提示信息是“Dreamweaver 将自动将此文档转换为模板”）。单击“确定”按钮，调出“新建可编辑区域”对话框，如图 6-49 所示。在“名称”文本框中输入可编辑区的名称（例如“物理教学页”），再单击“确定”按钮，这样就新建了一个名称为“物理教学页”的可编辑区域。

（3）单击“文件”→“另存为模板”菜单命令，调出“另存为模板”对话框，如图 6-48 所示。

在“站点”下拉列表框内选择本地站点的名字，再在“另存为”文本框内输入模板的名字，最后单击“保存”按钮，即可完成模板的保存。此时模板的显示效果如图 6-51 中右图所示。

图 6-51　网页和模板显示效果

6.4.2　【实例 41】使用模板制作网页

1．使用模板创建新网页

（1）单击“文件”→“新建”菜单命令，调出“新建文档”对话框，单击“模板”标签，“新建文档”对话框变为“从模板新建”对话框。在“模板用于”列表框中选择一个站点名称选项，在中间的列表框中选择要使用的模板名称，即可在“预览”栏内看到模板的缩略图，如图 6-52 所示。

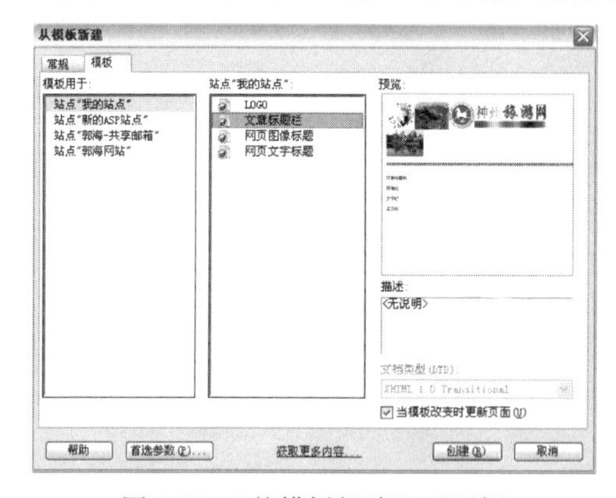

图 6-52　“从模板新建”对话框

（2）如果选中了“当模板改变时更新页面”复选框，模板被修改后，所有应用该模板的页面将会自动更新。单击“创建”按钮，即可用选定模板制作网页。

（3）以后可以在该网页的可编辑区域内插入相应的内容，单击“文件”→“保存”菜单命令，弹出“另存为”对话框，选择路径和文件名，再单击“保存”按钮，即可完成网页的制作。

另外，单击“修改”→“模板”→“套用模版到页”菜单命令，调出“选择模板”对话框，如图 6-53 所示。再选择新模板，单击“选定”按钮。

2．在页面内使用新模板

（1）在模板所在站点的文件夹内创建一个新的 HTML 网页。

（2）单击“窗口”→“资源”菜单命令，调出“资源”面板，单击按下该面板中的“模板”按钮 ，再单击选中模板文件的名称（例如“文章标题栏”），如图 6-54 所示。

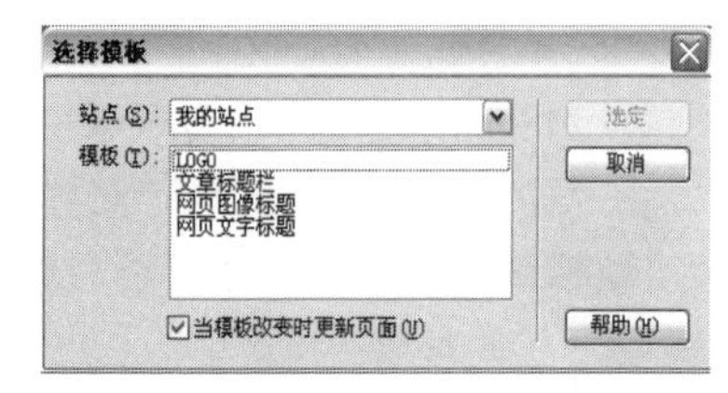

图 6-53　“选择模板”对话框

图 6-54　“资源”（模板）面板

（3）用鼠标拖曳“文章标题栏”文件到页面中或单击“资源”面板中的“应用”按钮，网页将自动套用“文章标题栏”模板的内容。

（4）如果打开一个使用了模板的网页，但是该网页使用的模板与新模板中可编辑区域的名字不相同，则系统会弹出一个如图 6-55 所示的“不一致的区域名称”对话框，要求用户选择将页面的内容放到新模板的哪个可编辑区域中。单击选择可编辑区域的名称，再在下边的“将内容移到新区域”下拉列表框中选择可编辑区域名称，然后单击“确定”按钮，即可完成替换。

图 6-55 “不一致的区域名称”对话框

6.4.3 【实例 42】修改模板更新网页

模板可以更新，例如，改变可编辑区域和不可编辑区域，改变可编辑区域的名字，更换页面的内容等。更新模板后，系统可以将由该模板生成的页面自动更新。当然也可以不自动更新，以后由用户手动更新。

1. 自动更新

（1）采用前面介绍的方法，打开要更新的模板（此模板已经有网页使用了）。进行模板更新，例如改变页面布局、增加可编辑区、删除可编辑区等。

（2）然后保存模板，此时会弹出“更新模板文件”对话框，如图 6-56 所示。提示用户是否更新使用了该模板的网页。单击“不更新”按钮，则不自动更新，有待以后手动更新。

（3）单击选中要更新的网页名字，再单击“更新”按钮，可自动完成选定文件的更新。同时会弹出一个“更新页面”对话框，它的“状态”栏中会列出更新的文件名称、检测文件的个数、更新文件的个数等信息，如图 6-57 所示。

（4）在该对话框中的“查看”下拉列表框内选择“整个站点”选项，则其右边会出现一个新的下拉列表框。在新的下拉列表框内选择站点名称，单击“开始”按钮，即可对选定的站点进行检测和更新，并给出类似于图 6-57 的检测报告。

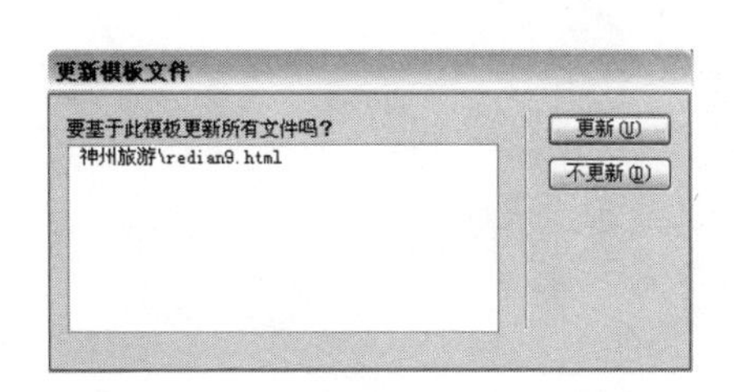

图 6-56 “更新模板文件”对话框

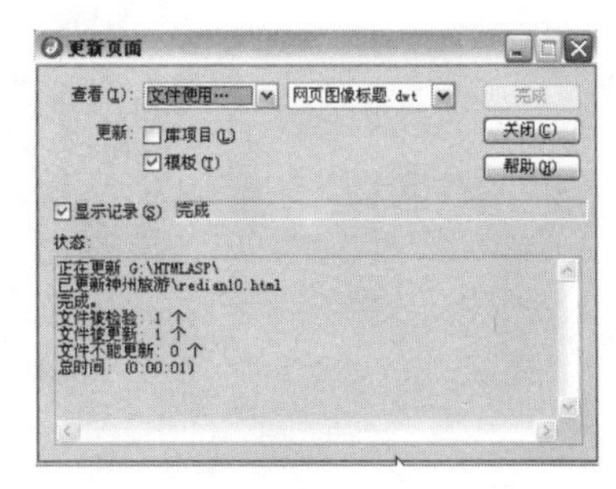

图 6-57 “更新页面”对话框

2. 手动更新

（1）采用前面介绍的方法，修改模板。

（2）打开要更新的网页文档，单击“修改”→“模板”→“更新当前页”菜单命令，即可将打开的页面按更新后的模板进行更新。

（3）如果要更新所有和修改后的模板相关联的页面，则单击“修改”→“模板”→“更新页面”菜单命令，调出“更新页面”对话框。在“查看”下拉列表框内选择“文件使用”选项，则其右边会出现一个新的下拉列表框。在新的下拉列表框内选择模板名称，单击“开始”按钮，即可更新使用该模板的所有网页，并给出如图 6-57 的检测信息报告。

3．模板的其他操作

（1）将网页从模板中分离：有时希望网页不再受模板的约束，这时可以单击“修改”→“模板”→“从模板中分离”菜单命令，使该网页与模板分离。分离后页面的任何部分都可以自由编辑，并且修改模板后，该网页也不会再受影响。

（2）将 HTML 标记属性设置为可编辑：单击“修改”→“模板”→“令属性可编辑”菜单命令，弹出“可编辑标签属性”对话框，从“属性”下拉列表框中选择一个属性标记，或者单击“添加”按钮手动添加，如图 6-58 所示。然后单击“确定”按钮。

（3）输出没有模板标记的站点：单击“修改”→“模板”→“不代标记导出”菜单命令，调出“导出无模板标记的站点”对话框，如图 6-59 所示。单击“浏览”按钮，调出“解压缩模板 XML”对话框，在该对话框内选择输出路径，再单击“导出无模板标记的站点”对话框中的“确定”按钮，即可输出没有模板标记的站点。

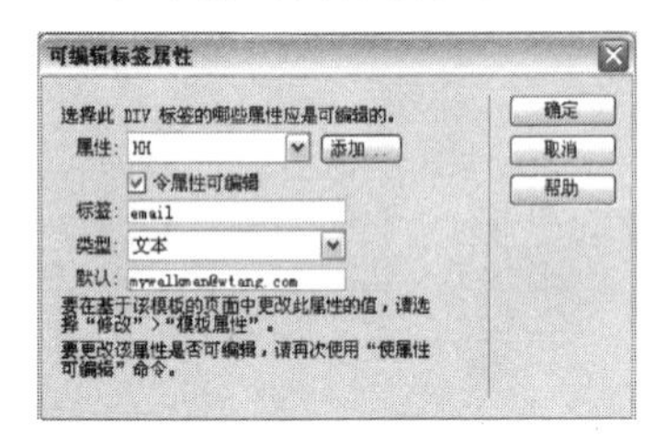

图 6-58 “可编辑标签属性”对话框

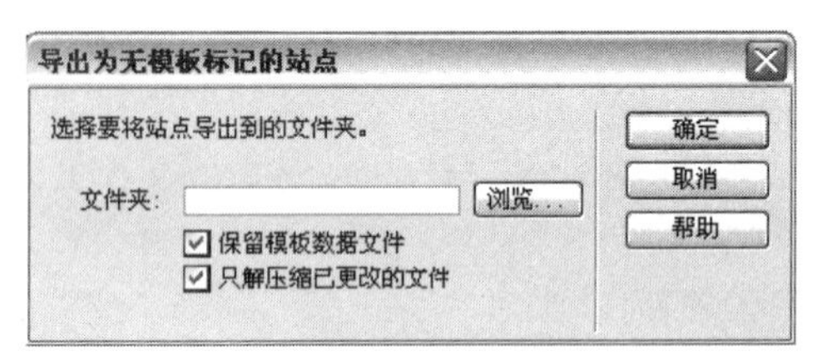

图 6-59 “导出为无模板标记的站点”对话框

思考与练习 6

1．建立一个名称为“第一个站点”的新本地站点。

2．制作几个网页，利用它们进行“图像与外部 HTML 的链接”、“文字与外部图像的链接”、“图像与 HTML 文件锚点的链接”、“文字与外部 Flash 文件的链接”操作。

3．在“建筑欣赏”图像上创建几个热区，如习题图 6-1 所示。热区分别与一个 GIF 动画、一幅图像和一个网页文件链接。

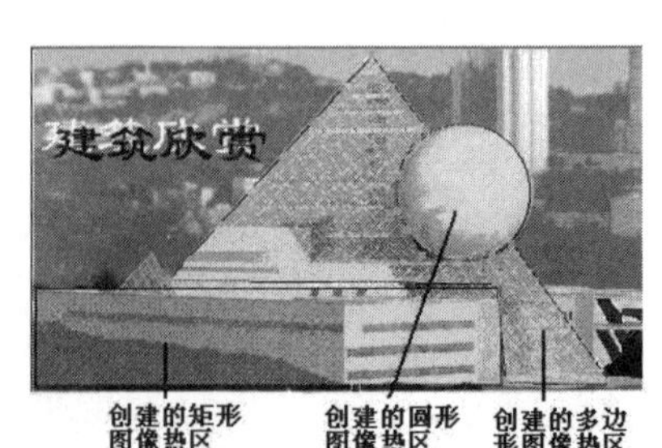

习题图 6-1　进行图像热区设置后的图像

4．在网页中输入“进入我的邮箱”文字，建立该文字与一个电子邮箱的链接。使单击“进入我的邮箱”文字后可以打开的邮件程序窗口，并在“收件人”文本框内自动填入指定的 E-mail 地址。

5．参看本章第 6.3 节内容，设置服务器并上传站点。

6．修改本机站点的内容，然后，更新网站的服务器内容。将本地站点内的几个文件移到其他磁盘中，再将服务器中的文件下载到本地站点。

7．什么是模板？如何创建一个模板？如何将创建的模板应用于网页制作？

8．建立一个名为“学习园地”的模板，然后利用该模板建立三个介绍如何制作网页的网页，其中包括“学习园地”文字图像、一个 GIF 格式的动画和一幅标题图像。

9．创建一个模板，并将它应用于网页。然后修改模板，并更新网页。

第 7 章　ASP.NET 动态网页基础

7.1　ASP.NET 服务器的安装与站点设置

7.1.1　动态网页与静态网页

一般把嵌入了程序脚本（Script）的网页称作动态网页。这里所说的脚本，是指包含在网页中的程序段。程序脚本可分为客户端脚本和服务器端脚本。客户端脚本随着网页一起传送给访问者，然后在客户端的浏览器中运行。客户端脚本通常用 VBScript 或 JavaScript 语言编写，用户在客户端查看源文件就可以看到这些程序脚本。

与客户端脚本不同，服务器端脚本在服务器端运行，运行后把运行结果作为网页的一部分传送给访问者。用户在客户端看不到源程序，查看源文件看到的仅仅是脚本运行结果。

1．动态页面和静态页面源文件

静态页面的源文件是浏览器可以直接显示的 HTML 代码，扩展名通常是.html 或.htm。

动态页面的源文件中除了有 HTML 代码外，还嵌入了在服务器端运行的、用其他编程语言编写的代码。根据所采用的编程语言的不同，扩展名通常也不同。目前应用较多的动态网页，有 ASP（扩展名为.asp）、ASP.NET（扩展名为.aspx）、PHP（扩展名多为.php）和 JSP（扩展名为.jsp）。

2．动态页面和静态页面对 Web 服务器的要求

当访问者向 Web 服务器请求一个静态页面时，只要求 Web 服务器将静态页面的 HTML 源代码传送给访问者的 Web 浏览器即可（访问静态页面甚至不需要 Web 服务器的支持，有些网页下载后在客户端能够脱机浏览就是很好的说明）。可是如果访问者访问的页面是一个动态页面，就要求 Web 服务器必须具有应用程序服务器这一服务功能。应用程序服务器能够对网页中的脚本进行编译或解释，并使这些脚本在服务器端运行，然后把运行的结果传送给访问者的 Web 浏览器。这个过程如图 7-1 所示。

ASP.NET 动态网页的运行，需要微软（Microsoft）开发的应用程序服务器，至少要求安装 Windows 2000 Professional/Server，并且升级到 SP1 以上；安装 IIS（Internet Informtion Server，互联网信息服务）和.NET Framework，这样才能运行 ASP.NET 应用程序。

3．动态页面和静态页面可以实现的功能

动态页面可以实现静态页面的一切功能，动态页面的有些功能静态页面是无法实现的，即动态页面可实现的功能要比静态页面强大得多。动态页面的功能包括以下几个方面。

（1）使用户可以快速方便地在一个内容丰富的 Web 站点上查找信息。

（2）使用户能够搜索、组织和浏览所需的内容。

（3）能够收集、保存和分析用户提供的数据。

（4）对内容不断变化的 Web 站点进行动态更新。

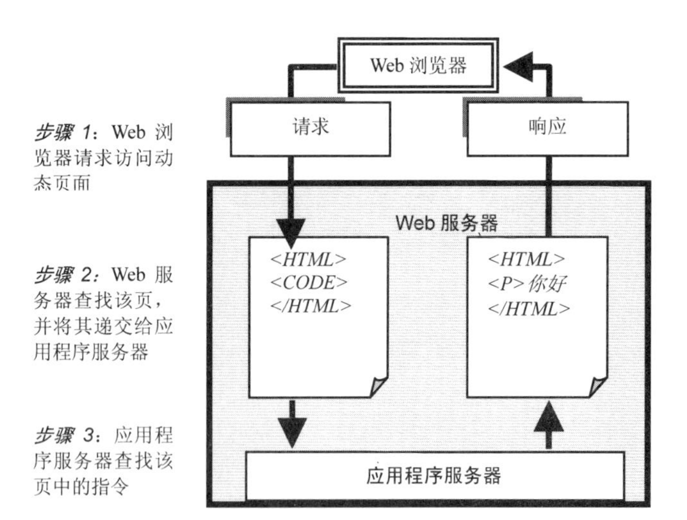
Web 浏览器
请求
响应
步骤 1：Web 浏览器请求访问动态页面
Web 服务器
<HTML>
<CODE>
</HTML>
<HTML>
<P>你好
</HTML>
步骤 2：Web 服务器查找该页，并将其递交给应用程序服务器
步骤 3：应用程序服务器查找该页中的指令
应用程序服务器
步骤 5：Web 服务器将完成的页发送到 Web 浏览器，响应浏览器的请求
步骤 4：应用程序服务器将完成的页传递回 Web 服务器

图 7-1　处理动态网页的流程

7.1.2　在 Windows 中安装和设置 ASP.NET 服务器环境

ASP.NET 是对广泛使用的微软 ASP（Active Server Pages，活动服务页）的升级，但 ASP.NET 不是 ASP 的简单升级，而是 Microsoft 推出的新一代 Active Server Pages。ASP.NET 是微软发展的新的体系结构.NET 的一部分，其全新的技术架构让 Web 网络应用开发者可以更方便地实现动态网站。ASP.NET 提供稳定的性能，优秀的升级性，更快速、更简便的开发，更简便的管理，全新的语言以及网络服务，功能更为强大而全面，还具有简单易学等优点。

ASP.NET 是一个统一的 Web 开发平台，它提供开发人员创建企业级 Web 应用程序所需的服务。尽管 ASP.NET 的语法基本上与 ASP 兼容，但是它还提供了一个新的编程模型和基础结构以提高应用程序的安全性、缩放性和稳定性。通过逐渐向现有的 ASP 应用程序增加 ASP.NET 功能，可以方便地使其功能增强。ASP.NET 是一个编译的、基于.NET 的环境，可以用任何.NET 兼容的语言（包括 Microsoft Visual Basic.NET，Microsoft Visual C#和 Microsoft JScript .NET）开发应用程序。

要学习 ASP.NET 动态网页的开发，首先需要有能进行 ASP.NET 态网页开发测试的服务器环境，包括操作系统、Web 应用程序服务器、.NET Framework（.NET 框架）和 MDAC（Microsoft 数据访问组件）等。下面介绍在系统中安装和设置 ASP.NET 网络服务器的具体方法。

1．支持 ASP.NET 的操作系统

支持 ASP.NET 的操作系统的操作系统有 Windows Professional 2000（建议安装 SP3）、Windows Server 2000（建议安装 SP3）、Windows XP 和 Microsoft Windows Server 2003 系列，其中支持最好是 Windows Server 2003 操作系统。

2．在 Windows 2000/XP 中安装 IIS

IIS（Internet Information Server，互联网信息服务）是 Windows 2000/XP/2003 的组件之一，如果安装的是 Windows Server 2000 或 Windows Server 2003 等操作系统，则在安装时会自动安装相应版本的 IIS。如果安装的是 Windows Professional 2000 等操作系统，默认情况下不会安装 IIS，需要进行手动安装。

在实际应用中，网站服务器应使用服务器版本的操作系统，例如 Windows Server 2000 或 Windows Server 2003。对于 ASP.NET 初学者来说，Windows 2000/XP 专业版安装 IIS 后可以基本满足学习阶段的要求。下面介绍 Windows XP 中 IIS 的安装和设置，Windows 2000 专业版中 IIS

安装和设置方法大体相似。在 Windows XP 中安装 IIS 的步骤如下所述。

（1）单击“开始”→“控制面板”菜单命令，打开“控制面板，双击“添加或删除程序”图标，单击“添加/删除 Windows 组件”按钮。调出“Windows 组件向导”对话框，如图 7-2 所示。

（2）在“组件”列表框中，选中“Internet 信息服务（IIS）”左边的复选框。单击“详细信息”按钮，调出“Internet 信息服务（IIS）”对话框，务必选中“文件传输协议（FTP）服务”复选框，这样才能将 FTP 服务安装在计算机中，其他的采用默认设置即可。

（3）将 Windows XP 专业版的安装光盘放入光驱中，单击“Windows 组件向导”对话框内的“下一步”按钮，运行安装程序，其间会出现如图 7-3 所示“所需文件”对话框，要求提供 Windows XP 的安装文件。

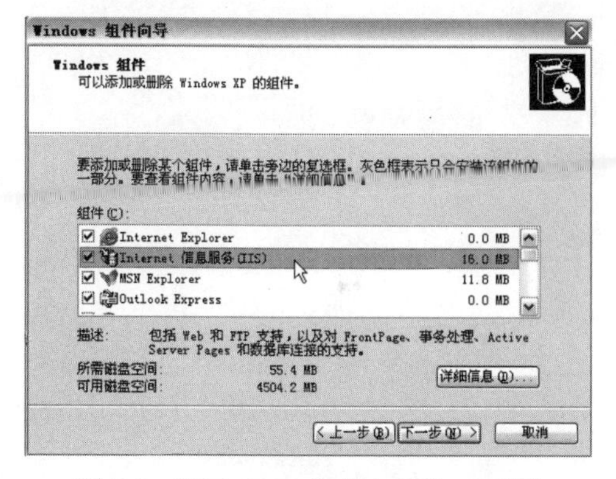

图 7-2　“Windows 组件向导”对话框

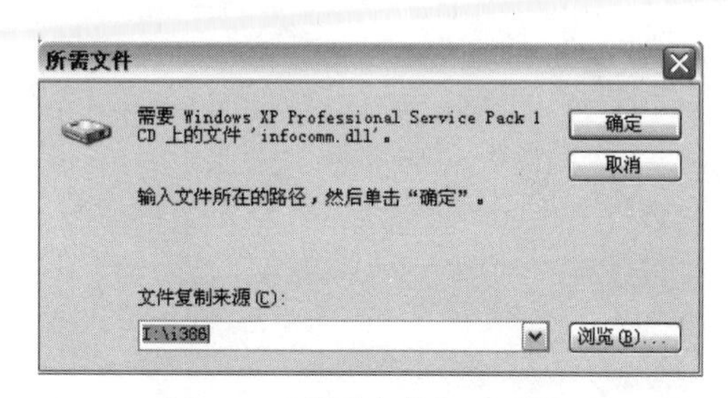

图 7-3　“所需文件”对话框

单击“浏览”按钮，调出“查找文件”对话框，如图 7-4 所示。该对话框中给出了 Windows XP 安装文件的存放位置，单击选中需要安装的文件，单击“打开”按钮，回到“所需文件”对话框，再单击“所需文件”对话框中的“确定”按钮，即可继续完成 IIS 的安装。

（4）安装完成后，需要对 IIS 进行简单的设置。首先双击控制面板中的“管理工具”图标，调出“管理工具”窗口，双击该窗口中的“Internet 信息服务”图标，打开“Internet 信息服务”窗口。单击选中“Internet 信息服务”窗口的左栏中的“默认网站”图标，此时的“Internet 信息服务”窗口如图 7-5 所示。

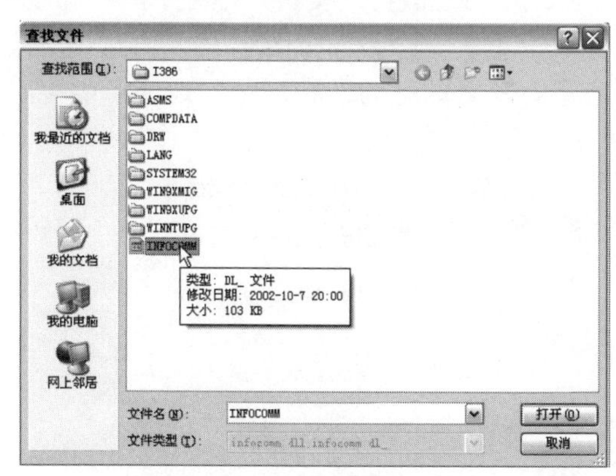

图 7-4　“查找文件”对话框

图 7-5　“Internet 信息服务”窗口

（5）单击“Internet 信息服务”窗口上方工具栏中的“属性”按钮，调出“默认网站属性”对话框。“默认网站属性”对话框内共有 8 个选项卡。单击“主目录”选项卡后，“默认网站属性”（主目录）对话框如图 7-6 中左图所示。需要指定本地站点根目录的位置，单击“本地路径”后面的“浏览”按钮找到站点文件夹即可，这里选择在 Dreamweaver 8 中设置为本地站点的文件夹“G:\myweb”。另外，还需要选中“目录浏览”和“写入”复选框，这样就可以从浏览器上查看目录文件和进行文件的上传/修改操作（仅仅是在学习时这样做，出于安全方面的考虑，在真正建站时，建议不要开启“目录浏览”和“写入”权限）。

（6）单击“默认网站属性”对话框内的“文档”选项卡，将该对话框中的“启用默认文档”复选框选中，如图 7-6 中右图所示。

（7）单击“默认网站属性”对话框内的“确定”按钮，关闭该对话框，完成 IIS 设置，回到“Internet 信息服务”窗口。

为了查看 IIS 设置后是否能工作正常，可以打开浏览器，在地址栏中输入“http://localhost/”后按回车键，若此时显示如图 7-7 所示（由于是新建目录，这里的本地站点根目录中没有文件，否则会显示出该目录下的文件列表），说明 IIS 工作正常。

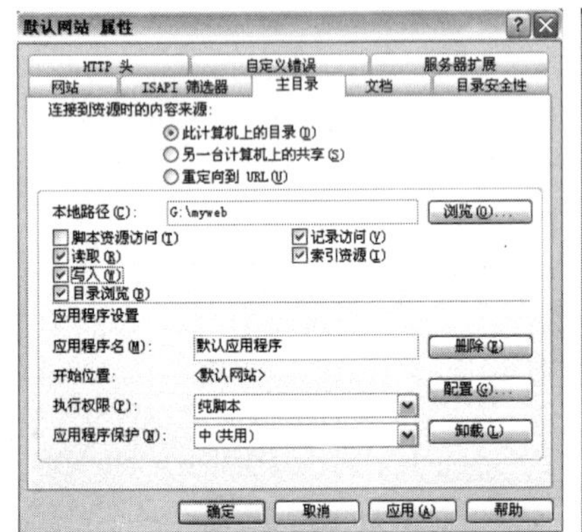

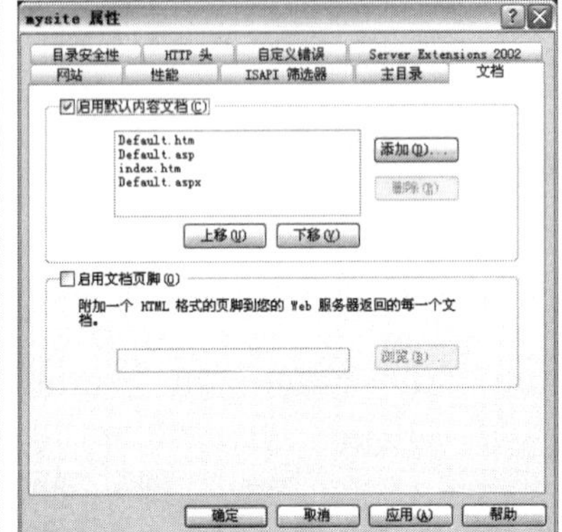

图 7-6 “默认网站属性”对话框设置

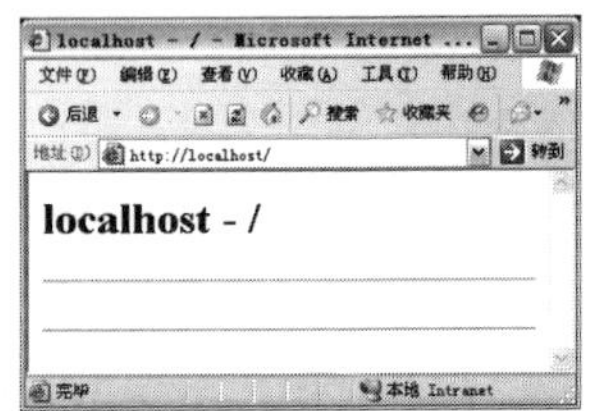

图 7-7 测试 IIS 工作正常

（8）如果要设置其他文件为默认文档，可以按照下述方法操作。

- 选中如图 7-6 所示“默认网站属性”（文档）对话框内的“启用默认内容文档”复选框，再单击“添加”按钮，调出“添加默认文档”对话框，如图 7-8 所示。
- 在“添加默认文档”对话框内“默认文档名”文本框中输入默认文档的名称（例如 index.aspx），然后单击“确定”按钮，关闭该对话框，回到“默认网站属性”（文档）对话框。
- 连续单击“默认网站属性”（文档）对话框内的按钮 t，使列表框内的新输入的默认文档（例如 index.aspx）移到最上边，如图 7-9 所示。其目的是为了在浏览器地址栏中输入“http://localhost/”并按回车键后，首先寻找并执行新输入的默认文档。

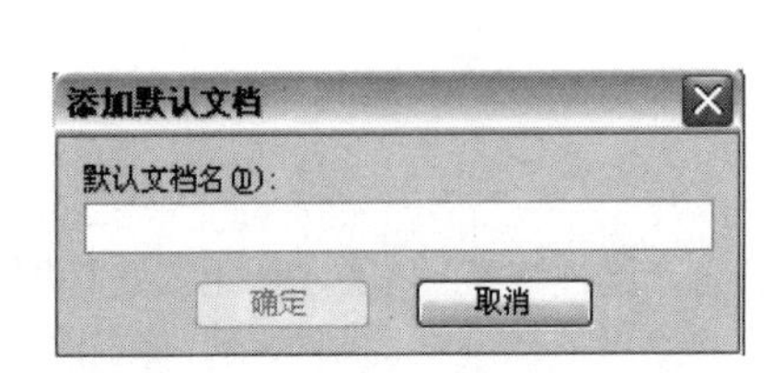

图 7-8 “添加默认文档”对话框

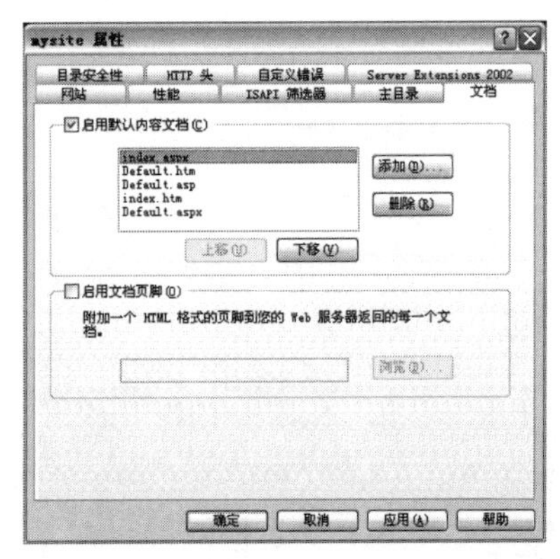

图 7-9 “默认网站属性”（文档）对话框设置

3. 安装.NET Framework和MDAC

.NET Framework（.NET框架）是.NET开发的核心，也是运行ASP.NET的基础，在Windwos XP/2003中含都有相应版本的.NET框架，在安装操作系统时会随之安装，而在Windows 2000中没有.NET框架，需要用户自行安装。

如果需要安装.NET框架，可以从微软下载中心下载.NET Framework SDK开发包，其地址如下：http://www.microsoft.com/downloads/Search.aspx?displaylang=zh-cn

对于本书的学习，需要下载.NET Framework 1.1版可再发行组件包及其对应的Microsoft .NET Framework 1.1版简体中文语言包（安装时需要有Windows Installer的支持，也可以从微软下载中心下载）。安装.NET Framework很简单，双击执行安装文件，按向导提示一步步操作就能完成安装。

除了.NET Framework外，在访问数据库时，ASP.NET通还需要MDAC的支持。MDAC是Windows中用于访问远程或本地数据库的组件，包含在Windows和SQL Server等系统中。在默认条件下Windows Me/2000/XP/ 2003 Server均会安装MDAC。但ASP.NET要求其版本至少为MDAC 2.6以上，而Windows 2000默认为MDAC 2.5，因此必须将其升级至最新版本。同样地，可以在微软下载中心下载MDAC的最新版本，当前最新的是MDAC 2.8，可以直接从下面的地址下载。

http://download.microsoft.com/download/8/b/6/8b6198c0-fe96-4811-9d81-d5c76dd5fea8/MDAC_TYP.EXE

MDAC下载完毕后，双击执行文件，按向导提示可完成安装。

最后还有一点，ASP.NET网页的浏览需要IE 5.5以上版本，如果读者的IE不满足条件，也可以在微软下载中心下载。

7.1.3 在Dreamweaver 8中设置站点和编辑动态页面

ASP.NET动态网页的编辑可以利用任何文本编辑软件（写字板、记事本等）完成。微软公司的Microsoft Visual Studio .NET是开发ASP.NET的专用工具。但是，使用Macromedia公司的Dreamweaver来进行网站的开发会更加方便，对于程序脚本较简单的网页尤其是如此。下面介绍在Dreamweaver 8中怎样合理设置站点，以更好完成动态页面的编辑和调试。首先，需要在Dreamweaver 8中新建站点，然后调出“站点定义为”对话框。

1.“本地信息”设置

“本地信息”栏中的设置如图7-10所示。

（1）“站点名称”文本框：其中输入“mysite”，实际上这里用中英文名称都可以。

（2）“本地根文件夹”文本框：其中输入“G:\myweb\”，这个文件夹是预先建立的。

（3）“默认图像文件夹”文本框：如果没有专门放置图像的文件夹，在这里不填写内容。

（4）“http地址”文本框：这里要设置为“http://localhost/”，因为它与前面进行的PWS或IIS的设置是有关系的。

2.“测试服务器”设置

Dreamweaver 8需要测试服务器的设置，以便在用户工作时生成和显示动态内容。“测试服务器”栏中的设置如图7-11所示。

（1）“服务器模型”下拉列表框：实际上是选择应用程序服务器所能支持的脚本语言类型。ASP.NET支持的语言有C#和VB.NET，相对来说，VB.NET更为简单易学，本书以后要学习的网页设计语言也是VB.NET，所以这里要选择“ASP.NET VB”。

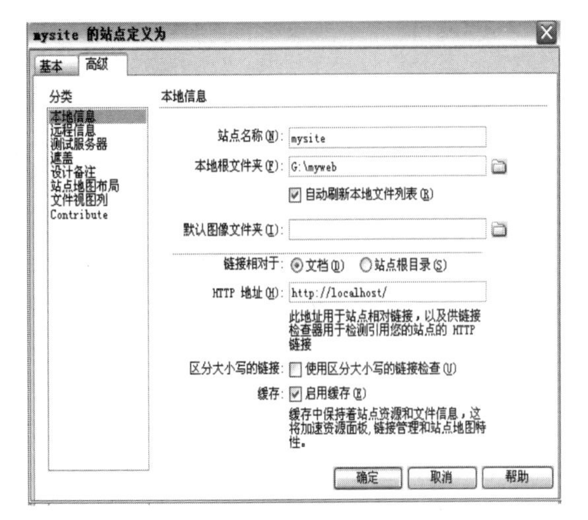

图 7-10　本地信息的设置

图 7-11　“测试服务器”设置

（2）“访问”下拉列表框：选择“本地/网络”，此时下方的“测试服务器文件夹”文本框中会显示出一个路径，这正是前面所设置的本地根文件夹，不需要改动。注意，此项如果选择“无”，测试服务器将无法工作，也就无法在 Dreamweaver 8 中生成和显示动态的内容。

（3）“URL 前缀”：输入“http://localhost/”，与前面所设置的“HTTP 地址”相同。完成了所有的必要的设置后，单击“确定”按钮即可。

3. 完整测试

为了测试 Web 站点工作是否正常，以及 Dreamweaver 8 中设置的站点是否正确，可以建立一个 ASP.NET 页面进行测试，具体操作如下所述。

（1）在 Dreamweaver 8 的“文件”面板中的“站点”文件夹图标上单击右键，在弹出菜单中选择“新建文件”菜单命令，此时在站点中将创建一个新的空白网页文件，默认文件名为 WebForm1.aspx，先选中该文件，然后在文件名上单击（或按 F2 键），此时文件名为可改状态，现在可以为文件重命名，将该文件取名为 text.aspx。

双击打开 test.aspx 文件，单击“文档工具”栏内的“拆分”按钮 拆分。此时“文档”窗口由“设计”视图自动切换到“拆分”视图。

（2）按如下代码修改“文档”窗口内的程序代码，完成后“文档”窗口如图 7-12 所示。

```
<html>
<head>
    <title>第一个简单的 ASP.NET 程序</title>
</head>
<body>
  <% = now() %>
</body>
</html>
```

上面的程序中，now()是一个函数，可以获得当前的日期和时间，<%和%>之间的代码是 ASP.NET 程序，<% = now() %>具有输出 now()函数返回值的功能。

（3）然后单击“动态数据视图”按钮，此时，“文档”窗口如图 7-13 所示。可以看到，在下边的设计视图中出现了完整的日期和时间。由此可知，ASP.NET 开发环境已经正常工作，Dreamweaver 8 中站点设置是正确的。

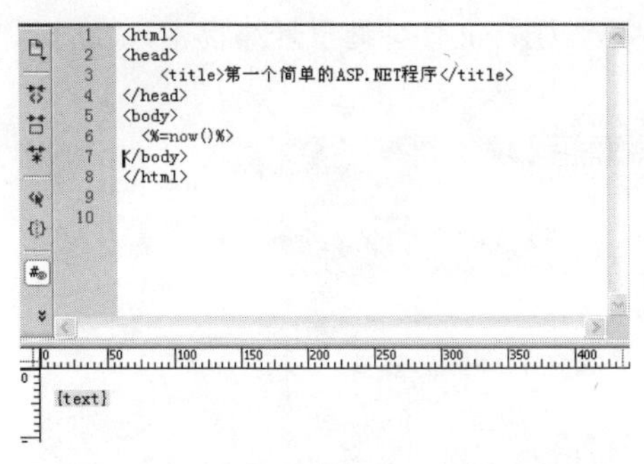

图 7-12 “拆分”视图的“文档”窗口

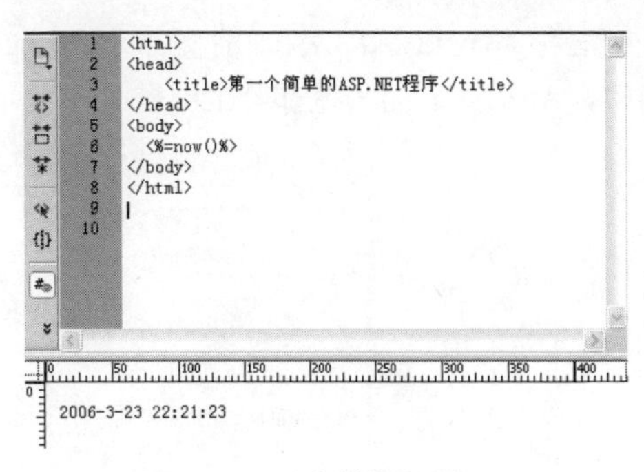

图 7-13 动态数据视图

（4）另外，还可以进行更接近实际情况的测试。保存 test.aspx，在浏览器的地址栏中输入“http://localhost/test.aspx”，然后按回车键。

如果没有设置默认文档，则浏览器显示如图 7-14 所示，可以单击浏览器窗口中的 test.aspx 超级链接查看效果。一般情况下，在 Dreamweaver 8 中都是采用这种方法来调试 ASP.NET 页面。

以上所做的工作都是准备性的，一般也是一次性的，比较重要，如果做不好的话，就会直接影响后面的 ASP.NET 动态网页的编辑和测试。

最后还有一点需要注意，在某些情况下（如 Web 数据库程序设计时），Dreamweaver 8 中设计的 ASP.NET 网页在执行测试时，出现如图 7-15 所示的错误提示。

解决的方法是在 Dreamweaver 8 站点根目录下创建一个名为 Bin 的文件夹，将 C:\Program Files\Macromedia\Dreamweaver 8\Configuration\ServerBehaviors\Shared\ASP.Net\Scripts 目录下的 DreamweaverCtrls.dll 文件复制到 Bin 文件夹中即可（这里 Dreamweaver 8 的安装目录为 C:\Program Files\Macromedia，如果不是安装在该目录，则需至 Dreamweaver 8 的安装目录下相应文件夹中查换该文件）。

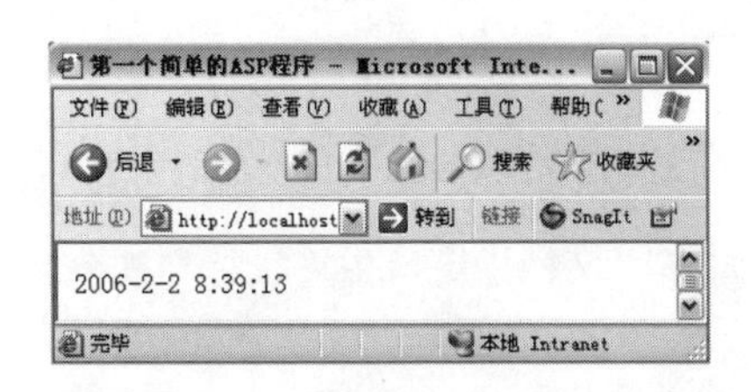

图 7-14 在 IE 浏览器中动态页面的效果

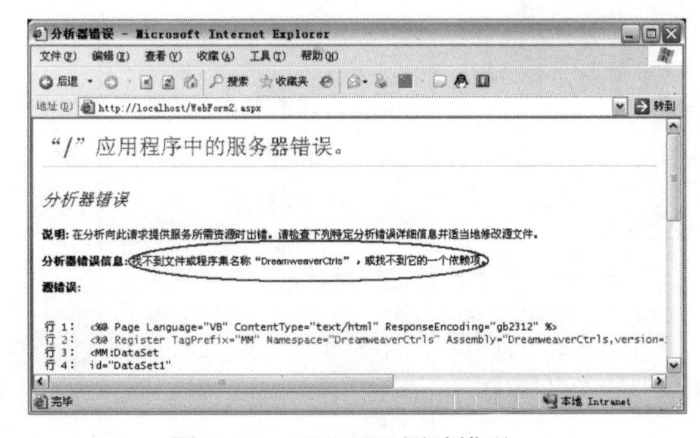

图 7-15 ASP.NET 测试错误

7.1.4 【实例 43】显示日期和时间

这是一个非常简单的动态网页实例，用来学习如何在 ASP.NET 中使用 VB 程序。在浏览器的地址栏中输入动态网页文件的路径和名称 http://localhost/ ASP-1.aspx，按回车键后，即可在客户端的浏览器上显示出服务器端的日期和时间。如图 7-16 所示。

1. 制作过程

（1）在 Dreamweaver 8 编辑界面内，单击菜单栏的“文件”→“新建”菜单命令，调出“新建文档”对话框，按照如图 7-17 所示进行选择，然后单击“创建”按钮，在编辑窗口中，会出现了一个名称为 Untitled-1.aspx 的文件。文件必须保存，否则，文件会处于悬浮状态，以后插入任何内容，ASP.NET 的浏览都会出问题。

图 7-16　在浏览器中显示的 ASP-1.aspx 网页

（2）单击菜单栏的“文件”→“保存”菜单命令，调出“另存为”对话框中，在该对话框中，把文件保存在目前要编辑的站点路径下，文件名称的后缀必须为.aspx（即 ASP.NET 网页的扩展名），此处将文件以名称 ASP-1.aspx 保存。保存文件后，在“文件”面板中可以看到文件的名称。

（3）制作界面：在 Dreamweaver 8 的“文档”窗口内，单击“文档工具”栏内的“设计”按钮 设计。然后，输入“我的第 1 个动态网页”和“显示当前的日期和时间”文字，并插入水平线。“文档”窗口如图 7-18 所示。

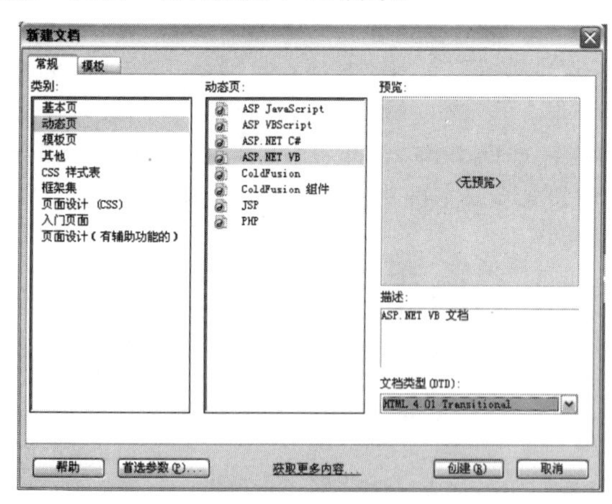

图 7-17　新建文档对话框

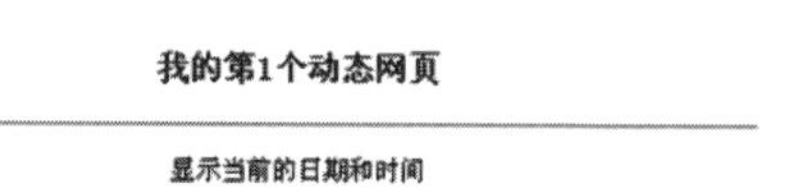

图 7-18　显示日期和时间网页的编辑界面

（4）单击“文档工具”栏内的“拆分”按钮 拆分，此时“文档”窗口由“设计”视图自动切换到“拆分”视图，光标应当在代码视图中。按回车键后输入如下代码。

```
<%
Dim DT
DT="现在的日期和时间是：" & now()
Response.Write(DT)
%>
```

上面的代码中，“Dim DT”表示定义一个变量 DT，“DT="现在的日期和时间是：" & now()”语句是将字符串“现在的日期和时间是：”与当前的日期和时间连接成一个新字符串，再赋给变量 DT。“Response.Write (DT)”语句用来显示变量 DT 的值。

单击“文件”→“保存”菜单命令，保存网页，至此，第一个动态网页制作完毕。

完成后的网页全部代码如下：

```
<%@ Page Language="VB" ContentType="text/html" ResponseEncoding="gb2312" %>
<html>
<head>
<meta http-equiv="Content-Type" content="text/html; charset=gb2312" />
</head>
<body>
<h3 align="center">我的第 1 个动态网页</h3>
<hr>
<center>
  显示当前的日期和时间<br>
</center>
<%
Dim DT
DT="现在的日期和时间是： " & now()
Response.Write(DT)
%>
 </body>
</html>
```

（5）在浏览器的地址栏中输入“http://localhost/ ASP-1.aspx”，按回车键后，浏览器显示如图 7-1-23 所示。按 F5 键，刷新屏幕（或单击“查看”→“刷新”菜单命令），可看到显示的时间每刷新一次变化一次。在 Dreamweaver 8 中，按 F12 键，也可以调出 IE 浏览器浏览网页。

本例中访问位于本机的 ASP.NET 网页，URL 写为 http://localhost/ASP-1.aspx，这里主机名是 localhost，意为“本地主机”，每台计算机访问本机网页时都可以这样写。如果改用 IP 地址，可写为 http://127.0.0.1/ ASP-1.aspx。127.0.0.1 是访问本机的 IP 地址，也是通用的写法。

2．ASP.NET 中的代码呈现块与代码声明块

（1）代码呈现块

在前面的动态网页学习中，已经了解了在 ASP.NET 中<%与%>用于指明网页中的动态代码，这是一种以内联代码块形式出现的动态代码段。内联代码块又称为代码呈现块（Code Render Block），用于执行页面中的动态代码，其使用格式如下：

```
<%
…          '动态代码段
%>
```

另外还有一种内联表达式的使用方法，如下所示。

```
<%=…%>
```

这种表示方法是如下语句的简化。

```
<% response.write(…) %>
```

也就是说，<%=…%>是<% response.write(…) %>完全等价的简化形式，例如，下面的两段代码可以实现一样的效果，用于在所在位置输出当前时间。

代码 1：

```
<%=now%>
```

代码 2：

```
<% response.write(now) %>
```

由于两者效果相同，因此，在很多情况下，都是使用<%=...%>来简化输出。

（2）代码声明块

正如在前面的实例中所见，在进行 ASP.NET 动态网页设计时，都是将动态代码写在<%和%>之间，但是这种方法仅用于在 ASP.NET 页面中嵌入立即执行的内联代码块，而不能用于声明页面中所使用的全局变量、函数和过程等程序元素。如果要进行这些程序元素的声明，则必须使用代码声明块（Code Declaration Block）来在 ASP.NET 页面中声明，格式如下：

```
<Script Lanauage="VB" Runat="Server">
…          ' 程序代码段
</Script>
```

<Script>对于了解客户端代码编写的用户应该很熟悉，这里，在<Script>中加入了属　性 Runat="Server"，表示这是服务器端运行的代码段。Lanauage="VB"表示下面的代码用 VB.NET 语言编写，可以改成 Lanauage="C#"表示下面的代码用 C#语言编写。

例如，下面的代码中，声明了两个页面全局变量 str、num 和一个过程 fun。

```
<Script Lanauage="VB" Runat="Server">
    Dim str As String
    Dim num As Integer
    Sub fun()
        Response.Write(now)
    End Sub
</Script>
```

在代码声明块声明变量和过程后，就可以用如下的方式在代码呈现块中调用、执行它们。

```
<%
    str="abc"
    num=12
    Call fun()          '调用过程
%>
```

3. 输出动态内容

在前面的程序中多次使用了方法 Response.Write 来输出动态内容。Response 对象（关于 Response 对象将在后面章节学习）的 Write 方法用于将参数中的内容进行简单计算后输出到当前页面的当前位置。这里的参数内容可以是常量、变量、有返回值的函数、表达式等。示例如下：

```
Response.Write ("<h2>标题</h2>")      '输出 HTML 代码<h2>标题</h2>
Response.Write(now)    '输出当前时间
Response.Write(a+10)   '计算 a+10 的结果并输出
```

在上面介绍过 Response.Write 还有一种简化形式为<%=...%>，也可以用于输出动态内容。

4. 服务器和客户端网页的访问

网页存放在服务器，而客户端通过浏览器观看网页的内容。对于读者来说，可能只有一台计算机，既充当服务器，又充当客户端。尽管如此，为了把概念搞清楚，还是可以把这一台计算机想象成两台计算机，即一台服务器，一台客户端。当用 Dreamweaver 编辑网页时，认为是在服务器端操作；用浏览器浏览网页内容时，认为是在客户端访问。

所以，在 Dreamweaver 中，只做编写或修改；需要看运行结果时，使用浏览器。

通常，在学习了网页制作之后，习惯在“资源管理器”或 Windows 桌面的“我的电脑”中，直接用鼠标双击网页文件，来观看网页内容。如果是普通的 HTML 静态网页，可以这样操作，但对于后缀名为.aspx 的动态网页则不能这样操作。浏览 ASP.NET 网页的运行结果，一定要先打开浏览器后，输入正确的 URL 地址才能浏览。

虽然 Dreameweaver 8 已经可以在 Dreameweaver 环境下，直接看到某些较简单的 ASP.NET 网页的运行结果，可方便 ASP.NET 程序的编写和调试，但作为整个网站的整体运行结果，还是要在浏览器中才能看到。

7.2 ASP.NET 语法基础

7.2.1 【实例 44】图书订购单

本实例将实现在网页中显示一张图书订购单，如图 7-19 所示。

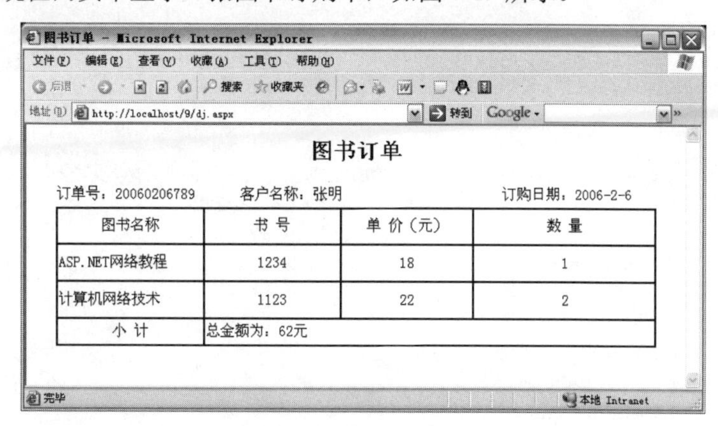

图书名称	书 号	单 价（元）	数 量
ASP.NET网络教程	1234	18	1
计算机网络技术	1123	22	2
小 计	总金额为：62元		

图 7-19　图书订购单

在本例实现过程中，将学习 ASP.NET 中使用 VB.NET 语言实现动态网页开发的基础知识。

1．制作过程

（1）按实例 43 中的方法，创建一个名为 dingdan.aspx 的文件，并将其打开。

（2）在“代码视图”中，输入如下代码。

```
<!--dingdan.aspx-->
<!--下面语句指明当前网页面的动态代码语言为 VB.NET-->
<%@ Page Language="VB" ContentType="text/html" ResponseEncoding="gb2312"%>
<html>
<head>
<title> 图书订单</title>
</head>
<body style="font-size:12px">
<!--以下是通过 VB.NET 语言对订单信息进行变量定义和赋值-->
<%
Dim xm,id,rq,jcmc1,sh1,jcmc2,sh2 As String  '定义字符串类型变量
Dim x,num1,dj1,num2,dj2,zje As Integer      '定义整型变量
'给各变量赋值
xm="张明"
id="20060206789"
rq="2006-2-6"
jcmc1="ASP.NET 网络教程"
sh1="1234"
num1=1
dj1=18
jcmc2="计算机网络技术"
```

```
sh2="1123"
num2=2
dj2=22
%>
<h1 align="center"><font size="5">图书订单</font></h1>
<!--下面表格用于对订单、用户信息进行格式控制-->
<table width="660" border="0" align="center" cellspacing="0">
  <tr>
    <td width="200" height="28">订单号：<%=id%></td>
    <td width="284">客户名称：<%=xm%></td>
    <td width="170">订购日期：<%=rq%></td>
  </tr>
</table>
<!--以下是订单表格-->
     <table width="660" height="150" border="1" align="center"  cellspacing="0"
bordercolor="#000000">
     <!--订单详细信息-->
          <tr>
               <td width="158" height="30" align="center">图书名称</td>
               <td width="146" align="center">书 号</td>
               <td width="140" align="center">单 价（元）</td>
               <td width="198" align="center">数 量</td>
          </tr>
          <tr>
               <td height="30"><%=jcmc1%></td>
               <td align="center"><%=sh1%></td>
               <td align="center"><%=dj1%> </td>
               <td align="center"><%=num1%></td>
          </tr>
          <tr>
               <td height="30"><%=jcmc2%></td>
               <td align="center"><%=sh2%></td>
               <td align="center"><%=dj2%> </td>
               <td align="center"><%=num2%></td>
          </tr>
          <%
          '计算总金额
          zje=dj1*num1+dj2*num2
          %>
          <tr>
               <td height="22" align="center">小 计</td>
               <td  colspan="3" align="left">总金额为：<%=zje%>元</td>
          </tr>
     </table>
</body>
</html>
```

代码输入完成后，切换到“设计视图”，如图 7-20 所示。

保存文件，按 F12 键进行浏览，效果如图 7-19 所示。

从“设计视图”中可以看到，凡是在图中显示为｛text｝的内容，都是代码中以<%和%>括起来的部分，这些都是嵌入网页中动态显示的内容。由于静态页面内容和动态内容都是各自独立的，从中可以了解到，创建动态网页页面，可以在 Dreamweaver 8 中，利用其快速、可视化创建静态网页的能力，先创建静态页面，如图 7-21 所示。

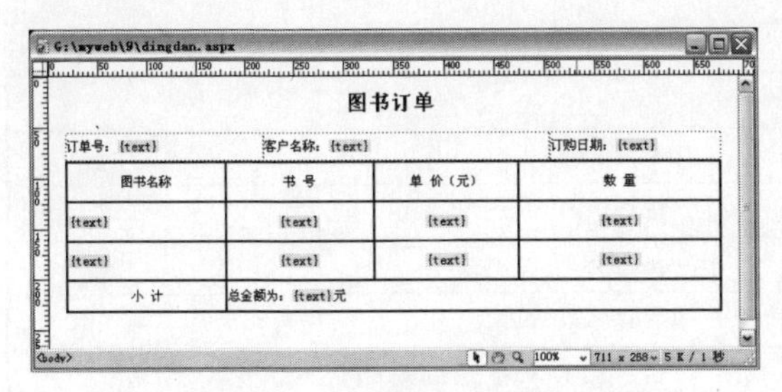

图 7-20　图书订购单设计视图

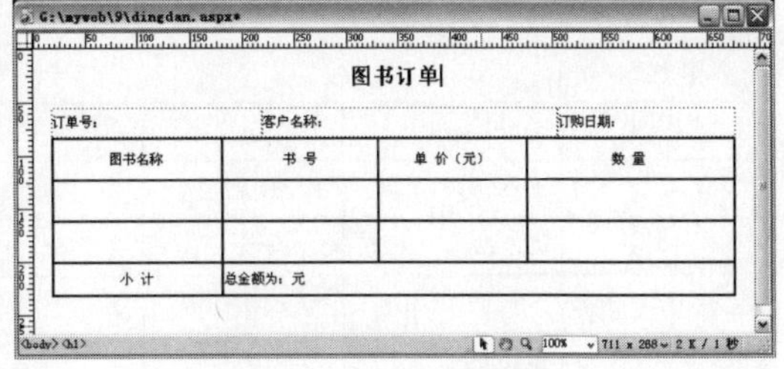

图 7-21　静态页面模板

（3）代码说明

上面的代码中，下面语句用于指明当前网页面的动态代码语言为 VB.NET，文档类型为 text/html，通过 Response 发送到客户页面的内容编码为 GB2312（即常用的简体中文字符集）。

```
<%@ Page Language="VB" ContentType="text/html" ResponseEncoding="gb2312"%>
```

接下来，在如下的动态代码中，先通过 VB.NET 用于定义变量的关键字 Dim 来定义了字符串（String）类型和整型（Integer）变量，这些变量用于动态地进行订单内容的赋值、计算与显示。

```
Dim xm,id,rq,jcmc1,sh1,jcmc2,sh2 As String  '定义字符串类型变量
Dim x,num1,dj1,num2,dj2,zje As Integer      '定义整型变量
```

然后，再通过赋值运算符“=”，对各个变量进行赋值，如下所示。

```
xm="张明"
id="20060206789"
rq="2006-2-6"
jcmc1="ASP.NET 网络教程"
sh1="1234"
num1=1
dj1=18
jcmc2="计算机网络技术"
sh2="1123"
num2=2
dj2=22
```

在对变量赋值后，再通过网页中嵌入的形如<%= …%>的动态代码将各个变量的值显示到网页中。这些将显示在网页中的内容在 Dreamweaver 8“设计视图”中以{text}显示出来。

在代码最后部分有如下语句。

```
zje=dj1*num1+dj2*num2
```

这行代码是通过 VB.NET 的算术运算符“*”（乘）和“+”（加）进行计算，并将运算结果得到的总金额赋值给变量 zje。

2．数据类型

数据是描述客观事物的数、字符和所有能输入到计算机并被计算机程序处理的符号的集合。在 VB.NET 中，每一个数据都属于一种特定的数据类型，不同的数据类型，所占的存储空间不一样，表示和处理的方法也不一样，这就需要进行数据类型的声明。下面介绍比较常用的几种数据类型。VB.NET 中的标准数据类型如表 7-1 所示。

表 7-1　VB.NET 标准数据类型

数据类型	关键字	后　缀	字节数	取值范围
逻辑型	Boolean	无	2	True 与 False
字节型	Byte	无	1	0～255
字符型	Char	无	2	0～65 535
短整型	Short	无	2	-32 768～32 767
整型	Integer	%	4	-2 147 483 648～2 147 483 647
长整型	Long	&	8	-9 223 372 036 854 775 808～9 223 372 036 854 775 807
单精度型	Single	!	4	负数范围：约-3.4E38 到-1.4E-45 正数范围：1.4E-45 到 3.4E38
双精度型	Double	#	8	负数范围：-1.8D308 到-4.9D-324 正数范围：4.9D-324 到 1.8D308
日期型	Date	无	8	0001-1-1～9999-12-31
字符串型	String	$	字符串长	
十进制型	Decimal	@	16	实数形式的十进制数字
对象型	Object	无	4	可供任何对象引用

从表 7-1 中可以看出，VB.NET 支持大量的数据类型，下面对这些数据类型进行说明。

（1）整数类型数据是指不含小数点的数字，例如，123、-321、0 等。整数类型又根据数据所占内存的容量和表达数字的范围分为字节型（Byte）、短整型（Short）、整型（Integer）和长整型（Long），共 4 种。

（2）浮点类型数据是指含小数点的数字，例如，12.34、-43.21、123.00 等。浮点类型又根据数据所占内存的容量和表达数字的范围分为单精度型（Single）、双精度型（Double）和十进制型（Decimal）3 种。

（3）逻辑类型（又称为布尔类型）数据只有 True 和 False 两个值。分别表示“真”和“假”，或者“是”和“否”等对立的状态。

（4）字符类型数据是指用一对双引号围起来的单个字符，例如，"t"、"A"、"#"等。

（5）字符串类型数据是用一对双引号围起来的一串字符，例如，"我的 VB.NET 程序"、"Hello World"等。

（6）日期类型数据必须以符号“#”括起来，其中的格式必须为“月/日/年”或“月-日-年”，例如，#1/8/1981#表示 1981 年 1 月 8 日、#10-11-1977#表示 1977 年 10 月 11 日。

使用正确的数据类型对编写程序很有帮助，例如，存储姓名的变量最好是 String 类型，因为姓名总是由字符组成的。网页设计中，应当尽量使用占内存少的数据类型来保存数据，例如，如果知道变量总是保存 0～255 之间的整数，则应该声明该变量为 Byte 类型，这样既节省了内存空间又加快了运算速度。如果在声明中没有说明数据类型，则默认设定变量的数据类型为 Object。Object 数据类型在不同场合代表不同的数据类型。

此外，表格中的后缀字符用来在声明中指定变量或常量的数据类型，例如，S$表示变量 S 的类型为字符串型。后缀字符必须紧随变量名或常量名之后。

3. 命名原则

在 VB.NET 语言中，类、过程、变量、常量、控件和接口等的名称通称为标识符。程序员在声明任何标识符时，必须遵守以下规定。

（1）标识符必须以大小写字母、数字和下画线组成，并且不可以用数字开头。例如 name、_123

都是合法的标识符；而 123、my name、year#age 都是不合法的标识符。

（2）VB.NET 语言不区分大小写。例如，Name 和 name 是两个完全相同的标识符。

（3）一般来说，标识符不能与 VB.NET 关键字相同。关键字（Reserved Words，也叫保留字）是 VB.NET 语言语法的组成部分，具有特殊的含义，不可以作为标识符使用。

4．变量

所谓变量就是内存中的一块存储空间，它用来存储数据。内存中可以有许多个这样的存储空间，为了以示区别，使用不同的名字来给它们命名，这个名字就叫变量名。变量中保存的数据可以随时改变，但是一个变量在同一时间中通常只可以保存一个有效数据。

如果一个存储空间中的数据在程序运行过程中一直都没有发生改变，则称这种空间为常量，常量的名字称为常量名。

变量和常量都必须要有类型，它们的类型必须与其保存的数据类型一致。不论变量还是常量，在使用前，都要先声明，也就是告诉系统，程序需要使用一个变量或常量来存储数据，请在内存中给一个空间——空间的大小由其类型来决定，同时还要告诉系统该空间的名称即变量名或常量名。声明后的变量或常量，可以通过变量名或常量名来访问其中的内容。

（1）声明变量

在 VB.NET 中，可以采用显式声明或隐式声明的方式来声明变量。显式声明是指在使用变量之前必须声明变量；隐式声明是指无须声明即可使用变量。在默认情况下，VB.NET 使用显式声明。如果要使用隐式声明，则需要在程序代码的开头包含 Option Explicit Off 语句。隐式声明虽然使用方便，但是程序中的某些错误会难以查找，例如，如果把变量名拼写错了，则只会使用该名字再创建一个新变量，而不会显示任何错误提示信息。如果使用显式声明，则应用程序的效率会更高，并将减少命名冲突错误和拼写错误的发生，而且也允许编译器检测潜在的运行错误。因此，本书中的所有程序代码均使用显式声明。

变量的声明语句是 Dim 语句，它的位置和内容决定了变量的特性，其格式如下：

```
Dim 变量名 As 数据类型关键字
```

其中，关键字 Dim 将变量名指定的变量定义为由类型关键字指明的变量类型。数据类型关键字可使用表 7-1 中列出的数据类型关键字或用户自定义的类型名。

一条 Dim 语句可同时声明多个不同类型的变量，声明之间以半角逗号“,”分开，每个变量必须有自己的类型关键字。示例如下：

```
Dim intYear As Integer, strName As String
Dim num1, num2, num3 As Decimal
```

其中，第一行语句声明了一个整型（Integer）变量 intYear 和一个字符串（String）变量 strName，第二行声明了三个十进制变量 num1、num2 和 num3。

除了可以用类型关键字来声明变量外，还可以用类型后缀标识直接声明，其格式如下：

```
Dim 变量名+后缀
```

其中，变量名与后缀之间没有空格，后缀可参看表 7-1 所示内容。示例如下：

```
Dim numbers%, strm$
```

上面这行语句声明了一个整型变量 numbers 和一个字符串变量 strm。上面的声明语句和下面这一声明的效果是等价的。

```
Dim numbers As Integer, weightAs Decimal
```

（2）使用变量

在声明变量后，必须给变量赋值才可以使用变量。一般使用赋值语句给变量赋值，其格式如下：

```
变量名 = 数据（或表达式）
```

其中，等号“=”是赋值运算符，变量和数据（或表达式计算的结果）的类型要一致。

下面的语句表示定义三个整型变量 dj、num、zje，并将 dj 赋值为 10，num 赋值为 5，将 zje 赋值为 dj*num，即 10 乘以 5 的结果 50。

```
Dim dj,num,zje As Integer
dj=10
num=5
zje=dj*num
```

此外，还可以将声明和赋初值合并为一条语句，其格式如下：

```
Dim 变量名 As 数据类型关键字 = 数据
```

示例如下：

```
Dim name As String = "李炎"
```

在使用 Dim 声明变量时，根据声明变量语句位置的不同，可以分为局部变量和全局变量两种。所谓局部变量是指在过程内部声明的变量；所谓全局变量是指在任何过程外、程序代码内声明的变量。

5. 常量

常量是在程序运行过程中，其值保持不变的量，例如，数值、字符串等。在编程中，有些值在程序中会多次使用，如果在每次使用时都重复输入，既费事又容易出错；另外，如果某一值在程序中多次重复出现时，如果要改变此值，就需要改动程序中的许多地方，既麻烦又容易遗漏。这时，可以用常量来保存数据。这样不但易于输入，而且还便于理解此数据的含义，如要想改变某一常量的值时，只需改变程序中声明该常量的语句就可以了，即方便又不易出错。

（1）声明常量：在声明常量时，常量的名称最好应具有一定的含义，以便于理解和记忆，声明的格式如下：

```
Const 常量名 [As 数据类型关键字] = 数据
```

其中，Const 是声明常量的关键字；数据是常量的取值；一对方括号“[ ]”之间的内容是可选项。数据可以是数值型、字符串型、逻辑型或日期型的表达式，但在表达式中不能出现变量和函数运算。在声明常量时，将先计算赋值号右边表达式的值，然后将此值赋给左边的符号常量。

如果在声明常量时，没有给出常量的类型，则采用默认类型。VB.NET 中规定：整数值将默认为 Integer 类型，浮点数值将默认为 Double 类型，关键字 True 和 False 将默认为 Boolean 类型。示例如下：

```
Const PI = 3.1415926535
```

上面语句表示声明一个类型为 Double 的常量 PI，其值为 3.1415926535。

在这种情况下，使用类型字符可以将数据类型强制转换为某些特定类型。类型字符以及其代表的数据类型见表 7-2。类型字符必须紧随常量值之后，其间不能有任何分隔符，例如，Const weight = 55.63D 表示强制常量 weight 的值为 Decimal 类型；Const number = 123.4567L 表示强制常量 number 的值为 Long 类型。

表 7-2　类型字符

类型字符	数据类型	类型字符	数据类型	类型字符	数据类型
D	Decimal	R	Double	S	Short
I	Integer	L	Long	F	Single

（2）显式声明常量：如果需要在声明常量时必须给出常量类型，则在程序代码的开头添加 Option Strict On 语句。显式声明数据类型可以明确常量的类型，并且使代码易于阅读和维护。

（3）使用常量：常量在声明后，就可以当做一个具体的数据进行使用，示例如下：

```
Const PI As Single = 3.1415
Dim r As Integer, area As Single, cl As Single
r=10
cl=r*PI
area=r*r*PI
```

上面的语句先定义了 π 值常量 PI，半径变量 r，圆周长变量 cl 和圆面积变量 area。然后在下面的语句中对 r 赋值为 10，再计算圆周长 cl 和圆面积 area。

常量的使用与变量基本是相同的。唯一不同的是，常量不能再次赋值。

6．注释语句

注释语句用来进行程序的说明，该种语句在程序运行中是不执行的，它只是为了帮助阅读程序。注释是程序设计中的常用方法，注释通常有两方面的作用，一是作为提示信息，让人可以从注释中了解某段程序的功能或设计思想，在阅读/编写程序时提供参考信息；另一种是将未完成的或有错误的某个程序块隐藏起来，使其暂时不参与程序的执行，这种方式也适用于程序调试，将调试时编写的调试语句隐藏起来。

ASP.NET 的注释可以分为两类，一类是输出到客户端，用户在查看源文件时可以看见的；另一种是仅在服务器端，供开发者使用的，这种注释仅服务器端可见，不会发送到客户端。

（1）输出到浏览器端的注释

ASP.NET 中输出到浏览器端的注释与 HTML 注释格式相同，前面课程中已经学习过 HTML 的注释，虽然始终可以在文件中加入 HTML 注释，但用户在查看页面源代码时会看到这些注释。例如，下面的“显示时间”程序，将在浏览器中显示如图 7-22 所示结果。

图 7-22　显示时间

```
<!--zhus.aspx-->
<%@ Page Language="VB" ContentType="text/html" ResponseEncoding="gb2312" %>
<html>
<head>
<title>显示时间</title>
</head>
<body>
<!-- 创建 Date 型变量 d，并设置初始值为当前时间-->
<% dim d as date=now()%>
<!-- 下一行通过表达式输出变量 d-->
当前时间为：<%=d%>
</body>
</html>
```

在浏览器中浏览时，可以通过“查看”菜单下的“源文件”项查看到如下 HTML 内容。

```
<!--zhus.aspx-->
<html>
<head>
<title>显示时间</title>
</head>
<body>
<!-- 创建 Date 型变量 d，并设置初始值为当前时间-->
<!-- 下一行通过表达式输出变量 d-->
当前时间为：2006-3-28 21:05:43
</body>
</html>
```

可以看到，这种注释在浏览时是会传送到客户端的，只是浏览器在显示时将其忽略了。

ASP.NET 中输出到浏览器的端的注释与 HTML 不同的是它可以进行动态注释，即注释中的文字可以是一个表达式或脚本片段，这样，可以将表达式或脚本片段的执行结果作为注释文字发送到客户端作为注释。示例如下：

```
<!--zhus1.aspx-->
<%@ Page Language="VB" ContentType="text/html" ResponseEncoding="gb2312" %>
<html>
<head>
<title>隐式显示用户访问时间</title>
</head>
<body>
<!--
<% dim d as date=now()%>
用户访问时间为：<%=d%>
-->
</body>
</html>
```

上面的网页在浏览器中浏览时，页面中将没有任何显示内容，但可以通过“查看”菜单下的“源文件”项查看到如下 HTML 内容。

```
<!--zhus1.aspx-->
<html>
<head>
<title>隐式显示用户访问时间</title>
</head>
<body>
<!--
用户访问时间为：2006-3-28 21:11:11
-->
</body>
</html>
```

可以看到，被<!--和-->包括的 ASP.NET 动态代码在服务器端被执行了，但执行结果在发送到客户端时却被解释成 HTML 的注释，所以不能显示到浏览器窗口中。使用这种动态注释方式的最大好处是方便了程序的调试，在不影响网页内容的情况下，开发者可以向浏览器输出调试信息，以便于更好地进行程序开发。

（2）服务器端的注释

如果不希望被注释的语句让客户端用户看到，而只在服务器端可见，则可以使用 ASP.NET 的服务器端注释，格式如下：

```
<%--
注释语句
 --%>
```

隐藏注释中的注释部分是写在“<%--”和“--%>”标签之间的，这种注释仅服务器端可见，对于客户端是隐藏的，所以又称为隐藏注释。用隐藏注释标记的字符信息会在编译时被忽略掉。隐藏注释在开发者希望隐藏或注释程序时是很有用的。

ASP.NET 编译器不是会对“<%--”和“--%>”之间的语句进行编译的，它不会显示在客户的浏览器中，也不会在源代码中看到“<%--”和“--%>”标签。例如，将上面例子中的 HTML 注释用隐藏注释取代，程序如下：

```
<!--zhus.aspx-->
<%@ Page Language="VB" ContentType="text/html" ResponseEncoding="gb2312" %>
<html>
<head>
<title>显示时间</title>
</head>
<body>
<%-- 创建 Date 型变量 d，并设置初始值为当前时间--%>
<% dim d as date=now()%>
<%-- 下一行通过表达式输出变量 d--%>
当前时间为：<%=d%>
</body>
</html>
```

那么，在浏览器端查看源文件时结果如下：

```
<!--zhus.aspx-->
<html>
<head>
<title>查询时间</title>
</head>
<body  >
当前时间为：2006-3-28 21:05:43
</body>
</html>
```

可以看到，注释部分没有在代码中出现，说明隐藏注释起到了对开发者的注释进行保密的作用。服务器端注释最大的用处是对程序段进行隐藏。例如，由于程序功能未完善或调试的原因，某个程序段不希望被执行，也不希望被客户端用户看见，就可以使用隐藏注释。

另外，还需要提一下的是 ASP.NET 代码段中的注释，要在一个 VB.NET 代码段中加入注释，可以使用下面的方法。

以关键字 Rem 开头，其后跟着说明的文字，用空格将 Rem 命令和其后的说明文字分开；

以半角单引号（'，也称为撇号）开头，其后跟着说明的文字，可以直接放在一条脚本语句的后边。示例如下：

```
<!--这是 HTML 中的注释-->
<%
REM 这是 VB.NET 代码中的注释
xm="张凯"      '给姓名变量 xm 赋值，这也是 VB.NET 代码中的注释方式
%>
```

在这个例子中，REM 语句可用来在 VB.NET 代码段中建立一条注释语句，一个半角单引号

(') 也可以实现同样的功能。

需要注意，这两种注释只能用来注释一行。用 REM 语句或半角单引号建立的注释在一行的末尾结束。

7.2.2 【实例 45】四则运算

在本例中，将在网页中显示一张进行数学四则运算的表格，如图 7-23 所示。

在本例实现过程中，将学习 VB.NET 中的运算符与表达式的知识，以及数据类型的转换等内容。

1. 制作过程

(1) 创建一个名为 calculat.aspx 的文件，并将其打开。

(2) 在“代码视图”中，输入如下代码。

```
<!--calculat.aspx-->
<%@ Page Language="VB" ContentType="text/html" ResponseEncoding="gb2312" %>
<html>
<head>
<title>四则运算演示</title>
<meta http-equiv="Content-Type" content="text/html; charset=gb2312">
</head>
<%
dim a as integer,b as integer
a=5
b=10
%>
<body>
<h2 align="center">四则运算</h2>
<p align="center">下面计算中：a=<%=a%>,b=<%=b%></p>
<table width="38%"  border="1" align="center">
  <tr>
    <td><strong>运算</strong></td>
    <td><strong>表达式</strong></td>
    <td><strong>结果</strong></td>
  </tr>
  <tr>
    <td width="37%">加法</td>
  <%-- 下面语句显示出表达式<%=(a+b)%> --%>
    <td width="34%">a+b</td>
  <%-- 下面语句通过表达式计算并输出 a+b 的结果--%>
    <td width="29%"><%=(a+b)%></td>
  </tr>
  <tr>
    <td>减法</td>
    <td>a-b</td>
    <td><%=(a-b)%></td>
  </tr>
  <tr>
    <td>乘法</td>
    <td>a*b</td>
    <td><%=(a*b)%></td>
  </tr>
  <tr>
    <td>除法</td>
    <td>a/b</td>
```

```
    <td><%=(a/b)%></td>
  </tr>
</table>
</body>
</html>
```

代码输入完成后，切换到“设计视图”，如图 7-24 所示。

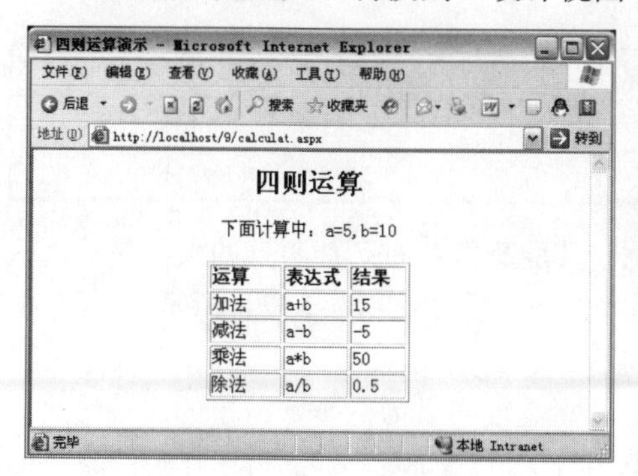

图 7-23　四则运算

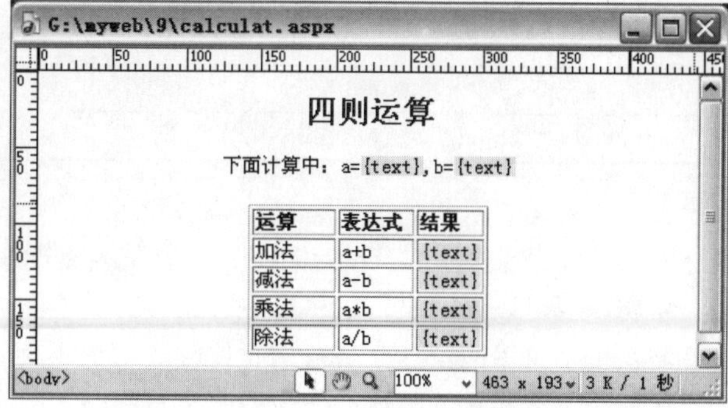

图 7-24　四则运算设计视图

保存文件，在 Dreamweaver 8 中按 F12 键进行浏览，效果如图 7-23 所示。

与前面的实例相同，这个实例也可以先在 Dreamweaver 8 的“设计视图”中先创建表格式和其中不变的文字，再切换到“代码视图”，在表格的相应位置嵌入动态的 VB.NET 代码来实现。

2．运算符和表达式

表达式由运算符、变量、常量和函数等组成，是 VB.NET 语句的基础结构之一。运算符是对一个或多个变量、常量、函数返回值等执行运算的代码单元。运算符和表达式的种类有多种，下面介绍几种常用类型。

（1）算术运算符和算术表达式。算术运算符用来执行算术运算，涉及计算数值、变量、其他表达式、函数和属性调用等。算术运算符除了常用的加号+、减号-、乘号*和除号/之外，还有以下 4 种。

- 求反运算符-：该运算符用来求某个数的相反数。它与减号运算符一样，但具体语法存在差别，相当于数学中的负号。例如，如果变量 a 的值为-100，则-a 的值为 100。
- 指数运算符^：该运算符用来进行指数计算。运算符左边为底数，右边为指数。例如，下面的语句中，变量 number 的值为 8。

```
Dim number As Integer
number = 2 ^ 3
```

- 整除运算符\：整除运算的结果为除法运算所得的商，但不包括余数部分。只有 Byte、Short、Integer 和 Long 类型的数据能使用整除运算符，其他类型必须先转换为这 4 类数据，再执行整除运算。例如，下面的语句中，变量 number 的值为 8。

```
Dim number As Integer
number = 60 \ 7
```

- 求余数运算符 Mod：该符号用来求被除数除以除数后所得的余数。如果除数和被除数都为整数类型，则余数为整数；如果除数和被除数为浮点类型，则余数为浮点类型。例如，21 Mod 4 的值为 1，12.34 Mod 10 的值为 2.34。

（2）赋值运算符和赋值表达式。赋值运算符的作用是将数据赋给变量，其基本格式如下：

变量名 = 数据（或表达式）

其中，数据可以是具体数值，也可以是表达式，但是变量的类型必须和数据的类型一致。此外，VB.NET 语言还提供了 4 种算术和赋值运算符相结合的运算符来简化语句的书写，其形式和作用如表 7-3 所示。

表 7-3　特殊赋值运算符

运算符	举　例	运算符	举　例
+=	i += j 相当于 i = i + j	-=	i -= j 相当于 i = i - j
*=	i *= j 相当于 i = i * j	/=	i /= j 相当于 i = i / j

（3）关系运算符和关系表达式。关系表达式用于比较其运算符左右两边数据的大小关系，其表达式结果为逻辑型数据 True 或 False。关系运算符共有 6 种，具体作用如表 7-4 所示。

字符串也可以通过比较运算符进行比较，其方法如下。

将两个字符串的第一个字符进行比较，如果不相等，则比较结果为两个字符串的比较结果；如果第一个字符相等，则继续比较两个字符串的第二个字符，以此类推，直到得出比较结果；如果两个字符串的每个对应字符都一样，则这两个字符串相等。

表 7-4　比较运算符

运算符	名　称	作　用	举　例
=	等于	如果运算符两边的数值相等，则表达式值为 True。如果两个数值不相等，则表达式值为 False	100 = 100　（表达式值为 True） 100 = 150　（表达式值为 False）
<>	不等于	如果运算符两边的数值不相等，则表达式值为 True。如果两个数值相等，则表达式值为 False	100 <> 100　（表达式值为 False） 100 <> 150　（表达式值为 True）
>	大于	如果大于号前面的数值大于其后面的数值，则表达式值为 True。如果大于号前面的数值小于或等于其后面的数值，则表达式值为 False	100 > 100　（表达式值为 False） 150 > 100　（表达式值为 True）
<	小于	如果小于号前面的数值小于其后面的数值，则表达式值为 True。如果小于号前面的数值大于或等于其后面的数值，则表达式值为 False	100 < 100　（表达式值为 False） 100 < 150　（表达式值为 True）
>=	大于等于	如果大于等于号前面的数值大于或等于其后面的数值，则表达式值为 True。如果大于号前面的数值小于其后面的数值，表达式值为 False	100 >= 100　（表达式值为 True） 100 >= 150　（表达式值为 False）
<=	小于等于	如果小于等于号前面的数值小于或等于其后面的数值，则表达式值为 True。如果小于号前面的数值大于其后面的数值，表达式值为 False	100 <= 100　（表达式值为 True） 120 <= 100　（表达式值为 False）

例如，表达式"M">"m"的值为 False，因为字母 M 的 ASCII 码是 77，而字母 m 的 ASCII 码是 109。显而易见，表达式 77>109 的值为 False。

（4）逻辑运算符和逻辑表达式

逻辑运算符只对逻辑型数据进行运算，其表达式的值也只会是 True 或 False。逻辑运算符有以下 6 种。

- “非”运算符 Not：进行求反运算。例如，Not 150 >=100 的值为 False。
- “与”运算符 And：只有当 And 前后的数值都为 True 时，表达式的值才为 True，其他情况下，表达式的值都为 False。例如，表达式 150>=100 And 50<100 的值为 True。
- “或”运算符 Or：只有当 Or 前后的数值都为 False 时，表达式的值才为 False，其他情况下，表达式的值都为 True。例如，表达式 100>=150 Or 50<100 的值为 True。

- “异或”运算符 Xor：当运算符 Xor 前后数值同为 True 或同为 False 时，表达式的值为 False，当运算符 Xor 前后数值一个为 True 另一个 False 时，表达式的值为 True。例如，表达式 150>=100 Xor 100>50 的值为 False。
- AndAlso 运算符：AndAlso 运算符的作用与 And 运算符基本一样，都是对前后两个表达式进行“与”操作。其不同在于 And 运算符必须在计算完前后两个表达式的值后，才能给出最终结果，而 AndAlso 运算符在第一表达式值为 False 时，不计算第二个表达式的值，直接给出最终结果 False。这样减少了运算过程，加快了程序的运行速度。
- OrElse 运算符：OrElse 运算符的作用与 Or 运算符基本一样，都是对前后两个表达式进行“或”操作。其不同在于 Or 运算符必须在计算完前后两个表达式的值后，才能给出最终结果，而 OrElse 运算符在第一表达式值为 True 时，不计算第二个表达式的值，直接给出最终结果 True。

（5）连接运算符

连接运算符可以将多个字符串合并为一个字符串。VB.NET 中声明了+和&两个连接运算符。例如，下面的语句中，变量 str1、str2 的值均为“Hello World”。

```
Dim str1, str2 As String
str1 = "Hello" + " " + "World"
str2 = "Hello" & " " & "World"
```

（6）优先级

在 VB.NET 语言中，对一个表达式进行计算时，按照运算符的优先级来决定执行的先后次序。优先级高的先执行，优先级底的后执行。同一级别运算符，基本上都是从表达式的左边向右边依次执行。算术和连接运算符的优先级都比比较和逻辑运算符高。比较运算符比逻辑运算符的优先级高，但比算术和连接运算符的优先级低。所有比较运算符的优先级都相同，就是说，将按照它们出现的顺序从左到右对其进行计算。

此外，可以使用小括号改变优先级顺序，强制优先计算表达式的某些部分。小括号内的运算总比小括号外的运算先执行。但是在小括号内，运算符优先级保持不变。

在运算符中小括号具有最高的优先级，因此，可以通过添加小括号来控制表达式的计算流程。例如，x*(y+z)表达式，虽然乘法比加法的优先级高，但是因为加法运算符在小括号内，所以先进行加法计算，然后进行乘法计算。

3．数据类型转换

VB.NET 程序中的每一个数据都必须有且只有一个数据类型。程序中的数据既包括那些可以看到的变量和数值，也包括在程序运行中产生的看不到的中间计算结果。当两个数据的类型不相同时，必须先进行数据类型的转换，然后才能运算或赋值。

（1）隐式转换。系统自动转换是指把所占内存空间字节数少的类型，转换为所占内存空间字节数多的类型，把整数类型转换为浮点类型。具体转换方式如表 7-5 所示。这种数据类型转换一般不会导致数据信息丢失。

表 7-5 自动转换类型

源数据类型	目标数据类型	源数据类型	目标数据类型
Byte	Short、Long、Decimal、Single、Double	Decimal	Single、Double
Short	Long、Decimal、Single、Double	Single	Double
Long	Decimal、Single、Double	Char	Char、String

（2）显式转换。显式转换又称为强制类型转换，它是指把所占内存空间字节数多的类型，转换为所占内存空间字节数少的类型，把浮点类型转换为整数类型。其格式如下：

```
类型转换函数名(原类型数据)
```

其中，类型转换函数名的具体内容和作用如表 7-6 所示。

表 7-6　类型转换函数

函 数 名	返回类型	原类型数据范围
CBool	Boolean	有效的 String 或数值表达式
CByte	Byte	0～255，舍入小数部分
CChar	Char	有效的 String 表达式（取值范围为 0～65 535）
CDate	Date	有效的日期和时间表示法
CDbl	Double	负值取值范围为-1.79 769 313 486 231E+308～-4.94 065 645 841 247E-324。正值取值范围为 4.94 065 645 841 247E-324 到 1.79 769 313 486 231E+308
CDec	Decimal	无小数位数值范围是+/-79 228 162 514 264 337 593 543 950 335。具有 28 位小数位数值范围是+/-7.9 228 162 514 264 337 593 543 950 335。
CInt	Integer	-2 147 483 648～2 147 483 647，舍入小数部分
CLng	Long	-9 223 372 036 854 775 808～9 223 372 036 854 775 807，舍入小数部分
CObj	Object	有效的表达式
CShort	Short	-32 768～32 767，舍入小数部分
CSng	Single	负值的取值范围为-3.402 823E+38～-1.401 298E-45。正值的取值范围为 1.401 298E-45～3.402 823E+38
CStr	String	有效的表达式
CType	typename	该函数具有两个参数，格式为 Ctype（源类型数据，typename）。typename 可以是任何数据类型

下面对表 7-6 中的内容进行说明。

通常，使用类型转换函数将某些操作的结果强制转换为某一特定数据类型而非默认数据类型。如果源类型数据超出要转换为的数据类型的范围，将发生错误。例如，在下面的语句中，因为 Byte 类型的范围是 0～225，所以 b=CByte(a)语句将产生错误。

```
Dim a As Integer
Dim b As Byte
a = 4000
b = CByte(a)
```

当小数部分恰好为 0.5 时，CInt 和 CLng 函数总是会将其四舍五入为最接近的偶数值。例如，0.5 四舍五入为 0，1.5 四舍五入为 2。

CDate 函数识别日期文字和时间文字，以及一些在可接受的日期范围内的数字。CDate 依据系统的区域设置来识别日期的格式。必须以正确的顺序为区域设置提供日、月、年数据，否则可能无法正确解释日期。

使用 CBool 函数将表达式转换为 Boolean 值时，如果表达式的计算结果为非零值，则 CBool 函数将返回 True；否则返回 False。

使用 CChar 函数将 String 类型数据转换为 Char 类型数据时，只将字符串的第一个字符转换为 Char 类型。

使用 CDate 函数将字符串转换为 Date 值时，可以使用日期文本和时间文本。示例如下：

```
Dim strDate, strTime As String
Dim dDate, dTime As Date
strDate = "May 10, 2010"
strTime = "13:32:35 PM"
dDate = CDate(strDate)
dTime = CDate(strTime)
```

7.2.3 【实例46】日期时间

本例实现在网页内显示出当前日期与时间，效果如图7-25所示。

1. 制作过程

（1）创建一个名为riqi.aspx的文件，并将其打开。

（2）在“代码视图”中，输入如下代码。

```
<!-- riqi.aspx-->
<%@ Page Language="VB" ContentType="text/html" ResponseEncoding="gb2312"%>
<html >
<head>
<meta http-equiv="Content-Type" content="text/html; charset=gb2312" />
<title>日期时间</title>
<style type="text/css">
<!--
.STYLE1 {font-size: 24px}
-->
</style>
</head>
<body>
<%
Dim rq as date                    '定义date型变量
Dim y,mon,d,h,min as integer      '定义年、月、日、时、分等整型变量
rq=now()                          '获取当前日期时间
y=Year(rq)                        '获取日期中的年份
mon=Month(rq)                     '获取日期中的月份
d=Day(rq)                         '获取日期中的日数
h=hour(rq)                        '获取小时数
min=minute(rq)                    '获取分钟数
%>
<table width="289" border="5" align="center" cellpadding="5" cellspacing="5"
bordercolor="#0000FF">
    <tr>
      <td width="332"><!--输出年份-->
          <p align="center" class="STYLE1"><%=y%>年</p>
            <!--输出日期-->
        <p align="center" class="STYLE1"><%=mon%>月<%=d%>日</p>
            <!--输出时间-->
        <p align="center" class="STYLE1"><%=h%>点<%=min%>分</p></td>
    </tr>
  </table>
</body>
</html>
```

代码输入完成后，切换到“设计视图”，如图7-26所示。

保存文件，在Dreamweaver 8中按F12键进行浏览，效果如图7-25所示。

图 7-25　日期时间

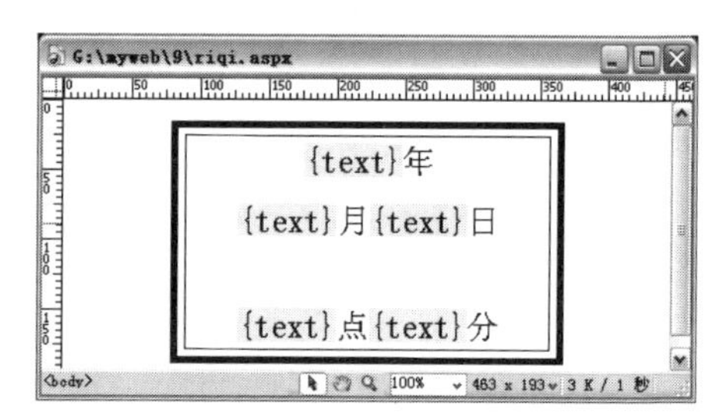

图 7-26　日期时间设计视图

2. 日期和时间函数

为了方便对数据进行操作，VB.NET 提供了一些类和函数（Function）。通过调用类中的方法或调用函数，对数据进行操作，然后获得一个返回值。

日期和时间函数用于获取、设置时间，以及时间的计算，表 7-7 列出了常用的日期和时间函数。日期参数 D 是任何能够表示为日期的数值型表达式、字符串型表达式或它们的组合。时间参数 T 是任何能够表示为时间的数值型表达式、字符串型表达式或它们的组合。当参数 D 是数值型表达式时，其值表示相对于 1899 年 12 月 30 日前后天数，负数表示 1899 年 12 月 30 日以前的天数，正数表示 1899 年 12 月 30 日以后的天数。

表 7-7　日期和时间函数

函 数 名	函数值类型	功　　能
Year(D)	Integer	返回日期 D 的年份。其中，参数为天数时，函数值为相对于 1899 年 12 月 30 日后的指定天数的年号，其取值在 1753～2078 之间
Month(D)	Integer	返回日期 D 的月份，函数值为 1～12 之间的整数
Day(D)	Integer	返回日期 D 的日数，函数值为 1～31 之间的整数
WeekDay(D)	Integer	返回日期 D 是星期几
Hour(T)	Integer	返回时间参数中的小时数，函数值为 0～23 之间的整数
Minute(T)	Integer	返回时间参数中的分钟数，函数值为 0～59 之间的整数
Second(T)	Integer	返回时间参数中的秒数，函数值为 0～59 之间的整数
DateSerial（年，月，日）	Date	相对 1899 年 12 月 30 日（为 0）返回一个天数值。其中的年、月、日参数为数值型表达式
DateDiff(Interval,date1,date2)	Long	返回 date1 和 date2 之间指定的时间间隔数。Interval 为时间间隔单位，其可以是常量也可以是字符串，具体参数如表 7-8 所示

表 7-8　DateDiff 函数 Interval 参数值

常　　量	字 符 串	时间间隔单位	常　　量	字 符 串	时间间隔单位
DateInterval.Day	d	天	DateInterval.Quarter	q	季度
DateInterval.Hour	h	小时	DateInterval.Second	s	秒
DateInterval.Minute	n	分钟	DateInterval.Weekday	w	周
DateInterval.Month	m	月	DateInterval.Year	yyyy	年

星期函数 Weekday(D)的函数值与星期的对应关系如表 7-9 所示。

表 7-9 星期函数值与星期的对应关系

函数值	星 期	函数值	星 期	函数值	星 期	函数值	星 期
1	星期日	2	星期一	3	星期二	4	星期三
5	星期四	6	星期五	7	星期六		

此外，还有几个常用的时间属性，Now 属性用来返回当前的系统日期和时间，Today 属性用来返回系统当前的日期，TimeOfDay 属性用来返回系统当前的时间。这三个属性均可以直接使用，其返回值的类型为 Date 类型。TimeString 属性也可用于获取当前系统时间，不过返回值是 String 类型。示例如下：

```
<%
response.write("今天是" & Today & "<br>")
response.write("现在时间是" & Timestring & "<br>")
%>
```

上面的语句在执行时将返回当前日期与时间，结果如下所示。

```
今天是 2006-3-19
现在时间是 17:23:31
```

7.2.4 【实例 47】字符串操作演示

对字符串的操作在网页设计中使用非常广泛，如字符串的搜索、比较等。这个实例演示了常用的一些字符串操作，结果如图 7-27 所示。

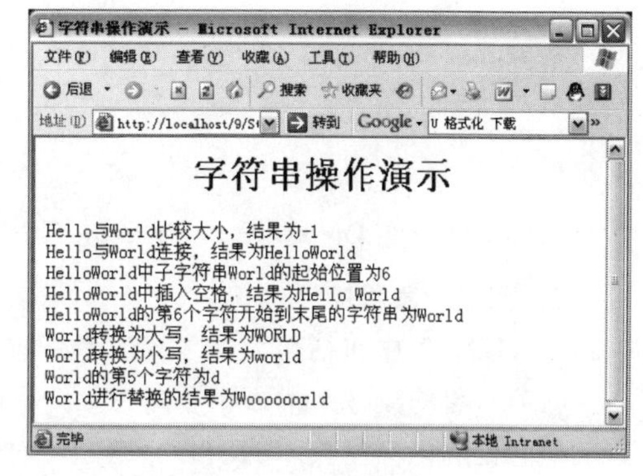

图 7-27 字符串操作演示

1. 制作过程

（1）创建一个名为 String.aspx 的文件，并将其打开。

（2）在“代码视图”中，输入如下代码。

```
<!--String.aspx-->
<%@ Page Language="VB" ContentType="text/html" ResponseEncoding="gb2312" Debug="true" %>
<%@ Import Namespace="System.String"%>
<!DOCTYPE html PUBLIC "-//W3C//DTD XHTML 1.0 Transitional//EN" "http://www.w3.org/TR
/xhtml1/DTD/xhtml1-transitional.dtd">
<html xmlns="http://www.w3.org/1999/xhtml">
<head>
<meta http-equiv="Content-Type" content="text/html; charset=gb2312" />
<title>字符串操作演示</title>
</head>
<body>
<h1 align="center">字符串操作演示</h1>
<%
Dim s1,s2 ,str,s as String
Dim r As Integer
s1="Hello"
s2="World"
'通过 String 方法比较字符串大小
r= Compare(s1, s2)
response.Write(s1 & "与" & s2 & "比较大小，结果为" & r & "<br>")
'通过 String 方法连接字符串
str= Concat(s1, s2)
```

```
response.Write(s1 & "与" & s2 & "连接，结果为" & str & "<br>")
'通过字符串函数查找子字符串的起始位置
r=InStr(str ,s2)
response.Write(str & "中子字符串" & s2 & "的起始位置为" & r & "<br>")
'通过 String 方法在字符串 str 中插入空格
s=str.Insert(r-1, " ")
response.Write(str & "中插入空格，结果为" & s & "<br>")
'通过 String 方法获取指定位置的字符串
s=str.Substring(r-1)
response.Write(str & "的第"& r & "个字符开始到末尾的字符串为" & s & "<br>")
'通过 String 方法将字符串转换为大写
s=s2.ToUpper
response.Write(s2 & "转换为大写，结果为" & s & "<br>")
'通过字符串函数将字符串转换为小写
s=Lcase(s2)
response.Write(s2 & "转换为小写，结果为" & s & "<br>")
'通过 String 方法获取指定位置的字符，从 0 开始计算位置
s=s2.chars(4)
response.Write(s2 & "的第 5 个字符为" & s & "<br>")
'通过 String 方法进行字符串替换
s=s2.replace("o","oooooo")
response.Write(s2 & "进行替换的结果为" & s & "<br>")
%>
</body>
</html>
```

保存文件，在 Dreamweaver 8 中按 F12 键进行浏览，效果如图 7-27 所示。

2. 面向对象程序设计

在 VB.NET 中包括两大类数据类型：前面介绍的标准数据类型；对象类型。

（1）对象的概念：术语“面向对象”是由英文 Object Oriented 翻译而来的，简称为 OO。对象的概念是面向对象技术的核心。在面向对象概念中，整个世界是由各种各样的对象（Object）组成的。世界上存在着许多类型相同的对象，也存在着许多类型不相同的对象。

虽然人们对对象的描述可能不完全相同，但是都是从两个方面来描述对象，即对象的状态和对象的行为。对象的状态是指描述对象的数据，它描述了对象的属性和特征，可以是系统或用户定义的数据类型，也可以是一个抽象的数据类型。对象的行为是指定义在对象状态上的一组操作方法的集合，说明了对象的功能。

在面向对象程序设计中，经常使用一些术语，下面介绍 4 个常用的术语。

- 对象（Object）：对象是面向对象程序设计的核心，也是程序的主要组成部分。一个程序实际上就是一组对象的总和。
- 类（Class）：在客观世界中对象是大量存在的，为了便于理解和管理，通过归类的方法从一个个具体对象中抽取共同特征，就形成了类。对象是由类创建的，类是同一类型对象的集合和抽象。在 VB.NET 语言中，每一个类是一种对象类型数据，属于不同类的对象具有不同的数据类型。一个对象被称为其类的一个实例（Instance），是该类的一次实例化的结果。类还可以具有子类，子类除了具有类的所有状态和行为外，还具有自己特有的状态和行为。
- 属性（Property）：属性是类或对象的状态和特征的总称。它可以是普通数据类型的变量，也可以是其他类的对象。例如，在人类中，姓名和职业可以是 String 类型数据；身高可以是 Integer 类型数据。

- 方法（Method）：方法是类行为的总称。一个类可以有多个方法，表示该类所具有的功能和操作。通过对象调用类中的方法就可以改变对象域中变量的值。

面向对象的程序设计是以要解决的问题中所涉及的各种对象为主体，力求程序设计符合人们日常的思维习惯，降低问题的难度和复杂性，提高编程的效率。使用面向对象的程序设计方法来解决问题就是从实际问题中抽象并封装数据和操作的对象，通过定义其状态和操作其行为来表述对象的特征和功能。

（2）命名空间：命名空间是 VB.NET 程序的核心，它用来把类组织到逻辑组中，使这些类更易于调用和管理。命名空间不具有任何特别的功能，只是在逻辑上用来存放一个或者多个类、模块、结构等。

VB.NET 语言提供命名空间来管理类名，可以避免同名类发生冲突，使类的管理更清晰，更有条理。命名空间可以嵌套使用，一个命名空间中可以再包含多个命名空间，就像一个文件夹内可以含有多个子文件夹一样。

命名空间实际上是类、模块、结构和接口等的集合，这也体现了 VB.NET 面向对象的封装特性。利用命名空间可以把常用的类或功能相似的类放在一起，就像文件放在文件夹中一样，使得类的管理更清晰，有条理。

在使用命名空间时，可以使用符号“.”来表明命名空间的层次。例如，System.Math 表示 System 命名空间中的 Math 类，Sytem.String 表示 System 命名空间中的 String 类。

（3）VB.NET 类库：VB.NET 语言提供了大量有用的类，这些类通过命名空间有机地组织在一起，形成了 VB.NET 类库。VB.NET 本身声明的类一般是由构造方法、变量和方法三大部分组成的。

类的构造方法也称为构造函数，是一种特殊的方法。其内的语句用来初始化对象的一些变量。与 VB.NET 中的标准数据类型不同，在应用程序中，当需要使用某个类中的变量或方法时，首先要声明该类的一个对象数据类型的变量，然后使用关键字 New 调用这个变量所属类的构造方法来完成对象的初始化，其格式如下：

```
对象变量名 = new 类名(参数列表)
```

例如，下面的语句声明一个 String 类的变量 str，并赋初值为“A String”。

```
Dim str As String
str = New String("A String")
```

实际上，String 类型是对象类型中的一种，但是因为字符串类型数据使用频繁，所以其同样具有标准数据类型的初始化方法。

在前面介绍过属性是类或对象的状态和特征的总称。它可以是普通数据类型的变量，也可以是其他类的对象类型变量。属性常见的有实例变量和共享变量两种形式，这里仅介绍实例变量。

实例变量用来储存某个类对象的属性值。实例变量依据其对象存在，当运行程序创建对象的同时，创建了其实例变量，当程序运行完成时，对象消失，其实例变量也同时消失。在应用程序中，当需要调用某个类中的实例变量时，首先要声明该类的一个对象数据类型的变量，然后采用下面的格式调用该变量。

```
对象变量名.实例变量名
```

例如，下面的语句表示将 Label 控件对象 lblMsg 的 Text 属性值赋给 String 类的变量 strMsg，其中 lblMsg 是 Label 类的一个对象变量，而 Text 属性是其的一个实例变量。

```
Dim str As String
str = lblMsg.Text
```

除了构造方法外，类中还有许多描述类行为的方法，这些方法中最常用的是实例方法和共享方法两种。

与实例变量一样，实例方法属于每个对象，只能通过类的对象调用。实例方法用来声明某个类的行为，也就是说类的对象所能进行的操作。在应用程序中，当需要调用某个类中的实例方法时，首先要声明该类的一个对象数据类型的变量，然后采用下面的格式调用该方法。

```
对象变量名.实例方法名(参数列表)
```

与共享变量类似，共享方法的本质是属于整个类的，而不属于某个实例对象。因为共享方法属于类本身，所以只要声明了类，它的共享方法就存在。需要调用某个共享方法时，可以使用其所属的类的名称直接调用，也可以用类的某个具体的对象名调用，其格式如下：

```
类名.共享方法名(参数)
对象变量名.共享方法名(参数)
```

例如，Math 类中的 Abs(),Sin(),Sqrt()等方法就是共享方法，可以直接用类名进行调用，其使用形式如下：

```
Dim a AS Integer
a=Math.Sqrt("25")
```

Sqrt()方法用于求根，上面代码执行后，变量 a 的值为 5。

由于本书中主要是学习 ASP.NET，对于 VB.NET 面向对象的程序设计内容，在这里只阐述了它们的基本概念，读者可以参考相关书籍进行学习。

3. @Import 指令

如果要在 ASP.NET 页面中导入某个命名空间中的类可以使用@Import 指令，其格式如下：

```
<%@ Import Namespace="命名空间名称"%>
```

在页面中导入了命名空间中的类后，就可以在其后的代码中直接使用该类的方法，而不需要使用类名。

例如，要使用 Math 类中的求根方法 Sqrt，须用如下语句导入 Math 类。

```
<%@ Import Namespace="System.Math"%>
…
<%
Dim a AS Integer
a=Sqrt(25)
%>
```

上面的指令即在当前 ASP.NET 页面中导入了 System 命名空间的 Math 类，在当前页面后面的 ASP.NET 代码中即可直接使用 Math 类的相关方法，如 Sqrt()。

注意，@Improt 指令必须位于类声明语句之前，通常是在页面的顶端 page 指令之后。一个 ASP.NET 页面中可以包含任意数量的 Import 指令

4. String 类与字符串函数

操作字符串类型数据的方法分为两部分，一部分是 Visual Basic 语言一直所使用的字符串函数，另一部分是.NET 框架中 String 类中提供的方法。利用这些方法和函数可以对字符串类型数据进行计算、截取、改变大小写形式等操作。

（1）String 类常用方法。常用的 String 类中的常用方法如下所述。

- Compare（参数 1,参数 2）：用于比较两个字符串。此方法返回一个整数，如果其值为正数，则表示第一个字符串参数大于第二个字符串参数；如果其值为负数，则表示第一个字符串参数小于第二个字符串参数；如果其值为 0，则表示两个字符串参数相等。示例如下：

```
Dim str1 As String = "hello"
Dim str2 As String = "Hello World"
Dim result As Integer
result = String.Compare(str1, str2)
```

- Concat（参数列表）：用于组合多个字符串，其作用与连接运算符相同。示例如下：

```
Dim str1 As String = "Hello "
Dim str2 As String = "world"
dim strMsg As String
strMsg = String.Concat(str1, str2)     'strMsg 的值为"Hello World"
```

- Chars（参数）：用于获得字符串中参数所指定位置的字符。此方法的返回值为 Char 类型的数据。字符串中字符的位置编号从 0 开始依次增加 1。例如，下面语句中变量 c 的值为“o”。

```
Dim str As String = "Hello"
Dim c As Char
c = str.Chars(4)
```

- IndexOf（参数）：用于在字符串中定位某个特定字符或子字符串，并输出其位置编号（从 0 开始计算）。如果小括号中为只有一个字符的字符串，则返回该字符在字符串中的编号位置。如果小括号中为多个字符组成的字符串，则输出第一个字符在字符串中的编号位置。如果没有找到特定的内容，则输出值为-1。例如，下面语句中变量 i 的值为 2。

```
Dim str As String = "abcde"
Dim i As Integer
i = str.IndexOf("c")
```

- ToUpper：用于将字符串转换为全部大写的形式。示例如下：

```
Dim str As String = "Hello World"
Dim strNew As String
strNew = str.ToUpper
```

其中，变量 strNew 的值为“HELLO WORLD”，而变量 str 中的值没有改变，依旧是“Hello World”。

- ToLower 方法用来将字符串转换为全部小写的形式。示例如下：

```
Dim str As String = "Hello World"
Dim strNew As String
strNew = str.ToLower
```

其中，变量 strNew 的值为“hello world”，而变量 str 中的值没有改变，依旧是“Hello World”。

- Insert（参数 1,参数 2）：用于在字符串的特定位置插入另一个字符串，返回一个新的字符串。参数 1 是插入字符串的特定位置（从 0 开始计算位置），参数 2 是要插入的字符串。示例如下：

```
Dim str As String = "HelloWld"
Dim strNew As String
strNew = str. Insert (7, "or")
```

其中，变量 strNew 的值为“Hello World”，而变量 str 中的值没有改变，依旧是“Hello Wld”。

● Substring（参数 1,参数 2）：用于生成字符串的子字符串。第一个参数表示子字符串开始位置处的字符索引（从 0 开始），第二个参数表示子字符串的长度。参数 2 可以省略，表示获取从指定位置开始到字符串结束的全部字符。示例如下：

```
Dim str As String = "Hello World"
Dim strNew1, StrNew2 As String
strNew1= str. Substring (6, 5)
StrNew2=str. Substring(6)
```

执行上面的代码后，strNew1 的值为“World”，strNew2 的值也是“World”，而变量 str 中的值没有改变，依旧是“Hello World”。

● Replace（参数 1,参数 2）：在字符中查找字符串参数 1，找到后替换为参数 2。示例如下：

```
Dim str As String = "Hello World"
Dim strNew As String
strNew = str. Replace ("o","a")
```

（2）常用字符串函数。常用字符串函数如表 7-10 所示，表中的 s 表示字符串表达式，表中的 n 表示数值表达式。

表 7-10 字符串函数

函 数 名	函数值类型	功 能	举 例
Asc(s)	Integer	求字符串中第一个字符的 ASCII 码，s 为空串时会产生错误	Asc("ABC")=65
Chr(n)	String	求以 n 为 ASCII 码的字符	Chr(65) = "A"
Str(n)	String	将 n 转换为字符串，如果 n>0，则返回的字符串中有一个前导空格	Str(-12345)= "-12345" Str(12345)= " 12345"
Val(s)	Double	将 s 中的数字字符转换成数值型数据，当遇到第一个不能被其识别为数字的字符时，即停止转换	Val("12345abc")=12345 Val("abc")=0
Len(s)	Long	求字符串 s 中包含的字符个数	Len("Abab 字符串 4") = 8
Ucase(s)	String	将字符串 s 中的小写字母转换成大写字母	Ucase("abABab")="ABABAB"
Lcase(s)	String	将字符串 s 中的大写字母转换成小写字母	Lcase("abABab")="ababab"
Space(n)	String	产生 n 个空格组成的字符串	Space(3)= " "
StrDup(n,s)	String	产生 n 个由 s 指定的第一个字符组成的字符串，s 可以是 ASCII 码数	StrDup(6,"ABC")="AAAAAA" StrDup(6,65)= "AAAAAA"
Left(s,n)	String	从字符串 s 最左边开始截取 n 个字符	Microsoft.VisualBasic.Left("ABCDE",2) = "AB"
Right(s,n)	String	从字符串 s 最右边开始截取 n 个字符	Right("ABCDE",2)= "DE"
Mid(s,n1[,n2])	String	从字符串 s 中 n1 指定的起始位置处开始，截取 n2 个字符	Mid("ABCDEF",2,3)= "BCD" Mid("ABCDEF",2)="BCDEF"
Ltrim(s)	String	删除字符串 s 中前导空格	Ltrim(" ABC")="ABC"
Rtrim(s)	String	删除字符串 s 中尾部空格	Ltrim(" ABC ")=" ABC"
Trim(s)	String	删除字符串 s 中前导和尾部空格	Ltrim(" ABC ")="ABC"
StrComp(s1,s2 [,n])	Integer	比较字符串 s1 和字符串 s2 的大小，n 是比较类型，取值 0 或 1	StrComp("A","B",1)=0 StrComp("AB","ab",0)=-1 StrComp("ab "," AB ",0)=1

续表

函 数 名	函数值类型	功　　能	举　　例
InStr([n1,]s1, s2[,n2])	Integer	在字符串 s1 中，从 n1 开始到 n2 位置，开始找 s2，省略 n1 时从 s1 头开始找，省略 n2 时找到 s1 尾止。找不到时，函数值为 0	InStr(2, "ABCD","C",4)=3 InStr(2, "ABCD","CD")=3 InStr("ABCDEF","CD")=3 InStr("ABCDEF","PQ")=0
Replace(s,s1,s2)	String	对字符串 s 中查找字符串 s1，替换为 s2	Replace("ABC","C","DE")="ADE"

5．Math 类与数学函数

Math 类和数学函数常用于数学计算，例如，计算余弦值、截取一个字符串的特定部分等等。实际上，类中的方法和函数都是一些特殊的语句或程序段，可以进行一种具体的运算。在程序中，只要给出方法名或函数名以及相应的参数就可以使用它们，并可得到一个函数值。

在数学计算中，经常需要进行一些比较复杂的运算，为此，VB.NET 语言提供了 Math 类和多个函数。

（1）Math 类中的方法。Math 类是统一编程类中的专门提供数学函数的类，其中的许多方法与 VB 6.0 中的函数等效。表 7-11 列出了常用的方法，表中的 n 表示数值表达式，在三角函数中，变量 n 的单位是弧度而不是角度。

表 7-11　Math 类常用方法

方 法 名	返 回 值	功　　能
Abs(n)	同 n 的类型	求 n 的绝对值
Sqrt(n)	Double	求 n 的算术平方根，n>=0
Sin(n)	Double	求 n 的正弦值
Cos(n)	Double	求 n 的余弦值
Tan(n)	Double	求 n 的正切值
Atan(n)	Double	求 n 的反正切值
Exp(n)	Double	求自然常数 e（约 2.718282）的 n 次幂
Log(n)	Double	求 n 的自然对数值，n>0
Sgn(n)	Integer	n>0，则其值为 1；n=0，则其值为 0；如果 n<0，则其值为-1

如果要使用 Math 类中的方法，需要在方法名前面添加“Math.”，这表示该方法来自 Math 类，或者在程序代码的最前面添加 Imports System.Math 语句。该语句表示将 Math 类导入（Imports）程序中，这样就可以在程序中直接使用上述方法。

例如，下面两组语句的作用是一样的，都是求 100 的平方根，变量 gen 的值均为 10。

方法一：

```
<%@ Import Namespace="System.Math"%>
…
Dim gen As Integer
gen = Sqrt(100)
```

方法二：

```
Dim gen As Integer
gen = Math.Sqrt(100)
```

（2）数学函数。除了表 7-11 中的 Math 类方法外，还有一些常用的数学函数可用于数值计算。

- 随机函数 Rnd(n)：随机产生一个 0～n 之间的小数，n>=0，即产生一个包括 0，不包括 n 的随机小数。无参数 n 时产生一个 0～1 之间的随机小数。例如，Rnd(100)表示产生一个 0～100 之间的随机数，不包括 100。

在使用 Rnd()函数之前必须要添加一条无参数的随机种语句 Randomize()，利用它来初始化随机数发生器。

- 取整函数 Fix(n)和 Int(n)：函数 Fix(n)和 Int(n)的作用都是返回数字的整数部分。它们的区别在于如果参数 n 为负数，则函数 Fix(n)则返回大于或等于 n 的第一个负整数，而函数 Int(n)则返回小于或等于 N 的第一个负整数。例如，Fix(-4.7)=-4，Int(-4.7)= -5。

综合使用上面三个数学函数，代码如下所示，可以产生 n～m 范围（包括整数 n 和 m）内的随机整数。

```
Fix(Rnd*(m+1-n))+n
Int(Rnd*(m+1-n))+n
```

例如，产生 1～100 之间的随机整数的语句如下所示。

```
Dim a As Integer
Randomize()
a=Int(Rnd*100)+1
response.Write(a & "<br>")
```

7.3 程序流程控制

7.3.1 【实例 48】变色的时间

该实例实现网页在一天中的不同时间段使用不同的颜色显示出时间，如图 7-28 所示。

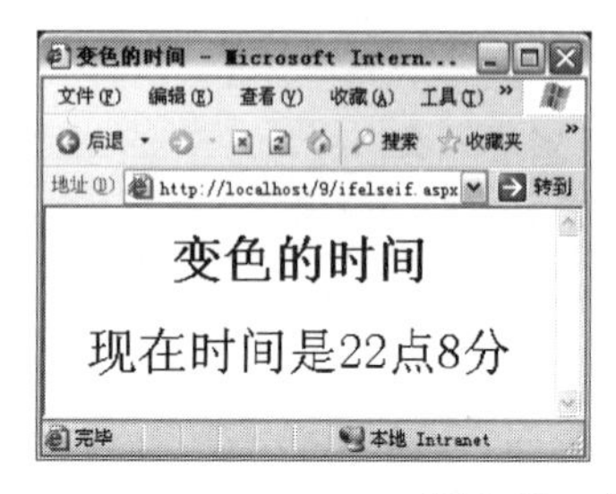

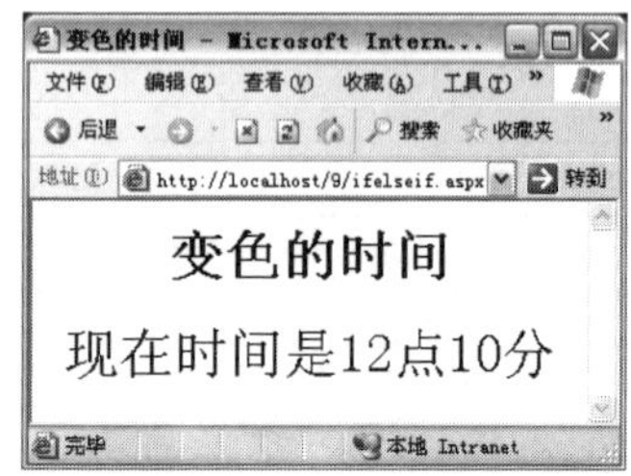

图 7-28　变色的时间

1. 制作过程

（1）创建一个名为 ifelseif.aspx 的文件，并将其打开。

（2）在“代码视图”中，输入如下代码。

```
<!-- ifelseif.aspx-->
<%@ Page Language="VB" ContentType="text/html" ResponseEncoding="gb2312"%>
<html>
<head>
<meta http-equiv="Content-Type" content="text/html; charset=gb2312" />
<title>变色的时间</title>
</head>

<body>
```

```
<h1 align="center">变色的时间
  <%
     dim t,h,m,clr
     t= now()      '获取当前时间
     h=Hour(t)          '获取小时数
     m=Minute(t)        '获取分钟数
     if h>=6 and h<12 then
         clr="green"
     elseif h>=12 and h<18 then
         clr="blue"
     elseif h>=18 and h<=23 then
         clr="black"
     else
         clr="red"
     end if
%>
</h1>
<p align="center"><font size=6 color="<%=clr%>">现在时间是<%=h%>点<%=m%>分</font></p>
</body>
</html>
```

保存文件，在 Dreamweaver 8 中按 F12 键进行浏览，效果如图 7-28 所示。

2．If 语句

在 ASP.NET 设计中，很多情况下需要对数据进行判断，例如，判断用户输入的数据是否有效，判断用户是否有足够的权限来访问某个特殊网页等。这时，就会用到条件语句，条件语句的功能都是根据表达式的值是否成立，有条件地执行一组语句。在 VB.NET 中，能够实现条件判断的语句有 If 语句和 Select Case（多分支开关）语句。

If 语句有多种结构形式，分别为单行 If 语句，块 If 语句和 If…Else…语句。

（1）单行 If 语句。单行 If 语句格式如下：

```
If 条件 Then 语句组 1 [Else 语句组 2]
```

条件可以是关系表达式或逻辑表达式。当条件成立（即其值为 True）时，执行“语句组 1”的各条语句；当条件不成立（即其值为 False）时，执行“语句组 2”的各条语句，如果没有“Else 语句组 2”选项，则直接执行其后的语句。

下面的语句段演示了单行式 IF 语句的使用。

```
<%
   A = 12
B = 14
   If A > B Then  A=A-B  Else  A=A+B
%>
```

程序中对变量 A 和 B 的值进行比较，当 A 大于 B 时，将 A 赋值为 A-B；否则，赋值为 A+B。上面的代码执行后，A 的值为 26。

If 语句的条件可以是复合条件，即用逻辑运算符连接起来的多个条件，示例如下：

```
if  y mod 4=0 and y mod 100<>0 or y mod 400=0  then
```

这里的复合条件表示，y 能被 4 整除但不能被 100 整除；或者能被 100 整除，同时也能被 400 整除。

（2）块 If 语句。块 If 语句的使用格式如下：

```
If  条件  Then
      语句块 1
 [ Else
      语句块 2 ]
 End If
```

当条件成立时，执行“语句块 1”的各条语句；当条件不成立时，执行“语句块 2”的各条语句，如果没有“Else 语句块 2”选项，则直接执行 End If 后面的语句。

语句块 1 和语句块 2 可以由一个语句行或多个语句行组成。在编程时，习惯常把夹在关键字 If、Then 和 Else 之间的语句序列以缩排的方式排列，这样会使程序更容易阅读理解。

下面的程序段判断变量 a 与 b 的大小，若 a>b，则交换 a，b 的值；否则，将 a 的值赋予 b。

```
<%
     a=10
     b=20
    If  a>b   Then
          t=a                    '这三行语句可用于交换 a，b 的内容
          a=b
          b=a
    Else
          b=a
    End If
%>
```

在 ASP 中嵌入块语句时，还可以将一个 if 语句拆分到不同的脚本段中，以便在其中嵌入需要选择执行的 HTML 元素。示例如下：

```
<%
     t=time()            '获取系统时间
     h=hour(t)                '获取小时数
     if h>12 then        '小时数是否大于 12
%>
          <font size="4" color = " blue" >现在时间是：<%=t%></font>
<%
     else
%>
          <font size="4" color = " green " >现在时间是：<%=t%></font>
<%
     end if
%>
```

这段代码中，if 被分成三个部分，if h>12 then、else 和 end if，分别位于三个不同的脚本段中，这样的目的是为了让其中的 HTML 语句能够在不同条件下输出，如果 h>12，输出如下 HTML 代码，显示蓝色时间文字。

```
<font size="4" color = " blue" >现在时间是：<%=t%></font>
```

否则，输出如下 HTML 代码，显示绿色时间文字。

```
<font size="4" color = " green " >现在时间是：<%=t%></font>
```

这种将语句拆开以嵌入 HTML 元素的方法在 ASP 设计中使用广泛，包括后边所学的 Select Case、For…Next、While…Wend 等语句均可以这样进行拆分。

（3）If…Then…ElseIf 语句。无论是单行式还是区块式的 If…Then…Else 语句，都只有一个条件表达式，只能根据一个条件表达式进行判断，因此最多只能产生两个分支。

如程序需要根据多个条件表达式进行判断，产生多个分支时，就需要使用 If...Then...ElseIf 语句。

If...Then...ElseIf 语句的使用格式如下：

```
If  条件 1 Then
    语句序列 1
[ElseIf 条件 2  Then
    语句序列 2]
     …
[Else
     语句序列 n]
End If
```

当条件 1 的值为 True 时，则执行“语句序列 1”；当条件 1 的值为 False 时，则再判断条件 2 的值，依次类推，直到找到一个值为 True 的条件为止，并执行其后面的语句序列。如果所有条件的值都不是 True，则执行关键字 Else 后面的语句序列 n。无论哪一个语句序列，执行完后都接着执行关键字 End If 后面的语句。

If...Then...ElseIf 语句中的条件和语句序列的要求及功能与 If...Then...Else 语句相同。

7.3.2 【实例 49】计算当月天数

该实例将在浏览器中显示当月天数，效果如图 7-29 所示。

图 7-29 计算当月天数

1. 制作过程

（1）创建一个名为 MonthDay.aspx 的文件，并将其打开。

（2）在“代码视图”中，输入如下代码。

```
<!-- MonthDay.aspx -->
<%@ Page Language="VB" ContentType="text/html" Response
Encoding="gb2312"%>
<html>
<head>
<meta http-equiv="Content-Type" content="text/html; charset=gb2312" />
<title>计算当月天数</title>
</head>

<body>
<%
dim y,mon,maxday as Integer
y=year(now())                    '获取当前年份
mon=month(now())                      '获取当前月份
select case  mon                      '对月份进行判断，
     case 1,3,5,7,8,10,12             '如果是 1,3,5,7,8,10,12 月
          maxday=31                        '设置当月天数为 31
     case 2                                '如果是 2 月
          '判断是否闰年，并赋给 2 月的天数
          if y mod 4=0 and y mod 100<>0 or y mod 400=0  then
                    maxday=29
          else
                    maxday=28
     end if
     case else                             '设置其他月份天数
          maxday=30
end select
```

```
%>
<table border="5" cellpadding="5" cellspacing="5">
  <tr>
    <td>
<h1 align="center">现在是<%=y%>年<%=mon%>月</h1>
<h1 align="center">本月总共有<%=maxday%>天</h1>
     </td>
  </tr>
</table>
</body>
</html>
```

保存文件，在 Dreamweaver 8 中按 F12 键进行浏览，效果如图 7-29 所示。

2. Select Case 语句

If…Then…ElseIf 语句可以包含多个 ElseIf 子语句，这些 ElseIf 子语句中的条件一般情况下是不同的。但当每个 ElseIf 子语句后面的条件都相同，而条件表达式的结果却有多个时，使用 If…Then…ElseIf 语句编写程序就会很烦琐，此时可使用 Select Case 语句，格式如下：

```
Select Case 条件表达式
     [Case 取值列表 1
          语句序列 1]
     [Case 取值列表 2
               语句序列 2]
            …
     [Case Else
          语句序列 n]
End Select
```

Select Case 语句在执行时，先计算条件表达式的值，再将其值依次与每个 Case 关键字后面的“[取值列表]”中的数据进行比较（取值列表中可以是一个值，也可以是多个值，各个值间用逗号“,”分隔），如果相等，就执行该 Case 后面的语句序列；如果都不相等，则执行 Case Else 子语句后面的语句序列 n。如果不止一个 Case 后面的取值与表达式相匹配，则只执行第一个与表达式匹配的 Case 后面的语句序列。无论执行的是哪一个语句序列，执行完后都接着执行关键字 End Select 后面的语句。

例如，下面的 Select Case 语句部分，其根据字符串型变量 rank 的值来确定赋给字符串变量 s 相应的值。

```
Dim s,rank As String
…
Select Case rank
    Case "A"
        s = "产品的质量为一等"
    Case "B"
        s = "产品的质量为二等"
    Case "C"
        s = "产品的质量为合格"
    Case Else
        s = "产品的质量为不合格"
End Select
```

如果不同 Case 语句具有相同的子语句体，则可以将这多个 Case 语句合并，合并的形式有以下三种。

- 如果 Case 语句中的常量是多个不连续的数值，则使用逗号分开，其格式如下：

```
Case 常量 1, …,常量 n
    子语句体
```

例如，下面显示 2006 年某个月份天数的程序中的 Select Case 语句就合并了某些 Case 语句。因为 1、3、5、7、8、10 和 12 月的天数都是 31 天；4、6、9 和 11 月的天数都是 30 天，而 2 月份为 28 天，所以 Select Case 语句简化为如下形式。

```
Select Case month
    Case 1,3,5,7,8,10,12
        Label1.Text = "31 天"
    Case 4,6,9,11
        Label1.Text = "30 天"
    Case 2
        Label1.Text = "28 天"
End Select
```

- 如果 Case 语句中的常量是多个连续的数值，则可以使用关键字 To 将上限和下限连接起来，其格式如下：

```
Case 常量 1 To 常量 2
    子语句体
```

其中，常量 1 的值必须小于或等于常量 2 的值。

例如，在下面根据成绩判断总评成绩的程序中，Select Case 语句就合并了某些 Case 语句。变量值 1 到 59 为不及格；60 到 74 为及格；75 到 84 为良好；85 到 100 为优秀，其他变量值均为无效数字。Select Case 语句代码如下所示，其中变量 mark 为成绩。

```
Select Case mark
    Case 1 TO 59
        Label1.Text = "总评成绩为不及格"
    Case 60 To 74
        Label1.Text = "总评成绩为及格"
    Case 75 To 84
        Label1.Text = "总评成绩为良好"
    Case 85 To 100
        Label1.Text = "总评成绩为优秀"
    Case Else
        Label1.Text = "无效数字"
End Select
```

- 在 Case 子语句中，还可以使用关系运算符来确定匹配的范围。其格式如下：

```
Case Is 关系运算符 常量
    子语句体
```

其中，关键字 Is 代表表达式的值，不可以省略。例如，下面根据购买数量不同来确定折扣的程序中的 Select Case 语句就使用了关系运算符。

```
Select Case count
    Case Is >= 1000
        Label1.Text = "折扣为 10%"
    Case Is >= 500
        Label1.Text = "折扣为 5%"
    Case Is >= 200
```

```
        Label1.Text = "折扣为 2%"
    Case Else
        Label1.Text = "无折扣"
End Select
```

7.3.3 【实例 50】动态输出表格

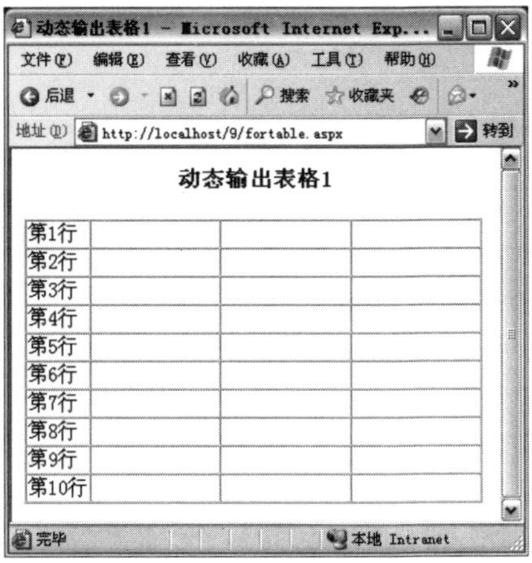

该实例将在浏览器中利用 ASP.NET 代码动态地输出表格，浏览效果如图 7-30 所示。

图 7-30　计算当月天数

1．制作过程

（1）创建一个名为 fortable.aspx 的文件，并将其打开。

（2）在“代码视图”中，输入如下代码。

```
<!--fortable.aspx-->
<%@ Page Language="VB" ContentType="text/html"
ResponseEncoding="gb2312"%>
<html>
<head>
<meta http-equiv="Content-Type" content="text/html; charset=gb2312" />
<title>动态输出表格 1</title>
</head>
<body>
<h3 align="center">动态输出表格 1</h3>
<table border="1" cellspacing="0">
<%
dim i
for i=1 to 10                '循环控制行数
%>
  <tr>
    <td>第<%=i%>行</td>
    <td width="100"> </td>
    <td width="100"> </td>
    <td width="100"> </td>
  </tr>
<%
next
%>
</table>
</body>
</html>
```

保存文件，在 Dreamweaver 8 中按 F12 键进行浏览，效果如图 7-30 所示。

在学习 HTML 表格时，介绍了<tr>标签用于控制表格的行，因此，代码中通过将<tr>标签内的元素进行循环，就可以输出多个表格行。

2．For…Next 循环

在程序中时，常常需要重复某些相同的操作，即对某一语句或语句序列重复执行多次，解决此类问题，就要用到循环结构语句。VB.NET 中提供了三种类型的循环语句，分别为 For…Next、While…End While 和 Do…Loop。其中，最常使用的循环语句是 For…Next，格式如下：

```
For 循环变量=初始值 To 终止值 [Step 步长值]
循环体语句序列
[Exit For]
Next
```

其中，循环变量是数值型变量，初值、终值和步长值都是数值型的常量、变量或表达式。

执行 For 语句时，首先计算初始值、终止值和步长值等各数值型表达式的值，再将初始值赋给循环变量。然后将循环变量的值与终止值进行比较，如果循环变量的值没超出了终止值，则执行循环体语句序列的语句，否则执行 Next 下面的语句。执行完循环体语句序列的语句后，将循环变量的值与步长值相加，再赋给循环变量，然后将循环变量的值与终值进行比较，如果循环变量的值没超出了终值，则执行循环体语句序列的语句，并如此循环，直到循环变量的值超出了终值，再执行 Next 下面的语句。

如果需要在循环的过程中退出循环，在循环体语句序列中可以加入 Exit For 语句，执行该语句后会强制程序脱离循环，执行 Next 下面的语句。Exit For 语句通常放在选择结构语句之中使用。

需要注意，如果没有关键字 Step 和其后的步长值，则默认步长值为 1。若步长值为正数，则循环变量的值大于终止值时为超出；若步长值为负数，则循环变量的值小于终止值时为超出。如果出现循环变量的值总没有超出终止值的情况，则会产生死循环。

与 If 语句一样，For...Next 语句也可以拆开到不同脚本段中，以嵌入 HTML 元素，例如，本节实例中的代码就是利用 For...Next 循环来动态地输出表格。

在前面的本例代码中通过将<tr>标签内的元素进行循环，可以输出多个表格行。同样，如果需要控制表格的列数，只需要对<td>标签进行循环即可。示例如下：

```
<!--table.aspx-->
<%@ Page Language="VB" ContentType="text/html" ResponseEncoding="gb2312"%>
<html>
<head>
<meta http-equiv="Content-Type" content="text/html; charset=gb2312" />
<title>动态表格</title>
</head>
<body>
<h3 align="center">动态表格</h3>

<table border="1" align="center" cellspacing="0">    <!--表格开始-->
<%
dim i,j
for i=1 to 5                 '循环控制行数，每次循环输出一行
%>
  <tr>                       <!--行开始-->
<%
     for j=1 to 9            '循环控制列数，每次循环输出一列
%>
    <td height="40" width="60"><%=i%>行，<%=j%>列</td><!--输出一个表格-->
<%
next                 '列循环结束
%>
  </tr>              <!--行开始-->
<%
next                 '行循环结束
%>
</table>             <!--表格结束-->
</body>
</html>
```

保存文件，在 Dreamweaver 8 中按 F12 键进行浏览，效果如图 7-31 所示。

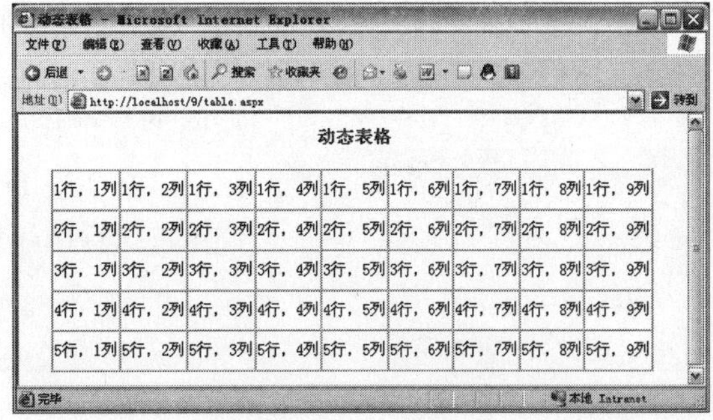

图 7-31　动态表格

3. While 循环

While 也是 ASP.NET 中常用的一种循环语句，常用于数据记录的循环浏览，其使用格式如下：

```
While 条件
    循环体语句序列
End While
```

当条件成立时，重复执行循环体语句序列，否则，转去执行 End While 后面的语句。

这里的条件实际上是一个表达式，对它的要求与对 If...Then...Else 语句的要求一样。通常使用的是关系和逻辑表达式。

例如，下面代码中将利用 ASP.NET 代码在浏览器中输出菲波那契数列，菲波那契数列的序列为 1、1、2、3、5、8、13、21...，其规律是数列中的后一个数是前两个数之和。

```
<!-- while.asp-->
<html>
<head>
<meta http-equiv="Content-Type" content="text/html; charset=gb2312" />
<title>菲波那契数列</title>
</head>
<body>
<h3 align="center">菲波那契数列</h3>
<%
dim i,j
i=0
j=1
while j<100          'j 小于 100 时循环
%>

<%=j%>       <!-- 输出数列中的一个数 -->

<%
    t=j
    j=i+j
    i=t
wend
%>

</body>
</html>
```

上面的代码用于求 100 以内的菲波那契数列。保存文件，在 Dreamweaver 8 中按 F12 键进行浏览，效果如图 7-32 所示。

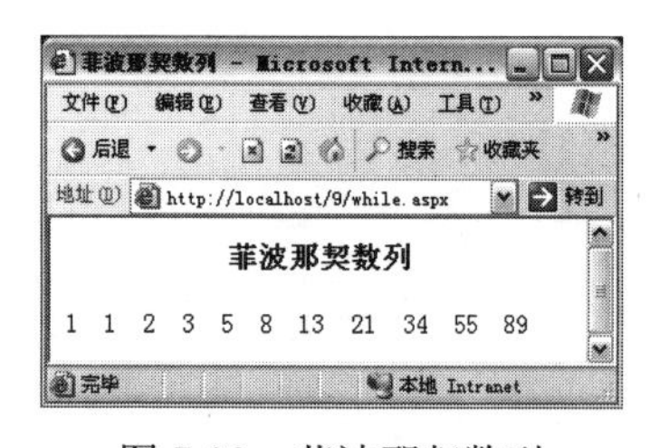

图 7-32　菲波那契数列

4. Do...Loop 循环

除 For 和 While 外，还有一种 Do...Loop 循环，该循环有两种形式，直到型循环和当型循环。

（1）当型 Do…Loop 循环。当型 Do…Loop 语句是先判断条件，再执行循环体语句序列中的语句。格式如下：

```
Do  While 条件
    循环体语句序列
    [Exit Do]
Loop
```

选择关键字 While 时，当条件成立（其值为 True、非零的数或非零的数字符串），重复执行循环体语句序列的语句；当条件表达式不成立（其值为 False、0 或"0"）时，转去执行关键字 Loop 后面的语句。

在循环体语句序列中可以使用 Exit Do 语句，它的作用是退出该循环体，它一般用于循环体语句序列中的判断语句。

（2）直到型 Do...Loop 语句。直到型 Do...Loop 语句是先执行循环体语句序列中的语句，再判断条件。格式如下：

```
Do
    [循环体语句序列]
 Loop[While|Unitl 条件]
```

7.4 数组与过程

7.4.1 【实例 51】文章列表

本实例将通过 ASP.NET 代码动态地显示文章列表，在浏览器中效果如图 7-33 所示。

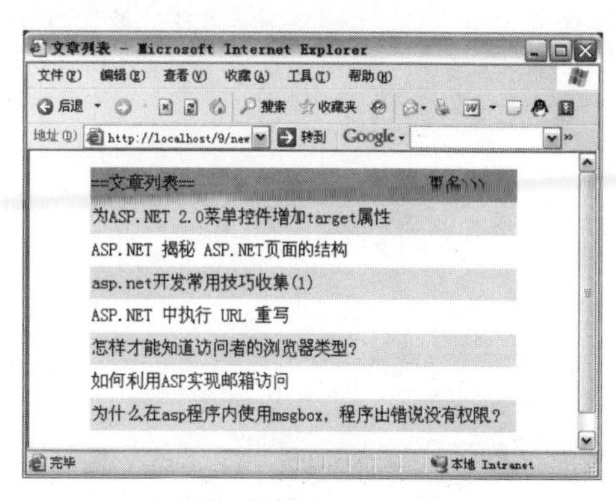

图 7-33 新闻列表

1．制作过程

（1）创建一个名为 articlelist.aspx 的文件，并将其打开。

（2）在“代码视图”中，输入如下代码。

```
<!-- articlelist.aspx-->
<%@ Page Language="VB" ContentType="text/html" ResponseEncoding="gb2312" Debug=true%>
<html>
<head>
<meta http-equiv="Content-Type" content="text/html; charset=gb2312" />
<title>文章列表</title>
</head>

<body>

<table width="400" align="center" cellspacing="0" >      <!-- 表格开始 -->
    <tr>     <!-- 第一行表格 -->
        <td width="180" height="30" bgcolor="#FF9900" align="left"> ==文章列表==</td>
        <td width="160" align="right" bgcolor="#FF9900">更多&gt;&gt;&gt;</td>
    </tr>

    <%
    dim art(7) As String  '定义数组
    dim i As Integer
    dim color As String

    '将文章标题赋给数组元素
    art(1)="为 ASP.NET 2.0 菜单控件增加 target 属性"
    art(2)="ASP.NET 揭秘 ASP.NET 页面的结构"
    art(3)="asp.net 开发常用技巧收集(1)"
    art(4)="ASP.NET 中执行 URL 重写"
    art(5)="怎样才能知道访问者的浏览器类型？"
    art(6)="如何利用 ASP 实现邮箱访问"
    art(7)="为什么在 asp 程序内使用 msgbox，程序出错说没有权限？"
```

```
    i=1
    while (i<=Ubound(art))                    '利用循环输出表格行和标题
        '交换设置表格背景颜色参数 color
        if color="#E4E4E4" then
            color="#FFFFFF"
        else
            color="#E4E4E4"
        end if
    %>
        <!-- 循环输出的表格行 -->
        <tr>
            <td height="30" colspan="2" align="left" bgcolor="<%=color%>">
                <%=art(i)%>        <!--输出数组中存储的标题条目-->
            </td>
        </tr>
    <%
        i=i+1                         '数组下标增加
    end while
    %>
</table>
  <!-- 表格结束 -->
</body>
</html>
```

保存文件，在 Dreamweaver 8 中按 F12 键进行浏览，效果如图 7-33 所示。

上面的代码中，先通过下面的代码输出表格标签头和表格的第一行。

```
<table width="400" align="center" cellspacing="0" >      <!-- 表格开始 -->
    <tr>      <!-- 第一行表格 -->
        <td width="180" height="30" bgcolor="#FF9900" align="left"> ==文章列表==</td>
        <td width="160" align="right" bgcolor="#FF9900">更多&gt;&gt;&gt;</td>
    </tr>
```

然后在脚本中通过下面代码，对数组 art 的各个元素赋值，将新闻条目存储到数组中。

```
    art(1)="为 ASP.NET 2.0 菜单控件增加 target 属性"
    ......
    art(7)="为什么在 asp 程序内使用 msgbox，程序出错说没有权限？"
```

在下面的代码中，再通过 While 循环输出各个表格行和数组中的新闻目录，对相邻的表格行使用不同的颜色进行区别。

```
        i=1
    while (i<=Ubound(art))                    '利用循环输出表格行和标题
        '交换设置表格背景颜色参数 color
        if color="#E4E4E4" then
            color="#FFFFFF"
        else
            color="#E4E4E4"
        end if
    %>
        <!-- 循环输出的表格行 -->
        <tr>
            <td height="30" colspan="2" align="left" bgcolor="<%=color%>">
                <%=art(i)%>        <!--输出数组中存储的标题条目-->
            </td>
        </tr>
```

```
<%
    i=i+1                          '数组下标增加
end while
%>
```

最后，输出表格结束标签</table>，完成表格。切换到“设计视图”，如图 7-34 所示。

2．数组

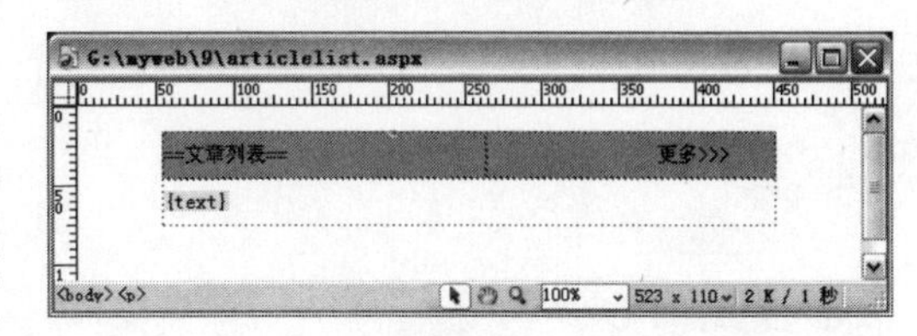

图 7-34　设计完成的文章列表表格

（1）数组的概念。在实际应用中，经常需要处理一批相互有联系、有一定顺序、同一类型和具有相同性质的数据。通常把这样的数据或变量叫数组。数组是一组具有相同数据结构的元素组成的有序的数据集合。

组成数组的元素统称为数组元素。数组用一个统一的名称来标识这些元素，这个名称就是数组名。数组名的命名规则与简单变量的命名规则一样。

数组中，对数组元素的区分用数组下标来实现，数组下标的个数称为数组的维数。

有了数组，就可以用同一个变量名来表示一系列的数据，并用一个序号（下标）来表示同一数组中的不同数组元素。

例如，数组 S 有 6 个数组元素，则可表示为 S（1）、S（2）、S（3）、S（4）、S（5）和 S（6），它由数组名称和括号内的下标组成的，而且下标可以是常量、变量和数值型表达式。

（2）数组的定义与应用。定义数组语句的格式如下：

```
Dim  数组名(n1 [,n2]…)
```

其中，参数 n1、n2 为整数，它定义了数组各维的大小，维数被省略时则创建了一个无下标的空数组。

Dim 在定义说明数组时，将分配数组存储空间，并且还对数组进行初始化，使得数值型数组元素值初始化为 0，字符型数组的元素值初始化为空字符串。

此外，VB.NET 的数组在定义时，默认下标从 0 开始计算。示例如下：

```
Dim P(10) As Integer
```

该语句定义了一个名称为 P 的数组，它有 11 个元素，分别为 P（00、P（1）……P（10）。

```
Dim N(1,2) As Integer
```

该语句定义了一个名称为 S 的二维数组，它有 2×3 个元素，分别为 N（0,0）、N（0,1）、N（0,2）、N（1,0）、N（1,1）、N（1,2）。

可以通过在定义时赋初始值来创建一个数组，示例如下：

```
Dim n() As Integer={1,3,5}
```

上面的语句创建了一个有三个元素的数组 n，n（0）为 1，n（1）为 3，n（2）为 5。

```
Dim n( , ) As Integer={{1,3,5},{2,4,6}}
```

上面的语句创建了一个有 2 行 3 列的二维数组 n（注意，不能省略括号中的逗号），n(0,0)为 1，n（0,1）为 3，n（0,2）为 5，n（1,0）为 2，n（1,1）为 4，n（1,2）为 6。

数组在引用时，通常是对单个数组元素进行逐一引用，对数组元素的引用是通过下标变量来进行的，可以完全像使用简单变量那样对数组元素进行赋值和读取，下标变量的下标可以是常量、变量和数值型表达式（长整型数据）。示例如下：

```
<%
dim a(3),i As Integer
for i=1 to 3
    a(i)=i*i                     '给数组元素赋值
%>
    a(<%=i%>)=<%=a(i)%>          '输出数组元素值
<%
next
%>
```

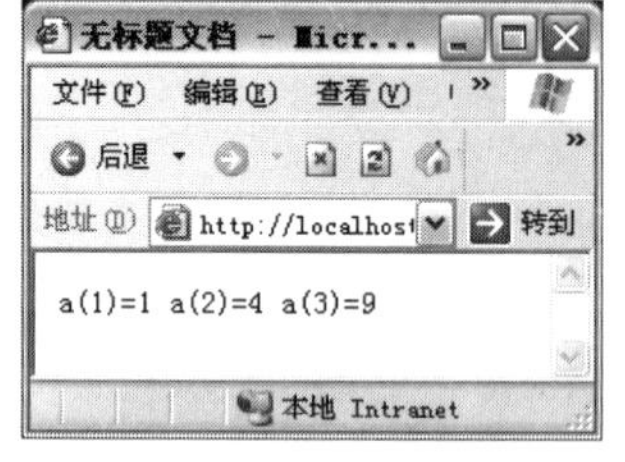

图 7-35　数组演示

上面的代码运行后的浏览效果如图 7-35 所示。

Dim 语句本身不具备再定义功能，即不能直接使用 Dim 语句对已经定义了的数组进行再定义。如果需要对定义的数组维数时行修改，需要使用 ReDim 语句。

ReDim 语句可用于指定或修改动态数组的大小，这些数组已用带有空括号（没有维数下标）Dim 语句正式声明过。可以重复使用 ReDim 语句更改数组维数和元素数目。示例如下：

```
dim a()                    '定义数组
Redim a(10)                '重定义维数
```

（3）数组函数。VB.NET 中，提供了几个数组的相关函数和方法，可以使用它们来方便地操作数组。

UBound()函数和 LBound()函数分别用于求数组指定维数的下标上、下界。LBound()用于获取数组指定维数的最小下标，函数返回值为 Long 型数据，使用格式如下：

```
Lbound(数组名[, 维数])
```

UBound()函数用于求数组指定维数的最大下标，函数返回值为 Long 型数据，使用格式如下：

```
Ubound(数组名[, 维数])
```

变量参数为数组变量名。维数是可选参数，可以是任何有效的数值表达式，表示求哪一维的下界。1 表示第一维，2 表示第二维，依次类推。如果省略该参数，则默认为 1。

示例如下：

```
Dim n(10, 5),ln1,ln2,un1,un2
Ln1=LBound(n)
Un1=UBound(n)
Ln2=LBound(n,2)
Un2=UBound(n,2)
```

执行上面的语句后，Ln1 为 0，Un1 为 10，Ln2 为 0，Un2 为 5。

通常将 UBound()函数与 LBound()函数一起使用，以确定一个数组的大小。示例如下：

```
Dim a(10),L,U,i
L=LBound(a)
U=UBound(a)
for i=L to U
    a(i)="A"
next
```

执行上面语句后，数组 a 的所有元素都被赋值为“A”。

IsArray()函数用于判断一个变量是否为数组变量，函数返回值为 Boolean 型。

数组的 Length 属性用于计算数组的长度。

String 类的 Split()函数，可用于将字符串参数转化为下标从 0 开始的数组元素，格式如下：

```
Split([分隔符])
```

其中，表达式中包含了赋给数组元素的子字符串和分隔符，分隔符用于标识子字符串界限的字符。示例如下：

```
<%
    dim a(10),str As String
    str="张三;89;92;76"
    a=str.split(";")
%>
 姓名：<%=a(0)%><br>
 大学语文：<%=a(1)%><br>
 英语（一）：<%=a(2)%><br>
 计算机基础：<%=a(3)%><br>
```

上面的代码中，表达式字符串中使用了分号“;”来分隔各个子字符串，最后在浏览器中的显示效果如图 7-36 所示。

（4）For Each…Next 语句。For Each…Next 循环语句与 For…Next 循环语句类似，它是对数组或集合中的每一个数组元素重复执行同一组语句序列。如果不知道一个数组中有多少个数组元素，使用 For Each…Next 语句是非常方便的。使用格式如下：

```
For Each 变量 In 数组
   循环体语句序列
Next
```

语句执行时，在循环中变量每次取数组中的一个元素，都重复执行关键字 For Each 和 Next 之间的循环体语句序列。示例如下：

```
<%
Dim a(10),i,sum,n As Integer

for i=1 to 10
    a(i)=i                       '给数组元素赋值
next
sum=0
for each n in a                  '将数组元素值依次赋给 n
    sum=sum+n               '累加 n
next
%>
```

上面代码执行后，将数组 a 的元素进行累加，最后 sum 的值为 55。

7.4.2 【实例 52】文章排序

该实例将在浏览器中利用用户定义的排序函数对前一实例中的文章标题进行排序，浏览效果如图 7-37 所示。

图 7-36　Split 方法的应用

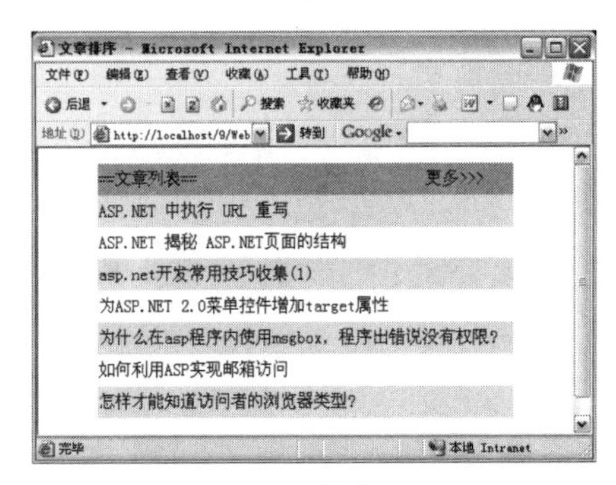

图 7-37　文章排序

1. 制作过程

（1）创建一个名为 artsort.aspx 的文件，并将其打开。

（2）在“代码视图”中，输入如下代码。

```
<!--artsort.aspx-->
<%@ Page Language="VB" ContentType="text/html" ResponseEncoding="gb2312"  %>
<html >
<head>
<meta http-equiv="Content-Type" content="text/html; charset=gb2312" />
<title>文章排序</title>
</head>
<body>
<script language="vb" runat="server">
'定义字符串排序函数
Function sorts(s() As String)
Dim i, j As Integer
Dim temp As String
'下面语句通过冒泡排序法进行数组排序
For i = s.Length - 1 To 1 Step -1
    For j = 0 To i - 1
        If s(j) > s(j + 1) Then
            temp = s(j)
            s(j) = s(j + 1)
            s(j + 1) = temp
        End If
    Next
Next
'返回字符串排序的结果
return s
end Function
</script>
<table width="400" align="center" cellspacing="0" >       <!-- 表格开始 -->
     <tr>      <!-- 第一行表格 -->
          <td width="180" height="30" bgcolor="#FF9900" align="left"> ==文章列表==</td>
          <td width="160" align="right" bgcolor="#FF9900">更多&gt;&gt;&gt;</td>
     </tr>
     <%
     dim art(7) As String  '定义数组
     dim i As Integer
     dim color As String
     '将文章标题赋给数组元素
```

```
        art(1)="为ASP.NET 2.0菜单控件增加target属性"
        art(2)="ASP.NET 揭秘 ASP.NET 页面的结构"
        art(3)="asp.net 开发常用技巧收集(1)"
        art(4)="ASP.NET 中执行 URL 重写"
        art(5)="怎样才能知道访问者的浏览器类型？"
        art(6)="如何利用ASP实现邮箱访问"
        art(7)="为什么在asp程序内使用msgbox，程序出错说没有权限？"
        '调用函数进行字符串排序
        art=sorts(art)

        i=1
        while (i<=Ubound(art))                          '利用循环输出表格行和标题
            '交换设置表格背景颜色参数color
            if color="#E4E4E4" then
                color="#FFFFFF"
            else
                color="#E4E4E4"
            end if
        %>
            <!-- 循环输出的表格行 -->
            <tr>
                <td height="30" colspan="2" align="left" bgcolor="<%=color%>">
                    <%=art(i)%>        <!--输出数组中存储的标题条目-->
                </td>
            </tr>
        <%
            i=i+1                               '数组下标增加
        end while
        %>
</table>
<p>
  <!-- 表格结束 -->
</body>
</html>
```

保存文件，在 Dreamweaver 8 中按 F12 键进行浏览，效果如图 7-39 所示。

2．子过程与函数

（1）子过程与函数的定义。如果需要在脚本中的多处地方执行同样的一组语句，可以使用子过程或函数过程（简称为函数）。一个子过程/函数过程可以包含 VB.NET 语句的任何集合，在代码中，可以调用同一个子过程/函数过程任意多次。

子过程和函数过程的共同点是都完成某种特定功能的一组程序代码；不同之处是函数过程可以带有返回值，所以函数过程定义时有返回值的类型说明。在定义中，子过程以关键字 Sub 说明，函数以关键字 Function 说明。

定义子过程的格式如下：

```
Sub 子过程名[(形参表)]
    [语句序列]
    [Exit Sub]
    [语句序列]
End Sub
```

定义函数过程的格式如下：

```
Function 函数过程名([形参表])
    [语句序列]
    [函数名=表达式]
    [Return 表达式]
    [语句序列]
End Function
```

其中，语句序列是 VB.NET 的程序段，程序中可以用 Exit Sub 语句从子过程中退出，使用 Return 语句从函数过程中退出。“函数名=表达式”中函数名是函数过程的名称，表达式的值是函数过程的返回值，通过赋值号将其值赋给函数名。

形参表指明了传送给过程的变量个数和类型，各变量名之间用逗号分隔。形参表中的形参可以是除定长字符串之外的合法变量，还可以是后面跟括号的数组名（若括号内由数字，则一般表示数组的维数）。

定义子过程和函数过程时，可以没有参数，但定义无参数的函数过程时，必须有括号。

此外，过程名命名规则与变量命名规则相同，注意不要与 VB.NET 中的关键字重名，也不能与同一级别的变量重名，过程名在一个程序要具有唯一性。

一般来说，过程会一直运行到执行完其内所有语句指令，然后返回到调用该过程语句的下面继续执行其他语句。然而，有时需要在过程正常结束之前，退出过程继续执行其他语句。提前退出过程的方法有两种。

- 使用 Exit Sub 语句退出过程，一般与选择结构的语句一起使用。
- 使用 Return 语句退出过程。在 Sub 过程中，Return 语句的作用与 Exit Sub 语句完全相同。但是，在 Function 过程中一般使用 Return 语句来返回一个数据值。形参表中的参数称为形参，它类似于变量声明，它用于接受调用过程时传递过来的值。

需要注意，ASP.NET 函数和子过程只能在代码声明块中定义，示例如下：

```
<script language="vb" runat="server">
Function fun(a,b)          '定义函数
    …
end Function

sub fun2()                 '定义子过程
    …
end sub
</script>
```

（2）子过程与函数的调用。过程的调用有多种方法，对于是否具有返回值，可以按如下方法分别进行调用。

由于子过程不能够返回一个值，因此，子过程不可以在表达式中调用，调用子过程要使用了一个独立的语句。调用方法有以下两种。

```
子过程名 [实参表]
Call  子过程名(实参表)
```

其中，实参表是传送给子过程的变量或常量的列表，各参数之间应用逗号分隔。用数组名称时，其后应有空括号，用来指定数组参数。例如，调用一个名称为 Mysub 的子过程（a 和 b 是实参数），可采用如下两种方式。

```
Mysub  a,b
Call Mysub(a,b)
```

由于函数过程可返回一个值，故函数过程不能作为单独的语句加以调用，被调用的函数必须作为表达式或表达式中的一部分，再配以其他的语法成分构成语句。最简单的情况就是在赋值语句中调用函数过程，其形式如下。

```
变量名=函数过程名([实参表])
```

例如，调用一个名称为 Myfun 的子函数（a 和 b 是实参数），并将其返回值赋给变量 N，应用如下方式调用。

```
N=Myfun(a,b)
```

在过程调用时，还应注意如下几点。

- 实参表中的参数称为实参，实参可由常量、变量和表达式、数组名（其后有括号）组成，实参之间用逗号分隔。它必须与形参保持个数相同，位置与类型一一对应。但是，它们的名字可以不相同。
- 调用时把实参的值传递给形参称为参数传递，这种传递是按次序一一对应的，实参的值不随形参的值变化而改变。

过程不能嵌套定义，即不允许在一个过程中再定义另外的过程，但可以在一个过程中调用另外的过程，即可以嵌套调用。

下面的例子演示了子过程与函数的定义与调用。

```
<script language="vb" runat="server">
Function max(a,b)           '定义函数 max，用于比较并返回两个参数中的较大值
    if a<b then a=b
    max=a                   '返回函数值
end Function
sub print(a)                '定义子过程 print 用于输出参数 a
    response.Write(a)       '通过 response.Write 方法输出 a
end sub
</script>
<%
Dim x,y,i,m
    Randomize               '随机数初始化
    x=rnd                   '将随机数赋给 x
    y=rnd                   '将随机数赋给 y
    m=max(x,y)              '调用函数
    call print(m)           '调用子过程
%>
```

上面的代码中，将产生两个随机数 x 和 y，然后调用函数 max()对 x 和 y 进行比较，返回较大值，最后，调用子过程 print 打印出较大值。

3. 变量的作用域与生存期

变量都有一定的作用范围，称为作用域。变量的作用域由声明它的位置决定。如果在过程中声明变量，则只有该过程中的代码可以访问或更改变量值，此时变量具有局部作用域并被称为过程级变量。如果在过程之外声明变量，则该变量可以在页面中被所有过程所识别，称为全局变量，具有页面级作用域。在同一作用域内，同名的过程级变量优先于全局变量。

变量存在的时间称为变量的生存期。脚本级变量的生存期从被声明的一刻起，直到脚本运行结束。对于过程级变量，其存活期仅是该过程运行的时间，该过程结束后，变量随之消失。在执行过程时，局部变量是理想的临时存储空间。可以在不同过程中使用同名的局部变量，这是因为

每个局部变量只被声明它的过程识别。

还有一点需要注意，最好将网页中所有的一般代码放在网页的<head>部分中，以使所有代码集中放置。这样可以确保在<body>部分调用代码之前所有代码都被读取。

思考与练习 7

1．填空

（1）静态页面的源文件是浏览器可以直接显示的__________代码，而动态页面的源文件中除了有________代码外，还嵌入了一些__________________编程语言编写的代码。

（2）根据所采用编程语言的不同，扩展名也相应不同。嵌入了 Java 语言的 JSP 源文件扩展名为_______，嵌入了 VB.NET 语言的 ASP.NET 源文件扩展名为____________。

（3）当访问者访问一个静态页面时，只要求 Web 服务器____________________，当访问者访问一个动态页面时，要求 Web 服务器必须具有应用程序服务器这一服务功能。

（4）变量的声明语句是______________语句。

（5）注释通常有两方面的作用：一是作为_____________；另一种是将未完成的或有错误的某个程序块隐藏起来，使其暂时不参与程序的执行，这种方式也适用于_____________。

（6）______________是由运算符、变量、常量和函数等组成的。

（7）使用数学函数随机产生 1000～2500 之间整数的表达式为__________。

（8）______________属性用来返回当前的系统日期和时间，_________属性用来返回系统当前的日期。

（9）面向对象程序设计提高了软件的生产效率和______________，并且降低了维护成本。

（10）_________________实际上是类、模块、结构和接口等的集合。

（11）______________函数可用于字符串的替换。

（12）在 VB.NET 中，能够实现条件判断的语句有____________语句和___________语句。

（13）VB.NET 中提供了三种类型的循环语句：____________、___________和_____________。

（14）____________函数和_____________函数分别用于求数组指定维数的下标上、下界。

（15）子过程和函数过程的共同点是都完成某种特定功能的一组程序代码；不同之处是___________可以带有返回值。

2．在某硬盘分区中为自己的网站建立一个子目录（文件夹），并在 IIS 中将其设置成相应的虚拟目录（虚拟目录名与真实目录名可以一致或不一致，但推荐采用相同目录名）。在浏览器中检查 IIS 工作是否正常。

3．按照本章第 7.1.3 节中的步骤，在 Dreamweaver 8 中，在“站点定义为”对话框中，分别设置“本地信息”和“测试服务器”，在 Dreamweaver 8 的环境下检查 ASP.NET 环境工作是否正常。

4．制作一个可以计算当前时间到明天 0 点的时差的网页。

5．制作一个可以进行成绩分类为优、良、合格、不合格的网页程序。

6．制作一个动态输出表格，表格的行列数由输入的数据来指定。

第 8 章　WebForm 与 ASP.NET 控件

8.1　WebForm 与 ASP.NET 服务器控件

8.1.1　【实例 53】在 WebForm 中提交信息

本例将演示在页面中通过 WebForm 中的文本框控件输入信息，并通过标签控件显示信息。实例效果如图 8-1 所示。其中左图是打开网页时的页面，右图是在文本框内输入文字“张明”并单击“确定”按钮后的页面。

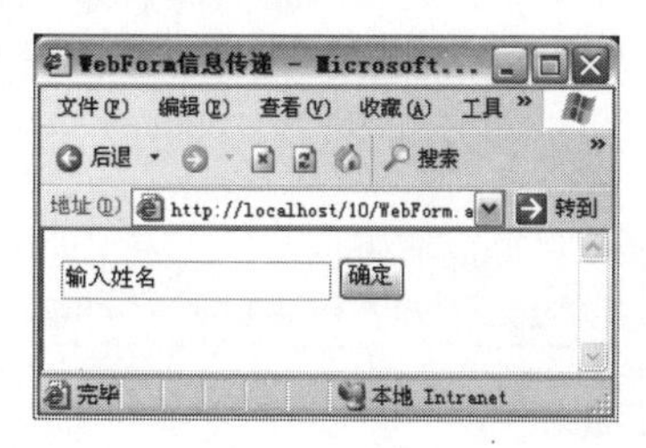

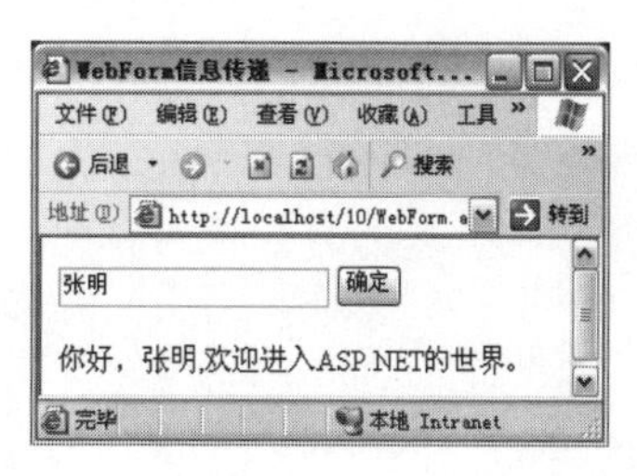

图 8-1　在 WebForm 中提交信息

在本例的实现过程中，将学习 ASP.NET 的重要内容——WebForm，了解在 ASP.NET 中如何通过 WebForm 和控件对象来输入和处理数据。

1．制作过程

（1）创建一个名为 WebForm .aspx 的文件，并将其打开，切换到“设计视图”。

（2）单击“插入”工具栏最左侧的类别名称旁边的箭头，然后从弹出菜单中选择 ASP.NET 类别，如图 8-2 所示。

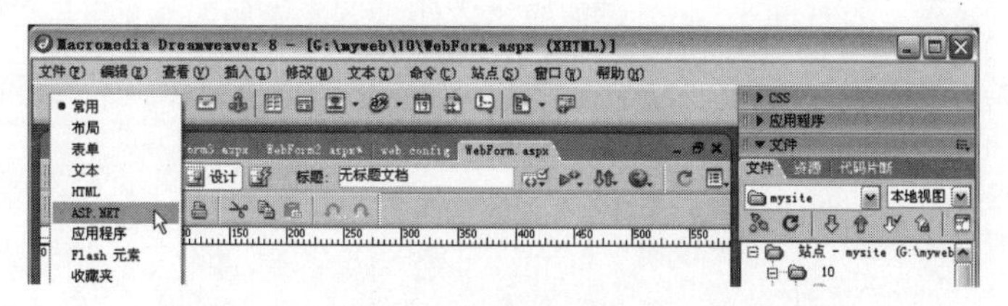

图 8-2　在“插入”工具栏选择 ASP.NET 类别

选择 ASP.NET 类别后，“插入”工具栏如图 8-3 所示。

图 8-3　ASP.NET 工具

从图 8-3 中可以看到，Dreamweaver 8 为 ASP.NET 开发提供了很多的相关工具按钮，可以通过这些工具按钮将 ASP.NET 中的常用对象（包括 ASP.NET 控件和一些常用代码）快速插入到页面中。

单击“插入”工具栏中的“asp:文本框”按钮，将弹出“asp:文本框”对话框。在 ID 框内输入“txtName”，在“文本”框内输入“输入姓名”，完成后如图 8-4 所示。

单击“确定”按钮，在页面中添加了一个 ASP 文本框控件，如图 8-5 所示。此外，可以看到同时还为文本框添加了 Form 表单（图中的虚线框）。

图 8-4　设置“asp:文本框”属性

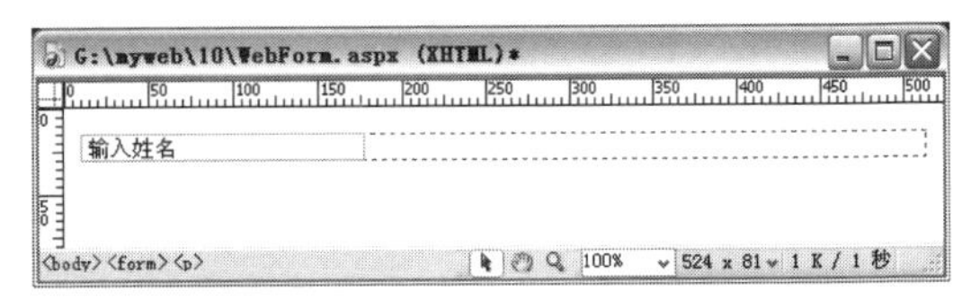

图 8-5　插入文本框后的设计视图

将光标移到表单内，然后单击“插入”工具栏中的“asp:按钮”按钮，此时将弹出“asp:按钮”对话框。将 ID 框内容改为“btnSubmit”，在“文本”框内输入“确定”，如图 8-6 所示。

单击“确定”在表单内插入一个 ASP 按钮控件。完成后，页面设计视图如图 8-7 所示。

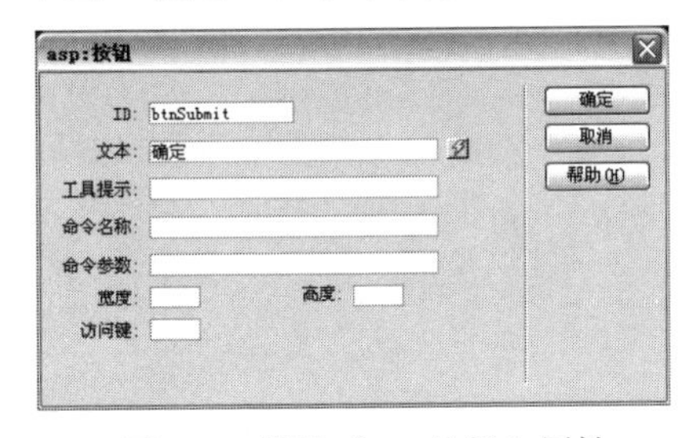

图 8-6　设置“asp:按钮”属性

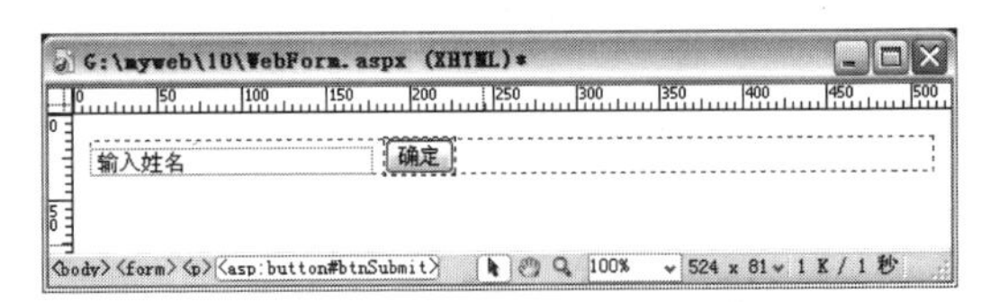

图 8-7　插入按钮后的设计视图

然后，将光标移到表单内的按钮右侧，按回车键，换行。在表单内的下一行继续插入 ASP 控件。

单击“插入”工具栏中的“asp:标签”按钮 abc，此时将弹出“asp:标签”对话框。将 ID 文本框内容改为“labMsg”，如图 8-8 所示。

单击“确定”按钮，在页面中插入 ASP 标签控件，完成后如图 8-9 所示。

图 8-8　设置“asp:标签”属性

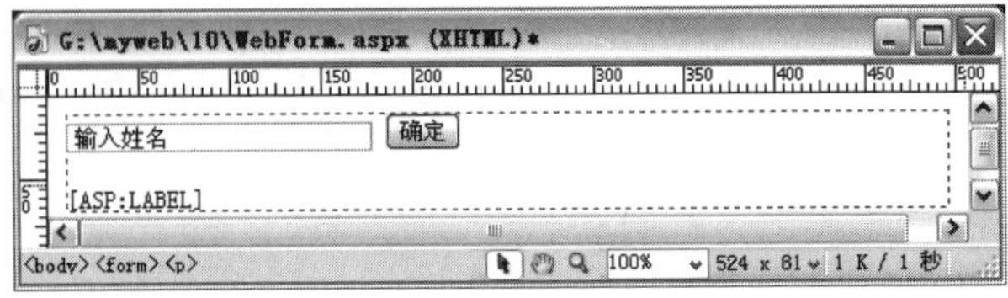

图 8-9　添加标签后的设计视图

到这里，插入 ASP.NET 控件的工作完成。

（3）选择 ASP 按钮控件，此时的 Dreamweaver 8 的“属性”面板如图 8-10 所示。如果“属性”面板与图 8-10 所示不同，只有该图的上半部分，可单击“属性”面板右下角的按钮展开。

在“属性”面板中单击按钮，弹出 ASP.NET 按钮对应的“标签编辑器”，如图 8-11 所示。在“标签编辑器”中，可对控件的属性（包括 ID、文本、工具提示、颜色、大小、样式等）进行修改，还可以对控件事件进行程序代码设计。

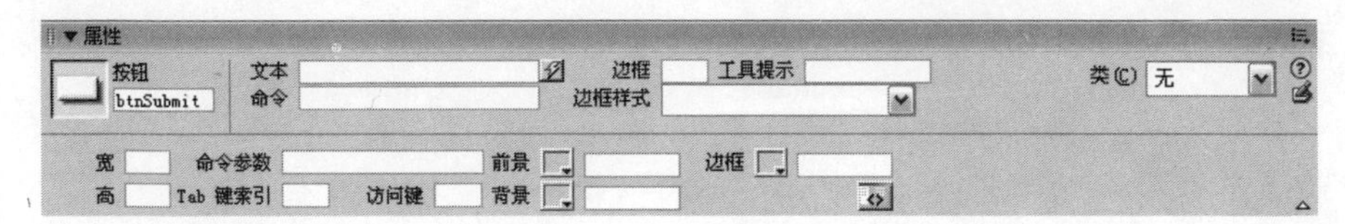

图 8-10　ASP.NET 按钮对应的 Dreamweaver 8 属性面板

单击对话框左侧“事件”下的 OnClick 项（该项对应于按钮被鼠标单击事件），再在右侧的文本框中输入“btnSubmit_Click”，表示 OnClick 事件与事件处理过程 btnSubmit_Click 绑定，在按钮被鼠标单击时调用 SubmitBtn_Click 过程所对应的代码，如图 8-12 所示。

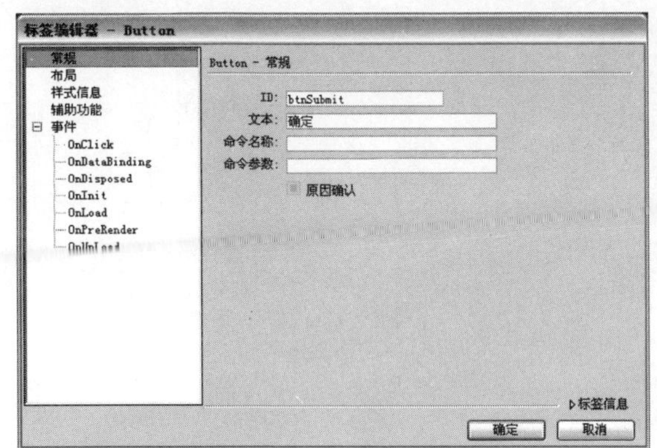

图 8-11　标签编辑器

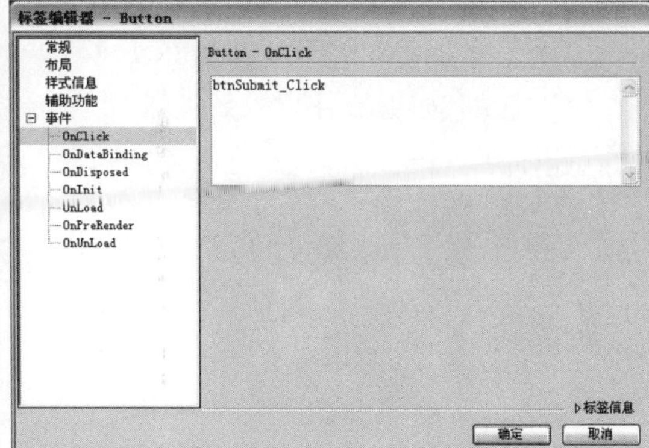

图 8-12　标签编辑器中的事件编辑

到这里，页面可视化部分设计完成。

（3）切换到“代码视图”，会见到如下所示代码。

```
<%@ Page Language="VB" ContentType="text/html" ResponseEncoding="gb2312" %>
<!DOCTYPE html PUBLIC "-//W3C//DTD XHTML 1.0 Transitional//EN" "http://www.w3.org
/TR/xhtml1/DTD/xhtml1-transitional.dtd">
<html xmlns="http://www.w3.org/1999/xhtml">
<head>
<meta http-equiv="Content-Type" content="text/html; charset=gb2312" />
<title>无标题文档</title>
</head>
<body>
<form runat="server">
  <p>
    <asp:TextBox ID="txtName" Text="输入姓名" runat="server" />
    <asp:Button ID="btnSubmit" runat="server" Text="确定" OnClick="btnSubmit_Click" />
    </p>
  <p>
  <asp:Label ID="labMsg" runat="server" />      </p>
</form>
</body>
</html>
```

将第一行代码中的 ResponseEncoding="gb2312"改成 ResponseEncoding="utf-8"，这样做是为了能在页面中正确传递中文信息。

将“<title>无标题文档</title>”改为“<title>在 WebForm 中提交信息</title>”。

（4）在</head>和<body>标签之间插入如下代码。

```
<script language="VB" runat=server>
```

```
Sub btnSubmit_Click(Sender As Object, E As EventArgs)
    labMsg.Text = "你好， " & txtName.Text & ",欢迎进入 ASP.NET 的世界。"
End Sub
</script>
```

这部分代码声明了一个名为 btnSubmit_Click 的过程，该过程对应于 ASP 按钮 btnSubmit 的 OnClick 事件，事件调用在下面的 ASP 按钮标签语句中。

```
<asp:Button ID="btnSubmit" runat="server" Text="确定" OnClick="btnSubmit_Click" />
```

从上面的语句可看出，btnSubmit_Click 过程用于响应按钮 btnSubmit 的单击（OnClick）事件，在按钮 btnSubmit 被单击时，在标签 labMsg 中显示文本框 txtName 中的文字内容和原有字符串“你好，”与“，欢迎进入 ASP.NET 的世界。”所构成的新字符串。

（5）完成代码编辑后，“代码视图”内的完整代码如下：

```
<%@ Page Language="VB" ContentType="text/html" ResponseEncoding="utf-8" %>
<!DOCTYPE html PUBLIC "-//W3C//DTD XHTML 1.0 Transitional//EN" "http://www.w3.org
/TR/xhtml1/DTD/xhtml1-transitional.dtd">
<html xmlns="http://www.w3.org/1999/xhtml">
<head>
<meta http-equiv="Content-Type" content="text/html; charset=gb2312" />
<title>在 WebForm 中提交信息</title>
</head>
<script language="VB" runat=server>
Sub btnSubmit_Click(Sender As Object, E As EventArgs)
    labMsg.Text = "你好，" & txtName.Text & ",欢迎进入 ASP.NET 的世界。"
End Sub
</script>
<body>
<form runat="server">
  <p>
    <asp:TextBox ID="txtName" Text="输入姓名" runat="server" />
    <asp:Button ID="btnSubmit" runat="server" Text="确定" OnClick="btnSubmit_Click" />
  </p>
  <p>     <asp:Label ID="labMsg" runat="server" /> </p>
</form>
</body>
</html>
```

到这里，实例设计完成，保存网页文件，按 F12 键在浏览器中浏览，效果如图 8-1 所示。

2. WebForm 基础

（1）WebForm 基本概念

在 ASP.NET 应用程序开发中，WebForm 是一个非常重要的对象。Web Form 代表了一个一个 Web 页面，WebForm 就像是一个容纳各种控件的容器，页面中的各种控件都必须直接，或者间接地与它有依存关系。

在 ASP.NET 中，对很多 HTML 服务器控件的功能进行了扩展，使得 HTML 服务器控件的功能大大提高，用户使用起来更加方便；其次，ASP.NET 还提供了大量 Web 服务器控件用于实现对用户请求的响应。

对于 WebForm 的 Form 而言，与 HTML 中的表单很相似，在 HTML 的<Form>标签中加入属性 runat="server"就构成了 WebForm 的 Form，如下所示。

```
<Form runat="server">
```

有了 runat="server"这一句，就表示该表单是在服务器端运行，而不是在客户端运行。同样在控件标签中添加 runat="server"，控件也就相应地成为了 ASP.NET 服务器端运行的控件对象。

WebForm 在 ASP.NET 中不完全是 HTML 中所学过的 Form 表单，从 ASP.NET 的角度，将 WebForm 看成是 Web 页面更为合适一些。从使用上来看，WebForm 实际上是一个对象。在前面的学习中可以了解到在.NET 框架中“对象”是一个非常重要的概念，所有的控件都是对象，甚至数据类型都成了对象，每种数据类型都有自己特有的属性和方法。WebForm 也是一个对象，它具有自己的属性、方法和事件等内容。此外，与 HTML 表单不同，一个网页可以有多个〈Form〉表单，而一个 Web Form 只能有一个〈Form runat="server"〉标签。

含有 WebForm 的 ASP.NET 的文件后缀名为.aspx，当一个浏览器第一次请求一个 ASPX 文件时，WebForm 页面将被 CLR（Common Language Runtime，公共语言运行库，是.NET 平台的基础）编译器编译。此后，当再有用户访问此页面的时候，由于 ASPX 页面已经被编译过，所以，CLR 会直接执行编译过的代码。ASP.NET 页面可以一次编译，多次执行。因此，微软建议将所有的文件，哪怕是纯 HTML 文件都以.aspx 文件后缀保存，这样可以加快页面的访问效率。

一般来说，在两种情况下，ASPX 会被重新编译。一是 ASPX 页面第一次被浏览器请求；二是 ASPX 页面的内容被修改。由于 ASPX 页面可以被编译，所以 ASPX 页面具有组件一样的性能，这就使得 ASPX 页面的运行速度至少比实现同样功能的 ASP 页面快 2～3 倍。

（2）WebForm 网页模型

在 WebForm 网页中，网页内容被分割成可视化的组件与用户接口逻辑两个部分。

如同本例中所见到的，可视化的组件部分（包括 HTML 元素、服务器控件和静态文本）可以以“所见即所得”方式来创建。例如，本例中的按钮、文本框和标签可以在 Dreamweaver 8 的“设计视图”中通过“插入”工具栏来插入。而用户接口逻辑即程序功能代码部分（包括声明、类定义、事件处理程序等）可以在“代码视图”中进行代码编辑。这样，将可视化的组件与实现功能的程序代码分开，方便网页的开发。WebForm 网页模型如图 8-13 所示。

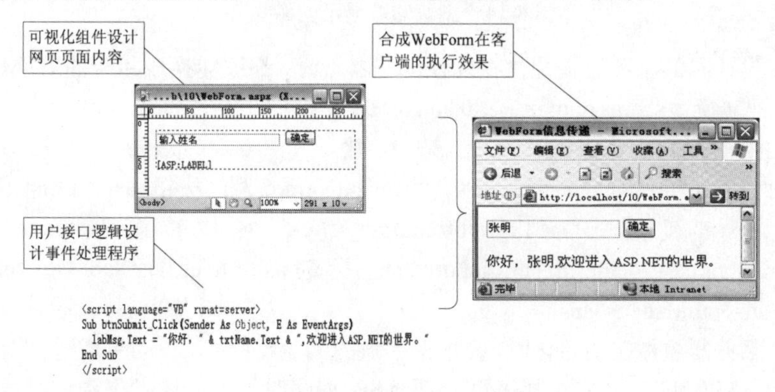

图 8-13　WebForm 网页模型

3. ASP.NET 服务器控件基础

在 ASP.NET 中，一切内容都可以看做是对象，WebForm 本身就是一个对象，同时也是一个一个对象的容器。在网页设计中，可以在 WebForm 中插入 ASP.NET 提供的服务器控件（Server Control）。

简单地说，控件就是一个可重用的组件或对象，这个组件不但有自己的外观，还有自己的属性和方法，大部分组件还可以响应事件（如本例中的 OnClick 事件）。通过 Dreamweaver 8 网页设计环境，可以方便地把控件插入到 WebForm 中。

这些控件称为服务器控件是因为它们都存在于服务器端。在 WebForm 中，虽然大多数的事件都是由客户端产生（如单击事件 Click），但却是在服务器端得到处理。

在本节实例中，使用了三个服务器控件，代码如下：

```
<asp:TextBox ID="txtName" Text="输入姓名" runat="server" />
<asp:Button ID="btnSubmit" runat="server" Text="确定" OnClick="btnSubmit_Click" />
<asp:Label ID="labMsg" runat="server" />
```

上面的三行语句分别用到了文本框控件 TextBox，按钮控件 Button 和标签控件 Label。可以看到三个控件都有相同的 Runat 属性，代码如下：

```
Runat="Sevrer"
```

所有的服务器端控件都有这样的属性。这个属性标志了控件是在 Server 端进行处理的。

当在客户端浏览器中浏览时，服务器端控件的外观由 HTML 代码来决定。例如，对于本实例中的服务器端控件，在浏览器浏览时，单击 IE 浏览器“查看”菜单下的“源文件”命令，可以看到如图 8-14 所示的内容。

```
<!DOCTYPE html PUBLIC "-//W3C//DTD XHTML 1.0 Transitional//EN"
"http://www.w3.org/TR/xhtml1/DTD/xhtml1-transitional.dtd">
<html xmlns="http://www.w3.org/1999/xhtml">
<head>
<meta http-equiv="Content-Type" content="text/html; charset=gb2312" />
<title>WebForm信息传递</title>
</head>



<body>
<form name="_ctl0" method="post" action="WebForm.aspx" id="_ctl0">
<input type="hidden" name="__VIEWSTATE" value="dDwtOTc0OTMzNDAyOzs+qVt7B811DcYPJ33vvxzf39ZOfN0=" />

  <p>
    <input name="txtName" type="text" value="输入姓名" id="txtName" />
    <input type="submit" name="btnSubmit" value="确定" id="btnSubmit" />
  </p>
  <p>    <span id="labMsg"></span> </p>
</form>
</body>
</html>
```

图 8-14　浏览器端显示的源文件

可以看到，设计时的服务器端控件在发往浏览器端时，都被转换成相应的 HTML 标签。<form runat="server">被转换为<form name="_ctl0" method="post" action="WebForm.aspx" id="_ctl0">；文本框<asp:TextBox ID="txtName" Text="输入姓名" runat="server" />被转换为<input name="txtName" type="text" value="输入姓名" id="txtName" />；按钮<asp:Button ID="btnSubmit" runat="server" Text="确定" OnClick="btnSubmit_Click" />被转换为<input type="submit" name="btnSubmit" value="确定" id="btnSubmit" />；标签<asp:Label ID="labMsg" runat="server" />被转换为<span id="labMsg"></span>。

如上所述，服务器控件在初始化时，会根据客户的浏览器版本，自动生成适合浏览器的 HTML 代码，而在使用 ASP.NET 之前在制作网页或 ASP 程序时候，必须考虑到浏览器的不同版本对 HTML 的支持有所不同，比如 Netscape 和 IE 对 DHTML 的支持就有所不同。

4．ASP.NET 服务器控件的分类

ASP.NET 提供的服务器控件包括 HTML 服务器控件和 Web 服务器控件两大类。

（1）HTML 服务器控件。HTML 服务器控件是对应的 HTML 元素在服务器端的体现，HTML 服务器控件就像 HTML 元素的服务器翻版；但在某些功能上，HTML 服务器控件则完全超越了 HTML 元素的功能。在设计 HTML 服务器控件时，它们都和 HTML 元素直接对应，只需更改 HTML 元素，添加上 Runat="Server"属性和 ID 属性。然后把文件后缀改为.aspx。这样 ASP.NET 页面中就会转换为服务器端控件。

表 8-1 列出了 HTML 服务器控件与 HTML 标签的对应关系。

表 8-1 HTML 服务器控件与 HTML 标签

HTML 标签	对应的 HTML 服务器控件	说 明
<TextArea>	HtmlTextArea	用于显示或编辑多行文字的文本域控件
<A>	HtmlAnchor	显示一个超链接
<Input>	HtmlInputButton	显示一个按钮，可用于提交 Form 中的信息
	HtmlInpitCheckBox	用于可同时选择的复选框
	HtmlInputRadioButton	用于不可同时选择的单选按钮
	HtmlInputFile	用来将指定文件上传至服务器
	HtmlInputHidden	用来记录不在网页上显示的隐藏信息
	HtmlInputImage	与 HtmlInputButton 作用相同，不过它显示的是一张图片
<Input>	HtmlInputText	用于显示和编辑单行文字
<Form>	HtmlForm	用来将包含的组件传递给服务器
<Img>	HtmlImage	用于显示图像
<Table>	HtmlTable	用于创建一个表格
<Tr>	HtmlTableRow	用于创建一个 HtmlTable 中的表格行
<Td>	HtmlTableCell	用于创建一个包含在 TableRow 中的表格单元
<Select>	HtmlSelect	用于创建下拉菜单列表

HTML 服务器控件的使用和 HTML 元素使用的方法差不多，只要在使用的时候加上 ID 以及 Runat 这两个属性即可。可以选择下列两种格式来使用 HTML 服务器控件，一种格式是有起始和结束标签的 HTML 服务器控件，如下所示。

```
<标签 ID="控件名称" Runat="Server" 属性1="值"属性2...>
    所要显示的文字
</标签>
```

示例如下：

```
<textarea id="txtmsg" cols="40" rows="5" runat="server">
HTML 服务器控件展示
这是一个文本域控件
</textarea>
```

上面的代码将在页面中显示一个可显示/编辑多行文字的文本域 HtmlTextArea 控件，控件宽度为 40 个字符，高度为 5 行字符，如图 8-15 所示。

图 8-15 HtmlTextArea 控件

另一种格式是单独一个标签的 HTML 控件，如下所示。

```
<标签 ID="控件名称" Runat="Server" 属性1="值"属性2.../>
```

示例如下：

```
<input type="text" id="inputtext"  runat="server" />
```

在上面的程序代码中，演示了如何使用 HTML 服务器控件中的 HtmlInputText 控件在网页上建立一个文本输入框。

（2）Web 服务器控件。相对 HTML 服务器控件而言，Web 服务器控件是一种更为强大且完善的控件对象，Web 服务器控件与 HTML 服务器控件是不一样的，HTML 控件是将 HTML 标签对象化，让设计者的程序代码比较好控制及管理这些控件；不过基本上它还是转成相对应的 HTML

标签。而 Web 控件的功能比较强，它会依客户端的状况产生一个或多个适当的 HTML 控件，它可以自动侦测客户端浏览器的种类，并自动调整成适合浏览器的输出。Web 控件还拥有一个非常重要的功能，就是支持数据绑定（Data Binding），这种能力可以和数据源连接，用来显示或修改数据源的数据。

微软已经将 Web 服务器控件打包得很完整，并以面向对象概念来设计，且又加入了许多控件的属性、方法及事件，所以 Web 服务器控件组件的整体功能变得十分强大，使得 ASP.NET 程序开发者在利用 Web 服务器控件设计 Web 程序时更加容易，而且有效率。

使用 Web 服务器控件进行开发，就如同是在使用可视化的程序开发软件（例如，VB、Delphi 等）设计 GUI（图形用户界面）的应用程序一样，可以快速、便捷地完成 ASP.NET Web 程序的开发。示例如下：

```
labMsg. Visible =True
```

上面的语句利用控件的 Visible 属性在程序执行时让控件显示（Visible=True）。

在本节的实例中可以看到，网页中的按钮、文本框和标签都是以 Web 服务器控件形式插入到 WebForm 中。

ASP.NET 在标准控件的基础上还提供了大量功能强大的实用控件，如 AdRotator（广告轮显控件）、Calendar（月历控件）、DataGrid（数据表格控件）等。有了这些 Web 服务器控件，设计一个动态的 Web 网页，就变得非常容易。Web 服务器控件源于命名空间 System.Web.UI.WebControls，表 8-2 列出了常用的 Web 服务器控件。

表 8-2　常用 Web 服务器控件

控件名称	说　明		
AdRotator	广告轮显示控件	ImageButton	图像按钮控件
Button	按钮控件	Label	标签
Calendar	月历控件	LinkButton	链接按钮控件
CheckBox	复选框控件	ListBox	列表框控件
CheckBoxList	复选框列表控件	RadioButton	单选按钮控件
CompareValidator	数据比较验证控件	RadioButtonList	单选按钮列表控件
CustomValidator	用户自定义验证控件	RangeValidator	范围验证控件
DataGrid	数据表格控件	RegularExpressionValidator	模式匹配控件
DataList	数据列表控件	RequiredFieldValidator	必须输入验证控件
DropDownList	下拉列表控件	Table	表格控件
HyperLink	超链接控件	TableCell	表格单元控件
Image	图像控件	TableRow	表格行控件
TextBox	文本框控件		

Web 服务器控件的使用格式如下：

```
<asp:控件名称 ID="控件实例名" runat="server" 属性 1=...属性 2 =...>
```

例如，本节实例中使用下面的三行语句来创建文本框控件 TextBox，按钮控件 Button 和标签控件 Label。

```
<asp:TextBox ID="txtName" Text="输入姓名" runat="server" />
<asp:Button ID="btnSubmit" runat="server" Text="确定" OnClick="btnSubmit_Click" />
<asp:Label ID="labMsg" runat="server" />
```

上面三行语句创建了一个文本框（TextBox）控件（ID 为 txtName，其中显示的文本内容 Text 为“输入姓名”）、一个按钮（Button）控件（ID 为 btnSubmit，按钮上显示的文字 Text 为“确定”，其单击事件 OnClick 对应的事件处理过程名为 btnSubmit_Click）和一个标签（Label）控件（ID 为 labMsg）。在控件创建完成后，就可以在页面中通过事件处理过程对控件进行操作。

5．ASP.NET 的事件驱动机制

每个 ASP.NET 服务器控件都能具有自己的属性、方法和事件。ASP.NET 开发人员可以使用这些属性、方法和事件来方便进行页面的修改并与页面进行交互。

ASP.NET 的一个重要特征就是以事件驱动的方式进行程序设计。众所周知，Windows 系统本身就是一个事件驱动的环境，也就是说，在 Windows 中，除非发生了一个事件，才会执行相应的处理；否则什么也不会发生。在 Windows 中运行的很多应用程序也是采用事件驱动的方式编写的。

例如，如果用户双击了桌面上的图标，就会激活相应的应用程序。在 ASP.NET 中也是这样，WebForm 通过事件来触发过程或者函数程序代码的执行。在 ASP.NET 中采用的是回送的技术，所有的信息都将送到服务器端进行处理，包括用户提交内容、文本框中输入信息等，这些都不是在客户端处理的。WebForm 页面由可视化组件和事件驱动程序代码（又称为用户接口逻辑）构成，这两个看似独立的部分经过事件驱动就构成了完整的 ASP.NET 程序。其处理流程如图 8-16 所示。

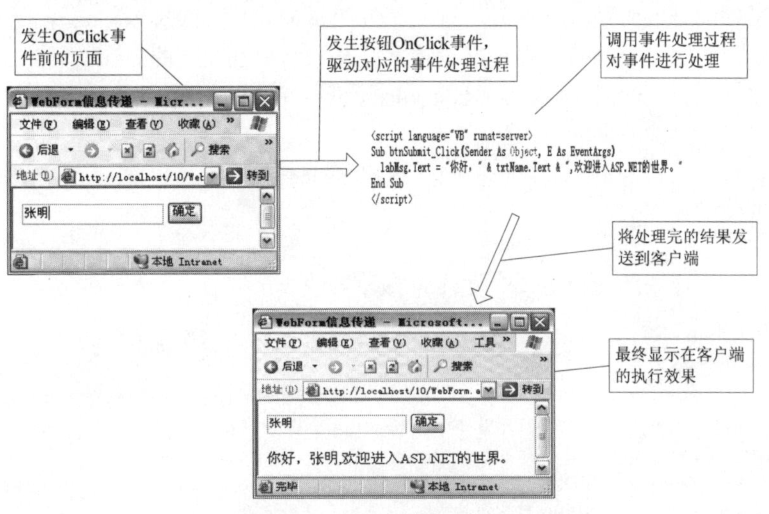

图 8-16　事件驱动处理流程

上面的示例说明了 ASP.NET 页面开发人员如何处理来自<asp:button runat="server">按钮控件的 OnClick 事件，以操作<asp:label runat= "server" >标签控件的 Text 属性。

在页面中，过程 btnSubmit_Click 通过下面语句定义的按钮的 OnClick 事件进行了绑定。

```
<asp:Button ID="btnSubmit" runat="server" Text="确定" OnClick="btnSubmit_Click" />
```

事件处理程序可以使用 ASP.NET 代码实现，并将它们与事件相绑定，在本节实例中，下面的代码即为事件处理程序。

```
Sub btnSubmit_Click(Sender As Object, E As EventArgs)
    labMsg.Text = "你好，" & txtName.Text & ",欢迎进入 ASP.NET 的世界。"
End Sub
```

从上面的例子可以看出，事件处理需要按如下步骤进行。

- 在服务器控件元素中，将事件处理程序的名称（如 btnSubmit_Click）指定给事件（如

OnClick）。如下所示。

```
<asp:Button ID="btnSubmit" runat="server" Text="确定" OnClick="btnSubmit_Click" />
```

- 在网页中声明一个事件处理过程，该与上面所指定的事件处理程序名称相同（如 btnSubmit_Click），该事件处理过程具有如下的格式。

```
[Private] Sub 事件处理过程名(ByVal Sender As Object, ByVal E As EventArgs)
    事件处理程序代码
End Sub
```

事件处理过程的第一个参数 Sender 指发生事件的对象，事件处理过程的第二个参数类型由具体的控件所决定。

6. ASP.NET 中文字符乱码问题的解决

默认情况下，在 ASP.NET 页面中传递的中文信息都将会显示为乱码，这个问题的解决方法有两种。一种方法是在页面的 Page 指令中设置属性 responseencoding="utf-8"，如下所示。

```
<%@ Page Language="VB" ContentType="text/html" responseencoding="utf-8"%>
```

这样，当前页面的中文信息传递就不会出现乱码。

对于中文网站的开发者而言，这样进行一个一个页面设置比较麻烦，还有一种更为简便的方法——在网站配置文件 config.web 中进行设置。打开网站根目录下的 config.web 文件（如果没有该文件，则创建一个），将如下内容添加到 config.web 文件中。

```
<configuration>
<globalization  responseEncoding="utf-8" requestEncoding="utf-8"  fileEncoding=
"utf-8"/>
</configuration>
```

在笔者机器中，原来的 config.web 文件内容如下：

```
<configuration>
    <appSettings>
        <add key="MM_CONNECTION_HANDLER_aspnet" value="sqlserver.htm" />
        <add key="MM_CONNECTION_STRING_aspnet" value="Persist Security Info=False;
Data Source=localhost;Initial Catalog=aspnet;User ID=sa;Password=;" />
        <add key="MM_CONNECTION_DATABASETYPE_aspnet" value="SQLServer" />
        <add key="MM_CONNECTION_SCHEMA_aspnet" value="" />
        <add key="MM_CONNECTION_CATALOG_aspnet" value="" />
    </appSettings>
</configuration>
```

修改后文件内容如下：

```
<configuration>
    <appSettings>
        <add key="MM_CONNECTION_HANDLER_aspnet" value="sqlserver.htm" />
        <add key="MM_CONNECTION_STRING_aspnet" value="Persist Security
Info=False;Data Source=localhost;Initial Catalog=aspnet;User ID=sa;Password=;" />
        <add key="MM_CONNECTION_DATABASETYPE_aspnet" value="SQLServer" />
        <add key="MM_CONNECTION_SCHEMA_aspnet" value="" />
        <add key="MM_CONNECTION_CATALOG_aspnet" value="" />
        <globalization  responseEncoding="utf-8" requestEncoding="utf-8"
fileEncoding ="utf-8"/>
    </appSettings>
</configuration>
```

进行这样的设置后，网站中文乱码问题就能得到解决。

8.1.2　【实例 54】查询浏览时间

本实例可用于查询用户浏览当前页面的时间，执行效果如图 8-17 所示。

在本例的实现过程中，将学习 ASP.NET 页面事件的处理流程。

1．制作过程

（1）创建一个名为 Page.aspx 的文件，并将其打开。修改页面标题<title>为“浏览时间查询”，再在页面上输入文字“时间查询”并按图 8-17 做适当设置。

（2）在网页中插入两个标签和一个按钮。

设置标签的 ID 分别为 labMsg 和 labOldTime，分别用于显示信息和记录页面载入时间。

设置按钮 ID 为 btnTime，按钮文本为“查询浏览时间”，该按钮的 OnClick 事件绑定的事件处理过程名为 btnTime_Click。

上面的操作完成后，页面的“设计视图”如图 8-18 所示。

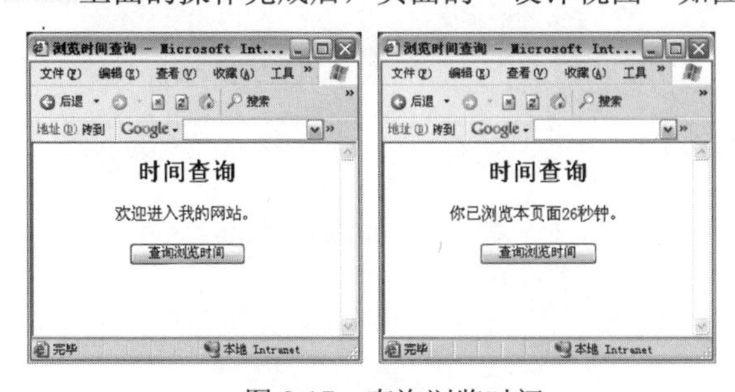

图 8-17　查询浏览时间

图 8-18　完成可视化设计后的“设计视图”

（3）切换到“代码视图”，在</head>和<body>标签之间输入如下代码。

```
<script runat="server">
Sub Page_Load(Src As Object, E As EventArgs)
'判断是否首次加载本页面，如果是，则执行其中的代码
If Not IsPostBack Then
    labMsg.text="欢迎进入我的网站。"
    labOldTime.Text=now                    '记录页面加载时间
    labOldTime.Visible=False               '设置标签为不可见
End If
End Sub
Sub btnTime_Click(Sender As Object, E As EventArgs)
    Dim n as Integer
    Dim d as Date
    d=CDate(labOldTime.text)   '将标签中的时间字符串转换为 Date 型数据
    n=DateDiff("s",d,now)      '计算浏览时间
    labMsg.Text = "你已浏览本页面" & n &"秒钟。"
End Sub
</script>
```

上面的代码声明了 Page_Load 和 btnTime_Click 两个事件处理过程。

Page_Load 响应页面加载事件，当页面在浏览器中载入时执行。其中 IsPostBack 为 Page 的属性，用于判断页面是否第一次加载，如果是第一次加载，则 IsPostBack 值为 False，如果是响应客户端回发而再次进入这一页面，则 IsPostBack 为 True。因此，代码中的 If 语句将在页面第一次载入时，设置标签 labMsg 显示的文字为“欢迎进入我的网站。”，设置标签 labOldTime 的文字为当

前的系统时间 now，再通过将标签 labOldTime 的 Visible 属性设置为 False 来使其不可见。

btnTime_Click 为按钮 btnTime 的 OnClick 事件绑定的事件处理过程，当单击按钮 btnTime 执行这一过程。执行时，先通过下面的语句，利用类型转换函数 CDate 将 labOldTime 标签中记录的页面加载时间文字转换为 Date 型数据赋给 Date 型变量 d。

```
d=CDate(labOldTime.text)
```

再通过下面的语句，利用 DateDiff 函数计算页面加载时间 d 与当前时间 now 之间所经过的秒数，并赋值给变量 n。

```
n=DateDiff("s",d,now)
```

最后通过下面的语句，在标签 labMsg 中显示出用户浏览当前页面的时间。

```
labMsg.Text = "你已浏览本页面" & n &"秒钟。"
```

（4）设计完成后，完整的网页代码如下所示。

```
<!--page.aspx-->
<%@ Page Language="VB" ContentType="text/html" ResponseEncoding="gb2312" %>
<!DOCTYPE html PUBLIC "-//W3C//DTD XHTML 1.0 Transitional//EN" "http://www.w3.org
/TR/xhtml1/DTD/xhtml1-transitional.dtd">
<html xmlns="http://www.w3.org/1999/xhtml">
<head>
<meta http-equiv="Content-Type" content="text/html; charset=gb2312" />
<title>浏览时间查询</title>
</head>
<script runat="server">
Sub Page_Load(Src As Object, E As EventArgs)
'判断是否首次加载本页面，如果是，则执行其中的代码
If Not IsPostBack Then
    labMsg.text="欢迎进入我的网站。"
    labOldTime.Text=now                         '记录页面加载时间
    labOldTime.Visible=False         '设置标签为不可见
End If
End Sub

Sub btnTime_Click(Sender As Object, E As EventArgs)
    Dim n as Integer
    Dim d as Date
    d=CDate(labOldtime.text)  '将标签中的时间字符串转换为 Date 型数据
    n=DateDiff("s",d,now)      '计算浏览时间
    labMsg.Text = "你已浏览本页面" & n &"秒钟。"
End Sub
</script>

<body>
  <h2 align="center">时间查询</h2>
  <form runat="server">
  <p align="center">
    <asp:Label ID="labMsg" runat="server" />
         <asp:Label ID="labOldTime" runat="server"/>     </p>
  <p align="center">
    <asp:Button ID="btnTime" runat="server" Text="查询浏览时间" OnClick="btnTime_Click"
/>  </p>
    </form>
```

```
</body>
</html>
```

2. Page 类与页面指令

（1）Page 类。传统的 ASP 和 ASP.NET 之间的主要差别之一在于各自技术的编程模型。ASP 是用程序上的脚本来解释每个页面；而 ASP.NET 完全是面向对象的编程技术。所有 ASP.NET 网页都是带有属性、方法和事件的类。所有网页直接或间接地派生自 System.Web.UI 命名空间中的 Page 类，Page 类包含了 ASP.NET 网页的基本功能。

Page 表示从 ASP.NET Web 应用程序的服务器请求的.aspx 文件，这些文件在运行时编译为 Page 对象，并缓存在服务器内存中。

Page 类位于 System.Web.UI 命名空间，它提供很多在 ASP.NET 页上可以使用的有用的属性和方法。例如 Response 属性，也就是前面章节中提到的 Response 对象，可以帮助实现用户页面的重定向、输出数据等功能。Page 类的常用属性如表 8-3 所示。

表 8-3　Page 类的常用属性

属　性	说　明
Application	为当前 Web 请求获取 Application 对象
Cache	获取与该页驻留的应用程序关联的 Cache 对象
Context	获取与该页关联的 HttpContext 对象
EnableViewState	已重写。获取或设置一个值，该值指示当前页请求结束时该页是否保持其视图状态以及它包含的任何服务器控件的视图状态
ErrorPage	获取或设置错误页，在发生未处理的页异常的事件时请求浏览器将被重定向到该页
IsPostBack	获取一个值，该值指示该页是否正为响应客户端回发而加载，或者它是否正被首次加载和访问
IsValid	获取一个值，该值指示页验证是否成功
Page	获取对页面实例的引用
Request	获取请求的页的 HttpRequest 对象
Response	获取与 Page 关联的 HttpResponse 对象。该对象使服务器能够将 HTTP 响应数据发送到客户端，并包含有关该响应的信息
Server	获取 Server 对象，它是 HttpServerUtility 类的实例
Session	获取 ASP.NET 提供的当前 Session 对象
User	获取有关发出页请求的用户的信息
Validators	获取请求的页上包含的全部验证控件的集合
Visible	获取或设置指示是否呈现 Page 对象的值

其中，Application、Cache、Request、Response、Server 和 Session 等属性对于学习过 ASP 的读者应该很熟悉，它们都是 ASP 中的内置对象。在 ASP.NET 中，虽然实现机制不同，但是它们也实现了与 ASP 中相似的功能。关于这些对象的具体应用，将在下一章中详细介绍。

（2）页面指令。在创建页面的时候，可以用页面指令来声明页面的属性，如前面使用过的@ Page、@ Import 指令等。下面介绍几种常用的页面指令。

- **@ Page 指令**：@ Page 指令用于指定服务器对 WebForm 页面进行分析和编译时所使用的页面属性，并以此来控制页面的实现过程。@ Page 指令只能在 Web 窗体页中使用，每个.aspx 文件只能包含一条@ Page 指令，通常需要写在页面的最开始的位置，在执行其他的 ASP.NET 程序之前。

在前面的实例中，已经使用过@ Page 的 Language、ContentType 和 ResponseEncoding 等属性，

Page 指令的常用属性如表 8-4 所示。要定义指令的多个属性，请使用以空格分隔的列表（注意，不要在特定属性的等号两侧使用空格，如在 trace="true"中）。

下面是常用@ Page 指令形式的举例。

```
<%@ Page Language="VB" ContentType="text/html" ResponseEncoding="gb2312" %
Buffer="True" ErrorPage ="ErrorPage.aspx">
```

上面指令说明当前 ASP.NET 页面的程序语言为 Visual Basic.NET，响应的 HTTP 内容类型为 text/html，指定页面内容的响应编码为 gb2312，页面缓冲 Buffer 设置为启用状态，当页面出现未处理的异常时，转到 ErrorPage.aspx 页面进行处理。

表 8-4　Page 指令常用属性

属　　性	说　　明
AutoEventWireup	指示页的事件是否自动连网。如果启用事件自动连网，则为 True；否则为 False。默认值为 True
Buffer	确定是否启用 HTTP 响应缓冲。如果启用页面缓冲，则为 True；否则为 False。默认值为 True
ContentType	将响应的 HTTP 内容类型定义为标准的 MIME 类型。支持任何有效的 HTTP 内容类型字符串，如 text/html
Debug	指示是否应使用调试符号编译该页。如果应使用调试符号编译该页，则为 True；否则为 False
Description	提供该页的文本说明。ASP.NET 分析器会忽略该值
EnableSessionState	定义页的会话状态要求。如果启用会话状态，则为 True；如果可以读取但不能更改会话状态，则为 ReadOnly；否则，为 False。默认为 True
EnableViewState	指示是否为所有页请求维护视图状态。如果维护视图状态，则为 True；否则为 False。默认值为 True
ErrorPage	定义在出现未处理的页面异常时用于重定向的目标 URL
Explicit	确定是否使用 Visual Basic Option Explicit 模式来编译页。如果值为 True，则表明启用了 Visual Basic 显式编译选项，且所有变量必须是用 Dim、Private、Public 或 ReDim 语句来声明的；否则值为 False。默认值为 False
Inherits	定义供页继承的代码隐藏类。可以是从 Page 类派生的任何类
Language	指定在对页中所有内联呈现（<% %>和<%= %>）和代码声明块进行编译时使用的语言。值可表示任何.NET 支持的语言，包括 Visual Basic、C#或 JScript .NET
ResponseEncoding	指定页内容的响应编码。如 GB2312、UTF-8 等
Src	指定在请求页时动态编译的代码隐藏类的源文件名称。可以选择将页的编程逻辑包含在代码隐藏类中或.aspx 文件的代码声明块中
ValidateRequest	指示是否应发生请求验证。如果为 True，请求验证将根据具有潜在危险的值的硬编码列表检查所有输入数据。如果出现匹配情况，将引发 Request 检验异常。默认值为 True

- **@ Import 指令**：@ Import 指令在前面的实例 63 中已经学过，用于在 ASP.NET 页面中导入某个命名空间中的类。格式如下：

```
<%@ Import Namespace="命名空间名称"%>
```

使用@ Import 指令导入命名空间之后，就可以在 ASP.NET 页面中使用这个命名空间中定义的类。这个命名空间可以是.NET Framework 命名空间，也可以是用户创建的命名空间。

需要特别说明的是，一条@ Import 指令只能导入一个命名空间，如果需要导入多个命名空间，需要写多条@ Import 指令语句。

通常情况下，在使用.NET Framework 的命名空间的时候，不需要显式地使用@ Import 指令进行命名空间的导入，这是因为 NET 会自动导入它的一部分常用的命名空间。这些常用的命名空间包括 System、System.Collections、System.Collections.Specialized、System.IO、System.Configuration、System.Text、System.Text.RegularExpressions、System.web、System.Web.SessionState、System.Web.Caching、System.Web.UI、System.Web.UI.HtmlControls、System.Web.UI.WebControls 等。

- **@ Implements 指令**：@ Implements 指令用于指定当前页或用户控件实现指定的.NET Framework 接口。使用格式如下：

```
<%@ Implements interface="ValidInterfaceName" %>
```

其中，ValidInterfaceName 表示要在页或用户控件中实现的接口。

@ Implements 指令对于用户自定义控件的使用十分重要。当在 Web Form 中实现接口时，可以在代码声明块中<script>元素的开始标记和结束标记之间声明其事件、方法和属性。

- **@ Register 指令**：如果用户编写了自定义的控件或类，就需要告诉编译器有关这个控件的内容、位置等信息。如果不能给编译器以足够的信息，那就会导致编译错误，这时需要使用@Register 指令。

@ Register 指令用于在程序中声明控件或类的实例，以便使用用户自定义服务器控件或类。@ Register 指令使用格式如下：

```
<%@ Register tagprefix="tagprefix" Namespace="namespace" Assembly="assembly" %>
<%@ Register tagprefix="tagprefix" Tagname="tagname" Src="pathname" %>
```

其中，tagprefix 表示用户自定义服务器控件或类的名称字符串，tagname 用于识别在页面中引用控件实例的名称，namespace 表示与 tagprefix 关联的类命名空间，pathname 表示 tagname 声明中的用户控件文件（通常是一个.ascx 文件）的存储位置，Assembly 表示与 tagprefix 关联的类命名空间所驻留的程序集（通常包含在一个 DLL（动态链接库）或 EXE 文件中）。示例如下：

```
<%@ Register TagPrefix="MM" Namespace="DreamweaverCtrls"
Assembly="DreamweaverCtrls,version=1.0.0.0,publicKeyToken=836f606ede05d46a,culture=neutral" %>
```

上面的@ Register 指令出现在 Dreamweaver 8 所生成的数据库处理页面中，MM 表示与命名空间 DreamweaverCtrls（Dreamweaver 所定义的类命名空间）关联的实例名称，所在的程序集为“DreamweaverCtrls,version=1.0.0.0,publicKeyToken=836f606ede05d46a,culture=neutral”。

3. 页面状态

WebForm 与 HTML 表单的一个最重要的区别就是 WebForm 中可以保存很多的状态信息，例如，在 WebForm 中可以保存前一个提交的表单控件的状态。由于所有操作的核心仍然是无状态的 HTTP 协议，为了实现这个功能将会让 Web 服务器做更多的工作。但是在 ASP. NET 中，使用 Page 类的 ViewState 属性解决了这个问题，还保证了 Web 服务器不会为了保存各个控件的状态而浪费大量的资源。

所有的页面都会在两次请求之间保存自己的 ViewState。ViewState 中包含了页面中所有控件的状态。为了更好地理解这个问题，下面来看一个简单的例子。例子的代码很简单，就是在一个 WebForm 中定义了一个文本输入控件和一个按钮控件，它的代码如下：

```
<%@ Page Language="VB" ContentType="text/html" ResponseEncoding="gb2312" %>
<html >
<body>
<form runat="server">
  <asp:TextBox ID="TextBox1" runat="server" />
  <asp:Button ID="Button1" runat="server" />
```

```
</form>
</body>
</html>
```

上面示例网页在浏览器中浏览效果如图 8-19 所示。

单击 IE 浏览器“查看”菜单下的“源文件”命令，看到如图 8-20 所示的 HTML 源代码。

图 8-19 示例页面

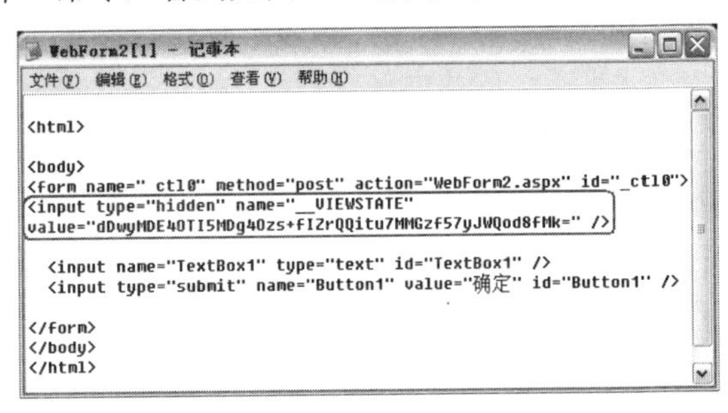

图 8-20 客户端 HTML 源文件代码

可以看出，新的代码与原来的代码有一些不同。除了为将 Web 控件转换为 HTML 表单元素，并为各个控件增加了系统给出的名字，以及为表单补足了 action 和 method 属性之外，还增加了一个隐藏字段（图中框起来的部），它的名称为“_VIEWSTATE”，值（Value）为“dDwyMDE4OTI5MDg4Ozs+fIZrQQitu7MMGzf57yJWQod8fMk=”，作为普通的用户，当然看不出“dDwyMDE4OTI5MDg4Ozs+fIZrQQitu7MMGzf57yJWQod8fMk=”表示什么意思；但是 WebForm 处理程序可以理解它的含义，并在提交控件之后可以通过该值来恢复服务器控件的值，以此来存储页面状态。

当然，既然要保存页面的状态，那么服务器在处理页面状态的时候就需要花费时间，这样会导致效率的降低。如果在程序编写过程中认为页面的状态不重要，相比较而言需要更高的效率时，就可以在页面的最开始位置使用下面的指令，这样就可以关闭保存 ViewState 的功能。

```
<%@Page EnableViewState="False"%>
```

4．页面事件

在 WebForm 页面执行过程中会发生某些事件，例如，网页在被加载时会先触发 Page_Load 事件，此时就可以利用这个事件进行对象的初值化，以及绑定数据库中的数据等工作。在 ASP.NET 中可以把所有的事情都归结为对象的形式进行处理。可以认为，每个 Web 窗体都是一个 Page 类，在这个 Page 类中提供了多种功能事件。下面按事件发生的先后顺序来介绍常用的页面事件。

（1）Page_Init 事件。在进行页面初始化的时候触发这个事件。通常使用这个事件为页面中的各个控件进行初始化设置。Page_Init 事件的使用格式如下：

```
Sub Page_Init(sender As Object, e As EventArgs)
    …
End Sub
```

页面的 Page_Init 事件使得有机会更新控件状态，从而准确反映客户端相应的 HTML 元素的状态。例如，服务器的 TextBox 控件对应的 HTML 元素是<input type=text>。在回发数据阶段，TextBox 控件将检索<input>标记的当前值，并使用该值来刷新自己内部的状态。每个控件都要从回发的数据中提取值并更新自己的部分属性。TextBox 控件将更新它的 Text 属性，而 CheckBox 控件将刷新它的 Checked 属性。

（2）Page_Load 事件。当整个页面被浏览器读入的时候，在服务器控件加载到 Page 对象中时触发 Page_Load 事件。如前面的实例所示，通常也使用这个事件对页面中的各个控件进行初始化、数据绑定等操作。Page_Load 事件的使用格式如下：

```
Sub Page_Load(Src As Object, E As EventArgs)
…
End Sub
```

在 Page_Load 事件中，通常会对页面的 IsPostBack 属性进行检查，以确定是否第一次发送该页面到客户端。

IsPostBack 属性用于指示当前页面是否正为响应客户端回发而加载，或者它是否是第一次发送。如果是第一次发送页面到客户端，则 IsPostBack 值为 False，如果页面已经发送到客户端，只是为响应客户端操作而重新加载，则 IsPostBack 为 True。

（3）Page_PreRender 事件。处理完 Page_Load 事件之后，ASP.NET 页面就可以显示了。这个阶段的标志是 Page_PreRender 事件。Page_PreRender 事件在保存视图状态和呈现控件之前发生。控件可以利用这段时间来执行那些需要在保存视图状态和显示输出的前一刻执行的更新操作。

（4）控件事件。一旦页面被浏览器加载，所有的控件就可以发挥作用了。这时如果用户进行了某些操作，就会触发预先定义好的事件。例如，如果用户单击了按钮，就会触发按钮的 OnClick 事件，这时如果程序定义了按钮的 OnClick 事件的处理程序，那么就会转去执行该程序。

（5）Page_Unload 事件。页面生命中的最后一个标志是 Page_Unload 事件，在显示完当前页面，页面对象消除之前发生。在此事件中，应该释放所有可能占用的关键资源，例如，关闭文件、图形对象、数据库连接等。Page_Unload 事件使用格式如下：

```
Sub Page_UnLoad(Sender AS Object, E as EventArgs)
…
End Sub
```

需要注意，Page_Unload 事件是在页面显示完成的时候发生，而不是在页面被切换到其他页面的时候发生。

8.2　Web 服务器控件与 HTML 服务器控件

8.2.1　【实例 55】动态文字

本例将演示如何通过 ASP.NET 程序在网页中动态地设置文字的颜色、大小和字体等属性，效果如图 8-21 所示。

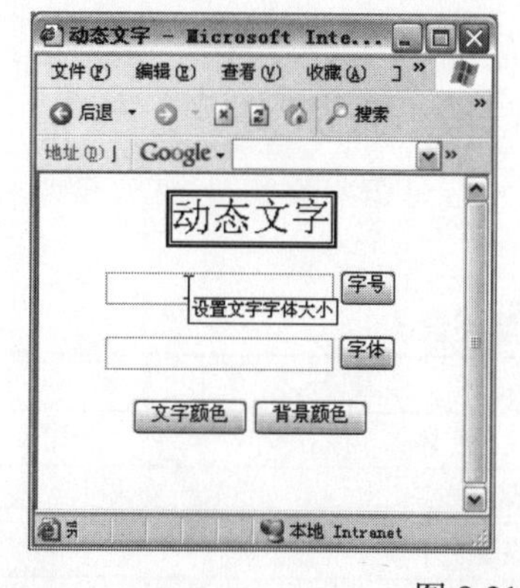

图 8-21　动态文字

在本例的实现过程中，将学习 ASP.NET Web 服务器控件的常用基本属性，以及 Label 标签控件和 TextBox 文本框控件。

1. 制作过程

（1）创建一个名为 setFont .aspx 的文件，并将其打开。修改页面标题<title>为“动态文字”。

（2）按实例 54 中的方法，在网页中插入一个标签，在“asp:标签”对话框中设置属性，如图 8-22 所示。

图 8-22　设置标签属性

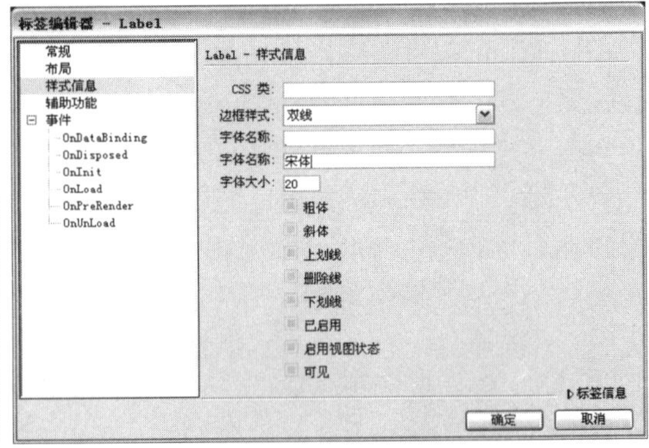

图 8-23　编辑标签属性

单击“确定”按钮，将标签插入到页面中。在“设计视图”中，将光标移动到插入的标签上，单击鼠标右键，在弹出菜单中选择“编辑标签（E）<asp:label>…Shift+F5”命令，打开“标签编辑器”（也可以按实例 54 中的方法打开“标签编辑器”）。在“标签编辑器”中选对左侧列表框中的“样式信息”，然后在右侧的“Label-样式信息”中按如图 8-23 所示内容进行设置。完成标签属性设置后，单击“确定”按钮，完成设置。

再按实例 54 中的方法插入两个文本框，在“asp:文本框”对话框中设置文本框属性如图 8-24 所示。分别设置文本框 ID 为 txtFontName 和 txtFontsize，工具提示为“设置字体”和“设置文字字体大小”。其中，工具提示表示鼠标移动到文本框控件上时所显示的文字提示（见图 8-21 中左图）。

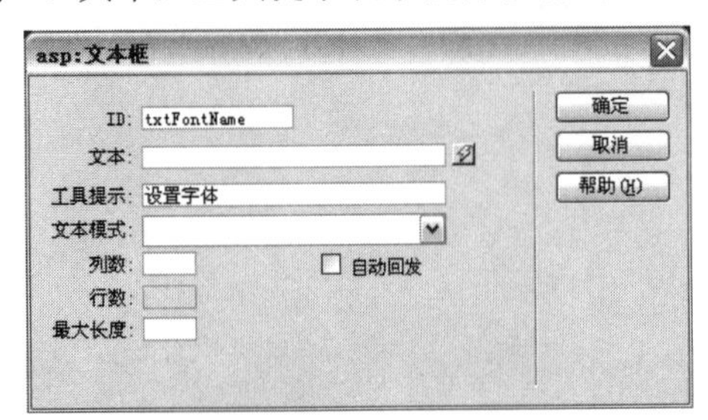

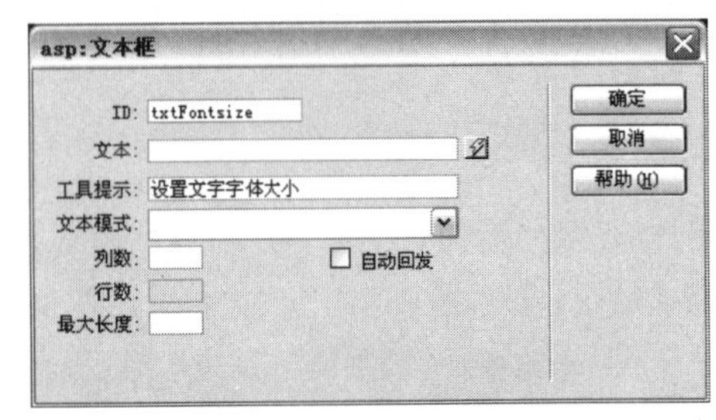

图 8-24　文本框属性设置

然后，再插入 4 个按钮，属性设置如表 8-5 所示。可在如图 8-25 所示的“asp:按钮”对话框中设置按钮属性。

表 8-5　按钮属性设置

ID	文　本	工具提示	访 问 键
btnFontName	字体	设置字体	N
btnFontsize	字号	设置文字大小	S
btnFontColor	文字颜色	设置文字颜色	F
btnBackColor	背景颜色	设置背景颜色	B

最后，再将页面中的控件设置为居中对齐。

完成上面操作后，页面的“设计视图”如图 8-26 所示。

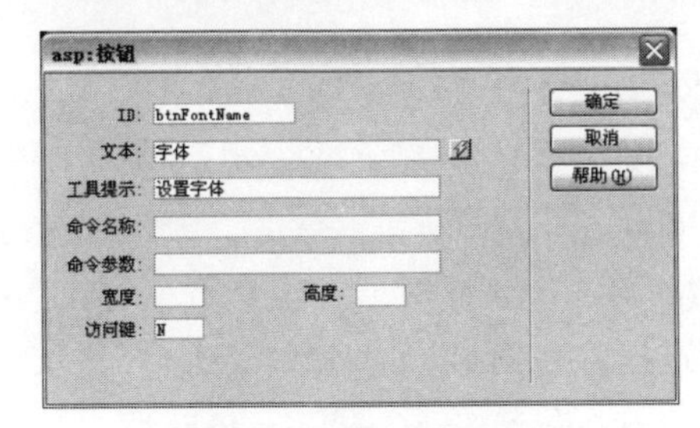

图 8-25　按钮属性设置

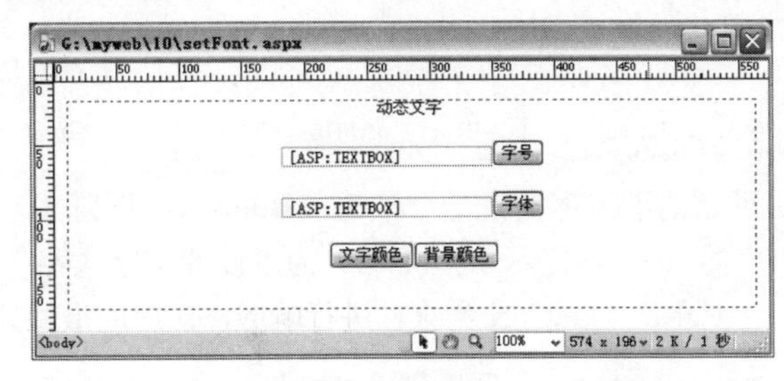

图 8-26　插入控件后的“设计视图”

（3）切换到“代码视图”，代码如下所示。

```
<%@ Page Language="VB" ContentType="text/html" %>
<!DOCTYPE html PUBLIC "-//W3C//DTD XHTML 1.0 Transitional//EN" "http://www.w3.org
/TR/xhtml1/DTD/xhtml1-transitional.dtd">
<html xmlns="http://www.w3.org/1999/xhtml">
<head>
<meta http-equiv="Content-Type" content="text/html; charset=gb2312" />
<title>动态文字</title>
</head>

<body>
<form runat="server">
  <p align="center">
    <asp:Label BorderStyle="double" CssClass="labStyle" Font-Name="宋体" Font-Names="
宋体,隶书" Font-Size="20" ID="labText" runat="server" Text='动态文字' /> </p>
  <p align="center">
  <asp:TextBox ID="txtFontsize" ToolTip="设置文字字体大小" TextMode="SingleLine" runat=
"server" />
  <asp:Button ID="btnFontsize" Text="字号" ToolTip="设置文字大小" AccessKey="S" runat=
"server" OnClick="btnFontsize_Click"/></p>
  <p align="center">
    <asp:TextBox ID="txtFontName" ToolTip="设置字体" runat="server" />
    <asp:Button ID="btnFontName" Text="字体" ToolTip="设置字体" AccessKey="N" runat=
"server" OnClick="btnFontName_Click"/>      </p>
  <p align="center">
    <asp:Button AccessKey="F" ID="btnFontColor" runat="server" Text="文字颜色" ToolTip=
"设置文字颜色" OnClick="btnFontColor_Click" />
    <asp:Button ID="btnBackColor" Text="背景颜色" ToolTip="设置背景颜色" AccessKey="B"
runat="server" OnClick="btnBackColor_Click" /></p>
</form>
</body>
</html>
```

对上面的代码说明如下：其中，下面的语句声明了一个标签（Label），标签的边框（BorderStyle）风格为双线（Double），标签文字字体（Font-Names）为“宋体”，大小（Font-Size）为 20，标签 ID 为“labText”，标签所显示的文字内容为“动态文字”。

```
<asp:Label BorderStyle="double" ="宋体" Font-Size="20" ID="labText" runat="server"
Text="动态文字" />
```

下面的语句声明了一个文本框（TextBox），文本框的 ID 为 txtFontsize，工具提示（ToolTip）

为“设置文字字体大小”。

```
<asp:TextBox ID="txtFontsize" ToolTip="设置文字字体大小" runat="server" />
```

同样，下面的语句也声明了一个文本框，ID 为 txtFontName，工具提示为“设置字体”。

```
<asp:TextBox ID="txtFontName" ToolTip="设置字体" runat="server" />
```

下面的语句声明了一个按钮（Button），按钮 ID 为 btnFontsize，按钮上显示的文字（Text）为“字号”，工具提示（ToolTip）为“设置文字大小”，按钮对应的快捷键（AccessKey）为 Alt+S，按钮将对单击（OnClick）事件进行响应，对应的事件处理过程名为“btnFontsize_Click”。

```
<asp:Button ID="btnFontsize" Text="字号" ToolTip="设置文字大小" AccessKey="S"
runat="server" OnClick="btnFontsize_Click"/>
```

其他几个按钮的设置都与这个按钮相似，不再一一说明。

（4）在第一行的@ Page 指令的下一行插入下面的语句，该语句将在页面中引入 System.Drawing.Color 命名空间，以便在后面的代码中设置在该命名空间中定义的颜色。

```
<%@ import namespace="System.Drawing.Color" %>
```

（5）在</head>和<body>标签之间插入如下代码。

```
<script language="vb" runat="server">
'响应“背景颜色”按钮单击事件
Sub btnBackColor_Click(Sender As Object, E As EventArgs)
    labText.BackColor=yellow  '设置背景色为黄色，yellow 在 System.Drawing.Color 中定义
End Sub
'响应“文字颜色”按钮单击事件
Sub btnFontColor_Click(Sender As Object, E As EventArgs)
    labText.ForeColor=blue    '设置前景色为蓝色，blue 在 System.Drawing.Color 中定义
End Sub
'响应“字体”按钮单击事件
Sub btnFontName_Click(Sender As Object, E As EventArgs)
    labText.Font.Name=txtFontName.text '设置字体名称
End Sub
'响应“字号”按钮单击事件
Sub btnFontsize_Click(Sender As Object, E As EventArgs)
    Dim n As Integer
    n=val(txtFontsize.text)        '获取输入的数值
    if n>0 then
        labText.Font.Size= FontUnit.Point(n)    '设置字号
    else
        txtFontsize.text="请输入一个整数"
    end if
End Sub
</script>
```

上述代码对 4 个按钮对应的单击事件进行响应，在事件中分别设置标签 labText 的文字颜色、背景颜色、字体和字号等属性。

（6）完成代码编辑后，“代码视图”内的完整代码如下：

```
<%@ Page Language="VB" ContentType="text/html" %>
<%@ import namespace="System.Drawing.Color" %>
<!DOCTYPE html PUBLIC "-//W3C//DTD XHTML 1.0 Transitional//EN" "http://www.w3.org/TR
/xhtml1/DTD/xhtml1-transitional.dtd">
<html xmlns="http://www.w3.org/1999/xhtml">
```

```
<head>
<meta http-equiv="Content-Type" content="text/html; charset=gb2312" />
<title>动态文字</title>

</head>
<script language="vb" runat="server">
'响应“背景颜色”按钮单击事件
Sub btnBackColor_Click(Sender As Object, E As EventArgs)
    labText.BackColor=yellow  '设置背景色为黄色，yellow 在 System.Drawing.Color 中定义
End Sub
'响应“文字颜色”按钮单击事件
Sub btnFontColor_Click(Sender As Object, E As EventArgs)
    labText.ForeColor=blue    '设置前景色为蓝色，blue 在 System.Drawing.Color 中定义
End Sub
'响应“字体”按钮单击事件
Sub btnFontName_Click(Sender As Object, E As EventArgs)
    labText.Font.Name=txtFontName.text '设置字体名称
End Sub
'响应“字号”按钮单击事件
Sub btnFontsize_Click(Sender As Object, E As EventArgs)
    Dim n As Integer
    n=val(txtFontsize.text)        '获取输入的数值
    if n>0 then
        labText.Font.Size= FontUnit.Point(n)    '设置字号
    else
        txtFontsize.text="请输入一个整数"
    end if
End Sub
</script>
<body>
<form runat="server">
  <p align="center">
    <asp:Label BorderStyle="double" Font-Names="宋体" Font-Size="20" ID="labText"
runat="server" Text="动态文字" />  </p>
  <p align="center">
  <asp:TextBox ID="txtFontsize" ToolTip="设置文字字体大小" runat="server" />
  <asp:Button ID="btnFontsize" Text="字号" ToolTip="设置文字大小" AccessKey="S" runat=
"server" OnClick="btnFontsize_Click"/></p>
  <p align="center">
    <asp:TextBox ID="txtFontName" ToolTip="设置字体" runat="server" />
    <asp:Button ID="btnFontName" Text="字体" ToolTip="设置字体" AccessKey="N" runat=
"server" OnClick="btnFontName_Click"/>     </p>
  <p align="center">
    <asp:Button AccessKey="F" ID="btnFontColor" runat="server" Text="文字颜色" ToolTip=
"设置文字颜色" OnClick="btnFontColor_Click" />
    <asp:Button ID="btnBackColor" Text="背景颜色" ToolTip="设置背景颜色" AccessKey="B"
runat="server" OnClick="btnBackColor_Click" /></p>
</form>
</body>
</html>
```

2. Web 服务器控件的基本属性

从前面的内容中知道，ASP.NET 提供了大量的 Web 服务器控件来帮助 WebForm 页面的设计，这些 Web 服务器控件都有一些通用的基本属性，所谓基本属性就是所有的 Web 控件共同都有的属性，表 8-6 列出了常用的基本属性。

（1）AccessKey 属性。AccessKey 属性可以用来指定键盘的快速键。可以指定属性的内容为数字或是英文字母，当用户按下键盘上的 Alt 键再加上所指定的字符时，表示选择该控件。例如，下面示例中指定按钮控件 Button1 的 AccessKey 属性为“A”，当用户按下 Alt+A 时，即表示按下了该按钮。

表 8-6　Web 控件基本属性

属　性	说　明	属　性	说　明
AccessKey	快捷键	Font-Bold	字体是否为粗体
BackColor	背景色	Font-Italic	字体是否为斜体
BorderWidth	边框宽度	Font-Name	字体名称
Bordercolor	边框颜色	Font-Names	字体名称
BorderStyle	边框风格	Font-Overline	字体是否有顶画线
CSSClass	CSS 样式表类名	Font-Size	字体大小
CSSStyle	CSS 样式表风格	Font-Strikeout	字体是否有删除线
Enabled	设置控件是否可用	Font-Underline	字体是否有下画线
Visible	设置控件是否可见	ForeColor	前景色（字体颜色）
Height	控件高度	TabIndex	Tab 键索引
Width	控件宽度	ToolTip	工具提示

```
<Form Id="Form1" Runat="Server">
<ASP:Button Id="Button1" Text="请单击我" Runat="Server" AccessKey="A"
OnClick="Button1_Click"/>
或是按 Alt+A 键
</Form>
<ASP:Label Id="Label1" Runat="Server"/>
<Script Runat="Server" ID=Script1>
Sub Button1_Click(Sender As Object, e As EventArgs)
Label1.Text="Button1 被单击。"
End Sub
</Script>
```

上面的程序无论单击按钮或按下 Alt+A 快捷键，都会触发 Button1_Click 事件程序。

（2）Backcolor 属性与 ForeColor 属性。Backcolor 属性和 ForeColor 属性分别用于设置对象的背景色和前景色（通常指字体颜色），这两个属性在控件声明时的设置值为颜色名称，也可以是 #RRGGBB 的格式。下列程序代码设置了标签控件 Label1 的背景色为灰色，前景色为红色（Red）。

```
<ASP:Label Id="Label1" Text="Label" BackColor="#E0E0E0" ForeColor="red" Runat="Server" />
```

如果是在过程代码中通过程序来设置颜色，则不能使用上述方法。此时，可以导入 System.Drawing.Color 命名空间，调用该命名空间中定义的颜色常量或设置颜色的方法来进行颜色的设置。如本节实例中所示，下面的语句用于导入 System.Drawing.Color 命名空间。

```
<%@ import namespace="System.Drawing.Color" %>
```

下面语句用于通过程序代码来设置背景色。

```
labText.BackColor=yellow
```

上面语句设置背景色为黄色，yellow 在 System.Drawing.Color 中定义。

System.Drawing.Color 命名空间中将一些最常用的颜色值以成员常量的形式给出，表 8-7 中给出了其中的一些常用颜色。

表 8-7　颜色常量

常　量	颜　色	常　量	颜　色	常　量	颜　色
Black	黑色	Green	绿色	Orange	橙色
White	白色	Blue	蓝色	Pink	粉红
Gray	灰色	Yellow	黄色	Azure	天蓝
Gold	金色	Red	红色	LightBlue	浅蓝
DarkGray	深灰色	Cyan	青色	Brown	棕色

Color 的 FromArgb 方法可用于创建用户指定的特殊颜色，它从 4 个 ARGB 分量（alpha、红色、绿色和蓝色）值创建 Color 结构，可以用该方法来创建具有透明度的颜色。下面的代码就创建了一个透明度为 70 的蓝色和一个透明度为 100 的自定义颜色，该颜色 RGB 值为（100,100,0）。

```
Color.FromArgb(70,Color.Blue)
Color.FromArgb(100,100,100,0)
```

（3）Bordercolor、BorderWidth 和 BorderStyle 属性。Bordercolor、BorderWidth 和 BorderStyle 属性都用于控件的边框设置，BorderWidth 设置边框宽度，Bordercolor 设置边框颜色，BorderStyle 设置边框风格。例如，下面的语句声明一个标签，其边框风格为双线（double），边框宽度为 5，边框颜色为红色（Red）。

```
    <ASP:Label Id="Label1" Text="Label" BorderStyle="double" BorderWidth=5
BorderColor="Red" Runat="Server" />
```

BorderWidth 以像素为单位来设置 Web 控件的边框宽度。Bordercolor 设置边框颜色的方法与前面 BackColor 相同。BorderStyle 用于设置边框风格，可用的边框风格共有 10 种，如表 8-8 所示。

表 8-8　边框风格

设 置 值	说　明	设 置 值	说　明
Notset	默认值，未设置边框	Groove	边对象四周出现 3D 凹陷式的外框
None	没有边框	Ridge	边对象四周出现 3D 突起式的外框
Dotted	边框为点画线	Inset	控件呈陷入状
Dashed	边框为虚线	Outset	控件成突起状
Solid	边框为实线	Double	边框为双线，在某些控件中为实线，但厚度是 Solid 的两倍

下面的程序代码显示了不同边框风格的按钮。

```
<%@ Page Language="VB" ContentType="text/html"%>
<html>
<head>
<meta http-equiv="Content-Type" content="text/html; charset=gb2312" />
<title>边框风格</title>
</head>
<body>
<form runat="server">
  <p>
    <ASP:Button Id="B1" Text="Notset" Runat="Server"/>
    <ASP:Button Id="B2" Text="None" Borderstyle="None" Runat="Server"/>
    <ASP:Button Id="B3" Text="Dotted" Borderstyle="Dotted" Runat="Server"/>
    <ASP:Button Id="B4" Text="Dashed" Borderstyle="Dashed" Runat="Server"/>
```

```
    <ASP:Button Id="B5" Text="Solid" Borderstyle="Solid" Runat="Server"/>  </p>
  <p>
    <ASP:Button Id="B6" Text="Double" Borderstyle="Double" Runat="Server"/>
    <ASP:Button Id="B7" Text="Groove" Borderstyle="Groove" Runat="Server"/>
    <ASP:Button Id="B8" Text="Ridge" Borderstyle="Ridge" Runat="Server"/>
    <ASP:Button Id="B9" Text="Inset" Borderstyle="Inset" Runat="Server"/>
    <ASP:Button Id="B10" Text="Outset" Borderstyle="Outset"
Runat="Server"/>
</p>
</form>
</body>
</html>
```

上面示例网页的浏览效果如图 8-27 所示。

注意：上面的网页边框风格是在 Windows 2000 中浏览的结果，如果是在 Windows XP/2003 中，需要将“显示属性”中的“主题”风格设置为“Windows 经典”，否则，不会产生图 8-27 所示的效果。

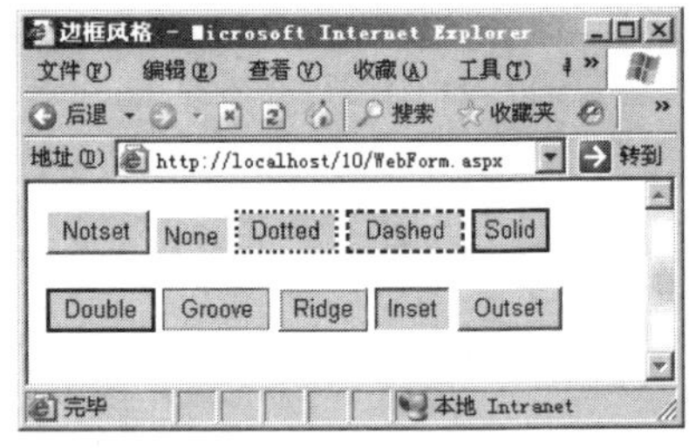

图 8-27　边框风格

（4）Height 属性和 Width 属性。这两个属性用来设置 Web 控件的高和宽，单位是 pixel（像素）。例如：

```
<ASP:Button Id="B2" Text="设置大小" Height="50" Width="120" Runat="Server"/>
```

（5）Font 属性。ASP.NET 提供了多种属性来设置字体的样式，如表 8-9 所示。

表 8-9　字体属性

属　性	描　述	属　性	描　述
Font-Bold	设置为 True 则会变成粗体	Font-Strikeout	设置为 True 则会出现删除线
Font-Italic	设置为 True 则会变成斜体	Font-Underline	设置为 True 则会出现下画线
Font-Names	设置字体，如宋体、黑体、楷体_gb2312、隶书等	Font-Overline	字体是否有顶画线
Font-Size	设置字体大小，共有 9 种大小可供选择，		

下列示例演示了字体属性的设置。

```
<html>
<head>
<meta http-equiv="Content-Type" content="text/html; charset=gb2312" />
<title>字体设置</title>
</head>
<body>
<form runat="server">
<ASP:Label Id="Label1" Runat="Server" Font-Bold="True" Text="粗体"/>
<ASP:Label Id="Label2" Runat="Server" Font-Italic="True" Text="斜体"/>
<ASP:Label Id="Label3" Runat="Server" Font-Names="隶书" Text="隶书"/>
<ASP:Label Id="Label4" Runat="Server" Font-Strikeout="True" Text="删除线"/>
<ASP:Label Id="Label5" Runat="Server" Font-Underline="True" Text="下画线"/>
<ASP:Label Id="Label6" Runat="Server" Font-Overline="True" Text="顶画线"/>
<ASP:Label Id="Label7" Runat="Server" Font-Size="XX-Large" Text="大字体"/>
</form>
</body>
</html>
```

上面的示例网页的浏览效果如图 8-28 所示。

如果要在程序中动态地设置字体属性，需要通过控件的 Font 属性来设置。特别是在设置文字大小时，还需要通过 FontUnit 结构的相关成员来进行设置。FontUnit 源于命名空间 System.Web.UI.WebControls，主要用于字体大小的设置，其成员除了有 Large、Larger、Medium、Small、Smaller、XLarge、XSmall、XXLarge、XXSmall 枚举型的大小外，还可以通过方法 Point() 来实现指定的任意大小（参考本节实例的相关内容）。

（6）Enabled 属性和 Visible 属性。Enabled 属性用来决定控件是否正常工作。默认值是 True，如要让控件失去作用，只要将控件的 Enabled 属性值设为 False，即可将它禁用。

Visible 属性决定了控件的显示。默认值是 True，设置本属性为 False 时，控件将不可见。

下面是一个 Enabled 属性和 Visible 属性的示例。

```
<html>
<head>
<meta http-equiv="Content-Type" content="text/html; charset=gb2312" />
<title>Enable 与 Visible</title>
</head>
<body>
<form runat="server">
<ASP:Button Id="B1" Text="不能使用的按钮" Enabled="False" Runat="Server" />
<ASP:Button Id="B2" Text="可使用的按钮" Runat="Server" /><p>
<ASP:Button Id="B3" Text="没隐藏的按钮" Runat="Server"/>
<ASP:Button Id="B4" Text="隐藏的按钮" Visible="False" Runat="Server"/>
</form>
</body>
</html>
```

上面示例网页的浏览效果如图 8-29 所示。

从图 8-29 中可以看到，第一个按钮是灰色不可用状态，第 4 个按钮由于设置为 Visible="False"，因此在页面中看不到该按钮。

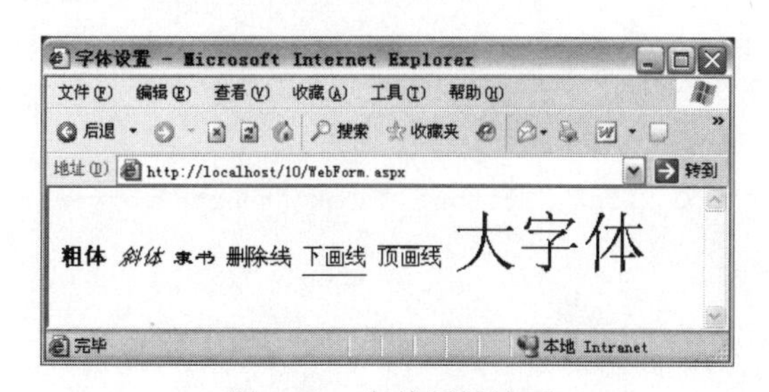

图 8-28　字体属性演示

图 8-29　Enabled 属性和 Visible 属性示例

（7）CssStyle、CssClass 和 Style 属性。CssStyle 为一个 CSS 集合对象，表示当前控件的样式集合，可使用此属性添加、移除和循环访问为控件声明的样式。

CssClass 属性用于获取或设置由 Web 服务器控件在客户端呈现的级联样式表（CSS）类。使用 CssClass 属性指定要在客户端为 Web 服务器控件呈现的 CSS 类。此属性将在浏览器上为所有控件呈现，无论使用哪种浏览器，它始终呈现为类属性。例如，假设有如下 Web 服务器控件声明。

```
<asp:TextBox id="TextBox1" ForeColor="Red" CssClass="class1" />
```

对于前面的 Web 服务器控件声明，在客户端上呈现如下 HTML 代码。

```
<input type=text class="class1" style="ForeColor:red">
```

下面是一个 CssClass 的示例。

```
<%@ Page Language="VB"  %>
 <html>
 <head>
 <title>CssClass 的应用</title>
 <!--定义 CSS 样式表类 CssStyle1 和 CssStyle2 -->
   <style>
       .CssStyle1
       {
           font: 15pt 宋体;
           font-weight:700;
           color:orange;
       }
      .CssStyle2
       {
           font: 25pt 隶书;
           font-weight:250;
           color:blue;
       }
   </style>
<script language="VB" runat="server">
     Sub Button1_Click(sender As Object, e As EventArgs)
               '当单击按钮时对标签的样式表类进行切换
        If Label1.CssClass = "CssStyle1" Then
            Label1.CssClass = "CssStyle2"
        Else
            Label1.CssClass = "CssStyle1"
        End If
     End Sub
     </script>
</head>
 <body>
  <h3 align="center">CssClass 的应用</h3>
  <form runat="server">
  <p align="center">
      <asp:Label id="Label1" CssClass="spanstyle" Text="演示文本" runat="server"/>
  </p>
      <p align="center">
   <asp:Button id="Button1" Text="改变样式"  OnClick="Button1_Click" runat="server"/>
 </form>
 </body>
 </html>
```

上面的示例网页的演示效果如图 8-30 所示。

图 8-30　CssClass 的应用

Style 属性可以用来设置控件的样式。以 Button 控件为例，标准 Button 控件的底色为灰色，而文字为黑色。对于只使用 HTML 标签来说，除非配合 CSS 使用，否则无法更改按钮的颜色。为了让开发人员可以方便地在程序中通过代码设置对象样式，ASP.NET 为控件设计了 Style 属性。表 8-10 列出了 Style 属性可以设置的样式。

表 8-10　Style 样式

样式名称	说　明	设 置 值
Background-Color	背景色	RGB 值或指定颜色
Color	前景色	RGB 值或指定颜色
Font-Family	字型	标楷体
Font-Size	字体大小	20pt
Font-Style	斜体	Italic（斜体）或 Normal（一般）
Font-Weight	粗体	Bold（粗体）或 Normal（一般）
Text-Decoration	效果	Underline（底线）、Strikethrough（穿越线）、Overline（顶线）或是 None（无）
Text-Transform	转大小写	Uppercase（全转大写）、Lowercase（全转小写）、InitialCap（前缀大写）或是 None（无）

下面的示例演示了如何在程序代码中动态地改变标签控件的样式。

```
<%@ Page Language="VB"  %>
 <html>
 <head>
 <title>Style 的应用</title>
</head>
 <Script Language="VB" Runat="Server">
     Sub Button1_Click(Sender As Object, e As EventArgs)
          Label1.Style("Background-Color")="#FFFF00" '以 RGB 设置颜色
          Label1.Style("Color")="Blue"
          Label1.Style("Font-Family")="楷体_gb2312" '设置字型
          Label1.Style("Font-Size")="20pt" '设置字体大小
          Label1.Style("Font-Style")="italic" '设置为斜体字
          Label1.Style("Font-Weight")="bold" '设置为粗体字
          Label1.Style("Text-Decoration")="Underline" '设置为底线字
          Label1.Style("Text-Transform")="UpperCase" '小写转大写
     End Sub
</Script>
<body>
 <h3 align="center">Style 的应用</h3>
 <form runat="server">
 <p align="center">
 <asp:Label id="Label1" CssClass="spanstyle" Text="演示文本 This is a test." runat=
"server"/>
 </p>
 <p align="center">
 <asp:Button id="Button1" Text="改变样式" OnClick="Button1_Click" runat="server"/>
</p>
</form>
 </body>
 </html>
```

上面的示例网页的浏览效果如图 8-31 所示。

图 8-31 Style 的应用

（8）TabIndex 属性。TabIndex 属性用来设置当用户按下 Tab 键时，页面中的 Web 控件接收焦点的顺序，如果这个属性没有设置的话就是默认值 0。如果 Web 控件的 TabIndex 属性值一样的话，则是以 Web 控件在 ASP.NET 网页中被配置的顺序来决定。下列示例指定了 Button 控件的 TabIndex 属性，由于 B3 的 TabIndex 值最小，所以打开网页的时候焦点停留在 B3 上。

```
<ASP:Button Id="B1" Text="TabIndex=3" TabIndex="3" Runat="Server"/>
<ASP:Button Id="B2" Text="TabIndex=2" TabIndex="2" Runat="Server"/>
<ASP:Button Id="B3" Text="TabIndex=1" TabIndex="1" Runat="Server"/>
```

（9）ToolTip 属性。ToolTip 属性就是工具提示。设置了 ToolTi 属性后，当用户停留在 Web 控件上时就会出现提示的文字，示例如下：

```
<ASP:Button Id="B1" Text="我有小提示" ToolTip="这就是小提示" Runat="Server"/>
```

3. Label 控件

Label 控件是格式最简单的控件，它的主要作用是用来显示文字。Label 控件的使用格式有两种，一种是单标签，如下所示。

```
<ASP:Label
Id="控件名称"
Runat="Server"
Text="所要显示的文字"
/>
```

另一种是起止标签格式，如下所示。

```
<ASP:Label
Id="控件名称"
Runat="Server"
>
所要显示的文字
</ASP:Label>
```

当需要使用程序来改变标签中显示的文字时，只要改变它的 Text 属性即可。

下面示例中设置了一个 Label Web 控件，并在 Page_Load 事件程序中进行初始化，将其 Text 属性设置为“这是一个 Label 控件”。

```
<Html>
<%@ Page Language="VB"  %>
 <html>
 <head>
 <title>Style 的应用</title>
```

```
</head>
    <Script Language="VB" Runat="Server">
        Sub Page_Load(Sender As Object,e As Eventargs)
            Label1.Text="这是一个 Label 控件"
        End Sub
    </Script>
<body>
    <asp:Label id="Label1" Runat="Server"/>
</body>
</Html>
```

4. TextBox 控件

TextBox 控件表示一个文本框，它和<Input Type="Text">、<Input Type="Password">以及<TextArea>这三个 HTML 元素，都一样用来接收键盘输入的数据，不过 TextBox 可以用来取代上述三种 HTML 元素。其使用语法如下：

```
<ASP:TextBox
Id="控件名称"
Runat="Server"
AutoPostBack="True | False"
Columns="字符数目"
MaxLength="字符数目"
Rows="列数"
Text="字符串"
TextMode="SingleLine | Multuline | Password"
Wrap="True | False"
OnTextChanged="事件处理程序名称"
/>
```

TextBox 控件的属性说明，如表 8-11 所示。

表 8-11　TextBox 属性

属　性	说　明
AutoPostBack	设置当按 Enter（回车）或是 Tab 键离开文本框时，是否要自动触发 OnTextChanged 事件
Columns	设置 TextBox 的长度，单位为字符数
MaxLength	设置 TextBox 可以接受的最大字符数目
Rows	设置 TextBox 的高度为多少列，本属性在 TextMode 属性设为 MultiLine 才生效
Text	用于设置 TextBox 中所显示的内容，或是取得用户的输入
TextMode	共有如下三种设置值： 1．SingleLine：单行文本框（即<Input Type="Text">） 2．PassWord：密码框，输入的字符以*代替（即<Input Type="Password">） 3．MultiLine：多行文本框，可做多行输入（即<TextArea>）
Wrap	设置是否自动换行。本属性在 TextMode 属性设为 MultiLine 才生效

由表 8-11 可知，TextBox 的形态是由 TextMode 属性来决定的，若没有设置 TextMode 属性，则默认为 SingleLine。下列示例演示了三种形态的 TextBox。

```
<html>
 <head>
 <title>TextBox 样式</title>
</head>
 <body>
```

```
        <h3 align="center">TextBox 样式</h3>
        <form runat="server">
              <p align="center">
              这是单行文本框:
              <ASP:TextBox Id="T1" TextMode="SingleLine" Text="单行文本框" Runat="Server"/>
              </p>
              <p align="center">
              这是密码输入框:
              <ASP:TextBox Id="T2" TextMode="Password"  Runat="Server"/>
              </p>
              <p align="center">
              这是多行文本框:
              <ASP:TextBox Id="T3" TextMode="Multiline" Rows="5" Text="多行文本框" Runat=
"Server"/>
              </p>
          </form>
      </body>
      </html>
```

上面的示例网页在浏览器中浏览时，在密码输入框中输入文字后效果如图 8-32 所示。

图 8-32　TextBox 样式

TextBox 最重要的事件是 OnTextChanged 事件，与 VB 不同，这个事件并不是在输入字符导致 TextBox 内容改变时发生，而是当焦点离开文本框后，TextBox 内的文字传至服务器端时，服务器端发现文字的内容和上次的值不同时发生。

下面的示例演示了 OnTextChanged 事件的处理。

```
     <%@ Page Language="VB" %>
      <html>
      <head>
      <title>OnTextChange 事件</title>
          <Script Language="VB" Runat="Server">
              Sub Page_Load(Sender As Object,e As Eventargs)
                  Label1.Text="文字的内容没有被改变"
              End Sub
              Sub T1_Changed(Sender As Object,e As Eventargs)
                  Label1.Text="文字的内容已经被改变."
              End Sub
          </Script>
     <body>
     <Form Id="Form1" Runat="Server">
       <h3 align="center">OnTextChange 事件  </h3>
       <p><ASP:Textbox Id="T1" AutoPostBack="True" OnTextChanged="T1_Changed" Runat=
"server" /></p>
     <p><ASP:Label Id="Label1" Runat="Server" /></p>
     </Form>
     </body>
     </Html>
```

上面的示例网页在浏览器中效果如图 8-33 所示。

如图 8-33 中左图所示，在文本框内输入文字时，没有发生 OnTextChange 事件，标签的内容未改变；当在按下 Tab 键或 Enter 键后，焦点移出文本框，此时发生 OnTextChange 事件，标签显示文字的内容已经被改变的信息，如图 8-33 中右图所示。

8.2.2 【实例 56】动态按钮

本例将在网页上显示三个不同的按钮，如图 8-34 所示。当鼠标经过某个按钮时，按钮将会动态变化，如图 8-35 所示。在本例的实现过程中，将学习使用 Button 控件、LinkButton 控件和 ImageButton 控件的使用。

图 8-33 OnTextChange 事件

图 8-34 动态按钮

图 8-35 动态按钮的变化

1. 制作过程

（1）创建一个名为 setFont .aspx 的文件，并将其打开。修改页面标题<title>为“动态按钮”。

（2）按前面介绍的方法，在网页中插入一个标签，在“asp:标签”对话框中设置属性 ID 为 labMsg，Text 为“选择一个按钮”。

（3）在 ASP.NET“插入”工具栏中单击右侧的“更多标签”按钮，此时将弹出如图 8-36 中左图所示的“标签选择器”。在左侧的分类树中单击“ASP.NET 标签”项，展开后再单击其中的“Web 服务器控件”项，此时右侧列表框中将列出所有的 ASP.NET Web 服务器控件标签，选择其中的 asp:ImageButton 标签，如图 8-36 中右图所示。

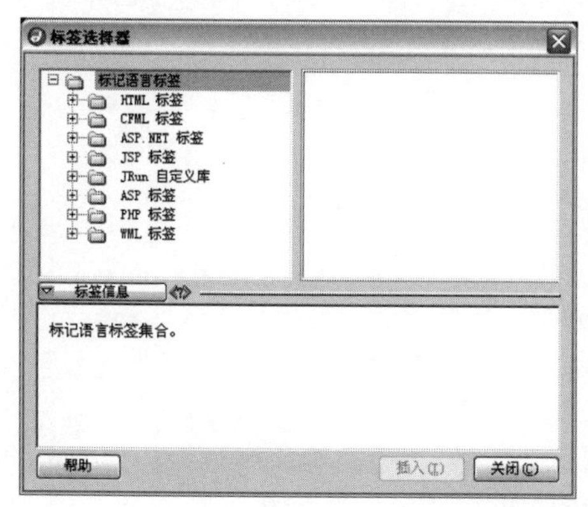

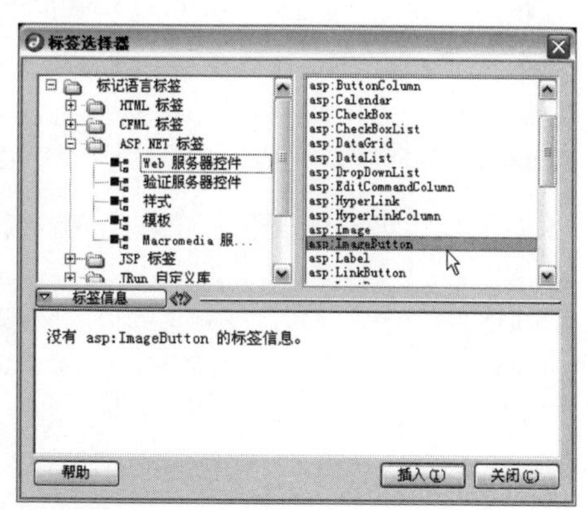

图 8-36 选择标签

单击“插入”按钮，将弹出“标签编辑器”，在“标签编辑器”中设置 ImageButton 控件的内容如图 8-37 所示（其中 MARK714.GIF 是按钮显示的图像文件，读者可以自行设置）。

单击左侧列表中的“布局”项，切换到布局页面，此页面可进行控件大小、边框、颜色等内容的设置。按如图 8-38 所示进行控件高度和宽度设置。

单击左侧列表中的“辅助功能”项，切换到辅助功能设置页面，该页面可进行工具提示、Tab 键索引和访问键等辅助功能的设置。按如图 8-39 所示进行控件工具提示的设置。

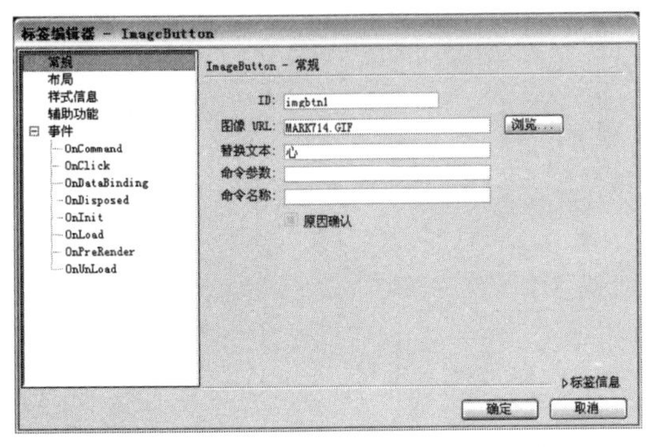

图 8-37　ImageButton 控件“标签编辑器”

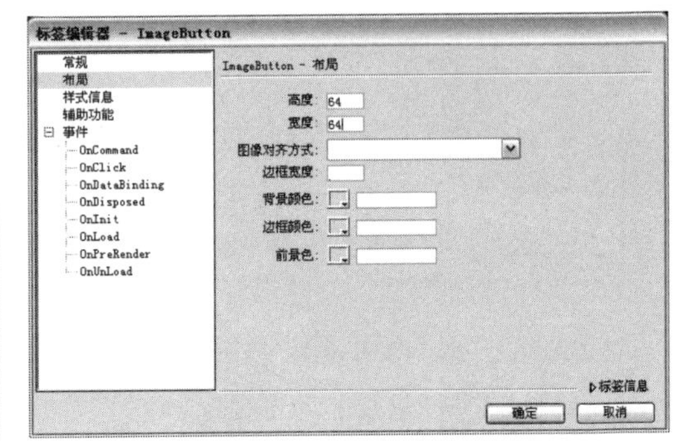

图 8-38　设置控件大小

下一步，将设置 OnClick 事件与事件处理过程 imgbtn1_Click 绑定。其方法是在“标签编辑器中单击“事件”下的 OnClick 项，在右侧的文本框内输入 imgbtn1_Click。如图 8-40 所示。

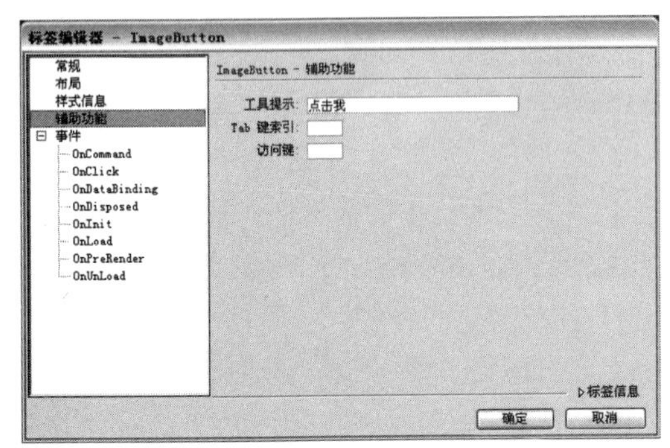

图 8-39　控件辅助功能设置

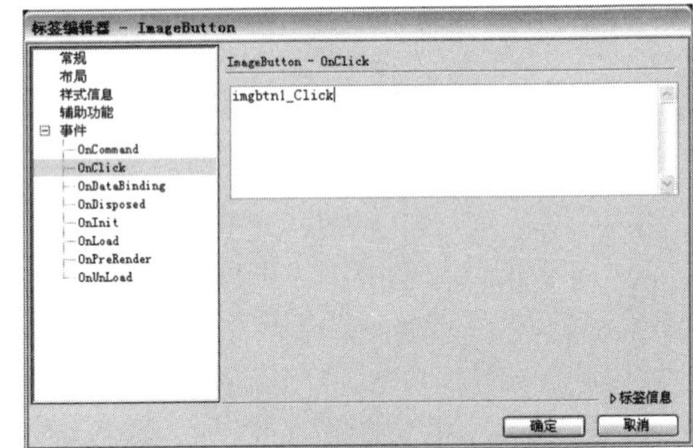

图 8-40　设置控件事件处理过程

最后，单击“确定”按钮，将 ImageButton 控件插入到页面中，切换到“代码视图”，此时控件代码如下所示。

```
    <asp:ImageButton ID="imgbtn1" AlternateText="心" Height="64" Width="64"
ImageUrl="MARK714.GIF" ToolTip="单击我" OnClick="imgbtn1_Click" runat="server"/>
```

接下来对控件代码进行修改，修改完成后代码如下所示。

```
    <asp:ImageButton ID="imgbtn1" AlternateText="心" Height="64" Width="64"
ImageUrl="MARK714.GIF" ToolTip="单击我"  OnMouseover="this.style.height='96px';
this.style.width='96px'; "  OnMouseOut="this.style.height='64px';this.style.width='64px';
" OnClick="imgbtn1_Click" runat="server"/>
```

其中 OnMouseover 和 OnMouseOut 是在页面浏览时所拦截的客户端事件，当 OnMouseover（鼠标经过）事件发生时，通过 style 样式设置按钮的宽度和高度为 96 像素；当鼠标移出（OnMouseOut）事件发生时，设置按钮的宽度和高度为 64 像素。

（4）按同样的方法，在页面中插入一个 Button 控件，ID 为 btn1，文本为“按钮”，工具提示为“单击我”，宽度为 100，高度为 64，绑定的事件为 btn1_Click。

再插入一个 LinkButton 控件，ID 为 B1，文本为“请按我”，绑定的事件为 linkbtn1_Click。控件设置完成后，并修改代码如下：

```
    <asp:Button ID="btn1" Text="按钮" ToolTip="单击我" Width="100" Height="64"
OnMouseover="this.style.height='96px';this.style.width='96px';"
OnMouseOut="this.style.height='64px';this.style.width='64px';" OnClick="btn1_Click"
```

```
runat="server"/>
    <ASP:LinkButton Id="B1" Text="请按我" OnClick="linkbtn1_Click" Runat="server"/>
```

（5）在“代码视图”，编写上面各个控件的事件处理代码，完成后的完整代码如下所示。

```
<%@ Page Language="VB"  %>
 <html>
 <head>
 <title>动态按钮</title>
 </head>
     <Script Language="VB" Runat="Server">
             Sub btn1_Click(Sender As Object, e As EventArgs)
                 labMsg.Text="你选择了普通按钮。"
             End Sub

             Sub imgbtn1_Click(Sender As Object, e As ImageClickEventArgs)
                 labMsg.Text="你选择了图形按钮。"
             End Sub

             Sub linkbtn1_Click(Sender As Object, e As EventArgs)
                 labMsg.Text="你选择了链接按钮。"
             End Sub
     </Script>
<body>
<center>
<form  runat="server">
  <p>
    <asp:Label ID="labMsg" Text="选择一个按钮" runat="server" /> </p>
  <p>
<asp:ImageButton ID="imgbtn1" AlternateText="心" Height="64" Width="64"
ImageUrl="MARK714.GIF" ToolTip="单击我"  OnMouseover="this.style.height='96px'; this.
style.width='96px'; " OnMouseOut="this.style.height='64px';this.style.width='64px'; "
OnClick="imgbtn1_Click" runat="server"/>

<asp:Button ID="btn1" Text="按钮" ToolTip="单击我" Width="100" Height="64"
OnMouseover="this.style.height='96px';this.style.width='96px';"
OnMouseOut="this.style.height='64px'; this.style.width='64px';" OnClick="btn1_Click"
runat="server"/>

<ASP:LinkButton Id="B1" Text="请按我" OnClick="linkbtn1_Click" Runat="server"/>
 </form>
</center>
</body>
</html>
```

本书后面的实例中，控件的插入方法和代码编辑过程与此相似，以后不再详述，只给出插入控件并设计完成后的最终代码。

2. Button 控件

Button Web 控件是网页设计相当重要的 Web 控件。它的主要作用在于接收用户的 Click 事件，并执行相对应的事件程序来完成程序的处理。其使用格式如下：

```
<ASP:Button
Id="控件名称"
Runat="Server"
Text="按钮上的文字"
```

```
Command="命令名称"
CommandArgument="命令参数"
OnClick="事件处理程序名"
/>
```

要使用 Button 控件的 Click 事件，除了要指定 Onclick="事件名称"外，另外还必须将对象放在窗体标签<Form>中，不然前面的指定将会没有作用。至于 Command 以及 CommandArgument 属性可以用来和 DataList 等控件配合使用，这里先不讨论。

下面是 Button 控件的示例。

```
<Html>
<head>
<title>Button 按钮</title>
</head>
<Script Language="VB" Runat="Server">
Sub B1_Click(Sender As Object,e As Eventargs)
L1.Text="改变后的 Label 控件"
End Sub
</Script>
<body>
<Form Id="Form1" Runat="Server">
<ASP:Button Id="B1" Text="请按我" OnClick="B1_Click"
Runat="Server"/><p>
<ASP:Label Id="L1" Text="Label 控件" Runat="Server" />
</Form>
</body>
</Html>
```

上面的示例运行时，当按下 Button 控件后，便触发 OnClick 事件，并在程序中改变 Label 控件的 Text 属性。按钮控件的目的是使用户对页面的内容作出判断，当按下按钮后，页面会对用户的选择做出一定的反应，达到与用户交互的目的。

按钮控件的使用虽然很简单，但是按钮控件却是最常用的服务器控件之一，对按钮控件的使用要注意它的三个事件（OnClick、OnMouseOver 和 OnMouseOut）与一个属性 Text。

（1）OnClick 事件。用户按下按钮以后，即发生 OnClick 事件。通常在编程中利用此事件，完成对用户选择的确认、对用户表单的提交、对用户输入数据的修改等。

（2）OnMouseOver 事件。当用户的光标进入按钮范围时触发 OnMouseOver 事件。为了使页面有更生动的显示，可以利用此事件完成，当光标移入按钮范围时，使按钮发生某种显示上的改变，用以提示用户可以进行选择了，如本例所示。

（3）OnMouseOut 事件。当用户光标离开按钮范围时触发 OnMouseOut 事件。同样，为使页面生动，当光标脱离按钮范围时，也可以发生某种改变，如恢复原状，用以提示用户脱离了按钮选择范围。

（4）Text 属性。按钮上显示的文字，用以提示用户该按钮的功能。

3. LinkButton 控件

LinkButton 控件的功能和 Button 控件一样，只不过它显示在页面中的是类似超级链接的文字，而不是按钮。其使用格式如下：

```
<ASP:LinkButton
Id="控件名称"
Runat="Server"
Text="按钮上的文字"
```

```
Command="命令名称"
CommandArgument="命令参数"
OnClick="事件处理程序名"
/>
```

LinkButton 必须写在<Form>和</Form>之间，也要指定 OnClick 属性才会动作。如果将上例中的 Button 的范例换成用 LinkButton，执行结果完全相同。

4．ImageButton 控件

ImageButton 控件的作用和上述两个控件一样，不过这个控件是用图片来当做按钮。其使用格式如下：

```
<ASP:ImageButton
Id="控件名称"
Runat="Server"
Command="命令名称"
CommandArgument="命令参数"
OnClick="事件处理程序名"
/>
```

这里要特别注意事件程序的参数接收。ImageButton 控件在触发 OnClick 事件时，会传递用户在图形的哪个位置上按下鼠标按钮，所以参数 e 的类型要更改为 ImageClickEventArgs，若还是维持原先的 EventArgs 将发生错误。下面是 ImageButton 控件的示例。

```
<%@ Page Language="VB"  %>
 <html>
 <head>
 <title>图像按钮</title>
 </head>
<Script Language="VB" Runat="Server">
    Sub Button1_Click(Sender As Object,e As ImageClickEventArgs)
        Label1.Text="在图像的(" & e.x.ToString & ", " & e.y.ToString & ")位置按下了鼠标"
    End Sub
</Script>
<body>
    <Form Id="Form1" Runat="Server">
        <p align="center">
        <ASP:Label Id="Label1" Text="单击按钮" Runat="Server" />
        </p>
        <p align="center">
        <ASP:ImageButton Id="Button1" ImageUrl="MARK714.GIF" Onclick="Button1_Click"
Runat="Server" />
        </p>
    </Form>
</body>
</html>
```

上面示例在用户按下 ImageButton 控件时，显示鼠标在哪个位置上按下按钮。效果如图 8-41 所示。

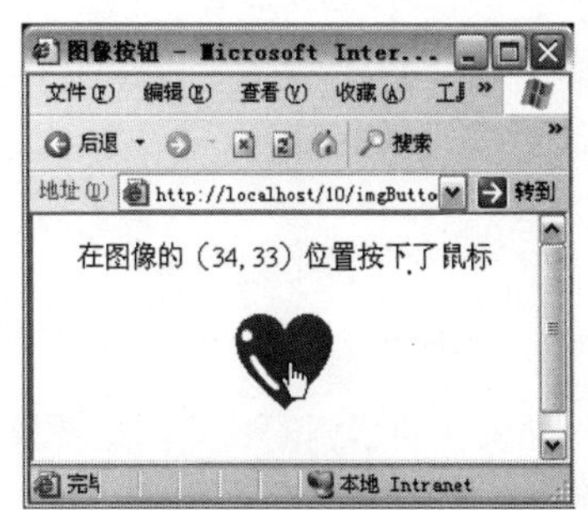

图 8-41　图像按钮演示

5．Image 控件

Image 控件用于在网页中显示图片。其使用语法如下：

```
<ASP:Image
Id="控件名称"
Runat="Server"
```

```
ImageUrl="图片所在地址"
AlternateText="图形未加载时的替代的文字"
ImageAlign="NotSet | AbsBottom | AbsMiddle | BaseLine | Bottom | Left |
Middle |
Right | TextTop | Top"
/>
```

Image 控件最重要的属性是 ImageUrl，这个属性指明图形文件所在的目录或是网址。如网页文件和图像文件存放在同一个目录下，则可以省略目录直接指定文件名即可。下面示例利用 Image Web 控件显示了名为 MARK714.GIF 的图像。

```
<ASP:Image Id="Image1" ImageUrl="MARK714.GIF" Runat="Server"/>
```

6. HyperLink 控件

HyperLink 控件用于在网页中设置超级链接，相当于 HTML 元素的<A>标签。其使用格式如下：

```
<ASP:Hyperlink
Id="控件名称"
Runat="Server"
Text="超级链接文字或提示文字"
ImageUrl="图片所在地址"
Target="超级链接所要显示的窗口"
/>
```

只要设置 NavigateUrl 属性为要浏览的网页地址，在用户按下此超链接时即可打开指定的地址。而 Target 属性可以在设有框架（Frame）的网页上，决定此链接要开启在哪个框架或另外开启新的窗口，设置为 Target="_blank"时表示开启一个新窗口。设置 ImageUrl 属性则可以产生一个图形超链接，在图形模式的 HyperLink 控件如果有设置 Text 属性，则鼠标移到图形上时会出现工具提示。

下面是 HyperLink 控件的示例。

```
<%@ Page Language="VB"  %>
 <html>
 <head>
 <title>Hyperlink 控件</title>
 </head>
<body>
     <Form Id="Form1" Runat="Server">
          <asp:Hyperlink Id="hl1" Navigateurl="http://www.sina.com.cn" Text="新浪网"
Target="_blank" Runat="server" />
          <asp:Hyperlink Id="hl2" Navigateurl="Style.aspx" Text="同一目录下的 Style.aspx
文件"
          ImageUrl="MARK714.GIF" Target="_blank" Runat="Server"/>
          <asp:Hyperlink Id="hl3" Navigateurl="http://www.google.com" Text="Google"
ImageUrl="http://www.google.com/logos/Logo_25wht.gif" Target="_blank"
Runat="Server"/>
     </Form>
</body>
</html>
```

上面的示例网页的浏览效果如图 8-42 所示。程序将在页面中出现三个不同的超链接，文字超链接“新浪网”在单击后，将在新窗口打开 http://www.sina.com.cn 链接所指的新浪网页；心形图形超链接在单击后，将在新窗口打开与当前网页同一目录下的 Style.aspx 网页；Google 图标超链接在单击后，将在新窗口打开 http://www.google.com 链接所指的 Google 网页。

8.2.3　【实例 57】用户注册

本例将实现一个简单的用户注册页面，效果如图 8-43 所示。

在本例的实现过程中，将学习各种选择列表类控件，包括 RadioButton（单选按钮）、CheckBoxList（复选框）和 DropDownList（下拉列表）等。

图 8-42　HyperLink 控件示例

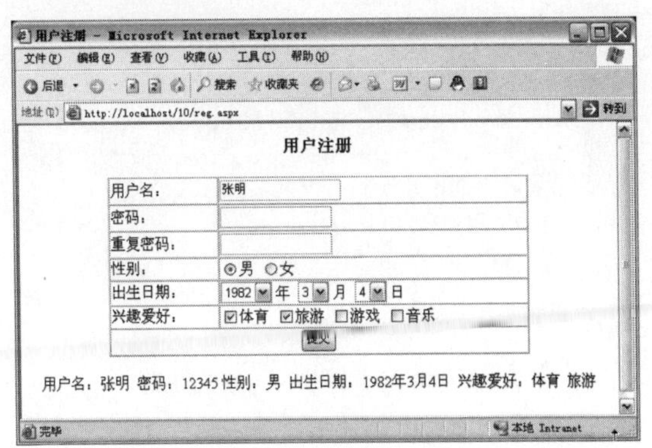

图 8-43　用户注册

1．制作过程

（1）创建一个名为 reg .aspx 的文件，并将其打开。

（2）切换到“代码视图”，在其中输入下面的代码。

```
<%@ Page Language="VB"  %>
 <html>
 <head>
 <title>用户注册</title>
 </head>
    <Script Language="VB" Runat="Server">
        Sub btnSumbit_Click(Sender As Object, e As EventArgs)
            Dim str As String
            '检查用户名和密码是否不为空
            if txtName.Text<>"" and txtPwd1.Text<>""then
                str="用户名：" & txtName.Text
                '检查两次输入的密码是否相等
                if txtPwd1.Text=txtPwd2.Text  then
                    str=str &" 密码：" & txtPwd1.Text
                    '检查单选按钮以设置性别
                    if rbtnSex1.Checked then
                        str=str & " 性别：男 "
                    else
                        str=str & " 性别：女 "
                    end if
                    '通过下拉列表的当前所选项内容设置出生日期
                    str=str & " 出生日期："&  ddlYear.SelectedItem.Text &"年" & _
                    ddlMon.SelectedItem.Text &"月" &ddlDay.SelectedItem.Text &"日"
                    '检查复选框是否选中，以设置兴趣爱好
                    str=str & " 兴趣爱好："
                    if chkXq1.Checked then     str=str &"体育 "
                    if chkXq2.Checked then     str=str &"旅游 "
                    if chkXq3.Checked then     str=str &"游戏 "
                    if chkXq4.Checked then     str=str &"音乐 "
                else
```

```
                        str="两次输入的密码不一致！"
                    end if
                else
                    str="必须输入用户名和密码！"
                end if
                labMsg.Text=str
            End Sub
    </Script>
    <body>
        <h3 align="center">用户注册 </h3>
        <Form Id="Form1" Runat="Server">
            <table width="456" border="1" align="center" cellspacing="0">
          <tr>
            <td>用户名：</td>
            <td>
                <asp:TextBox ID="txtName" Columns="16" MaxLength="16" runat="server"
TextMode="SingleLine" />
            </td>
          </tr>
          <tr>
            <td>密码：</td>
            <td>
                <asp:TextBox ID="txtPwd1" Columns="16" MaxLength="12" TextMode=
"Password" runat="server" />
            </td>
          </tr>
          <tr>
            <td>重复密码：</td>
            <td>
                <asp:TextBox ID="txtPwd2" Columns="16" MaxLength="12" runat="server"
TextMode="Password"  />
            </td>
          </tr>
          <tr>
            <td>性别：</td>
            <td>
            <!--设置两个单选按钮-->
            <asp:RadioButton ID="rbtnSex1" Text="男" Checked="true" GroupName="rbtnSex"
runat="server" />
            <asp:RadioButton ID="rbtnSex2" Text="女" GroupName="rbtnSex" runat="server"
/>
            </td>
          </tr>
          <tr>
            <td>出生日期：</td>
            <td>
                <!--设置显示年份的下拉列表-->
                    <asp:DropDownList ID="ddlYear" runat="server">
                    <asp:ListItem>1980</asp:ListItem>
                    <asp:ListItem>1981</asp:ListItem>
                    <asp:ListItem>1982</asp:ListItem>
                    <asp:ListItem>1983</asp:ListItem>
                    <asp:ListItem>1984</asp:ListItem>
                    <asp:ListItem>1985</asp:ListItem>
                </asp:DropDownList>年
                <!--设置显示月份的下拉列表，因为篇幅关系，只给出了 6 个月-->
```

```
            <asp:DropDownList ID="ddlMon" runat="server">
                <asp:ListItem>1</asp:ListItem>
                <asp:ListItem>2</asp:ListItem>
                <asp:ListItem>3</asp:ListItem>
                <asp:ListItem>4</asp:ListItem>
                <asp:ListItem>5</asp:ListItem>
                <asp:ListItem>6</asp:ListItem>
            </asp:DropDownList>月
            <!--设置显示天数的下拉列表，因为篇幅关系，只给出了 6 天-->
            <asp:DropDownList ID="ddlDay" runat="server">
            <asp:ListItem>1</asp:ListItem>
            <asp:ListItem>2</asp:ListItem>
            <asp:ListItem>3</asp:ListItem>
            <asp:ListItem>4</asp:ListItem>
            <asp:ListItem>5</asp:ListItem>
            <asp:ListItem>6</asp:ListItem>
            </asp:DropDownList>日</td>
        </tr>
        <tr>
          <td>兴趣爱好：</td>
          <td>
            <!--设置兴趣爱好选项的复选框-->
            <asp:CheckBox ID="chkXq1" Text="体育" runat="server" />
            <asp:CheckBox ID="chkXq2" Text="旅游" runat="server" />
            <asp:CheckBox ID="chkXq3" runat="server" Text='游戏' />
            <asp:CheckBox ID="chkXq4" Text="音乐" runat="server" />
            </td>
        </tr>
        <tr>
          <td colspan="2" align="center">
          <asp:Button ID="btnSumbit" runat="server" Text="提交" OnClick="btnSumbit_
Click" />
          </td>
        </tr>
      </table>
       <p align="center"><asp:Label ID="labMsg" runat="server" /></p>
     </Form>
</body>
</html>
```

保存网页，按 F12 键在浏览器中浏览，效果如图 8-43 所示。

2．选择列表类控件

当在使用标准窗口程序时，会遇到一些需要进行选择的控件。这些控件被限制只能选择控件内所提供项目的数据，这种类型的控件就是本节将要学习的选择列表类控件。

ASP.NET 提供了多种选择列表类 Web 控件，包括 CheckBox、CheckBoxList、DropDownList、ListBox、RadioButton、RadioButtonList。

对于选择列表类 Web 控件来说，有一个公共的重要属性 AutoPostBack，AutoPostBack 属性用于设置当按 Enter 键或 Tab 键离开控件时，是否要自动触发控件内容改变事件。

以 TextBox Web 控件为例，若把 AutoPostBack 属性在设置为 True，并且指定 OnTextChange 的事件程序为何时，当用户按下 Enter 键或 Tab 键让光标离开此控件而且控件的内容有所改变时，将自动向服务器商获取控件当前的内容并触发 Page_Load 事件及 OnTextChange 属性所设置的事件。

可以在 Page_Load 事件中通过对 IsPostBack 属性进行检测，然后进行控件处理，也可以在 OnTextChange 属性所设置的事件中进行处理。

支持 AutoPostBack 属性的 Web 控件以及其对应的事件如表 8-12 所示。

表 8-12 支持 AutoPostBack 属性的 Web 控件及相应事件

控件名称	相应事件	控件名称	相应事件
CheckBox	OnCheckChanged	RadioButton	OnCheckChanged
CheckBoxList	OnSelectedIndexChanged	RadioButtonList	OnSelectedIndexChanged
DropDownList	OnSelectedIndexChanged	TextBox	OnTextChanged
ListBox	OnSelectedIndexChanged		

3. RadioButton 控件

RadioButton 控件表示一个单选按钮，基本功能相当于是 HTML 控件的<Input Type="Radio">，不过它比 HTML 控件的功能更强，更加易于使用。其使用语法如下：

```
<ASP:RadioButton
Id="控件名称"
Runat="Server"
AutoPostBack="True | False"
Checked="True | False"
GroupName="群组名称"
Text="标示控件的文字"
TextAlign="设置文字在控件的左侧或右侧"
OnCheckedChanged="事件处理程序名称"
/>
```

RadioButton 控件常用的属性如表 8-13 所示。

表 8-13 RadioButton 控件常用属性

属 性	说 明
AutoPostBack	设置当用户选择不同的项目时，是否自动触发 OnCheckedChanged 事件
Checked	获取或设置是否该项目被选取
GroupName	获取或设置按钮所属群组
TextAlign	获取或设置项目所显示的文字是在按钮的左方或右方，预设是 Right
Text	获取或设置 RadioButton 中所显示的内容

下列程序代码范例中，限制了只能在三个 RadioButton 控件中选择一个。

```
<Html>
<head>
<title>群组单选按钮演示</title>
</head>
<Script Language="VB" Runat="Server">
    Sub Button1_Click(Sender As Object,e As Eventargs)
        If Radio1.Checked Then Label1.Text="你选择了单选按钮 1"
        If Radio2.Checked Then Label1.Text="你选择了单选按钮 2"
        If Radio3.Checked Then Label1.Text="你选择了单选按钮 3"
    End Sub
</Script>

<body>
    <Form Id="Form1" Runat="Server">
        <ASP:RadioButton Id="Radio1" Text="单选按钮 1" GroupName="Group1"
```

```
        Checked="True"
        Runat="Server"/><Br>
        <ASP:RadioButton Id="Radio2" Text="单选按钮 2" GroupName="Group1"
        Runat="Server"/><Br>
        <ASP:RadioButton Id="Radio3" Text="单选按钮 3" GroupName="Group1"
        Runat="Server"/><P>
        <ASP:Button Id="Button1" Text="Check" OnClick="Button1_Click"
        Runat="Server"/><P>
        <ASP:Label Id="Label1" Runat="Server"/>
    </Form>
</body>
</Html>
```

RadioButton 控件具有 CheckedChanged 事件，这个事件是在当 RadioButton 控件的选择状态发生改变时触发；要触发这个事件，必须把 AutoPostBack 属性设为 Ture 才生效。

4. RadioButtonList 控件

由于每一个 RadioButton 控件是独立的控件，若要判断同一个群组内的 RadioButton 是否被选择，则必须判断所有的 RadioButton 控件的 Checked 属性，这样判断实在是很没有效率。因此，微软还提供了 RadioButtonList（单选按钮列表）控件，RadioButtonList 控件可以管理多个单选按钮选项，就像它们在一个群组中一样，其使用格式如下：

```
<ASP:RadioButtonList
Id="控件名称"
Runat="Server"
AutoPostBack="True | False"
CellPadding="间距"
*DataSource="<%#数据绑定表达式%>"
*DataTextField="数据源的字段"
*DataValueField="数据源的字段"
RepeatColumns="项目数"
RepeatDirection="Vertical | Horizontal"
RepeatLayout="Flow | Table"
TextAlign="Right | Left"
OnSelectedIndexChanged="事件处理程序名称"
>
<ASP:ListItem/>
</ASP:RadioButtonList>
```

RadioButtonList 控件的属性和 RadioButton 控件并不太相同，RadioButtonList 控件的常用属性如表 8-14 所示。

表 8-14 RadioButtonList 控件的常用属性

属 性	说 明
AutoPostBack	设置是否产生 OnSelectedIndexChanged 事件
CellPading	设置 RadioButtonList 控件中各项目之间的距离，单位是像素
Items	获取 RadioButtonList 控件中 ListItem 的集合
RepeatColumns	设置 RadioButtonList 控件项目在水平方向上的数目
RepeatDirection	设置 RadioButtonList 控件的排列方式是以水平排列（Horizontal）还是垂直（Vertical）排列
RepeatLayout	设置控件的 ListItem 排列方式为要使用 Table 来排列还是直接排列，默认为 Table
SelectedIndex	获取被选取的 ListItem 的 Index 值
SelectedItem	获取被选取的 ListItem 项，也就是 ListItem 本身
TextAlign	设置 RadioButtonList 控件中各项目所显示的文字是在按钮左侧或右侧，默认为 Right

使用 RadioButtonList 控件时需要先设置好 RadioButtonList 控件，接着设置它的子对象 ListItem 控件即可产生一组群组好的 RadioButton Web 控件。因此，下面先来介绍 ListItem Web 控件。

ListItem 控件并不是一个独立存在的控件，它必须依附在几种 Web 控件下，包括 RadioButtonList 控件、DropDownList 控件和 CheckBoxList 控件。

一个 ListItem 控件代表的是一个列表控件的选项内容，也因为如此，所以可以不为其指定 Id 属性。其使用格式如下：

```
<ASP:ItemList
Id="控件名称"
Runat="Server"
Selected="True | False"
Text="标示项目的文字"
Value="相关信息"
/>
```

其中，Selected 属性用于获取或设置此项目是否被选取，Text 属性用于显示项目的文字，Value 属性用于获取或设置和该列表项相关的数据信息。

在设计页面时，可以通过 RadioButtonList 控件中添加 ItemList 来创建列表项，如下所示。

```
<ASP:RadioButtonList Id="rblA" Runat="Server">
<ASP:ListItem Text="男" Selected="True" Value="M"/>
<ASP:ListItem Text="女" Value="F"/>
</ASP:RadioButtonList>
```

上面的代码在 RadioButtonList 中创建了两个表示性别的选项。在程序代码中，只要直接调用 RadioButtonList 控件的 SelectedItem 属性，就可以取得被选取到的 ListItem 对象内容。

当使用程序来动态地产生一个 ListItem 控件时，常用创建方式有以下三种（数据库绑定方式除外）。

```
Dim liA As New ListItem
Dim liA As New ListItem("Item1")
Dim liA As New ListItem("Item1","Item Value")
```

第一种方式是先创建一个 ListItem 列表项对象，然后在程序中对其进行赋值；第二种方式在建构对象时，同时设置其 Text 属性；第三种方式则是在创建对象时，同时设置其 Text 属性及 Value 属性。Value 属性和 Text 属性的类型都是字符串，但是 Text 属性的内容会显示出来而 Value 不会。当在页面上显示的内容和实际要做运算的数据不同时，就可以利用这个属性。

RadioButtonList 控件内的项目也可以用程序来动态的新增，只要先创建一个 ListItem 型态的对象变量，再用 RadioButtonList 控件 Items 集合的 Add 方法将这个对象加到 Items 集合内即可。下面程序代码演示了如何在页面加载时，动态地创建 8 个 ListItem，并排列成两栏。

```
<Html>
<head>
<title>单选按钮列表演示</title>
</head>

<Script Language="VB" Runat="Server">
        Sub Page_Load(Sender As Object, e As Eventargs)
            Dim shtI As Short
            For shtI=1 To 8
```

```
                Dim liA As New ListItem
                liA.Text="这是第 " & shtI.ToString & " 个项目"
                rblA.Items.Add(liA)
            Next
        End Sub
</Script>

<body>
    <Form Id="Form1" Runat="Server">
        <ASP:RadioButtonList Id="rblA" RepeatColumns="2" Runat="Server" />
    </Form>
</body>
</Html>
```

上面的示例网页在浏览时效果如图 8-44 所示。

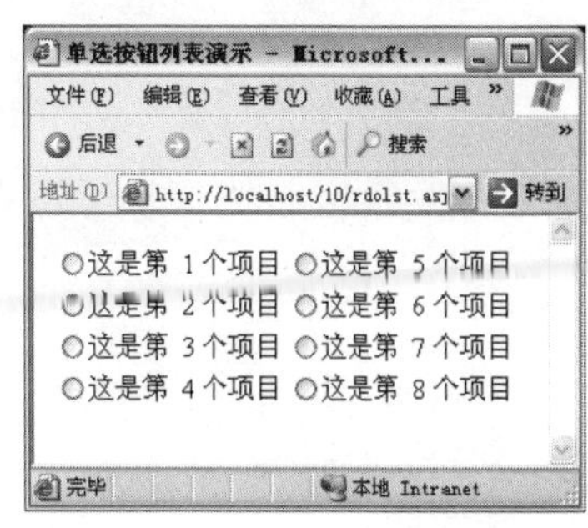

图 8-44　动态创建单选按钮列表

5. CheckBox 控件

在信息输入中，常常会遇到这样的情况，输入的信息只有两种可能性（例如，性别、婚否之类），如果采用文本框直接输入的话，一者输入烦琐，二者无法对输入信息的有效性进行控制，这时如果采用复选框控件（CheckBox），就会大大减轻数据输入人员的负担，同时输入数据的规范性得到了保证。

CheckBox Web 控件是提供给用户从选项中作选择的对象，相当于 HTML 元素中的 <InputType="CheckBox">。CheckBox 控件其使用语法如下：

```
<ASP:CheckBox
Id="控件名称"
Runat="Server"
AutoPostBack="True | False"
Text="控件的文字"
TextAlign="控件文字出现在左侧或右侧"
Checked="True | False"
OnCheckedChanged="事件处理程序名称"
/>
```

CheckBox 控件的常用属性如表 8-15 所示

表 8-15　CheckBox 控件常用属性

属　性	说　明
AutoPostBack	设置当用户选择不同的项目时，是否自动触发 OnCheckedChanged 事件
Checked	获取或设置是否该项目被选取
GroupName	获取或设置按钮所属群组
TextAlign	获取或设置项目所显示的文字是在选取盒的左方或右方，预设是右方（Right）
Text	获取或设置 CheckBox 中所显示的内容

CheckBox 的使用比较简单，主要使用 ID 属性和 Text 属性。ID 属性指定对复选控件实例的命名，Text 属性主要用于描述选择的条件。另外当复选控件被选择以后，通常根据其 Checked 属性是否为真来判断用户选择与否。

CheckBox 控件支持 CheckedChanged 事件，使用方式和 RadioButton 控件一样。

上面的程序代码中，设置了一个 CheckBox 控件，并配合 CheckedChanged 事件和 AutoPostBack

属性。每当用户单击页面中的 CheckBox 控件时，由于 Checked 属性改变，将触发 CheckedChanged 事件。

6. CheckBoxList 控件

与 RadioButton 控件一样，如果要使用一组 CheckBox 控件时，在程序的判断上非常麻烦，因此提供了 CheckBoxList（复选框列表）控件，它与 RadioButtonList 控件一样是为了方便地取得用户选取的项目。其使用语法如下：

```
<ASP:CheckBoxList
Id="控件名称"
Runat="Server"
AutoPostBack="True | False"
CellPadding="间距"
*DataSource="<%数据绑定表达式%>"
*DataTextField="数据源的字段"
*DataValueField="数据源的字段"
RepeatColumns="项目数"
RepeatDirection="Vertical | Horizontal"
RepeatLayout="Flow | Table"
TextAlign="Right | Left"
OnSelectedIndexChanged="事件处理程序名称"
>
<ASP:ListItem/>
</ASP:CheckBoxList>
```

CheckBoxList 控件的属性和 CheckBox 控件的属性大部分都相同，表 8-16 列出了 CheckBoxList 控件的常用属性。

表 8-16 CheckBoxList 控件常用属性

属　　性	说　　明
AutoPostBack	设置是否产生 OnSelectedIndexChanged 事件
CellPading	设置控件中各项目之间的距离，单位是像素
Items	获取控件中 ListItem 的集合
RepeatColumns	设置控件项目在水平方向上的数目
RepeatDirection	设置控件的排列方式是以水平排列（Horizontal）还是垂直（Vertical）排列
RepeatLayout	设置控件的 ListItem 排列方式为要使用 Table 来排列还是直接排列，默认为 Table
SelectedIndex	获取被选取的 ListItem 的 Index 值
SelectedItem	获取被选取的 ListItem 项，也就是 ListItem 本身
SelectedItems	由于 CheckBoxList 控件可以复选，被选取的项目会被加入 ListItems 集合中；本属性可以用来获取 ListItems 集合，只读
TextAlign	设置控件中各项目所显示的文字是在按钮左侧或右侧，默认为 Right

CheckBoxList 控件的用法和 RadioButtonList 类似，不过 CheckBoxListd 控件的项目可以复选。选择完毕后的结果可以利用 Items 集合作检查，只要判断 Items 集合对象中哪一个项目的 Selected 属性为 True，即表示项目有被选择.。

7. DropDownList 控件

DropDownList 控件是一个下拉式的列表选单，功能和 RadioButtonList 控件很类似，允许用户在一组选项中选择单一的值。不过 RadioButtonList 控件适合使用在较少量的选项群组项目，而

DropDownList Web 控件则适合用来管理大量的选项群组项目。其使用语法如下：

```
<ASP:DropDownList
Id="控件名称"
Runat="Server"
AutoPostBack="True | False"
*DataSource="<%数据绑定表达式%>"
*DataTextField="数据源的字段"
*DataValueField="数据源的字段"
OnSelectedIndexChanged="事件处理程序名称"
>
<ASP:ListItem/>
</ASP:DropDownList>
```

表 8-17 中列出了 DropDownList 控件的常用属性（*号所注是与数据库相关的部分属性，暂不介绍）。

表 8-17　DropDownList 控件的常用属性

属　性	说　明
AutoPostBack	设置是否产生 OnSelectedIndexChanged 事件
Items	获取控件中 ListItem 的集合
SelectedIndex	获取被选取的 ListItem 的 Index 值
SelectedItem	获取被选取的 ListItem 项，也就是 ListItem 本身

下面的示例将利用 Page_Load 事件用程序动态的加入项目，在 DropDwonList 控件中填入 12 个月份名称。

```
<Html>
<head>
<title>下拉列表演示</title>
</head>
<Script Language="VB" Runat="Server">
    Sub Page_Load(Sender As Object,e As Eventargs)
        Dim shtI As Short
        Dim liA As ListItem
        If Not IsPostBack Then
            For shtI=1 To 12
            liA=New ListItem(shtI.ToString & "月")
            ddlA.Items.Add(liA)
            Next
        End If
    End Sub
</Script>
<body>
<Form Id="Form1" Runat="Server">
    <ASP:DropDownList Id="ddlA" Runat="Server">
    </ASP:DropDownList>
</Form>
</body>
</Html>
```

如果要取得 DropDownList 控件被选取到的项目，则可以利用和 RadioButtonList Web 控件一样的方法，调用 DropDownList 控件的 SelectedItem 属性即可完成这一功能。

DropDownList 控件支持 SelectedIndexChanged 事件。如指定了 SelectedIndexChanged 事件的

事件处理程序，并将 AutoPostBack 属性设为 True ，则当改变 DropDownList 控件里的选项时，便会触发 SelectedIndexChanged 事件。

8.2.4 【实例 58】课程选择

本例将演示如何在列表框中选择课程项目，效果如图 8-47 所示。

在本实例实现过程中，将学习 ListBox 列表框控件的使用。

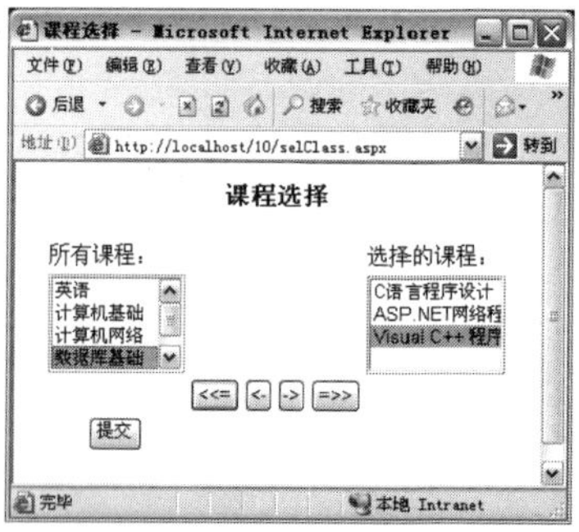

图 8-47 课程选择

1. 制作过程

（1）创建一个名为 selClass .aspx 的文件，并将其打开。

（2）切换到“代码视图”，在其中输入下面的代码。

```
<Html>
<head>
<title>课程选择</title>
</head>

<script language="VB" runat="server">
    '单击->按钮，将左侧列表框内选中的项目移动到右侧列表框中
    Sub AddBtn_Click(Sender As Object, E As EventArgs)
        '如果 lstAllClass 中的当前选项不为-1（即未选择项目）
        If Not (lstAllClass.SelectedIndex = -1)
            '将 lstAllClass 内选中的项目增加到右侧列表框 lstSelClass 中
            lstSelClass.Items.Add(New ListItem(lstAllClass.SelectedItem.Value))
            '从 lstAllClass 中删除当前项
            lstAllClass.Items.Remove(lstAllClass.SelectedItem.Value)
        End If
    End Sub

    '单击->>按钮，将左侧列表框内全部项目移动到右侧列表框中
    Sub AddAllBtn_Click(Sender As Object, E As EventArgs)
        '通过循环来进行项目移动，如果 lstAllClass 内不为空则循环
        Do While Not (lstAllClass.Items.Count = 0)
        '将 lstAllClass 内第一项内容增加到右侧列表框 lstSelClass 中
             lstSelClass.Items.Add(New ListItem(lstAllClass.Items(0).Value))
             '从 lstAllClass 中删除第一项
                 lstAllClass.Items.Remove(lstAllClass.Items(0).Value)
            Loop
    End Sub

    '单击<-按钮，将右侧列表框内选中的项目移动到左侧列表框中
    Sub RemoveBtn_Click(Sender As Object, E As EventArgs)
        '如果 lstSelClass 中的当前选项不为-1（即未选择项目）
        If Not (lstSelClass.SelectedIndex = -1)
        '将 lstSelClass 内选中的项目增加到左侧列表框 lstAllClasslstSelClass 中
            lstAllClass.Items.Add(New ListItem(lstSelClass.SelectedItem.Value))
            从 stSelClass 中删除当前项
            lstSelClass.Items.Remove(lstSelClass.SelectedItem.Value)
        End If
    End Sub

    '单击<<-按钮，将左侧列表框内全部项目移动到右侧列表框中
    Sub RemoveAllBtn_Click(Sender As Object, E As EventArgs)
        '通过循环来进行项目移动，如果 lstSelClass 内不为空则循环
        Do While Not (lstSelClass.Items.Count = 0)
```

```
                '将 lstSelClass 内第一项内容增加到左侧 lstAllClass 列表框中
                 lstAllClass.Items.Add(New ListItem(lstSelClass.Items(0).Value))
                 '从 lstSelClass 中删除第一项
                 lstSelClass.Items.Remove(lstSelClass.Items(0).Value)
            Loop
        End Sub

        '按下“提交”按钮后统计选择的课程
        Sub result(Sender As Object,E As EventArgs)
            Dim tmpStr as String
            tmpStr="<br>"
            '通过循环来进行项目浏览，如果 lstSelClass 内不为空则循环
            Do While Not (lstSelClass.Items.Count = 0)
                '将 lstSelClass 内第一项内容增加到字符串 tmpStr
                tmpStr=tmpStr & lstSelClass.items(0).value & "<br>"
                '从 lstSelClass 中删除第一项
                lstSelClass.items.remove(lstSelClass.items(0).value)
            Loop
            labMsg.Text="所选择的课程有: " & tmpStr
        End Sub
</script>

<body >
    <h3 align="center">课程选择</h3>
    <center>
      <form action="menent.aspx" runat=server>
        <table>
          <tr>
            <td>所有课程: </td>
            <td> </td>
            <td>选择的课程: </td>
          </tr>
          <tr>
            <td>
              <asp:listbox id="lstAllClass" width="100px" runat=server>
                 <asp:listitem>英语</asp:listitem>
                 <asp:listitem>计算机基础</asp:listitem>
                 <asp:listitem>计算机网络</asp:listitem>
                 <asp:listitem>C 语言程序设计</asp:listitem>
                 <asp:listitem>ASP.NET 网络程序设计</asp:listitem>
                 <asp:listitem>Visual C++ 程序设计</asp:listitem>
                 <asp:listitem>数据库基础</asp:listitem>
                 <asp:listitem>数据结构</asp:listitem>
              </asp:listbox>
            </td>
            <td> </td>
            <td>
              <asp:listbox id="lstSelClass" width="100px" runat=server>
              </asp:listbox>
            </td>
          </tr>
          <tr>
            <td> </td>
            <td>
              <asp:button text="<<=" OnClick="RemoveAllBtn_Click" runat=server/>
              <asp:button text="<-" OnClick="RemoveBtn_Click" runat=server/>
```

```
                <asp:button text="->" OnClick="AddBtn_Click" runat=server/>
                <asp:button text="=>>" OnClick="AddAllBtn_Click" runat=server/>
           <asp:label id="Message" forecolor="red" font-bold="true" runat=server/>
               </td>
             </tr>
           <tr align=center>
           <td  align=center>
                <asp:button text="提交" Onclick="result" runat=server/>
         </td>
             </tr>
           </table>
           <p><asp:Label ID="labMsg" runat="server" />  </p>
        </form>
      </center>
</body>
</html>
```

保存网页，按 F12 键在浏览器中浏览，效果如图 8-47 所示。

2. ListBox Web 控件

ListBox Web 控件和 DropDownList Web 控件的功能几乎是一样，只是 ListBox Web 控件是一次将所有的选项都显示出来。其使用语法如下：

```
<ASP:ListBox
Id="控件名称"
Runat="Server"
AutoPostBack="True | False"
*DataSource="<%数据绑定表达式%>"
*DataTextField="数据源的字段"
*DataValueField="数据源的字段"
Rows="一次要显示的列数"
SelectionMode="Single | Multiple"
OnSelectedIndexChanged="事件处理程序名称"
>
<ASP:ListItem/>
</ASP:ListBox>
```

表 8-18 列出了 ListBox 控件的常用属性（*号所注是与数据库相关的部分属性）。

表 8-18　CheckBoxList 控件常用属性

属　性	说　明
AutoPostBack	设置是否产生 OnSelectedIndexChanged 事件
Items	获取控件中 ListItem 的集合
Rows	设置 ListBox Web 控件一次要显示的列数
SelectedIndex	获取被选取的 ListItem 的 Index 值
SelectedItem	获取被选取的 ListItem 项，也就是 ListItem 本身
SelectedItems	由于 ListBox Web 控件可以复选，被选取的项目会被加入 ListItems 集合中；本属性可以获取 ListItems 集合，只读
SelectionMode	设置 ListBox 控件是否可以按住 Shift 或 Control 按钮进行复选，可设置的值有 Multi（复选）和 Single（单选），默认值为 Single
*DataSource	设置数据绑定所要使用的数据源
*DataTextField	设置数据绑定所要显示的字段
*DataValueFiled	设置选项的关联数据要使用的字段

列表框是在一个文本框内提供多个选项供用户选择的控件，它比较类似于下拉列表，但是没有显示结果的文本框。列表框实际上很少使用，大部分时候，都使用列表控件 DropDownList 来代替 ListBox 加文本框的情况。

列表框的选择方式属性 SelectionMode，主要是决定控件是否允许多项选择。当其值为 ListSelectionMode.Single 时，表明只允许用户从列表框中选择一个选项；当值为 List.SelectionMode.Multi 时，用户可以用 Ctrl 键或 Shift 键结合鼠标，从列表框中选择多个选项。

ListBox 控件的事件和 DropDownList 控件一样，只要将 AutoPostBack 属性设为 True，再指定事件 SelectedIndexChanged 所要执行的事件程序即可。

8.2.5 【实例 59】用户输入数据验证

本实例对实例 58 的用户注册功能进行了完善，在页面中加入数据验证控件，对用户输入数据的有效性进行验证，实例效果如图 8-49 所示。

在本例的实现过程中，将学习 ASP.NET 数据验证控件的应用。

1. 制作过程

（1）打开前面所创建的 reg.aspx 文件，将其另存为 regValidate.aspx。

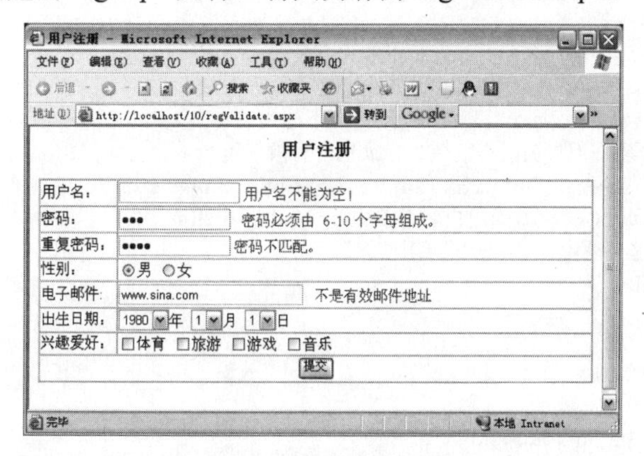

图 8-49　用户输入数据验证

（2）切换到“代码视图”，按下面的代码进行修改。

```
<!--regValidate.aspx-->
<%@ Page Language="VB" ContentType="text/html" %>
 <html>
 <head>
 <title>用户注册</title>
 </head>
    <Script Language="VB" Runat="Server">
              Sub btnSumbit_Click(Sender As Object, e As EventArgs)
                  Dim str As String
                  str="用户名：" & txtName.Text
                  str=str &" 密码：" & txtPwd1.Text
                  '检查单选按钮以设置性别
                  if rbtnSex1.Checked then
                      str=str & " 性别：男 "
                  else
                      str=str & " 性别：女 "
                  end if
                  '通过下拉列表的当前所选项内容设置出生日期
```

```
                    str=str & " 出生日期："& ddlYear.SelectedItem.Text &"年" & _
                    ddlMon.SelectedItem.Text &"月" & ddlDay.SelectedItem.Text &"日"
                    '检查复选框是否选中，以设置兴趣爱好
                    str=str & " 兴趣爱好："
                    if chkXq1.Checked then    str=str &"体育 "
                    if chkXq2.Checked then    str=str &"旅游 "
                    if chkXq3.Checked then    str=str &"游戏 "
                    if chkXq4.Checked then    str=str &"音乐 "
                    labMsg.Text=str
                End Sub
            </Script>

    <body>
        <h3 align="center">用户注册 </h3>
        <Form Id="Form1" Runat="Server">
            <table width="620" border="1" align="center" cellspacing="0">
          <tr>
            <td width="83">用户名：</td>
            <td width="527">
                <!--输入用户名-->
                <asp:TextBox Columns="16" ID="txtName" MaxLength="16"  runat="server"
TextMode="SingleLine" />
                <!--验证用户名的有效性！不能为空-->
                <asp:RequiredFieldValidator ID="rfvName" ControlToValidate="txtName"
Font-color="red"  runat="server" text="用户名不能为空！"/>
                <!--验证用户名的有效性！必须包含有效字符-->
                <asp:RegularExpressionValidator runat=server ID="revName" ControlTo
Validate="txtName" errormesage="用户名必须由 6-16 个字符组成。" ValidationExpression=
"\S{6,16}" text="用户名必须由 6-16 个字符组成。" />
                </td>
          </tr>
          <tr>
            <td>密码：</td>
            <td>
                <!--输入密码-->
                <asp:TextBox ID="txtPwd1" Columns="16" MaxLength="12" TextMode=
"Password" runat="server" />
                <!--验证密码的有效性！不能为空-->
                <asp:RequiredFieldValidator ID="rfvPwd" ControlToValidate="txtPwd1"
Display= "Dynamic" Font-color="red" runat="server" text="密码不能为空！"/>
                <!--验证密码的有效性！必须包含有效字符-->
                <asp:RegularExpressionValidator  ID="revpwd"
ControlToValidate="txtPwd1"  ValidationExpression="[a-z]{6,10}" runat="server" text="密码
必须由 6-10 个字母组成。"/>
                </td>
          </tr>
          <tr>
            <td>重复密码：</td>
            <td>
                <!--重复输入密码-->
                <asp:TextBox ID="txtPwd2" Columns="16" MaxLength="12" TextMode="Password"
runat="server" />
                <!--验证密码的有效性！两次输入必须一致-->
                <asp:CompareValidator ControlToValidate=txtPwd2 ControlToCompare=txtPwd1
    text="密码不匹配。" runat="server"/>
                </td>
```

```
            </tr>
            <tr>
              <td>性别：</td>
              <td>
                  <!--设置两个单选按钮-->
                  <asp:RadioButton ID="rbtnSex1" Text="男" Checked="true" GroupName="rbtnSex"
runat="server" />
                  <asp:RadioButton ID="rbtnSex2" Text="女" GroupName="rbtnSex" runat="server" />
                  </td>
            </tr>
              <tr>
                  <td>电子邮件:</td>
                  <td>
         <!--输入邮件地址-->
           <asp:TextBox id=email width=200px maxlength=60 runat=server />
         <!--验证邮件的有效性！不能为空-->
            <asp:RequiredFieldValidator id="emailReqVal" ControlToValidate="email"
Display="Dynamic" Font-Size="12" runat="server" text="必须输入邮件地址！"/>
         <!--验证邮件的有效性！必须包含有效字符-->
            <asp:RegularExpressionValidator id="emailRegexVal" ControlToValidate="email"
Display="Static" ValidationExpression="^[\w-]+@[\w-]+\.(com|net|org|edu|mil)$"
Font-Size="12" runat=server text="不是有效邮件地址"/>
                  </td>
          </tr>
            <tr>
              <td>出生日期：</td>
              <td>
                  <asp:DropDownList ID="ddlYear" runat="server">
                  <asp:ListItem>1980</asp:ListItem>
             <asp:ListItem>1981</asp:ListItem>
             <asp:ListItem>1982</asp:ListItem>
             <asp:ListItem>1983</asp:ListItem>
             <asp:ListItem>1984</asp:ListItem>
             <asp:ListItem>1985</asp:ListItem>
                  </asp:DropDownList>年
                  <asp:DropDownList ID="ddlMon" runat="server">
                  <asp:ListItem>1</asp:ListItem>
             <asp:ListItem>2</asp:ListItem>
             <asp:ListItem>3</asp:ListItem>
             <asp:ListItem>4</asp:ListItem>
             <asp:ListItem>5</asp:ListItem>
             <asp:ListItem>6</asp:ListItem>
                  </asp:DropDownList>月
                  <asp:DropDownList ID="ddlDay" runat="server">
                  <asp:ListItem>1</asp:ListItem>
             <asp:ListItem>2</asp:ListItem>
             <asp:ListItem>3</asp:ListItem>
             <asp:ListItem>4</asp:ListItem>
             <asp:ListItem>5</asp:ListItem>
             <asp:ListItem>6</asp:ListItem>
                  </asp:DropDownList>日
                  </td>
            </tr>
            <tr>
              <td>兴趣爱好：</td>
              <td>
```

```
                <asp:CheckBox ID="chkXq1" Text="体育" runat="server" />
            <asp:CheckBox ID="chkXq2" Text="旅游" runat="server" />
                <asp:CheckBox ID="chkXq3" runat="server" Text='游戏' />
                <asp:CheckBox ID="chkXq4" Text="音乐" runat="server" />
                </td>
          </tr>
          <tr>
            <td colspan="2" align="center">
            <asp:Button ID="btnSumbit" runat="server" Text="提交" OnClick="btnSumbit
_Click" />
            </td>
          </tr>
      </table>
         <p align="center">
           <asp:Label ID="labMsg" runat="server" />
            </p>
       </Form>
    </body>
    </html>
```

代码修改完成后，保存文件，在浏览器中浏览，效果如图 8-49 所示。

2．数据验证控件

数据验证是一种限制（Constraint）用户输入的检验方法，用于确定用户所输入的数据是正确的，或者强迫用户一定要输入数据。先执行数据验证比输入错误的数据后，再让数据库响应一个错误信息更有效率；也可以确保用户所输入的数据是有效值，而不会造成垃圾数据。

数据验证控件可以帮助网页开发者能够很容易地验证用户输入的数据，表 8-19 列出了 ASP.NET 所提供的数据验证控件。

表 8-19 数据验证控件

控件名称	说　　明
RequiredFieldValidator	验证用户是否输入了数据
CompareValidator	验证用户输入的数据和某个值比较是否相等，可以将输入控件与一个固定值或另一个输入控件进行比较。例如，它可以用在口令验证字段中。也可以用来比较输入的日期和数字
CustomValidator	自定义的验证方式
RangeValidator	验证用户输入的数据是否在指定范围内。与 CompareValidator 非常相似，只是它用来检查输入是否在两个值或其他输入控件的值之间
RegularExpressionValidator	以指定规则验证用户输入的数据，可根据规则表达式检查用户输入。该过程允许进行许多种类的检查，可以用于邮政编码和电话号码等的检查

要使控件可以被验证控件引用，该控件必须具有验证属性，所有可以验证的控件均具有 ValidationPropertyAttribute 属性，该属性指明验证时应读取的属性。如果编写自定义控件，可以通过提供其中一个特性来指定要使用的属性，从而使该控件参与验证。

要使验证可以在客户端正常进行，该属性必须与客户端显示的 HTML 元素的 value 特性对应。只有最接近 HTML 元素的控件才可以参与验证。此外，控件必须在客户端具有单个逻辑值。因此，RadioButtonList 可以被验证，但是 CheckBoxList 不可以。

此外，Page 对象包含一些与服务器端验证有关的重要属性和方法，其中最重要的是 IsValid 属性，该属性可以检查整个表单是否有效。通常在更新数据库之前进行该检查。只有所有需要校验的对象全部有效，该属性才为 True。如果 IsValid 属性为 True，则表示所有的对象都通过验证；

反之则代表有控件没有通过。

3．RequireFieldValidator 控件

RequireFieldValidator 控件可以用来强迫用户在指定的控件中必须输入数据，语法如下：

```
<ASP:RequireFieldValidator
Id="控件名称"
Runat="Server"
ControlToValidate="要验证的控件名称"
ErrorMessage="所要显示的错误信息"
Text="未输入数据时所显示的信息"
/>
```

RequireFieldValidator 控件的常用属性说明如表 8-20 所示。

表 8-20　RequireFieldValidator 控件常用属性

属　　性	说　　明
ControlToValidate	所要验证的控件名称
ErrorMessage	所要显示的错误信息
Text	未通过验证时所显示的信息，在用户的输入没有通过验证时立即显示
ControlToValidate	属性用来指明要检验的控件，而 ErrorMessage 属性用来提供给其他控件显示

下列程序代码限制姓名字段一定要输入，否则无法触发按钮的事件程序。

```
<%@ Page Language="VB" ContentType="text/html" %>
<head>
<title>验证用户必填项目</title>
</head>
<Script Language="VB" Runat="Server">
    Sub btnOK_Click(Sender As Object,e As EventArgs)
        '检查是否所有验证都正确
        If Page.IsValid Then
        lblMsg.Text="验证成功!"
        End If
    End Sub
</Script>
<body>
<h3 align="center">验证用户必填项目</h3>
<Form Id="Form1" Runat="Server">
        <p>姓名:
          <ASP:TextBox Id="txtName" Runat="Server"/>
          <ASP:RequiredFieldValidator Id="Validor1" Runat="Server" ControlToValidate
="txtName"
        Text="必填项目"/>
          <br>
        电话:
        <ASP:TextBox Id="txtTel" Runat="Server"/>
        <br>
        住址:
        <ASP:TextBox Id="txtAdd" Runat="Server"/>       </p>
        <p align="center">
          <ASP:Button Id="btnOK" Text="确定" OnClick="btnOK_Click" Runat="Server"/>
       <br>
       <ASP:Label Id="lblMsg" Runat="Server"/>
</Form>
```

```
</body>
</Html>
```

倘若使用没有输入姓名字段而按下确定按钮，不但不会触发任何事件程序外，还会显示提示信息，如图 8-50 中左图所示。倘若使用有输入姓名字段而按下确定按钮，则将触发事件处理程序中的相应内容，如图 8-50 中右图所示。

图 8-50 验证用户必填项目

4. CompareValidator 控件

CompareValidator 控件可以验证用户输入的数据，和某个值或控件内容进行比较运算。其使用语法如下：

```
<ASP:CompareValidator
Id="控件名称"
Runat="Server"
ControlToValidate="要验证的控件名称"
Operator="DataTypeCheck | Equal | NotEqual | GreaterThan |
GreaterThanEqual | LessThan | LessThanEqual"
Type="数据类型"
ControlToCompare="要比较的控件名称" | ValueToCompare="要比较的值"
ErrorMessage="所要显示的错误信息"
Text="未通过验证时所显示的信息"
/>
```

CompareValidator 控件常用属性说明如表 8-21 所示。

表 8-21 CompareValidator 控件常用属性

属　性	说　明
ControlToValidate	所要验证的控件名称
ErrorMessage	所要显示的错误信息
Operator	所要执行的比较种类，有 DataTypeCheck（只比较数据类型）、Equal（等于）、NotEqual（不等于）、GreaterThan（大于）、GreaterThanEqual（大于等于）、LessThan（小于）、LessThanEqual（小于等于）。其中如果为 DataTypeCheck 时，只需要填入要验证的数据类型，不需要设置 ControlToCompare 或 ValueToCompare 即可
Type	所要比较或验证的数据类型，可以设置为 Currency、Date、Double、Integer、String
ControlToCompare	要与 ControlToValidate 进行比较的控件名称
ValueToCompare	要与 ControlToValidate 内容进行比较的值
Text	未通过验证时所显示的信息

下面的示例中限制用户输入的年龄必须大于 18 岁。

```
<%@ Page Language="VB" ContentType="text/html" %>
<head>
<title>验证所填内容是否符合要求</title>
</head>

<Script Language="VB" Runat="Server">
    Sub btnOK_Click(Sender As Object,e As EventArgs)
        '检查是否所有验证都正确
        If Page.IsValid Then
            lblMsg.Text="验证成功!"
        End If
    End Sub
</Script>

<body>
<h3 align="center">验证所填内容是否符合要求</h3>
<Html>
    <Form Id="Form1" Runat="Server">
        <p>姓名:<ASP:TextBox Id="txtName" Runat="Server"/>  <br>
        年龄:<ASP:TextBox Id="txtAge" Runat="Server"/>
        <ASP:CompareValidator Id="Validor1" Runat="Server" ControlToValidate=
"txtAge" ValueToCompare="18" Operator="GreaterThanEqual" Type="Integer"   Text="你必须大
于十八岁才可以浏览本站"/></p>
        <p>
          <ASP:Button Id="btnOK" Text="确定" OnClick="btnOK_Click" Runat="Server"/>
      </p>
          <ASP:Label Id="lblMsg" Runat="Server"/>
    </Form>
</body>
</Html>
```

上面的示例网页浏览效果如图 8-51 所示。

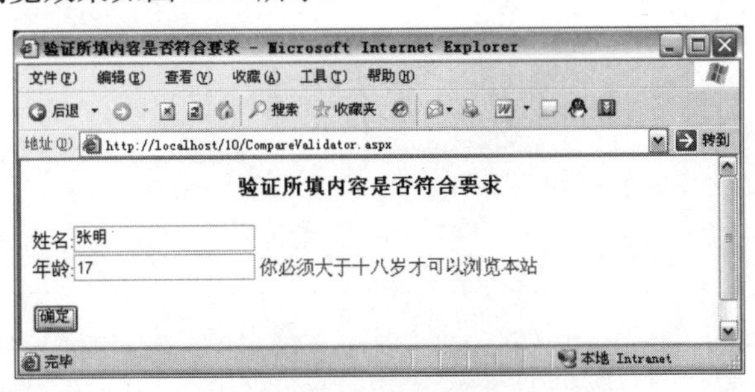

图 8-51　验证所填内容是否符合要求

上述程序并没有限制用户一定要输入，如果要限制用户一定要填入数据，可以配合 RequireFieldValidator 来做验证。

5. RangeValidator 控件

RangeValidator 控件可以限制用户输入的数据在指定的范围之内，其使用语法如下：

```
<ASP:RangeValidator
Id="控件名称"
Runat="Server"
ControlToValidate="要验证的控件名称"
MinimumValue="最小值"
MaximumValue="最大值"
```

```
MinimumControl="限制最小值的控件名称"
MaximumControl="限制最大值的控件名称"
Type="资料型别"
ErrorMessage="所要显示的错误信息"
Text="未通过验证时所显示的信息"
/>
```

RangeValidator 控件常用属性说明如表 8-22 所示。

表 8-22　RangeValidator 控件常用属性

属　性	说　明	属　性	说　明
ControlToValidate	所要验证的控件名称	MinimumControl	限制可以接受最小值所要参考的控件
ErrorMessage	所要显示的错误信息	MaximumControl	限制可以接受最大值所要参考的控件
MinimumValue	限制可以接受的最小值	Type	所要比较或验证的数据类型
MaximumValue	限制可以接受的最大值	Text	未通过验证时所显示的信息

下面的网页程序将验证用户输入的成绩是否在 0～100 之间。

```
<%@ Page Language="VB" ContentType="text/html" %>
<head>
<title>验证所填内容是否在范围之内</title>
</head>
<Script Language="VB" Runat="Server">
    Sub btnOK_Click(Sender As Object,e As EventArgs)
        '检查是否所有验证都正确
        If Page.IsValid Then
            lblMsg.Text="验证成功!"
        End If
    End Sub
</Script>
<body>
<h3 align="center">验证所填内容是否在范围之内</h3>
<Html>
    <Form Id="Form1" Runat="Server">
        姓名: <ASP:TextBox Id="txtName" Runat="Server"/><br>
        成绩: <ASP:TextBox Id="txtResult" Runat="Server"/>
        <ASP:RangeValidator Id="Validor1" Runat="Server" ControlToValidate=
"txtResult" MaximumValue="100" MinimumValue="0"  Text="成绩只能在 0～100 之间"/>
        <br>
        <ASP:Button Id="btnOK" Text="确定" OnClick="btnOK_Click" Runat="Server"/>
        <ASP:Label Id="lblMsg" Runat="Server"/>
    </Form>
</body>
</Html>
```

6. RegularExpressionValidator 控件

RegularExpressionValidator 控件可以用来执行详细的验证，也就是说可以做更细致的限制。其使用语法如下：

```
<ASP:RegularExpressionValidator
Id="控件名称"
Runat="Server"
ControlToValidate="要验证的控件名称"
ValidationExpression="验证规则"
ErrorMessage="所要显示的错误信息"
```

```
Text="未通过验证时所显示的信息"
/>
```

RegularExpressionValidator 控件常用属性说明如表 8-23 所示。

表 8-23　RegularExpressionValidator 控件常用属性

属　性	说　明	属　性	说　明
ControlToValidate	所要验证的控件名称	ValidationExpression	验证规则
ErrorMessage	所要显示的错误信息	Text	未通过验证时所显示的信息

其中，ValidationExpression 验证规则属性为限制数据所输入的叙述，其常用符号如表 8-24 所示。

表 8-24　验证规则

符　号	说　明	符　号	说　明
[]	用来定义单一字符的内容	*	表示最少可以不输入，最多到无限多个字符
{}	用来定义需输入的字符个数	+	表示最少输入一个字符，最多到无限多个字符
.	表示任意字符	[^...]	表示不包含的字符

对各个规则符号详细说明如下：

- [ ]符号可以用来定义接受的单一字符，示例如下：
  [a-zA-Z]只接受 a～z 或 A～Z 的英文字符。
  [x-zX-Z]只接受小写的 x～z 或大写的 X～Z。
  [win]只接受 w、i、n 的英文字母。
  [^linux]除了 l、i、n、u、x 之外的英文字母都接受。
- {}符号可以用来表示接受多少字符，示例如下：
  [a-zA-Z]{4}表示接受只接受 4 个字符。
  [a-z]{4}表示只接受共 4 个 a-z 小写字符。
  [a-zA-Z]{4,6}表示最少接受 4 个字符，最多接受 6 个字符。
  [a-zA-Z]{4,}表示最少接受 4 个字符，最多不限制。
- .符号可以用来表示接受除了空白外的任意字符，示例如下：
  .{4}表示接受 4 个除了空白外的任意字符。
- *符号表示最少 0 个字符，最多到无限多个字符。示例如下：
  [a-zA-Z]*表示不限制数目，接受 a～z 或 A～Z 的字符，也可以不输入。
- +符号表示最少一个字符，最多到无限多个字符。示例如下：
  [a-zA-Z]+表示不限制数目，接受 a～z 或 A～Z 的字符，但是至少输入一个字符。

下面的示例中，限制用户输入的账号必须以英文字母为开头，而且最少要输入 4 个字符，最多可输入 8 个字符。

```
<%@ Page Language="VB" ContentType="text/html" %>
<head>
<title>验证用户账号</title>
</head>
<Script Language="VB" Runat="Server">
    Sub btnOK_Click(Sender As Object,e As EventArgs)
        '检查是否所有验证都正确
        If Page.IsValid Then
```

```
            lblMsg.Text="验证成功！"
            End If
        End Sub
    </Script>
    <body>
    <h3 align="center">验证用户账号</h3>
    <Html>
        <Form Id="Form1" Runat="Server">
            <p>账号:
              <ASP:TextBox Id="txtId" Runat="Server"/>
              <ASP:RegularExpressionValidator Id="Validor1" Runat="Server"
ControlToValidate="txtId"
            ValidationExpression="[a-zA-Z]{4,8}" Text="用户账号错误！"/>
      </p>
        <p>
              <ASP:Button Id="btnOK" Text="确定" OnClick="btnOK_Click"
            Runat="Server"/>
        </p>
        <p>
              <ASP:Label Id="lblMsg" Runat="Server"/>
        </p>
        </Form>
    </body>
    </Html>
```

8.2.6 【实例 60】月历

本例中将通过 ASP.NET 月历控件在网页中显示一个月历，如图 8-52 所示。

图 8-52　月历

1．制作过程

（1）创建一个名为 Calendar.aspx 的文件，并将其打开，设置网页标题为“月历”。

（2）先在网页中插入一个 Form 表单，并设置 Runat="Server"。再在 ASP.NET “插入”工具栏中单击右侧的“更多标签”按钮，在弹出的“标签选择器”中，在左侧的分类树中单击“ASP.NET 标签”项，展开后再单击其中的“Web 服务器控件”项，此时右侧列表框中将列出所有的 ASP.NET Web 服务器控件标签，选择其中的 asp:Calendar 标签，如图 8-53 中左图所示。

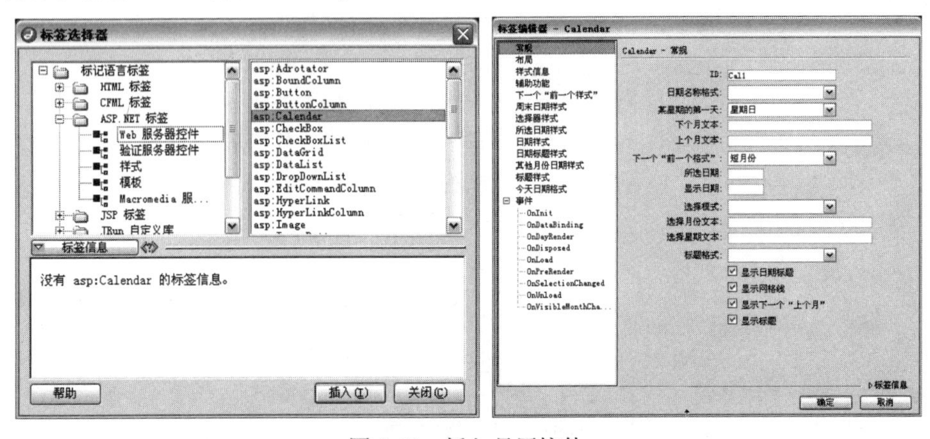

图 8-53　插入月历控件

然后，单击“插入”按钮，此时将打开“标签编辑器”，在“标签编辑器”的“常规”面板中，设置 ID 为 Cal1，“本星期的第一天”为“星期日”，下一个“前一个格式”为“短月份”，下面的“显示日期标题”、“显示网格线”、“显示下一个上个月”和“显示标题”等选项均选中，如图 8-53 中右图所示。

单击左侧列表中的“布局”，在“布局”面板中设置“前景色”为#0000FF。再单击左侧列表中的“周末日期样式”，在“周末日期样式”面板中设置“前景色”为#FF0000，背景色为#99CCFF。再单击左侧列表中的“所选日期样式”，在“所选日期样式”面板中设置“前景色”为#FFFFFF，背景色为#000099。再单击左侧列表中的“标题样式”，在“标题样式”面板中设置“前景色”为#000000，背景色为#33CCFF。再单击左侧列表中的“今天日期格式”，在“今天日期格式”面板中设置“前景色”为#FF0000。

完成上面的设置后，单击“确定”按钮，将日历控件插入到网页中。

（3）切换到“代码视图”，内容如下所示。

```
<%@ Page Language="VB" ContentType="text/html"%>
<!DOCTYPE html PUBLIC "-//W3C//DTD XHTML 1.0 Transitional//EN" "http://www.w3.org
/TR/xhtml1/DTD/xhtml1-transitional.dtd">
<html xmlns="http://www.w3.org/1999/xhtml">
<head>
<meta http-equiv="Content-Type" content="text/html; charset=gb2312" />
<title>月历</title>
</head>
<body>
<form runat="server">
  <asp:Calendar FirstDayOfWeek="Sunday" ForeColor="#0000FF" ID="Cal1"
NextPrevFormat="ShortMonth" runat="server" SelectedDayStyle-BackColor="#000099" Selected
DayStyle-ForeColor="#FFFFFF" ShowDayHeader="true" ShowGridLines="true" ShowNextPrevMonth
="true" ShowTitle="true" TitleStyle-BackColor="#33CCFF" TitleStyle-ForeColor="#000000"
TodayDayStyle-ForeColor="#FF0000" WeekendDayStyle-BackColor="#99CCFF"
WeekendDayStyle-ForeColor="#FF0000"></asp:Calendar>
</form>
</body>
</html>
```

保存文件，在浏览器中浏览效果如图 8-52 所示。

2．Calendar 控件

Calendar 控件可以让网页设计者在网页上显示月历，也可以取得用户在月历上点选日期。其使用语法如下：

```
<ASP:Calendar
Id="控件名称"
Runat="SERVER"
CellPadding="格与表格边框的距离"
CellSpacing="格和格边框的距离"
DayNameFormat="FirstLetter | FirstTwoLetters | Full | Short"
FirstDayOfWeek="Default | Monday | Tuesday | Wednesday |
Thursday | Friday | Saturday | Sunday"
NextMonthText="HTML text"
NextPrevFormat="ShortMonth | FullMonth | CustomText"
PrevMonthText="HTML text"
SelectedDate="date"
SelectionMode="None | Day | DayWeek | DayWeekMonth"
SelectMonthText="HTML text"
SelectWeekText="HTML text"
```

```
ShowDayHeader="True | False"
ShowGridLines="True | False"
ShowNextPrevMonth="True | False"
ShowTitle="True | False"
TitleFormat="Month | MonthYear"
TodaysDate="date"
VisibleDate="date"
TodayDayStyle-property="value"
DayHeaderStyle-property="value"
DayStyle-property="value"
NextPrevStyle-property="value"
OtherMonthDayStyle-property="value"
SelectedDayStyle-property="value"
SelectorStyle-property="value"
StyeDayHeaderStyle-property="value"
TitleStyle-property="value"
TodayDayStyle-property="value"
WeekendDayStyle-property="value"
/>
```

Calendar Web 控件的常用属性如表 8-25 所示。

表 8-25　Calendar 控件的常用属性

属　性	说　明
CellPadding	格与表格边框的距离，单位为像素
CellSpacing	格和格边框的距离，单位为像素
DayNameFormat	显示星期几的格式
FirstDayOfWeek	所要显示一周的第一天，可设置为 Default、Monday、Tuesday、Wednesday、Thursday、Friday、Saturday、Sunday
NextMonthText	显示下个月的文字，以 HTML 设置。ShowNextPrevMonth 以及属性必须要设为 True，并且 NextPrevFormat 属性设置为 CustomText 才生效
NextPrevFormat	要显示在标题列左右两侧下个月以及上个月的连接样式，可设置的属性为 ShortMonth、FullMonth 以及 CustomText（默认值）。本属性设为 CustomText 时，NextMonthText 属性以及 PrevMonthText 属性才生效
PrevMonthText	显示上个月的文字，以 HTML 设置。ShowNextPrevMonth 以及属性必须要设为 True，并且 NextPrevFormat 属性设置为 CustomText 才生效
SelectedDate	要突显的日期，预设是程序执行的日期
SelectedDates	用户所选取的多个日期，只读
SelectionMode	设置用户可以点选的日期，其可设置属性为 Day（默认值）、DayWeek、DayWeekMonth 或 None（无）
SelectMonthText	要选取整月的文字，以 HTML 设置。本属性要将 SelectionMode 属性设置成 DayWeekMonth 才生效
SelectWeekText	要选取整周的文字，以 HTML 设置。本属性要将 SelectionMode 属性设置成 DayWeek 或 DayWeekMonth 才生效
ShowDayHeader	设置是否要显示星期的名称，值为 True 或 False
ShowGridLines	设置是否要显示网格线，值为 True 或 False
ShowNextPrevMonth	设置是否要显示上个月或下个月，值为 True 或 False
ShowTitle	设置是否要显示月历控件的标题列。如果设置为 False 时，隐藏月份的名称及选择上下月的超链接
TitleFormat	设置标题列所要显示的日期格式，可设置为 MonthYear（默认值）或 Month
TodaysDate	用来当做今天的日期。设置 TodayDayStyle 属性时，在月历上才会显示今天的日期
VisibleDate	决定用来显示哪个月份的日期，以这个日期的月份做决定

3．Calendar 控件的样式对象

Calendar 控件支持许多样式对象，让设计者能够更细致地设置显示外观，如表 8-26 所示。

表 8-26　Calendar 控件的样式对象

样式对象	样式类别	说　明
DayHeaderStyle	TableItem	设置显示星期名称的样式
DayStyle	TableItem	设置显示几日的样式
NextPrevStyle	TableItem	设置显示上下月超级链接的样式
OtherMonthDayStyle	TableItem	设置显示在月历上其他月份日期的样式
SelectedDayStyle	TableItem	设置显示被选择日期的样式
SelectorStyle	TableItem	设置选取整月或整周的超级链接样式
TitleStyle	TableItem	设置标题列样式。如果有设置 NextPrevStyle 的样式，则显示上下月的超链接不受影响
TodayDayStyle	TableItem	设置显示今天日期的样式
WeekendDayStyle	TableItem	设置显示周末的样式

4．Calendar 控件的事件

Calendar 控件所支持的事件分别为 OnDayRender 事件、OnVisibleMonthChanged 事件以及 OnSelectionChanged 事件。

（1）OnSelectionChanged 事件。OnSelectionChanged 事件当用户点选月历控件上的不同日期，或者选了整月或整周时触发。其使用语法如下：

```
Sub OnSelectionChanged(Sender As Object, e As EventAres)
...
End Sub
```

（2）OnVisibleMonthChanged 事件。OnVisibleMonthChanged 事件当用户点选月历控件标题列上的上个月或下个月按钮时触发。其使用格式如下：

```
Sub OnVisibleMonthChanged(Sender As Object, e As MonthChangedEventArgs)
...
End Sub
```

其中参数 e 有两个属性，e.NewDate 表示用户所选的新日期，e.PreviousDate 表示原先的日期。

（3）OnDayRender 事件。OnDayRender 事件当月历控件在产生每一天的表格时触发。其使用语法如下：

```
Sub OnDayRender(Sender As Object, e As DayRenderEventArgs)
...
End Sub
```

其中，参数 e 有 14 个属性，如表 8-27 所示。

表 8-27　OnDayRender 事件参数说明

参　数	说　明	参　数	说　明
e.Cell	TableCell 对象	e.Day.DayNumberText	传回或设置日期的字符串型态的数值，
e.Cell.RowSpan	传回或设置跨列数	e.Day.IsOtherMonth	传回所产生的日是不是属于其他月份
e.Cell.ColumnSpan	传回或设置跨栏数	e.Day.IsSelectable	传回或设置日期是否可以被选取
e.HorizontalAlign	传回或设置水平对齐方式	e.Day.IsSelected	传回或设置日期是否被选取
e.VerticalAlign	传回或设置垂直对齐方式	e.Day.IsToday	传回日期是否为今天
e.Cell.Warp	传回或设置是否自动断行	e.Day.IsWeekend	传回日期是否是周末
e.Day	传回或设置要被产生的日	e.Dat.Date	传回或设置要被产生的日期

下面的示例中将显示月历，并将本月的双数日期灰底白字显示。

```
<%@ Page Language="VB" ContentType="text/html"%>
<%@Import Namespace="System.Drawing"%>
<html>
<head>
<meta http-equiv="Content-Type" content="text/html; charset=gb2312" />
<title>设置日期样式</title>
</head>
<Script Language="VB" Runat="Server">
    Sub calA_DayRender(Sender As Object, e As DayRenderEventArgs)
        If Cint(e.Day.DayNumberText) Mod 2 = 0 And Not e.Day.IsOtherMonth Then
            e.Cell.BackColor=Color.Gray '以颜色名称设置颜色
            e.Cell.ForeColor=Color. White '设置颜色
        End If
    End Sub
</Script>
<body>
    <form runat="server">
        <ASP:Calendar Id="calA" Runat="Server" SelectionMode="None"
        ShowGridLines="True" BorderColor="Gray" TitleStyle-BackColor="White"
        OnDayRender="calA_DayRender"/>
    </form>
</body>
</html>
```

上面的示例网页浏览效果如图 8-54 所示。

8.2.7 【实例 61】个性化背景色的设置

本实例将通过 HTML 服务器控件实现用户个性化背景色的设置，效果如图 8-55 所示。

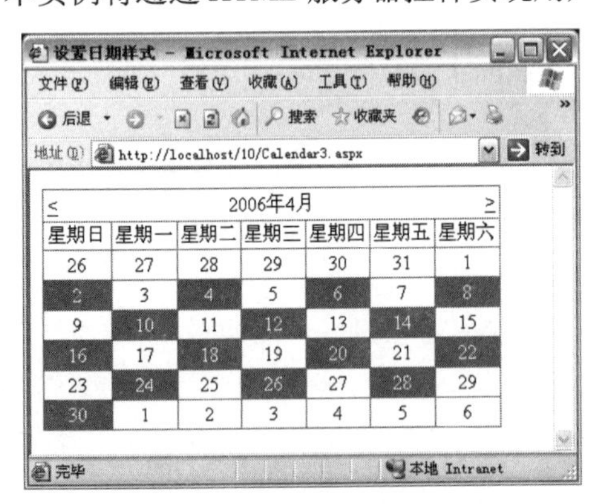

图 8-54 设置日期显示样式

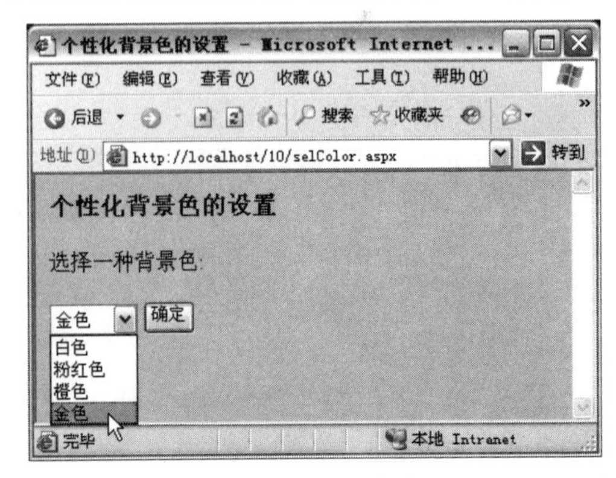

图 8-55 个性化背景色的设置

1. 制作过程

（1）创建一个名为 SelColor.aspx 的文件，并将其打开，设置网页标题为“个性化背景色的设置”。

（2）切换到“代码视图”，编辑代码如下所示。

```
<%@ Page Language="VB" ContentType="text/html"%>
<html>
<head>
<meta http-equiv="Content-Type" content="text/html; charset=gb2312" />
```

```
<title>个性化背景色的设置</title>
</head>
<script language="VB" runat="server">
   Sub SubmitBtn_Click(sender As Object, e As EventArgs)
      Body.Attributes("bgcolor") = ColorSelect.Value
   End Sub
</script>
<body id=Body runat=server>
   <h3>个性化背景色的设置</h3>
   <form runat=server>
     <p>
     选择一种背景色: <p>
     <select id="ColorSelect" runat="server">
         <option value="White">白色</option>
         <option value="Pink">粉红色</option>
         <option value="Orange">橙色</option>
         <option value="Gold">金色</option>
     </select>
     <input type="submit" runat="server" Value="确定" OnServerClick="SubmitBtn_Click">
   </form>
</body>
</html>
```

保存文件，示例网页浏览效果如图 8-55 所示。

2. HTML 服务器控件

（1）HTML 服务器控件基本原理。HTML 控件是被 ASP.NET 服务器化的 HTML 元素，HTML 控件在服务器端是可见的。当 ASP.NET 网页执行时，会检查 HTML 标签有无 Runat 属性。如果标签没有设置这个属性，那么该标签就会被视为字符串形式的 HTML 元素，并被送到字符串流等待送到客户端的浏览器进行解释。如果标签有设置 Runat="Server"属性，那么就会依照该标签所对应的 HTML 控件来产生对象，所以 ASP.NET 对象的产生是由 Runat 属性值所决定的。

当程序在执行时解析到有指定 Runat="Server"属性的标签时，Page 对象会将该控件从.NET 共享类别库加载并列入控制架构中，表示这个控件可以被程序所控制。等到程序执行完毕后再将 HTML 控件的执行结果转换成 HTML 标签，然后送到字符串流和一般标签一起下载至客户端的浏览器进行解译。

服务器端的 HTML 控件的功能都可以用简单的 HTML 元素来实现，但是在 ASP.NET 中依然提供了对它们的实现。以 HTML 语言书写和以服务器端控件的实现在思维方式上已经有了很大的不同，对于 HTML 元素而言，只是一种标识；而对服务器端 HTML 控件而言，却已演变成为一段程序，一个对象。两者的区别在于 HTML 元素依赖于客户端对标识的解释执行，HTML 控件却可以被编译执行，两者在效率上的差异不言而喻。

（2）HTML 控件常用属性。与 HTML 元素相比，HTML 控件有一些不同的属性，这里先来介绍常在许多 HTML 控件中共有的属性。

- InnerHtml 属性和 InnerText 属性：InnerHtml 及 InnerText 这两个属性主要是用来设置控件所要显示的文字。InnerHtml 属性将文字中的 HTML 元素进行解释后显示，而 InnerText 则将文字内容按原样显示，不管其中是否还含有 HTML 元素。示例如下：

```
<%@ Page Language="VB" ContentType="text/html"%>
<html>
<head>
<meta http-equiv="Content-Type" content="text/html; charset=gb2312" />
```

```
<title>InnerHtml 与 InnerText</title>
</head>
<Script Language="VB" Runat="Server">
    Sub Page_Load(Sender As Object, e As EventArgs)
        Sp1.InnerHtml="InnerHtml 测试"
        Sp2.InnerText="InnerText 测试"
        Button1.InnerText="请按此处"
    End Sub
    Sub Button1_Click(Sender As Object, e As EventArgs)
        Sp1.InnerHtml="<b>测试</b>"
        Sp2.InnerText="<b>测试</b>"
    End Sub
</Script>
<body>
    <Form Runat="Server">
    <Button Id="Button1" Runat="Server" OnServerClick="Button1_Click"/><P>
    <Span Id="Sp1" Runat="Server"/> <br>
    <Span Id="Sp2" Runat="Server"/>
    </Form>
</body>
</html>
```

图 8-56　InnerHtml 与 InnerText

上面示例网页程序运行后，浏览效果如图 8-56 中左图所示。当单击“请按此处”按钮后，结果如图 8-56 中右图所示。

网页中，两个控件的属性都设置为“<b>试验</b>”，对于 InnerHtml 属性而言会将其中的<b>标签加以解释，所以显示出粗体的文字；而对于 InnerText 属性而言不会将其中的<b>标签加以解释，所以会将“<b>测试</b>”按原样显示出来。

- Disabled 属性：Disabled 属性用于设置控件是否可用。该属性允许将一个对象的功能关闭，让对象暂时无法执行工作。所以如果将对象的 Disabled 属性设为 True 时，该对象会显示为灰色并且停止工作；如果将 Disabled 属性设回 False，该控件即可正常工作。
- Visible 属性：Visible 属性可以将对象隐藏起来让用户看不到。
- Attributes 属性：有两个方法可以指定对象的属性，第一种是前面常用的“对象.属性”，而另外一种就是“对象.Attributes("属性名称")”。下面示例利用 Attributes 属性指定 Anchor1 的 Href 属性。

```
<Html>
<Script Language="VB" Runat="Server">
Sub Page_Load(Sender As Object, E As Eventargs)
    Anchor1.Attributes("Href")="http://msdn.microsoft.com"
    End Sub
</SCRIPT>
<body>
<A Id="Anchor1" Runat="Server">按这里</A>
</body>
</Html>
```

- Style 属性：本属性可以用来设置控件的样式。Style 属性可以设置的样式读者可参考表 8-10 的内容。

3. HtmlButton 控件

HtmlButton 服务器控件就像 HTML4.0 中的<button>标签一样，而与常用的<Input

type="button">是不一样的。HtmlButton 控件最主要是让用户通过按钮执行命令或动作，所以最重要的就是 OnServerClick 事件。OnServerClick 事件当用户按下按钮时便会触发。要指定发生 OnServerClick 事件时所要执行的程序，设定 OnServerClick 属性即可。例如，指定 OnServerClick="Button1_Click"时，即表示用户按下按钮触发事件时，就会调用 Button1_Click 这个事件程序，就可以在 Button1_Click 这个事件程序内编写所要执行的程序代码。

此外，HtmlButton 控件必须写在窗体控件<Form Runat="Server"></Form>之内，这是因为 HtmlButton 控件可以决定数据的上传，而只有被<Form Runat="Server">控件所包围起来的数据输入控件，其数据才会被上传。

HtmlButton 控件语法格式如下：

```
<Button
Id="控件名称"
Runat="Server"
OnServerClick="事件处理程序名"
>
按钮上的文字、图形或控件
</Button>
```

HtmlButton 控件示例如下：

```
<%@ Page Language="VB" ContentType="text/html"%>
<html>
<head>
<meta http-equiv="Content-Type" content="text/html; charset=gb2312" />
<title>HtmlButton</title>
</head>

<Script Language="VB" Runat="Server">
        Sub Button1_OnClick(sender As Object, e As EventArgs)
                Span1.InnerHtml="你单击了按钮 1"
        End Sub
        Sub Button2_OnClick(sender As Object, e As EventArgs)
                Span1.InnerHtml="你单击了按钮 2"
        End Sub
</Script>
<body>
    <Form Runat="Server">
        <center>
         <button id="Button1" onServerClick="Button1_OnClick" style="font: 8pt
verdana;background-color:lightgreen;border-color:black;height=64;width:80"
runat="server">
          <img src="MARK714.GIF"> Click me!
       </button>
             
         <button id=Button2 onServerClick="Button2_OnClick"  style="font: 8pt
verdana;background-color:lightgreen;border-color:black;height=30;width:100"
       onmouseover="this.style.backgroundColor='yellow'"
       onmouseout="this.style.backgroundColor='lightgreen'" runat="server">
        Click me too!
        </button>
      </center>
        <p>
        <span id=Span1 runat=server />
    </Form>
```

```
</body>
</html>
```

上面的示例网页浏览效果如图 8-57 所示。

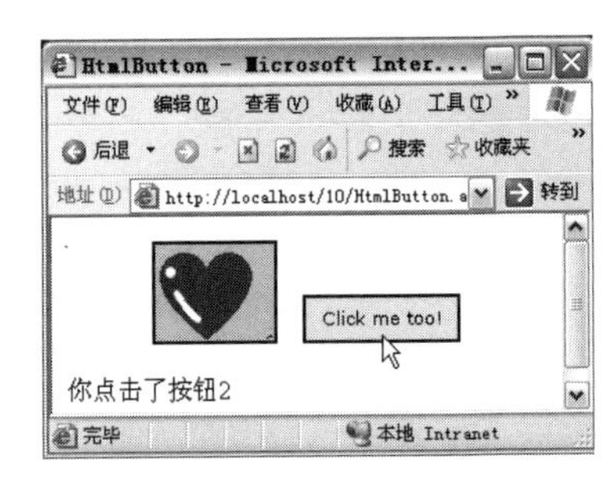

图 8-57　HtmlButton 控件示例

4．HtmlForm 控件

HtmlForm（窗体）控件是设计动态网页一个相当重要的组件，它可以将客户端的数据传送至服务器端进行处理。在窗体内的确认按钮被按下去后，只要被 Form 控件所包起来的数据输入控件都会被一并送到服务器端，这个动作称为回送（Post Back）。服务器端收到这些数据及 OnServerClick 事件后会执行指定的事件程序，并且将执行结果重新下载到 Client 端浏览器。HtmlForm 控件使用格式如下：

```
<Form
Id="控件名称"
Runat="Server"
Method="Post | Get"
Action="要执行程序的地址"
>
其他控件
</Form>
```

HtmlForm 控件有两个主要的属性 Method（传递数据的方法）和 Action（传递的目标的网址 URL），如果 Method 属性为 Post（默认值）则表示由服务器端在 HtmlForm 来获取数据，如为 Get 则表示由浏览器主动上传数据至服务器端。其中的差别为 Get 是立即传送，其执行效率较快，不过所传送的数据不能太大；而 Post 则表示等待 Server 来抓取数据，数据的传送虽然不是那么立即，不过可传送的数据量没什么限制。而 Action 属性则表示数据要送至哪个网址，默认时是传递给当前文件。

5．HtmlImages 控件

HtmlImage 控件对应于 HTML 元素中的<Img>元素，是用来在网页的控件上显示图片。它的使用方法和 HTML 的<Img>标注很类似，只是在 ASP.NET 里变为一个可以随程序来动态改变其属性的 HTML 控件。其使用语法如下：

```
<Img
Id="控件名称"
Runat="Server"
Alt="无法显示图形时所显示的文字提示"
Align="Top | Middle | Bottom | Left | Right"
Border="边框宽度"
Height="图像高度"
Src="图像所在的地址"
Width="图像宽度"
/>
```

6．HtmlAnchor 控件

HtmlAnchor 控件可以用来指定超级链接，其使用格式如下：

```
<A
Id="控件名称"
Runat="Server"
Href="链接的 URL 地址"
```

```
Name="前往的地址名称"
OnServerClick="事件处理程序名"
Target="链接的内容所打开的框架或窗口"
Title="文字提示"
>
超级链接文字
</A>
```

下面的示例运行时，当用户将鼠标移至“这是超链接”时，会应显示文字“微软”；按下“这是超链接”时，会将网页重新导向微软的网站。

```
<Html>
<Script Language="VB" Runat="Server">
Sub Page_Load(Sender As Object, e As Eventargs)
    Anchor1.Href="http://www.microsoft.com"
    Anchor1.Target="_blank"
    Anchor1.Title="微软"
End Sub
</Script>
<body>
<A Id="Anchor1" Runat="Server">这是超链接</A>
</body>
</Html>
```

7. HtmlInput 控件

要让用户输入数据，就可以使用 HtmlInput 控件。如果需要让程序获取这些数据，还必需利用 HtmlForm 控件将 HtmlInput 控件包含起来。

HtmlInput 控件会因为 Type 属性的设定而产生不同种类的控件，下面一一进行介绍。

（1）HtmlInputButton 按钮控件。HtmlInputButton 按钮最主要的功能是执行一个指令或动作。对于窗体来说是将填好的数据传送出去。它的 Type 属性有三种型态，当为 Submit 时传送数据，为 Button 时可以用来触发事件程序，而为 Reset 时用来重置窗体成为初始状态；指定 Type="Reset" 时，并不需要指定任何程序代码就可以重设窗体内的输入控件。在 ASP.NET 里大多使用 Type=Button，因为这样就可以利用 OnServerClick 事件，在事件处理程序中编写所要执行的程序代码。HtmlInputButton 按钮使用格式如下：

```
<Input
Id="控件名称"
Runat="Server"
Type="Button | Submit | Reset"
OnServerClick="事件处理程序名"
>
```

（2）HtmlInputText 文本框。文本框就是让用户输入数据的地方。它有两种形态，当为 Text 时可输入一般数据，所输入的字符串会显示在文本框内；而为 Password 时是输入密码的文本框，输入的字符会以“*”来显示。其使用语法如下：

```
<Input
Id="控件名称"
Runat="Server"
Type="Text | Password"
MaxLength="可接受的字符串长度"
Size="文本框的宽度"
Value="显示在文本框的默认值"
>
```

例如，下面的程序利用文本取得用户的身份验证信息，用户可以按下 Button 或 Submit 来确定资料的输入，Reset 则可以重设文本框的内容。

```
<%@ Page Language="VB" ContentType="text/html"%>
<html>
<head>
<meta http-equiv="Content-Type" content="text/html; charset=gb2312" />
<title>HtmlInput</title>
</head>

<Script Language="VB" Runat="Server">
    Sub Button1_Click(Sender As Object, e As EventArgs)
        IDPWDchk()
    End Sub
    Sub Submit1_Click(Sender As Object, e As EventArgs)
        IDPWDchk()
    End Sub
    Sub IDPWDchk()
        If Text1.Value="Charles" And Text2.Value="Pass" Then
            Response.Write("用户名称及密码正确，你好!")
        Else
            Response.Write("用户名称及密码错误，请重新输入!")
            Text1.Value=""
            Text2.Value=""
        End If
    End Sub
</Script>

<body>
    <Form Runat="Server">
        <p>姓名:
          <Input Type="Text" Id="Text1" Runat="Server">
    </p>
        <p>
        密码:
          <Input Type="Password" Id="Text2" Runat="Server">
    </p>
        <p>
          <Input Type="Button" Id="Button1" Runat="Server"
        OnServerClick="Button1_Click" Value="执行">
          <Input Type="Submit" Id="Submit1" Runat="Server"
        OnServerClick="Submit1_Click" Value="确定">
          <Input Type="Reset" Runat="Server" Value="重置">
    </p>
    </Form>
</body>
</html>
```

用户在文本框中所输入的数据会被存在 Value 属性里面，用户输入完数据后，按下 Button 或 Submit 则会触发相对应的 OnServerClick 事件程序。在 OnServerClick 事件的处理程序中检查用户名称及密码是否正确的子程序 IDPWDchk()，如果用户输入正确的用户名称及密码，则会出现输入正确的信息；倘若输入错误的用户名称或密码，则会显示输入错误，并将用户所输入的用户名称及密码清除。

（3）HtmlInputRadio 单选按钮控件。当需要限制用户的选择为单选，并只能够在提供的项目中选择一个答案时，可以使用 HtmlInputRadio。以输入用户性别数据为例，可以提供“男”或“女”的选项让用户选择，利用单选按钮可以限制用户只能选择一个选项。

HtmlInputRadio 单选按钮控件使用语法如下：

```
<Input
Id="控件名称"
Runat="Server"
Type="Radio"
Checked="True | False"
Name="按钮所属群组"
>
```

下列程序代码利用单选按钮取得用户的性别信息，用户可以选择“男”或选择“女”，按下“确定”按钮后可以显示用户所选择的内容。

```
<html>
<script language="VB" runat="server">
    Sub Button1_Click(Sender As Object, e As EventArgs)
        Dim strMsg As String="你的性别为: "
        IF Radio1.Checked=True Then
            strMsg+="男"
        Else
            strMsg+="女"
        End If
        Sp1.InnerText=strMsg
    End Sub
</script>

<body>
    <h3><font face="Verdana">性别选择</font></h3>
    <form runat="server">
        <Input Type="Radio" Id="Radio1" Name="G1" Runat="Server"
        Checked="True">男<br>
        <Input Type="Radio" Id="Radio2" Name="G1" Runat="Server">女<br>
        <Input Type="Button" ID="Button1" Runat="Server"
        OnServerClick="Button1_Click" Value="确定">
    </form>
    <Span ID="Sp1" Runat="Server"/>
</body>
</html>
```

（4）HtmlInputCheckBox 复选框控件。当需要让用户可以复选多个项目，不过只能够在所提供的项目中选择答案时，可以使用 HtmlInputCheckBox。如果复选框被用户选取，其 Checked 属性则为 True，没有被选取则为 False。HtmlInputCheckBox 复选框控件使用语法如下：

```
<Input
Id="控件名称"
Runat="Server"
Type="CheckBox"
Checked="True | False"
>
```

（5）HTMLInputHidden 隐藏输入控件。当需要在用户传送所输入的数据时，顺便传送不需要用户输入的数据时，可以使用隐藏输入控件。可以用隐藏输入控件来处理一些要传送而又不想在页面上显示出来的信息，例如，在电子商务网站中，向银行网关接口传送订单信息，就可以用隐藏输入控件来处理。

其使用语法如下：

```
<Input
Id="控件名称"
Runat="Server"
Type="Hidden"
Value="所要传送的数据"
>
```

8．HtmlTextArea 控件

如同在 HTML 中的一样，ASP.NET 中的 TextArea 也是一个多行输入框。TextArea 的宽度由 Cols 属性决定，长度由 Rows 属性决定。

HtmlTextArea 控件的功能和前面的 HtmlInputText 文本框对象类似，只是 HtmlTextArea 控件可以设定长度和高度，可以用来输入一小段文字；网站上讨论区的内容大多都是利用 HtmlTextArea 来输入的，用户输入的内容会存在 Value 属性中。HtmlTextArea 的写法和 Input 对象不同，必须要加上</TextArea>结束结构或以<TextArea .../>的风格来撰写。

HtmlTextArea 控件的使用语法如下：

```
<TextArea
Id="控件名称"
Runat="Server"
Cols="单行的长度"
Rows="文字输入区的列数"
>
文字区内容
</TextArea>
```

可以通过 HtmlTextArea 控件的 Value 取得输入的值。

9．HtmlSelect 控件

HtmlSelect 控件就是下拉列表。HtmlSelect 控件有两种风格，一种是下拉式列表，另一种是列表框。选项的风格由 Size 属性决定。倘若有指定 Size 属性，则出现固定大小的列表框；若没有指定 Size 属性，则为下拉列表。另外选项可以动态的加入项目，只要利用 Items 集合的 Add 方法即可；如果要取得使用者选择哪个项目，可以使用 Value 属性传回。HtmlSelect 控件语法格式如下：

```
<Select
Id="控件名称"
Runat="Server"
Items="选项集合"
Size="列表长度"
>
<Option>选项</Option>
<Option>选项...</Option>
</Select>
```

以下示例中设置了两个 HtmlSelect 控件，分别为 Select1 以及 Select2。Select1 利用指定 Option 标签的方式将项目配置好，注意 Select1 的结束结构</Select>；而 Select2 则是利用 Items 集合的 Add 方法在 Page_Load 事件中动态地加入项目。为了不让项目重复被加入，所以需要检查 Page 对象的 IsPostBack 属性是否为 False，是第一次加载才加入项目；这样才不会加入重复的选项。

```
<html>
<script language="VB" runat="server">
```

```
    Sub Page_Load(Sender As Object, e As EventArgs)
        If Page.IsPostBack=False then
            Select2.Items.Add("男")
            Select2.Items.Add("女")
        End If
    End Sub
    Sub Button1_Click(Sender As Object, e As EventArgs)
        Sp1.InnerText= "你的血型是: " & Select1.Value & _
        ", 性别是: " & Select2.Value
    End Sub
</script>

<body>
    <h3><font face="Verdana">血型与性别选择</font></h3>
    <form runat="server">
        血型:<Select ID="Select1" Runat="Server">
        <Option>A</Option>
        <Option>B</Option>
        <Option>O</Option>
        <Option>AB</Option>
        </Select>
        性别:<Select ID="Select2" Runat="Server" Size="2"/>
        <Input Type="button" ID="Button1" Runat="Server"
        OnServerClick="Button1_Click" Value="确定">
    </form>
    <Span ID="Sp1" Runat="Server"/>
</body>
</html>
```

上面的示例网页的浏览效果如图 8-58 所示。

10．HtmlTable、HtmlTableRow 和 HtmlTableCell 控件

HtmlTable 服务控件能让设计者轻松地创建表格，也可以按照程序的方式动态生成表格。HtmlTable 控件可以配合 HtmlTableRow 以及 HtmlTableCell 控件来动态的产生表格。其关系如图 8-59 所示。

图 8-58　血型与性别选择

HtmlTable　HtmlTableCell　HtmlTableRow

	食品	饰品	服装
一月	12	17	10
二月	17	11	21
三月	22	29	14
四月	14	10	17
五月	12	17	10

图 8-59　表格控件的关系

HtmlTable 控件是由许多行（Row）所组成，而每一列中是由许多单元格（Cell）所组成。所以 HtmlTable 控件中有 Rows 集合，HtmlTableRow 控件中有 Cells 集合。可以利用 HtmlTableRow 中 Cells 集合的 Add 方法，将 HtmlTableCell 控件串成一行（Row）后，再将这一列加到 HtmlTable 的 Rows 集合中，这样就创建了表格。这些组成表格的控件都可以设定一些外观属性。HtmlTableCell 控件的语法格式如下：

```
<Td 或 Th
Id="控件名称"
Runat="Server"
Align="Left | Center | Right"
BGColor="背景色"
BorderClolr="边框颜色"
ColSpan="跨栏数"
Hight="表格高度"
NoWarp="True | False"
RowSpan="跨列数"
Valign="垂直对齐方式"
Width="表格宽度"
>单元格内容
</Td 或 /Th>
```

一般来说，通常都会利用程序来产生 HtmlTableCell 对象，设定好属性之后，再加入到 HtmlTableRow 对象中的 Cells 集合中。HtmlTableRow 控件的语法格式如下：

```
<Tr
Id="控件名称"
Runat="Server"
Align="Left | Center | Right"
BGColor="背景色"
BorderClolr="边框颜色"
Hight="表格高度"
Cells="Cell 集合"
Valign="垂直对齐方式"
>
<Td>单元格内容</Td>
<Td>单元格内容</Td>
</Tr>
```

利用程序来产生 HtmlTableCell 对象后，再加入 HtmlTableRow 对象中的 Cells 集合中。等表格的一行定义好之后，再利用 HtmlTable 对象的 Rows 集合，将表格的列加入集合中。HtmlTable 控件的使用语法如下：

```
<Table
Id="控件名称"
Runat="Server"
Align="Left | Center | Right"
BGColor="背景色"
BorderClolr="边框颜色"
CellPadding="像素"
CellSpacing="像素"
Hight="表格高度"
Rows="Row 集合"
Width="表格宽度"
>
<Tr><Td>…<Td/>…</Tr>
<Tr><Td>…</Td>…</Tr>
…
</Table>
```

下面的示例演示了如何利用表格控件动态创建表格。

```
<html>
```

```
<script language="VB" runat="server">
   Sub Page_Load(sender As Object, e As EventArgs)
        Dim numrows As Integer
        Dim numcells As Integer
        Dim i As Integer = 0
        Dim j As Integer = 0
        Dim Row As Integer = 0
        Dim r As HtmlTableRow
        Dim c As HtmlTableCell

        ' 产生表格
        numrows = CInt(Select1.Value)
        numcells = CInt(Select2.Value)
        For j = 0 To numrows-1
            r = new HtmlTableRow()
            If (row Mod 2 <> 0) Then
                r.BgColor = "Gainsboro"
            End If
            row += 1
           For i = 0 To numcells-1
                c = new HtmlTableCell()
                c.Controls.Add(new LiteralControl("第" & j & "行, 单元格 " & i))
                r.Cells.Add(c)
            Next i
              Table1.Rows.Add(r)
        Next j
   End Sub
</script>

<body>
    <h3>动态创建表格</h3>
    <form runat=server>
        <p>
        <table id="Table1" CellPadding=4 CellSpacing=0 Border="1" runat="server" />
        <p>
        行:
        <select id="Select1" runat="server">
            <option Value="1">1</option>
            <option Value="2">2</option>
            <option Value="3">3</option>
            <option Value="4">4</option>
        </select>
        <br>
        列:
        <select id="Select2" runat="server">
            <option Value="1">1</option>
            <option Value="2">2</option>
            <option Value="3">3</option>
            <option Value="4">4</option>
        </select>
       <input type="submit" value="创建表格" runat="server">
    </form>
</body>
</html>
```

示例网页浏览效果如图 8-60 所示。

图 8-60　动态创建表格

思考与练习 8

1．填空

（1）控件的__________________属性，表示该控件是在服务器端运行，而不是在客户端。

（2）__________________是对应的 HTML 元素在服务器端的体现。

（3）_______________属性用于指示当前页面是否正为响应客户端回发而加载。

（4）_______________属性可以用来指定键盘的快速键。

（5）_______________控件可以用来强迫用户在指定的控件中必需输入数据。

2．制作一个可以动态变换图像的图片按钮，当按下按钮时，可换成不同的图片。

3．制作一个网络试卷页面，网页中有单选题和多选题。

4．制作一个可以进行用户密码和用户名进行校验的网页。

5．制作一个个性化的网络日记网页，在网页中加入月历。

第 9 章 ASP.NET 内置对象

9.1 Request 对象与 Response 对象

9.1.1 【实例 62】在不同页面间传递信息

实际中通常需要在不同的网页间进行信息的传递，信息在客户端常使用表单（Form）提交，在服务器端通过 Request 对象获取提交的信息。本实例中，将通过 Request 对象获取客户端表单提交的信息。页面效果如图 9-1 所示。

图 9-1 用户登录

1．制作过程

本实例由两个部分构成，客户端提交信息的文件 FormInfo.aspx 和服务器端接收信息的文件 getInfo.aspx。

（1）用户登录页。在 Dreamweaver 8 编辑界面内，先制作一个用户登录网页命名为 FormInfo.aspx，界面如图 9-2 所示。其中含有一个表单，通过提交表单，将表单中所填写的信息提交到服务器。

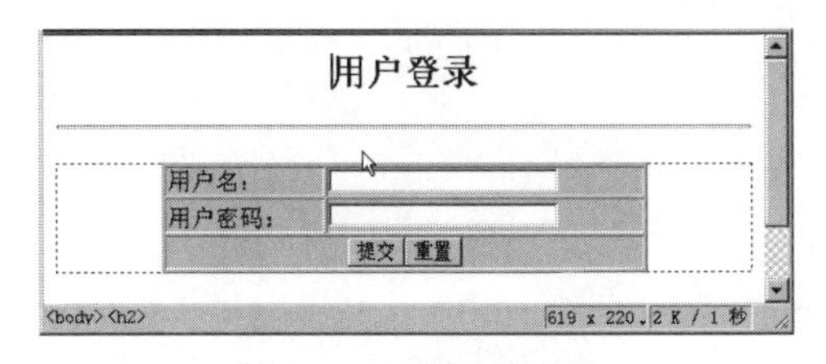

图 9-2 表单页的编辑

FormInfo.aspx 的代码内容如下：

```
<!-- FormInfo.aspx -->
<html>
<head>
```

```
<title>用户登录</title>
</head>
<body>
<h2 align="center">用户登录</h2>
<hr>
<form name="form1" method="post" action="getinfo.aspx"  >
  <table width="405" border="1" align="center" bgcolor="#cccccc">
    <tr>
      <td width="128">用户名：</td>
      <td width="261"><input name="UserName" type="text" id="UserName"></td>
    </tr>
    <tr>
      <td>用户密码：</td>
      <td><input name="UserPass" type="password" id="UserPass" ></td>
    </tr>
    <tr>
      <td colspan="2" align="center">
          <input type="submit" name="Submit" value="提交" >
          <input type="reset" name="Reset" value="重置" >
      </td>
    </tr>
  </table>
</form>
</body>
</html>
```

其中，关键的语句是<form name="form1" method="post" action="getinfo.aspx">，表示表单的内容将按 POST 方法提交到网页 getinfo.aspx 进行处理。

另外，语句<input type="submit" name="Submit" value="提交" >指定按钮类型(type)为 Submit，表示单击该按钮时将按钮所在表单的内容提交到服务器端进行处理。

（2）接收信息页面。新建一个网页文件，命名为 getinfo.aspx。在其中输入如下代码。

```
<%@ Page Language="VB"  %>
<html>
<head>
<title>接收表单提交的信息</title>
</head>
<body>
  <h2 align="center">接收表单提交的信息</h2>
<hr>
<p align="center">接收到以下信息：
<%
Dim name,pwd As String
name = Request.form("UserName")
pwd = Request.form("UserPass")
%>
</p>
<p align="center">
用户名：<%=name%><br>
密　码：<%=pwd%> </p>
</body>
</html>
```

在上面的网页代码中，用下面的语句用于接收表单通过 POST 方式提交的参数信息。

```
name = Request.form("UserName")
pwd = Request.form("UserPass")
```

语句中的 Request.form 表示通过 Request 对象的 form 属性集合按 POST 方法进行接收。

语句中的 UserName 和 UserPass 指明了接收表单中的名称分别为 UserName 和 UserPass 的两个对象（文本输入框）所提交的参数内容。

保存网页，在浏览器中浏览，效果如图 9-1 所示。

2．ASP.NET 内置对象概述

为了便于网络程序的设计，ASP.NET 提供多个内置对象（也称为内部对象），如 Request、Response、Application、Session 和 Server 等。当 Web 应用程序（即网站）运行时，可以通过这些对象来完成当前应用程序的维护、响应 HTTP 请求、传递变量、记录用户会话信息、了解 Web 服务器的活动状态等工作。学习过 ASP 的读者都知道，这些内置对象在 ASP 中也存在，与之不同的是，这些内置对象在 ASP.NET 中，由封装好的类来定义，并成为一些类（如 Page 类、HttpContext 类）的属性。表 9-1 列出了 ASP.NET 的内置对象及其对应的类。

表 9-1　ASP.NET 的内置对象及其对应的类

内置对象	对应的 ASP.NET 类	说　明
Response	HttpResponse	提供对当前页的输出流的访问，可以使用 Response 对象控制发送到客户端的信息。包括直接发送信息文本给浏览器、重定向浏览器到另一个 URL 或设置 Cookie 的值
Request	HttpRequest	提供对当前页请求的访问，可以使用 Request 对象访问任何用 HTTP 请求传递的信息，包括从 Form 表单用 POST 方法或 GET 方法传递的数据、查询字符串、客户端证书和 Cookie 等
Context	HttpContext	提供对整个当前上下文（包括请求对象）的访问。可以使用此类在 Web 页之间的进行信息传递
Server	HttpServerUtility	Server 对象提供对服务器上的方法和属性进行的访问。最常用的方法是创建组件的实例，对 HTML 文本进行编码和解码，获取有关错误的信息等
Application	HttpApplicationState	提供对所有会话的应用程序范围的方法和事件的访问。还提供对可用于存储信息的应用程序范围的缓存的访问。可以使用 Application 对象使给定应用程序的所有用户共享信息
Session	HttpSessionState	为当前用户会话提供信息。还提供对可用于存储信息的会话范围的缓存的访问，以及控制如何管理会话的方法
Trace	TraceContext	提供获取要在 HTTP 页输出中显示的系统和自定义跟踪诊断消息的方法

由于 ASP.NET 页（.aspx 文件）包含对 System.Web 命名空间（含有 HttpContext 类）的默认引用，因此在 ASP.NET 页中可以引用 HttpContext（HTTP 上下文，封装了特定的 HTTP 请求信息）的成员，而不需要使用对 HttpContext 的完全限定类引用。

例如，在 ASP.NET 页中，内部对象 Response 可以自由使用 HttpRequest 的所有属性和方法。这样，在输出信息到客户端时可以直接使用 Response.write("信息内容")，将输出写入 HTTP 输出流中。

3．Request 对象

Request 对象用于获取所有从客户端提交到服务器的请求信息。Request 对象提供了多种集合来获取客户端的信息，包括 QueryString、Form、Cookies 和 ServerVariables 等。ASP.NET 中，可以通过 Request 对象集合来从浏览器、Cookie、HTTP 头和用户会话中取得信息。

Request 对象可以接收客户端在请求一个页面或传送一个表单时提供的所有信息，这包括能够标识浏览器和用户的 HTTP 变量，存储用户的浏览器对应的 Cookie，以及附在 URL 后面的提交的内容（查询字符串或页面中<Form>表单中的 HTML 控件内的值）。Request 对象使用格式如下：

```
Request[.集合|.属性|.方法](参数)
```

其中，集合、属性和方法是可选的，当选择不同的集合、属性或方法时，要设置相应的参数。通常，在使用 Request 来获取信息时，需要写明使用的集合、属性或方法，如果没有写明，即当写成 Request（参数名）的格式后，将会自动依次按如下顺序来获取信息。

QueryString→Form→Cookies→ServerVariables

如果没有发现与参数名对应的值，则返回空值（Null）。

Request 对象提供了多个集合（Collection），可以用来获取客户端对 Web 服务器发送的各类请求信息，如提交的查询、Cookies、HTTP 报头值等，表 9-2 列出了这些集合并给出了说明。

表 9-2　Request 对象的集合

集合名称	说　明
Cookies	根据用户的请求，用户系统发出的所有 Cookie 的值的集合，这些 Cookie 仅对相应的域有效
Form	METHOD（方法）属性值为 POST 时，所有作为请求提交的<Form>段中的 HTML 控件单元的值的集合
QueryString	依附于用户请求的 URL 后面的名称/数值对，或者作为请求提交的且 METHOD 属性为 GET（或者省略其属性）的<Form>中所有 HTML 控件单元的值
ServerVariables	随同客户端请求发出的 HTTP 报头值，以及 Web 服务器的几种环境变量的值的集合

QueryString 与 Form 是 Request 中使用得最多的两个集合属性，用于获取从客户端发送的查询字符串或表单<Form>的内容。

（1）QueryString 属性。QueryString 用于获取查询字符串的变量值的集合，以及在以 GET 方法提交的<Form>表单中所有的表单元素内容的集合，其使用格式如下：

```
Request.QueryString(变量名或表单元素名)
```

示例如下：

```
strname=Request.QueryString("name")
```

上面的语句将用户提交的查询字符串中变量 name 的值赋给 strname。

关于 QueryString 属性的应用，请参考后面的“客户端信息的提交”一节。

（2）Form 属性。Form 用于获取以 POST 方法提交的<Form>表单中所有的表单元素内容的集合，使用格式如下：

```
Request.Form(表单元素名)
```

示例如下：

```
strpwd=Request.Form("pwd")
```

上面的语句将用户以 POST 方式所提交的表单中，名为 pwd 的对象内容赋值给 strpwd。

关于 Form 属性的应用，请参考后面的“客户端信息的提交”一节。

（3）其他常用属性。除 QueryString 与 Form 外，Request 对象还提供了其他一些重要属性，下面列出其中常用的属性。

Path：获取当前请求页面的虚拟路径。

Browser：获取有关正在请求的客户端的浏览器功能的信息。

ContentLength：指定客户端发送的内容长度（以字节计）。

Cookies：获取客户端发送的 Cookie 的集合。

HttpMethod：获取客户端使用的 HTTP 数据传输方法（如 GET、POST）。

PhysicalPath：获取与请求的 URL 相对应的物理文件系统路径。

TotalBytes：获取当前输入流中的字节数。

Url：获取有关当前请求的 URL 的信息。

UrlReferrer：获取有关客户端上次请求的 URL 的信息，该请求链接到当前的 URL。

UserHostAddress：获取远程客户端的 IP 主机地址。

UserHostName：获取远程客户端的主机名。

下面的示例演示了如何通过 Request 对象属性来获取客户端信息。

```
<!-- ClientInfo.aspx -->
<%@ Page Language="VB" ContentType="text/html" ResponseEncoding="gb2312" %>
<html>
<head>
<title>获取客户端信息</title>
</head>
<body>
<h2 align="center">获取客户端信息</h2>
<%  Dim addr,port,scheme,HttpMethod,Path, PhysicalPath,browser,ActiveX,
bs,Cookies,Frames,JavaApplets,Platform,JavaScript as string
    '获取发出请求的客户机 IP 地址
    addr=request.UserHostAddress
    '获取 URL 信息
    port=request.URL.port
    scheme=request.URL.scheme
    HttpMethod=request.HttpMethod
    '获取文件路径信息
    Path=request.Path
    PhysicalPath=request.PhysicalPath
    '获取浏览器软件信息
    browser=request.Browser.type
    ActiveX=request.Browser.ActiveXControls
    bs=request.Browser.BackgroundSounds
    Cookies=request.Browser.Cookies
    Frames=request.Browser.Frames
    JavaApplets=request.Browser.JavaApplets
    Platform=request.Browser.Platform
    JavaScript=request.Browser.JavaScript
%>
IP 地址：<%=addr%><br>
协议：<%=scheme%><br>
端口号：<%=port%><br>
提交请求方法：<%=HttpMethod%><br>
当前请求页面的虚拟路径:<%=Path%><br>
当前请求页面的对应的物理文件系统路径:<%=PhysicalPath%><br>
<hr>
客户端浏览器：<%=browser%><br>
客户端操作系统：<%=Platform%><br>
客户端是否支持 Cookie：<%=Cookies%><br>
客户端是否支持背景音乐：<%=bs%><br>
客户端是否支持 ActiveX 控件：<%=ActiveX%><br>
客户端是否支持框架：<%=Frames%><br>
客户端是否支持 JavaApplets：<%=JavaApplets%><br>
客户端是否支持 JavaScript：<%=JavaScript%><br>
</body>
</html>
```

将文件保存为 ClientInfo.aspx，其浏览效果如图 9-3 所示。

图 9-3　获取客户端信息

（4）Request 对象的常用方法。Request 对象的常用方法包括 BinaryRead 和 MapPath。

BinaryRead：执行对当前输入流进行指定字节数的二进制读取。

MapPath：为当前请求将请求的 URL 中的虚拟路径映射到服务器上的物理路径。

示例如下：

```
Request.MapPath("文件相对路径")
```

可以通过这条语句来得到某个文件的实际物理位置，这个方法常常用在需要使用实际路径的地方。

4．客户端信息的提交

在网站开发中，为了实现用户与服务器的动态交互，通常需要从客户端浏览器向服务器发送信息，一个用户请求包含从用户传递给 ASP.NET 页面的信息，产生请求的部分工作就是声明或生成一个表示对 ASP.NET 页面进行调用的 URL，URL 的一般格式如下：

```
Protocol://host:port/VirtualPath?QueryString
```

其中，Protocol 表示协议，用于声明在远程机器之间传送信息的底层机制，可用的协议包括 HTTP、HTTPS、FTP 等，本书中使用的都是 HTTP 协议。

host 表示请求要发送到的远程机器的名字或 IP 地址。

port 声明服务器要监听请求的机器端口号。对于 http 协议来说，端口号一般都是 80，这也是当这项参数空缺时的默认值。

VirtualPath 包含一个以斜杠为分隔符的一组标识符，服务器把它映射到一个物理的路径和 ASP 页面的位置。

QueryString 是查询字符串，它是一个成对的名字和值的列表，作为 ASP 的参数被传递到处理它的 ASP 页面。如果有多个参数需要传递，将会以“&”号分隔开的成对的名字和值，查询字符串可以想象成传递给目标 ASP 的参数列表，就像是函数调用一样。

下面是一个带有查询字符串调用 ASP 的 URL 例子。

```
http://localhost/asptech/Request.asp?p1=val1& p2=val2
```

上面的信息在浏览器中提交时将被传递给本地主机的 80 端口（默认端口），处理该信息的脚本文件为 asptech 目录下的 Request.asp，查询字符串是在“?”之后的所有内容即“p1=val1&p2=val2”，这里有两个查询参数 p1 和 p2，其值分别为 val1 和 val2。

浏览器在用户单击一个超级链接或提交一个 HTML 表单时都将产生一个请求(HTML 表单会在本节的后面讲到)，下面是一个使用超级链接产生查询字符串的语句。

```
<a href="qry.asp?str=ASP.NET 教程">ASP.NET 教程</a>
```

对于上面的语句，在单击链接文字“ASP.NET 教程”时，将产生一个 URL 请求，该请求将发送给文件 hyperlinkquery.asp 进行处理，请求中传递的参数是 str，其值为“ASP.NET 教程”。

此外，在 ASP.NET 中提交用户请求时，通常都是由客户端的网页产生请求，服务器端的 ASP 脚本处理请求，所以，在设计时通常将客户端网页与服务器端脚本分为两个文件，即可见的前台网页文件与处理请求的后台脚本文件。

下面来看一个提交查询字符串的例子，例子由两个文件构成，分别是前台网页文件 link.aspx 和服务器端脚本文件 query.aspx。

前台网页文件 link.aspx 内容如下：

```
<!--link.aspx-->
<html>
<head>
<meta http-equiv="Content-Type" content="text/html; charset=gb2312" />
<title>提交查询字符串</title>
</head>
<body>
<!--下面的超链接均含有查询字符串-->
<a href="query.aspx?str1=ASP.NET">ASP.NET</a><br>
<a href="query.aspx?str2=案例教程">案例教程</a><br>
<a href="query.aspx?str1=ASP.NET&str2=案例教程">ASP.NET 案例教程</a><br>
</body>
</html>
```

服务器端脚本文件 query.aspx 内容如下：

```
<!-- query.aspx -->
<%@ Page Language="VB" ContentType="text/html" ResponseEncoding="gb2312" %>
<!DOCTYPE html PUBLIC "-//W3C//DTD XHTML 1.0 Transitional//EN"
"http://www.w3.org/TR/xhtml1/DTD/xhtml1-transitional.dtd">
<html xmlns="http://www.w3.org/1999/xhtml">
<head>
<meta http-equiv="Content-Type" content="text/html; charset=gb2312" />
<title>处理查询字符串</title>
</head>
<%
dim str1,str2 as string
'下面程序获取客户端请求查询字符串中变量 str1 和 str2 的值
str1=request.QueryString("str1")
str2=request.QueryString("str2")
%>
<body>
str1=<%=str1%><br>
str2=<%=str2%><br>
</body>
</html>
```

上面网页 link.aspx 在浏览器中运行效果如图 9-4 中左图所示；单击网页中的链接文字“ASP.NET 案例教程”，结果如图 9-4 中右图所示。

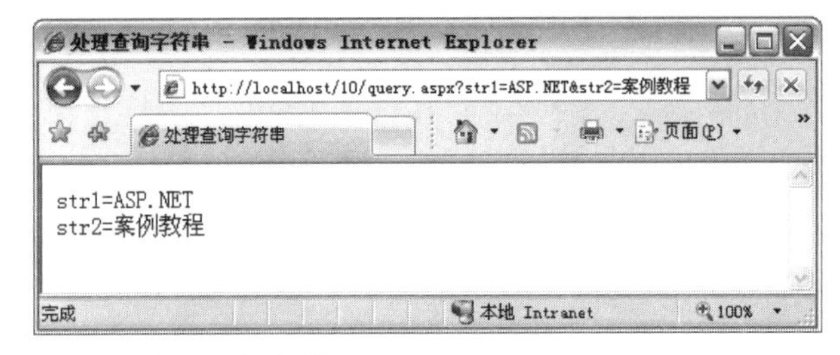

图 9-4　查询字符串的处理

从图 9-4 中 Internet Explorer 浏览器地址栏可以看到，带有查询字符串的超链接被作为 URL 提交到服务器。服务器在收到 URL“http://localhost/10/query.aspx?str1=ASP.NET&str2=案例教程”后，调用了脚本文件 query.aspx 进行处理。在脚本文件中，通过下面的语句获取查询字符串中的变量 str1 和 str2 对应的变量值“ASP.NET”和“案例教程”，最后将其显示到网页上。

```
str1=request.QueryString("str1")
str2=request.QueryString("str2")
```

除了使用链接来提交查询字符串外，Form 表单的 GET 方法也同样可以提交查询字符串。

5. 表单及其在客户端信息提交中的应用

在前面网页信息传递的例子中，所有信息都通过超链接来提交，这种信息的提交方式是静态的，即只能提交设计时指定的信息。在真正的网站设计中，更多情况下，需要能够进行动态提交的信息，即信息是由用户输入数据后在客户端产生并提交信息，而不是由服务器端指定的。例如，网上常见的用户注册信息的提交，如图 9-5 所示为一个网站的注册页面。

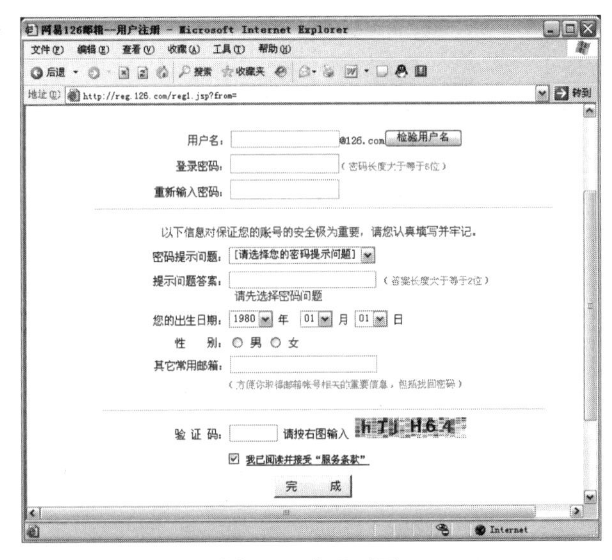

图 9-5　注册页面

在这种需要用户输入的页面中，使用由超级链接在设计时用标签<a>硬编码来设计查询字符串显然是行不通的。这种情况下，就需要使用 HTML 表单来进行信息的输入和提交。HTML 表单允许在用户提交表单时动态生成 URL 的查询中，查询字符串中的变量名和变量值从表单中取得，然后生成变量名和变量值配对列表，并追加到 URL 的后面。

表单是一个能够包含表单元素的区域，HTML 为表单提供了多种图形用户界面组件元素（比如文本框、密码框、下拉菜单、单选按钮、复选框等），这些表单元素能够让用户在表单中输入信息，可以用它们来构成表单内容，作为用户可以输入的域，并可以将其提交给一个 ASP.NET 页面进行处理。表单及表单元素在 Dreamweaver 8 中的设计方法在第 4 章“表单、样式表和命令”中已经学过，但是当时没有涉及表单内容代码的设计。在这里，将详细介绍表单相关的 HTML 代码。

HTML 中的表单元素与 WebForm 中的 HTML 服务器控件相似，区别在于后者具有“Runat=server”属性，指明是在服务器端运行。

（1）表单。表单是用 HTML 的<form>标签来声明的，格式如下：

```
<form name=" " action=" " method=" ">
…
</form>
```

<form>标签的属性 name 用于指定表单的名称，这在同一页面有多个表单时会很有用；action 属性指定当表单被提交时所要执行的动作，对 ASP.NET 来说，可以指定为所要调用的 ASP.NET 文件的 URL；<form>标签的 method 参数指定传递请求给 ASP.NET 所用的方法，它的值可以是 GET 或 POST。当提交的信息较少，且不太需要注重安全性时，可以使用 GET 方法进行提交，这种方式在 URL 末尾生成以“？”开头的查询字符串，查询字符串中的变量名和变量值是在表单被提交时，动态地根据表单元素的名字和用户的输入信息产生的，与前面所学过的查询字符串一样，这样生成的 URL 将可以在浏览器地址栏中看到，可以通过 Request 的 QueryString 属性来获取 GET 方法提交的内容。如果提交的内容较多，或者需要注重安全性时，则可以使用 POST 方式提交，这种方式将表单所有内容进行整体提交，可以通过 Request 的 Form 集合来获取 POST 方法提交的内容。

在标签<form>和</form>之间的则是表单元素。此外，如果 action 中没有指定处理提交信息的 ASP.NET 文件，则由当前文件进行处理。

在表单标签里，可以使用 HTML 标签<input>（输入标签）、<textarea>（文本域标签）和<select>（选项标签）声明任意多个表单元素，下面对这些标签进行详细介绍。

（2）<input>标签。<input>标签是最常用的表单标签，常用于输入信息或提交信息。input 标签的通用语法格式如下：

```
<input type=" " name=" " value=" ">
```

<input>标签的 type 属性允许指定输入类型，它可以取的输入类型有 text（文本框）、password（密码框）、checkbox（复选框）、radio（单选按钮）、image（图像域）、reset（重置按钮）和 submit（提交按钮）。name 属性为表单元素的名称，value 属性在设计时为表单元素的初始值，提交时表单时就是该元素的内容。

注意，每个表单元素都有一个属性 name，同时每个表单元素都有一个与之相联系的值(value)，这个值可以由用户输入得到，也可以由设计者通过 value 参数设置一个初始值。与输入域相关联的名字和值用来构造查询串。

同时，所有的表单必须声明一个 submit 按钮，在单击该按钮时，将通知浏览器表单已经准备好，将组合得到的 URL 传送到服务器端，调用<form>标签的 action 参数指定的 ASP 文件进行下一步的处理。要声明一个 submit 按钮，只需要使用一个 type 参数是别 submit 的<input>标签就可以了。示例如下：

```
<form name="form1" action="form.aspx" ="get">
<input type="text" name="txt1" value="ASP.NET ">
<input type="submit" name="submit" value="finish">
</form>
```

上面的表单在没有用户输入（即没有修改 value 的内容）的情况下，由于提交表单的方法

（method）是 GET，所以在提交时将构成形式如下的 URL。

```
…/form.aspx?txt1= ASP.NET & submit=finish
```

其中，语句<input type="text" name="txt1" value="ASP.NET">中的 name 属性值“txt1”和 value 属性指定的值“ASP.NET”构成了一对查询字符串中的变量名和变量值对。

下面对<input>标签的各种输入类型进行举例说明。

<input>标签的 text 类型用于设置一个单行文本框，语法格式如下：

```
<input name=" " type="text" value="" size="" maxlength="" >
```

其中，value 为文本框的值，在设计时为文本框的初始值；size 属性指定文本框宽度，maxlength 指定输入的最大字符数。这两个属性的属性值都是整数，单位为字符。示例如下：

```
<input name="user" type="text" value="admin" size="12" maxlength="16" >
```

上面的语句指定了一个名为 user 的文本框，文本框初始值为“admin”，宽度为 12 个字符，最大可输入 16 个字符。

<input>标签的 password 类型用于设置一个密码框，语法格式如下：

```
<input name=" " type="password" value="" size="" maxlength="" >
```

密码框中各个属性的用法与文本框相同。示例如下：

```
<input name="pwd" type="password" size="8" maxlength="12">
```

上面的语句指定了一个名为 pwd 的密码框，密码框宽度为 8 个字符，最大可输入 12 个字符。

<input>标签的 submit 类型用于设置一个提交按钮，提交按钮用于将表单的内容提交到 action 所指定的 ASP 文件进行处理，语法格式如下：

```
<input name=" " type=" submit" value="" >
```

其中，value 属性指定按钮上的文字。

<input>标签的 reset 类型用于设置一个重置按钮，重置按钮用于将表单中的所有输入域清空，重置表单内容，语法格式如下：

```
<input name=" " type="reset" value="" >
```

其中，value 属性指定按钮上的文字。下面是一个 input 标签的示例。

```
<form name="form1" method="post" action="">
  <p>用户：
    <input name="user" type="text" size="8" maxlength="16">
  </p>
  <p>密码：
    <input name="pwd" type="password" size="8" maxlength="12">
  </p>
  <p>
     <input type="reset" name="reset" value="重置">
     <input type="submit" name="submit" value="提交">
  </p>
</form>
```

上面示例的表单在浏览器中显示效果如图 9-6 所示。

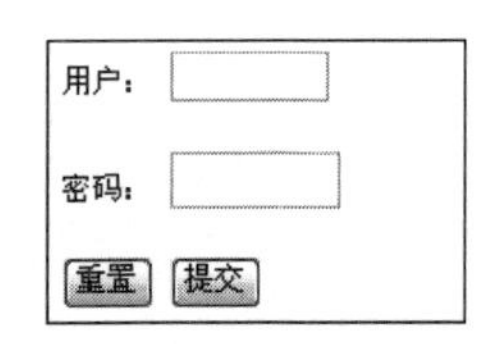

图 9-6 <input>标签示例

（3）单选按钮与复选框。<input>标签的 radio 类型用于设置一个单选按钮，单选按钮用于从一组选项中选择一个，语法格式如下：

```
<input name=" " type="radio" value=" " checked>
```

其中，name 属性为按钮名称，value 属性为按钮的值，checked 是可选属性，如果有该属性，则表示该按钮显示时为被选中，否则为未选中。

通常单选按钮都是成组使用的，要使多个单选按钮成为一组，只需要将其 name 属性设为相同名称即可，此时需要将 value 属性设置为不同值，以示区别。在提交时只提交被选中的那个按钮值。此外，由于单选按钮仅显示按钮而没有文字内容，因此通常会在其旁边注上文字。示例如下：

```
<input name="radiobutton" type="radio" value="1" checked > 选项 1
<input name="radiobutton" type="radio" value="2"> 选项 2
```

上面的代码表示一组中两个名为 radiobutton 的单选按钮，按钮值分别为 1 和 2，值为 1 的按钮为已选中，旁边分别显示文字“选项 1”和“选项 2”。在选中按钮 1 的情况下，提交时的变量值如下：

```
radiobutton=1
```

<input>标签的 checkbox 类型用于设置一个复选框，复选框可用于从一组选项中选择多个选项，语法格式如下：

```
<input name=" " type="checkbox" value=" " checked>
```

其中，name 属性为按钮名称，value 属性为按钮的值，checked 是可选属性，如果有该属性，则表示该按钮显示时为被选中，否则为未选中。

与单选按钮相似，复选框通常也是成组使用的，与单选按钮不同的是，被选中的多个复选框都会被提交，因此其 name 值可以相同（按集合处理），也可以不同（按不同变量进行处理）。示例如下：

```
<input name="checkbox" type="checkbox" value="游泳" >游泳
<input name="checkbox" type="checkbox" value="跑步" >跑步
```

上面代码将显示两个复选框，两个复选框的名称均为 checkbox。在提交信息时，对于这种一个变量对应多个值的情况，通常使用 For each…Next 语句进行处理。示例如下：

```
For each ob in Request.form("checkbox")
    Response.Write(ob&"<br>")           '输出选项内容
next
```

上面语句中，将通过 For each 循环依次将变量 checkbox 对应的不同值赋给变量 ob，再对 ob 进行操作。

下面是一个使用单选按钮与复选框设计的简单的网页调查表案例。案例由两个文件组成，分别是前台网页文件 radiocheck.aspx 和服务器端脚本文件 ask.aspx。

前台网页文件 radiocheck.aspx 内容如下：

```
<!--radiocheck.aspx-->
<html>
<head>
<title>上网调查表</title>
</head>
<body >
<h2 align="center">上网调查表</h2>
<form name="form1" method="post" action="ask.aspx">
  <table width="395" border="1" cellspacing="0" bordercolor="#000000">
    <tr>
      <td height="28" colspan="2">通常使用什么方式上网？</td>
    </tr>
    <tr>
```

```
      <td width="160"><input name="radiobutton" type="radio" value="ADSL" checked>
      ADSL</td>
      <td width="225"><input name="radiobutton" type="radio" value="拨号上网" >
         拨号上网 </td>
    </tr>
    <tr>
      <td><input name="radiobutton" type="radio" value="无线接入">无线接入</td>
      <td><input name="radiobutton" type="radio" value="DDN 专线">DDN 专线</td>
    </tr>
    <tr>
      <td height="23" colspan="2">通常是在什么地方上网？</td>
    </tr>
    <tr>
      <td><input type="checkbox" name="check" value="网吧">网吧</td>
      <td><input type="checkbox" name="check" value="学校">学校</td>
    </tr>
    <tr>
      <td><input type="checkbox" name="check" value="家里">家里</td>
      <td><input type="checkbox" name="check" value="学校">其他地方</td>
    </tr>
  </table>
  <p>
    <input type="submit" name="Submit" value="提交">
  </p>
</form>
</body>
</html>
```

后台脚本文件 adk.asp 内容如下：

```
<!--ask.aspx-->
<%@ Page Language="VB" ContentType="text/html" ResponseEncoding="gb2312" %>
<html>
<head>
<title>调查表</title>
</head>
<body >
<h2 align="center">上网调查表</h2>
<%
 dim str1,str2 as string
  '将单选按钮选项值赋给 str1
 str1 = Request.form("radiobutton")
%>
     通常使用的上网方式是：<%=str1%><br>
     经常上网的地方是：
<%
     '将复选按钮多个选项内容依次赋给 str2
      for each str2 in Request.form("check")
              Response.Write(str2  + " ")              '输出选项内容
      next
%>
</body>
</html>
```

前台网页 radiocheck.htm 在浏览器中显示效果如图 9-7 中左图所示。当选择完毕，单击“提交”按钮提交调查表信息时，下面的语句将单选按钮 radiobutton 所选项的值赋给变量 str1。

```
str1 = Request.form("radiobutton")
```

图 9-7　上网调查表

然后，再通过下面的 for each 循环来依次获取所选中的复选框 check 对应的内容，将其赋值为变量 str2，并通过 Response.Write 方法输出。

```
for each str2 in Request.form("check")
        Response.Write(str2&" ")            '输出选项内容
next
```

（4）<textarea>标签。<textarea>标签声明一个用户可以输入多行文本的区域，<textarea>标签的语法如下：

```
<textarea name="" rows="" cols="" >text</textarea>
```

其中，cols 为文本域宽度（字符数），rows 为文本域的高度（行数），<textarea>和</textarea>之间的是文本域的内容，对应的就是文本域提交时的值。示例如下：

```
<textarea name="textfield" cols="40" rows="10">这是一个 textarea 文本域</textarea>
```

上面语句定义的文本域如图 9-8 所示。

（5）<select>标签。<select>标签声明一个可选项的列表，用户可以选择一个或多个选项，标签的值（value）就是所选择的选项，<select>标签的语法如下：

```
<select name="" size="" multiple>
<option value="" selected>option</option>
...
<option value="">option</option>
</select>
```

其中，<select>标签表示选项列表，其中 name 是名称，size 是列表区域高度（即可显示的选项数），multiple 是可选属性，如果有该属性则表示可选择多项。

在<select>和</select>标签之间的是列表的内容，列表内容用标签<option>设置；value 表示该选项的值，selected 是一个可选属性，如果有该属性，则表示显示时将该项置设为已选中；在<option>和</option>标签之间的是显示在选项列表中的选项内容。

下面是一个 select 标签的示例。

```
<select id="s1" size="1" name="linkjy">
        <option selected="selected" >———教育科研———</option>
        <option value="http://www.bjeea.cn">北京教育考试院</option>
        <option value="http://www.bjeeic.org">北京教育考试指导中心</option>
</select>
```

上面的代码在浏览器中效果如图 9-9 中左图所示，鼠标单击展开列表后，效果如图 9-9 中右图所示。

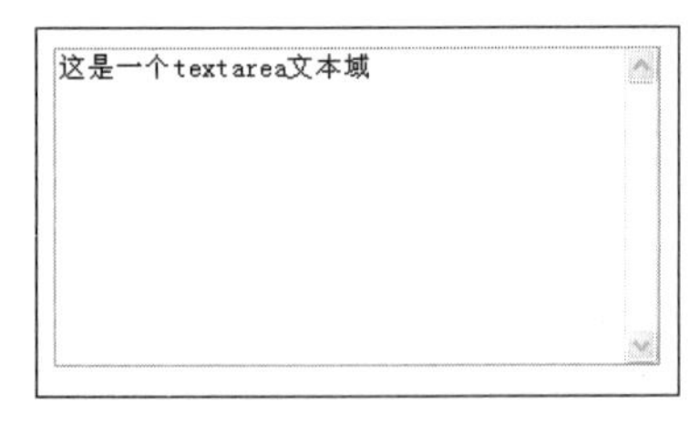

图 9-8　文本域

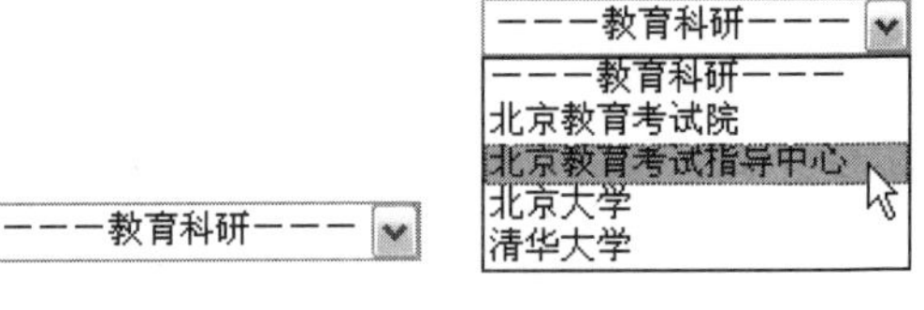

图 9-9　列表选项

9.1.2　【实例 63】网页重定向

本实例，将实现通过单击表单中的列表选项来跳转到指定的网页，效果如图 9-10 所示。

图 9-10　网页重定向

1．制作过程

（1）创建一个名为 redirect.aspx 的文件，并将其打开。

（2）切换到“代码视图”，编辑代码如下所示。

```
<%@ Page Language="VB" ContentType="text/html" ResponseEncoding="gb2312" %>
<head>
<meta http-equiv="Content-Type" content="text/html; charset=gb2312" />
<title>网页重定向</title>
</head>

<Script Language="VB" Runat="Server">
     Sub DDL_changed(Sender As Object,e As Eventargs)
          response.Redirect(ddlA.SelectedItem.Value)  '网页重定向，转到所选网站
     End Sub
</Script>

<body>
  <Form Id="Form1" name="form1" Runat="Server">
  <table width="155" border="1" cellpadding="0" cellspacing="0">
    <tr>
      <td width="155" height="23" align="center" background="/images/title_bg
_show.gif">
          <b><font color="#003399"> == 网络导航 == </font></b>
       </td>
    </tr>
    <tr>
      <td>
            <ASP:DropDownList Id="ddlA" Runat="server" OnSelectedIndexChanged=
"DDL_changed" width="155" AutoPostBack="true" >
```

```
                <asp:ListItem Selected="true" Value="http://www.google.com" > == 谷 歌
==</asp:ListItem>
                <asp:ListItem Value="http://www.baidu.com"> == 百 度 == </asp:ListItem>
                <asp:ListItem Value="http://www.sina.com.cn"> == 新 浪 ==
</asp:ListItem>
                <asp:ListItem Value="http://www.163.com"> == 网 易 == </asp:ListItem>
            </ASP:DropDownList>
          </td>
       </tr>
     </table>
     </Form>
   </body>
   </html>
```

保存网页，按 F12 键在浏览器中浏览，效果如图 9-10 所示。

2．Response 对象

Response 对象用来访问所创建并返回客户端的响应。可以使用 Response 对象控制发送给用户的信息，包括直接发送信息给浏览器、重定向浏览器到另一个 URL 或设置 Cookie 的值。Response 对象提供了标识服务器和性能的 HTTP 变量，发送给浏览器的信息内容和任何将在 Cookie 中存储的信息。Response 对象还提供了一系列用于创建输出页的方法，如前面多次用到的 Response.Write 方法。

Response 对象只有一个集合——Cookies，该集合用于设置希望放置在客户系统上的 Cookie 的值，它对应于 Request.Cookies 集合。Response 对象的 Cookies 集合用于在当前响应中，将 Cookies 值发送到客户端，该集合访问方式为只写。

3．Response 对象的属性

Response 对象提供一系列的属性，通常这些属性由服务器设置，不需要手动设置它们。在某些情况下，可以读取或修改这些属性，使响应能够适应请求。Response 对象的常用属性如下所示。

（1）BufferOutput。BufferOutput 属性指明由一个 ASP.NET 页所创建的输出是否一直存放在 IIS 缓冲区，直到当前页面的所有服务器脚本处理完毕或 Flush、End 方法被调用。使用格式如下：

```
Response.BufferOutput= value
```

变量 value 取值可以是 True 或 False。当缓冲页输出时，只有当前页的所有服务器脚本处理完毕或调用了 Flush 或 End 方法后，服务器才将响应发送给客户端浏览器，服务器将输出发送给客户端浏览器后就不能再设置 Buffer 属性。Buffer 属性设置必须在任何输出（包括 HTTP 报送信息）送往 IIS 之前。因此，在.aspx 文件中，这个设置应该在<%@ LANGUAGE=…%>语句后面的第一行。

（2）Charset。Charset 属性用来获取或设置输出流的 HTTP 字符集。格式如下：

```
Response.Charset="value"
```

示例如下：

```
Response.Charset="gb2312"
```

设置字符集为 gb2312。

（3）ContentType。ContentType 属性指明响应的 HTTP 内容类型，以告知浏览器所期望内容的类型。使用格式如下：

```
Response.ContentType="MIME-type"
```

标准的 MIME 类型有 text/html、image/GIF、image/JPEG 和 text/plain 等。假如该值默认，表示使用 MIME 类型 text/html。

Response.ContentType 和 Response.Charset 应用比较少，通常是直接在<head>头中的<meta>标签中设置 ContentType 和 Charset 的内容。示例如下：

```
<meta http-equiv="Content-Type" content="text/html; charset=gb2312">
```

- IsClientConnected：IsClientConnected 属性返回客户是否仍然连接和下载页面的状态标志，返回值为 True 或 False。示例如下：

```
<%
if not response.IsClientConnected then
    response.End()
end if
%>
```

通过执行上面代码，如果在当前的页面已执行完毕之前，用户已转移到另一个页面，这个标志可用来中止处理（使用 Response.End 方法）。

- Status：Status 属性用来设置页面状态描述，指明返回客户的响应的 HTTP 报头中表明错误或页面处理是否成功的状态值和信息。示例如下：

```
<%
Response.Status = "401 Unauthorized"    '设置状态为 401 Unauthorized
%>
```

需要注意的是，当设置某些属性时，使用的语法可能与通常所使用的有一定的差异。

4. Response 对象的方法

Response 对象提供一系列的方法，方便直接处理为返回给客户端而创建的页面内容。常用 Response 方法如下所述。

（1）BinaryWrite。BinaryWrite 方法用来在当前的 HTTP 输出流中写入二进制字符串，而不经过任何字符转换。使用格式如下：

```
Response.BinaryWrite("字符串")
```

BinaryWrite 方法对于写入非字符串的信息是非常有用的。例如，定制的应用程序请求的二进制数据或组成图像文件的二进制数据等。

（2）End。End 方法用来让 ASP 结束处理页面的脚本，并返回当前已创建的内容，然后放弃页面的任何进一步处理，停止页面编译，并将已经编译内容输出到浏览器。使用格式如下：

```
Response.End
```

示例如下：

```
<%
    response.write(now())
    response.end '程序执行显示到此结束
    response.write(now())
%>
```

（3）Clear。当 Response.Buffer 为 True 时，Clear 方法从 IIS 响应缓冲中删除现存的缓冲页面内容。但不删除 HTTP 响应的报头，可用来放弃部分完成的页面。使用格式如下：

```
Response.Clear()
```

该方法的主要作用是清除缓冲区中的所有 HTML 输出，但只清除响应正文而不清除响应标题。该方法和 End 方法正好相反，End 是到此结束返回上面的结果，而 Clear 却是清除上面的执行结果，然后只返回下面的结果。

```
<%
    response.write(now())
    response.clear                    '以上程序到此全部被清除
    response.write(now())
%>
```

（4）Flush。Flush 方法用来发送 IIS 缓冲中所有当前缓冲页给客户端。当 Response.Buffer 为 True 时，可以用来发送较大页面的部分内容给个别的用户。使用格式如下：

```
Response.Flush()
```

（5）Redirect

Redirect 方法用来指示浏览器根据字符串 url 转到相应地址的页面。停止当前页面的编译或输出，转到指定的页面。使用格式如下：

```
Response.Redirect("url")
```

示例如下：

```
Response.Redirect("http://www.sina.com.cn")
```

上面语句执行时将停止当前网页的输出，并跳转到新浪网（http://www.sina.com.cn）首页。

（6）Write。Write 方法用来在当前的 HTTP 响应信息流和 IIS 缓冲区写入指定的字符，使之成为返回页面的一部分。Write 方法是 Response 中使用得最多的方法，它将信息直接从服务器端发送到客户端，达到在客户端动态显示内容的目的。Write 方法使用格式如下：

```
Response.Write(字符串)
```

Response.Write 后面是要发送到客户端所显示的信息，需要用括号包含。如果 string 为字符串信息或者 HTML 代码相关，用引号包含；而 ASP.NET 本身的函数或变量则不需要，直接用即可。

无论字符串信息、HTML 代码、函数还是变量、动态输出的表格、数据库记录等，都可以通过 Response.Write 方法输送到客户端。

Response.Write 有一种省略用法，就是常用的<%=…%>方式，这种方式实际上相当于如下的脚本段。

```
<%
    Response.Write(…)
%>
```

（7）WriteFile。WriteFile 方法用来将指定的文件直接写入 HTTP 内容输出流，输出到客户端。格式如下：

```
Response.WriteFile （文件名）
```

通常，可以使用 WriteFile 将文本文件或 HTML 内容写入输出流，以便在客户端显示出来。示例如下：

```
Response.WriteFile("link.aspx")
```

上面的语句将把文件 link.aspx 的内容输出到客户端。

9.1.3 【实例 64】使用 Cookie 存储用户登录信息

在网站设计中，为了避免让用户一再重复输入登录信息，方便用户浏览网站，通常会使用 Cookie 来存储用户登录信息。本案例将实现这一功能，效果如图 9-11 所示。

图 9-11　使用 Cookie 存储用户登录信息

1. 制作过程

本案例由两个页面文件组成，分别是检查用户是否已经登录的 checkCookie.aspx 和检查并存储用户登录信息的 setCookie.aspx。

（1）setCookie.aspx 文件的代码内容如下：

```
<!-- setCookie.aspx -->
<%@ Page Language="VB" ContentType="text/html" Debug="true"%>
<html>
<head>
<title>使用 Cookie 存储用户登录信息</title>
</head>

<script language="VB" runat="server">
   Sub SubmitBtn_Click(sender As Object, e As EventArgs)
        '创建 Cookie，并设置 Cookie 名称为 username
        Dim userCookie As New HttpCookie("username")
        '定义变量 now,并设置其值为当前时间
        Dim now As DateTime = DateTime.Now
        '检查用户名和密码是否正确
        if username.value="张三" and pwd.Value="123" then
            '将用户名通过 Server.UrlEncode 进行编码转换，避免中文字符出错
            '将转换后的编码设置为 Cookie 值
            userCookie.Value=Server.UrlEncode(username.value)

            '检查是否要保存 Cookie
            if TimeSelect.Value="0" then
                '设置 Cookie 保存时间为 MinValue，即设置 Cookie 为会话 Cookie
                userCookie.Expires=DateTime.MinValue
            else
                '在当前时间 now 上增加 TimeSelect.value 所指定的天数
                '并将其设置为 Cookie 失效时间
                userCookie.Expires = now.AddDays(TimeSelect.Value)
            end if
            '将 Cookie 输出到客户端
            Response.Cookies.Add(userCookie)
            '转到 checkCookie.aspx 页
            response.redirect("checkCookie.aspx")
        end if
   End Sub
</script>
<body>
   <h3  align="center">使用 Cookie 存储用户登录信息</h3>
   <form runat=server>
```

```
            <p>用户：
        <input id="username" name="user" type="text" size="8" maxlength="16"
runat="server">
            <br>
            密码：
        <input id="pwd" name="pwd" type="password" size="8" maxlength="12" runat="server">
            <br>
            Cookie 保存时间为：
            <select id="TimeSelect" runat="server">
            <option value="0" selected="true">不保存</option>
              <option value="1">一天</option>
            <option value="7">一周</option>
            <option value="30">一月</option>
            <option value="365">一年</option>
            </select>
          </p>
            <p align="center"><input type="submit" runat="server" Value="确定"
OnServerClick="SubmitBtn_Click" ></p>
        </form>
    </body>
    </html>
```

（2）checkCookie.aspx 文件的代码内容如下：

```
    <!-- checkCookie.aspx -->
    <%@ Page Language="VB" ContentType="text/html" %>
    <html>
    <head>
    <title>检查用户是否已登录</title>
    </head>
    <script runat="server">
        Sub Page_Load(Src As Object, E As EventArgs)
            '检查名为 username 的 Cookie 是否存在
            if not IsNothing(Request.Cookies("username")) then
                '如果存在，读取 Cooike 值，并进行编码转换后赋值给 lblcookie 标签文本
                lblcookie.text="欢迎" +
Server.UrlDecode(request.Cookies("username").value) + "进入本网站！"
            else
                '否则，转到 cookie.aspx 页
                response.Redirect("setcookie.aspx")
            end if
        End Sub
    </script>
    <body>
    <asp:Label ID="lblcookie" runat="server"></asp:Label>
    </body>
    </html>
```

保存文件，浏览 checkCookie.aspx，此时将对 Cookie 进行检查。如果用户未登录，则跳转到 setCookie.aspx 页面，提示用户进行登录，并在登录时设置 Cookie 存储时间。如果用户已经登录，则显示欢迎文字，效果如图 9-11 所示。

2．Cookie 简介

Cookie 是 Web 服务器保存在客户端的一小段文本信息。Cookie 允许一个 Web 站点在客户端的计算机上保存信息并可以在以后再取回它，用户每次访问站点时，Web 应用程序都可以读取 Cookie 中的信息。

如果在用户请求站点中的页面时，应用程序发送给该用户的不仅仅是一个页面，还有一个包含日期和时间的 Cookie，用户的浏览器在获得页面的同时还获得了该 Cookie，并将它存储在用户硬盘上的某个文件夹中。以后，如果该用户再次访问站点中的页面，当该用户输入 URL 时，浏览器便会在本地硬盘上查找与该 URL 关联的 Cookie。如果该 Cookie 存在，浏览器便将该 Cookie 与页请求一起发送。然后，应用程序便可以确定该用户上次访问站点的日期和时间。可以使用这些信息向用户显示消息，也可以检查到期日期。

Cookie 与网站关联，而不是与特定的页面关联。因此，无论用户请求站点中的哪一个页面，浏览器和服务器都将交换 Cookie 信息。用户访问不同站点时，各个站点都可能会向用户的浏览器发送 Cookie；浏览器会分别存储所有 Cookie。

每个 Web 站点都有自己不同的标记，标记的内容可以随时读取，但只能由该站点的页面完成。通常，服务器端会为每一个访问者产生一个唯一的 ID，然后以 Cookie 文件的形式保存在每个用户的机器上。

（1）Cookie 的用途。从本质上来说，Cookie 其实是一个标记。当用户访问一个需要存储 Cookie 的 Web 站点时，网站会在用户的硬盘上留下一个标记，下一次用户访问同一个站点时，站点的页面会查找这个标记，并执行相应内容。这样，Cookie 可以包含在一个会话期或多个会话期之间某个 Web 站点的所有页面共享的信息，使用 Cookie 还可以在页面之间交换信息。既方便用户的使用，也方便了网站对用户的管理。这项功能经常被使用在要求认证客户密码以及电子公告板、Web 聊天室等 ASP 程序中。

Cookie 可用于帮助网站存储有关访问者的信息。一般来说，Cookie 是一种保持 Web 应用程序连续性（即执行状态管理）的方法。除短暂的实际交换信息的时间外，浏览器和 Web 服务器间都是断开连接的。对于用户向 Web 服务器发出的每个请求，Web 服务器都会单独处理。但是在很多情况下，Web 服务器在用户请求页时识别出用户会十分有用。

使用 Cookie 能够达到多种目的，所有这些目的都是为了帮助网站记住用户。例如，可以用 Cookie 临时保存用户的账号和口令，在访问页面时可以读取 Cookie，验证用户的合法性；也可以将用户的浏览状态保存在 Cookie 中，下次用户再访问网页时，由 ASP.NET 向浏览器显示个性化页面。

（2）Cookie 的缺点。Cookie 也有一些不足。首先，由于非法用户可以利用 Cookie 的功能编程实现一些不良企图，所以大多数的浏览器中都有安全设定，其中可以设置是否允许或接受 Cookie（例如，在 IE 浏览器中，通过对“工具”→“Internet 选项...”→“安全”→“自定义级别”→“Cookie 的使用”项进行设置，就可以对 Cookies 进行限制），因此这就不能保证随时能使用 Cookie。

其次，大多数浏览器对 Cookie 的大小有 4096 字节的限制，但是在新版本的浏览器中，支持 8192 字节的 Cookie 大小已经很常见。浏览器还限制站点可以在用户计算机上存储的 Cookie 的数量。大多数浏览器只允许每个站点存储 20 个 Cookie；如果试图存储更多 Cookie，则最旧的 Cookie 便会被丢弃。有些浏览器还会对它们将接受的来自所有站点的 Cookie 总数作出绝对限制，通常为 300 个。

（3）HttpCookie 类和 HttpCookieCollection 类。在 ASP.NET 中与 Cookie 相关的类有 HttpCookie 类和 HttpCookieCollection 类。其中 HttpCookie 类对应于 Cookie 对象，HttpCookieCollection 类对应于 Cookie 对象的集合。

3．创建 Cookie

（1）定义 Cookie。与 Cookie 对应的类为 HttpCookie，创建 Cookie 的时通常需要先使用 HttpCookie 类的构造函数定义类实例。示例如下：

```
'定义空 Cookie，在使用前还必须先设置 Name 属性
Dim myCookie As New  HttpCookie()
```

```
'定义 Cookie，并设置 Name 属性为 username、Value 属性为“张三”
Dim myCookie As New  HttpCookie("username","张三")
```

（2）设置 Cookie 属性。Cookie 在定义之后，通常需要设置 Cookie 的属性，Cookie 对象的常用属性说明如下：

- Name：Name 属性用来获取或设置 Cookie 的名称。示例如下：

```
myCookie.Name="username"
```

上面的语句设置 myCookie 的名称为 username。

- Value：Value 属性用来获取或设置 Cookie 的值。示例如下：

```
myCookie.Value="张三"
```

上面的语句设置 myCookie 的值为“张三”。

- Expired：Expired 属性用来获取或设置 Cookie 是否过期。默认值为 False。示例如下：

```
myCookie. Expired =True
```

上面的语句设置 myCookie 为过期，此时客户端浏览器会将其销毁。

```
if  not myCookie. Expired then ...
```

上面的语句检查 myCookie 是否过期。

- Expires：Expires 属性用来获取或设置 Cookie 的过期时间。如果不设置该值，则默认为 DateTime.MinValue，即为会话 Cookie。这样也可以创建 Cookie，但它不会保存到用户的硬盘上，关闭浏览器或会话超时（即结束当前会话）该 Cookie 即会消失，这种 Cookie 也称作非永久性的 Cookie。示例如下：

```
myCookie.Expires=DateTime.Now.AddDays(10)
```

上面的语句设置 myCookie 的过期时间为 10 天。

```
myCookie.Expires=DateTime.MinValue
```

上面的语句设置 myCookie 为会话 Cookie。

```
myCookie.Expires="#2007-9-1#"
```

上面的语句设置 myCookie 的过期时间为 2007 年 10 月 1 日。

- Domain：Domain 属性用来获取或设置 Cookie 的有效域（URI）。默认值为当前 URL 的域名部分，不管发出这个 Cookie 的页面在哪个目录下。例如，http://www.Mysite.com/login.aspx 页面中发出一个 Cookie，Domain 属性默认值是 www. Mysite.com。
- Path：Path 属性表示路径，该属性可以实现更多的安全要求，通过设置网站上精确的路径，就能限制 Cookie 的使用范围。如果未设置该属性，则使用应用程序的路径（即网站根目录）。示例如下：

```
myCookie.Path = "/aspnet"
```

上面的语句设置 Cookie 路径为网站根目录下的 aspnet 目录。

- Version：Version 属性用来获取或设置此 Cookie 符合的 HTTP 状态维护版本。

（3）写 Cookie 到客户端。设置好 Cookie 的属性后，就可以通过 Response 对象的 Cookies 集合将其输出到客户端。示例如下：

```
Response.Cookies.Add(myCookie)
```

上面的语句将 myCookie 输出到客户端。

4．读取 Cookie

可以通过 Request 对象的 Cookies 集合来获取 Cookie 信息。常用格式如下：

```
Request.Cookies(名称)  '读取 Name 属性与指定名称相符的 Cookie，返回值为 HttpCookie 实例
Request.Cookies(名称).Value     '读取 Name 属性与指定名称相符的 Cookie 的 Value 值
Request.Cookies         '读取客户端的 Cookies 集合，返回值为 HttpCookieCollection 实例
```

示例如下：

```
Dim  user  As  HttpCookie
user=Request.Cookies("username")
```

上面的语句用于读取名为 username 的 Cookie 的值，并赋给 HttpCookie 实例 user。

```
Dim name As String
name=Request.Cookies("username").Value
```

上面的语句将读取名为 username 的 Cookie 的 Value 值并赋给变量 name。

在读取 Cookies 集合时，可以通过 For each 语句来循环获取 Cookies 集合中的 Cookie。下面是一个浏览 Cookies 集合的例子。

```
<!-- browserCookies.aspx -->
<%@ Page Language="VB" ContentType="text/html" Debug="true" %>
<html>
<head>
<title>浏览 Cookie</title>
</head>
<body>
<%
    dim cks as  HttpCookieCollection    '定义 Cookies 集合实例 cks
    dim s as string
    cks=Request.Cookies     '读取 Cookies 集合，并将其赋给 cks
    for each s in cks     '循环浏览 Cookies 集合 cks，将浏览到的 Cookie 名称赋给 s
        response.write(s + "：")
        response.write(Server.UrlDecode(cks(s).value) +"<br>")
    next
%>
</body>
</html>
```

上面的示例网页的浏览效果如图 9-12 所示。

图 9-12　浏览 Cookies 集合

9.2　Session、Application 和 Server 对象

9.2.1　【实例 65】强制用户登录

本实例将通过 Session 对象实现强制用户进行登录，浏览效果如图 9-13 所示。用户如果不是从登录页 login.aspx 进入，而是直接访问 inpage.asp 页面，则将跳转到登录页，强制用户登录。

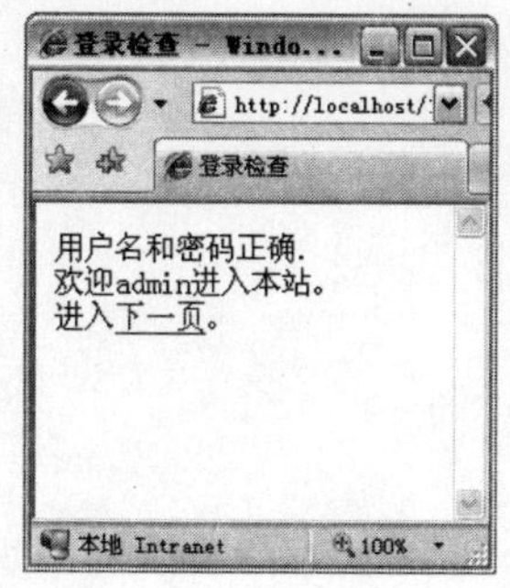

图 9-13　强制用户登录

在本实例的实现过程中，将学习如何通过 Session 对象在多个页面间交换用户信息。

1．制作过程

本实例分为三个网页文件，分别是登录页面 login.aspx、检查密码和记录 Session 的页面 checklogin.aspx 和内部页面 inpage.aspx。

（1）login.aspx 文件代码内容如下：

```
<!--checklogin.aspx-->
<%@ Page Language="VB" ContentType="text/html" ResponseEncoding="gb2312" %>
<html>
<head>
<meta http-equiv="Content-Type" content="text/html; charset=gb2312" />
<title>强制用户登录</title>
</head>
<body>
<h2 align="center">强制用户登录</h2>
<form id="form1" name="form1" method="post" action="checklogin.aspx">
    用户名：
   <input name="user" type="text" id="user" size="12" />
    <br>
     密　码：
   <input name="pwd" type="password" id="pwd" size="12" />
    <br>
   <p align="center"><input type="submit" name="Submit" value="提交" /></p>
</form>
</body>
</html>
```

login.aspx 页面供用户输入用户名和密码进行登录。

（2）检查用户名和密码、记录 Session 的页面 checklogin.aspx 代码内容如下：

```
<!--checklogin.aspx-->
<%@ Page Language="VB" ContentType="text/html" ResponseEncoding="gb2312" %>
<html>
<head>
<meta http-equiv="Content-Type" content="text/html; charset=gb2312" />
<title>登录检查</title>
</head>
<body>
<%
    Dim user,pwd As String
    user=request.form("user")
    pwd=request.form("pwd")
```

```
        '判断密码和用户名是否正确
        if pwd="123" and user="admin" then
            Session("id")=Session.SessionID    '设置名为 id 的 Session
            Session("user")=user               '设置名为 user 的 Session
%>
        用户名和密码正确.<br>
        欢迎<%=user%>进入本站。<br>
        进入<a href="inpage.aspx">下一页</a>。
  <%
        else
%>
        用户名或密码错误，请重新输入!</p>
<p><a href="login.aspx">单击这里返回登录页面。</a>
  <%
        end if
%>
</body>
</html>
```

checkSession.aspx 将对 login.htm 提交的用户信息进行验证，验证正确后，通过下面的语句记录下用户的会话标识 SessionID 和用户名 user。

```
Session("id")=Session.SessionID
Session("user")=user
```

（3）内部页面 inpage.aspx 代码内容如下：

```
<!--inpage.aspx-->
<%@ Page Language="VB" ContentType="text/html" ResponseEncoding="gb2312" %>
<html>
<head>
<title>内部页面</title>
</head>
<script runat="server">
    Sub Page_Load(Src As Object, E As EventArgs)
        '检查用户是否已经登录
        if Session("id")<> Session.Sessionid then
            Response.Redirect("login.aspx") '如果没有，则转到登录页
        end if
    End Sub
    Sub Btn_Click(sender As Object, e As EventArgs)
        '取消 Session ，退出登录
        Session.Abandon()
        Response.Redirect("login.aspx")
    End Sub
</script>
<body>
欢迎<%=Session("user")%>光临本站。
<form name="form1" action="" method="post">
    <input name="btnexit" type="button" value="退出登录" OnServerClick="Btn_Click">
</form>
</body>
</html>
```

浏览 inpage.aspx 页时，如果用户已经登录，则显示欢迎文字和一个“退出登录”按钮；如果用户没有登录直接浏览此页，则将会跳转到登录页面。当用户单击“退出登录”按钮时，将会清空 Session 信息，跳转到登录页面。

2．Session 对象

由于 HTTP 协议是无状态的，因此信息无法通过 HTTP 协议本身进传递。为了跟踪用户的操作状态，ASP.NET 使用 Session 对象来实现这一功能。用户登录网站后，系统将为其生成一个独一无二的 Session 对象，用以记录该用户的个人信息，一旦该用户退出网站，那么其 Session 对象将会注销。Session 对象可以绑定若干用户信息或者 ASP.NET 对象，不同 Session 对象的同名变量是不会相互干扰的。

Session 对象对应的类是 HttpSessionState，该类为当前用户会话提供信息，还提供对可用于存储信息的会话范围的缓存的访问，以及控制如何管理会话的方法。Session 的出现填补了 HTTP 协议的局限。

可以使用 Session 对象存储特定用户会话所需的信息。这样，当用户在应用程序的 Web 页之间跳转时，存储在 Session 对象中的变量将不会丢失，而是在整个用户会话中一直存在下去。

当用户请求来自应用程序的 Web 页时，如果该用户还没有会话，则 Web 服务器将自动创建一个 Session 对象。当会话过期或被放弃后，服务器将中止该会话。

当用户第一次请求给定的应用程序中的 ASPX 文件时，ASP.NET 将生成一个 SessionID。SessionID 是由一个复杂算法生成的号码，它唯一标识每个用户会话。在新会话开始时，服务器将 SessionID 作为一个 Cookie 存储在用户的 Web 浏览器中。

在将 SessionID 存储于用户的浏览器之后，即使用户请求了另一个.aspx 文件，或者请求了运行在另一个应用程序中的.aspx 文件，ASP.NET 仍会重用该 Cookie 跟踪会话。与此相似，如果用户故意放弃会话或让会话超时，然后再请求另一个.aspx 文件，那么 ASP.NET 将以同一个 Cookie 开始新的会话。只有当服务器管理员重新启动服务器，或者用户重新启动 Web 浏览器时，此时存储在内存中的 SessionID 设置才被清除，用户将会获得新的 SessionID。

Session 存在于访问者从到达某个特定主页到离开为止的那段时间。每一位访问者都会获得一个单独的 Session，在 Web 应用程序中，当一个用户访问该应用时，Session 类型的变量可以供这个用户在该 Web 应用的所有页面中共享数据；如果另一个用户也同时访问该 Web 应用，他也拥有自己的 Session 变量，但两个用户之间无法通过 Session 变量共享信息。Session 变量与特定的用户相联系，针对某一个用户赋值的 Session 变量是和其他用户的 Session 变量完全独立的，不会存在相互影响。

Session 可以用来储存访问者的一些喜好，例如，访问者是喜好绿色背景还是蓝色？这些信息可以依据 Session 来跟踪。Session 也可以创建虚拟购物篮。无论什么时候用户在网站中选择了一种产品，那么这种产品就会进入购物篮，当用户准备离开时，就可以立即进行以上所有选择的产品的订购。这些购物信息可以被保存在 Session 中。Session 还可以用来跟踪访问者的习惯，可以跟踪访问者从一个主页到另一个主页，这样对于设计者对站点的更新和定位是非常有好处的。

3．Session 对象的集合

Session 对象提供了两个集合，可以用来访问存储于用户的局部会话空间中的变量和对象。

（1）Contents 集合。Contents 集合是存储于特定 Session 对象中的所有没有使用<OBJECT>元素进行定义的变量和其值的集合，包括 Variant 数组和 Variant 类型对象实例的引用。在网站开发中，Contents 集合直接应用不是很多，因为可以用 Session("keyname")的方式来直接访问 Contents 集合中的变量。例如，当用户通过下面的语句设置一个 Session 变量 username 时，该变量即加入到 Contents 集合中。

```
Session("username")="张三"
```

上面的语句与下面使用 Contents 集合来设置变量的方式是等价的。

```
Session.Contents("username")="张三"
```

（2）StaticObjects 集合。StaticObjects 集合是通过使用<OBJECT>元素定义的、存储于这个 Session 对象中的所有变量的集合。

4．Session 对象的常用属性

Session 对象的常用属性说明如下。

（1）SessionID。SessionID 是一个长整型只读属性，用于获取当前会话的会话标识（ID），创建会话时，该标识符由服务器产生，返回当前会话的唯一标识，为每一个 Session 分配不同的编号。

SessionID 可以方便地对用户进行控制，例如，针对某个网站的一个模块，当一个会员登录后正在浏览此模块时，另一个人用同样的会员名登录，就不能浏览这个模块。也就是说同一个会员名同时只能一个人浏览此模块。此时可以通过用唯一会员名（设为 UserID）和 SessionID 来实现了控制。当会员登录时，通过下面的语句给该会员设置一个 Session 对象记录登录状态。

```
Session("UserID")= Session.SessionID
Session("Status")="Logged"
```

上面的语句将把该会员的 Session.SessionID 存储下来。当该会员浏览此模块时，先判断其是否登录，若已经登录再判断它的 SessionID 是否与数据库记录的相同，如果不同则不能访问。这样，当另一个用户用相同的会员名登录时，那么数据库中记录的就是新的 SessionID，前者访问此模块时就不能通过检查。这就实现了一个会员名同时只能一个人浏览某个模块。这个功能对一些收费网站很有用，它防止了多个人使用同一个会员名浏览的问题。

（2）Timeout。Timeout 用于为当前会话定义有效访问时间，以分钟为单位。如果用户在有效时间内没有进行刷新或请求一个网页，该会话结束。在各网页中根据需要可以修改。示例如下：

```
Session.Timeout=10
```

上面的代码设置 Session 有效时间为 10 分钟。

（3）Count。Count 属性用于获取会话状态集合中 Session 对象的个数。示例如下：

```
Response.Write(Session.Count)
```

上面的代码输出 Session 对象的个数到客户端。

5．Session 对象的方法

（1）Add()。通过 Add 方法可以设置 Session 对象的值。使用格式如下：

```
Session.Add("变量名",变量值)
```

示例如下：

```
Session.Add("userId", Session.SessionID)
Session.Add("userName","张三")
Session.Add("userPwd", "123")
```

在上面的例子中创建了 userId、userName、userPwd 三个 Session 对象来存储用户的登录信息。程序随时都可以通过这三个 Session 对象来查看用户的连接状态，这是实际项目中最常见的 Session 应用。

还可以使用另一种格式来设置 Session 对象，方法如下：

```
Session["变量名"]=变量值
```

这样，上面的例子就可以改为如下形式。

```
Session("userId") = Session.SessionID
Session("userName") ="张三"
Session("userPwd") = "123"
```

（2）Remove()。Remove 方法用于从 Session 集合中删除 Session 变量。格式如下：

```
Session.Remove("变量名")
```

示例如下：

```
Session. Remove("username")
```

上面的语句执行时将从 Session 集合中删除 Session 变量 username。

（3）RemoveAll()。RemoveAll 方法用于从 Session 集合中删除所有 Session 变量。格式如下：

```
Session. RemoveAll()
```

（4）Abandon()。Abandon 方法用于当网页的执行完成时，结束当前用户会话并撤销当前 Session 对象。格式如下：

```
Session.Abandon()
```

需要注意，在调用该方法以后，仍可访问当前页中的当前会话的变量。当用户请求下一个页面时才会启动一个新的会话，并建立新的 Session 对象。

9.2.2 【实例 66】访问计数器

本案例将通过 Application 对象来统计自网站启动以来，所有访问网站的人数，浏览效果如图 9-14 所示。

图 9-14 访问计数器

1. 制作过程

创建名为 userCounter.aspx 的文件，代码内容如下：

```
<!--userCounter.aspx-->
<%@ Page Language="VB" ContentType="text/html" %>
<html>
<head>
<title>访问计数器</title>
<meta http-equiv="Content-Type" content="text/html; charset=gb2312">
</head>
<body>
```

```
<h2 align="center">访问计数器</h2>
<hr>
用户每次访问计数器都加 1<br>
<p>
<%
     Dim times As Integer
     Application.Lock()          '锁定 Application
     '检查用于计数的 Application 变量 counter 是否存在
     if IsNothing(Application("counter")) then
     Application("counter")=1   '用户第 1 次访问.计数器设置为 1
     else
    '获得已经访问过的次数
     times = CInt(Application("counter"))
     '计数器加 1
     Application("counter")=times + 1
     end if
     Application.unLock()  '解锁
%>
访问次数:<%=Application("counter")%>
</p>
<p>
  当前用户 SessionId: <%=Session.SessionID%>
</p>
</body>
</html>
```

上面的代码中，利用 Application 对象为所有用户共享的特性，来统计所有访问网站的人数。

2. Application 对象

Application 对象是个应用程序级的对象，用来在所有用户间共享信息，并可以在 Web 应用程序运行期间持久地保持数据。

Application 对象对应的类是 HttpApplicationState。HttpApplicationState 类的实例，将在客户端第一次从某个特定的 ASP.NET 应用程序虚拟目录中请求任何 URL 资源时创建。对于 Web 服务器上的每个 ASP.NET 应用程序，都要创建一个单独的实例；然后通过内部 Application 对象公开对每个实例的引用。

Application 对象主要用于存储应用程序信息。当服务器启动后就产生了 Application 对象，一旦创建了 Application 对象，除非服务器关闭，否则它将一直保持下去。在 ASP 服务器运行时，仅有一个 Application 对象，它由服务器创建，也由服务器自动清除，不能被用户创建和清除，只能创建这个 Appliation 对象的同步拷贝。当客户在所访问的网站的各个页面之间浏览时，所使用的 Application 对象都是同一个，直到服务器关闭。

从本质上来说，一个 ASP.NET 应用程序就是在硬盘上的一组主页以及 ASP.NET 文件，当 ASP 应用程序在服务器端启动时，就创建了一个 Application 对象，Application 对象拥有作为单个网页所无法拥有的属性。ASP.NET 的 Application 的一些特性包括数据可以在 Application 内部共享，因此可以覆盖多个用户；Application 包含可以触发某些 Applicatin 脚本的事件，可以被整个 Application 共享；个别的 Application 可以用 Internet Service Manager 来设置而获得不同属性单独的 Application 可以隔离出来在其自身的内存中运行，这就是说，如果某个用户的 Application 遭到破坏，不会影响其他人；可以停止一个 Application（将其所有组件从内存中驱除）而不会影响到其他应用。

与 Session 不同的是，Application 变量不需要 Cookies，网站不需要利用 Application 变量来跟踪用户进程。这就意味着使用起来很安全，可以适应任何浏览器。同时，Application 变量可以被多个用户共享，一个用户对 Application 变量的操作结果可以传递给另外的用户。

3. Application 对象的常用属性

Application 对象的常用属性如下。

（1）AllKeys。AllKeys 属性用于获取 HttpApplicationState 集合中的访问键，返回值为 HttpApplicationState 对象名的字符串数组。

（2）Count。Count 属性用于获取 HttpApplicationState 集合中的对象数，即 Application 变量的数量。

4. Application 对象的常用方法

Application 对象的常用方法如下。

（1）Add()：Add 方法用于新增一个新的 Application 对象变量。格式如下：

```
Application("变量名","变量值")
```

示例如下：

```
Application.Add("counter",1)
```

此外，使用下面的方法也同样可以创建 Application 对象变量。

```
Application("变量名")="变量值"
```

示例如下：

```
Application.Add("userCounts ")＝1
```

（2）Clear()：Clear 方法用于清除全部的 Application 对象变量。

（3）Get()：Get 方法使用索引关键字或变数名称得到变量值。

（4）GetKey()：GetKey 方法使用索引关键字来获取变量名称。

（5）Lock()：Lock 方法用于锁定全部的 Application 变量。

（6）UnLock()：UnLock 方法用于解除锁定的 Application 变量。

示例如下：

```
<%
    Application.Lock
    Application("visitor_num")=Application("visitor_num")+1
    Application.Unlock
%>
```

这种方法主要是为了防止多个用户同时对共享的 Application 对象进行修改，从而避免造成错误。

（7）Remove()：Remove 方法使用变量名称删除一个 Application 对象。

（8）RemoveAll：RemoveAll 方法用于删除全部的 Application 对象变量。

（9）Set()：Set 方法使用变量名更新一个 Application 对象变量的内容。

此外，如果想要全部显示，通常可以用 For Each 循环来实现。示例如下：

```
Dim item As String
For Each item In Application
  Response.write(Application(item).ToString())
next
```

5. Global.asax 文件

Global.asax 文件（也称作 ASP.NET 应用程序文件）是可选文件，包含用于响应 ASP.NET 或 HttpModule 引发的应用程序级别事件的代码。Global.asax 文件驻留在基于 ASP.NET 的应用程序的根目录中。在运行时，分析 Global.asax 文件并将其编译到一个动态生成的.NET Framework 类，该类是从 HttpApplication 基类派生的。Global.asax 文件本身被配置为自动拒绝对它的任何直接 URL 请求；外部用户无法下载或查看在该文件中编写的代码。

开发者可以在 Global.asax 文件中指定事件脚本，并声明具有会话和应用程序作用域的对象。Global.asax 文件的内容不是用来给用户显示的，而是用来存储事件信息和由应用程序全局使用的对象。该文件的名称必须是 Global.asax 且必须存放在应用程序的根目录中，每个应用程序只能有一个 Global.asax 文件。

在 Global.asax 文件中，包含的脚本必须用<Script>标记封装。如果包含的脚本没有用<Script>标记封装，或者定义的对象没有会话或应用程序作用域，则服务器将返回错误。服务器会忽略已标记的但未被应用程序或会话事件使用的脚本以及文件中的 HTML 语句。

Global.asax 文件只能包含的内容有应用程序（Application）事件、会话（Session）事件、<OBJECT>声明和 TypeLibrary 声明。

在 Global.asax 文件中声明的过程只能从一个或多个与 Application_OnStart、Application_OnEnd、Session_OnStart 和 Session_OnEnd 事件相关的脚本中调用。用户可以在 Global.asax 文件中为这些事件指定脚本。当应用程序启动时，服务器在 Global.asax 文件中查找并处理 Application_OnStart 事件脚本。当应用程序终止时，服务器处理 Application_OnEnd 事件脚本。

当没有 Session 会话的用户在打开应用程序中的 Web 页时，Web 服务器会自动创建会话。当超时或服务器调用 Abandon 方法时，服务器将终止该会话。Session 会话有两个事件，即 Session_OnStart 事件和 Session_OnEnd 事件。可以在全局文件 Global.asax 中为这两个事件指定脚本。当会话开始时，服务器在 Global.asax 文件中查找并处理 Session_OnStart 事件脚本。该脚本将在处理用户请求的 Web 页之前处理。在会话结束时，服务器将处理 Session_OnEnd 事件脚本。

（1）Application_OnStart：Application_OnStart 事件在首次创建新的会话（即 Session_OnStart 事件）之前发生。只有 Application 和 Server 内建对象是可用的。在 Application_OnStart 事件脚本中引用 Session、Request 或 Response 对象将导致错误。

Application_OnStart 事件格式如下：

```
<Script Language=ScriptLanguage Runat=Server>
Sub Application_OnStart
…                        '在这里添加代码
End Sub
</Script>
```

其中，参数 ScriptLanguage 指定用于编写事件脚本的脚本编写语言。可以是任一支持脚本编写的语言，例如 VB、C#或 JScript。如果有多个事件使用同一种脚本编写语言，则可以将其组织在一组<Script>标记下。

（2）Application_OnEnd 事件：Application_OnEnd 事件在应用程序退出时于 Session_OnEnd 事件之后发生，只有 Application 和 Server 内建对象可用。

Application_OnEnd 事件使用格式如下：

```
<Script Language=ScriptLanguage Runat="Server">
Sub Application_OnEnd
...                      '在这里添加代码
End Sub
</Script>
```

需要注意，不能在 Application_OnEnd 脚本中调用 MapPath 方法。

（3）Session_OnStart：Session_OnStart 事件在服务器创建新会话时发生。服务器在执行请求的页之前先处理该脚本。Session_OnStart 事件是设置会话期变量的最佳时机，因为在访问任何页之前都会先设置它们。所有内建对象（Application、ObjectContext、Request、Response、Server 和 Session）都可以在 Session_OnStart 事件脚本中使用和引用。

Session_OnStart 事件使用格式如下：

```
<Script Language=ScriptLanguage Runat="Server">
Sub Session_OnStart
...
End Sub
</Script>
```

（4）Session_OnEnd：Session_OnEnd 事件在会话超时或被放弃时发生。在服务器内建对象中，只有 Application、Server 和 Session 对象可用。

Session_OnEnd 事件使用格式如下：

```
<Script Language=ScriptLanguage Runat="Server">
Sub Session_OnEnd
...
End Sub
</Script>
```

Global.asax 使用了微软的 HTML 拓展<Script>标记语法来限制脚本，这也就是说，必须用<Script>标记来引用这两个事件，而不能用<%和%>符号引用。本书例子中 Global.asax 使用的是 VBScript，但是也可以使用其他脚本语言。

在 Global.asax 中不能有任何输出语句，无论是 HTML 的语法还是 Response.Write()方法都是不行的，Global.asax 在任何情况下都不能执行显示语句。

可以在 Global.asax 中添加一些希望执行的脚本，那么只要 Session 一创建，这些脚本就会自动执行，示例如下：

```
<Script Language="VB"  Runat="Server">
Sub Session_OnStart
Session("Username")="Unknow"
Session("Userpassword")="Unknow"
End Sub
</Script>
```

上面代码将 Unkonw 值赋给了 Username 和 UserPassword 变量。这个例子将在任何一个 Session 会话创建的时候执行。

Session_Onstart 脚本可以用于很多种目的。例如，希望访问者必须浏览某一个主页。下面的例子就在用户进程开始时进行了这种引导，将确保用户在访问网站时必须浏览 http://localhost/index.asp 页面，而无论用户输入的是什么地址。

```
<Script Language="VB" Runat="Server">
Sub Session_OnStart
    startPage = "http://localhost/index.asp"
    Response.Redirect(startPage)
End Sub
</Script>
```

将上面的代码保存为 Global.asax 文件并存放在应用程序的根目录中，则每当用户请求 Web 页时，服务器都会创建一个新会话，对于每个请求，服务器都将处理 Session_OnStart 脚本并将用户重定向到 index.asp 页面中。

有一点需要注意，在 Redirect 方法之后的任何 Session_OnStart 事件脚本都不会执行。因此，应该在事件脚本的最后再调用 Redirect 方法。

下面的例子将通过 Session_OnStart 和 Session_OnEnd 来帮助对用户信息进行统计。

```
<Script Language="VB" Runat="Server">
sub Session_OnStart
    Response.AppendToLog Session.SessionID&" Starting"
end sub
</Script>
<Script Language=VBScript Runat=Server>
SUB Session_Onend
    Response.AppendToLog Session.SessionID&" Ending"
END SUB
</Script>
```

9.2.3 【实例 67】在浏览器中显示 HTML 编码

本实例演示了如何通过 Server 对象对 HTML 字符串进行编码并显示到浏览器中，效果如图 9-15 所示。

图 9-15　在浏览器中显示 HTML 编码

1．制作过程

创建名为 serverHtml.aspx 的文件，代码内容如下：

```
<%@ Page Language="VB" ContentType="text/html" ResponseEncoding="gb2312" %>
<html>
<head>
<title>传输 Html 代码</title>
</head>
<body>
<%
    Dim str As String
    str="<a href='login.aspx'>用户登录</a><br>"
    response.Write("未进行编码的显示结果：" + str)
    response.Write("进行编码的显示结果：" + server.HtmlEncode(str))
%>
</body>
</html>
```

保存文件，其浏览效果如图 9-15 所示。

2．Server 对象

Server 对象对应的类是 HttpServerUtility。该对象提供对服务器上的方法和属性的访问。Server 对象提供了一系列的方法和属性，在使用 ASP.NET 编写脚本时是非常有用的。最常用的是 Server.CreateObject 方法，它允许设计者在当前页的环境或会话中在服务器上实例化其他组件对象，通过这些组件对象来扩充应用的功能（例如，邮件发送等）。此外，Server 对象还有一些方法能够把字符串翻译成在 URL 和 HTML 中使用的正确格式，这将通过把非法字符转换成正确、合法的等价字符来实现。

Server 对象提供对服务器上的方法和属性的访问。其中大多数方法和属性作为实用程序的功能服务。

3．Server 对象的属性

（1）MachineName：MachineName 属性用于获取服务器的计算机名称。示例如下：

```
response.write(Server.MachineName)
```

上面语句将在浏览器中显示服务器的名称。

（2）ScriptTimeout：ScriptTimeout 属性用于获取和设置请求超时。ScriptTimeout 属性指定脚本在结束前最大可运行多长时间，该属性可于设置程序能够运行的最大时间。当处理服务器组件时，超时限制将不再生效。使用格式如下：

```
Server.ScriptTimeout = NumSeconds
```

其中，参数 NumSeconds 指定脚本在被服务器结束前最大可运行的秒数。

下面语句将设置如果服务器处理脚本超过 100 秒，将发生超时。

```
Server.ScriptTimeout = 100
```

4．Server 对象的方法

（1）CreateObject()：CreateObject 方法创建服务器组件的实例。使用格式如下：

```
Server.CreateObject( progID )
```

其中，参数 progID 指定要创建的对象的类型。progID 的格式如下：

```
[Vendor.] component[.Version]
```

示例如下：

```
Dim MyObject As Object
MyObject = Server.CreateObject("MSWC.AdRotator")
```

上面的语句创建了一个 MSWC.AdRotator 对象实例，并将其赋给 MyObject。

默认情况下，由 Server.CreateObject 方法创建的对象具有页作用域。这就是说，再当前.aspx 页处理完成之后，服务器将自动销毁这些对象。例如，在如下所示的脚本中，当 Session 对象被销毁，即当对话超时时或 Abandon 方法被调用时，存储在会话变量中的对象也将被销毁。

```
Session("ad") = Server.CreateObject("MSWC.AdRotator")
```

可以通过将变量设置为 Nothing 或新的值来销毁对象，示例如下：

```
Session ("ad") = Nothing
Session ("ad") = " Other Valum "
```

第一行语句用于释放 ad 对象，第二行语句用一个字串赋值给 ad。

（2）HTMLEncode()：HTMLEncode 方法用于对指定的字符串采用 HTML 编码。使用格式如下：

```
Server.HTMLEncode( string )
```

其中，参数 string 指定要编码的字符串。

HTMLEncode 方法常用于需要在客户端输出一些特殊的 HTML 字符，如“<”和“>”，这些字符在 HTML 中有着特殊用途，因此不能直接使用 Response.Write 方法输出，而需要使用

HTMLEncode 转码后输出。示例如下：

```
<%= Server.HTMLEncode("The paragraph tag: <P>") %>
```

上面的语句将在客户端输出“The paragraph tag: <P> ”。

以上输出将被 Web 浏览器显示为“The paragraph tag: <P>”，如果查看一下源文件或以文本方式打开一个 Web 页，就可以看到已编码的 HTML 语句“sfasThe paragraph tag: <P>”，其中将“和”用对应的 HTML 编码进行了替换。

（3）HtmlDecode()：HtmlDecode 方法对已被编码以消除无效 HTML 字符的字符串进行解码。

（4）URLEncode：URLEncode 方法将 URL 进行编码，包括转义字符，应用到指定的字符串。使用格式如下：

```
Server.URLEncode( string )
```

其中，参数 String 指定要编码的字符串。示例如下：

```
Response.Write(Server.URLEncode("http://www.sina.com"))
```

上面的语句将输出“http%3A%2F%2Fwww%2Esina%2Ecom”。

（5）UrlDecode()：UrlDecode 方法对字符串进行解码，该字符串为了进行 HTTP 传输而进行编码，并将编码放在 URL 中发送到服务器。

（6）MapPath：MapPath 方法将指定的相对或虚拟路径映射到服务器上相应的物理目录。格式如下：

```
Server.MapPath(Path)
```

其中，参数 Path 指定要映射物理目录的相对或虚拟路径。若 Path 以一个正斜杠（/）或反斜杠（\）开始，则 MapPath 方法返回路径时将 Path 视为完整的虚拟路径。若 Path 不是以斜杠开始，则 MapPath 方法返回同当前 ASP 文件中已有的路径相对的路径。

注意，MapPath 方法不支持相对路径语法（.）或（..），下面代码中的相对路径返回一个错误。

```
Server.MapPath(../MyFile.txt )
```

MapPath 方法不检查返回的路径是否正确或在服务器上是否存在。

因为 MapPath 方法只映射路径而不管指定的目录是否存在，所以，可以先用 MapPath 方法映射物理目录结构的路径，然后将其传递给在服务器上创建指定目录或文件的组件。

对于下面的示例，假设文件 data.txt 和包含下列脚本的 test.asp 文件都位于目录 C:\Inetpub\wwwroot\Script 下。C:\Inetpub\wwwroot 目录被设置为服务器的根目录。

下面的示例使用服务器变量 PATH_INFO 映射当前文件的物理路径。

```
<%= server.mappath(Request.ServerVariables("PATH_INFO"))%><BR>
```

上面的语句将输出“c:\inetpub\wwwroot\Script\test.asp
”。

由于下列示例中的路径参数不是以斜杠字符开始的，所以它们被相对映射到当前目录，此处是 C:\Inetpub\Wwwroot\Script。

```
<%= server.mappath("data.txt")%><BR>
```

上面的语句将输出“c:\inetpub\wwwroot\Script\data.txt
”。

```
<%= server.mappath("Script/data.txt")%><BR>
```

上面的语句将输出“c:\inetpub\wwwroot\Script\Script\data.txt
”。

下面的两个示例使用斜杠字符指定返回的路径应被视为在服务器的完整虚拟路径。

```
<%= server.mappath("/Script/data.txt")%><BR>
```

上面的语句将输出“c:\inetpub\Script\data.txt
”。

```
<%= server.mappath("\Script")%><BR>
```

上面的语句将输出“c:\inetpub\Script
”。

下列示例演示如何使用正斜杠（/）或反斜杠（\）返回宿主目录的物理路径。

```
<%= server.mappath("/")%><BR>
```

上面的语句将输出“c:\inetpub\wwwroot
”。

```
<%= server.mappath("\")%><BR>
```

上面的语句将输出“c:\inetpub\wwwroot
”。

思考与练习 9

1. 填空

（1）在 ASP.NET 中提交用户请求时，通常都是__________由产生请求，__________处理请求。

（2）_________对象和_________对象可以直接映射访问 Web 服务器时客户端的两个行为，即发送信息到客户端和接收客户端提交的信息

（3）Request 对象的________集合与________集合是 Request 中使用得最多的两个集合，用于获取从客户端发送的查询字符串或表单<Form>的内容。

（4）用户提交的 URL“http://localhost/asptech/Request.asp?str1=val1& str1=val2”的含义是____。

（5）使用 POST 方式提交的表单，可以通过 Request 对象的_______集合来获取信息；使用 GET 方式提交的表单，可以通过 Request 对象的_______集合来获取信息。

（6）Cookie 允许一个 Web 站点在_______的计算机上保存信息并在以后再取回它。

（7）_________存在于访问者从到达某个特定主页到离开为止的那段时间。

（8）Server 对象的________方法将指定的相对或虚拟路径映射到服务器上相应的物理目录上。

2. 程序设计

（1）参考实例“网页重定向”程序设计一个导航网页，页面中有三个不同的选项列表，如习题图 9-1 所示。要求通过用户的选择，跳转到不同的页面。

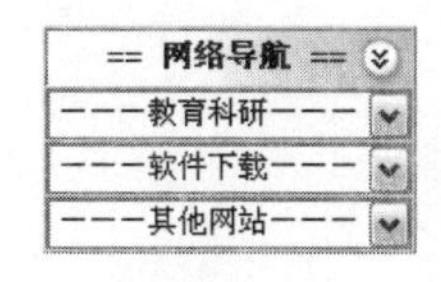

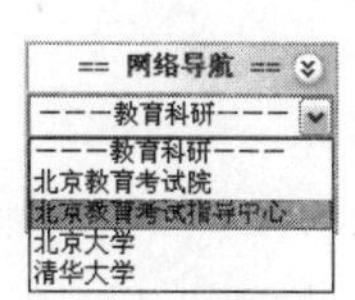

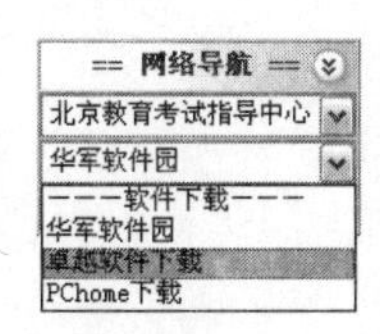

习题图 9-1　程序样图

（2）设计一个注册页面，如习题图 9-2 所示。在用户提交后，可以在后台文件中显示出用户输入的信息。

（3）设计一个用户欢迎页面，Cookie 中记录用户的姓名、性别、出生日期等信息，当用户在

生日那天打开页面时，能显示出“生日快乐”文字。

（4）使用 Application 设计一个“简易聊天室”程序，效果如习题图 9-3 所示。

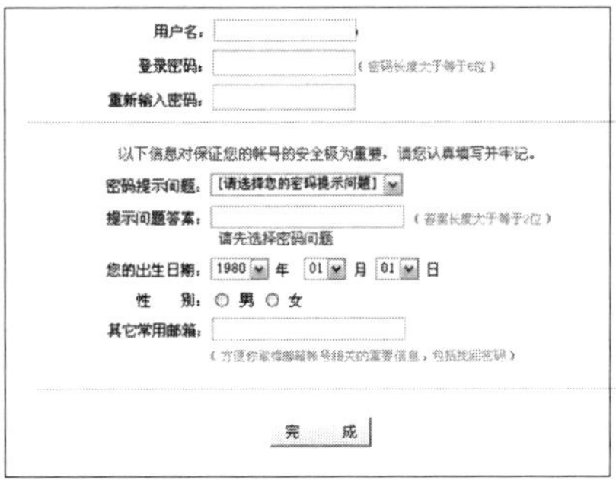

习题图 9-2　程序样图

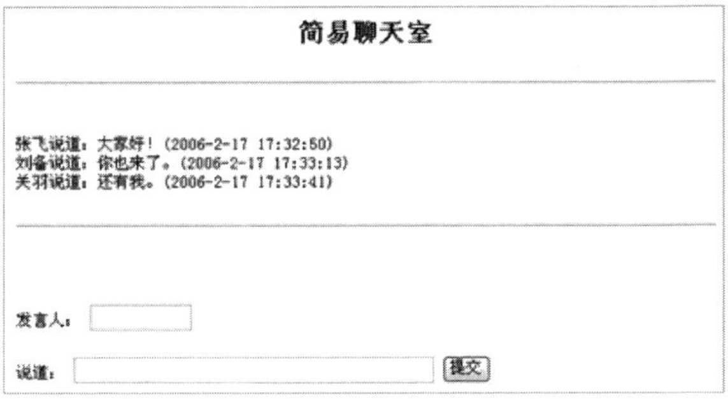

习题图 9-3　简易聊天室

第 10 章　ASP.NET 数据库网站开发

10.1　数据库网站设计基础

10.1.1　【实例 68】图书目录表

本例将使用 Dreamweaver 8 快速地实现数据库中的图书信息列表，效果如图 10-1 所示。

在实例的实现过程中，将学习如何使用 Dreamweaver 8 快速地实现数据库网页的设计。

1．制作过程

（1）数据库的创建。制作数据库网站之前，首先需要有一个数据库及相关的数据信息，本例中使用了 Microsoft Access 来创建网页所需数据库。在一些小型企业或个人网站的数据库 Web 应用中，Microsoft Access 数据库使用得较多。Microsoft Access 是 Microsoft Office 的组件之一，在安装 Microsoft Office 时可以一并安装，关于 Access 的应用，请参考相关资料进行学习。

在进行本实例学习之前，先通过“资源管理器”在网站根目录下创建一个名为 database 的目录，后面创建的数据库文件都将保存在该目录中。

启动 Microsoft Access 程序，创建一个数据库，命名为 aspdb.mdb，保存到前面创建的 database 目录中。在 Microsoft Access 中，按表 10-1 所示的内容创建表 books。

表 10-1　新建表的各字段属性

字段名称	数据类型	字段大小	必填字段	主键	说　　明
ID	数字	长整型	是	是	图书编号
Book	char	30			名称
author	char	20			作者
publisher	char	20			出版社
pubyear	文本	8			出版年份

数据表设计完成后，打开 books 表，输入若干图书信息，如图 10-2 所示。

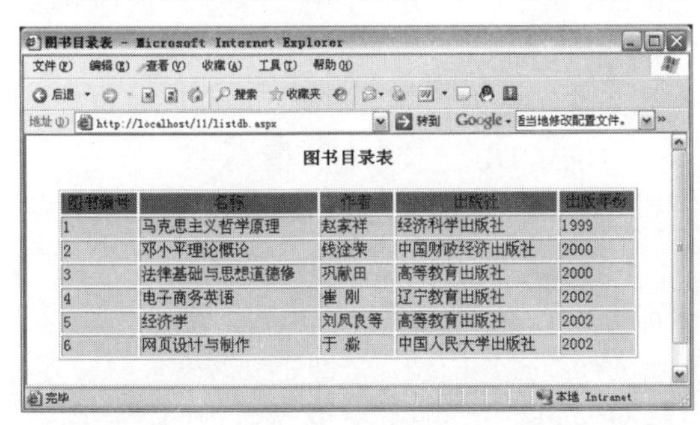

图 10-1　图书目录表

图 10-2　输入数据后的数据表

（2）网页文件的创建。启动 Dreamweaver 8，在其中创建一个名为 listdb.aspx 的 ASP.NET 文件，并打开文件。

（3）创建数据库连接。打开文件 listdb.aspx 后，在 Dreamweaver 8 中展开右侧的“应用程序”面板，切换到“数据库”选项卡，单击其中的 按钮，会弹出如图 10-3 所示的菜单。

在弹出菜单中选择“OLE DB 连接”，将弹出如图 10-4 所示的“OLE DB 连接”对话框。

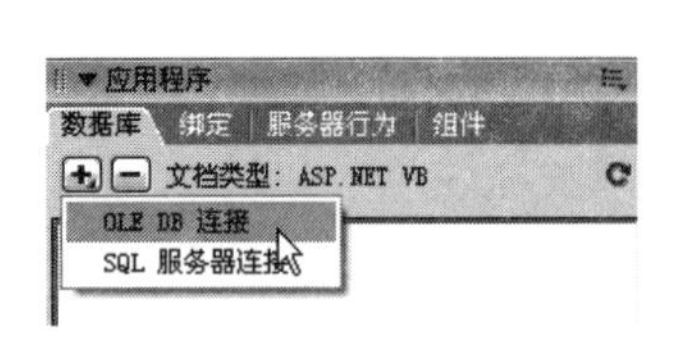

图 10-3　创建 OLE DB 连接

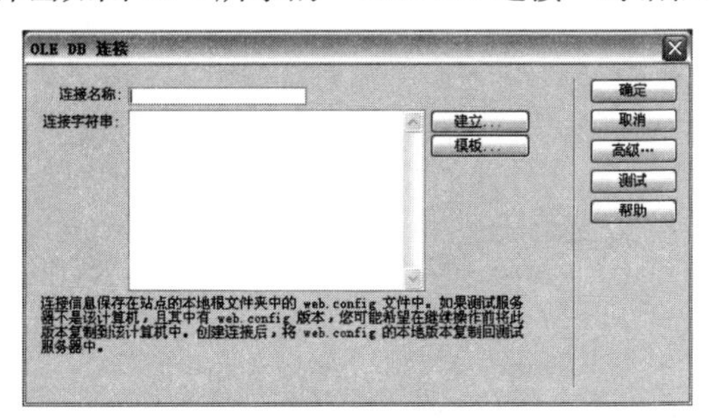

图 10-4　“OLE DB 连接”对话框

在“OLE DB 连接”对话框的“连接名称”文本框内输入“aspdb”。然后，单击“建立”按钮，此时将弹出“数据链接属性”对话框。在“数据链接属性”对话框中切换到“提供程序”选项卡，选择“Microsof Jet 4.0 OLE DB Provider”项，如图 10-5 中左图所示。

单击“下一步”，切换到“连接”选项卡。单击其中的“1．选择或输入数据库名称（D）”文本框右侧的 按钮，将弹出“选择 Access 数据库”对话框。如图 10-5 中右图所示。

图 10-5　创建数据链接 1

在该对话框中选择前面所创建的 aspdb.mdb 数据库，单击“打开”按钮，关闭“选择 Access 数据库”对话框，回到“数据链接属性”对话框，如图 10-6 所示。

由于前面创建数据库时没有设置密码，所以在这里需要选中“空白密码”项前的复选框。然后，单击“确定”按钮，完成数据链接的创建，回到“OLE DB 连接”对话框。

在“OLE DB 连接”对话框中单击右侧的 测试 按钮，进行数据连接测试，成功后效果如图 10-7 所示。

最后，单击“OLE DB 连接”对话框中的“确定“按钮”，完成数据连接的创建。

（4）创建数据集。数据连接创建完成后，接下来进行数据集的创建。创建数据集有两种方法，一种方法是在 Dreamweaver 8 中展开右侧的“应用程序”面板中“数据库”选项卡内的连接图标 及其下的表，效果如图 10-8 中左图所示。

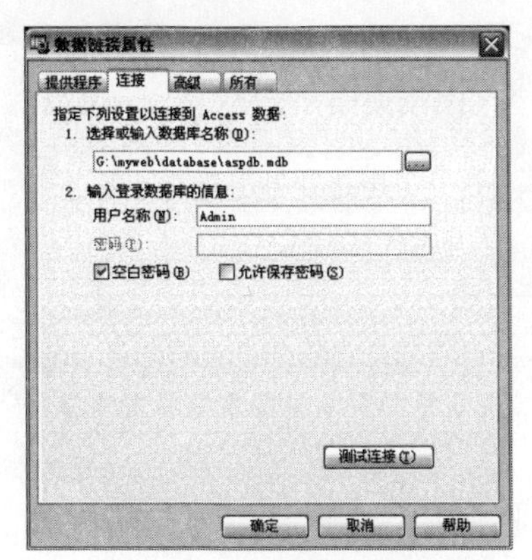

图 10-6　创建数据链接 2

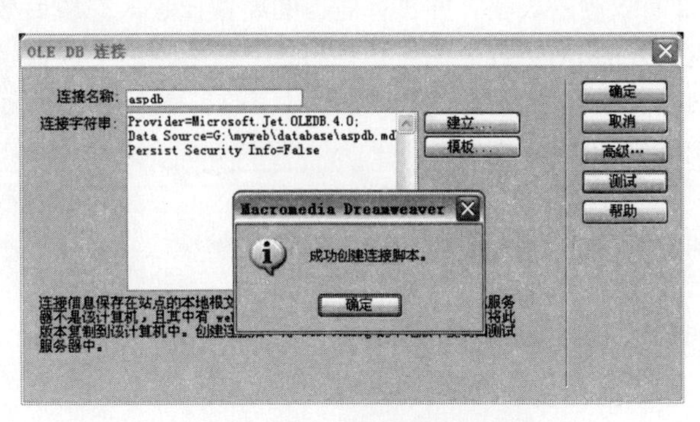

图 10-7　测试数据连接

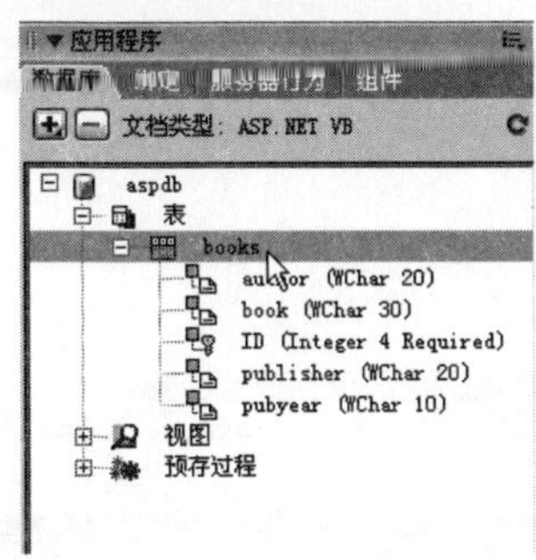

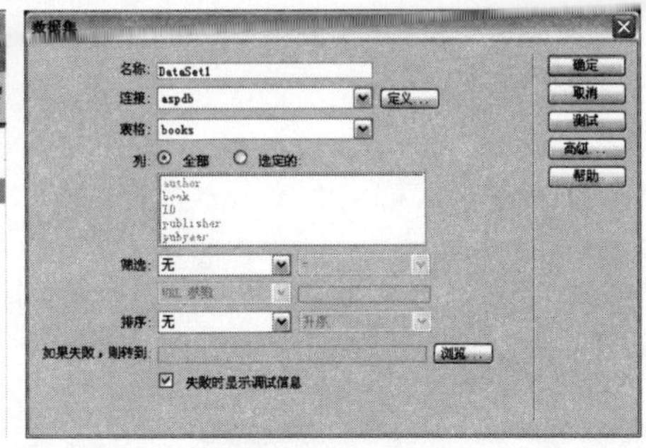

图 10-8　创建数据集 1

将打开的网页文件切换到“设计视图”，再将 books 表的图标 拖曳到网页文件页面中，此时将弹出如图 10-8 中右图所示的“数据集”对话框。此时“数据集”对话框中的各项基本内容都已自动设置好，修改“名称”为 books。单击右侧的“测试”按钮，可以看到如图 10-9 所示的“测试 SQL 指令”对话框，表示前面的步骤正确。

单击“确定”按钮，回到“数据集”对话框。再单击“确定”按钮即可完成数据集的创建。

另一种创建数据集的方法是在 Dreamweaver 8 中展开右侧的“应用程序”面板，切换到“绑定”选项卡，单击其中的 按钮，再单击弹出菜单中的“数据集（查询)”菜单命令，也会弹出如图 10-8 所示的“数据集”对话框，不过此时对话框中的“连接”、“表格”等内容均未选定，需要手工选择 aspdb 连接和 books 表。完成数据集的设置后，可以在“绑定”选项卡中看到绑定到当前页面的“数据集（books)”标识。展开后如图 10-10 所示。

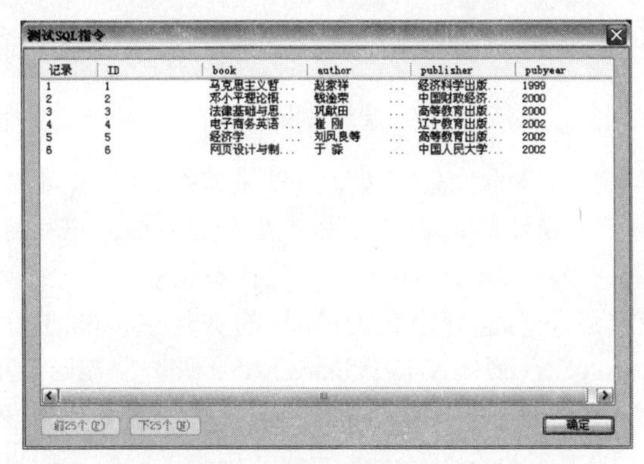

图 10-9　测试 SQL 指令

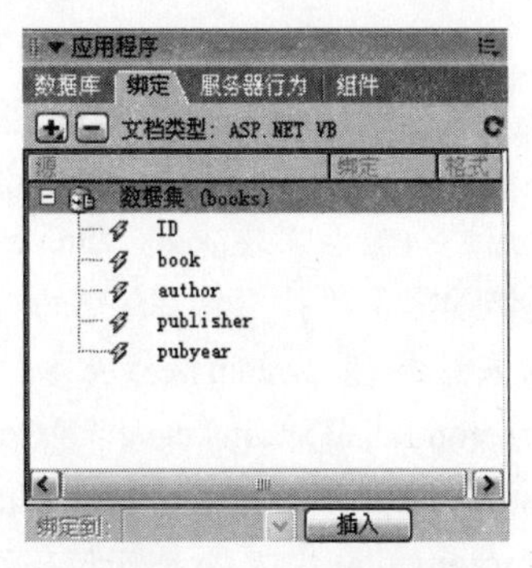

图 10-10　创建数据集 2

（5）在页面中添加数据内容。在打开的ASP.NET页面文件中添加标题文字“图书目录表”和一个2行5列的表格，并进行适当的属性设置，完成后效果如图10-11所示。

在Dreamweaver 8中展开右侧的“应用程序”面板，切换“绑定”选项卡，用鼠标将数据集books中的各个字段拖曳到表格中对应的名称下面的单元格中，完成后效果如图10-12所示。

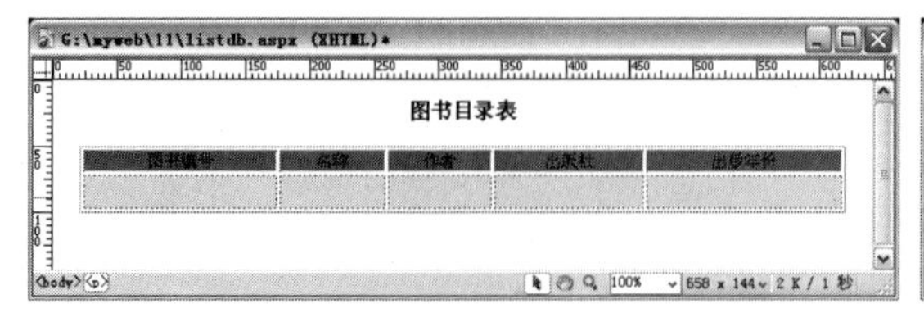

图10-11　未添加数据内容前的网页

图10-12　添加数据内容后的网页

现在，将数据显示到网页的工作已完成大部分，保存文件并浏览，效果如图10-13所示。

从图10-13中可以看到，网页中只显示出了第一条记录的数据信息，如果要显示更多记录信息，则需要使用重复区域。

（6）创建重复区域

回到Dreamweaver 8中，将页面中填入数据的第二行表格选中，如图10-14所示。

图10-13　网页浏览效果

图10-14　选中表格要重复显示数据行

在Dreamweaver 8中展开右侧的“应用程序”面板，切换到“服务器行为”选项卡，单击其中的 按钮，在弹出菜单中选择“重复区域”命令，此时将弹出如图10-15所示的“重复区域”对话框。

可以在这里设置要显示的记录数，默认时，只显示10条记录。选择“所有记录”。单击“确定”按钮，完成设置。此时的页面如图10-16所示。

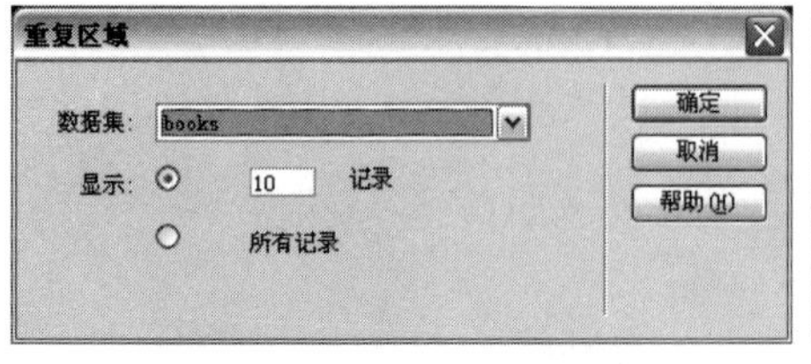

图10-15　重复区域设置

图10-16　设置重复区域

到这里，“图书目录表”网页设计全部完成，保存文件并浏览，效果如图10-1所示。

最后还有一点需要注意，Dreamweaver 8中设计的ASP.NET数据库程序网页在进行测试时，如出现错误提示“找不到文件或程序集名称："DreamweaverCtrls"，或找不到它的一个依赖项”。解决的方法是在Dreamweaver 8站点根目录下创建一个名为Bin的文件夹，将C:\Program Files\Macromedia\Dreamweaver 8\Configuration\ServerBehaviors\Shared\ASP.Net\ Scripts目录下的DreamweaverCtrls.dll文件复制到Bin文件夹中即可(这里Dreamweaver 8的安装目录为C:\Program Files\Macromedia，如果不是安装在该目录，则需到Damweaver 8的安装目录下相应文件夹中查找该文件）。

（7）网页的完整代码如下：

```
<%@ Page Language="VB" ContentType="text/html" ResponseEncoding="gb2312" %>
<%@ Register TagPrefix="MM" Namespace="DreamweaverCtrls"
Assembly="DreamweaverCtrls,version=1.0.0.0,publicKeyToken=836f606ede05d46a,culture=neut
ral" %>
<MM:DataSet
id="books"
runat="Server"
IsStoredProcedure="false"
ConnectionString='<%#
System.Configuration.ConfigurationSettings.AppSettings("MM_CONNECTION_STRING_aspdb") %>'
DatabaseType='<%# System.Configuration.ConfigurationSettings.AppSettings("MM_
CONNECTION_DATABASETYPE_aspdb") %>'
CommandText='<%# "SELECT * FROM books" %>'
Debug="true" PageSize="10" CurrentPage='<%# IIf((Request.QueryString("books_CurrentPage")
<> Nothing), Request.QueryString("books_CurrentPage"), 0)  %>'
></MM:DataSet>
<MM:PageBind runat="server" PostBackBind="true" />
<!DOCTYPE html PUBLIC "-//W3C//DTD XHTML 1.0 Transitional//EN"
"http://www.w3.org/TR/xhtml1/DTD/xhtml1-transitional.dtd">
<html xmlns="http://www.w3.org/1999/xhtml">
<head>
<meta http-equiv="Content-Type" content="text/html; charset=gb2312" />
<title>图书目录表</title>
</head>
<body>
<h3 align="center">图书目录表</h3>
<table width="600" border="1" align="center">
  <tr>
    <td align="center" bgcolor="#0099FF">图书编号</td>
    <td align="center" bgcolor="#0099FF">名称</td>
    <td align="center" bgcolor="#0099FF">作者</td>
    <td align="center" bgcolor="#0099FF">出版社</td>
    <td align="center" bgcolor="#0099FF">出版年份</td>
  </tr>
  <ASP:Repeater runat="server" DataSource='<%# books.DefaultView %>'>
    <ItemTemplate>
      <tr>
        <td height="26" bgcolor="#D6DFF7"><%# books.FieldValue("ID", Container) %></td>
        <td bgcolor="#D6DFF7"><%# books.FieldValue("book", Container) %></td>
        <td bgcolor="#D6DFF7"><%# books.FieldValue("author", Container) %></td>
        <td bgcolor="#D6DFF7"><%# books.FieldValue("publisher", Container) %></td>
        <td bgcolor="#D6DFF7"><%# books.FieldValue("pubyear", Container) %></td>
      </tr>
    </ItemTemplate>
  </ASP:Repeater>
</table>
<p> </p>
</body>
</html>
```

这段程序中，在页面的开始使用下面的语句声明了 Dreamweaver 8 中所创建的控件 DreamweaverCtrls，将控件实例取名为 MM。

```
<%@ Register TagPrefix="MM" Namespace="DreamweaverCtrls" Assembly=
"DreamweaverCtrls ,version=1.0.0.0,publicKeyToken=836f606ede05d46a,culture=neutral" %>
```

在接下来的语句中，通过 MM 控件实例创建 id 为 books 的<MM:DataSet>数据集对象。

```
<MM:DataSet
id="books"
runat="Server"
…
></MM:DataSet>
```

在网页中，将重复区域中的内容定义为一个<asp:Repeater>重复列表控件对象，将该对象的数据源 DataSource 通过语句<%# books.DefaultView %>绑定到 books 数据集的默认视图上。

```
<ASP:Repeater runat="server" DataSource='<%# books.DefaultView %>'>
```

然后，再通过下面的语句将需要重复列表显示的表格行<tr>内容声明为<ItemTemplate>模板，这样，在<asp:Repeater>重复列表控件中就可以将这部分内容重复显示，以列出所有的图书信息。

```
<ItemTemplate>
     <tr>
       <td height="26" bgcolor="#D6DFF7"><%# books.FieldValue("ID", Container) %></td>
       <td bgcolor="#D6DFF7"><%# books.FieldValue("book", Container) %></td>
       ……
     </tr>
   </ItemTemplate>
```

最后，在网页中通过类似下面的语句将数据集 books 中的 ID 字段绑定，显示在当前位置。

```
<%# books.FieldValue("ID", Container) %>
```

2. 网络数据库应用概述

网络中的数据库应用设计是一个相当复杂的过程，这需要学习众多的相关知识，包括创建/管理数据库、数据查询、数据接口、客户界面等多个方面的内容。如图 10-17 所示的是能够访问 Web 数据库的 ASP.NET 网络数据库应用程序的基本架构。

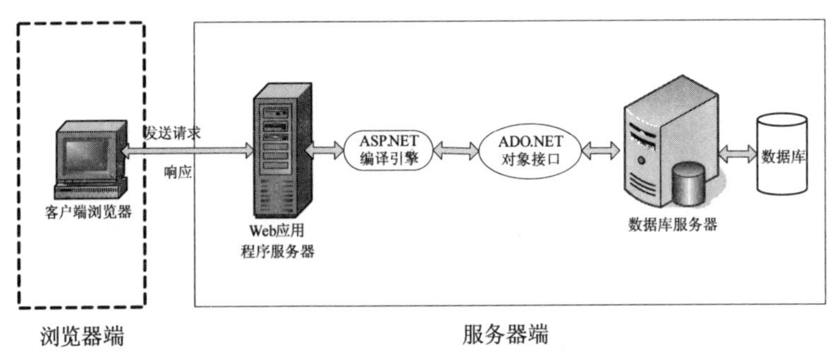

图 10-17 ASP.NET 网络数据库应用程序架构

服务器端由 Web 服务器和数据库服务器所组成，而浏览器端只需要一个浏览器即可，基本上不需要进行配置。服务器端的 Web 服务器负责执行 ASP.NET 程序，在 ASP.NET 程序中通过 ADO.NET（ActiveX Data Object .NET）组件对象和 ODBC（Open DataBase Connectivity）接口来与数据库服务器相连，并取得数据库中的数据，当然也可以通过 ADO.NET 向数据库发送 SQL 命令，对数据库进行新增、删除和修改记录等操作，这一切都靠 ADO.NET 组件提供的对象与方法来实现。

3．数据库的基本概念

要进行数据库程序设计，首先需要了解一些基本的数据库基础知识。数据库技术是计算机技术的一个重要部分。它所研究的问题是如何科学地组织和存储数据，如何高效地获取和处理数据。信息处理系统的大量推广应用，使得数据库应用成为人们普遍关注的技术。

数据库按其结构划分主要有层次型、网络型和关系型三类。目前应用最为广泛的是关系型数据库。

（1）关系型数据库：关系型数据库（Database）通常由许多二维关系的数据表（DataTable）集合而成，它通过建立数据表之间的相互连接关系来定义数据库结构。在关系型数据库中，用一组数据列成一个 m 行 n 列的二维表来存储数据。表中的一行称为元组，一列称为属性，不同的列有不同的属性。

在一般关系型数据库中，常把关系称为“数据表”（DataTable），简称“表”（Table）；把元组称为“记录”（Record）；把属性称为“字段”（Field），如图 10-18 所示。

字段名　字段　表　记录

学号	姓名	性别	出生日期	电话	家庭地址
101	赵一	男	1985-06-07	63390810	广外大街 21 号
102	李丰	男	1986-01-20	65020008	东四十条 10 号
103	刘文文	女	1986-02-17	67366688	前门大街 43 号
104	张燕	女	1985-09-23	65243456	西直门大街 21 号

图 10-18　表、记录与字段

数据库是数据表的集合，数据表由一系列记录组成，记录是数据表中数据操作的单位，比如排序、删除等都是将一条记录按一个整体来进行。

（2）关键字：如果数据表中某个字段值能唯一地确定一个记录，用以区分不同的记录，则称该字段为候选关键字。

一个表中可以存在多个候选关键字，选定其中一个关键字作为主关键字，简称“主键”。主关键字可以是数据表的一个字段或字段的组合，且对表中的每一行都唯一。

表中的主键是最重要的字段，可以通过它来完成数据库的一些重要工作。除了主键外，还有一个重要的术语是“外键”，它指的是另一个表的主键，这样，可以通过主键与外键进行关联，可以方便地从一个表来查询相关数据。

4．数据绑定

数据绑定（DataBind）是 ASP.NET 中将数据在控件中显示出来的重要方法，包括服务器控件、数据库操作等所有涉及操作数据的控件都会用到数据绑定。

要将数据通过控件显示，可编写程序进行数据绑定，或者通过控件本身的绑定功能，让控件自动显示数据。要将控件和数据源进行绑定的工作，最简单的方式就是直接把数据指定给控件的某个属性，或者使用数据绑定语句。

（1）简单数据绑定：简单数据绑定可以让控件取得数据源的数据，只要在控件中需要数据源提供数据的地方插入下面格式的数据绑定语句即可。

```
<%#数据源%>
```

ASP.NET 可以当做数据源来进行绑定的对象很多，从最基本的变量，到对象 Array、ArrayList、Collection、DataSetView、DataView、DataSet、DataTable 等，此外，对象的属性、表达式、程序的返回值等都可以当做数据源进行绑定。

所有的数据绑定都用 DataBind()函数来建立，DataBind()是 page 页面和所有控件的一个方法，也就是说，它能够被所有的控件使用，建立数据绑定的时候，DataBind 可以作为控件的一个子项，例如 DataList1.DataBind()会将数据与 DataList 数据列表控件绑定，Page.DataBind()会绑定整个页面。DataBind 常在页面载入时就被绑定，示例如下：

```
Sub Page_Load(Src As Object, E As EventArgs)
    DataBind()
End Sub
```

下面的语句将把是一个将下拉列表中的数据绑定到标签文本的例子。

```
<%@ Page Language="VB" ContentType="text/html" ResponseEncoding="utf-8" %>
<html>
<head>
<meta http-equiv="Content-Type" content="text/html; charset=gb2312" />
<title>选择图书</title>
</head>
<script Language="VB" runat="server">
Sub Page_Load(Src As Object, E As EventArgs)
    Page.DataBind()
End Sub
</script>
<body>
<B>选择一本图书</B>
<form runat=server>
    <asp:DropDownList id="StateList" runat="server" AutoPostBack="True"  >
    <asp:ListItem >邓小平理论概论     </asp:ListItem>
    <asp:ListItem >法律基础与思想道德修</asp:ListItem>
    <asp:ListItem >电子商务英语 </asp:ListItem>
    <asp:ListItem >经济学</asp:ListItem>
    <asp:ListItem >网页设计与制作</asp:ListItem>
</asp:DropDownList>
<p>
所选择的图书是：<asp:label text='<%# StateList.SelectedItem.text %>' runat=server/>
</form>
</body>
</html>
```

上面的例子的浏览效果如图 10-19 中左图所示，由于下拉列表 StateList 的 AutoPostBack 属性为 True，当用户从下拉列表中选择一本图书时，发生回送事件，网页重新加载。此时将执行 Page_Load 事件中的 Page.DataBind()语句，将标签 asp:label 中的 text 属性经绑定语句<%# StateList.SelectedItem.text %>进行赋值，获取 StateList 下拉列表当前选项的文本 Text 值。

下面的例子演示了如何通过数组绑定，将数组中的数据作为数据源绑定给下拉列表控件。

```
<%@ Page Language="VB" ContentType="text/html" ResponseEncoding="utf-8" %>
<html>
<head>
<meta http-equiv="Content-Type" content="text/html; charset=gb2312" />
<title>选择图书</title>
</head>
<script Language="VB" runat="server">
    '声明数组
    Dim arr() As String = {"法律基础与思想道德修", "电子商务英语", "经济学", "网页设计与制作
","邓小平理论概论"}
```

```
    Sub Page_Load(Src As Object, E As EventArgs)
        page.DataBind()
    End Sub
</script>
<body>
<B>选择一本图书</B>
<form runat=server>
    <ASP:ListBox Id="Listbook" DataSource='<%#arr%>' Rows="4" Runat="Server"/>
</form>
</body>
</html>
```

上面的例子中，通过语句 DataSource='<%#arr%>'将数组 arr 的内容作为数据源绑定到列表框中。效果如图 10-19 中右图所示。

图 10-19　数据绑定

（2）使用 DataBinder 类进行数据绑定。

ASP.NET 的 DataBinder 类提供了一个名为 Eval 的方法，该方法可用于计算后期绑定的数据绑定表达式，并可将结果格式化为字符串。利用此方法，可以避免许多在将值强制为所需数据类型时必须执行的显式强制转换操作。DataBinder.Eval 方法使用格式如下：

```
DataBinder.Eval(container, expression)
DataBinder.Eval(container, expression, format)
```

其中，container 为提供数据的容器对象，即与控件绑定的数据源；expression 为要绑定的数据表达式，通常为数据列名；format 为数据的格式字符串，格式字符串参数是可选的。示例如下：

```
<%# DataBinder.Eval(Container.DataItem, "书名") %>
```

上面代码将数据容器中的列名为“书名”的数据绑定到当前位置。

```
<%# DataBinder.Eval(Container.DataItem, "单价", "{0:c}") %>
```

上面的代码片段中，将绑定数据容器中的“单价”列数据显示为货币字符串。

```
<%# DataBinder.Eval(Container.DataItem, "时间", "{0:D}") %>
```

上面的代码片段中，将绑定数据容器中的“时间”列数据显示为长日期格式的字符串。

当对模板化列表中的控件进行数据绑定时，DataBinder.Eval 特别有用，因为数据行和数据字段通常都必须强制转换。

此外，还有一种方法可以用于绑定数据容器中指定列的数据。格式如下：

```
Container.DataItem("列名")
```

5. 重复列表控件 Repeater

Repeater 控件会以指定的形式重复显示数据项目，故称之为重复列表。Repeater 控件最主要的用途，是可以将数据依照所指定的格式重复显示出来。只要将想要显示的格式先定义好，Repeater 就会依照所定义的格式来显示；这个预先定义好的格式称为“模板”（Template）。使用模板可以让大量的资料更容易、更美观地显示出来。Repeater 控件的使用语法如下：

```
<ASP:Repeater
Id="控件名称"
Runat="Server"
DataSource='<%# 数据绑定%>'
>
<Template Name="模板名称">
以 HTML 所定义的模板
</Template >
其他模板定义...
</ASP:Repeater>
```

使用重复列表有两个要素，即数据的来源和数据的表现形式。数据来源的指定由控件的 DataSource 属性决定，并调用方法 DataBind 绑定到控件上。数据的表现形式由模板指定，Repeater 控件所支持的模板如表 10-2 所示。

表 10-2　模板元素

模板名称	说　明
HeaderTemplate	报头定义模板，定义重复列表的表头表现形式
ItemTemplate	数据项模板，必需的，它定义了数据项及其表现形式
AlternatingItemTemplate	数据项交替模板，为了使相邻的数据项能够有所区别，可以定义交替模板，它使得相邻的数据项看起来明显不同，默认情况下，它和 ItemTemplate 模板定义一致，即默认时相邻数据项无表示区分
SeparatorTemplate	分隔符模板，定义数据项之间的分隔符
FooterTemplate	表尾定义模板，定义重复列表的列表尾部的表现形式

由于重复列表没有默认的模板，所以使用重复列表时至少要定义一个最基本的模板 ItemTemplate。只有定义了 ItemTemplate 才能顺利显示数据信息。同时，由于缺乏内置的预定义模板和风格，在使用重复列表时，请一定记住要使用 HTML 元素来定义模板。ASP.NET 中，支持模板的 Web 服务器控件有 Repeater、DataList 以及 DataGrid。

下面的示例利用 Repeater 控件显示图书的编号与名称。

```
<%@ Page Language="VB" ContentType="text/html" ResponseEncoding="utf-8" %>
<html>
<head>
<meta http-equiv="Content-Type" content="text/html; charset=gb2312" />
<title>图书列表</title>
</head>
<script Language="VB" runat="server">
    Sub Page_Load(Src As Object, E As EventArgs)
        If Not IsPostBack Then
            '定义一个 Hashtable 类型变量 booksrc 用于存储图书编号与名称
            Dim booksrc As Hashtable=New Hashtable()
            '增加图书信息到变量 booksrc
            booksrc.Add("1","法律基础与思想道德修")
            booksrc.Add("2","经济学")
```

```
                booksrc.Add("3","电子商务英语")
                booksrc.Add("4","网页设计与制作")
                booksrc.Add("5","邓小平理论概论")
                '将 booksrc 作为数据源与重复列表 rpbook 绑定
                rpbook.DataSource=booksrc
                rpbook.DataBind()
            End If
        End Sub
</script>
<body>
<B>图书列表</B>
<form runat=server>
<table width="300" border="1">
  <tr>
    <td>编号</td>
    <td>名称</td>
  </tr>
     <ASP:Repeater Id="rpbook" Runat="Server" >
         <ItemTemplate Name="Template"  >
     <tr>
     <td><%# DataBinder.Eval(Container,"DataItem.Key") %></td>
     <td><%# DataBinder.Eval(Container,"DataItem.Value") %></td>
</tr>
     </ItemTemplate>
     </ASP:Repeater>
</table>
</form>
</body>
</html>
```

上面的示例程序的浏览效果如图 10-20 所示。

10.1.2　【实例 69】图书信息查询

本例将创建一个可以进行图书信息查询的网页，效果如图 10-21 所示。

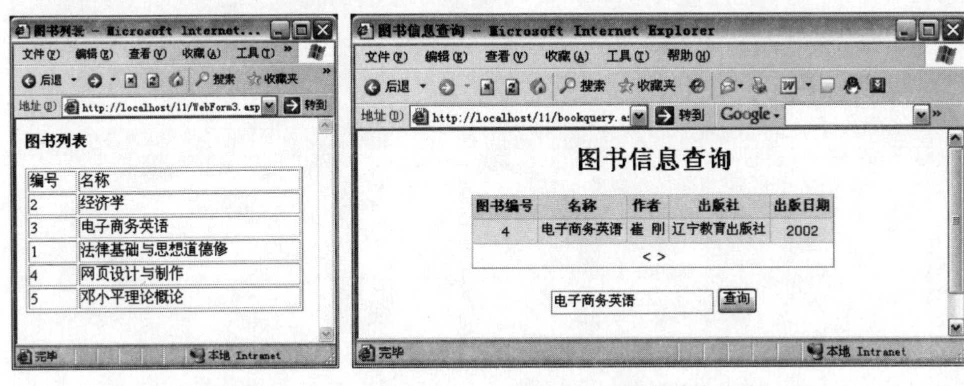

图 10-20　图书列表　　　　图 10-21　图书信息查询

在本例的实现过程中，将学习 MS SQL Server 2000 的安装与设置，以及如何在 Dreamweaver 8 中快速地实现数据记录的查询等。

1．制作过程

（1）创建 SQL Server 数据库。可以作为数据库管理系统的工具有多种，在一般的电子商务网站中 Microsoft SQL Server 使用得比较多，下面，将学习如何在 Microsoft SQL Server 2000 中创建数据库。注意，在进行本节实例的学习之前，要确保计算机上安装了 Microsoft SQL Server 2000 数据库管理系统。

在“开始”菜单中单击“开始”→“所有程序”→“Microsoft SQL Server”→“企业管理器”菜单命令，启动 Microsoft SQL Server 2000 的“企业管理器”程序。在“企业管理器”左侧窗口中展开“控制台根目录”，在“控制台根目录”下的“Microsoft SQL Servers”内的“SQL Servers”组“(local)(Windows NT)”服务器中的“数据库”文件夹上单击鼠标右键，在弹出的菜单中选择“新建数据库”菜单命令。如图 10-22 所示。

单击“新建数据库”菜单命令后，将弹出一个“数据库属性”对话框。在该对话框的“名称”框中输入数据库的名称 aspnet，如图 10-23 所示。

图 10-22　SQL Server 企业管理器

图 10-23　“数据库属性”对话框

单击“确定”按钮，完成数据库的创建，回到“企业管理器”，此时可以看到在打开“数据库”文件夹后的右侧窗口中新添了一个名为 aspteach 的数据库，如图 10-24 所示。

数据库 aspnet 创建完成后，接下来在数据库中创建一个数据表 books，用于存储图书信息。在“企业管理器”左侧窗口中展开“数据库”文件夹，在下面找到 aspnet 数据库；再展开 aspnet 数据库，在下面找到“表”；在“表”上单击鼠标右键，在弹出菜单选择“新建表”菜单命令。此时将会弹出如图 10-25 所示的表设计窗口。

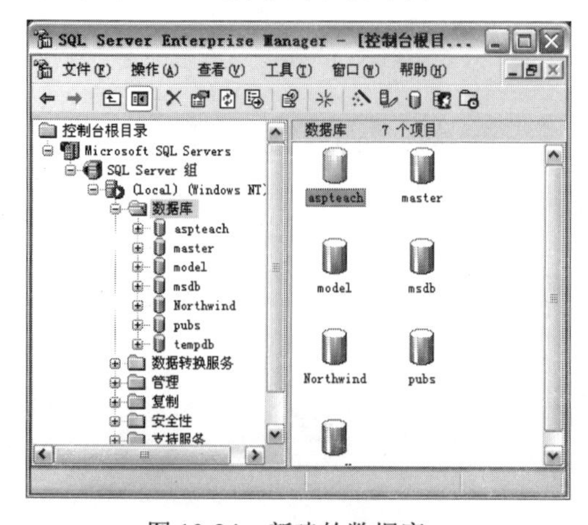

图 10-24　新建的数据库

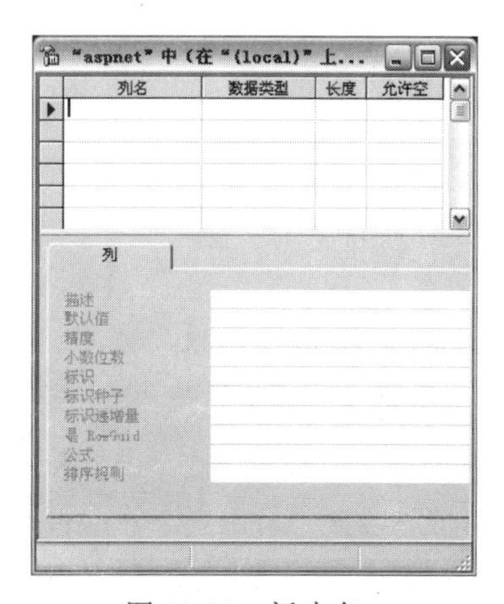

图 10-25　新建表

在弹出窗口中按如图 10-26 所示的内容创建新表。

然后单击窗口左上角的“保存”按钮，此进会弹出一个“选择名称”对话框，在“输入表名”框中输入“books”后单击“确定”按钮保存表，然后单击右上角的按钮关闭表设计窗口（注意，是窗口内较小的那个按钮），回到“企业管理器”。

在“企业管理器”右侧窗口内找到新建的表 books，在“books”上单击鼠标右键，在弹出菜单中选择“打开表”下的“返回所有行”命令，如图 10-27 所示。

列名	数据类型	长度	允许空
ID	int	4	
book	nvarchar	30	✓
author	nvarchar	20	✓
publisher	nvarchar	20	✓
pubyear	nvarchar	10	✓

图 10-26 设置表的字段

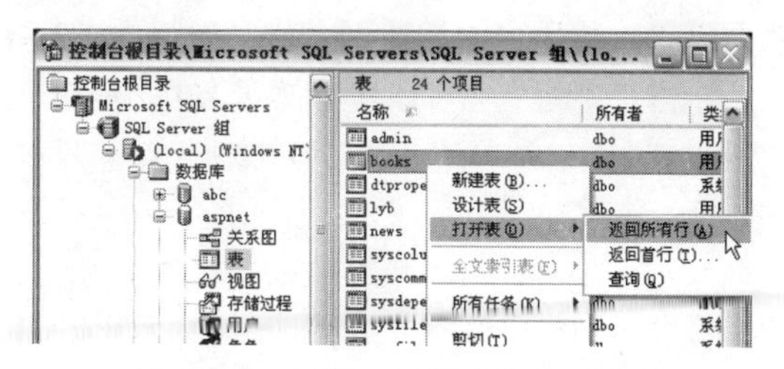

图 10-27 选择“返回所有行”命令

命令执行后，将在“企业管理器”中打开一个新的窗口，由于是创建的新表，所以表中还没有记录（如果表中有记录此时将可以看到记录的信息），该窗口可以用于输入记录。在表中输入输入若干商品信息，如图 10-28 所示。

输入完成后，关闭窗口。到这里，完成了数据库和数据表的创建。在下面的实例程序中将调用该数据库进行操作。

（2）网页文件的创建。启动 Dreamweaver 8，在其中创建一个名为 bookquery.aspx 的 ASP.NET 文件，并打开文件。

（3）创建 SQL 服务器连接。打开文件 bookquery.aspx 后，在 Dreamweaver 8 中展开右侧的“应用程序”面板，切换到“数据库”选项卡，单击其中的按钮，在弹出的菜单中选择“SQL 服务器连接”。将弹出“SQL 服务器连接”对话框，将对话框中将“连接名称”命名为 sqlaspnet，在“连接字符串”框内输入下面的内容。

```
Persist Security Info=False;
Data Source=localhost;
Initial Catalog=aspnet;
User ID=sa;
Password=
```

上面语句的意思是连接到本地主机（localhost）上的数据库 aspnet，登录的用户名（User ID）为 sa，没有密码（Password）。完成后如图 10-29 所示。

表 "books" 中的数据，位置是 "aspnet" 中、"(local)" 上

ID	book	author	publisher	pubyear
1	马克思主义哲学原理	赵家祥	经济科学出版社	1999
2	邓小平理论概论	钱淦荣	中国财政经济出版社	2000
3	法律基础与思想道德修	巩献田	高等教育出版社	2000
4	电子商务英语	崔 刚	辽宁教育出版社	2002
5	经济学	刘凤良等	高等教育出版社	2002
6	网页设计与制作	于 淼	中国人民大学出版社	2002

图 10-28 输入图书记录

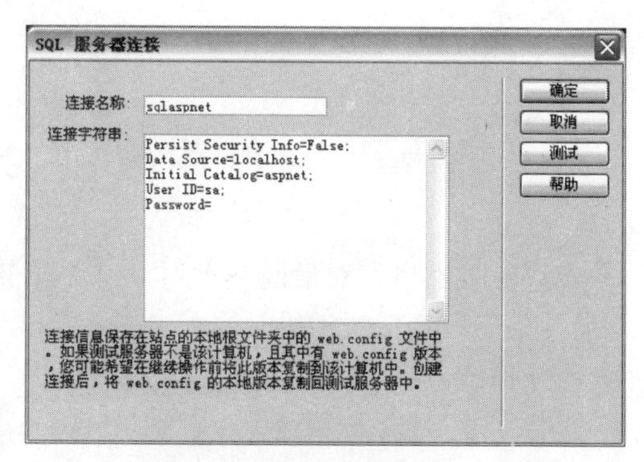

图 10-29 “SQL 服务器连接”对话框

单击“测试”按钮进行测试，测试完成后，单击“确定”按钮创建 SQL 服务器连接。

（4）创建查询数据集。按实例 69 中的方法，用 sqlaspnet 连接中的表 dbo.books 创建与当前页面绑定的数据集。在“数据集”对话框中，设置名称为 qryBook，连接到 sqlaspnet，表格为 dbo.books，筛选部分的内容依次选择“book”、“=”、“表单变量”和“Book”，表示按 book 字段进行筛选，筛选 book 字段出等于提交的表单变量 Book 的内容的记录。完成后如图 10-30 所示。

设置完成后，单击右侧的“测试”按钮，在弹出的“请提供一个测试值”对话框中输入一个前面已输入数据表中的图书名称，如图 10-31 所示。

单击“确定”按钮，显示效果如图 10-32 所示，表示测试成功。

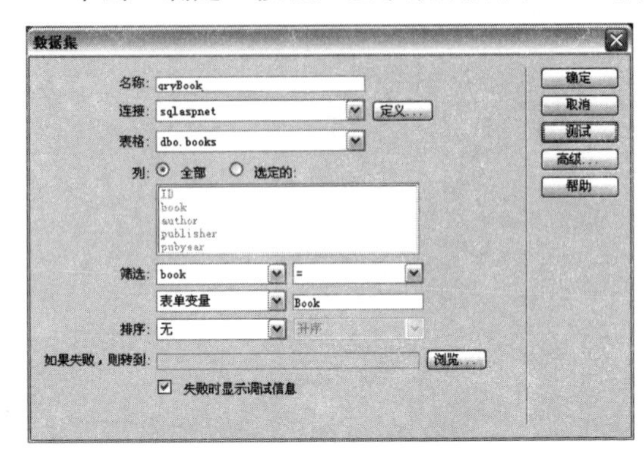

图 10-30 创建“记录集”

图 10-31 测试数据集

单击“确定”按钮，返回“数据集”对话框。再单击“数据集”对话框中的“确定”按钮，完成数据集的创建。

（5）页面内容设计。在打开的 ASP.NET 页面文件中添加标题文字“图书信息查询”并进行适当的属性设置。在 Dreamweaver 8 中展开右侧的“应用程序”面板，切换到“服务器行为”选项卡，单击其中的 按钮，在弹出菜单中选择“数据网格”命令，此时将弹出“数据网格”对话框，设置其中的 ID 为 qrybook，数据集为 qryBook，如图 10-33 所示。

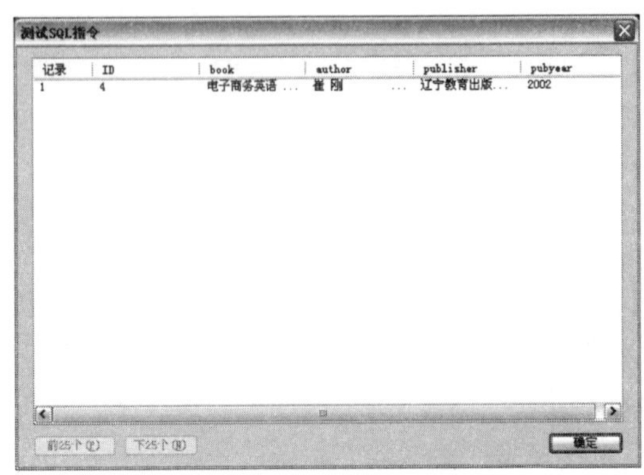

图 10-32 测试成功

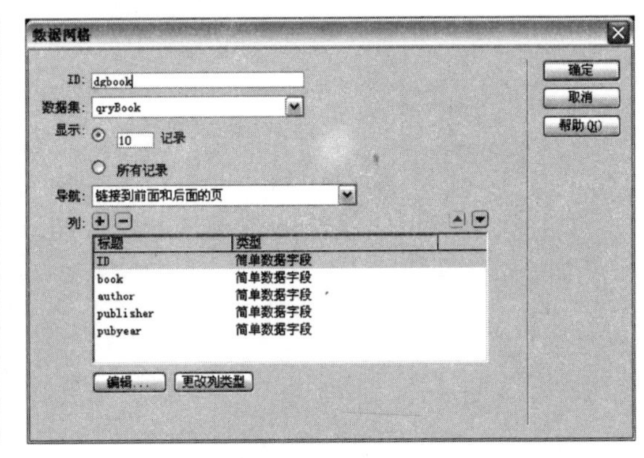

图 10-33 数据网格设置

在“数据网格”对话框下“列”列表框中，选择 ID 项，单击下面的“编辑”按钮，将弹出“简单数据字段列”对话框。将其中的标题改为“图书编号”，如图 10-34 所示。单击“确定”按钮，完成修改。

再依次将 book 标题改为“名称”，author 标题改为“作者”，publisher 标题改为“出版社”，pubyear 标题改为“出版年份”。修改完成后，“数据网格”对话框如图 10-35 所示。

单击“确定”按钮，完成数据网格的设置。在创建“数据网格”时，还会自动在页面中创建一个 Form 表单。

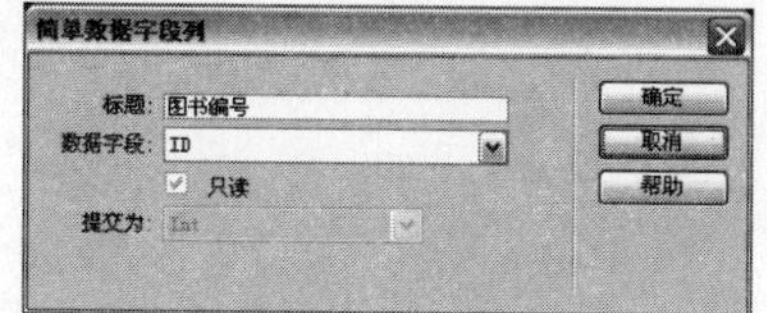

图 10-34　修改字段标题

在 Form 表单内插入一个<asp:TextBox>文本框，设置文本框的 ID 为 Book，工具提示为“要查询的图书名称”。这里的 Book 对应于在创建数据集时“筛选”部分的第 4 个框的内容，即用于输入与要查询的图书名称 book 字段对应的内容。再添加一个<asp:Button>按钮，ID 为 btnQry，文本为“查询”。再设置页面中各对象居中对齐，页面设计视图内容如图 10-36 所示。

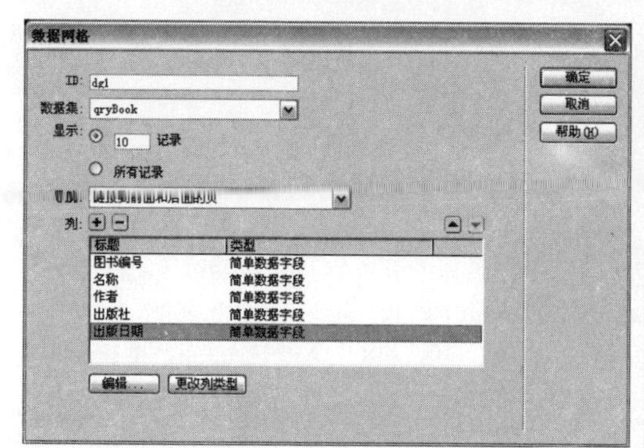

图 10-35　字段标题修改完成后的“数据网格”对话框

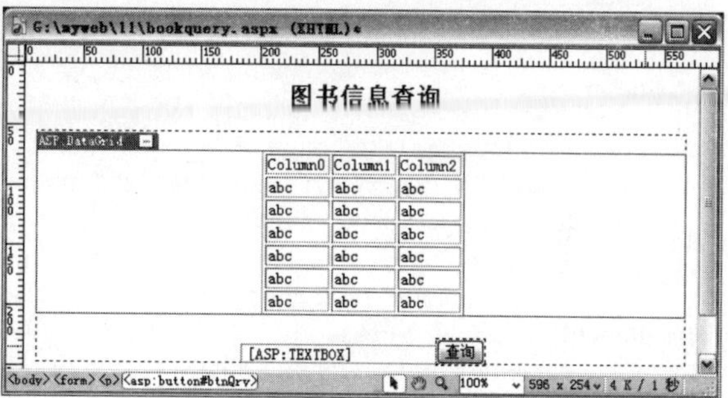

图 10-36　完成设计后的页面

最后，切换到“代码视图”，将第一行代码 ResponseEncoding="gb2312"改为 ResponseEncoding="utf-8"，使其能够正常传输中文字符，如下所示。

```
<%@ Page Language="VB" ContentType="text/html" ResponseEncoding="utf-8" %>
```

到这里，网页设计完成，“代码视图”的完整代码内容如下：

```
<%@ Page Language="VB" ContentType="text/html" responseencoding="utf-8"  %>
<%@ Register TagPrefix="MM" Namespace="DreamweaverCtrls" Assembly="DreamweaverCtrls,
version=1.0.0.0,publicKeyToken=836f606ede05d46a,culture=neutral" %>
<MM:DataSet
id="qryBook"
runat="Server"
IsStoredProcedure="false"
ConnectionString='<%# System.Configuration.ConfigurationSettings.AppSettings("MM_
CONNECTION_STRING_sqlaspnet") %>'
DatabaseType='<%# System.Configuration.ConfigurationSettings.AppSettings("MM_
CONNECTION_DATABASETYPE_sqlaspnet") %>'
CommandText='<%# "SELECT * FROM dbo.books WHERE book = @book" %>'
PageSize="10"
Debug="true">
  <Parameters>
<Parameter  Name="@book"  Value='<%# IIf((Request.Form("Book") <> Nothing),
Request.Form("Book"), "") %>'  Type="NChar"   /></Parameters></MM:DataSet>
<MM:PageBind runat="server" PostBackBind="true" />
<!DOCTYPE html PUBLIC "-//W3C//DTD XHTML 1.0 Transitional//EN" "http://www.w3.org/
TR/xhtml1/DTD/xhtml1-transitional.dtd">
<html xmlns="http://www.w3.org/1999/xhtml">
<head>
<meta http-equiv="Content-Type" content="text/html; charset=gb2312" />
<title>图书信息查询</title>
```

```
</head>
<body>
<h2 align="center">图书信息查询</h2>
<form runat="server">
  <p align="center">
<asp:DataGrid id="dg1"
  runat="server"
  AllowSorting="false"
  AutoGenerateColumns="false"
  CellPadding="3"
  CellSpacing="0"
  ShowFooter="false"
  ShowHeader="true"
  DataSource="<%# qryBook.DefaultView %>"
  PagerStyle-Mode="NextPrev"
  AllowPaging="true"
  AllowCustomPaging="true"
  PageSize="<%# qryBook.PageSize %>"
  VirtualItemCount="<%# qryBook.RecordCount %>"
  OnPageIndexChanged="qryBook.OnDataGridPageIndexChanged" >
      <HeaderStyle HorizontalAlign="center" BackColor="#E8EBFD" ForeColor="#3D3DB6"
Font-Name="Verdana, Arial, Helvetica, sans-serif" Font-Bold="true" Font-Size="smaller" />
      <ItemStyle BackColor="#F2F2F2" Font-Name="Verdana, Arial, Helvetica, sans-serif"
Font-Size="smaller" />
      <AlternatingItemStyle BackColor="#E5E5E5" Font-Name="Verdana, Arial, Helvetica,
sans-serif" Font-Size="smaller" />
      <FooterStyle HorizontalAlign="center" BackColor="#E8EBFD" ForeColor="#3D3DB6"
Font-Name="Verdana, Arial, Helvetica, sans-serif" Font-Bold="true" Font-Size="smaller" />
      <PagerStyle BackColor="white" Font-Name="Verdana, Arial, Helvetica, sans-serif"
Font-Size="smaller" />
      <Columns>
        <asp:BoundColumn DataField="ID"
        HeaderText="图书编号"
        ReadOnly="true"
        Visible="True"/>
        <asp:BoundColumn DataField="book"
        HeaderText="名称"
        ReadOnly="true"
        Visible="True"/>
        <asp:BoundColumn DataField="author"
        HeaderText="作者"
        ReadOnly="true"
        Visible="True"/>
        <asp:BoundColumn DataField="publisher"
        HeaderText="出版社"
        ReadOnly="true"
        Visible="True"/>
        <asp:BoundColumn DataField="pubyear"
        HeaderText="出版日期"
        ReadOnly="true"
        Visible="True"/>
      </Columns>
    </asp:DataGrid>  </p>
   <p align="center">
    <asp:TextBox ID="Book" ToolTip="要查询的图书名称" runat="server" />
    <asp:Button ID="btnQry" Text="查询" runat="server" />      </p>
```

```
</form>
<p> </p>
</body>
</html>
```

上面的示例程序中，在获取数据源部分的<MM:DataSet>语句中，通过下面的绑定语句来获取字段 book 符合变量@book 内容的记录，将其作为数据源。

```
<%# "SELECT * FROM dbo.books WHERE book = @book" %>'
```

再通过下面的语句来获取文本框传递的参数 Book，将其赋给变量@book，作为 SELECT 语句的查询参数。

```
    <Parameter  Name="@book"  Value='<%# IIf((Request.Form("Book") <> Nothing), 
Request.Form("Book"), "") %>'  Type="NChar"   /></Parameters>
```

通过下面的语句定义了一个数据表格 asp:DataGrid 与数据源 qryBook.DefaultView 绑定。

```
<asp:DataGrid id="dg1"
     runat="server"
     DataSource="<%# qryBook.DefaultView %>"
     …
</asp:DataGrid>
```

在数据表格中，再通过下面的语句来将数据源的数据绑定到各列中。

```
<Columns>
    <asp:BoundColumn DataField="ID"
    HeaderText="图书编号"
    ReadOnly="true"
    Visible="True"/>
    ……
</Columns>
```

这样，在通过下面的按钮和文本框设置查询条件并上传后，会将文本框的内容赋给查询变量@book。

```
    <asp:TextBox ID="Book" ToolTip="要查询的图书名称" runat="server" />
    <asp:Button ID="btnQry" Text="查询" runat="server" />
```

在执行 SELECT 语句获取数据源时，由查询变量@book 指定查询记录的条件。最后，将查询的结果通过绑定语句显示在数据表格中。

2. Microsoft SQL Server 2000 的安装与配置

Microsoft SQL Server 2000 是面向企业级应用的大型数据库管理系统，在商务网站应用中非常广泛。Microsoft SQL Server2000 需要单独进行安装。

Microsoft Server2000 的安装比较简单，这里就不再详述。需要注意的是，在“服务账户”步骤，“服务设置”选择“使用本地系统账户”，如图 10-37 所示。在“身份验证模式”步骤，选择“混合模式（Windows 身份验证和 SQL Server 身份验证）”，如图 10-38 所示。在这里，可以设置 SQL Server 默认用户 sa 的登录密码，但由于是学习阶段，可以不设置密码，即选择“空密码”复选框。如果设置了密码，在访问数据库时需要输入用户和密码，密码为数据安全提供了保障。

其他部分的安装很简单，都只需要单击“下一步”按钮就可以完成。安装完成后重新启动计算机，默认情况下会自动启动 SQL Server 2000 服务器，成功启动后，在任务栏右下角会出现图标 。

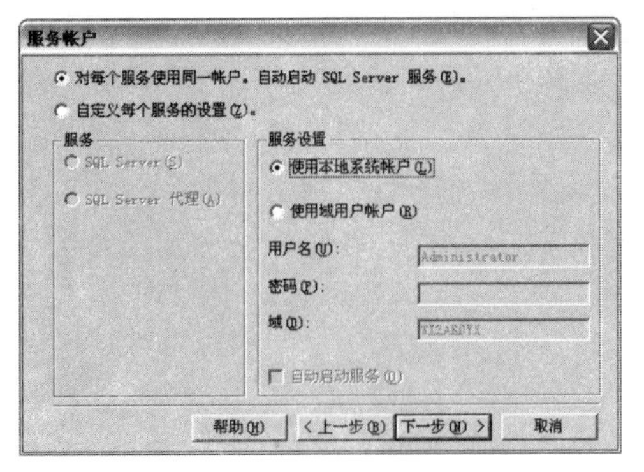

图 10-37　设置服务账户

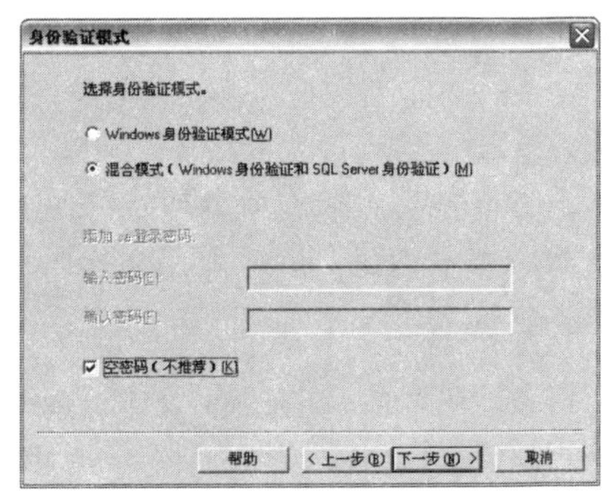

图 10-38　设置身份验证模式

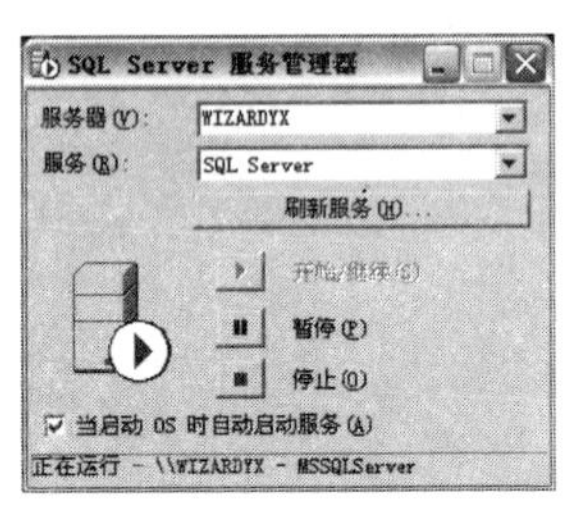

图 10-39　SQL Server 服务管理器

此外，也可以通过 SQL Server 2000 的“服务管理器”来进行数据库服务器的启动、停止操作。单击“开始”→“程序”→“Microsoft SQL Server”→“服务管理器”命令，打开“SQL Sever 服务管理器”，如图 10-39 所示。在 SQL Server 服务管理器中可以对数据库服务的启动、停止进行管理。

现在，所需的 ASP 服务器环境安装完成，完成 ASP 服务器的安装与配置后，接下来可以创建一个 ASP 动态网页，对服务器进行测试。

3. SQL 简介

SQL（Structured Query Language，结构化查询语言）是一种数据查询和编程语言，是操作数据库的工业标准语言。SQL 特别设计用来生成和维护关系数据库的数据。尽管 SQL 并不是一个通用的程序语言，但其中包含了数据库生成、维护并保证安全的全部内容。

基本上，可以依照 SQL 语言操作关系型数据库的功能，将 SQL 语言分成数据定义语言（DDL，Data Definition Language）和数据维护语言（DML，Data Maintenance Language）两类。

数据定义语言可以用于创建（CREATE）、更改（ALTER）、删除（DROP）表格，而数据维护语言用来维护数据表的内容，主要是对记录进行操作，它可以查询、插入、更新和删除表中的记录，与之对应于的数据库的操作的 SQL 语句为查询语句（SELECT）、插入语句（INSERT）、删除语句（DELETE）、更新语句（UPDATE）。其中使用后三种语句的数据操作又称为操作查询。下面将学习常用 SQL 语句的用法（注意，SQL 语句是不区分大小写的）。

（1）查询语句（SELECT）。SELECT 用于从表中读取所需要的数据，执行语句后将返回指定的字段。在 SQL 中，SELECT 语句是最基本和最重要的语句，其功能是执行一个选择查询，即让数据库服务器根据客户的要求从数据库中检索满足特定条件的记录。在选择查询中，查询的数据源可以是一个或多个数据表或视图，查询的结果是由若干行记录组成的纪录集并允许选择一个或多个字段作为输出字段。此外，SELECT 语句还有其他的一些用途，如对记录进行排序、对字段进行汇总计算以及用检索到多级路创建新的数据表等。由于篇幅所限，本书只介绍最常用的查询功能，其他使用方法读者可以参考相关的数据库书籍进行学习。

SELECT 语句的基本格式如下：

```
SELECT [Top n] column1, column 2, …FROM table_name [Order By Field [ASC | DESC]]
```

其中，column1、column 2 表示要查询的字段，table_name 是要查询的表名。Top 和 Order By 是可选项，Top 用于指定显示从头开始的 n 条记录（n 为整数），Order By 用于对记录按字段 Field

进行排序，参数 ASC 表示升序排列，DESC 表示降序排列，默认为 ASC。

SELECT 语句的使用在 SQL 编程中最为广泛，下面对其用法进行简要介绍。

- 查询表中的所有记录和字段：可以使用“*”来表示所有字段，以此来返回表中所有字段数据，如下所示。

```
SELECT  *  FROM books
```

上面的 SQL 语句将从 books 表中读取所有记录。

- 查询指定的字段。

```
SELECT 联系人，电话 FROM  provider
```

上面的 SQL 语句将从 provider 表中查询联系人和电话字段。

- 条件查询：SELECT 除了基本的格式外，还可以带有多种不同的子句，如 WHERE（条件筛选）、ORDER BY（排序）、GROUP BY（分组）等，其中使用最多的是 WHERE 子句。

WHERE 子句用于从表中筛选符合条件的记录，它可以使用多种比较运算符来进行运算，这些运算符如表 10-3 所示。

表 10-3　WHERE 子句的运算符

运 算 符	说　明	运 算 符	说　明
>	大于	<>	不等于
>=	大于等于	=	等于
<	小于	LIKE	匹配字符串
<=	小于等于	BETWEEN	指定范围

示例如下：

```
SELECT * FROM  books  WHERE 编号=2
```

上面的语句从 books 表查询编号等于 2 的记录。

```
SELECT * FROM  books  WHERE 编号>=2
```

上面的语句从 books 表查询编号大于等于 2 的记录。

```
SELECT * FROM  books  WHERE 编号 BETWEEN 2  AND 4
```

上面的语句从 books 表查询编号在 2 到 4 之间的记录。

```
SELECT TOP 10  *  FROM  books
```

上面的 SQL 语句从 books 表中读取前 10 条记录。

- 字符串和日期的查询：对于字符串和日期型数据的查询，还需要加定界符，字符串前后加引号（可以是单引号），日期型数据前后加“#”号或单引号（根据数据库引擎的不同而改变）。示例如下：

```
SELECT  * FROM  provider  WHERE 供应商="兰风"
```

上面的语句从 provider 表查询供应商为“兰风”的记录。

```
SELECT  *FROM 学生档案 WHERE 出生日期>'1982-1-1'
```

上面的语句从学生档案表中选出 1982 年 1 月 1 日后出生的学生记录。

```
SELECT  * FROM 学生档案 WHERE 出生日期 BETWEEN  '1982-1-1'  AND '1983-1-1'
```

上面的语句从学生档案表在 1982 年 1 月 1 日 到 1983 年 1 月 1 日之间出生的学生记录。

- 模糊查询：LIKE 运算符支持通配符的使用，“*”和“%”可以用于表示零个或更多字符的任意字符串，因此可以进行模糊查询。示例如下：

```
SELECT  * FROM  provider  WHERE 姓名 LIKE "张*"
```

上面的语句从 provider 表查询所有联系人姓张的记录。

- 查询排序：示例如下：

```
SELECT  * FROM 学生档案 Order By 出生日期
```

上面的语句查询学生档案中的所有记录，并按出生日期升序排序。

```
SELECT TOP 10 * FROM 学生档案 Order By 出生日期 DESC
```

上面的语句将学生档案中的记录按出生日期降序排序，然后输出前 10 条，实际上就是输出学生档案中出生日期最靠后的 10 条记录。

（2）删除记录。DELETE 用于删除指定的记录，使用格式如下：

```
DELETE  字段名 1，字段名 2 ，… FROM  表名  [ WHERE  条件 ]
```

方括号中为可选内容，默认时删除所有记录。示例如下：

```
DELETE * FROM  books
```

上面的语句删除 books 中所有记录。

```
DELETE * FROM  books  WHERE 编号>2
```

上面的语句删除 books 中所有编号大于 2 的记录。

需要注意的，在 Visual Studio.NET 环境的数据库视图设计中执行 DELETE 语句时，执行的结果会立即写入数据库，且该操作不可逆转，因此要慎重使用。对后面的 UPDATE 和 INSERT 语句也是一样。

（3）更新记录。UPDATE 用于更新修改的数据，使用格式如下：

```
UPDATE  表名 SET 字段名 1=值 1 ，字段名 2 =值 2 ，… [ WHERE 条件]
```

方括号中为可选内容，默认时更改所有记录。示例如下：

```
UPDATE   provider  SET 联系人="刘先生"
```

上面的语句更新 provider 表中所有记录的联系人字段值为“刘先生”。

```
UPDATE   provider  SET 电话="01089234567"  WHERE 供应商="东源"
```

上面的语句将 provider 表中供应商为“东源”的记录电话字段改为“01089234567”。

（4）插入新记录 INSERT 语句用于在表中插入新记录。使用格式如下：

```
INSERT INTO 表名  （字段 1，字段 2，…）  VALUES  （值 1，值 2，…）
```

注意字段列表中的字段顺序与后面值的顺序要一致，数据类型要匹配，否则易出错。

示例如下：

```
INSERT INTO  provider  （编号，供应商，电话，联系人，地址）
VALUES （"10"，"雪山"，"01065234567"，"李先生"，"东城区东直门外 12#"）
```

上面的语句将在 provider 数据表中插入一条编号为 10，供应商为“雪山”，电话为“01065234567”，联系人为“李先生”，地址为“东城区东直门外 12#”的新记录。

4. 数据表格控件 DataGrid

DataGrid 控件在 Web 数据显示控件之中功能最强。在开发动态网页的时候，常常需要将数据以不同的风格呈现出来，DataGrid 控件和前面介绍的 Repeater 控件都可以办到。但如果所要包含的数据量非常庞大，而需要将这些数据分页显示的话，那就要靠 DataGrid 控件了。DataGrid 控件除了支持分页的功能外，也可以让用户编修数据。

DataGrid 控件以表格形式显示数据内容，同时还支持数据项的选择、排序、分页和修改。默认情况下，数据表格为数据源中每一个域绑定一个列，并且根据数据源中每一个域中数据的出现次序把数据填入数据表格中的每一个列中。数据源的域名将成为数据表格的列名，数据源的域值以文本标识形式填入数据表格中。

DataGri 控件的使用语法如下：

```
<ASP:DataGrid
Id="控件名称"
Runat="Server"
DataSource='<%#数据绑定叙%>'
AllowPaging="True | False"
AllowSorting="True | False"
AutoGenerateColumns="True | False"
BackImageUrl="url"
CellPadding="间距"
CellSpacing="内部间距"
DataKeyField="主键字段"
GridLines="None | Horizontal | Vertical | Both"
HorizontalAlign="Center | Justify | Left | NotSet | Right"
PagedDataSource
PageSize="ItemCount"
ShowFooter="True | False"
ShowHeader="True | False"
VirtualItemCount="ItemCount"
AlternatingItemStyle-Property="value"
EditItemStyle-Property="value"
FooterStyle-Property="value"
HeaderStyle-Property="value"
ItemStyle-Property="value"
PagerStyle-Property="value"
SelectedItemStyle-Property="value"
OnCancelCommand="事件处理程序"
OnDeleteCommand="事件处理程序"
OnEditCommand="事件处理程序"
OnItemCommand="事件处理程序"
OnItemCreated="事件处理程序"
OnPageIndexChanged="事件处理程序"
OnSortCommand="事件处理程序"
OnUpdateCommand="事件处理程序"
/>
```

或者也可以用下面的格式进行定义。

```
<ASP:DataGrid
Id="控件名称"
Runat="Server"
AutoGenerateColumns="False"
DataSource='<%# DataBindingExpression %>'
其他属性设定...
```

```
>
<Property Name="Columns">
<ASP:BoundColumn/>
<ASP:EditCommandColumn/>
<ASP:HyperlinkColumn/>
<ASP:TemplateColumn>
模板设定...
</ASP:TemplateColumn>
</Property>
</ASP:DataGrid>
```

DataGrid 控件常用的属性如表 10-4 所示：

表 10-4 DataGrid 控件常用属性

属　性	说　明
AllowCustomPaging	设定是否允许自订分页
AllowPaging	设定是否允许分页
AllowSorting	设定是否允许排序数据
AutoGenerateColumns	设定是否要自动产生数据源中每个字段的数据，预设为 True
BackImageUrl	设定表格背景所要显示的图形
Columns	传回控件中所显示的字段数，只读
CurrectPageIndex	设定控制项目前所在的数据页数，只能用程序设定
DataKeyField	设定在数据源中为主键的字段
DataSource	设定数据绑定所要使用的数据源
EditItemIndex	设定要被编辑的字段名称。本属性设为–1 可放弃编辑
GridLines	设定是否要显示网格线。本属性在 RepeatLayout 属性设为 Table 时才有效
HorizontalAlign	设定水平对齐的方式
Items	DataListItem 的集合对象。本对象只包含和数据源绑定的 Item，也就是说不包含 Header、Footer 及 Separator 模板
PageCount	传回总页数，只读
PageSize	设定每页所要显示的记录数
SelectedIndex	设定哪一列被点选到。设定此属性时，该列会以 Selected 模板的样式来显示
SelectedItem	传回被点选到的 Item
ShowFooter	设定是否要显示脚注（Footer），True/False
ShowHeader	设定是否要显示表头（Header），True/False
VirualItemCount	设定所要显示的记录数。如果 AllowCustomPaging 属性为 True，本属性则用来设定总共所要显示的页数；如果为 False，本属性则用来传回总共的页数

DataGrid 控件支持的模板如表 10-5 所示。

表 10-5 DataGrid 控件的模板

模板名称	说　明
HeaderTemplate	数据表头的样式
ItemTemplate	呈现数据的样式。本模板为必要模板，不可省略
EditItem	编辑数据的模板
FooterTemplate	数据表尾的样式
Pager	数据分页的样式

此外，DataGrid 控件也支持许多样式对象，可以让设计者能够灵活地设定其显示外观。其样

式对象如表 10-6 所示。

除了上面的样式对象外，DataGrid 控件还提供了 DataGridPager 样式，它主要用来设定 DataGrid 控件的分页样式，这些样式如表 10-7 所示。

表 10-6　DataGrid 控件样式对象

样式对象	样式类别	说　明
AlternatingItemStyle	TableItem	每一个交替项目所要显示的样式
EditItemStyle	TableItem	项目在被编辑时所要显示的样式
FooterStyle	TableItem	脚注所要显示的样式
HeaderStyle	TableItem	标头所要显示的样式
ItemStyle	（必须）	每一个项目所要显示的样式
PagerStyle	DataGridPager	分页的样式
SelectedItemStyle	TableItem	项目在被选择时所要显示的样式

表 10-7　DataGrid 控件分页样式

属　性	说　明
PagerStyle-Mode	设定分页方式，NextPrev、NumericPages
PagerStyle-NextPageText	设定下一页的文字
PagerStyle-PageButtonCount	设定分页按钮的文字风格
PagerStyle-Position	设定分页的地址（Bottom、Top、TopAndBottom）
PagerStyle-PrevPageText	设定上一页的文字
PagerStyle-Visible	设定是否显示，True/False

此外，针对各种数据操作，DataGrid 控件提供了多个事件加以支持，如表 10-8 所示。

表 10-8　DataGrid 控件的事件

事件名称	说　明
OnCancelCommand	当在字段中的 Button 或 LinkButton 控件触发事件时，如果控件的 CommandName 属性为 Cancel 时，则触发本事件
OnDeleteCommand	当在字段中的 Button 或 LinkButton 控件触发事件时，如果控件的 CommandName 属性为 Delete 时，则触发本事件
OnEditCommand	当在字段中的 Button 或 LinkButton 控件触发事件时，如果控件的 CommandName 属性为 Edit 时，则触发本事件
OnItemCommand	当在字段中的 Button 或 LinkButton 控件触发事件时，如果 CommandName 属性的内容不是 Edit、Cancel、Delete 或 Update 时即触发本事件
OnItemCreated	当列表中的每一个项目被创建时触发
OnPageIndexChanged	当不同的数据页被选取时便触发
OnSortCommand	当用户选择要排序的字段时，即触发本事件。本事件必须将 DataGrid 的 AllowSorting 属性设为 True 才会触发
OnUpdateCommand	当在字段中的 Button 或 LinkButton 控件触发事件时，如果控件的 CommandName 属性为 Update 时，则触发本事件

表中的 OnCancelCommand、OnDeleteCommand、OnEditCommand、OnItemCommand、OnSortCommand 及 OnUpdateCommand 这 6 个事件对应的事件处理程序的定义语法如下：

```
Sub 事件程序名称(Sender As Object, e As DataGridCommandEventArgs)
```

```
...
End Sub
```

OnItemCreated 事件对应的事件处理程序的定义语法如下：

```
Sub OnItemCreated(Sender As Object, e As DataGridItemCreatedEventArgs)
...
End Sub
```

OnPageIndexChanged 事件的事件处理程序的定义语法如下：

```
Sub OnPageIndexChanged(Sender As Object, e As DataGridPageChangedEventArgs)
...
End Sub
```

下面的示例利用 DataGrid 控件显示在 Page_Load 事件中创建的图书信息数据表 dt。

```
<%@ Page Language="VB" ContentType="text/html" ResponseEncoding="utf-8" %>
<%@ Import namespace="System.Data" %>
<html>
<head>
<meta http-equiv="Content-Type" content="text/html; charset=gb2312" />
<title>图书列表</title>
</head>
<script Language="VB" runat="server">
   Sub Page_Load(sender As Object, e As EventArgs)
    If Not IsPostBack Then
         '定义一个 ArrayList 对象来记录图书名称
      Dim values as ArrayList= new ArrayList()
      values.Add ("C 语言程序设计")
      values.Add ("法律基础与思想道德修")
      values.Add ("经济学")
      values.Add ("电子商务英语")
      values.Add ("网页设计与制作")
      values.Add ("邓小平理论概论")
      '创建一个 DataTable 数据表对象来存储图书信息
      Dim dt As DataTable
      Dim dr As DataRow
      Dim i As Integer
      dt = New DataTable
      dt.Columns.Add(New DataColumn("编号", GetType(Integer)))
      dt.Columns.Add(New DataColumn("名称", GetType(String)))
      '创建新的数据行 dr
      For i = 1 To 6
        dr = dt.NewRow()
        dr(0) = i
        dr(1) = values(i-1).ToString()
        '将新建的数据行 dr 的内容增加到 datatable 数据表对象 dt 中
        dt.Rows.Add(dr)
      Next
         '设置数据表格 dgbook 的数据源为数据表对象 dt 的数据视图
      dgbook.DataSource = new DataView(dt)
         '绑定数据表格 dgbook
      dgbook.DataBind
    End If
End Sub
</script>
<body>
```

```
<B>图书列表</B>
<form runat=server>
<asp:DataGrid id="dgbook" runat="server"
     BorderColor="black"
     BorderWidth="1"
     GridLines="Both"
     CellPadding="3"
     CellSpacing="0"
     HeaderStyle-BackColor="#aaaadd"
/>
</form>
</body>
</html>
```

上面示例网页的浏览效果如图 10-41 所示。

10.2 用 ADO.NET 开发数据库网站

10.2.1 【实例 70】访问 Access 数据库

本例将通过 ADO.NET 实现 Access 数据库访问，并将 Access 数据库中图书表 books 的内容通过数据表格 DataGrid 控件显示出来。效果如图 10-42 所示。

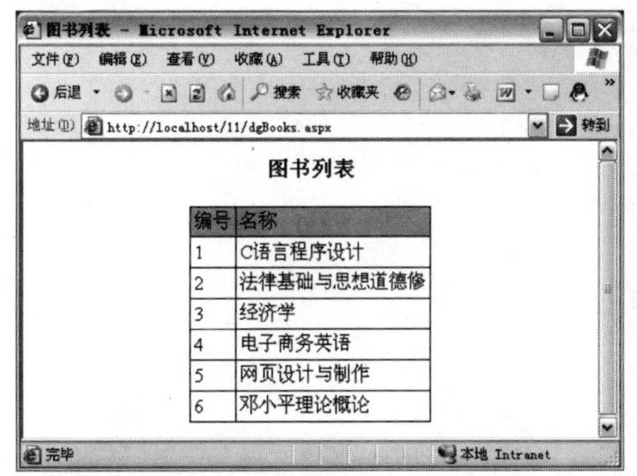

图 10-41 数据表格

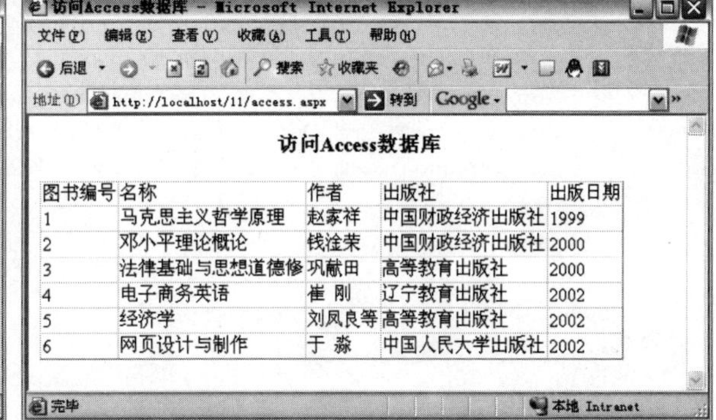

图 10-42 访问 Access 数据库

在本例的实现过程中，将学习 ADO.NET 的基本知识，学习如何通过 ADO.NET 对象实现 Access 数据库和 SQL Server 2000 数据库的访问。

1．制作过程

（1）数据库的准备。本例中的数据库使用了前面实例“图书目录表”中的数据库 aspdb.mdb，该数据库存储在网站根目录下的 database 目录中。

（2）启动 Dreamweaver 8，在其中创建一个名为 Access.aspx 的 ASP.NET 文件，并打开文件。切换到“代码视图”，在“代码视图”中输入下面的代码。

```
<%@ Page Language="VB" ContentType="text/html"  %>
<%@ Import Namespace="System.Data" %>
<%@ Import Namespace="System.Data.OleDb" %>
<html>
<head>
<title>访问 Access 数据库</title>
</head>
```

```
<Script Languate="VB" Runat="Server">
    Sub Page_Load(sender As Object, e As Eventargs)
        '定义数据连接对象 cn
        Dim cn As New OleDbConnection()
        '设置 cn 的连接字符串 ConnectionString 属性
        cn.ConnectionString = "Provider=Microsoft.Jet.OLEDB.4.0;Data Source=" &
Server.MapPath("../database/aspdb.mdb")
        cn.Open()     '打开连接
        '创建数据适配器 cmd
        Dim cmd As New OleDbDataAdapter("Select * From books", cn)
        '创建数据集 DS
        Dim DS As New DataSet()
        cmd.Fill(DS)      '使用 cmd 中的内容填充数据集 DS
        dg1.DataSource=DS          '设置数据表格 dg1 的数据源为数据集 DS
        dg1.DataBind()                 '绑定数据表格
        cn.Close()                 '关闭连接
    End Sub
</Script>
<body>
<h3 align="center">访问 Access 数据库</h3>
<form runat="server">
<p>
  <asp:DataGrid ID="dg1"  runat="server" AutoGenerateColumns="false"
ShowHeader="true">
     <Columns>
       <asp:BoundColumn DataField="ID" HeaderText="图书编号"/>
       <asp:BoundColumn DataField="book" HeaderText="名称"/>
       <asp:BoundColumn DataField="author" HeaderText="作者"/>
       <asp:BoundColumn DataField="publisher" HeaderText="出版社"/>
       <asp:BoundColumn DataField="pubyear" HeaderText="出版日期"/>
    </Columns>
      </asp:DataGrid>
</p>
</form>
</body>
</html>
```

保存并浏览网页，效果如图 10-42 所示。

2. ADO.NET 基础

（1）ADO.NET 概述。ADO.NET 是.NET Framework 中用以操作数据库的类库的总称。ADO.NET 是专门为.NET 框架而设计的，它是在早期 Visual Basic 和 ASP 中大受好评的 ADO（ActiveX Data Objects，活动数据对象）的升级版本。ADO.NET 模型中包含了能够有效地管理数据的组件类。

ADO.NET 是在用于直接满足用户开发可伸缩应用程序需求的 ADO 数据访问模型的基础上发展而来的。它是专门为 Web 应用设计的，并且考虑了伸缩性、无状态性和 XML 的问题。

ADO.NET 相对于 ADO 的最大优势在于对于数据的更新修改可以在与数据源完全断开连接的情况下进行，然后再把数据更新情况传回到数据源。这样大大减少了连接过多对于数据库服务器资源的占用。

ADO.NET 对象模型中有 5 个主要的组件，分别是 Connection（连接）、Command（命令）对象、DataAdapter（数据适配器）、DataSet（数据集）以及 DataReader（数据读取器），其功能如下：

- Connection 用于连接到数据库和管理对数据库的事务，表示与某些数据存储区（如 SQL Server、Access 或 XML 文件）的物理连接。

- Command 用于对数据库发出 SQL 命令，表示从数据存储区查询（检索）或对数据存储区进行操作（插入、更新、删除）的指令。
- DataReader 用于从 SQL Server 数据源读取只进数据记录流。
- DataSet 用于对数据进行存储、远程处理和编程，表示应用程序使用的实际数据。
- DataAdapter 用于将数据推入 DataSet，并使数据与数据库保持一致。

这些组件中负责建立连接和数据操作的部分称为数据操作组件（Managed Providers），由 Connection 对象、Command 对象、DataAdapter 对象以及 DataReader 对象所组成。数据操作组件最主要是当做 DataSet 对象以及数据源之间的桥梁，负责将数据源中的数据取出后植入 DataSet 对象中，以及将数据存回数据源的工作。

ADO.NET 的根命名空间是 System.Data，其下的各个子域提供了各种数据对象的集合。当处理到数据库的连接时，有两个不同的选项，即 SQL Server 数据提供者（位于命名空间 System.Data.SqlClient）和 OLE DB 数据提供者（位于命名空间 System.Data.OleDb）。SQL Server 数据提供程序直接与 Microsoft SQL Server 交互。OLE DB.NET 数据提供程序则用于与任何通过 OLE DB 接口进行连接的数据库交互，因为它在底层调用 OLE DB。

例如，为了使页面程序能够访问执行 SQL 数据访问所需的类，必须将 System.Data 和 System.Data.SqlClient 命名空间导入到页面中。代码如下：

```
<%@ Import Namespace="System.Data" %>
<%@ Import Namespace="System.Data.SqlClient" %>
```

而为了能够访问除 SQL Server 外的其他数据库，则需要使用 OLE DB 数据提供者，在页面中需要通过下面的语句导入对应的命名空间 System.Data.OleDb。

```
<%@ Import Namespace="System.Data" %>
<%@ Import Namespace="System.Data.OleDb" %>
```

（2）ADO.NET 的工作流程。ADO.NET 中最主要组件是 Connection、DataAdapter 和 DateSet，它们包含了对数据库进行操作的大部分功能。大多数的数据库操作都是由这三者一起来完成的。

当对数据库执行选择查询时，需要先创建与数据库的 Connection，然后构造包含查询语句的 DataAdapter 对象，再通过 DataAdapter 对象的 Fill 方法用查询结果填充 DataSet 对象。如果需要将查询的结果显示到页面中，通常会用绑定语句将 DataSet 对象、DataSet 对象中的表 Table 或其中的行、列绑定到页面。

（3）数据连接对象 Connection。数据连接对象实现与数据源的连接，连接用于与数据库“对话”，并由 SQLConnection 等特定于提供程序的类来表示。命令（Command）将遍历连接并以流的形式返回结果集，该结果集可由 DataReader 对象读取，或者被推入 DataSet 对象。对于不同的数据源，需要使用不同的连接对象。具体说明如下。

- SqlConnection：SqlConnection 对象提供了对 Microsoft SQL Server（7.0 以上版本）数据源的连接，它位于 System.Data.SqlClient.SqlConnection 命名空间。
- OleDbconnection：OleDbconnection 对象提供了对 OLE DB（对象连接与嵌入数据库）的支持，主要用于 Microsoft SQL Server（6.5 以前版本）及 Access 数据源的连接。它位于 System.Data.OleDb.OleDbConnection 命名空间。
- OdbcConnection：OdbcConnection 对象提供了对 ODBC（Open Database Connectivity，开放数据库互连）的支持，适用于使用 ODBC 数据源的应用程序。它位于 System.Data.Odbc.OdbcConnection 命名空间。
- OracleConnection：OracleConnection 对象提供对 Oracle 数据源的连接，它位于 System. Data.

OracleClient. OracleConnection 命名空间。

在程序中，按不同的连接方式，连接到不同类型的数据库需要使用不同的语法。

下面的示例说明如何创建连接对象，并通过调用连接的 Open 方法来显式打开连接。

```
'定义数据连接对象 cn
Dim cn As New OleDbConnection()
'设置 cn 的连接字符串 ConnectionString 属性
cn.ConnectionString = "Provider=Microsoft.Jet.OLEDB.4.0;Data Source=" &
Server.MapPath("aspdb.mdb")
cn.Open()    '打开连接
```

上面的语句将连接到名为 aspdb.mdb 的 Access 数据库，该数据库与当前网页文件在同一目录下。

```
Dim sqlConn As New SqlConnection()
'设置 sqlConn 的连接字符串 ConnectionString 属性
sqlConn.ConnectionString = "Data Source=Localhost;Initial Catalog=aspnet;User ID=sa;
Password=;"
sqlConn.Open() '打开连接
```

上面的语句将连接到本地 SQL Server 数据库系统中名为 aspnet 的数据库，用户名 User ID 为 sa，密码 Password 为空。

从上面的示例中可以看到，数据连接对象中重要的两个方面，一是数据连接对象的类型，例如，OleDbConnection 可以通过 OLE DB 接口连接到 OLE DB 所支持的各种数据库，包括 SQL Server、Access 等，而 SqlConnection 则专用于 SQL Server 数据库的连接；另一个是连接字符串 ConnectionString，该字符串指明了通过何种方法去连接到哪一个数据库。

SqlConnection 的连接字符串格式如下：

```
Data Source=[serverName];
Initial Catalog=[databaseName];
User ID=[username];
Password=[password];
```

其中，数据源 Data Source 表示所在的数据库服务器名称 serverName，如果是本地服务器则用 Localhost，否则需要写明服务器在网络中的名称。Initial Catalog 部分指明了要访问的服务器上的数据库名 databaseName，User ID 指明了登录服务器的用户名 username，Password 指明了该用户的密码 password。

OleDbConnection 的连接字符串如下：

```
Provider=[provider]
Data Source=[databaseName];
User ID=[username];
Password=[password];
```

其中，Provider 指明数据提供者，Access 数据库的提供者为 Microsoft.Jet.OLEDB.4.0，SQL Server 数据库提供者为 SQLOLEDB。此外还有要连接的数据库名 databaseName、用户名 username 和密码 password 等。

由于 Access 数据库是以文件形式存在于磁盘中，通常需要使用 Server.MapPath 方法将 Access 数据库的路径转化为物理路径，以便进行访问。例如，网页文件与 aspdb.mdb 数据库在同一目录下时，通过下面的语句进行连接。

```
cn.ConnectionString = "Provider=Microsoft.Jet.OLEDB.4.0;Data Source=" &
```

```
Server.MapPath("aspdb.mdb")
```

如果 aspdb.mdb 数据库在网页文件的上级目录中，可以通过下面的语句进行连接。

```
cn.ConnectionString = "Provider=Microsoft.Jet.OLEDB.4.0;Data Source=" &
Server.MapPath("../aspdb.mdb")
```

如果 aspdb.mdb 数据库在网页文件的上级目录下的 DataBase 目录中，可以通过下面的语句进行连接。

```
cn.ConnectionString = "Provider=Microsoft.Jet.OLEDB.4.0;Data Source=" &
Server.MapPath("../DataBase/aspdb.mdb")
```

如果 aspdb.mdb 数据库在网页文件的同级目录下的 DataBase 目录中，可以通过下面的语句进行连接。

```
cn.ConnectionString = "Provider=Microsoft.Jet.OLEDB.4.0;Data Source=" &
Server.MapPath("DataBase/aspdb.mdb")
```

如果 aspdb.mdb 数据库在网站根目录下的 DataBase 目录中，可以通过下面的语句连接。

```
cn.ConnectionString = "Provider=Microsoft.Jet.OLEDB.4.0;Data Source=" &
Server.MapPath("/DataBase/aspdb.mdb")
```

数据连接对象在声明，并设置了连接字符串属性后，可以通过 Open 方法打开，完成数据库的连接。示例如下：

```
cn.Open()
```

此外，也可以在创建 DataAdapter 时隐式打开。例如，对于上面声明的连接对象 cn，可以在通过下面的语句创建 DataAdapter 时打开，而不需要专门的 Open 语句。

```
Dim cmd As New OleDbDataAdapter("Select * From books", cn)
```

在连接对象将数据传送后，通常都需要关闭连接，释放资源。关闭连接由连接的 Close 方法来完成。示例如下：

```
cn.Close()
```

（4）数据适配器 DataAdapter。通过连接对象连接到数据源后，就可以通过连接来创建数据适配器处理数据。数据适配器负责维护与数据源的连接。默认情况下，应用程序与数据源之间并不保持活动连接，与数据源之间的连接是断开的，只有在需要时，才通过数据适配器连接到数据源，这使得系统资源的开销大大减少，尤其适用于进行网络数据库程序设计。

数据适配器有多种类型，具体使用哪种适配器取决于数据源的类型，可使用的数据适配器有 SqlDataAdapter、OleDbDataAdpter、OdbcDataAdapter 和 OracleDataAdapter，每一种数据适配器都通过一种与之相对应的数据连接连接到某种数据源类型。比如，SqlDataAdapter 数据适配器需要通过 SqlConnection 对象连接到 SQL Server 的数据库。

下面的语句创建了一个名为 cmd 的 OleDbDataAdapter 类型的数据适配器，它用于连接到 cn 所连接的数据库，并通过 SELECT 语句打开表 admin。

```
Dim cmd As New OleDbDataAdapter("Select * From admin", cn)
```

下面的语句创建了一个名为 sqlCmd 的 sqlDataAdapter 类型的数据适配器，它用于连接到 sqlConn 所连接的数据库，并通过 SELECT 语句打开表 books。

```
Dim sqlCmd As New sqlDataAdapter("Select * From books", sqlConn)
```

（5）数据集 DataSet。有了数据适配器后，就可以使用数据适配器生成相应的数据集对象，对数据的操作主要由数据集完成。

数据集 DataSet 是 ADO.NET 模型的核心构件，位于 System.Data.DataSet 命名空间，由数据库及其关系构成，它代表了一个数据“缓存”，即在程序中为数据所分配的内存空间，它在程序模仿了关系数据库的结构。每个 DataSet 都可以包含多个 DataTable 对象，每个 DataTable 都包含来自某个数据源的数据。

DataSet 在程序设计中有一个很大的优点，它在程序运行中是“断开”的，也就是说，程序在处理 DataSet 中的数据时，不需要建立与数据库的持久连接，只有在填充数据和保存对数据修改时才需要与数据源相连接，在其他时间处理数据时，不需要保持与数据源的连接，极大地节省了系统开销。

创建 DataSet 的语法如下：

```
Dim 数据集名称 As New DataSet()
```

在 DataSet 数据集创建完成后，一般都会用 DataAdapter 的 Fill 方法填充数据。示例如下：

```
sqlDataAdapter1.Fill(DS)
```

如果 DataAdapter 中包含多个表或视图，可以通过下面的方法来使用指定的表或视图来填充数据集。

```
sqlDataAdapter1.Fill(DS, "books")
```

除 Fill 外，DataAdapter 还提供了多种方法来进行数据库的维护操作，常用方法如下。

- DeleteCommand：DeleteCommand 方法用于获取或设置 SQL 语句或存储过程，用于从数据集中删除记录。
- InsertCommand：InsertCommand 方法用于获取或设置 SQL 语句或存储过程，用于将新记录插入到数据源。
- SelectCommand：Select Command 方法用于获取或设置 SQL 语句或存储过程，用于选择数据源中的记录。
- UpdateCommand：UpdateCommand 方法用于获取或设置 SQL 语句或存储过程，用于更新数据源中的记录。
- Fill：Fill 方法用于在 DataSet 中添加或刷新数据，以便与 ADO Recordset 或 Record 对象中的数据相匹配。
- Update：Update 方法用于为 DataSet 中每个已插入、已更新或已删除的行调用相应的 INSERT、UPDATE 或 DELETE 语句。

下面的示例演示了如何通过 ADO.NET 对象将 SQL Server 数据库的数据显示到网页中。

```
<%@ Page Language="VB" ContentType="text/html"  %>
<%@ Import Namespace="System.Data" %>
<%@ Import Namespace="System.Data.SqlClient" %>
<html>
<head>
<title>访问 SQL Server 数据库</title>
</head>
<Script Languate="VB" Runat="Server">
    Sub Page_Load(sender As Object, e As Eventargs)
        '定义数据连接对象 sqlConn
        Dim sqlConn As New SqlConnection()
```

```
            '设置 sqlConn 的连接字符串
            sqlConn.ConnectionString = "Data Source=Localhost;Initial Catalog=aspnet;
    User ID=sa;Password=;"
            sqlConn.Open()          '打开连接
            '创建数据适配器 sqlCmd
            Dim sqlCmd As New sqlDataAdapter("Select * From books", sqlConn)
            '创建数据集 DS
            Dim DS As New DataSet()
            sqlCmd.Fill(DS)                 '填充数据集
            dg1.DataSource=DS       '设置数据表格 dg1 的数据源为数据集 DS
            dg1.DataBind()                  '绑定数据表格
        End Sub
    </Script>
    <body>
    <h3 align="center">访问 SQL Server 数据库</h3>
    <form runat="server">
    <p align="center">
      <asp:DataGrid AutoGenerateColumns="false" BackColor="#FFFFFF" CellPadding="5"
HorizontalAlign="Center" ID="dg1"  runat="server" ShowHeader="true"
gridline="Horizontal">
        <HeaderStyle BackColor="#000099" ForeColor="#FFFFFF" HorizontalAlign="center"/>
            <Columns>
          <asp:BoundColumn DataField="ID" HeaderText="编号"/>
          <asp:BoundColumn DataField="book" HeaderText="名称"/>
          <asp:BoundColumn DataField="author" HeaderText="作者"/>
          <asp:BoundColumn DataField="publisher" HeaderText="出版社"/>
          <asp:BoundColumn DataField="pubyear" HeaderText="出版日期"/>
        </Columns>
          </asp:DataGrid>
    </p>
    </form>
    </body>
    </html>
```

上面示例网页的浏览效果如图 10-43 所示。

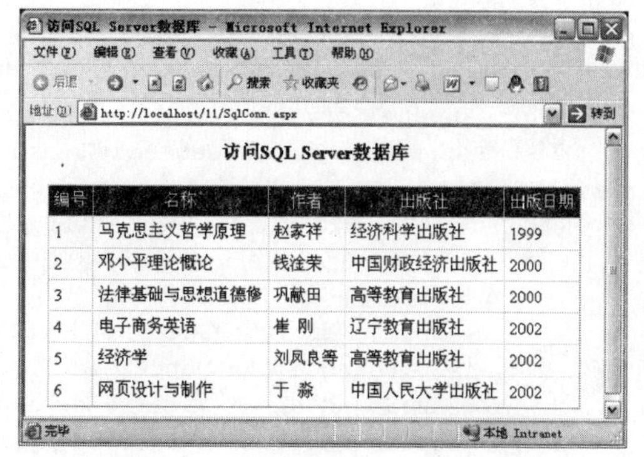

图 10-43　访问 SQL Server 数据库

（6）Command 对象。命令对象 Command 包含向数据库提交的信息，并且由 SQLCommand（对于 SQL Server）或 OleDbCommand（对于 OLEDB）等特定于提供程序的类来表示。Command 可以是存储过程调用、SQL 语句或返回结果的语句。还可将输入和输出参数，以及返回值用做 Command 命令语法的一部分。

当执行不要求返回数据的命令（如插入、更新和删除）时，也使用 Command 对象。该命令通过调用 ExecuteNonQuery 方法发出，而该方法返回受影响的行数。注意，当使用 Command 时，必须显式打开连接，而 DataAdapter 则会自动处理如何打开连接。

（7）DataReader 对象。DataReader 对象实际上是数据库中只读/仅向前游标的体现，对于只需要要读取、显示的记录列表来说，使用 DataReader 是很方便的。对数据库执行了命令后，将返回一个 DataReader 对象。所返回的 DataReader 对象的格式与记录集不同。例如，可以使用 DataReader

显示 Web 页中搜索列表的结果。

如果要使用 SqlDataReader，须声明 SqlCommand 而不是 SqlDataAdapter。SqlCommand 公开返回 SqlDataReader 的 ExecuteReader 方法。还需注意，当使用 SqlCommand 时，必须显式打开和关闭 SqlConnection。调用 ExecuteReader 后，SqlDataReader 可以绑定到 ASP.NET 服务器控件。

下面的程序说明了如何通过 DataReader 对象来访问数据库。

```
<%@ Page Language="VB" ContentType="text/html" Debug="true" %>
<%@ Import Namespace="System.Data" %>
<%@ Import Namespace="System.Data.OleDb" %>
<html xmlns="http://www.w3.org/1999/xhtml">
<head>
<title>图书订购</title>
</head>
<Script Language="VB" Runat="Server">
  Sub Page_Load(sender As Object, e As Eventargs)
    Dim cn As New OleDbConnection()
    cn.ConnectionString = "Provider=Microsoft.Jet.OLEDB.4.0;Data Source=" &
Server.MapPath("../database/aspdb.mdb")
    cn.Open()
    Dim cmd As New OleDbCommand()        '声明命令对象 cmd
    cmd.Connection = cn                  '声明命令对象 cmd 的连接
    cmd.CommandText = "Select * From books" '声明命令对象的 SQL 语句
    Dim objReader As OleDbDataReader = cmd.ExecuteReader() '通过命令对象创建 DataReader
    dg1.DataSource=objReader             '将数据表格的数据源设置为 objReader
         dg1.DataBind()                  '绑定数据表格
    objReader.Close()
    cn.Close()
  End Sub
     Sub dg(sender As Object, e As DataGridCommandEventArgs)
         mylabel.Text ="<Br><Hr Size='1' Color='Green'>你订购了  《" & _
dg1.Items.Item(e.Item.ItemIndex).Cells(1).Text &"》"
     End Sub
</Script>
<Body>
<H2 Align="Center">图书订购</H2>
<Form Runat="Server">
     <Asp:DataGrid AutoGenerateColumns="False" CellPadding="5"
HorizontalAlign="Center" Id="dg1" Runat="Server" Width="750" OnItemCommand="dg">
          <HeaderStyle HorizontalAlign="Center" BackColor="#000099" ForeColor="White" />
          <ItemStyle BackColor="#FFFFCC" />
          <Columns>
    <asp:BoundColumn DataField="ID" HeaderText="编号"/>
    <asp:BoundColumn DataField="book" HeaderText="名称"/>
    <asp:BoundColumn DataField="author" HeaderText="作者"/>
    <asp:BoundColumn DataField="publisher" HeaderText="出版社"/>
    <asp:BoundColumn DataField="pubyear" HeaderText="出版日期"/>
          <Asp:ButtonColumn HeaderText="选择" ButtonType="LinkButton" Text="订购"
ItemStyle-HorizontalAlign="Center"/>
          </Columns>
  </Asp:DataGrid>
     <ASP:Label Runat="Server" Id="mylabel" />
</Form>
  </Body>
</Html>
```

上面的示例网页效果如图 10-44 所示。

10.2.2　【实例 71】图书数据更新

本例将学习如何在 DataGrid 数据表格中通过命令对象 Command 进行数据的更新操作。效果如图 10-45 所示。

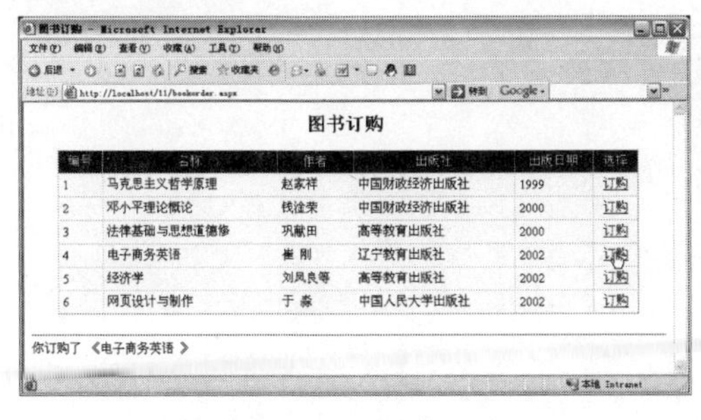

编号	名称	作者	出版社	出版日期	选择
1	马克思主义哲学原理	赵家祥	中国财政经济出版社	1999	订购
2	邓小平理论概论	钱逢荣	中国财政经济出版社	2000	订购
3	法律基础与思想道德修	巩献田	高等教育出版社	2000	订购
4	电子商务英语	崔 刚	辽宁教育出版社	2002	订购
5	经济学	刘凤良等	高等教育出版社	2002	订购
6	网页设计与制作	于 淼	中国人民大学出版社	2002	订购

图 10-44　图书订购

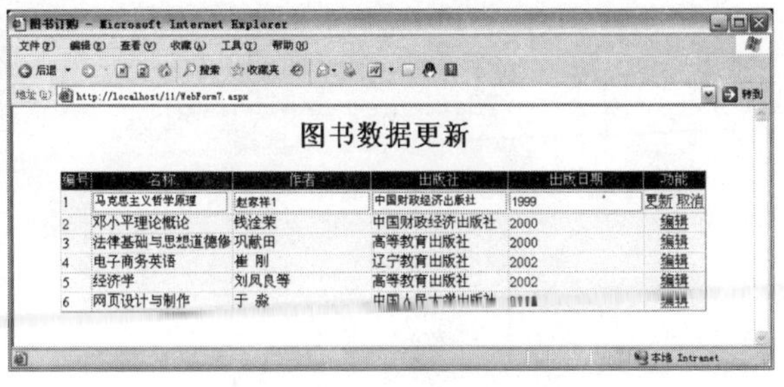

编号	名称	作者	出版社	出版日期	功能
1	马克思主义哲学原理	赵家祥1	中国财政经济出版社	1999	更新 取消
2	邓小平理论概论	钱逢荣	中国财政经济出版社	2000	编辑
3	法律基础与思想道德修	巩献田	高等教育出版社	2000	编辑
4	电子商务英语	崔 刚	辽宁教育出版社	2002	编辑
5	经济学	刘凤良等	高等教育出版社	2002	编辑
6	网页设计与制作	于 淼	中国人民大学出版社	[illegible]	编辑

图 10-45　图书数据更新

在本例实现过程中，将学习通过 Command 命令对象来操作数据库。

1．制作过程

（1）数据库及其访问权限的设置。本例中的数据库依旧使用前面的 aspdb.mdb 数据库，由于要进行数据更新的操作，会涉及文件的更改，要求对数据库有从网络修改的权限。这要求两个方面的内容，一是要求有 IIS 的网站写入权限，这可以在 IIS 中对网站属性进行更改，如图 10-46 所示。

另一方面，如果是数据库文件（.mdb）存储在 NTFS 格式的磁盘中，还要求为数据库文件添加 Everyone 账户，并且赋给其修改、写入权限，如图 10-47 所示。

（2）启动 Dreamweaver 8，在其中创建一个名为 bookUpdate.aspx 的 ASP.NET 文件，并打开文件。切换到“代码视图”，在“代码视图”中输入下面的代码。

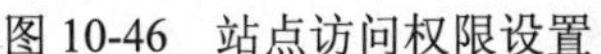
图 10-46　站点访问权限设置

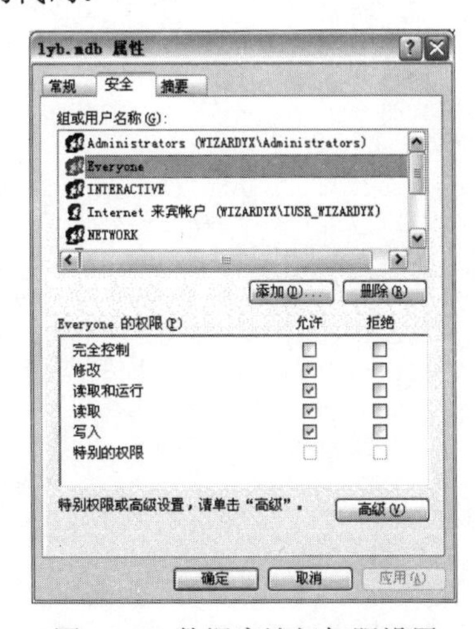

图 10-47 数据库访问权限设置

```
<%@ Page Language="VB" ContentType="text/html" Debug="true" %>
<%@ Import Namespace="System.Data" %>
<%@ Import Namespace="System.Data.OleDb" %>
<!DOCTYPE html PUBLIC "-//W3C//DTD XHTML 1.0 Transitional//EN"
"http://www.w3.org/TR/xhtml1/DTD/xhtml1-transitional.dtd">
<html xmlns="http://www.w3.org/1999/xhtml">
```

```
<head>
<title>图书数据更新</title>
</head>

<Script Language="VB" Runat="Server">
'定义函数 BindList 用于表格的绑定
Sub BindList()
    Dim cn As New OleDbConnection()
        '设置 cn 的连接字符串 ConnectionString 属性
        cn.ConnectionString = "Provider=Microsoft.Jet.OLEDB.4.0;Data Source=" &
Server.MapPath("../database/aspdb.mdb")
        cn.Open()     '打开连接
        '创建数据适配器 cmd
        Dim cmd As New OleDbDataAdapter("Select * From books", cn)
        '创建数据集 DS'
        Dim DS As New DataSet()
        cmd.Fill(DS)                    '填充数据集
        dg1.DataSource=DS               '设置数据表格 dg1 的数据源为数据集 DS
        dg1.DataBind()                  '绑定数据表格
        cn.Close()                      '关闭数据连接
End Sub

Sub Page_Load(sender As Object, e As Eventargs)
    If Not IsPostBack Then BindList()
End Sub

Sub DataGrid_EditCommand(sender As Object, e As DataGridCommandEventArgs)
    dg1.EditItemIndex = e.Item.ItemIndex
    BindList()
End Sub

Sub DataGrid_CancelCommand(sender As Object, e As DataGridCommandEventArgs)
    dg1.EditItemIndex = -1
    BindList()
End Sub

Sub DataGrid_UpdateCommand(sender As Object, e As DataGridCommandEventArgs)
    '获取表格中各个单元格的数据
    Dim book As String = CType(e.Item.Cells(1).Controls(0), TextBox).Text
    Dim author As String = CType(e.Item.Cells(2).Controls(0), TextBox).Text
    Dim publisher As String = CType(e.Item.Cells(3).Controls(0), TextBox).Text
    Dim pubyear As String = CType(e.Item.Cells(4).Controls(0), TextBox).Text
    Dim strSQL As String
    '创建更新数据库的 SQL 语句
    strSQL = "Update books Set  book='" & book & "', author='" & author & "', publisher='"
& publisher  & "',pubyear='"& pubyear & "' Where " & dg1.DataKeyField & "=" &
dg1.DataKeys(e.Item.ItemIndex)
    Dim cn As New OleDbConnection()
    cn.ConnectionString = "Provider=Microsoft.Jet.OLEDB.4.0;Data Source=" &
Server.MapPath("../database/aspdb.mdb")
    cn.Open()
    Dim cmd As New OleDbCommand(strSQL, cn) '创建命令对象
    cmd.ExecuteNonQuery         '执行命令对象
    dg1.EditItemIndex = -1
    BindList()
End Sub
```

```
</Script>

<Body >
<H1 Align="Center">图书数据更新</H1>
<Form Runat="Server">
    <Asp:DataGrid Runat="Server" Id="dg1" AutoGenerateColumns="False"
DataKeyField="id" HorizontalAlign="Center"  OnEditCommand="DataGrid_EditCommand"
OnUpdateCommand="DataGrid_UpdateCommand" OnCancelCommand="DataGrid_CancelCommand">
        <HeaderStyle HorizontalAlign="Center" BackColor="#0000FF" ForeColor="White" />
        <ItemStyle BackColor="#FFFFCC" />
    <Columns>
        <Asp:TemplateColumn HeaderText="编号">
            <ItemTemplate>
                <%# Container.DataItem("id") %>
            </ItemTemplate>
            <EditItemTemplate>
                <%# Container.DataItem("id") %>
            </EditItemTemplate>
        </Asp:TemplateColumn>
       <asp:BoundColumn DataField="book" HeaderText="名称"/>
       <asp:BoundColumn DataField="author" HeaderText="作者"/>
       <asp:BoundColumn DataField="publisher" HeaderText="出版社"/>
       <asp:BoundColumn DataField="pubyear" HeaderText="出版日期"/>
        <Asp:EditCommandColumn  EditText="编辑" CancelText="取消" UpdateText="更新"
HeaderText="功能" ItemStyle-HorizontalAlign="Center" />
      </Columns>
    </Asp:DataGrid>
</Form>
</Body>
</Html>
```

2. Command 对象与数据更新操作

当与数据库连接上以后，就可能通过使用数据库操作对象来实现数据操作。Command 对象就是用来执行数据库操作命令的。对数据库中数据表的添加删除，记录的增加删除，或者记录的更新等都可以通过 Command 对象来实现的。

一个数据库操作命令可以用 SQL 语句来表达，包括选择查询（SELECT 语句）来返回记录集合，执行更新查询（UPDATE 语句）来执行更新记录，执行删除查询（DELETE 语句）来删除记录等。Command 命令也可以传递参数并返回值，同时 Command 命令也可以被明确的地定界，或者调用数据库中的存储过程。SqlCommand 特别提供了以下对 SQL Server 数据库执行命令的方法。

- ExecuteReade：执行返回行的命令。为了提高性能，ExecuteReader 使用 Transact-SQL sp_executesql 系统存储过程调用命令。因此，如果用于执行像 Transact-SQL SET 语句这样的命令，ExecuteReader 可能无法获得预期效果。
- ExecuteNonQuery：执行 INSERT、DELETE、UPDATE 及 SET 语句等命令。
- ExecuteScalar：从数据库中检索单个值（例如一个聚合值）。
- ExecuteXmlReader：将 CommandText 发送到 Connection 并生成一个 XmlReader 对象。

此外，像 Connection 对象一样，对于操作 SQL Server 数据库和支持 OLEDB 的数据库使用了两个不同的 Command 对象，分别是 SqlCommand 对象和 OleDbCommand 对象。

例如，本节实例中就是通过下面的语句来执行数据更新 Update 的操作。

```
    strSQL = "Update books Set  book='" & book & "', author='" & author & "', publisher='"
& publisher  & "',pubyear='"& pubyear & "' Where " & dg1.DataKeyField & "=" &
dg1.DataKeys(e.Item.ItemIndex)
```

```
        Dim cn As New OleDbConnection()
        cn.ConnectionString = "Provider=Microsoft.Jet.OLEDB.4.0;Data Source=" &
Server.MapPath("../database/aspdb.mdb")
        cn.Open()
        Dim cmd As New OleDbCommand(strSQL, cn)'创建命令对象
        cmd.ExecuteNonQuery          '执行命令对象
```

可以看到，数据的更新主要是通过 OleDbCommand 执行 SQL 语句来进行的。如果要进行插入、删除等操作，将 SQL 语句进行相应的更改即可。

10.3 综合实例

10.3.1 【实例 72】留言板

本实例将创建一个简单实用的网站留言板，效果如图 10-48 所示。

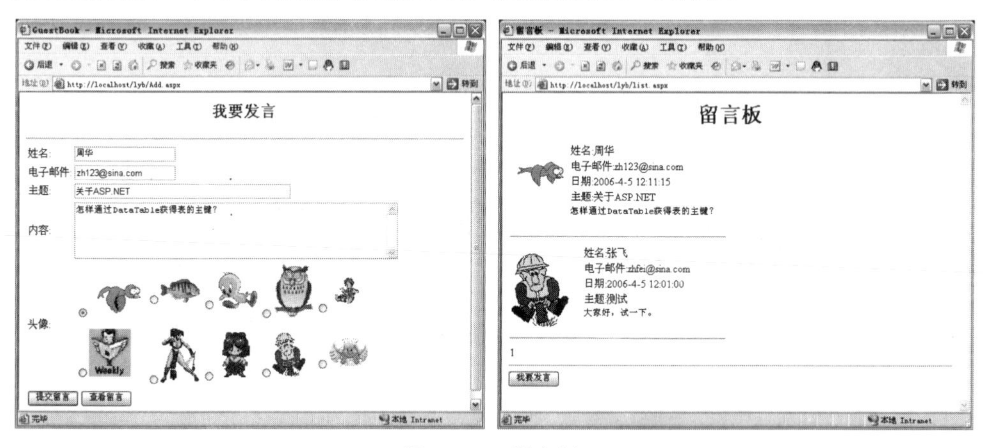

图 10-48　留言板

1．数据库的准备

先在 Access 中创建一个名为 lyb.mdb 的数据库，存储在网页所在目录中。在 lyb.mdb 数据库中创建一个名为 GUEST_BOOK 的表，表结构如图 10-49 所示。

由于留言本有在线修改数据库内容的功能要求，应对 lyb.mdb 数据库设置访问权限，相关内容请参考实例“图书数据更新”的制作过程。

2．图片的准备

实例中的用户头像是预先准备好的，这些图像以文件形式存储在网页文件目录中的下级目录 images 中，文件名依次为 1.gif、2.gif、…、10.gif，如图 10-50 所示。

字段名称	数据类型	说明
ID	自动编号	
BOOK_NAME	文本	
BOOK_EMAIL	文本	
BOOK_SUBJECT	文本	
BOOK_CONTENT	备注	
BOOK_IMG	文本	
BOOK_DATE	日期/时间	

图 10-49　留言板的表结构

1.gif　2.gif　3.gif　4.gif　5.gif
6.gif　7.gif　8.gif　9.gif　10.gif

图 10-50　用户头像

3. 留言板页面

留言板网页程序分为两个页面，一个是留言板列表页面 list.aspx，该文件用于读取数据库的内容，将其进行处理后作为 HTML 内容，显示到网页中。由于本书篇幅所限，list.aspx 网页内容请参考本书配套资源。

4. 增加留言页面

创建一个名为 add.aspx 的 ASP.NET 文件，该文件用于用户发表新的留言，并将留言写入数据库。由于本书篇幅所限，add.aspx 网页内容请参考本书配套资源。

10.3.2 【实例 73】博客网站

博客（Blog）是网络中的一种个人信息发布方式，任何人都可以有自己的博客网站。博客充分利用网络互动、更新即时的特点，发挥无限的表达力，及时记录和发布个人的生活故事、闪现的灵感、思想等，更可以文会友，结识和汇聚朋友，进行深度交流沟通。本实例将介绍如何创建一个简单的个人博客网站，网站首页效果如图 10-51 所示。

图 10-51　博客网站首页

1. 数据库的准备

在博客站点目录下创建名为 DataBase 的目录，用于存储数据库文件。使用 Access 创建一个名为 blog.mdb 的数据库，存储在 DataBase 目录下。在 blog.mdb 数据库中创建 4 张表，分别命名为 admin、blogs、comments 和 Introduced。

admin 表用于记录管理员信息，用于管理员登录时的检查。该表的结构如图 10-52 所示。

blogs 表用于记录博客文章及相关信息，该表的结构如图 10-53 所示。

comments 表用于记录浏览者对文章的评论，该表的结构如图 10-54 所示。

Introduced 表用于记录博客档案，该表的结构如图 10-55 所示。

注意，由于博客网站有在线修改数据库内容的功能要求，应为数据库设置访问权限，相关内容请参考前面实例。

字段名称	数据类型	说明
id	自动编号	编号
name	文本	姓名
pwd	文本	密码

图 10-52 admin 表结构

字段名称	数据类型	说明
ID	自动编号	编号
Title	文本	标题
Content	备注	内容
AddTime	日期/时间	添加时间
Author	文本	作者
Comments	数字	评论次数
Views	数字	阅读次数

图 10-53 blogs 表结构

字段名称	数据类型	说明
id	自动编号	编号
blogID	数字	对应的文章ID
Comment	备注	内容
username	文本	评论者
link	文本	评论者的网址
addtime	日期/时间	添加时间

图 10-54 comments 表结构

字段名称	数据类型	说明
id	自动编号	编号
name	文本	姓名
age	文本	年龄
address	文本	所在地
notes	备注	简介
imgurl	文本	相片地址

图 10-55 Introduced 表结构

2. 图片的准备

在博客站点目录下创建名为 images 的目录，用于存储图片文件。该目录下有三张图片，分别命名为 banner.jpg（页面顶部 banner 图片）、blogimg.jpg（博客相片）和 li.jpg（“热文快递”左侧的小图标）。三张图片如图 10-56 所示。

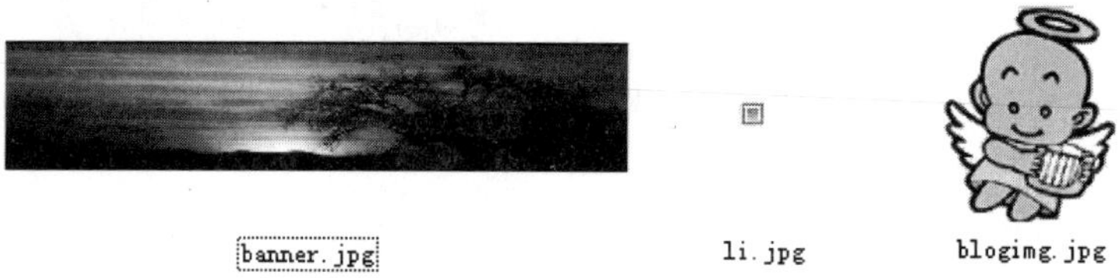

图 10-56 网站所需要的图片

注意，由于博客网站有在线上传图片文件的功能要求，应对 images 目录设置访问权限，相关内容请参考实例 72 的制作过程。

3. 样式表

为了统一网站的风格，使用样式表了来定义各种文字格式。在博客网站目录下创建名为 blog.css 的样式表文件，文件内容如下：

```
/*样式表文件 blog.css*/
/* BODY 用于定义网站中页面内容的基本样式*/
BODY {
    MARGIN: 3px;                        /*页面边距*/
    FONT-SIZE: 12px;                    /*默认文字大小*/
    COLOR: #6f6f6f;                     /*默认文字颜色*/
    FONT-FAMILY: Tahoma,  "宋体";       /*默认字体*/
    background-color: #F7EFE7;          /*背景色*/
}
/*定义<td>标签样式*/
TD {
    FONT-SIZE: 12px;
    COLOR: #6f6f6f;
}
/*定义<th>标签样式*/
TH {
    FONT-SIZE: 12px;
```

```
    COLOR: #6f6f6f;
}

/*定义链接样式*/
A {
    COLOR: #A84300;
    font-weight: bolder;                /*字体加粗*/
    TEXT-DECORATION: none;              /*不显示链接下画线*/
}
A:hover {
    COLOR: #ff0000;
    font-weight: bolder;
    TEXT-DECORATION: none;
}
A:active {
    COLOR: #ff0000;
    font-weight: bolder;
    TEXT-DECORATION: none;
}
/*定义名为 btitle 的样式，用于栏目标题*/
.btitle {
    font-size: 12px;
    COLOR: #A84300;
    font-weight: bolder;
}
/*定义名为 title 的链接样式，用于有链接的文章标题*/
.title A {
    font-size: 14px;
    COLOR: #A84300;
    font-weight: bolder;
    TEXT-DECORATION: none;
}
.title A:hover {
    font-size: 14px;
    COLOR: #ff0000;
    font-weight: bolder;
    TEXT-DECORATION: none;
}
.title A:active {
    font-size: 14px;
    COLOR: #ff0000;
    font-weight: bolder;
    TEXT-DECORATION: none;
}
/*定义名为 tt 的样式，用于无链接的文章标题*/
.tt{
    font-size: 16px;
    COLOR: #483D8B;
    font-weight: bolder;

}
/*定义名为 hots 的样式，用于“热文快递”等链接标题*/
.hots A {
    COLOR: #666666;
    font-weight:normal;
}
```

```
/*定义名为 INPUT 的样式，用于 HTML 的<input>标签对象，如输入文本框、按钮等*/
INPUT {
    BORDER-RIGHT: #cccccc 1px solid;
    PADDING-RIGHT: 2px;
    BORDER-TOP: #cccccc 1px solid;
    PADDING-LEFT: 2px;
    FONT-SIZE: 12px;
    BORDER-LEFT: #cccccc 1px solid;
    COLOR: #6f6f6f;
    BORDER-BOTTOM: #cccccc 1px solid;
    FONT-FAMILY: Tahoma, "宋体";
}
```

4．博客首页

创建名为 index.aspx 的网页，该页面为博客网站的首页。index.aspx 页面主要由 4 部分构成，分别为页头模块、页脚模块、左边模块栏（包括日历模块、文章搜索模块、热文快递模块和最新评论模块）和主模块（包括博客档案模块和文章列表模块），如图 10-57 所示。

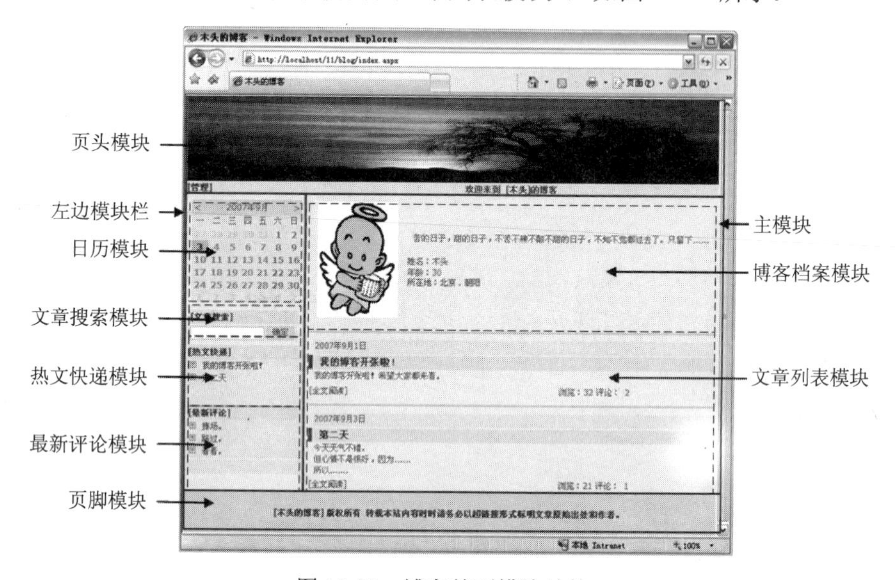

图 10-57　博客首页模块结构

由于本书篇幅所限，index.aspx 网页内容请参考本书配套资源。本网页采用模块化设计。从代码中可以看出，每一个小模块均由一个独立的<table>表格构成，这样，就可以对模块进行任意的组合、修改。如果要对模块进行修改，只需要修改该<table>表格的内容及与相关的 Script 代码即可。

5．文章浏览页面

创建名为 blog.aspx 的网页，该页面为博客网站的文章浏览页面。blog.aspx 页面主要由 4 部分构成，分别为页头模块、页脚模块、左边模块栏（包括博客档案模块、热文快递模块和最新评论模块）和主模块（包括文章浏览模块、评论列表模块和发表评论模块）。如图 10-64 所示。

由于本书篇幅所限，blog.aspx 网页内容请参考本书配套资源。从代码结构中可以看出，页头模块、页脚模块、热文快递模块与最新评论模块的代码与博客首页中的代码相同，这样就方便了模块管理，也有利于代码的重复使用。

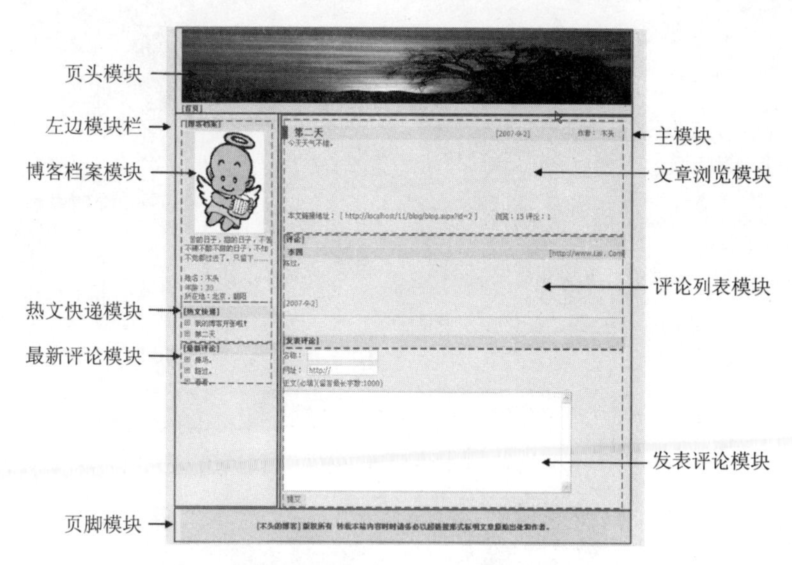

图 10-64　文章浏览页面模块结构

6．文章查询页面

创建名为 searchblog.aspx 的网页，该页面为博客网站的文章查询页面。searchblog.aspx 页面主要由 4 部分构成，分别为页头模块、页脚模块、左边模块栏（包括博客档案模块、文章搜索模块、热文快递模块和最新评论模块）和文章查询列表模块。如图 10-65 所示。

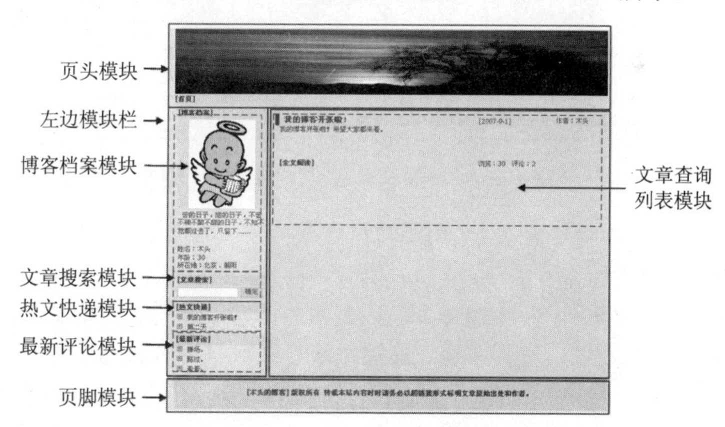

图 10-65　文章查询页面模块结构

由于本书篇幅所限，searchblog.aspx 网页内容请参考本书配套资源。

7．博客管理登录页面

创建名为 manager_login.aspx 的网页，该页面为博客网站的管理登录页面。页面主要由 4 部分构成，分别为页头模块、页脚模块、左边模块栏（包括博客管理模块）和管理登录模块。如图 10-66 所示。

由于本书篇幅所限，manager_login.aspx 网页内容请参考本书配套资源。

8．博客文章管理页面

创建名为 manager_blogs.aspx 的网页，该页面为博客网站的文章管理页面。页面主要由 4 部分构成，分别为页头模块、页脚模块、左边模块栏（包括博客管理模块）和文章管理模块。如图 10-67 所示。

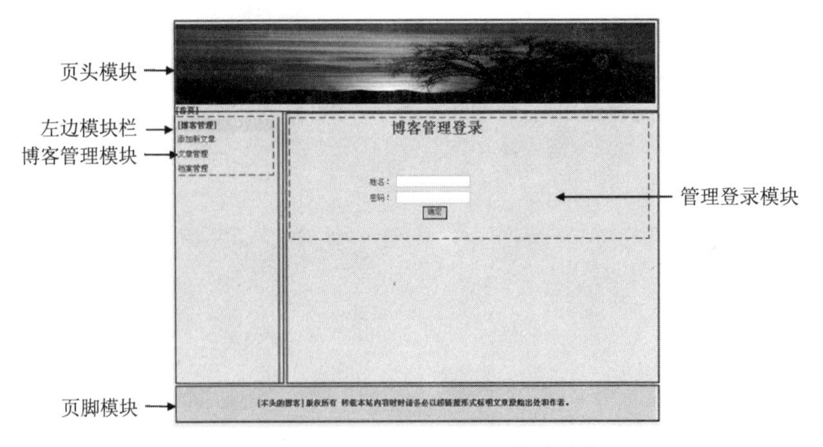

图 10-66　博客管理登录页面模块结构

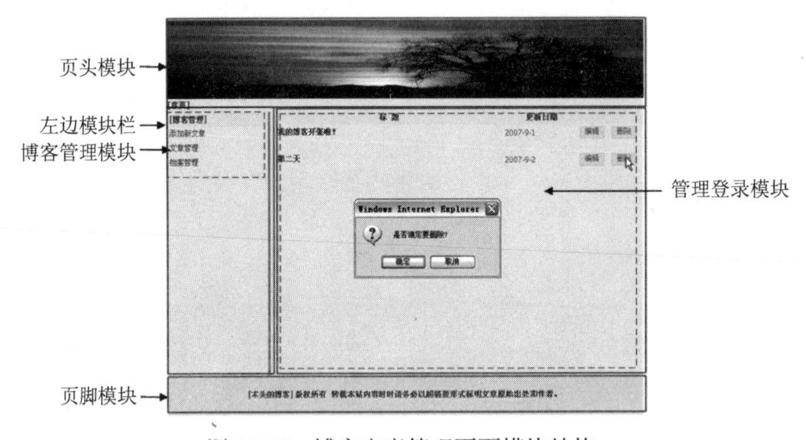

图 10-67　博客文章管理页面模块结构

由于本书篇幅所限，manager_blogs.aspx 网页内容请参考本书配套资源。

9．文章编辑页面

创建名为 manager_addblog.aspx 的网页，该页面为博客网站的添加新文章页面。页面主要由 4 部分构成，分别为页头模块、页脚模块、左边模块栏（包括博客管理模块）和文章编辑模块。如图 10-68 所示。

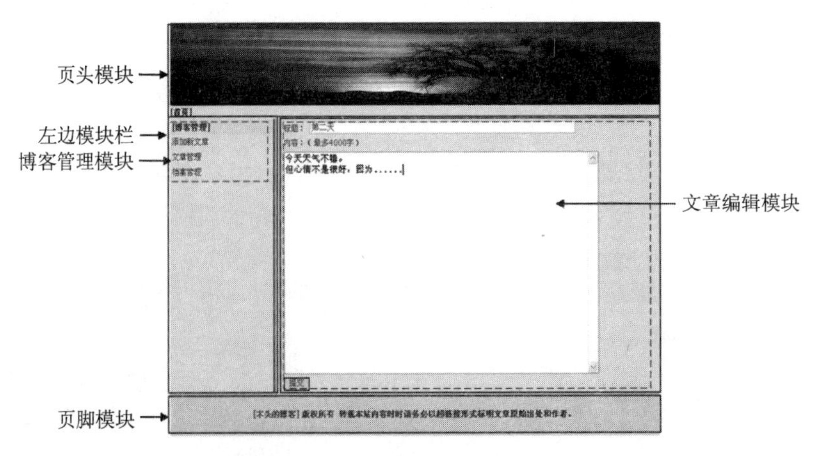

图 10-68　文章编辑页面模块结构

由于本书篇幅所限，manager_addblog.aspx 网页内容请参考本书配套资源。

10．添加新文章页面

创建名为 manager_addblog.aspx 的网页，该页面为博客网站的添加新文章页面。页面主要由 4 部分构成，分别为页头模块、页脚模块、左边模块栏（包括博客管理模块）和添加文章模块。如图 10-69 所示。

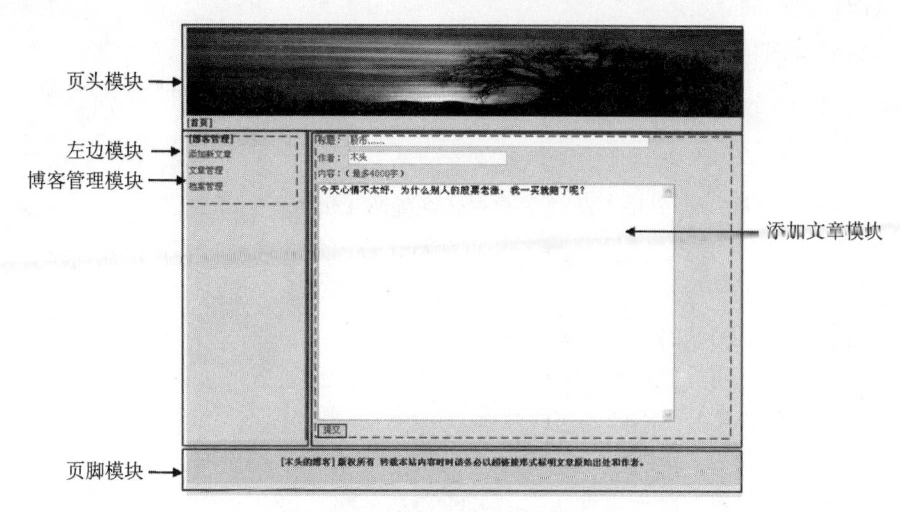

图 10-69　添加文章页面模块结构

由于本书篇幅所限，smanager_addblog.aspx 网页内容请参考本书配套资源。

11．档案管理页面

创建名为 manager_Intro.aspx 的网页，该页面为博客网站的添加新文章页面。页面主要由 4 部分构成，分别为页头模块、页脚模块、左边模块栏（包括博客管理模块）和档案编辑模块。如图 10-70 所示。

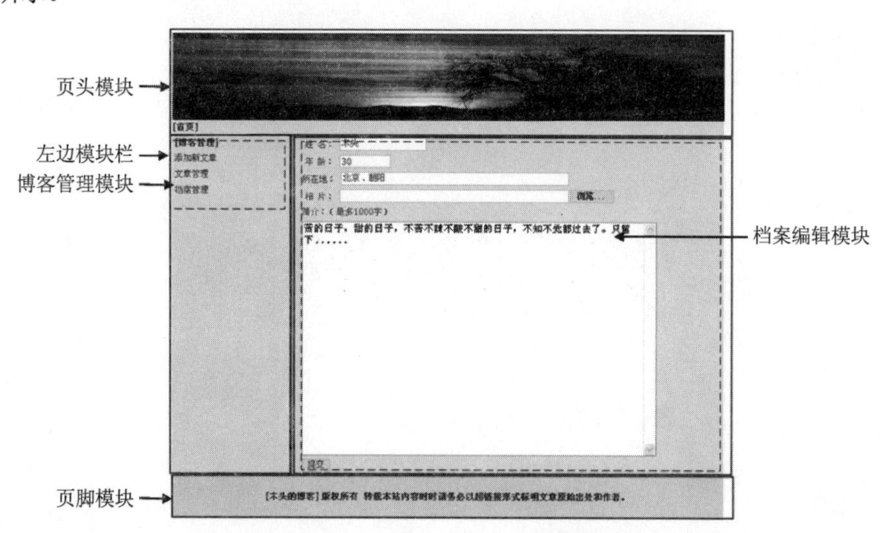

图 10-70　博客档案管理页面模块结构

由于本书篇幅所限，manager_Intro.aspx 网页内容请参考本书配套资源。

思考与练习 10

1. 填空

（1）ADO.NET 的根命名空间是______________________。

（2）ADO.NET 的主要组件是___________、___________和___________，它们包含了对数据库进行操作的大部分功能。

（3）_______________实现与数据源的连接，对于 Microsoft SQL Server（7.0 以上版本）数据源，使用__________________。

（4）_______________负责维护与数据源的连接。

（5）DataSet 在程序运行中是“断开”的程序在处理 DataSet 中的数据时，不需要建立与数据库的____________，只有在________和________数据修改时才需要与数据源相连接。

2. 程序设计

（1）创建一个可以浏览的商品目录网页。

（2）对上题创建的商品目录网页实现按商品名称进行查找的功能。

（3）对上题创建的商品目录网页实现修改、删除、更新、插入等维护功能

（4）为博客网站添加“管理员信息管理”页面和“评论管理”页面，完善博客网站功能。

（5）为博客网站添加“博客相册”，完善博客网站功能。

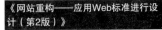

《Dreamweaver+ASP.NET 案例教程》

读者交流区

尊敬的读者：

感谢您选择我们出版的图书，您的支持与信任是我们持续上升的动力。为了使您能通过本书更透彻地了解相关领域，更深入的学习相关技术，我们将特别为您提供一系列后续的服务，包括：

1. 提供本书的修订和升级内容、相关配套资料；

2. 本书作者的见面会信息或网络视频的沟通活动；

3. 相关领域的培训优惠等。

请您抽出宝贵的时间将您的个人信息和需求反馈给我们，以便我们及时与您取得联系。

您可以任意选择以下三种方式与我们联系，我们都将记录和保存您的信息，并给您提供不定期的信息反馈。

1．短信

您只需编写如下短信：B08182+您的需求+您的建议

发送到1066 6666 789（本服务免费，短信资费按照相应电信运营商正常标准收取，无其他信息收费）

为保证我们对您的服务质量，如果您在发送短信24小时后，尚未收到我们的回复信息，请直接拨打电话（010）88254369。

2．电子邮件

您可以发邮件至jsj@phei.com.cn或editor@broadview.com.cn。

3．信件

您可以写信至如下地址：北京万寿路173信箱博文视点，邮编：100036。

如果您选择第2种或第3种方式，您还可以告诉我们更多有关您个人的情况，及您对本书的意见、评论等，内容可以包括：

（1）您的姓名、职业、您关注的领域、您的电话、E-mail地址或通信地址；

（2）您了解新书信息的途径、影响您购买图书的因素；

（3）您对本书的意见、您读过的同领域的图书、您还希望增加的图书、您希望参加的培训等。

如果您在后期想退出读者俱乐部，停止接收后续资讯，只需发送“B08182+退订”至10666666789即可，或者编写邮件“B08182+退订+手机号码+需退订的邮箱地址”发送至邮箱：market@broadview.com.cn 亦可取消该项服务。

同时，我们非常欢迎您为本书撰写书评，将您的切身感受变成文字与广大书友共享。我们将挑选特别优秀的作品转载在我们的网站（www.broadview.com.cn）上，或推荐至CSDN.NET等专业网站上发表，被发表的书评的作者将获得价值50元的博文视点图书奖励。

我们期待您的消息！

博文视点愿与所有爱书的人一起，共同学习，共同进步！

通信地址：北京万寿路 173 信箱　博文视点（100036）　　电话：010-51260888

E-mail：jsj@phei.com.cn，editor@broadview.com.cn

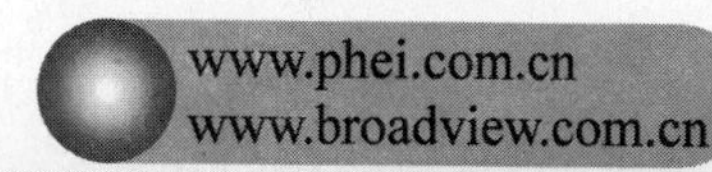

反侵权盗版声明

举报电话：（010）88254396；（010）88258888

传　　真：（010）88254397

E-mail：　dbqq@phei.com.cn

通信地址：北京市万寿路 173 信箱

　　　　　电子工业出版社总编办公室

邮　　编：100036